Gustave Flaubert

Les Mémoires d'un fou
Novembre
Pyrénées-Corse
Voyage en Italie

Édition présentée, établie et annotée
par Claudine Gothot-Mersch
Professeur émérite des Facultés universitaires
Saint-Louis de Bruxelles

Gallimard

Le texte des Mémoires d'un fou *et du* Voyage en Italie
a été établi sur les manuscrits originaux.

PRÉFACE

Les rapports de l'enfant Flaubert et de la littérature illustrent de façon exemplaire la naissance d'une vocation. Le petit garçon qui, grâce à «papa Mignot» (un voisin et ami de la famille), connaissait Don Quichotte *par cœur* avant de savoir lire, celui qui, un peu plus tard, demandait à sa bonne de lui épeler les mots dont il voulait former des phrases avait déjà senti que l'écriture serait sa façon à lui de «s'emparer du monde».

Une fois posé qu'on a devant soi l'œuvre d'un génie en herbe, le plus remarquable de cette abondante production paraît bien être sa diversité formelle. Le jeune Gustave conquiert bon train, et sans doute systématiquement, les genres littéraires de son époque. Systématiquement car, par exemple, dès ses dix ans, ce n'est pas entre deux sujets qu'on le voit hésiter, mais entre deux genres: «Je t'avais dit que je ferais des pièces, mais non je ferai des romans que j'ai dans la tête.»

D'ailleurs, il essaie une telle variété de formes que cela ne peut être l'effet du hasard. Au Nouvel An 1831 — il vient d'avoir neuf ans —, il annonce à son meilleur ami, Ernest Chevalier, qu'il va lui envoyer «de [ses] comédies» et aussi «de [ses] discours politiques et constitutionnels libéraux». En juillet, il adresse «à maman pour sa fête» un récit historique,

Louis XIII, *qui raconte l'assassinat de Concini et se termine par un relevé des grands événements du règne. Et c'est au long de l'année 1831 qu'il remplit le « cahier d'écolier » dont Amédée Mignot (le fils de « papa Mignot » et l'oncle de Chevalier) fera reproduire quelques pages : un* Éloge de Corneille *rédigé dans le style académique qui convient à ce genre de sujet, suivi sans transition de* La Belle Explication de la fameuse constipation, *d'une inspiration qui correspond à l'âge de l'auteur, mais dont le modèle formel est celui d'un article de dictionnaire médical. Le cahier contenait encore, d'après l'éditeur, un* Avare *en sept scènes, et l'épitaphe d'un chien, en vers kilométriques et mal mesurés...*

Ainsi parti, Flaubert aborde successivement les récits allégoriques et fantastiques, le drame historique, le portrait de grand homme. Il s'exerce à la narration par des récits sur canevas, rédigés très probablement pour son professeur Gourgaud-Dugazon. Mais en même temps, dans le domaine des genres comme dans celui des sujets, il se dégage peu à peu des influences trop nettes ; de même qu'il cesse de démarquer L'Avare *ou les nouvelles de Cervantès, il va prendre ses distances à l'égard des genres et des formes dont il s'inspire : en 1835, écrivant* Frédégonde et Brunehaut *(l'œuvre n'a pas été retrouvée), il claironne que ce drame sera « autrement fabriqué que les autres ».*

En 1836, il se hasarde pour la première fois dans le domaine du récit contemporain, avec Un parfum à sentir *ou* Les Baladins. *L'étape est importante, car le fait de peindre son époque va aider le jeune garçon à s'impliquer dans ses œuvres d'une autre façon. Jusque-là, il s'y installait en tant qu'auteur interventionniste, toujours prêt à donner au lecteur son avis sur l'histoire qu'il racontait et sur le monde entier. Sans devenir d'un coup l'auteur impersonnel qu'il veillera à être dans sa maturité, il va de plus en plus* s'exprimer par le truchement de ses personnages. Un parfum à sentir, Quidquid volueris (1837) *laissent entrevoir une identification de Gustave à son héros, femme ou enfant battu, ou monstre rejeté de tous... Dans* La Dernière Heure (1837) *et dans* Agonies (1838), *le héros est aussi le narrateur, et son histoire s'écrit partiellement sur la base de souvenirs de Flaubert : l'auteur et son personnage se rapprochent encore.*

Un dernier pas, et l'on pénètre pleinement dans le genre autobiographique. Ce n'est évidemment pas un hasard si cela se produit à l'époque où l'adolescent découvre l'amour, où il éprouve un tel besoin de se raconter à lui-même qu'il tiendra pendant un an un cahier intime. Mais il oublie moins que jamais qu'il est un écrivain, et c'est avec originalité et virtuosité qu'il explore, dans Les Mémoires d'un fou (1838) *et* Novembre (1842), *les possibilités du genre.*

Ces deux récits constituent certainement la partie la plus réussie de son œuvre de jeunesse, et il est étonnant qu'on ne les ait jamais publiés en les accompagnant de l'appareil critique qu'ils méritent.

Le Voyage aux Pyrénées et en Corse (1840) *et le* Voyage en Italie (1845) *nous ont paru constituer avec les récits autobiographiques un ensemble harmonieux. D'une part, ce sont des œuvres où l'auteur parle de lui-même à la première personne ; ils ont donc partie liée, d'une certaine façon, avec les écrits appartenant au genre autobiographique. D'autre part, la littérature de voyage constitue un nouveau genre encore que Flaubert s'exerce à conquérir — c'est particulièrement visible dans le premier des deux textes ; tant dans la préface que dans le volume, nous avons d'ailleurs choisi de présenter nos quatre œuvres en les groupant par genres plutôt que selon un ordre chronologique strict.*

Rappelons enfin que L'Éducation sentimentale *de 1845, premier grand roman de Flaubert, et qui relève*

*également du genre autobiographique, appartient
exactement à la période couverte par ce volume :
rédigé en 1843-1845, il s'inscrit entre* Novembre *et le*
Voyage en Italie.

Les Mémoires d'un fou : entre l'autobiographie et le roman autobiographique

Le manuscrit des Mémoires d'un fou *a été offert à
Alfred Le Poittevin le 4 janvier 1839, en cadeau de
Nouvel An. L'œuvre doit avoir été rédigée, pour sa partie principale, entre le 15 juin 1838 (date d'achèvement de* Ivre et mort*) et le courant de décembre (c'est
alors que Flaubert se met à la rédaction de* Smar*).
L'auteur avait donc seize ans.*

*Dans ce texte où l'on voit déjà poindre un grand
écrivain, les liens avec la génération littéraire qui précède sont encore fort étroits. Flaubert a conçu son
récit, dit-il, comme « un roman intime où le scepticisme serait poussé jusqu'aux dernières bornes du
désespoir ». Même si ce projet a quelque peu évolué,
les principaux sujets de réflexion y restent la relativité
des faits, des mœurs, de la pensée, la faiblesse de
l'homme, le déterminisme humiliant, la mort. « Balivernes » que l'amour. Et le monde, c'est l'enfer.*

*Flaubert a d'autre part quelques grands maîtres. Le
Rousseau des* Confessions*, dont l'ascendant se manifeste tant dans les raisonnements les plus généraux
(le narrateur était bon au départ, c'est la société qui
l'a rendu mauvais) que dans le détail : Flaubert se dit
fou au début des* Mémoires *comme Rousseau se traite
de « vieux fou » dans le premier chapitre des* Confessions *; l'incipit du chapitre X des* Mémoires*, « Ici sont*

mes souvenirs les plus tendres », évoque — rapprochement dû à Jacques Douchin — la phrase qui introduit, dans les Confessions, le récit du séjour aux
Charmettes : « Ici commence le court bonheur de ma
vie ».

Autre modèle : Goethe. La règle engendre la médiocrité et n'est pas faite pour les génies ; c'est le fou qui
est dans le vrai ; le lieu commun est haïssable et
l'illusion utile : voilà quelques opinions communes
au narrateur des Mémoires et aux héros de Goethe.
Un amour sans limites, l'extase devant la nature sont
déjà des traits de Werther.

Le troisième grand prédécesseur, et le plus vénéré
sans doute à l'époque, c'est Byron, plusieurs fois cité.
Pour Edmond Estève, l'influence de Darkness est évidente dans le chapitre VII, où Flaubert évoque la fin
d'une société « abâtardie » et de la race humaine. Mais
il a puisé cette fascination de l'Apocalypse à d'autres
sources aussi, notamment dans l'Ahasvérus d'Edgar
Quinet, dont il imite aussi l'encyclopédisme, la façon
de juxtaposer toutes les époques et tous les lieux.

Et puis, bien sûr, il y a les romantiques français.
Chateaubriand : il paraît difficile de croire que Flaubert n'a pas lu René à l'époque où il écrit Les
Mémoires d'un fou. Les idées des préfaces de Hugo et
de Gautier se retrouvent dans les propos sur l'art. Le
romantisme exagéré des Mémoires rappelle celui
d'Albertus, des Jeunes-France ou de Fantasio, quand
Gautier ou Musset se livrent avec humour à la cari-
cature de leur propre manière. Mais Flaubert ironise
sans gaieté.

Les Mémoires d'un fou sont aussi tout autre chose
qu'une reprise — même talentueuse — des thèmes et
réflexions qui ont nourri jusque-là l'œuvre de Flaubert. « [Ces pages] renferment une âme tout entière » :
ce qui nous émeut à leur lecture, c'est en effet que

*quelqu'un y montre son cœur à nu. Mais Flaubert
met le lecteur en garde contre l'assimilation simpliste
du héros à l'auteur : cette âme, « est-ce la mienne, est-
ce celle d'un autre ? » Il nous invite ainsi d'emblée à
nous intéresser aux* Mémoires *comme à une œuvre
littéraire dont il faut chercher la place entre autobiographie et fiction.*

*Du bref épisode où le narrateur connaît, dans les
bras d'une femme facile, sa première expérience
sexuelle, on ne peut dire s'il reprend ou non une réalité vécue. En revanche, on sait depuis longtemps que
les deux aventures amoureuses (Maria, Caroline) ren-
voient à des événements autobiographiques, dont le
premier, en tout cas, a joué un rôle important dans la
vie de Flaubert.*

*Aux bains de mer, à quinze ans, le narrateur ren-
contre une jeune femme dont il tombe amoureux. La
fin des vacances les sépare. Deux ans plus tard,
retournant sur les lieux de la rencontre, le jeune
homme comprend, dit-il, que les sentiments jadis
éprouvés n'étaient que peu de chose auprès de
l'amour et du désir qu'il ressent désormais, tels que
les a mûris le souvenir.*

*On sait depuis les travaux de Gérard-Gailly que cet
épisode central des* Mémoires d'un fou *transpose la
rencontre de Flaubert adolescent avec Élisa Schlesinger, la future inspiratrice de* L'Éducation sentimentale. *Née le 23 septembre 1810, elle avait épousé en
1829 un lieutenant nommé Judée, dont elle se sépara,
dit-on, dès le soir des noces. Élisa vit alors maritale-
ment avec Maurice Schlesinger, éditeur de musique.
En avril 1836, ils ont une fille, déclarée sous le seul
nom de son père ; c'est cette année-là que Flaubert les
rencontre l'été à Trouville. Judée meurt en novembre
1839, et Élisa se marie avec Maurice Schlesinger en
septembre 1840. En 1841-1842, Flaubert fréquente
assidûment les Schlesinger à Paris, où il a entamé des*

études de droit. En 1852, ils quitteront la France pour s'établir à Baden-Baden, d'où ils ne reviendront pas. Mme Schlesinger souffrira à plusieurs reprises de troubles mentaux et mourra dans une maison de santé en 1888.

Sur la réalité de l'amour de Flaubert pour Élisa Schlesinger, tous les témoignages concordent: celui de Du Camp («Il me disait: "J'en ai été ravagé"»), les aveux de Flaubert à Louise Colet, le ton des lettres qu'il adresse à Élisa après la mort de Maurice («Voilà pourquoi, chère et vieille amie, éternelle tendresse, je ne vais pas vous rejoindre sur cette plage de Trouville où je vous ai connue et qui, pour moi, porte toujours l'empreinte de vos pas»), les confidences des Mémoires d'un fou *et le premier scénario de* L'Éducation sentimentale: *«Me Sch. — Mr Sch. moi». Quant à savoir s'ils furent amant et maîtresse... De toute façon, la question est sans pertinence pour l'époque des* Mémoires d'un fou: *Flaubert, en 1836, avait l'âge de Chérubin, ou du Justin de* Madame Bovary.

Dans l'autre épisode sentimental des Mémoires, *la famille du narrateur — encore presque enfant — accueille, les jours de sortie, deux jeunes pensionnaires anglaises; on les invite même à la campagne pour les vacances de Pâques. Le collégien ébauche un flirt avec l'aînée, Caroline, un peu plus âgée que lui, et qui lui fait des avances dont il ne profite pas. Retirées de pension, les deux sœurs vivent un moment avec leur mère, venue d'Angleterre. Puis Caroline épouse son maître de dessin, et le héros cesse de la voir.*

On a cru longtemps que cet épisode transposait les relations de Flaubert avec Gertrude et Henriette Collier, bien connues des lecteurs de la Correspondance. *Mais il fallut renoncer à cette source lorsque Philippe Spencer (dans le bulletin des* Amis de Flaubert *no 7, 1955) et Constance B. West (dans la* Revue d'histoire littéraire de la France, *janvier-mars 1957) eurent découvert que les Flaubert et les Collier ne s'étaient rencontrés qu'en 1842. Chassé par la porte, l'autobiographique ne tarda pas à rentrer par la fenêtre : Lucien Andrieu découvrit la trace du mariage à Rouen, le 20 janvier 1838, d'un artiste peintre du nom de Robert Evrard avec une demoiselle Caroline Anne Heuland, née le 25 septembre 1820, soit un peu plus d'un an avant Flaubert, et dont le père ne se manifesta pas à la cérémonie. L'épisode de Caroline repose donc aussi, finalement, sur une histoire vécue, que l'auteur semble avoir respectée d'assez près : ainsi le prénom de l'héroïne est conservé, comme celui de l'ami intime avec lequel le héros discute de ses chances auprès d'elle, Ernest (Chevalier).*

Si le héros des Mémoires d'un fou *emprunte à l'auteur ses aventures, il se révèle aussi le double de Flaubert dans son travail de narration. L'examen du manuscrit démontre que Flaubert a effectivement interrompu la rédaction des* Mémoires *au début du chapitre X ; qu'il a bien inséré au chapitre XV un passage écrit antérieurement (René Descharmes l'avait déjà signalé).*

La Correspondance *nous apprend d'autre part que, comme le fera son héros, Flaubert est retourné, deux ans plus tard — à la fin d'août 1838 —, sur les lieux de la rencontre. A-t-il dans ses bagages le manuscrit interrompu des* Mémoires ? *Est-ce la découverte de sa passion pour Mme Schlesinger qui l'empêche de continuer l'ennuyeux récit dans lequel il était embarqué ? En tout cas, il ne se remettra à écrire qu'en sautant par-dessus ses souvenirs d'enfance pour raconter l'événement qui a bouleversé sa vie. Et l'épisode de Caroline viendra au chapitre XV combler* a posteriori *le trou laissé là.*

Cet épisode est présenté en deux temps. D'abord un*

«*fragment*» *composé* «*en décembre dernier*» — *soit,
si nous faisons coïncider auteur et narrateur, en
décembre 1837* — *et qui décrit une soirée pendant
laquelle le narrateur raconte à ses amis son aventure sentimentale. Puis celle-ci, qu'il fait débuter en
novembre, deux ans plus tôt. Ainsi, Flaubert a dû rencontrer Caroline Heuland en novembre 1835; aux
vacances de Pâques de 1836, l'idylle va bon train; et
c'est au début de l'été que se situent la scène où la
jeune fille se couche sur le canapé de son ami «dans
une position très équivoque», et les discussions avec
Ernest sur le thème: «m'aime-t-elle?».*

*Autrement dit, lorsque Flaubert fait la connais-
sance d'Élisa Schlesinger à Trouville, durant l'été de
1836, il est fort occupé de Caroline Heuland. De là
sans doute le fait qu'il ne donne pas immédiatement
toute son importance à la nouvelle rencontre; il ne le
fera que lorsque Caroline sortira de sa vie.*

*Cette analyse d'ensemble confirme le caractère lar-
gement autobiographique des* Mémoires d'un fou.
*Mais cela ne signifie pas que tout détail en soit
authentique. Prenons les circonstances dans lesquelles le héros rencontre l'héroïne: il sauve du
désastre un manteau en passe d'être trempé par la
marée montante; au dîner, elle vient l'en remercier et
lie ainsi connaissance. Personne n'imaginait qu'il ne
s'agissait pas là des circonstances réelles de la rencontre de Trouville, jusqu'au jour où Jacques Douchin découvrit la source probable de l'épisode dans ce
passage de la* Correspondance *évoquant un voyage
en bateau quand Flaubert avait seize ans:* «Il y avait
sur le bateau toutes sortes de beaux messieurs et de
belles dames de Paris. Je vois, encore, un voile vert
que le vent arracha d'un chapeau de paille et qui vint
s'embarrasser dans mes jambes. Un monsieur en pantalon blanc le ramassa.» *Les seize ans et les toilettes*

*légères nous amènent à situer la scène pendant l'été
de 1838, donc au moment même où le jeune homme
écrit* Les Mémoires d'un fou. *Dans la réalité, il s'est
montré gauche; dans les* Mémoires, *il s'attribue le
beau rôle et on le remercie de sa «galanterie». L'épisode qu'entre tous on aurait dit authentique est donc
venu d'ailleurs.*

*Aussi les opinions des critiques sur le statut de
l'œuvre se révèlent-elles fort divergentes. Pour Albert
Thibaudet* (Gustave Flaubert, Plon, 1922, puis Gallimard), Les Mémoires d'un fou *sont «une pure autobiographie, non romancée»; pour Jean Bruneau aussi,
ils sont «parfaitement véridiques». Mais Bernard
Masson les situe dans les «premiers romans» de
Flaubert, et Georges May* (L'Autobiographie, P.U.F.,
1979) *dans la catégorie des «romans célèbres commençant par [le] mot [Mémoires]». L'édition Floury
fait figurer la mention «roman» en sous-titre, mais
Pierre Dauze déclare dans la note liminaire que
l'œuvre est une «autobiographie mal déguisée».
Quant à Jacques Douchin, il va jusqu'à refuser toute
valeur de témoignage au récit de Flaubert, où il ne voit
qu'un exercice littéraire «à la manière de Rousseau».*

*Cela est évidemment excessif. Mais il est vrai que le
jeune auteur n'a pas écrit les* Mémoires *à seule fin de
déverser le trop-plein de son cœur. Dès la dédicace, il
tient à ce qu'on le sache: l'âme qu'il va peindre n'est
peut-être pas la sienne; «l'impression personnelle»
n'a envahi que peu à peu ce qui avait été conçu comme
«un roman intime». Plus loin, la scène au coin du
feu est présentée comme une fiction, un «cadre» destiné à introduire l'épisode de Caroline. Bref, après
avoir pratiqué la plupart des genres romantiques,
c'est un roman autobiographique que Flaubert, en
1838, a décidé d'écrire.*

*Les éléments romanesques sont nombreux au début.
Au premier chapitre, le narrateur se présente comme*

un fou. Au chapitre II, comme quelqu'un qui pourrait faire partie du grand monde, posséder domestiques et équipages. Un peu plus loin, il se dépeint comme un être démoralisé, que les autres essaient d'encourager. Tantôt il paraît jeune, tantôt un vieillard — mais lors de chacune des trois expériences amoureuses il a quinze ans, l'âge symbolique de l'adolescence...

À partir du chapitre III, l'affabulation autour de la personne du narrateur devient moins extravagante, mais l'auteur garde le souci de mêler inextricablement le vécu et l'imaginaire, et surtout il exploite méthodiquement les caractéristiques du genre autobiographique (telles que les décrit Philippe Lejeune).

Parfois à l'envers. Si une autobiographie s'ouvre souvent sur une autojustification, Flaubert, d'entrée de jeu, retourne le topos : « Pourquoi écrire ces pages ? — À quoi sont-elles bonnes ? — Qu'en sais-je moi-même ? » De la même façon, le narrateur refuse au lecteur d'annoncer son dessein, lui dit qu'il écrira n'importe quoi, et déclare finalement qu'il n'a rien à voir avec lui : « pacte autobiographique » négatif.

Le respect d'autres caractéristiques du genre est au contraire ostentatoire. Ainsi, la règle d'or de l'autobiographe étant de montrer une sincérité absolue, Flaubert — rappelons qu'il est en train de lire les Confessions — *joue à fond sur ce trait. Pour donner une impression de spontanéité (car arranger c'est mentir), il favorise le désordre et les ruptures, alors qu'il sait parfaitement ordonner un récit. C'est qu'il faut faire constater au lecteur que l'œuvre est sans artifice.*

Les Mémoires d'un fou *exploitent les grands sujets de l'autobiographie : ainsi, le récit d'enfance et le récit des expériences amoureuses. Ce dernier est habilement traité selon le topos de la « première fois » pour chacune des trois rencontres évoquées. Avec Caroline, c'est le premier éveil du cœur ; avec l'initiatrice, la première expérience physique. Et pour donner à la rencontre de Maria l'importance qu'elle doit avoir, Flaubert utilise un moyen aussi simple qu'efficace : il la met en première place. Le topos de la «première fois» est d'ailleurs associé d'une autre façon encore à la personne de Maria : elle offre au narrateur, en allaitant sa fille devant lui, sa première occasion de contempler la nudité féminine.*

Toujours à propos de l'amour, Flaubert exploite encore un autre motif constant de l'autobiographie : montrer le changement radical que provoque son irruption dans l'existence du narrateur. On sait que dans Les Mémoires d'un fou, *cette coupure n'est pas seulement dite par le texte, mais figurée dans l'interruption de celui-ci au moment où va commencer le récit de la rencontre.*

Les Mémoires d'un fou *ne sont donc pas avant tout le déversoir d'une âme d'adolescent, mais une œuvre littéraire et qui se veut telle, d'une structure complexe, relevant d'un genre précis, mêlant l'imaginaire au réel, attentive au style et aux effets de style. Il faut noter par exemple que les réflexions d'auteur, encore très nombreuses, ne produisent plus la même impression d'interventionnisme que dans les œuvres antérieures, puisqu'elles apparaissent dans le cadre d'un récit à la première personne. Tout au long du texte, d'ailleurs, court une réflexion sur les problèmes de l'art, de l'écriture et du langage qui montre chez Flaubert une préoccupation esthétique constante.*

Novembre : du roman autobiographique au roman

Au bas du texte de Novembre *se lit une date, «25 octobre 1842», qui marque l'achèvement de l'œuvre. Pour sa mise en chantier, on peut partir du fait que le 12 novembre 1840 Flaubert termine le récit de son voyage aux Pyrénées et en Corse, voyage dont un épisode va lui fournir en partie son nouveau sujet. D'autre part, le titre de l'œuvre, comme l'évocation de l'automne sur laquelle elle s'ouvre ont toutes les chances de renvoyer à l'époque où elle est mise en train : ce doit donc être à la fin de novembre 1840.*

La Correspondance *ne fait aucune allusion à* Novembre *en 1841. Mais, en janvier 1842, Flaubert écrit à son ancien professeur Gourgaud-Dugazon :* «Au mois d'avril je compte vous montrer quelque chose. C'est cette ratatouille sentimentale et amoureuse dont je vous ai parlé. L'action y est nulle. Je ne saurais vous en donner une analyse, puisque ce ne sont qu'analyses et dissections psychologiques.» *Manifestement, l'œuvre est déjà fort avancée. À la mi-mars, Flaubert semble arrivé aux trois quarts de son travail. Il va l'abandonner quelque temps pour préparer avec dégoût son premier examen de droit (qu'il ratera) ; puis il s'y remet pendant les vacances, pour l'achever quinze jours avant de retourner à Paris.*

Ainsi, Flaubert a vraisemblablement mis près de deux ans à écrire Novembre. *Et l'œuvre porte, on le verra, les traces de son évolution esthétique pendant ces deux années.*

«Je suis affamé de me conter à moi-même», s'avoue le jeune homme dans un passage du Cahier intime *qui date de 1840. Comme* Les Mémoires d'un fou, Novembre *sera profondément personnel, et le narrateur lui-même nous invite à voir dans le roman de 1842 la suite de celui de 1838 :* «Les idées de volupté et d'amour qui m'avaient assailli à quinze ans vinrent me retrouver à dix-huit.»

Novembre, *il est vrai, part de nouveau des souvenirs de collège ; mais les deux rencontres féminines*

qui faisaient l'essentiel des Mémoires *sont à peine
évoquées dans des réflexions générales, et l'on va rapidement, à travers l'adolescence, jusqu'à ce qui a
occupé ensuite la vie de Gustave : la rencontre d'Eulalie Foucaud, la fréquentation précoce des filles de
joie, les études de droit entreprises après avoir hésité
entre «mille répugnances».*

La psychologie du héros reste celle des Mémoires
d'un fou *: les sombres pensées, le mépris pour l'humanité, le rêve suscité par les femmes (danseuse de corde,
actrice), le désir d'exotisme, la fascination devant la
mort, le lien du souvenir et du désir, la faculté d'hallucination, l'irritation devant l'insuffisance du langage («j'en sais bien plus que je n'en ai dit»)... toute
cette thématique est commune aux deux récits.*

L'utilisation des mêmes procédés renforce la frater-
nité des œuvres. Ainsi l'interruption brusque du discours du narrateur pour marquer l'irruption d'un
souvenir important : «Mais je dois remonter plus
haut» (Les Mémoires d'un fou, *avant l'épisode de
Caroline); «Avant d'aller plus loin, il faut que je vous
raconte ceci» (*Novembre*). Ainsi la présentation
solennelle de l'épisode de Marie : «Cependant, prêt à
vous raconter ce qui va suivre, au moment de descendre dans ce souvenir, je tremble et j'hésite», qui
fait écho à l'annonce de l'épisode de Maria.*

Mais, entre les Mémoires *et* Novembre, *l'écrivain a
mûri. Flaubert adopte désormais une conception
moins théâtrale de l'autobiographie; il renonce à
faire un sort à chacune des lois du genre. Il est aussi
plus attentif à ne pas laisser le récit se perdre en de
vagues rêveries : s'il met toujours l'accent sur les pensées et les sentiments de l'adolescent plutôt que sur
les événements de son existence, ces mouvements
intérieurs sont situés avec plus de soin dans des
contextes narratifs précis, et le narrateur marque net-*

tement les étapes de son développement psychologique.

Et surtout, l'observation a gagné en originalité et en profondeur. Décrire son pessimisme n'a rien de bien extraordinaire pour un disciple des romantiques. Ce qui est saisissant, c'est la façon dont l'écrivain de vingt ans observe l'éveil de la sexualité chez l'adolescent qu'il cesse à peine d'être. L'auteur des Mémoires d'un fou *criait son émoi, son besoin d'amour; celui de* Novembre *s'analyse* — et, miracle, l'analyse n'empêche nullement l'émotion: c'est à juste titre qu'Henri Guillemin apprécie là «les pages les plus brûlantes, peut-être, sur la joie du corps, qui soient dans toute la prose française du siècle dernier».

Si l'analyse s'est approfondie, la structure narrative des Mémoires *est reprise telle quelle. Après l'évocation de la prime jeunesse, un saut temporel nous fait passer à un long épisode amoureux, solennellement introduit, on l'a vu.*

Rappelons-le brièvement tel que l'a vécu Flaubert. À l'aller et au retour de son voyage en Corse, il passe par Marseille et loge à l'hôtel Richelieu, rue de la Darse. C'est au retour que la tenancière de l'hôtel l'attire dans sa chambre, puis le rejoint pour une nuit qu'il n'oubliera pas: vingt ans plus tard, il la raconte aux Goncourt. Séparés dès le lendemain, les amants d'un jour vont s'écrire pendant quelques mois; on connaît quatre lettres d'Eulalie à Flaubert, s'échelonnant de janvier à août 1841, passionnées, et que l'écrivain a gardées jusqu'à sa mort. Il retourne rue de la Darse à chacun de ses passages par Marseille. Ayant retrouvé la trace de la dame, partie — ou repartie — pour Cayenne, il tente de lui écrire en 1846.

L'épisode central de Novembre *est clairement inspiré de cette aventure. Les faits réels dont on a connaissance ne sont pas nombreux, mais plusieurs*

*d'entre eux se retrouvent dans le récit : les deux scènes
d'amour la même journée, les marches usées de l'escalier qui mène chez Marie, le pavé de la chambre, le
bruit de la pluie, la certitude d'une rencontre sans
lendemain, l'expression si frappante «elle me prit»,
qui est l'écho d'une formule employée par Eulalie
elle-même dans une de ses lettres : «avant de t'avoir
[...] possédé». Mais l'histoire vécue subit ici une
transposition beaucoup plus importante que dans*
Les Mémoires d'un fou.

*Physiquement, Marie ressemble fort à Maria, c'est-à-
dire à Mme Schlesinger. Pour le moral, ses déclara-
tions enflammées rappellent le style passionné
d'Eulalie Foucaud (dont Flaubert reçoit les lettres à
l'époque même où il écrit son roman), mais celle-ci
n'est certainement pas la seule source. Flaubert était
allé dans une maison close en février 1839. Il s'y était
«embêté»; mais il a dû changer d'avis assez vite : en
1853, il notera qu'il a perdu, depuis l'époque de
Novembre, «une grande admiration pour les putains,
que je n'ai plus que théorique et qui jadis était pratique». Si l'épisode central des* Mémoires d'un fou *se
fonde pour l'essentiel sur la rencontre de Mme Schlesinger et n'emprunte ailleurs que des détails précis,
celui de* Novembre *combine donc au contraire plusieurs expériences vécues : c'est progresser vers le
roman.*

*Flaubert le fait aussi par d'autres moyens. Alors
que le personnage féminin n'offre guère de consis-
tance dans* Les Mémoires d'un fou, *dans* Novembre
*l'intérêt se partage entre les deux protagonistes, objec-
tivés tous deux par la technique de la scène et du style
direct. Et l'auteur établit entre eux tout un jeu de
parallélismes et d'antithèses : «elle dans sa prostitution et moi dans ma chasteté, nous avions suivi le
même chemin [...], elle dans le monde, moi dans mon
cœur». Par ce procédé typiquement littéraire, Flau-*

bert s'écarte de la reproduction fidèle du réel à laquelle
tend — idéalement — l'autobiographie.

Pour le narrateur de Novembre, la rencontre de
Marie est comme l'expérience initiatique autour de
laquelle tout pourrait s'organiser; mais soudain le
récit tourne court: le jeune homme n'arrive pas à
retrouver cette femme chez qui il vient pourtant de se
rendre deux fois en une journée. Flaubert pouvait à
peu de frais réduire cette invraisemblance, mais sans
doute a-t-il voulu qu'il reste dans son roman l'écho
de la rupture brutale de Marseille. Il sacrifie le réa-
lisme à la production d'un effet, écrivant sans explication: «Je ne l'ai plus revue», et faisant suivre la
phrase d'un blanc qui figure typographiquement la
coupure dans l'histoire du héros.

Par le biais de ce passé composé («je ne l'ai plus
revue» et non: «je ne la revis plus»), on arrive d'un
coup au présent du narrateur. L'épisode de la prostituée va se terminer par un long passage lyrique où le
jeune homme exprime le désir d'un ailleurs qui pourrait le tirer de son ennui — série de visions exotiques,
sur laquelle le texte s'interrompt de nouveau.

La rupture est cette fois plus marquée encore. Après
un blanc, c'est un autre narrateur qui prend la parole.
Figuration sans doute de ce qui s'est réellement
passé: après l'échec au premier examen de droit, c'est
un autre Flaubert qui reprend la plume pour achever
Novembre.

La fable du manuscrit trouvé est un stratagème
romanesque bien connu. Mais l'auteur, ici, ne l'a pas
utilisée au début de l'œuvre. C'est en cours de route
que le récit de premier niveau est soudain présenté,
rétrospectivement, comme enchâssé dans le récit du
second narrateur. Ce qui entraîne des conséquences
intéressantes.

D'abord, l'introduction d'un second narrateur permet à Flaubert de transporter plus loin le moment de l'énonciation, et d'englober dans le récit la mort du héros : c'est le procédé de Werther, l'une des sources évidentes de Novembre. *D'autre part, le statut de la première partie est modifié : elle ne peut plus passer pour une autobiographie véritable ; présenté comme l'ami du second narrateur, le premier ne peut plus être assimilé à l'auteur. Quant au second narrateur, il usurpe le rôle de l'auteur à la fin, lorsqu'il déclare que ce qu'on vient de lire est un roman.*

Mais ce qu'il faut observer surtout, c'est que le second narrateur se trouve à l'égard du premier dans la position d'un autobiographe jugeant sévèrement l'être qu'il a été, et dont il s'est peu à peu éloigné : il proclame que le texte retrouvé est rempli de « métaphores, hyperboles et autres figures » qui en rendent la lecture fastidieuse ; que son ami était « un homme qui donnait dans le faux, dans l'amphigourique et faisait grand abus d'épithètes ». Qu'il avait tendance à trop s'épancher mais que les mots lui manquaient pour dire ses sentiments.

Bref il est clair que Flaubert, lorsqu'il achève Novembre, *porte sur lui-même un jugement négatif. En pleine crise d'adolescence, acculé à entamer des études pour lesquelles il n'a ni goût ni talent, il se sent dans une impasse, et son état dépressif l'empêche de voir ses progrès dans le domaine de l'écriture, qui sont réels.*

Par exemple, il a compris, comme le Diderot du Paradoxe sur le comédien, *que l'émotion véritable et immédiate nuit à l'expression artistique de l'émotion. La transformation du « je » en « il », le report dans le passé d'événements présents de la vie de l'auteur (le texte des lettres que lui envoie Eulalie Foucaud), le relais par la courtisane des pensées et sentiments du narrateur, le passage de la confession au témoignage grâce à l'invention du second narrateur, puis du témoignage au roman, constituent évidemment autant de pas vers la littérature impersonnelle.*

Indépendamment de cela, Flaubert acquiert ou consolide ses techniques narratives : la scène (voir celle de l'arrivée chez la prostituée, dont R. J. Sherrington fait remarquer qu'elle est fermement menée de bout en bout du point de vue du narrateur), le portrait (Jacques Douchin note la mæstria avec laquelle est peinte Marie allongée sur son lit), l'analyse psychologique (l'évocation de l'état dépressif du héros vaut à peu de chose près les plus belles pages de Madame Bovary sur le même thème : « Usé par l'ennui, habitude terrible, et trouvant même un certain plaisir à l'abrutissement qui en est la suite, il était comme les gens qui se voient mourir, il n'ouvrait plus sa fenêtre pour respirer l'air, il ne se lavait plus les mains, il vivait dans une saleté de pauvre, la même chemise lui servait une semaine, il ne se faisait plus la barbe et ne se peignait plus les cheveux... »).

En revanche, les Goncourt ont sans doute raison de faire des réserves sur le dialogue. On sait que Flaubert ne cessera de dire la difficulté du style direct, et qu'il l'emploiera, dans ses grands romans, avec parcimonie. Dans Novembre on assiste à un échange de répliques conventionnelles, sans intérêt pour l'action et sans « calculs du dessous ». Et dans la longue confession de Marie, Flaubert, trop attentif à sa démonstration, néglige presque complètement de donner au discours quelques traits qui en désigneraient le caractère oral.

Il faut admettre cependant que ce qui est le plus accompli dans Novembre (sinon peut-être le plus intéressant pour l'avenir de l'auteur) c'est le début, la partie autobiographique. Ici, l'œuvre soutient la comparaison avec les modèles du genre, alors que Flaubert n'est pas encore capable d'écrire le roman qui concurrencera Balzac. C'est que, à travers Agonies, Les Mémoires d'un fou *et le* Cahier intime, *il s'est exercé à l'autobiographie; c'est que le style romantique lui est familier depuis toujours, alors qu'il commence seulement à prendre conscience des vertus de la distanciation et de ses méthodes. La première partie de* Novembre *s'ouvre sur une évocation de la nature en automne et des rapports de l'homme et de la nature qui est digne d'un grand écrivain romantique, et les «confessions» du début sont, on l'a dit, d'une intensité et d'une nudité poignantes. «Chaque phrase est un frôlement de soi contre soi», écrit Sartre.*

Ainsi, au moment même où il arrive à dominer parfaitement un certain genre, un certain style, Flaubert repart tout de suite vers autre chose, entame une nouvelle gestation, qui n'est pas toujours aisée. À vingt ans c'est déjà l'artiste au sens plein du terme, sans trêve à la recherche de formes inédites.

L'expression du moi dans *Pyrénées-Corse*

Reçu bachelier le 3 août 1840, Flaubert se voit offrir son premier grand voyage: un périple de deux mois sous la tutelle de Jules Cloquet, professeur à la Faculté de médecine de Paris, âgé de cinquante ans, ami de son père. Le jeune homme hésite d'abord à partir: «[...] l'instinct [...] me dit [que] le voyage sans doute me plaît, mais le compagnon guère», écrit-il à Ernest Chevalier. Finalement, il trouvera le docteur Cloquet à son goût, et restera lié avec lui sa vie durant.

Le projet initial semble avoir été d'explorer les Pyrénées des deux côtés de la frontière puis de séjourner en Espagne, où Gustave aurait bien voulu se voir char-

ger d'un travail scientifique. Mais, au désappointe-
ment du jeune homme, ce projet fut modifié, l'Es-
pagne remplacée par la Corse.

L'itinéraire du voyage et sa chronologie se laissent
aisément retracer. Quittant Paris le samedi 22 août,
les voyageurs passent par Tours, s'installent à Bor-
deaux, puis à Bayonne, d'où ils visitent Biarritz et font
une excursion en Espagne. Ils se rendent alors à Pau,
le 1er ou le 2 septembre. Suit l'exploration des Pyré-
nées ; on séjourne à Bagnères-de-Luchon autour du
15. Puis c'est Toulouse, et la descente par le canal du
Midi ; ensuite Nîmes et Arles, où le jeune homme, pen-
dant deux jours, vit «en pleine antiquité». On arrive à
Marseille le dimanche 27 septembre, à Toulon le 29.

L'embarquement pour la Corse a lieu le dimanche
4 octobre. Cloquet et son jeune compagnon débar-
quent à Ajaccio, où ils seront les hôtes du Préfet —
rien de moins. Après une première excursion, ils enta-
ment la traversée de l'île jusqu'à Bastia, où ils arri-
vent le 16 octobre. C'est vraisemblablement le 18
qu'ils reprennent le bateau pour Toulon. Ils reparti-
ront de Marseille le dimanche 25, et seront à Paris le
1er novembre.

Pour la partie continentale du voyage, l'itinéraire
est très traditionnel : grandes villes, châteaux, églises,
ruines antiques. Les «curiosités» ne sont pas évitées :
«caveau corroyeur» de Bordeaux (que visite aussi, à
la même époque, Théophile Gautier : voir Pyrénées-
Corse, *p. 224, n. 1), manufactures de poterie, marbre-*
ries, etc. Laissé à lui-même, Gustave aurait, dit-il,
adopté un autre style : «Je serais resté volontiers quinze
jours à Fontarabie, et je n'aurais vu ni Pau, ni les
eaux thermales, ni la fabrique de marbre à Bagnères-
de-Bigorre, qui ne vaut pas l'ongle d'une statue cas-
sée, ni bien d'autres belles choses qui sont dans le
Guide du voyageur.»

*Ensuite, c'est la nature que découvrent nos voya-
geurs. En Corse, ils sortent — au sens propre — des
sentiers battus, grâce à l'itinéraire dressé par le Préfet
lui-même. Pour plusieurs segments de leur voyage, les
cartes d'un répertoire des Ponts et chaussées, soixante-
quinze ans plus tard, n'indiqueront encore aucune
route. Ils dédaignent l'art monumental (les églises
romanes appréciées de Mérimée), comme les lieux
chantés par les auteurs antiques. Ajaccio, dont Flaubert apprécie pourtant la beauté, ne se voit l'objet
d'aucune description en forme.*

*Dès avant le départ, le jeune homme avait décidé
d'écrire le récit de son voyage. C'était la mode, et son
père l'y poussait: «Vois, observe et prends des notes;
ne voyage pas en épicier ni en commis-voyageur.»
C'était aussi l'occasion d'expérimenter un nouveau
genre littéraire. Il le fit avec sérieux; un passage du
Cahier intime le montre atteint par l'indifférence de
ses premiers auditeurs: «À Pau j'ai froid. Je lis mes
notes à M. Cloquet et à Mlle Lise; peu d'approbation
et peu d'intelligence de leur part; je suis piqué. Le soir
j'écris à Hamard, je suis triste; à table j'ai peine à
retenir mes larmes.»*

*En 1866, Flaubert écrira à Taine: «[...] le genre
voyage est par soi-même une chose presque impossible», alors que six ans plus tôt il conseillait à
Ernest Feydeau de ne pas écrire le récit de son voyage
en Afrique, «parce que c'est facile». Tout dépend de
la façon de concevoir le genre. Dans un passage de
Pyrénées-Corse, le jeune homme évoque sur un ton
de persiflage sa conception «facile»: «Un voyageur
est tenu de dire tout ce qu'il a vu, son grand talent est
de raconter dans l'ordre chronologique: déjeuner au
café et au lait, monté en fiacre [...] le tout assaisonné
d'émotions et de réflexions sur les ruines; je m'y*

conformerai donc autant qu'il sera possible.» Mais,
si l'on est plus exigeant du point de vue de l'art, cela
devient «impossible», comme il l'expliquera à Louise
Colet: comment équilibrer les différentes parties
quand on est tellement tenu par sa matière? comment
«faire un tout d'une foule de choses disparates»?

Dès les premières lignes de Pyrénées-Corse, *Flaubert* dénonce le récit de voyage préparé, à l'érudition
«placardée», aux émotions factices, au style déclamatoire et stéréotypé. Son idéal personnel est «le style
d'un honnête homme»: simplicité et vérité. On n'ira
cependant pas jusqu'à dire que dans Pyrénées-Corse
il ne fait jamais de littérature; l'incipit de la description de Bordeaux est le type même de la phrase à effet:
«Ce qu'on appelle ordinairement un bel homme est
une chose assez bête; jusqu'à présent, j'ai peur que
Bordeaux ne soit une belle ville.» Et la description de
la cathédrale Saint-André mériterait les honneurs du
Sottisier, comme «spécimen de style métaphorique».
Mais, dans l'ensemble, Pyrénées-Corse nous offre des
récits enlevés, des descriptions précises (voir la note
sur les animaux domestiques en Corse), des paysages
déjà subtils (clair de lune, scène de brouillard), un
sens du «morceau» et de la clausule.

Ce par quoi l'œuvre pèche, c'est sa structure.
Presque tout ce qui concerne la visite d'Ajaccio arrive
par bribes, au détour d'un épisode ultérieur; les
«réflexions» du livre d'or, au lac de Gaube, semblent
intercalées a posteriori; les personnages entrent en
scène sans annonce, et la narration commence souvent in medias res, si bien que l'on n'arrive à situer le
narrateur (en bateau, à cheval...) qu'une fois l'épisode largement entamé.

C'est que le travail s'est effectué selon une périodi-
cité irrégulière et que les différentes tranches en sont
souvent mal raboutées. De plus, ayant pris du retard,
c'est seulement de retour à Rouen que Flaubert a

rédigé — en quelques jours — tout ce qui suit l'étape d'Isolaccio (12 et 13 octobre). Et il a incorporé hâtivement dans son récit des passages déjà esquissés durant le voyage, par exemple celui qui commence par: «Tout à l'heure, nous avons failli avoir une aventure», fort mal intégré dans la partie rédigée à Rouen. On trouve également l'inverse: des insertions «rouennaises» dans le texte rédigé en voyage; ainsi, cette question à propos de l'église de Carcassonne: «Qu'est maintenant devenu le déblaiement de la chapelle latérale?» Aussi n'est-il pas étonnant que le manuscrit soit décrit par son auteur, au début de la dernière partie, comme une mosaïque de notes prises à des moments différents, et qu'il compte «allonger» et «détailler de plus en plus».

Pour Jean Bruneau, Pyrénées-Corse *est d'abord un «*Voyage romantique type*» à la Dumas. Et, certes, on y trouve les ingrédients du voyage romantique tels que le critique les énumère: exposé historique, exposé artistique et architectural, dissertation littéraire (dans un moment creux), narration, description, jugement moral... Mais le tout avec une certaine réserve: Flaubert, par exemple, prend ouvertement ses distances par rapport à la méthode de Dumas, si empressé à raconter une page de l'Histoire de France à chaque étape; nous avons été prévenus: pas d'érudition placardée.*

Si Blois appelle une allusion voilée à l'assassinat du duc de Guise, c'est que le jeune auteur, cinq ans plus tôt, a écrit sur ce sujet. À Bordeaux, la mention du Girondin Vergniaud est on ne peut plus brève. Lors de l'excursion en Espagne, Flaubert ne signale l'île des Faisans que pour dire qu'elle «ne vaut pas la peine d'être nommée»; à Fontarabie, la lutte des Carlistes contre les partisans de Christine est évoquée en quelques lignes, et partiellement par le biais d'une

*description des lieux. À Pau, Flaubert se dit
«assommé des châteaux qui rappellent des souvenirs». À Toulon, la référence à un livre de Lauvergne
le dispense de raconter le siège de la ville.*

*Il affirme aussi son refus du pédantisme, particu-
lièrement dans les lignes qu'il consacre à la «philosophie de l'histoire», genre qui lui paraît bien
prétentieux. Mais il ne résiste pas au plaisir d'étaler
ses connaissances littéraires et de se livrer à un
«aperçu ingénieux» de plusieurs pages sur la progression inverse, aux XVIe et XVIIe siècles, de l'architecture
et de la littérature: «rien moins», comme il le dit lui-
même.*

*Pyrénées-Corse offre également au lecteur sa ration
d'une autre des composantes favorites du voyage
romantique, les histoires et légendes des pays traver-
sés: histoires de bandits corses, légende de la jeune
mariée. L'auteur joint aux fictions ses propres aventures, racontées avec verve: le sauvetage manqué, l'affreuse traversée de Toulon à Ajaccio, la prétendue
attaque dans les bois. Ses qualités de narrateur sont
évidentes.*

Mais ce qui rattache le plus étroitement Pyrénées-
Corse au voyage romantique, c'est la place importante accordée à l'expression du moi. Les passages
sont nombreux où Flaubert s'examine: «Je suis avant
tout homme de loisir et de caprices.» Un petit ton
supérieur n'est pas toujours absent des comparaisons
qu'il établit entre lui et les autres. Qu'il ait serré la
main d'un bandit lui apparaît comme un geste qui a
compté... pour le bandit, lequel recevait ainsi l'approbation et l'encouragement d'un honnête homme.

L'exposition de ses états d'âme et des vagabondages
de son imagination est souvent préférée à la description objective, surtout pour la partie continentale du
voyage (en Corse, les mœurs et les paysages pitto-

resques se voient accorder la priorité). À Nîmes, *en*
Arles, *Flaubert évoque une fête dans les arènes. Dans*
la cathédrale de Bordeaux, il invente un boudoir de
pierre, et la maîtresse du roi enfermée là sous la cha-
leur de midi… La visite de Pau est ouvertement filtrée
par son ennui; celle de l'église Saint-Sernin par sa
mauvaise humeur. Il arrive que le récit de voyage
prenne franchement l'allure d'un journal intime.

Si Pyrénées-Corse *se montre romantique par la*
place accordée à la subjectivité, il l'est de surcroît par
le type de personnalité qui se manifeste. De nombreux
passages rappellent cette fascination devant la gran-
deur guerrière qui éclate dans les premières pages de
La Confession d'un enfant du siècle : *enfants qu'il*
vaudrait mieux envoyer au combat qu'enfermer à
l'usine, navires trop astiqués dont les canons man-
quent de traces de sang; et la maison natale de Napo-
léon déchaîne le lyrisme du visiteur. Quant aux
bandits corses, le jeune Flaubert ne peut manquer d'en
admirer la générosité, le sens de l'honneur poussé à
l'extrême, etc. Il faut se garder de juger leur conduite
d'après «nos petites idées européennes».

C'est des romantiques aussi que Flaubert tient son
goût de l'exotisme — du Midi et, au-delà, de l'Orient.
Ce goût, il l'a profondément intégré; une véritable
extase panthéiste le saisira à Sagone, sous le soleil,
près de la mer. On l'a souvent noté : il a tant rêvé du
Midi qu'à peine parti il s'y voit déjà. À Angoulême, on
se croit «en Espagne». À Savignac, deux jeunes filles
lui offrent «une véritable apparition moresque».
Comme le fait remarquer Jeanne Bem, le pays basque
est déjà, pour lui, l'Andalousie; et l'Espagne, comme
pour Gautier à la même époque, c'est l'Afrique, donc
«l'Orient». L'exotisme modéré du Midi sert ainsi de
tremplin au rêve de l'ailleurs véritable. Dans la géo-
graphie onirique de Pyrénées-Corse *s'inscrivent la*
Perse et l'Inde, l'Amérique et ses forêts vierges,

l'Afrique du Sud (les Hottentots), la Nouvelle-Zélande.
Et l'exotisme dans l'espace se double d'un exotisme
dans le temps grâce au thème obligé des ruines.

L'intensité des sentiments dans lesquels Flaubert
découvre le Midi correspond à une avidité devant la
vie que n'a pas encore réussi à entamer son scepticisme (pourtant en bonne voie : la satire du bourgeois
et des idées reçues se fait vigoureuse). Ainsi, la formule fameuse de Jean-Pierre Richard — « On mange
beaucoup dans les romans de Flaubert » — s'applique
aussi bien, et peut-être mieux encore, à ce voyage qu'à
Madame Bovary. *La nourriture intervient sans cesse*
dans les réflexions du jeune homme. À Poitiers, la ville
lui semble avoir quelque chose de sévère, « autant que
j'ai pu en juger par un mauvais dîner ». À Carcas-
sonne, sur le marché, « dans des corbeilles de jonc
étaient dressées des pyramides de fruits, raisins, figues,
poires ; le ciel était bleu, tout souriait, je sortais de
table, j'étais heureux ». À Toulon : « Passé une journée
à ne rien faire ; c'est toujours une de bonne, une jour-
née tranquille, douce, où l'on a vécu avec des amis,
sous un beau ciel, l'estomac plein, le cœur heureux ;
elle s'est terminée par un beau crépuscule sur les flots,
par une promenade pleine de causerie divaguante, de
ces causeries où l'on mêle tout, et qui tiennent à la
fois de la rêverie solitaire au fond des bois et de l'inti-
mité babillarde du coin du feu. » Dans ces lignes, c'est
la face souriante de Flaubert qui se peint : inclination
pour le farniente et la rêverie qui s'y associe ; goût de
la conversation intime à bâtons rompus ; besoins
parallèles de la beauté et de la liberté du monde natu-
rel, et de la chaleur du foyer — et penchant pour les
nourritures solides, soutien de la bonne forme morale.

On aura remarqué que dans cette évocation des
plaisirs ou du bonheur de la vie, il manque quelque
chose : l'amour. Or Novembre, *vraisemblablement*

commencé quelques semaines après le retour de Corse,
a pour source principale, on s'en souvient, une aventure vécue par le jeune homme le dernier jour de son
voyage. Pyrénées-Corse *est farouchement muet sur ce
point. En Arles, le jeune homme aperçoit des prostituées sur leur seuil, à Marseille des filles sur les
genoux des hommes dans les tavernes, sans que cela
semble lui inspirer l'idée de quelque entreprise personnelle. Pas une pensée non plus aux souvenirs qui
brûlent les pages des* Mémoires d'un fou. *Comme si
l'amour n'existait pas.*

*Le texte aurait-il été expurgé sur ce point par la
nièce de Flaubert ? Il est peu vraisemblable qu'elle ait
fait complètement disparaître l'épisode d'Eulalie;
l'hypothèse la plus plausible est celle de Jean Bruneau: le jeune homme s'est tu sur ce chapitre parce
qu'il savait qu'il devrait montrer à ses parents le
compte rendu de son voyage. Ainsi,* Pyrénées-Corse,
*qui fait une large part à l'expression du moi, s'écarte
des récits autobiographiques de la même époque en
ceci surtout que le moi ne s'y analyse pas sur le plan
du sentiment (alors que la matière ne manquait pas,
mais elle passera, précisément, dans* Novembre*).
C'est le rapport à la nature et au monde qui domine.
Le point culminant, ce n'est pas la nuit de Marseille,
mais l'expérience panthéiste de Sagone.*

Le *Voyage en Italie*: «un travail sérieux»

*Le 3 mars 1845, Caroline Flaubert épouse Émile
Hamard, un des camarades d'études de son frère.
Comme il se doit, le jeune couple fera son voyage de
noces en Italie. Il est décidé que la famille l'accom-
pagnera jusqu'à Gênes, et que M. et Mme Flaubert
visiteront ensuite avec Gustave le Midi de la France
pendant que les nouveaux époux continueront jus-*

*qu'à Naples. Mais, à partir de Toulon, Caroline se
plaint de maux de reins. Le voyage sera écourté, l'idée
de Naples abandonnée, et tous reviendront par la
Suisse, à petites étapes.*

Les voyageurs partent de Rouen le 27 mars, et, passant par Paris, s'en vont à Nogent faire leurs adieux à
la famille du docteur Flaubert. Ils en repartent pour
Dijon le 3 avril. S'embarquant à Châlon avec leur
voiture, ils descendent la Saône jusqu'à Lyon, puis le
Rhône jusqu'en Avignon. On visite Tarascon, Nîmes,
Arles, puis Marseille, Toulon, et l'on passe par Nice.
Le 1er mai, le jeune homme, déjà bien installé à
Gênes, écrit à son ami Le Poittevin qu'il y restera six
ou sept jours encore, et qu'il sera rentré à Rouen,
après être passé par la Suisse, «dans trois semaines,
un mois au plus tard». On visite ensuite Turin, puis
Milan, d'où l'on va voir Monza et Pavie. Après Milan,
les voyageurs remontent vers le lac de Côme, puis le
lac Majeur. Ils passent le col du Simplon le 22 mai, et
retournent en France par Lausanne et Genève (d'où
Flaubert écrit à Le Poittevin le 26). Ils feront encore
étape à Besançon, à Langres, à Nogent et à Paris, où
ils arrivent vraisemblablement le 8 juin. Gustave y
reste quelques jours, et regagne Rouen le jeudi 12,
après deux mois et demi d'absence. S'il n'a vu, finalement, que quelques villes du nord de l'Italie, il fera
plus ample connaissance avec le pays six ans plus
tard, au retour de son voyage en Orient, quand il
remontera de Naples à Milan en passant par Rome,
Florence et Venise. Ce qui nous vaudra de nouvelles
«notes d'Italie».

Le voyage de 1845 aura été moins réussi que le pré-
cédent. Visiter l'Italie avec père et mère manque de
charme à vingt-trois ans; quand de surcroît vous
accompagnez votre sœur chérie en train de faire son

voyage de noces avec un de vos camarades, la situa-
tion, psychologiquement, doit être difficile. Et puis la
maladie est là, et ne se laisse pas oublier: après son
retour Flaubert confie à Chevalier qu'il a eu «encore
deux crises nerveuses» pendant le voyage. En se
retrouvant à Marseille, il a comparé le «vieillard»
qu'il a l'impression d'être devenu au «jeune homme»
qu'il était cinq ans plus tôt. Et à ses propres pro-
blèmes il lui fallait ajouter ceux de son père qui souf-
frait des yeux et regrettait ses malades, sans compter
les inquiétudes que donnait la santé de Caroline.

Le carnet ne dit pas non plus l'exaspération qui
explose dans les lettres à Le Poittevin: «Par tout ce
que tu as de plus sacré, si tu as quelque chose de
sacré, par le vrai et par le grand, ô cher et tendre
Alfred, je t'en conjure au nom du ciel, au nom de moi-
même, ne voyage avec personne! avec personne! — Je
voulais voir Aigues-Mortes et je n'ai pas vu Aigues-
Mortes, la Sainte-Baume et la grotte où Madeleine a
pleuré, le champ de bataille de Marius, etc. Je n'ai
rien vu de tout cela, parce que je n'étais pas seul, je
n'étais pas libre.» Mais il faut dissimuler: «Il va
sans dire que je suis très content de mon voyage et
toujours d'un caractère fort jovial.»

Dans la mesure, peut-être, où il n'attend pas de son
voyage un plaisir sans mélange, Flaubert décide de le
mettre à profit. «Voyager doit être un travail sérieux.»
*Avant de partir, il demande qu'on lui trouve l'*His-*
*toire de la République de Gênes *d'Émile Vincens et*
*les *Notes d'un voyage dans le Midi de la France *de*
Mérimée, et manifeste l'intention d'acheter «les ins-
tructions sur l'architecture romaine publiées par
ordre du ministre». Il étudiera Vincens avec beau-
coup de soin. Il le lit assidûment pendant le voyage,
en fait un résumé de quarante longues pages et en tire
le scénario d'un drame.

Comme guide pour l'architecture, outre l'ouvrage de Mérimée, il pourrait bien avoir eu dans les mains les travaux de Valéry, Voyages historiques, littéraires et artistiques en Italie *et* L'Italie confortable. *Enfin, parmi les voyages «littéraires» qu'il a dû lire ou parcourir avant son départ, on peut inscrire en tout cas les* Tableaux de voyage *de Heine, dont il reprend une phrase à propos des églises de Gênes.*

La rédaction des notes du Voyage en Italie, *comme celle de* Pyrénées-Corse, *va s'effectuer selon un rythme fort peu régulier. La plupart des notes concernant la première partie du voyage n'ont pas été prises sur le vif, mais à distance; l'emploi constant du passé simple, d'expressions comme «un soir», de remarques globalisantes du type: «à Gênes, j'aimais à aller dans les églises» indique que les faits rapportés ne se situent pas dans le passé immédiat. Bien mieux, dans le texte consacré à Gênes, il est fait allusion à Milan, à l'Isola Madre et au couvent de Domodossola: la description de Gênes n'est donc achevée qu'au moment où les voyageurs vont passer en Suisse.*

De plus, le carnet n'a pas toujours été rempli dans l'ordre des pages. La description de La Tentation de saint Antoine *de Bruegel, rédigée à Milan, se trouve aux f°s 30 et 31, alors que l'Isola Madre, la villa Serbelloni et le couvent de Domodossola (tous visités après Milan) sont déjà évoqués au f° 26. On peut penser que Flaubert a commencé par mettre sur papier la description du tableau, en choisissant symboliquement pour cela la première page de couleur de son carnet; et qu'il a ensuite continué son récit sur les pages laissées vides. L'inventaire du trésor de Monza, qu'il est allé voir un après-midi, semble de même avoir été consigné avant que le voyageur ne relate, sur des pages réservées à cet effet et un peu chichement calculées, sa visite du matin à la bibliothèque Ambrosienne.*

*Cette façon de travailler met en évidence l'éton-
nante mémoire de Flaubert : ces descriptions si précises de palais, de tableaux, ont été écrites au moins
dix à quinze jours après les visites. Elle explique aussi
les lacunes de son texte : pas un mot, par exemple, sur
la cathédrale de Milan. Non que Flaubert la méprise ;
simplement, parce qu'il n'écrit pas dans l'ordre, il
oublie d'en parler.*

*Ou bien juge-t-il inutile de la mentionner, parce
qu'il ne risque pas d'en perdre le souvenir, et que ce
qu'il vise n'est pas le « récit de voyage » mais l'aide-
mémoire strictement personnel ? Il est parti pour
l'Italie, non par choix, mais selon une décision fami-
liale. Il ne va pas y chercher, comme il le fera en
Tunisie, les lieux dont il a besoin pour une œuvre déjà
amorcée (Salammbô). Il prendra des notes, mais sans
but documentaire précis. Un indice du fait qu'il ne
pense pas à écrire un voyage en Italie, c'est que la
question du genre n'est pas abordée, contrairement à
ce qui se passe dans* Pyrénées-Corse. *Dans son carnet, la tâche principale que se donne Flaubert est
d'enregistrer personnages, monuments, tableaux, non
seulement pour ramener chez lui l'équivalent de
reproductions alors impossibles à se procurer, mais
pour s'exercer à voir et ainsi à faire voir : les grands
artistes « ne sont peut-être [...] que des contemplateurs », écrit-il.*

*Donc il regarde. Assez attentivement pour tenir
l'objet en mémoire pendant des jours avant de l'inscrire dans le carnet. Parfois il se contente d'un
memento : « Se souvenir du capitaine Rose », « Il faut
se rappeler la manière et le geste dont elle [la gardienne du palais des Papes] a dit : Ils les ont "assassinés". » Parfois un portrait écrit s'offre à nous ; celui de
cette même gardienne : « La vieille femme, robe jaune,
bonnet blanc, perruque noire, teint de parchemin flétri, yeux jeunes et singulièrement vifs, ensemble fréné-*

tique et lugubre, une démarche tragique et emportée. »
Même chose pour les tableaux ; il arrive que Flaubert
en note seulement le sujet mais, le plus souvent,
l'énumération des détails est minutieuse.

Est-elle exacte ? Prenons le cas du Bruegel, dont la
description est rédigée dix jours au moins après la
visite du palais Balbi. Flaubert se trompe sur deux
points importants : il voit le saint entouré de trois
femmes nues (elles ne sont que deux), et il inverse la
composition, mettant ce groupe à gauche du tableau
alors qu'il est à droite. En revanche, la plupart des
nombreux détails qu'il mentionne sont exacts. Et deux
ans plus tard, quand il écrit Par les champs et par les
grèves, le tableau lui est encore très présent à l'esprit,
avec l'impression même qu'il lui avait laissée.

Si ses descriptions sont expressives, c'est d'abord
pour leur netteté. On voit que, depuis toujours, Flaubert a observé avec précision dans les domaines les
plus divers. En botanique, il note les camélias en
pleine terre du palais Durazzo, les plantes rares chez
le comte de***. En zoologie, Antoine Naaman fait
remarquer comme est pertinente sa description des
oiseaux du musée d'Histoire naturelle de Nîmes.
Même précision pour l'examen des lieux historiques :
dans la chambre où fut assassiné le maréchal Brune,
« les marques de balles sont à droite au fond à côté de
la cheminée ». Et, dans les portraits, Flaubert manifeste un talent certain de caricaturiste : « ami de
M. Pradier, moustaches rouges et droites, grosse cravate » ; « bonnet à triple étage garni de dentelles, taille
courte, mâchoire en avant » ; « M. Camatte et sa puissante épouse, à moustaches »... des dizaines de sil-
houettes amusantes constituent l'un des attraits du
Voyage en Italie.

Les portraits des musées sont traités comme les
personnages réels rencontrés durant le voyage : « Au
musée la figure du conseiller de Bourgogne, pâle,

maigre, froide, méchante, mais mélancolique au fond, impassible et jaunâtre; chaperon à bords relevés, chape raide et dorée sur les épaules.» C'est la même technique que pour la gardienne du palais des Papes: énumération d'adjectifs, ou de substantifs accompagnés d'un qualificatif. Ce qui veut dire qu'un portrait n'est pas d'abord pour Flaubert un morceau de peinture à examiner comme tel, mais un être à observer et à expliquer en mots. Il donne au visage peint la complexité d'une personne vivante en juxtaposant des qualifications qui se heurtent, soit parce qu'elles relèvent de domaines différents, soit parce que, à l'intérieur du même domaine — physique, psychologique, voire social —, la présentation des détails se fait sans progression, comme le permet la syntaxe énumérative: «traits flétris, spirituels mais ennuyés; expression peu indulgente quoique sans férocité ni ruse». C'est en romancier que Flaubert travaille ici.*

Romancier, il l'est aussi quand il invente, autour d'un personnage ou d'un tableau, une histoire: les occupations occultes du loueur de maisons de campagne («Il doit acheter des petites filles et les vendre aux riches»); l'atmosphère dans laquelle le flûtiste de Strozzi s'est mis à jouer... Flaubert entend le rire du Démocrite *de Ribera. Il invente la personnalité de Théodelinde à partir d'une rêverie sur son peigne.*

Une autre façon encore de réagir en romancier consiste à se demander, comme il le fait à propos de Judith *et* Holopherne, *quel moment d'une histoire le peintre a choisi d'illustrer: chez Steuben,* Judith *marche à son entreprise; chez Vernet, elle est en pleine action; chez Véronèse, revenant à son état normal, elle met d'une manière «toute bête» la tête d'Holopherne dans un sac. C'est aux yeux de Flaubert le choix le plus intéressant.*

Les remarques sur la technique picturale sont en revanche quasi absentes. À peine si l'on note un «rac-

courci de bras vilain» chez le Titien, ou l'absence de
perspective dans le tableau de Bruegel. Flaubert est
très sensible, au contraire, à l'harmonie. Lorsque
Louise Colet lui confiera en 1854 son projet de créer
un journal de mode, il lui conseillera d'étudier, *«par
exemple, comment Véronèse habille ses blondes,
quels ornements il met au cou de ses négresses, etc.».*
Et il ajoute: *«Chaque œuvre à faire a sa poétique en
soi, qu'il faut trouver.»* Ainsi, quand il note scrupu-
leusement les détails d'une toilette et les accessoires
dont le peintre a entouré son modèle, Flaubert étudie
en fait la mise en œuvre d'une poétique. De même,
d'ailleurs, quand il admire à Brigue *«l'art du grand
artiste»*: un paysage de montagnes sous la neige.
*«Comme tous les tons sont fondus et comme toutes
les transitions sont ménagées, rien de disparate
quoique rien de pareil.»* À ce niveau-là, prendre des
notes sur la peinture devient un moyen de trouver son
propre chemin vers l'harmonie.

Que Flaubert, en Italie, ait beaucoup pensé à la littérature, et à lui-même en tant qu'artiste, il en est des
signes assez clairs. Non pas tant les pèlerinages plus
ou moins obligés, pour lesquels son enthousiasme est
variable. Ni les nombreuses références littéraires. Ce
qui importe vraiment, ce sont les projets qui naissent
en cours de route: comme il l'avait écrit dans son
Portrait de Lord Byron, en Italie *«on […] trouve toujours quelque sujet de drame ou de roman».* Le livre
de Vincens le remet en présence d'un personnage
auquel il avait déjà consacré un récit, le condottiere
Sampiero Corso. Il conçoit alors le projet d'un *«drame
assez sec»*, que l'on trouve esquissé à la fin de son
carnet. Rentré à Rouen, il chargera Ernest Chevalier
de lui trouver à Bastia des renseignements sur son
personnage; mais, deux mois plus tard, il semble bien
l'avoir oublié.

Une autre rencontre fortuite aura des effets plus durables : celle du tableau de Bruegel, qui donne à Flaubert l'idée de son œuvre la plus originale et la plus difficile : il va « arranger pour le théâtre La Tentation de saint Antoine ». *Pourquoi pour le théâtre ? Il faut savoir que sa première rencontre avec le sujet s'est faite, semble-t-il, par le biais d'un théâtre de marionnettes dans son enfance à Rouen et que, quelques jours après la visite du palais Balbi, Flaubert est allé voir un spectacle de marionnettes à Milan. Occasion pour lui d'une réflexion sur le rêve et la réalité qui se retrouvera dans la première* Tentation : *ce n'est donc pas une vague idée, mais un projet en gestation, que Flaubert rapportera là de son voyage.*

Les dernières pages du carnet contiennent un troisième projet : un Conte oriental, *déjà en train avant le départ comme l'a démontré Jean Bruneau, et auquel Flaubert consacre ici un scénario fragmentaire. Enfin, à quelques lignes de distance se succèdent la dissertation sur les tableaux qui représentent* Judith et Holopherne *(épisode biblique qui sera la source du chapitre «Sous la tente» dans* Salammbô*), et des réflexions sur une classe de collège divisée, à des fins pédagogiques, en deux factions représentant Rome et Carthage. Est-ce dans ce hasard juxtaposant l'histoire de Judith et celle de Carthage qu'il faut chercher un premier germe du roman de 1862 ?*

Si l'on ajoute qu'un épisode de l'histoire des Lomellini paraît à Flaubert un beau sujet d'opéra, qu'une maîtresse d'atelier lui inspire la réflexion que «la femme de quarante ans n'a pas encore été introduite dans la littérature», qu'il est attentif à la façon dont la gardienne du palais des Papes mène ses récits, on doit admettre que, durant son voyage, Flaubert, qui vient d'achever la première Éducation sentimentale, *ne perd pas une minute la pensée de sa vocation d'écrivain.*

En 1845, Flaubert est sorti de l'adolescence et du narcissisme sans frein des premiers écrits intimes. Il a gardé l'aplomb, la révolte, la façon de philosopher sur des sujets inattendus qu'on observe dans Pyrénées-Corse. Son goût du luxe, sa sensualité se manifestent plus ouvertement.

Et surtout, le Voyage en Italie *met en évidence un trait de son esprit qu'on a déjà rencontré, et qui jouera un grand rôle dans son écriture d'adulte : son penchant à voir les choses à travers le filtre de la remémoration. En prenant des notes, il a conscience de transfigurer le présent fugitif en souvenir, c'est-à-dire en quelque chose qu'il fixe par des phrases, qui prend donc forme, et par là même atteint à la beauté.*

Le cas de ce voyage-ci est évidemment particulier puisque, dans le Midi de la France, le jeune homme repasse par les lieux qu'il a visités cinq ans plus tôt : Tarascon, Nîmes, Arles, Marseille, Toulon vont être l'occasion de maintes réminiscences. Le mouvement va donc en cascade : les souvenirs qu'il est en train de se construire, Flaubert les écrit, sciemment, «pour les mêler à d'autres souvenirs», et il réfléchit aux transformations que leur combinaison fait subir aux deux séries (celle de 1840, celle de 1845) : elles s'alignent sur un même plan temporel — «la distance qui les sépare s'efface» —, et elles prennent une même tonalité, qui fait que l'ensemble est à la fois «triste, et charmant». D'un autre point de vue que dans Les Mémoires d'un fou, *Flaubert continue à s'intéresser au phénomène du souvenir et à ses possibilités littéraires. Vingt ans plus tard,* L'Éducation sentimentale *utilisera magistralement ces réflexions.*

CLAUDINE GOTHOT-MERSCH

Les Mémoires d'un fou

1838

*À cette époque où on a coutume de se
faire des cadeaux, on se donne de l'or et des
poignées de main. — Mais moi je te donne
mes pensées ; triste cadeau ! Accepte-les —
elles sont à toi comme mon cœur.*

Gve Flaubert

4 janvier 1839.

À toi mon cher Alfred
ces pages sont dédiées et données.

Elles renferment une âme tout entière — est-ce la mienne, est-ce celle d'un autre? J'avais d'abord voulu faire un roman intime où le scepticisme serait poussé jusqu'aux dernières bornes du désespoir, mais peu à peu en écrivant, l'impression personnelle perça à travers la fable, l'âme remua la plume et l'écrasa.

J'aime donc mieux laisser cela dans le mystère des conjectures — pour toi tu n'en feras pas.

Seulement tu croiras peut-être en bien des endroits que l'expression est forcée et le tableau assombri à plaisir. Rappelle-toi que c'est un fou qui a écrit ces pages, et si le mot paraît souvent surpasser le sentiment qu'il exprime c'est que, ailleurs, il a fléchi sous le poids du cœur.

———————————

Adieu, pense à moi et pour moi.

———————————

I

Pourquoi écrire ces pages? — À quoi sont-elles bonnes? — Qu'en sais-je moi-même? Cela est assez sot à mon gré d'aller demander aux hommes le motif de leurs actions et de leurs écrits. — Savez-vous vous-même pourquoi vous avez ouvert les misérables feuilles que la main d'un fou va tracer?

Un fou. Cela fait horreur. Qu'êtes-vous, vous, lecteur? dans quelle catégorie te ranges-tu, dans celle des sots ou celle des fous? Si l'on te donnait à choisir, ta vanité préférerait encore la dernière condition. Oui, encore une fois, à quoi est-il bon, je le demande en vérité, un livre qui n'est ni instructif ni amusant, ni chimique ni philosophique ni agricultural ni élégiaque, un livre qui ne donne aucune recette pour les moutons ni pour les puces[1], qui ne parle ni des chemins de fer ni de la Bourse ni des replis intimes du cœur humain ni des habits Moyen Âge, ni de Dieu ni du diable, mais qui parle d'un fou c'est-à-dire le monde, ce grand idiot qui tourne depuis tant de siècles dans l'espace sans faire un pas, et qui hurle et qui bave et qui se déchire lui-même.

Je ne sais pas plus que vous ce que vous allez lire.
Car ce n'est point un roman ni un drame avec un
plan fixe, ou une seule idée préméditée, avec jalons
pour faire serpenter la pensée dans des allées tirées
au cordeau.

Seulement je vais mettre sur le papier tout ce qui
me viendra à la tête, mes idées avec mes souvenirs,
mes impressions mes rêves mes caprices, tout ce
qui passe dans la pensée et dans l'âme — du rire et
des pleurs, du blanc et du noir, des sanglots partis
d'abord du cœur et étalés comme de la pâte dans
des périodes sonores ; — et des larmes délayées dans
des métaphores romantiques. Il me pèse cependant
à penser que je vais écraser le bec à un paquet de
plumes, que je vais user une bouteille d'encre, que
je vais ennuyer le lecteur et m'ennuyer moi-même.
J'ai tellement pris l'habitude du rire et du scepticisme qu'on y trouvera depuis le commencement
jusqu'à la fin une plaisanterie perpétuelle ; et les
gens gais qui aiment à rire pourront à la fin rire de
l'auteur et d'eux-mêmes.

On y verra comment il faut croire au plan de l'univers, aux devoirs moraux de l'homme, à la vertu et à
la philanthropie, mot que j'ai envie de faire inscrire
sur mes bottes, quand j'en aurai, afin que tout le
monde puisse le lire et l'apprendre par cœur, même
les vues les plus basses, les corps les plus petits, les
plus rampants, les plus près du ruisseau[1].

On aurait tort de voir dans ceci autre chose que
les récréations d'un pauvre fou. Un fou !

Et vous, lecteur — vous venez peut-être de vous
marier ou de payer vos dettes ?

II

Je vais donc écrire l'histoire de ma vie — quelle vie! Mais ai-je vécu? je suis jeune, j'ai le visage sans ride, — et le cœur sans passion. — Oh! comme elle fut calme, comme elle paraît douce et heureuse, tranquille et pure! Oh! oui, paisible et silencieuse comme un tombeau dont l'âme serait le cadavre.

À peine ai-je vécu : je n'ai point connu le monde, — c'est-à-dire je n'ai point de maîtresses, de flatteurs, de domestiques, d'équipages — je ne suis pas entré (comme on dit) dans la société, car elle m'a paru toujours fausse et sonore et couverte de clinquant, ennuyeuse et guindée.

Or ma vie ce ne sont pas des faits. Ma vie c'est ma pensée.

Quelle est donc cette pensée qui m'amène maintenant à l'âge où tout le monde sourit, se trouve heureux, où l'on se marie, où l'on aime, à l'âge où tant d'autres s'enivrent de toutes les amours et de toutes les gloires, alors que tant de lumières brillent et que les verres sont remplis au festin, à me trouver seul et nu, froid à toute inspiration, à toute poésie, me sentant mourir et riant cruellement de ma lente agonie comme cet épicurien qui se fit ouvrir les veines, se baigna dans un bain parfumé et mourut en riant comme un homme qui sort ivre d'une orgie qui l'a fatigué [1].

Oh! comme elle fut longue cette pensée! Comme une hydre elle me dévora sous toutes ses faces.

Pensée de deuil et d'amertume, pensée de bouffon qui pleure, pensée de philosophe qui médite. . . . . .

Oh! oui, combien d'heures se sont écoulées dans ma vie, longues et monotones, à penser, à douter! Combien de journées d'hiver la tête baissée devant

mes tisons blanchis aux pâles reflets du soleil couchant, combien de soirées d'été par les champs au
crépuscule à regarder les nuages s'enfuir et se
déployer, les blés se plier sous la brise, entendre les
bois frémir et écouter la nature qui soupire dans les
nuits.

Oh! comme mon enfance fut rêveuse, comme
j'étais un pauvre fou sans idées fixes, sans opinions
positives! Je regardais l'eau couler entre les massifs
d'arbres qui penchent leur chevelure de feuille et
laissent tomber des fleurs, je contemplais de dedans
mon berceau la lune sur son fond d'azur qui éclairait
ma chambre et dessinait des formes étranges sur les
murailles, j'avais des extases devant un beau soleil
ou une matinée de printemps avec son brouillard
blanc, ses arbres fleuris, ses marguerites en fleurs.

J'aimais aussi, et c'est un de mes plus tendres et
plus délicieux souvenirs, à regarder la mer, les
vagues mousser l'une sur l'autre, la lame se briser
en écume, s'étendre sur la plage et crier en se retirant sur les cailloux et les coquilles.

Je courais sur les rochers, je prenais le sable de
l'Océan que je laissais s'écouler au vent entre mes
doigts, je mouillais des varechs, j'aspirais à pleine
poitrine cet air salé et frais de l'Océan qui vous
pénètre l'âme de tant d'énergie, de poétiques et
larges pensées.

Je regardais l'immensité, l'espace, l'infini, et mon
âme s'abîmait devant cet horizon sans bornes.

Oh! mais ce n'est pas là qu'est l'horizon sans
bornes! Le gouffre immense. Oh! non, un plus large
et plus profond abîme s'ouvrit devant moi. Ce
gouffre-là n'a point de tempête : s'il y avait une tempête il serait plein — et il est vide !

J'étais gai et riant, aimant la vie et ma mère,
pauvre mère[1] !

Je me rappelle encore mes petites joies à voir les

chevaux courir sur la route, à voir la fumée de leur
haleine et la sueur inonder leurs harnois, j'aimais le
trot monotone et cadencé qui fait osciller les sou-
pentes[1] ; et puis quand on s'arrêtait — tout se taisait
dans les champs. On voyait la fumée sortir de leurs
naseaux, la voiture ébranlée se raffermissait sur ses
ressorts, le vent sifflait sur les vitres, et c'était tout...

Oh! comme j'ouvrais aussi de grands yeux sur la
foule en habits de fête, joyeuse, tumultueuse avec des
cris, mer d'hommes orageuse, plus colère encore
que la tempête et plus sotte que sa furie.

J'aimais les chars les chevaux les armées les costumes de guerre les tambours battants, le bruit la
poudre et les canons roulant sur le pavé des villes.

Enfant j'aimais ce qui se voit, adolescent ce qui se
sent, homme je n'aime plus rien. Et cependant combien de choses j'ai dans l'âme, combien de forces
intimes et combien d'océans de colère et d'amours
se heurtent, se brisent dans ce cœur si faible, si
débile si tombé si lassé si épuisé!

On me dit de reprendre à la vie, de me mêler à la
foule!... et comment la branche cassée peut-elle
porter des fruits, comment la feuille arrachée par
les vents et traînée dans la poussière peut-elle rever-
dir? et pourquoi, si jeune, tant d'amertume? Que
sais-je? Il était peut-être dans ma destinée de vivre
ainsi, lassé avant d'avoir porté le fardeau, haletant
avant d'avoir couru. . . . .

J'ai lu, j'ai travaillé dans l'ardeur de l'enthousiasme... j'ai écrit... Oh! comme j'étais heureux
alors, comme ma pensée dans son délire s'envolait
haut dans ces régions inconnues aux hommes, où il
n'y a ni monde ni planètes ni soleils! J'avais un
infini plus immense s'il est possible que l'infini de
Dieu, où la poésie se berçait et déployait ses ailes
dans une atmosphère d'amour et d'extase, et puis il
fallait redescendre de ces régions sublimes vers les

mots, et comment rendre par la parole cette harmonie qui s'élève dans le cœur du poète et les pensées
de géant qui font ployer les phrases comme une
main forte et gonflée fait crever le gant qui la
couvre ?

Là encore la déception, car nous touchons à la
terre, à cette [...] de glace où tout feu meurt, où
toute énergie faiblit. Par quels échelons descendre
de l'infini au positif ? Par quelle gradation la pensée
s'abaisse-t-elle sans se briser ? Comment rapetisser
ce géant qui embrasse l'infini ?

Alors j'avais des moments de tristesse et de désespoir, je sentais ma force qui me brisait et cette faiblesse dont j'avais honte — car la parole n'est qu'un
écho lointain et affaibli de la pensée. Je maudissais
mes rêves les plus chers et mes heures silencieuses
passées sur la limite de la création. Je sentais quelque
chose de vide et d'insatiable qui me dévorait.

Lassé de la poésie, je me lançai dans le champ de
la méditation.

Je fus épris d'abord de cette étude imposante qui
se propose l'homme pour but et qui veut se l'expliquer, qui va jusqu'à disséquer des hypothèses et à
discuter sur les suppositions les plus abstraites et à
poser géométriquement les mots les plus vides.

L'homme, grain de sable jeté dans l'infini par une
main inconnue, pauvre insecte aux faibles pattes qui
veut se retenir sur le bord du gouffre à toutes les
branches, qui se rattache à la vertu, à l'amour, à
l'égoïsme, à l'ambition, et qui fait des vertus de tout
cela pour mieux s'y tenir, qui se cramponne à Dieu
et qui faiblit toujours, lâche les mains et tombe. . .

Homme qui veut comprendre ce qui n'est pas, et
faire une science du néant; homme, âme faite à
l'image de Dieu et dont le génie sublime s'arrête à
un brin d'herbe et ne peut franchir le problème d'un
grain de poussière.

Et la lassitude me prit, je vins à douter de tout.
Jeune j'étais vieux, mon cœur avait des rides et en
voyant des vieillards encore vifs, pleins d'enthousiasme et de croyances, je riais amèrement sur moi-
même, si jeune, si désabusé de la vie, de l'amour, de
la gloire, de Dieu, de tout ce qui est, de tout ce qui
peut être. J'eus cependant une horreur naturelle
avant d'embrasser cette foi au néant. Au bord du
gouffre je fermai les yeux, — j'y tombai.

Je fus content, je n'avais plus de chute à faire,
j'étais froid et calme comme la pierre d'un tombeau
— je croyais trouver le bonheur dans le doute,
insensé que j'étais! On y roule dans un vide incommensurable.

Ce vide-là est immense et fait dresser les cheveux
d'horreur quand on s'approche du bord.

Du doute de Dieu j'en vins au doute de la vertu,
fragile idée que chaque siècle a dressée comme il a
pu sur l'échafaudage des lois, plus vacillant encore.

Je vous conterai plus tard toutes les phases de cette
vie morne et méditative passée au coin du feu les bras
croisés, avec un éternel bâillement d'ennui — seul
pendant tout un jour — et tournant de temps en temps
mes regards sur la neige des toits voisins, sur le soleil
couchant avec ses jets de pâle lumière sur le pavé de
ma chambre, ou sur une tête de mort jaune, édentelée[1] et grimaçant sans cesse sur ma cheminée[2], symbole de la vie et comme elle froide et railleuse.

Plus tard vous lirez peut-être toutes les angoisses
de ce cœur si battu, si navré d'amertume. Vous sau-
rez les aventures de cette vie si paisible et si banale,
si remplie de sentiments, si vide de faits.

Et vous me direz ensuite si tout n'est pas une dérision et une moquerie, si tout ce qu'on chante dans
les écoles, tout ce qu'on délaie dans les livres, tout ce
qui se voit se sent se parle, si tout ce qui existe. . . . .

. . . .

Je n'achève pas tant j'ai d'amertume à le dire —
oh! bien, si tout cela enfin n'est pas de la pitié, de la
fumée, du néant!

III

Je fus au collège[1] dès l'âge de dix ans et j'y
contractai de bonne heure une profonde aversion
pour les hommes — cette société d'enfants est aussi
cruelle pour ses victimes que l'autre petite société
— celle des hommes. —

Même injustice de la foule, même tyrannie des pré-
jugés et de la force, même égoïsme, quoi qu'on ait dit
sur le désintéressement et la fidélité de la jeunesse.
Jeunesse — âge de folie et de rêves, de poésie et de
bêtise, synonymes dans la bouche des gens qui jugent
le monde *sainement*. J'y fus froissé dans tous mes
goûts — dans la classe pour mes idées, aux récréations pour mes penchants de sauvagerie solitaire.

Dès lors j'étais un fou.

J'y vécus donc seul et ennuyé, tracassé par mes
maîtres et raillé par mes camarades. J'avais l'humeur railleuse et indépendante, et ma mordante et
cynique ironie n'épargnait pas plus le caprice d'un
seul que le despotisme de tous.

Je me vois encore assis sur les bancs de la classe,
absorbé dans mes rêves d'avenir, pensant à ce que
l'imagination d'un poète et d'un enfant peut rêver de
plus sublime, tandis que le pédagogue se moquait de
mes vers latins, que mes camarades me regardaient
en ricanant. Les imbéciles, eux rire de moi! eux si
faibles, si communs, au cerveau si étroit — moi dont
l'esprit se noyait sur les limites de la création, qui
étais perdu dans tous les mondes de la poésie, qui me

sentais plus grand qu'eux tous, qui recevais des
jouissances infinies et qui avais des extases célestes
devant toutes les révélations intimes de mon âme.

Moi qui me sentais grand comme le monde et
qu'une seule de mes pensées si elle eût été de feu
comme la foudre eût pu réduire en poussière.
Pauvre fou !

Je me voyais jeune, à vingt ans, entouré[1] de
gloire, je rêvais de lointains voyages dans les
contrées du Sud, je voyais l'Orient et ses sables
immenses, ses palais que foulent les chameaux avec
leurs clochettes d'airain, je voyais les cavales bondir
vers l'horizon rougi par le soleil, je voyais des
vagues bleues, un ciel pur, un sable d'argent, je sentais le parfum de ces océans tièdes du Midi, et puis
près de moi, sous une tente à l'ombre d'un aloès aux
larges feuilles, quelque femme à la peau brune, au
regard ardent, qui m'entourait de ses deux bras et
me parlait la langue des houris[2].

Le soleil s'abaissait dans le sable, les chamelles et
les juments dormaient, l'insecte bourdonnait à leurs
mamelles, le vent du soir passait près de nous — et
la nuit venue, quand cette lune d'argent jetait ses
regards pâles sur le désert, que les étoiles brillaient
sur ce ciel d'azur, alors dans le silence de cette nuit
chaude et embaumée, je rêvais des joies infinies, des
voluptés qui sont du ciel.

Et c'était encore la gloire avec ses bruits de mains,
ses fanfares vers le ciel, ses lauriers, sa poussière
d'or jetée aux vents — c'était un brillant théâtre avec
des femmes parées, des diamants aux lumières, un
air lourd, des poitrines haletantes — puis un
recueillement religieux, des paroles dévorantes
comme l'incendie, des pleurs, du rire, des sanglots,
l'enivrement de la gloire — des cris d'enthousiasme,
le trépignement de la foule. Quoi ! — de la vanité, du
bruit, du néant.

Enfant j'ai rêvé l'amour — jeune homme la gloire — homme, la tombe, ce dernier amour de ceux qui n'en ont plus.

Je percevais aussi l'antique époque **des** siècles qui ne sont plus et des races couchées **sous** l'herbe, je voyais la bande de pèlerins et de guerriers marcher vers le Calvaire, s'arrêter dans le désert, mourant de faim, implorant ce Dieu qu'ils allaient chercher, et lassée de ses blasphèmes marcher toujours vers cet horizon sans bornes, — puis lasse, haletante, arriver enfin au but de son voyage, désespérée et vieille, pour embrasser quelques pierres arides, hommage du monde entier[1] ; — je voyais les chevaliers courir sur les chevaux couverts de fer comme eux, et les coups de lances dans les tournois, et le pont-levis s'abaisser pour recevoir le seigneur suzerain qui revient avec son épée rougie et des captifs sur la croupe de ses chevaux ; la nuit encore dans la sombre cathédrale, toute la nef ornée d'une guirlande de peuples qui montent vers la voûte dans les galeries, avec des chants, des lumières qui resplendissent sur les vitraux, et dans la nuit de Noël toute la vieille ville avec ses toits aigus couverts de neige s'illuminer et chanter. —

Mais c'était Rome que j'aimais — la Rome impériale, cette belle reine se roulant dans l'orgie, salissant ses nobles vêtements du vin de la débauche, plus fière de ses vices qu'elle ne l'était de ses vertus. — Néron — Néron avec ses chars de diamant volant dans l'arène, ses mille voitures, ses amours de tigre et ses festins de géant. — Loin des classiques leçons je me reportais vers tes immenses voluptés, tes illuminations sanglantes, tes divertissements qui brûlent Rome[2].

Et bercé dans ces vagues rêveries, ces songes sur l'avenir, emporté par cette pensée aventureuse échappée comme une cavale sans frein qui franchit les torrents, escalade les monts et vole dans l'espace

— je restais des heures entières la tête dans mes
mains à regarder le plancher de mon étude ou une
araignée jeter sa toile sur la chaire de notre maître
— et quand je me réveillais avec un grand œil
béant, on riait de moi[1] — le plus paresseux de tous,
qui jamais n'aurait une idée positive, qui ne montrait aucun penchant pour aucune profession, qui
serait inutile dans ce monde où il faut que chacun
aille prendre sa part du gâteau, et qui enfin ne serait
jamais bon à rien, tout au plus à faire un bouffon,
un montreur d'animaux, ou un faiseur de livres.

(Quoique d'une excellente santé, mon genre d'esprit perpétuellement froissé par l'existence que je
menais et par le contact des autres avait occasionné
en moi une irritation nerveuse qui me rendait véhé-
ment et emporté comme le taureau malade de la
piqûre des insectes. — J'avais des rêves, des cauchemars affreux).

Oh! la triste et maussade époque! Je me vois
encore errant seul dans les longs corridors blanchis
de mon collège, à regarder, à regarder les hiboux et
les corneilles s'envoler des combles de la chapelle;
ou bien, couché dans ces mornes dortoirs éclairés
par la lampe dont l'huile se gelait dans les nuits,
j'écoutais longtemps le vent qui soufflait lugubre-
ment dans les longs appartements vides et qui sifflait dans les serrures en faisant trembler les vitres
dans leurs châssis, j'entendais les pas de l'homme
de ronde qui marchait lentement avec sa lanterne et
quand il venait près de moi je faisais semblant
d'être endormi, et je m'endormais en effet, moitié
dans les rêves moitié dans les pleurs.

(. . . . .
. . . .)

IV

C'étaient d'effroyables visions à rendre fou de terreur.

J'étais couché dans la maison de mon père, tous
les meubles étaient conservés, mais tout ce qui
m'entourait cependant avait une teinte noire;
c'était une nuit d'hiver et la neige jetait une clarté
blanche dans ma chambre — tout à coup la neige se
fondit et les herbes et les arbres prirent une teinte
rousse et brûlée comme si un incendie eût éclairé
mes fenêtres. J'entendis des bruits de pas — on
montait l'escalier — un air chaud, une vapeur fétide
monta jusqu'à moi — ma porte s'ouvrit d'elle-
même. On entra, ils étaient beaucoup — peut-être
sept à huit, je n'eus pas le temps de les compter.
Ils étaient petits ou grands, couverts de barbes
noires et rudes — sans armes, mais tous avaient une
lame d'acier entre les dents, et comme ils s'appro-
chèrent en cercle autour de mon berceau leurs
dents vinrent à claquer et ce fut horrible; ils écartè-
rent mes rideaux blancs et chaque doigt laissait une
trace de sang; ils me regardèrent avec de grands
yeux fixes et sans paupières. Je les regardai aussi,
— je ne pouvais faire aucun mouvement — je voulus
crier.

Il me sembla alors que la maison se levait de ses
fondements, comme si un levier l'eût soulevée.

Ils me regardèrent ainsi longtemps, puis ils s'écar-
tèrent et je vis que tous avaient un côté du visage
sans peau et qui saignait lentement. —

Ils soulevèrent tous mes vêtements et tous avaient
du sang. — Ils se mirent à manger et le pain qu'ils
rompirent laissait échapper du sang, qui tombait

goutte à goutte ; et ils se mirent à rire, comme le râle d'un mourant.

Puis quand ils n'y furent plus, tout ce qu'ils avaient touché, les lambris, l'escalier, le plancher, tout cela était rougi par eux.

J'avais un goût d'amertume dans le cœur. Il me sembla que j'avais mangé de la chair. Et j'entendis un cri prolongé, rauque, aigu, et les fenêtres et les portes s'ouvrirent lentement, et le vent les faisait battre et crier, comme une chanson bizarre dont chaque sifflement me déchirait la poitrine avec un stylet.

Ailleurs c'était dans une campagne verte et émaillée de fleurs le long d'un fleuve ; j'étais avec ma mère qui marchait du côté de la rive — elle tomba. — Je vis l'eau écumer, des cercles s'agrandir et disparaître tout à coup. — L'eau reprit son cours et puis je n'entendis plus que le bruit de l'eau qui passait entre les joncs et faisait ployer les roseaux.

Tout à coup ma mère m'appela : «Au secours, au secours ! ô mon pauvre enfant, au secours, à moi !»

Je me penchai à plat ventre sur l'herbe pour regarder, je ne vis rien ; les cris continuaient. —

Une force invincible m'attachait — sur la terre — et j'entendais les cris : «Je me noie, je me noie, à mon secours !»

L'eau coulait, coulait limpide, et cette voix que j'entendais du fond du fleuve m'abîmait de désespoir et de rage[1]. . . . .

V

Voilà donc, comme j'étais — rêveur insouciant avec l'humeur indépendante et railleuse, me bâtis-

sant une destinée et rêvant à toute la poésie d'une
existence pleine d'amour; — vivant aussi sur mes
souvenirs, autant qu'à seize ans on peut en avoir.

Le collège m'était antipathique. Ce serait une
curieuse étude que ce profond dégoût des âmes
nobles et élevées manifesté de suite par le contact et
le froissement des hommes. Je n'ai jamais aimé une
vie réglée, des heures fixes, une existence d'horloge
où il faut que la pensée s'arrête avec la cloche, où
tout est monté d'avance pour des siècles et des
générations. Cette régularité sans doute peut convenir au plus grand nombre, mais pour le pauvre
enfant qui se nourrit de poésie, de rêves et de chi-
mères, qui pense à l'amour et à toutes les balivernes,
c'est l'éveiller sans cesse de ce songe sublime, c'est
ne pas lui laisser un moment de repos, c'est l'étouffer en le ramenant dans notre atmosphère de maté-
rialisme et de bon sens dont il a horreur et dégoût.

J'allais à l'écart avec un livre de vers, un roman
— de la poésie, quelque chose qui fasse tressaillir ce
cœur de jeune homme vierge de sensations et si
désireux d'en avoir.

Je me rappelle avec quelle volupté je dévorais,
alors, les pages de Byron, et de *Werther* [1], avec quels
transports je lus *Hamlet*, *Roméo*, et les ouvrages les
plus brûlants de notre époque, toutes ces œuvres
enfin qui fondent l'âme en délices, ou la brûlent
d'enthousiasme.

Je me nourris donc de cette poésie âpre du Nord
qui retentit si bien, comme les vagues de la mer,
dans les œuvres de Byron. Souvent j'en retenais des
fragments entiers à la première lecture et je me les
répétais à moi-même comme une chanson qui vous a
charmé et dont la mélodie vous poursuit toujours.
Combien de fois n'ai-je pas dit le commencement du
Giaour : « Pas un souffle d'air »… ou bien dans *Childe-
Harold* : « Jadis dans l'antique Albion » et « Ô mer je

t'ai toujours aimée[1] ». La platitude de la traduction française disparaissait devant les pensées seules comme si elles eussent eu un style à elles sans les mots eux-mêmes.

Ce caractère de passion brûlante, joint avec une si profonde ironie, devait agir fortement sur une nature ardente et vierge. Tous ces échos inconnus à la somptueuse dignité des littératures classiques avaient pour moi un parfum de nouveauté, un attrait qui m'attirait sans cesse vers cette poésie géante qui vous donne le vertige et vous fait tomber dans le gouffre sans fond de l'infini.

Je m'étais donc faussé le goût et le cœur, comme disaient mes professeurs, et parmi tant d'êtres aux penchants si ignobles, mon indépendance d'esprit m'avait fait estimer le plus dépravé de tous, j'étais ravalé au plus bas rang par la supériorité même. À peine si on me cédait l'imagination, c'est-à-dire, selon eux, une exaltation de cerveau voisine de la folie.

Voilà quelle fut mon entrée dans la société, et l'estime que je m'y attirai.

VI

Si l'on calomniait mon esprit et mes principes on n'attaquait pas mon cœur, car j'étais bon alors et les misères d'autrui m'arrachaient des larmes.

Je me souviens que tout enfant j'aimais à vider mes poches dans celles du pauvre, de quel sourire ils accueillaient mon passage et quel plaisir aussi j'avais à leur faire du bien. C'est une volupté qui m'est depuis longtemps inconnue — car maintenant j'ai le cœur sec, les larmes se sont séchées. Mais malheur aux hommes qui m'ont rendu corrompu et méchant, de bon et de pur que j'étais! Malheur à cette aridité de la civilisation qui dessèche et étiole tout ce qui s'élève au soleil de la poésie et du cœur! Cette vieille société corrompue qui a tant séduit et tant rusé, ce vieux juif cupide mourra de marasme et d'épuisement sur ces tas de fumier qu'il appelle ses trésors, sans poète pour chanter sa mort, sans prêtre pour lui fermer les yeux, sans or pour son mausolée, car il aura tout usé pour ses vices.

VII

Quand donc finira cette société abâtardie par toutes les débauches, débauche d'esprit, de corps, et d'âme?

Alors, il y aura sans doute une joie sur la terre, car ce vampire menteur et hypocrite qu'on appelle civilisation viendra à mourir. On quittera le manteau royal, le sceptre, les diamants, le palais qui s'écroule, la ville qui tombe, pour aller rejoindre la cavale et la louve. Après avoir passé sa vie dans les palais et usé ses pieds sur les dalles des grandes villes, l'homme ira mourir dans les bois.

La terre sera séchée par les incendies qui l'ont brûlée et toute pleine de la poussière des combats, le souffle de désolation qui a passé sur les hommes sera passé sur elle, et elle ne donnera plus que des fruits amers, et des roses d'épines.

Et les races s'éteindront au berceau comme les plantes battues par les vents qui meurent avant d'avoir fleuri.

Car il faudra bien que tout finisse et que la terre

s'use à force d'être foulée. Car l'immensité doit être lasse enfin de ce grain de poussière qui fait tant de bruit et trouble la majesté du néant. Il faudra que l'or s'épuise à force de passer dans les mains et de corrompre. Il faudra bien que cette vapeur de sang s'apaise, que le palais s'écroule sous le poids des richesses qu'il recèle, que l'orgie finisse et qu'on se réveille.

Alors il y aura un rire immense de désespoir quand les hommes verront ce vide, quand il faudra quitter la vie, pour la mort — pour la mort qui mange, qui a faim toujours. Et tout craquera pour s'écrouler dans le néant — et l'homme vertueux maudira sa vertu, et le vice battra des mains.

Quelques hommes encore errants dans une terre aride s'appelleront mutuellement, ils iront les uns vers les autres, et ils reculeront d'horreur, effrayés d'eux-mêmes, et ils mourront. Que sera l'homme alors, lui qui est déjà plus féroce que les bêtes fauves et plus vil que les reptiles?

Adieu pour jamais chars éclatants, fanfares et renommées, adieu au monde, à ces palais, à ces mausolées, aux voluptés du crime, et aux joies de la corruption; — la pierre tombera tout à coup écrasée par elle-même et l'herbe poussera dessus. — Et les palais, les temples, les pyramides, les colonnes, mausolées du roi, cercueil du pauvre, charogne de chien, tout sera à la même hauteur sous le gazon de la terre.

Alors la mer sans digues battra en repos les rivages, et ira baigner ses flots sur la cendre encore fumante des cités, les arbres pousseront, verdiront sans une main pour les casser et les briser, les fleuves couleront dans des prairies émaillées, la nature sera libre sans homme pour la contraindre, et cette race sera éteinte car elle était maudite dès son enfance.

. . . .
. . . . Triste et bizarre époque
que la nôtre, vers quel océan ce torrent d'iniquités
coule-t-il ? où allons-nous dans une nuit si profonde ? — Ceux qui veulent palper ce monde malade
se retirent vite, effrayés de la corruption qui s'agite
dans ses entrailles[1].

Quand Rome se sentit à son agonie elle avait au
moins un espoir, elle entrevoyait derrière le linceul
la croix radieuse brillant sur l'éternité. Cette religion a duré deux mille ans et voilà qu'elle s'épuise,
qu'elle ne suffit plus et qu'on s'en moque ; — voilà
ses églises qui tombent, ses cimetières tassés de
morts et qui regorgent.

Et nous, quelle religion aurons-nous ?

Être si vieux que nous le sommes et marcher
encore dans le désert comme les Hébreux qui
fuyaient d'Égypte !

Où sera la Terre Promise ?

Nous avons essayé de tout et nous renions tout
sans espoir — et puis une étrange cupidité nous a
pris, il y a une inquiétude immense qui nous ronge,
il y a un vide dans notre foule. — Nous sentons
autour de nous un froid de sépulcre dans l'âme ; et
l'humanité s'est prise à tourner des machines, et
voyant l'or qui en ruisselait, elle s'est écriée : « C'est
Dieu ! » — et ce Dieu-là elle le mange. Il y a...

— c'est que tout est fini, adieu, adieu, du vin
avant de mourir !

Chacun se rue où le pousse son instinct, le monde
fourmille comme les insectes sur un cadavre, les
poètes passent sans avoir le temps de sculpter[2]
leurs pensées, à peine s'ils les jettent sur des feuilles
et les feuilles volent ; tout brille et tout retentit dans

cette mascarade, sous ses royautés d'un jour et ses
sceptres de carton, l'or roule, le vin ruisselle, la
débauche froide lève sa robe et remue. . . . .
. . . . horreur!
horreur! et puis il y a sur tout cela un voile dont
chacun prend sa part et se cache le plus qu'il peut.

Dérision! horreur — horreur!

VIII

Et il y a des jours où j'ai une lassitude immense,
et un sombre ennui m'enveloppe comme un linceul
partout où je vais, ses plis m'embarrassent et me
gênent, la vie me pèse comme un remords. Si jeune
et si lassé de tout quand il y en a qui sont vieux et
encore pleins d'enthousiasme! Et moi je suis si
tombé, si désenchanté — que faire? La nuit, regarder la lune qui jette sur mes lambris ses clartés
tremblantes comme un large feuillage, et le jour, le
soleil dorant les toits voisins — est-ce là vivre? Non,
c'est la mort moins le repos du sépulcre.

Et j'ai des petites joies à moi seul, des réminiscences enfantines qui viennent encore me réchauffer
dans mon isolement comme des reflets de soleil couchant par les barreaux d'une prison. Un rien, la
moindre circonstance, un jour pluvieux, un grand
soleil, une fleur, un vieux meuble me rappellent une
série de souvenirs qui passent tous, confus, effacés
comme des ombres. — Jeux d'enfant sur l'herbe au
milieu des marguerites dans les prés, derrière la haie
fleurie, le long de la vigne aux grappes dorées, sur la
mousse brune et verte, sous les larges feuilles, les
frais ombrages. Souvenirs calmes et riants comme

un sourire du premier âge, vous passez près de moi comme des roses flétries.

La jeunesse, ses bouillants transports, ses instincts confus du monde et du cœur, ses palpitations d'amour, ses larmes, ses cris. Amour du jeune homme, ironies de l'âge mûr. Vous revenez souvent avec vos couleurs sombres ou ternes, fuyant poussées les unes par les autres comme les ombres des morts qui passent en courant sur les murs dans les nuits d'hiver ; et je tombe souvent en extases devant le souvenir de quelque bonne journée passée depuis bien longtemps, journée folle et joyeuse avec des éclats et des rires qui vibrent encore à mes oreilles, et qui palpite encore de gaieté et qui me fait sourire d'amertume. — C'était quelque course à cheval bondissante et couverte d'écume, quelque promenade bien rêveuse sous une large allée couverte d'ombre, à regarder l'eau couler sur les cailloux, ou une contemplation d'un beau soleil resplendissant avec ses gerbes de feu et ses auréoles rouges, et j'entends encore le galop du cheval, ses naseaux qui fument, j'entends l'eau qui glisse, la feuille qui tremble, le vent qui courbe les blés comme une mer.

D'autres sont mornes et froids comme des journées pluvieuses, des souvenirs amers et cruels qui reviennent aussi — des heures de calvaire passées à pleurer sans espoir, et puis à rire forcément pour chasser ces larmes qui cachent les yeux, ces sanglots qui couvrent la voix. —

J'ai resté[1] bien des jours, bien des ans, assis à ne penser à rien, ou à tout, abîmé dans l'infini que je voulais embrasser, et qui me dévorait.

J'entendais la pluie tomber dans les gouttières, les cloches sonner en pleurant, je voyais le soleil se coucher lentement et la nuit venir — la nuit dormeuse qui vous apaise ; et puis le jour reparaissait, toujours le même avec ses ennuis, son même nombre d'heures à vivre et que je voyais mourir avec joie.

Je rêvais la mer, des lointains voyages, les amours les triomphes, toutes choses avortées dans mon existence, cadavres avant d'avoir vécu.

Hélas! tout cela n'était donc pas fait pour moi. Je n'envie pas les autres car chacun se plaint du fardeau dont la fatalité l'accable ; — les uns le jettent avant l'existence finie, d'autres le portent jusqu'au bout. Et moi, le porterai-je ?

À peine ai-je vu la vie, qu'il y a eu un immense dégoût dans mon âme ; j'ai porté à ma bouche tous les fruits — ils m'ont semblé amers, je les ai repoussés, et voilà que je meurs de faim. Mourir si jeune, sans espoir dans la tombe, sans être sûr d'y dormir, sans savoir si sa paix est inviolable — se jeter dans les bras du néant et douter s'il vous recevra !

Oui je meurs, car est-ce vivre de voir son passé comme l'eau écoulée dans la mer, le présent comme une cage, l'avenir comme un linceul ?

IX

Il y a des choses insignifiantes qui m'ont frappé fortement et que je garderai toujours comme l'empreinte d'un fer rouge, quoiqu'elles soient banales et niaises.

Je me rappellerai toujours une espèce de château non loin de ma ville et que nous allions voir souvent. — C'était une de ces vieilles femmes du siècle dernier qui l'habitait. Tout chez elle avait conservé le souvenir pastoral, — je vois encore les portraits poudrés, les habits bleu ciel des hommes et les roses et les œillets jetés sur les lambris avec des bergères

et des troupeaux. — Tout avait un aspect vieux et
sombre, les meubles, presque tous de soie brodée,
étaient spacieux et doux, — la maison était vieille,
d'anciens fossés, alors plantés de pommiers, l'entouraient, et les pierres qui se détachaient de temps
en temps des anciens créneaux allaient rouler jusqu'au fond.

Non loin était le parc planté de grands arbres,
avec des allées sombres, des bancs de pierre couverts de mousses, à demi brisés, entre les branchages et les ronces. — Une chèvre paissait et
quand on ouvrait la grille de fer, elle se sauvait dans
le feuillage.

Dans les beaux jours il y avait des rayons de soleil
qui passaient entre les branches et doraient la
mousse çà et là. —

C'était triste, le vent s'engouffrait dans ces larges
cheminées de briques et me faisait peur, — quand le
soir surtout les hiboux poussaient leurs cris dans les
vastes greniers.

Nous prolongions souvent nos visites assez tard le
soir, réunis autour de la vieille maîtresse dans une
grande salle couverte de dalles blanches devant une
vaste cheminée en marbre. Je vois encore sa tabatière d'or pleine du meilleur tabac d'Espagne, son
carlin aux longs poils blancs[1] et son petit pied
mignon enveloppé dans un joli soulier à haut talon
orné d'une rose noire.

———————

Qu'il y a longtemps de tout cela ! La maîtresse est
morte. Ses carlins aussi, sa tabatière est dans la
poche du notaire, — le château sert de fabrique, et
le pauvre soulier a été jeté à la rivière.

———————

APRÈS TROIS SEMAINES D'ARRÊT :

... Je suis si lassé que j'ai un profond dégoût à continuer, ayant relu ce qui précède.

Les œuvres d'un homme ennuyé peuvent-elles amuser le public ?

Je vais cependant m'efforcer de divertir davantage l'un et l'autre.

Ici commencent vraiment les Mémoires...

X

Ici sont mes souvenirs[1] les plus tendres et les plus pénibles à la fois, et je les aborde avec une émotion toute religieuse. Ils sont vivants à ma mémoire et presque chauds encore pour mon âme, tant cette passion l'a fait saigner. C'est une large cicatrice au cœur qui durera toujours, mais au moment de retracer cette page de ma vie mon cœur bat comme si j'allais remuer des ruines chéries. Elles sont déjà vieilles ces ruines : en marchant dans la vie, l'horizon s'est écarté par-derrière, et que de choses depuis lors, car les jours semblent longs, un à un depuis le matin jusqu'au soir ! mais le passé paraît rapide tant l'oubli rétrécit le cadre qui l'a contenu. Pour moi tout semble vivre encore, j'entends et je vois le frémissement des feuilles, je vois jusqu'au moindre pli de sa robe. — J'entends le timbre de sa voix, comme si un ange chantait près de moi.

Voix douce et pure. — Qui vous enivre et qui vous fait mourir d'amour. Voix qui a un corps tant elle est belle et qui séduit, comme s'il y avait un charme à tes mots[2]. . . . .

. . . .

— Vous dire l'année précise me serait impossible. Mais alors j'étais fort jeune, — j'avais, je crois,
quinze ans ; nous allâmes cette année aux bains de
mer de..., village de Picardie[1], charmant avec ses
maisons entassées les unes sur les autres, noires,
grises, rouges, blanches, tournées de tous côtés sans
alignement et sans symétrie comme un tas de
coquilles et de cailloux que la vague a poussés sur la
côte.

Il y a quelques années personne n'y venait malgré
sa plage d'une demi-lieue de grandeur et sa charmante position, mais depuis peu la vogue s'y est
tournée ; la dernière fois que j'y fus, j'y vis quantité
de gants-jaunes[2] et de livrées, on proposait même
d'y construire une salle de spectacle.

Alors tout était simple et sauvage, il n'y avait
guère que des artistes et des gens du pays. Le rivage
était désert, et à marée basse on voyait une plage
immense avec un sable gris et argenté qui scintillait
au soleil, tout humide encore de la vague. — À
gauche, des rochers où la mer battait paresseuse-
ment dans ses jours de sommeil les parois noircies
de varechs, puis au loin l'océan bleu sous un soleil
ardent et mugissant sourdement, comme un géant
qui pleure.

Et quand on rentrait dans le village, c'était le plus
pittoresque et le plus chaud spectacle : des filets
noirs et rongés par l'eau étendus aux portes, partout
des enfants à moitié nus marchant sur un galet gris,
seul pavage du lieu, des marins avec leurs vêtements rouges et bleus, et tout cela simple dans sa
grâce, naïf et robuste, — tout cela empreint d'un
caractère de vigueur et d'énergie.

J'allai souvent seul me promener sur la grève ; un
jour le hasard me fit aller vers l'endroit où l'on baignait[3]. C'était une place non loin des dernières mai-

sons du village, fréquentée plus spécialement pour cet usage. — Hommes et femmes nageaient ensemble; on se déshabillait sur le rivage ou dans sa maison et on laissait son manteau sur le sable.

Ce jour-là une charmante pelisse rouge avec des raies noires était laissée sur le rivage. La marée montait, — le rivage était festonné d'écume — déjà un flot plus fort avait mouillé les franges de soie de ce manteau. Je l'ôtai pour le placer au loin, l'étoffe en était moelleuse et légère. C'était un manteau de femme.

Apparemment on m'avait vu, car le jour même au repas de midi et comme tout le monde mangeait dans une salle commune à l'auberge où nous étions logés[1], j'entendis quelqu'un qui me disait:

— Monsieur, je vous remercie bien de votre galanterie.

Je me retournai.

C'était une jeune femme assise avec son mari à la table voisine.

— Quoi donc? lui demandai-je préoccupé.

— D'avoir ramassé mon manteau: n'est-ce pas vous?

— Oui, madame, repris-je embarrassé.

Elle me regarda.

Je baissai les yeux et rougis.

Quel regard en effet! — comme elle était belle cette femme! — je vois encore cette prunelle ardente sous un sourcil noir se fixer sur moi comme un soleil.

Elle était grande, brune, avec de magnifiques cheveux noirs qui lui tombaient en tresses sur les épaules; son nez était grec, ses yeux brûlants, ses sourcils hauts et admirablement arqués; sa peau était ardente et comme veloutée avec de l'or, elle était mince et fine, on voyait des veines d'azur serpenter sur cette gorge brune et pourprée. Joignez à cela un duvet fin qui brunissait sa lèvre supérieure et donnait à sa figure une expression mâle et énergique à faire pâlir les beautés blondes[1]. On aurait pu lui reprocher trop d'embonpoint ou plutôt un négligé artistique, — aussi les femmes en général la trouvaient-elles de mauvais ton ; — elle parlait lentement, c'était une voix modulée, musicale et douce. — Elle avait une robe fine de mousseline blanche qui laissait voir les contours moelleux de son bras.

Quand elle se leva pour partir, elle mit une capote blanche avec un seul nœud rose. Elle la noua d'une main fine et potelée, une de ces mains qu'on rêve longtemps et qu'on brûlerait de baisers[2].

Chaque matin j'allais la voir baigner, je la contemplais de loin sous l'eau, j'enviais la vague molle et paisible qui battait sur ses flancs et couvrait d'écume cette poitrine haletante, je voyais le contour de ses membres sous les vêtements mouillés qui la couvraient, je voyais son cœur battre, sa poitrine se gonfler, je contemplais machinalement son pied se poser sur le sable, et mon regard restait fixé sur la trace de ses pas et j'aurais pleuré presque en voyant le flot les effacer lentement.

Et puis quand elle revenait et qu'elle passait près de moi, que j'entendais l'eau tomber de ses habits et le frôlement de sa marche, mon cœur battait avec violence, je baissais les yeux, le sang me montait à la tête — j'étouffais — je sentais ce corps de femme à moitié nu passer près de moi avec le parfum de la vague. Sourd et aveugle j'aurais deviné sa présence, car il y avait en moi quelque chose d'intime et de doux qui noyait en extases et en gracieuses pensées, quand elle passait ainsi.

Je crois voir encore la place où j'étais fixé sur le rivage, je vois les vagues accourir de toute part, se briser, s'étendre, je vois la plage festonnée d'écume, j'entends le bruit des voix confuses des baigneurs parlant entre eux ; j'entends le bruit de ses pas, j'entends son haleine quand elle passait près de moi.

J'étais immobile de stupeur comme si la Vénus fût descendue de son piédestal et s'était mise à marcher. C'est que pour la première fois alors je sentais mon cœur, je sentais quelque chose de mystique, d'étrange, comme un sens nouveau. J'étais baigné de sentiments infinis, tendres, j'étais bercé d'images vaporeuses, vagues, j'étais plus grand et plus fier tout à la fois.

J'aimais.

Aimer : se sentir jeune et plein d'amour, sentir la nature et ses harmonies palpiter en vous, avoir besoin de cette rêverie, de cette action du cœur, et s'en sentir heureux ! Oh ! les premiers battements du cœur de l'homme, ses premières palpitations d'amour, qu'elles sont douces et étranges ! et plus tard, comme elles paraissent niaises et sottement ridicules !

Chose bizarre, il y a tout ensemble du tourment et de la joie dans cette insomnie — est-ce par vanité encore ?... Ah ! l'amour ne serait-il que de l'orgueil ? Faut-il nier ce que les plus impies respectent ? Faudrait-il rire — du cœur ?

Hélas ! hélas !

La vague a effacé les pas de Maria[1].

Ce fut d'abord un singulier état de surprise et d'admiration ; — une sensation toute mystique en quelque sorte, toute idée de volupté à part. Ce ne fut que plus tard que je ressentis cette ardeur frénétique et sombre de la chair et de l'âme et qui dévore l'une et l'autre.

J'étais dans l'étonnement du cœur qui sent sa première pulsation. J'étais comme le premier homme quand il eut connu toutes ses facultés.

À quoi je rêvais ? serait fort impossible à dire, — je me sentais nouveau et tout étrange à moi-même, une voix m'était venue dans l'âme; un rien, un pli de sa robe, un sourire, son pied, le moindre mot insignifiant m'impressionnaient comme des choses surnaturelles et j'avais pour tout un jour à en rêver. Je suivais sa trace à l'angle d'un long mur et le frôlement de ses vêtements me faisait palpiter d'aise.

Quand j'entendais ses pas, les nuits qu'elle marchait ou qu'elle avançait vers moi. . . . . non je ne saurais vous dire, combien il y a de douces sensations d'enivrement du cœur, de béatitude et de folie dans l'amour.

Et maintenant si rieur sur tout, si amèrement persuadé du grotesque de l'existence, je sens encore que l'amour, cet amour comme je l'ai rêvé au collège sans l'avoir, et que j'ai ressenti plus tard, qui m'a tant fait pleurer et dont j'ai tant ri, combien je crois encore que ce serait tout à la fois la plus sublime des choses, ou la plus bouffonne des bêtises.

Deux êtres jetés sur la terre par un hasard, quelque chose, et qui se rencontrent, s'aiment parce que l'un est femme et l'autre homme. — Les voilà haletants l'un pour l'autre, se promenant ensemble la nuit et se mouillant à la rosée, regardant le clair de lune et le trouvant diaphane, admirant les étoiles, et disant sur tous les tons : «Je t'aime tu m'aimes il m'aime nous nous aimons», et répétant cela avec des soupirs, des baisers, — et puis ils rentrent, poussés tous les deux par une ardeur sans pareille car ces deux âmes ont leurs organes violemment échauffés, et les voilà bientôt grotesquement accouplés avec des rugissements et des soupirs, soucieux l'un [et] l'autre pour reproduire un imbécile de plus sur la terre, un malheureux qui les imitera. Contemplez-les, plus bêtes en ce moment que les chiens et les mouches, s'évanouissant, — et cachant soigneusement aux yeux des hommes leur jouissance solitaire, pensant peut-être que le bonheur est un crime et la volupté une honte.

On me pardonnera je pense de ne pas parler de l'amour platonique, cet amour exalté comme celui d'une statue ou d'une cathédrale, qui repousse toute idée de jalousie et de possession et qui devrait se trouver entre les hommes mutuellement, mais que j'ai rarement eu l'occasion d'apercevoir. Amour sublime s'il existait, mais qui n'est qu'un rêve comme tout ce qu'il y a de beau sur ce monde.

Je m'arrête ici, car la moquerie du vieillard ne doit pas ternir la virginité des sentiments du jeune homme ; je me serais indigné autant que vous, lecteur, si on m'eût alors tenu un langage aussi cruel.

Je croyais qu'une femme était un ange. . . . .
. . . . . Oh ! que Molière a eu raison de la comparer à un potage [1] !

XI

Maria avait un enfant — c'était une petite fille. — On l'aimait, on l'embrassait, on l'ennuyait de caresses et de baisers. Comme j'aurais recueilli un seul de ces baisers jetés comme des perles, avec profusion, sur la tête de cette enfant au maillot !

Maria l'allaitait elle-même — et un jour je la vis découvrir sa gorge et lui présenter son sein.

C'était une gorge grasse et ronde avec une peau brune et des veines d'azur qu'on voyait sous cette chair ardente [2]. Jamais je n'avais vu de femme nue alors. Oh ! la singulière extase où me plongea la vue de ce sein, — comme je le dévorai des yeux, comme j'aurais voulu seulement toucher cette poitrine ! Il me semblait que si j'eusse posé mes lèvres, mes dents l'auraient mordu de rage — et mon cœur se fondait en délices en pensant aux voluptés que donnerait ce baiser.

Oh! comme je l'ai revue longtemps, cette gorge palpitante, ce long cou gracieux et cette tête penchée avec ses cheveux noirs en papillotes vers cette enfant qui tétait et qu'elle berçait lentement sur ses genoux, en fredonnant un air italien!

XII

Nous fîmes bientôt une connaissance plus intime. — Je dis *nous* car pour moi personnellement je me serais bien hasardé[1] de lui adresser une parole en l'état où sa vue m'avait plongé.

Son mari tenait le milieu entre l'artiste et le commis voyageur. Il était orné de moustaches, de vêtements à guise[2] — il fumait intrépidement, était vif — bon garçon amical — il ne méprisait point la table et je le vis une fois faire trois lieues à pied pour aller chercher un melon à la ville la plus voisine[3]. Il était venu dans sa chaise de poste — avec son chien, sa femme, son enfant et vingt-cinq bouteilles de vin du Rhin.

Aux bains de mer, à la campagne ou en voyage, on se parle plus facilement — on désire se connaître. — Un rien suffit pour la conversation; la pluie et le beau temps bien plus qu'ailleurs y tiennent place. On se récrie sur l'incommodité des logements, sur le détestable de la cuisine d'auberge. Ce dernier trait surtout est du meilleur ton possible: «— Oh! le linge, — est-il sale! C'est trop poivré, c'est trop épicé! Ah! l'horreur, ma chère!»

Va-t-on ensemble à la promenade, c'est à qui s'extasiera davantage sur la beauté du paysage. Que c'est beau, que la mer est belle! Joignez à cela quelques mots poétiques et boursouflés, deux ou trois réflexions philosophiques entrelardées de soupirs et d'aspirations de nez plus ou moins fortes. Si vous savez dessiner tirez votre album en maroquin[1] — ou, ce qui est mieux, enfoncez votre casquette sur les yeux, croisez-vous les bras et dormez pour faire semblant de penser.

Il y a des femmes que j'ai flairées belle-esprit[2] à un quart de lieue loin, seulement à la manière dont elles regardaient la vague.

Il faudra vous plaindre des hommes, manger peu et vous passionner pour un rocher, admirer un pré et vous mourir d'amour pour la mer. Ah! Vous serez délicieux — alors, on dira : «Le charmant jeune homme — quelle jolie blouse il a, comme ses bottes sont fines, quelle grâce, la belle âme!» C'est ce besoin de parler, cet instinct d'aller en troupeau où les plus hardis marchent en tête, qui a fait dans l'origine les sociétés et qui de nos jours forme les réunions.

Ce fut sans doute un pareil motif qui nous fit causer pour la première fois. C'était l'après-midi, il faisait chaud et le soleil dardait dans la salle malgré les auvents. Nous étions restés, quelques peintres, Maria et son mari et moi, étendus sur des chaises à fumer en buvant du grog.

Maria fumait, ou du moins si un reste de sottise féminine l'en empêchait, elle aimait l'odeur du tabac (monstruosité!); elle me donna même des cigarettes.

On causa littérature — sujet inépuisable avec les femmes. — J'y pris ma part; je parlai longuement et avec feu; Maria et moi étions parfaitement du même sentiment en fait d'art. Je n'ai jamais entendu personne le sentir avec plus de naïveté et avec moins de prétention; elle avait des mots simples et expressifs qui partaient en relief, et surtout avec tant de négligé et de grâce, tant d'abandon, de nonchalance — vous auriez dit qu'elle chantait.

Un soir son mari nous proposa une partie de barque. — Il faisait le plus beau temps du monde. Nous acceptâmes.

XIII

Comment rendre par des mots ces choses pour lesquelles il n'y a pas de langage, ces impressions du cœur, ces mystères de l'âme inconnus à elle-même, comment vous dirai-je tout ce que j'ai ressenti, tout ce que j'ai pensé, toutes les choses dont j'ai joui cette soirée-là ?

C'était une belle nuit d'été ; vers neuf heures nous montâmes sur la chaloupe, — on rangea les avirons, nous partîmes. — Le temps était calme, la lune se reflétait sur la surface unie de l'eau et le sillon de la barque faisait vaciller son image sous les flots. La marée se mit à remonter et nous sentîmes les premières vagues bercer lentement la chaloupe.

On se taisait. Maria se mit à parler. Je ne sais ce qu'elle dit, je me laissais enchanter par le son de ses paroles comme je me laissais bercer par la mer. Elle était près de moi, je sentais le contour de son épaule et le contact de sa robe, elle levait son regard vers le ciel, pur, étoilé, resplendissant de diamants et se mirant dans les vagues bleues.

C'était un ange — à la voir ainsi la tête levée avec ce regard céleste.

J'étais navré d'amour ; j'écoutais les deux rames se lever en cadence, les flots battre les flancs de la barque, je me laissais toucher par tout cela, j'écoutais la voix de Maria douce et vibrante [1].

Est-ce que je pourrai jamais vous dire toutes les mélodies de sa voix, toutes les grâces de son sourire,

toutes les beautés de son regard, vous dirai-je
jamais comme c'était quelque chose à faire mourir
d'amour que cette nuit pleine du parfum de la mer
avec ses vagues transparentes, son sable argenté
par la lune, — cette onde belle et calme, ce ciel resplendissant et puis près de moi cette femme —
toutes les joies de la terre, toutes ses voluptés, ce
qu'il y a de plus doux, de plus enivrant?

C'était tout le charme d'un rêve avec toutes les
jouissances du vrai. — Je me laissais entraîner par
toutes ces émotions, je m'y avançais plus avant avec
une joie insatiable, je m'enivrais à plaisir de ce
calme plein de voluptés, de ce regard de femme, de
cette voix; je me plongeais dans mon cœur et j'y
trouvais des voluptés infinies.

Comme j'étais heureux! — bonheur du crépuscule qui tombe dans la nuit, bonheur qui passe
comme la vague expirée, comme le rivage. . . . . . .

On revint. — On descendit. Je conduisis Maria
jusque chez elle; — je ne lui dis pas un mot, j'étais
timide; je la suivais, — je rêvais d'elle, du bruit de
sa marche; et quand elle fut entrée, je regardai
longtemps le mur de sa maison éclairé par les
rayons de la lune; je vis sa lumière briller à travers
les vitres, et je la regardais de temps en temps, en
retournant par la grève; puis quand cette lumière
eut disparu: elle dort, me dis-je.

Et puis tout à coup une pensée vint m'assaillir,
pensée de rage et de jalousie: Oh! non, elle ne dort
pas. — Et j'eus dans l'âme toutes les tortures d'un
damné. —

Je pensai à son mari, à cet homme vulgaire et
jovial. — Et les images les plus hideuses vinrent
s'offrir devant moi; j'étais comme ces gens qu'on
faisait mourir de faim dans des cages, et entourés
des mets les plus exquis. —

J'étais seul sur la grève. Seul. Elle ne pensait pas à

moi. En regardant cette solitude immense devant
moi, et cette autre solitude plus terrible encore, je me
mis à pleurer comme un enfant — car près de moi, à
quelques pas, elle était là, derrière ces murs que je
dévorais du regard ; elle était là, belle et nue, avec
toutes les voluptés de la nuit, toutes les grâces de
l'amour, toutes les chastetés de l'hymen ; cet homme
n'avait qu'à ouvrir les bras et elle venait sans efforts,
sans attendre ; elle venait à lui ; et ils s'aimaient, ils
s'embrassaient ; à lui toutes ses joies, tous ses délices
à lui ! Mon amour sous ses pieds à lui, cette femme
tout entière, sa tête sa gorge ses seins, son corps son
âme, — ses sourires, ses deux bras qui l'entourent,
ses paroles d'amour : à lui tout, à moi rien.

Je me mis à rire, car la jalousie m'inspira des pensées obscènes et grotesques, alors je les souillai tous
les deux, j'amassai sur eux les ridicules les plus
amers, et ces images qui m'avaient fait pleurer d'envie — je m'efforçai d'en rire de pitié.

La marée commençait à redescendre, et de place
en place on voyait de grandes troues[1] pleines d'eau
argentées par la lune, des places de sable encore
mouillé couvertes de varechs, çà et là quelques
rochers à fleur d'eau, ou se dressant plus haut noirs
ou blancs ; des filets dressés et déchirés par la mer,
qui se retirait en grondant.

Il faisait chaud, j'étouffais ; je rentrai dans la
chambre de mon auberge. — Je voulus dormir : j'entendais toujours les flots aux côtés du canot, j'entendais la rame tomber, j'entendais la voix de Maria
qui parlait ; j'avais du feu dans les veines, tout cela
repassait devant moi — et la promenade du soir, et
celle de la nuit sur le rivage, — je voyais Maria couchée — et je m'arrêtais là. Car le reste me faisait frémir. J'avais de la lave dans l'âme, j'étais harassé de
tout cela, et couché sur le dos je regardais ma chandelle brûler et son disque trembler au plafond ;

c'était avec un hébétement stupide que je voyais le suif couler autour du flambeau de cuivre et la flammèche noire s'allonger dans la flamme[1].

Enfin le jour vint à paraître — je m'endormis.

XIV

Il fallut partir. Nous nous séparâmes sans pouvoir lui dire adieu. — Elle quitta les bains le même jour que nous — c'était un dimanche — elle partit le matin, nous le soir.

Elle partit et je ne la revis plus. Adieu pour toujours! Elle partit comme la poussière de la route qui s'envola derrière ses pas. — Comme j'y ai pensé depuis — combien d'heures confondu devant le souvenir de son regard, ou l'intonation de ses paroles! — Dans la voiture je reportais mon cœur plus avant dans la route que nous avions parcourue, je me replaçais dans le passé qui ne reviendrait plus; je pensais à la mer, à ses vagues, à son rivage, à tout ce que je venais de voir, tout ce que j'avais senti — les paroles dites, les gestes, les actions, la moindre chose, tout cela palpitait, et vivait; c'était dans mon cœur un chaos, un bourdonnement immense — une folie.

Tout était passé comme un rêve. — Adieu pour toujours à ces belles fleurs de la jeunesse si vite fanées et vers lesquelles plus tard on se reporte de temps en temps avec amertume et plaisir tout à la fois! Enfin je vis les maisons de ma ville, je rentrai chez moi, tout m'y parut désert et lugubre, vide et creux. Je me mis à vivre, à boire, à manger, à dormir.

L'hiver vint, et je rentrai au collège.

XV

Si je vous disais que j'ai aimé d'autres femmes je mentirais comme un infâme.

Je l'ai cru cependant; je me suis efforcé d'attacher mon cœur à d'autres passions, il y a glissé dessus comme sur la glace.

Quand on est enfant, on a tant lu de livres sur l'amour, on trouve ce mot-là si mélodieux, on le rêve tant, on souhaite si fort d'avoir ce sentiment qui vous fait palpiter à la lecture des romans et des drames, qu'à chaque femme qu'on voit on se dit: n'est-ce pas là l'amour? On s'efforce d'aimer pour se faire homme.

Je n'ai pas été exempt plus qu'aucun autre de cette faiblesse d'enfant; j'ai soupiré comme un poète élégiaque, et après bien des efforts, j'étais tout étonné de me trouver quelquefois quinze jours sans avoir passé[1] à celle que j'avais choisie pour rêver. Toute cette vanité d'enfant s'effaça devant Maria.

Mais je dois remonter plus haut — c'est un serment que j'ai fait de tout dire. Le fragment qu'on va lire avait été composé en partie en décembre dernier, avant que j'eusse eu l'idée de faire *Les Mémoires d'un fou*.

Comme il devait être isolé je l'avais mis dans le cadre qui suit. . . . .
. . . .
Le voici tel qu'il était.

Parmi tous les rêves du passé, les souvenirs d'autrefois et mes réminiscences de jeunesse, j'en ai conservé un bien petit nombre avec quoi je m'amuse aux heures d'ennui. À l'évocation d'un nom, tous les personnages reviennent avec leurs costumes et leur

langage jouer leur rôle comme ils le jouèrent dans
ma vie et je les vois agir devant moi comme un Dieu
qui s'amuserait à regarder ses mondes créés. Un
surtout — le premier amour, qui ne fut jamais violent ni passionné, effacé depuis par d'autres désirs
mais qui reste encore au fond de mon cœur comme
une antique voie romaine qu'on aurait traversée par
l'ignoble wagon d'un chemin de fer[1].

C'est le récit de ces premiers battements du cœur,
de ces commencements des voluptés indéfinies et
vagues, de toutes les vaporeuses choses qui se passent dans l'âme d'un enfant à la vue des seins d'une
femme, de ses yeux, à l'audition de ses chants et de
ses paroles, c'est ce salmigondis de sentiment et
de rêverie que je devais étaler comme un cadavre
devant un cercle d'amis qui vinrent un jour dans
l'hiver, en décembre, pour se chauffer et ne rien
faire, causer paisiblement au coin du feu tout en
fumant une pipe dont on arrose l'âcreté par un
liquide quelconque.

Après que tous furent venus, que chacun se fut
assis, qu'on eut bourré sa pipe et empli son verre,
après que nous fûmes en cercle autour du feu, l'un
avec les pincettes en main, l'autre soufflant, un troisième remuant les cendres avec sa canne, et que
chacun eut une occupation — je commençai.

— Mes chers amis, leur dis-je, vous passerez bien
quelque chose, quelque mot de vanité qui se glissera
dans le récit.

Une adhésion de toutes les têtes m'engagea à
commencer.

— Je me rappelle que c'était un jeudi vers le mois
de novembre, il y a deux ans (j'étais, je crois, en cinquième). — La première fois que je la vis, elle déjeu-
nait chez ma mère quand j'entrai d'un pas précipité,
comme un écolier qui a flairé toute la semaine le
repas du jeudi ; elle se détourna[2] ; à peine si je la

saluai car j'étais alors si niais et si enfant que je ne
pouvais voir une femme, de celles du moins qui ne
m'appelaient pas un enfant comme les dames, ou un
ami comme les petites filles, — sans rougir ou plutôt
sans rien faire et sans rien dire.

Mais grâce à Dieu j'ai gagné depuis en vanité et
en effronterie tout ce que j'ai perdu en innocence et
en candeur.

Elles étaient deux jeunes filles — des sœurs, des
camarades de la mienne, de pauvres Anglaises qu'on
avait fait sortir de leur pension pour les mener au
grand air, dans la campagne, pour les promener en
voiture, les faire courir dans le jardin, et les amuser
enfin sans l'œil d'une surveillante qui jette de la tié-
deur et de la retenue dans les ébats de l'enfance.

La plus âgée avait quinze ans, la seconde douze à
peine — celle-ci était petite et mince, ses yeux
étaient plus vifs, plus grands et plus beaux que ceux
de sa sœur aînée, mais celle-ci avait une tête si
ronde et si gracieuse, sa peau était si fraîche, si
rosée, ses dents courtes si blanches sous ses lèvres
rosées, et tout cela était si bien encadré par des bandeaux de jolis cheveux châtains qu'on ne pouvait
s'empêcher de lui donner la préférence. Elle était
petite et peut-être un peu grosse, c'était son défaut
le plus visible ; mais ce qui me charmait plus en elle
c'était une grâce enfantine sans prétention, un parfum de jeunesse qui embaumait autour d'elle — il y
avait tant de naïveté et de candeur que les plus
impies même ne pouvaient s'empêcher d'admirer.

Il me semble la voir encore, à travers les vitres de
ma chambre, qui courait dans le jardin avec d'autres
camarades. Je vois encore leur robe de soie onduler
brusquement sur leurs talons en bruissant, et leurs
pieds se relever pour courir sur les allées sablées du
jardin, puis s'arrêter haletantes, se prendre récipro-
quement par la taille et se promener gravement en

causant, sans doute, de fêtes, de danses, de plaisirs et d'amours, les pauvres filles!

L'intimité exista bientôt entre nous tous; au bout de quatre mois je l'embrassais comme ma sœur, nous nous tutoyions tous. — J'aimais tant à causer avec elle! son accent étranger avait quelque chose de fin et délicat qui rendait sa voix fraîche comme ses joues.

D'ailleurs il y a dans les mœurs anglaises un négligé naturel et un abandon de toutes nos convenances qu'on pourrait prendre pour une coquetterie raffinée, mais qui n'est qu'un charme qui attire, comme ces feux follets qui fuient sans cesse.

Souvent nous faisions des promenades en famille, et je me souviens qu'un jour dans l'hiver nous allâmes voir une vieille dame qui demeure sur une côte qui dominait la ville; pour arriver chez elle il fallait traverser des masures plantées de pommiers où l'herbe était haute et mouillée; un brouillard ensevelissait la ville et, du haut de notre colline, nous voyions les toits entassés et rapprochés couverts de neige — et puis le silence de la campagne, et au loin le bruit éloigné des pas d'une vache ou d'un cheval dont le pied s'enfonce dans les ornières.

En passant par une barrière peinte en blanc, son manteau s'accrocha aux épines de la haie, j'allai le détacher; elle me dit: *Merci*, avec tant de grâce et de laisser-aller que j'en rêvai tout le jour.

Puis elles se mirent à courir et leurs manteaux que le vent tirait derrière elles flottaient en ondulant comme un flot qui descend — elles s'arrêtèrent essoufflées. Je me rappelle encore leurs haleines qui bruissaient à mes oreilles et qui partaient d'entre leurs dents blanches en vaporeuse fumée.

Pauvre fille! Elle était si bonne et m'embrassait avec tant de naïveté. —

II [1]

Les vacances de Pâques arrivèrent. Nous allâmes les passer à la campagne.

Je me rappelle un jour — il faisait chaud, sa ceinture était égarée, sa robe était sans taille.

Nous nous promenâmes ensemble, foulant la rosée des herbes et les fleurs d'avril. Elle avait un livre à la main... c'était des vers, je crois ; elle le laissa tomber. Notre promenade continua.

Elle avait couru, — je l'embrassai sur le cou, mes lèvres y restèrent collées sur cette peau satinée et mouillée d'une sueur embaumante.

Je ne sais de quoi nous parlâmes ; les premières choses venues. —

— Voilà que tu vas devenir bête, dit un des auditeurs en m'interrompant.

— D'accord, mon cher, le cœur est stupide. —

L'après-midi, j'avais le cœur rempli d'une joie douce et vague. — Je rêvais délicieusement en pensant à ses cheveux papillotés qui encadraient ses yeux vifs, et à sa gorge déjà formée que j'embrassais toujours aussi bas qu'un *fichu rigoriste* [2] me le permettait. Je montai dans les champs ; j'allai dans les bois, je m'assis dans un fossé et je pensai à elle.

J'étais couché à plat ventre, j'arrachais des brins d'herbe, les marguerites d'avril, et quand je levais la tête, le ciel blanc et maté [3] formait sur moi un dôme d'azur qui s'enfonçait à l'horizon derrière les prés verdoyants. Par hasard j'avais du papier et un crayon, je fis des vers.

— Tout le monde se mit à rire.

Les seuls que j'aie jamais faits de ma vie. Il y en avait peut-être trente ; à peine fus-je une demi-heure, car j'eus toujours une admirable facilité d'improvisation pour les bêtises de toute sorte. Mais ces vers

pour la plupart étaient faux comme des protesta-
tions d'amour. — Boiteux comme le bien.

Je me rappelle qu'il y avait :

> . . . . *quand le soir*
> *Fatiguée du jeu et de la balançoir*

Je me battais les flancs pour peindre une chaleur
que je n'avais vue que dans les livres, puis à propos
de rien je passais à une mélancolie sombre et digne
d'Antony[1], quoique réellement j'eusse l'âme imbi-
bée de candeur, et d'un tendre sentiment mêlé de
niaiserie, de réminiscences suaves et de parfums du
cœur, et je disais à propos de rien :

> . . . .
> *Ma douleur est amère, ma tristesse profonde*
> *Et j'y suis enseveli, comme un homme en la tombe.*

Les vers n'étaient même pas des vers, mais j'eus
le sens de les brûler, manie qui devrait tenailler la
plupart des poètes.

Je rentrai à la maison et la retrouvai qui jouait sur
le rond de gazon. La chambre où elles couchèrent
était voisine de la mienne, je les entendis rire et causer longtemps... tandis que moi... je m'endormis
bientôt comme elle... malgré tous les efforts que je
fis pour veiller le plus possible. Car vous avez fait
sans doute comme moi à quinze ans, vous avez cru
une fois aimer de cet amour brûlant et frénétique[2],
comme vous en avez vu dans les livres, tandis que
vous n'aviez sur l'épiderme du cœur qu'une légère
égratignure de cette griffe de fer qu'on nomme la
passion, et vous souffliez de toutes les forces de votre
imagination sur ce modeste feu qui brûlait à peine.

Il y a tant d'amour de la vie pour l'homme ! À
quatre ans, amour des chevaux, du soleil, des fleurs,

des armes qui brillent, des livrées de soldats. À dix, amour de la petite fille qui joue avec vous, à treize, amour d'une grande femme à la gorge replète, car je me rappelle que ce que les adolescents adorent à la folie, c'est une poitrine de femme, blanche et matée et comme dit Marot :

> *Tetin refaict plus blanc qu'un œuf*
> *Tetin de satin blanc tout neuf* [1].

Je faillis me trouver mal la première fois que je vis tout nus les deux seins d'une femme. Enfin à quatorze ou quinze, amour d'une jeune fille qui vient chez vous. Un peu plus qu'une sœur, moins qu'une amante. Puis à seize, amour d'une autre femme jusqu'à vingt-cinq. Puis on aime peut-être la femme avec qui on se mariera.

Cinq ans plus tard on aime la danseuse [2] qui fait sauter sa robe de gaze sur ses cuisses charnues. Enfin, à trente-six, amour de la députation, de la spéculation, des honneurs ; à cinquante, amour du dîner du ministre ou de celui du maire ; à soixante, un amour de la fille de joie qui vous appelle à travers les vitres et vers laquelle on jette un regard d'impuissance, — un regret vers le passé.

Tout cela n'est-il pas vrai ? Car moi j'ai subi tous ces amours. — Pas tous cependant, car je n'ai pas vécu toutes mes années, et chaque année dans la vie de bien des hommes est marquée par une passion nouvelle — celle des femmes, celle du jeu, des chevaux, des bottes fines, des cannes, des lunettes, des voitures, des places.

Que de folies dans un homme ! — Oh ! sans contredit, l'habit d'un arlequin n'est pas plus varié dans ses nuances que l'esprit humain ne l'est dans ses folies, et tous deux arrivent au même but, — celui de se râper l'un et l'autre et de faire rire

quelque temps, le public pour son argent, le philosophe pour sa science.

— Au récit! demanda un des auditeurs, impassible jusque-là et qui ne quitta sa pipe que pour jeter
sur ma digression, qui montait en fumée, la salive
de son reproche.

Je ne sais guère que dire ensuite, car il y a une
lacune dans l'histoire, un vers de moins dans l'élégie. Plusieurs temps se passèrent donc de la sorte.
Au mois de mai la mère de ces jeunes filles vint en
France conduire leur frère. C'était un charmant
garçon, blond comme elle et pétillant de *gaminerie*
et d'orgueil britannique.

Leur mère était une femme pâle, maigre et non-
chalante. Elle était vêtue de noir, ses manières et
ses paroles, sa tenue avaient un air nonchalant, un
peu mollasse il est vrai, mais qui ressemblait au *farniente* italien. Tout cela cependant était parfumé de
bon goût reluisant d'un vernis aristocratique. —
Elle resta un mois en France.

Je [1]

_____

. . . . puis elle repartit
et nous vécûmes ainsi comme si tous étaient de la
famille, allant toujours ensemble dans nos promenades, nos vacances, nos congés. —

Nous étions tous frères et sœurs.

Il y avait dans nos rapports de chaque jour tant de
grâce et d'effusion, d'intimité et de laisser-aller, que
cela peut-être dégénéra en amour — de sa part du
moins et j'en eus des preuves évidentes.

Pour moi je peux me donner le rôle d'un homme
moral, car je n'avais point de passion — je l'aurais
bien voulu.

Souvent elle venait vers moi, me prenait autour
de la taille, — elle me regardait, elle causait — la
charmante petite fille! — elle me demandait des

livres, des pièces de théâtre dont elle ne m'a rendu qu'un fort petit nombre ; elle montait dans ma chambre. J'étais assez embarrassé. Pouvais-je supposer tant d'audace dans une femme, ou tant de naïveté ? Un jour elle se coucha sur mon canapé dans une position très équivoque ; j'étais assis près d'elle sans rien dire.

Certes le moment était critique ; je n'en profitai pas. —

Je la laissai partir[1].

D'autres fois elle m'embrassait en pleurant. Je ne pouvais croire qu'elle m'aimait réellement. Ernest[2] en était persuadé, il me le faisait remarquer, me traitait d'imbécile.

Tandis que vraiment j'étais tout à la fois timide — et nonchalant.

C'était quelque chose de doux, d'enfantin, qu'aucune idée de possession ne ternissait mais qui par cela même manquait d'énergie. C'était trop niais cependant pour être du platonicisme.

Au bout d'un an leur mère vint habiter en France — puis au bout d'un mois elle repartit pour l'Angleterre.

Ses filles avaient été tirées de pension et logeaient avec leur mère dans une rue déserte, au second étage.

Pendant son voyage, je les voyais souvent aux fenêtres. Un jour que je passais, Caroline[3] m'appela, je montai.

Elle était seule. Elle se jeta dans mes bras et m'embrassa avec effusion. Ce fut la dernière fois, car depuis elle se maria.

Son maître de dessin lui avait fait des visites fréquentes. On projeta un mariage, il fut noué et dénoué cent fois. — Sa mère revint d'Angleterre. Sans son mari dont on n'a jamais entendu parler.

Caroline se maria au mois de janvier. Un jour je

la rencontrai avec son mari — à peine si elle me
salua.

Sa mère a changé de logement et de manières. —
Elle reçoit maintenant chez elle des garçons
tailleurs et des étudiants — elle va aux bals masqués
et y mène sa jeune fille.

Il y a dix-huit mois que nous ne les avons vus.

Voilà comment finit cette liaison, qui promettait
peut-être une passion avec l'âge mais qui se dénoua
d'elle-même.

————————

Est-il besoin de dire que cela avait été à l'amour
ce que le crépuscule est au grand jour — et que le
regard de Maria fit évanouir le souvenir de cette
pâle enfant?

C'est un petit feu qui n'est plus que de la cendre
froide.

XVI

Cette page est courte, je voudrais qu'elle le fût
davantage; voici le fait.

La vanité me poussa à l'amour; non: à la volupté;
pas même à cela — à la chair.

On me raillait de ma chasteté — j'en rougissais —
elle me faisait honte, elle me pesait comme si elle
eût été de la corruption.

Une femme se présenta à moi. Je la pris[1] — et je
sortis de ses bras plein de dégoût et d'amertume —
mais alors je pouvais faire le Lovelace[2] d'estaminet,
dire autant d'obscénités qu'un autre autour d'un bol
de punch; j'étais un homme alors, j'avais été comme
un devoir faire du vice — et puis je m'en étais vanté.

J'avais quinze ans — je parlais de femme et de maîtresse.

Cette femme-là — je la pris en haine ; elle venait à
moi — je la laissais ; elle faisait des frais de sourire
qui me dégoûtaient comme une grimace hideuse.

J'eus des remords — comme si l'amour de Maria
eût été une religion que j'eusse profanée.

XVII

Je me demandai si c'était bien là les délices que
j'avais rêvées, ces transports de feu que je m'étais
imaginés dans la virginité de ce cœur tendre et
enfant. — Est-ce là tout ? est-ce qu'après cette froide
jouissance il ne doit pas y en avoir une autre plus
sublime, plus large, quelque chose de divin — et qui
fasse tomber en extases ? Oh ! non, tout était fini,
j'avais été éteindre dans la boue ce feu sacré de mon
âme. — Ô Maria, j'avais été traîner dans la fange
l'amour que ton regard avait créé, je l'avais gaspillé à
plaisir, à la première femme venue, sans amour, sans
désir, poussé par une vanité d'enfant — par un calcul
d'orgueil, pour ne plus rougir à la licence, pour faire
bonne contenance dans une orgie ! pauvre Maria.

J'étais lassé, un dégoût profond me prit à l'âme.
— Et j'eus en pitié ces joies d'un moment, et ces
convulsions de la chair.

Il fallait que je fusse bien misérable — moi qui
étais si fier de cet amour si haut, de cette passion
sublime, et qui regardais mon cœur comme plus
large et plus beau que ceux des autres hommes, moi
— aller comme eux... Oh ! non, pas un d'eux peut-
être ne l'a fait pour les mêmes motifs : presque tous
y ont été poussés par les sens, ils ont obéi comme le

chien à l'instinct de la nature ; mais il y avait bien plus de dégradation à en faire un calcul, à s'exciter à la corruption, à aller se jeter dans les bras d'une femme, à manier sa chair, à se vautrer dans le ruisseau pour se relever et montrer ses souillures.

Et puis j'en eus honte comme d'une lâche profanation, j'aurais voulu cacher à mes propres yeux l'ignominie dont je m'étais vanté. —

Je me reportais vers ces temps où la chair pour moi n'avait rien d'ignoble, et où la perspective du désir me montrait des formes vagues et des voluptés que mon cœur me créait.

Non, jamais on ne pourra dire tous les mystères de l'âme vierge, toutes les choses qu'elle sent, tous les mondes qu'elle enfante — comme ses rêves sont délicieux — comme ses pensées sont vaporeuses et tendres — comme sa déception est amère et cruelle.

Avoir aimé, avoir rêvé le ciel — avoir vu tout ce que l'âme a de plus pur, de plus sublime, et s'enchaîner ensuite dans toutes les lourdeurs de la chair, toute la langueur du corps ! — Avoir rêvé le ciel et tomber dans la boue !

Qui me rendra maintenant toutes les choses que j'ai perdues ? ma virginité, mes rêves, mes illusions, toutes choses fanées, pauvres fleurs que la gelée a tuées avant d'être épanouies.

XVIII

Si j'ai éprouvé des moments d'enthousiasme, c'est à l'art que je les dois. — Et cependant quelle vanité que l'art ! vouloir peindre l'homme dans un bloc de pierre, ou l'âme dans des mots, les sentiments par des sons et la nature sur une toile vernie !

Je ne sais quelle puissance magique possède la musique. J'ai rêvé des semaines entières au rythme cadencé d'un air ou aux larges contours d'un chœur majestueux — il y a des sons qui m'entrent dans l'âme et des voix qui me fondent en délices.

J'aimais l'orchestre grondant avec ses flots d'harmonie, ses vibrations sonores et cette vigueur immense qui semble avoir des muscles et qui meurt au bout de l'archet. Mon âme suivait la mélodie déployant ses ailes vers l'infini et montant en spirale pure et lente comme un parfum vers le ciel.

J'aimais le bruit, les diamants qui brillent aux lumières, toutes ces mains de femmes gantées et applaudissant avec des fleurs[1]; je regardais le ballet sautillant, les robes roses ondoyantes, j'écoutais les pas tomber en cadence — je regardais les genoux se détacher mollement avec les tailles penchées.

D'autres fois, recueilli devant les œuvres du génie, saisi par les chaînes avec lesquelles il vous attache, alors au murmure de ces voix au glapissement flatteur, à ce bourdonnement plein de charmes j'ambitionnais la destinée de ces hommes forts qui manient la foule comme du plomb, qui la font pleurer, gémir, trépigner d'enthousiasme. Comme leur cœur doit être large à ceux-là qui y font entrer le monde, et comme tout est avorté dans ma nature! Convaincu de mon impuissance et de ma stérilité, je me suis pris d'une haine jalouse, je me disais que cela n'était rien, que le hasard seul avait dicté ces mots. — Je jetais de la boue sur les choses les plus hautes que j'enviais.

Je m'étais moqué de Dieu, je pouvais bien rire des hommes.

Cependant cette sombre humeur n'était que passagère, et j'éprouvais un vrai plaisir à contempler le génie resplendissant au foyer de l'art comme une large fleur qui ouvre une rosace de parfum à un soleil d'été.

L'art — l'art... quelle belle chose que cette vanité !

S'il y a sur la terre, et parmi tous les néants, une croyance qu'on adore, s'il est quelque chose de saint, de pur de sublime, quelque chose qui aille à ce désir immodéré de l'infini et du vague que nous appelons âme, c'est l'art.

Et quelle petitesse ! une pierre — un mot — un son — la disposition de tout cela que nous appelons le sublime.

Je voudrais quelque chose qui n'eût pas besoin d'expression ni de forme. — Quelque chose de pur comme un parfum, de fort comme la pierre, d'insaisissable comme un chant ; que ce fût à la fois tout cela et rien d'aucune de ces choses.

Tout me semble borné, rétréci, avorté dans la nature.

L'homme avec son génie et son art n'est qu'un misérable singe de quelque chose de plus élevé.

Je voudrais le beau dans l'infini et je n'y trouve que le doute.

XIX

Oh ! l'infini, l'infini gouffre immense, spirale qui monte du fond des abîmes aux plus hautes régions de l'inconnu — vieille idée dans laquelle nous tournons tous, pris par le vertige — abîme que chacun a dans le cœur, abîme incommensurable, abîme sans fond.

Nous aurons beau pendant bien des jours, bien des nuits, nous demander dans notre angoisse : qu'est-ce que ce mot... Dieu, éternité, infini ? — et nous tournons là-dedans, emportés par un vent de la mort, comme la feuille roulée par l'ouragan, —

on dirait que l'infini prend alors plaisir à nous bercer nous-mêmes dans cette immensité du doute.
Nous nous disons toujours cependant : après bien
des siècles, des milliers d'ans, quand tout sera usé,
il faudra bien qu'une borne soit là.

Hélas, l'éternité se dresse devant nous et nous en
avons peur, — peur de cette chose qui doit durer si
longtemps, nous qui durons si peu.

Si longtemps !

Sans doute quand le monde ne sera plus (que je
voudrais vivre alors — vivre sans nature, sans
homme — quelle grandeur que ce vide-là !), sans
doute alors il y aura des ténèbres, — un peu de
cendres brûlées qui aura été la terre et peut-être
quelques gouttes d'eau — la mer.

Ciel ! plus rien — du vide — que le néant étalé
dans l'immensité comme un linceul !

Éternité, éternité ! — cela durera-t-il toujours ?...
toujours, sans fin ?

Mais cependant ce qui restera, la moindre par-
celle des débris du monde, le dernier souffle d'une
création mourante, le vide lui-même, devra être las
d'exister. — Tout appellera une destruction totale.

Cette idée de quelque chose sans fin nous fait
pâlir. — Hélas ! et nous serons là-dedans, nous autres
qui vivons maintenant — et cette immensité nous
roulera tous.

Que serons-nous ? Un rien — pas même un
souffle.

J'ai longtemps pensé aux morts dans les cercueils,
aux longs siècles qu'ils passent ainsi sous la terre,
pleine de bruit de rumeurs et de cris, eux si calmes,
dans leurs planches pourries et dont le morne
silence est interrompu, parfois, soit par un cheveu
qui tombe, ou par un ver qui glisse, sur un peu
de chair. Comme ils dorment là, couchés sans bruit
— sous la terre — sous le gazon fleuri !

Cependant l'hiver, ils doivent avoir froid sous la neige.

Oh! s'ils se réveillaient alors, — s'ils venaient à revivre et qu'ils vissent toutes les larmes dont on a paré leur drap de mort taries, tous ces sanglots étouffés, — toutes les grimaces finies. — Ils auraient horreur de cette vie qu'ils ont pleurée en la quittant — et ils retourneraient vite dans le néant si calme et si vrai.

Certes on peut vivre, et mourir même, sans s'être demandé une seule fois ce que c'est que la vie et que la mort. —

Mais pour celui qui regarde les feuilles trembler au souffle du vent, les rivières serpenter dans les prés, la vie se tourmenter et tourbillonner dans les choses, les hommes vivre, faire le bien et le mal, la mer rouler ses flots et le ciel dérouler ses lumières, et qui se demande pourquoi ces feuilles, pourquoi l'eau coule-t-elle, pourquoi la vie elle-même est-elle un torrent si terrible et qui va se perdre dans l'océan sans bornes de la mort, pourquoi les hommes marchent-ils, travaillent-ils comme des fourmis, pourquoi la tempête, pourquoi le ciel si pur et la terre si infâme — ces questions mènent à des ténèbres d'où l'on ne sort pas.

Et le doute vient après ; c'est… quelque chose qui ne se dit pas mais qui se sent. L'homme alors est comme ce voyageur perdu dans les sables qui cherche partout une route pour le conduire à l'oasis et qui ne voit que le désert.

Le doute c'est la vie — l'action, la parole, la nature, la mort. Doute dans tout cela.

Le doute c'est la mort pour les âmes ; c'est une lèpre qui prend les races usées ; c'est une maladie qui vient de la science et qui conduit à la folie.

La folie est le doute de la raison.

C'est peut-être la raison elle-même.

Qui le prouve[1] ?

XX

Il est des poètes qui ont l'âme toute pleine de parfum et de fleurs, qui regardent la vie comme l'aurore du ciel, d'autres qui n'ont rien que de sombre, que de l'amertume et de la colère, — il y a des peintres qui voient tout en bleu, d'autres tout en jaune ou tout en noir. — Chacun de nous a un prisme à travers lequel il aperçoit le monde, heureux celui qui y distingue des couleurs riantes et des choses gaies. —

Il y a des hommes qui ne voient dans le monde qu'un titre, que des femmes, que la banque, qu'un nom, qu'une destinée : folies. —

J'en connais qui n'y voient que chemins de fer, marchés, ou bestiaux. Les uns y découvrent un plan sublime, les autres une farce obscène.

Et ceux-là vous demanderaient bien ce que c'est que *l'obscène* ? Question embarrassante à résoudre comme toutes les questions.

J'aimerais autant donner la définition géométrique[1] d'une belle paire de bottes ou d'une belle femme, deux choses importantes.

Les gens qui voient notre globe comme un gros ou un petit tas de boue sont de singulières gens et difficiles à prendre.

Vous venez à parler avec un de ces gens infâmes, gens qui ne s'intitulent pas philanthropes et qui ne votent pas pour la démolition des cathédrales, sans craindre qu'on les appelle carlistes[2]. Mais bientôt vous vous arrêtez tout court ou vous vous avouez vaincu, car ceux-là sont des gens sans principes, qui regardent la vertu comme un mot, le monde, comme une bouffonnerie. De là ils partent pour tout considérer sous un point de vue ignoble, ils sourient aux

plus belles choses et quand vous leur parlez de philanthropie, ils haussent les épaules et vous disent
que la philanthropie se manifeste par une souscription pour les pauvres.

La belle chose qu'une liste de noms dans un
journal!

Chose étrange que cette diversité d'opinions, de
systèmes, de croyances et de folies.

Quand vous parlez à certaines gens, ils s'arrêtent
tout à coup effrayés et vous demandent : Comment,
vous nierez cela ? vous douteriez de cela ? peut-on
révoquer le plan de l'univers et les devoirs de
l'homme ? Et si malheureusement votre regard a
laissé deviner un rêve de l'âme, — ils s'arrêtent tout
à coup et finissent là leur victoire logique, comme
ces enfants effrayés d'un fantôme imaginaire et qui
se ferment les yeux sans oser regarder.

Ouvre-les — homme faible et plein d'orgueil,
pauvre fourmi qui rampes avec peine sur ton grain
de poussière, tu te dis libre, et grand, tu te respectes,
toi-même si vil pendant ta vie, et par dérision sans
doute tu salues ton corps pourri qui passe — et puis
tu penses qu'une si belle vie, agitée ainsi entre un
peu d'orgueil que tu appelles grandeur et cet intérêt
bas qui est l'essence de ta société, sera couronnée
par une immortalité. De l'immortalité pour toi, plus
lascif qu'un singe, et plus méchant qu'un tigre, et
plus rampant qu'un serpent — allons donc! faites-
moi un paradis pour le singe le tigre et le serpent,
pour la luxure la cruauté la bassesse, — un paradis
pour l'égoïsme, une éternité pour cette poussière,
de l'immortalité pour ce néant!

Tu te vantes d'être libre, de pouvoir faire ce que
tu appelles le bien et le mal, sans doute pour qu'on
te condamne plus vite, car que saurais-tu faire de
bon ? y a-t-il un seul de tes gestes qui ne soit stimulé
par l'orgueil ou calculé par l'intérêt ?

Toi, libre! — Dès ta naissance tu es soumis à toutes les infirmités paternelles, tu reçois avec le jour la semence de tous tes vices, de ta stupidité même, de tout ce qui te fera juger le monde, toi-même, tout ce qui t'entoure, d'après ce terme de comparaison, cette mesure que tu as en toi. Tu es né avec un esprit étroit, avec des idées faites ou qu'on te fera sur le bien ou sur le mal. On te dira qu'on doit aimer son père et le soigner dans sa vieillesse, tu feras l'un et l'autre et tu n'avais pas besoin qu'on te l'apprît, n'est-ce pas? Cela est une vertu innée comme le besoin de manger. Tandis que derrière la montagne où tu es né on enseignera à ton frère à tuer son père quand il est vieux, et il le tuera car cela, pense-t-il, est naturel, et il n'était pas nécessaire qu'on le lui apprît. On t'élèvera en te disant qu'il faut te garder d'aimer d'un amour charnel ta sœur ou ta mère, tandis que tu descends comme tous les hommes d'un inceste, car le premier homme et la première femme, eux et leurs enfants, étaient frères et sœurs; tandis que le soleil se couche sur d'autres peuples qui regardent l'inceste comme une vertu et le parricide comme un devoir. Es-tu déjà libre des principes d'après lesquels tu gouverneras ta conduite, est-ce toi qui présides à ton éducation, est-ce toi qui as voulu naître avec un caractère heureux ou triste, phtisique ou robuste, doux ou méchant, moral ou vicieux?

Mais d'abord pourquoi es-tu né? est-ce toi qui l'as voulu? t'a-t-on consulté là-dessus? Tu es donc né fatalement parce que ton père, un jour, sera revenu d'une orgie échauffé par le vin et des propos de débauche et que ta mère en aura profité, qu'elle aura mis en jeu toutes ces ruses de femme poussée par ses instincts de chair et de bestialité que lui a données la nature en lui faisant une âme, et qu'elle sera parvenue à animer cet homme que les filles publiques ont fatigué dès l'adolescence. Quelque grand que tu sois, tu as d'abord été quelque chose d'aussi sale que de la salive et de plus fétide que de l'urine, puis tu as subi des métamorphoses comme un ver, et enfin tu es venu au monde, presque sans vie, pleurant, criant et fermant les yeux comme par haine pour ce soleil que tu as appelé tant de fois.

On te donne à manger. — Tu grandis, tu pousses comme la feuille, — c'est bien hasard si le vent ne t'emporte de bonne heure, car à combien de choses es-tu soumis ? À l'air, au feu, à la lumière, au jour, à la nuit, au froid, au chaud, à tout ce qui t'entoure, tout ce qui est : tout cela te maîtrise, te passionne. Tu aimes la verdure, les fleurs et tu es triste quand elles se fanent, tu aimes ton chien, tu pleures quand il meurt, une araignée arrive à toi, tu recules de frayeur, tu frissonnes quelquefois en regardant ton ombre et lorsque ta pensée elle-même s'enfonce dans les mystères du néant, tu es effrayé et tu as peur du doute.

Tu te dis libre et chaque jour tu agis poussé par mille choses, tu vois une femme et tu l'aimes, tu en meurs d'amour : es-tu libre d'apaiser ce sang qui bat, de calmer cette tête brûlante, de comprimer le cœur, d'apaiser ces ardeurs qui te dévorent ? Es-tu libre de ta pensée ? Mille chaînes te retiennent, mille aiguillons te poussent, mille entraves t'arrêtent. Tu vois un homme pour la première fois, un de ses traits te choque, et durant ta vie tu as de l'aversion pour cet homme que tu aurais peut-être chéri s'il avait eu le nez moins gros. — Tu as un mauvais estomac et tu es brutal envers celui que tu aurais accueilli avec bienveillance. Et de tous ces faits découlent ou s'enchaînent aussi fatalement d'autres séries de faits, d'où d'autres dérivent à leur tour.

Es-tu le créateur de ta constitution physique et morale ? Non. Tu ne pourrais la diriger entièrement que si tu l'avais faite et modelée à ta guise.

Tu te dis libre parce que tu as une âme — d'abord c'est toi qui as fait cette découverte que tu ne saurais définir ; une voix intime te dit que oui — d'abord tu mens : une voix te dit que tu es faible et tu sens en toi un immense vide que tu voudrais combler par toutes les choses que tu y jettes. Quand même tu croirais que oui, en es-tu sûr ? Qui te l'a dit ? Quand long-temps combattu par deux sentiments opposés, après avoir bien hésité, bien douté, tu penches vers un sen-timent, tu crois avoir été le maître de l'avoir fait. Mais pour être maître il faudrait n'avoir aucun pen-chant. Es-tu maître de faire le bien si tu as le goût du mal enraciné dans le cœur, si tu es né avec de mau-vais penchants développés par ton éducation ? Et si tu es vertueux, si tu as horreur du crime, pourras-tu le faire ? es-tu libre de faire le bien ou le mal ? puisque c'est le sentiment du bien qui te dirige tou-jours tu ne peux faire le mal.

Ce combat est la lutte de ces deux penchants, et si tu fais le mal c'est que tu es plus vicieux que ver-tueux et que la fièvre la plus forte a eu le dessus.

Quand deux hommes se battent, il est certain que le plus faible, le moins adroit, le moins souple sera vaincu par le plus fort, le plus adroit, le plus souple — quelque longtemps que puisse durer la lutte il y en aura toujours un de vaincu. Il en est de même de ta nature intérieure : quand même ce que tu sens bon l'emporte, la victoire est-elle toujours la justice ? ce que tu juges le bien est-il le bien absolu, immuable, éternel ?

Tout n'est donc que ténèbres autour de l'homme, tout est vide et il voudrait quelque chose de fixe — il roule lui-même dans cette immensité du vague où il voudrait s'arrêter, — il se cramponne à tout et tout lui manque : patrie, liberté, croyance, Dieu, vertu, il a pris tout cela et tout cela lui est tombé des mains — comme un fou qui laisse tomber un vase de cristal et qui rit de tous les morceaux qu'il a faits.

Mais l'homme a une âme immortelle et faite à l'image de Dieu — deux idées pour lesquelles il a versé son sang, deux idées qu'il ne comprend pas : une âme — un Dieu, mais dont il est convaincu.

Cette âme est une essence autour de laquelle notre être physique tourne comme la terre autour du soleil. — Cette âme est noble, car étant un principe spirituel, n'étant point terrestre, elle ne saurait rien avoir de bas, de vil. Cependant n'est-ce pas la pensée qui dirige notre corps, n'est-ce pas elle qui fait lever notre bras quand nous voulons tuer ? n'est-ce pas elle qui anime notre chair ? l'esprit serait-il le principe du mal et le corps l'agent ?

Voyons comme cette âme, comme cette conscience est élastique, flexible, comme elle est molle et maniable, comme elle se ploie facilement sous le corps qui pèse sur elle ou appuie sur le corps qui s'incline, comme cette âme est vénale et basse, comme elle rampe, comme elle flatte, comme elle ment, comme elle trompe. — C'est elle qui vend le corps, la main, la tête et la langue — c'est elle qui veut du sang et qui demande de l'or, toujours insatiable et cupide de tout dans son infini — elle est au milieu de nous, comme une soif, une ardeur quelconque, un feu qui nous dévore, un pivot qui nous fait tourner sur lui.

Tu es grand ! homme ! non par le corps sans doute, mais par cet esprit qui t'a fait, dis-tu, le roi de la nature ; tu es grand, maître et fort.

Chaque jour en effet tu bouleverses la terre, tu creuses des canaux, tu bâtis des palais, tu enfermes les fleuves entre des pierres, tu cueilles l'herbe, tu la pétris et tu la manges, tu remues l'océan avec la quille de tes vaisseaux et tu crois tout cela beau, tu te crois meilleur que la bête fauve que tu manges,

plus libre que la feuille emportée par les vents, plus
grand que l'aigle qui plane sur tes tours, plus fort
que la terre dont tu tires ton pain et tes diamants et
que l'océan sur lequel tu cours, mais hélas! — la
terre que tu remues revient d'elle-même, tes canaux
se détruisent, les fleuves envahissent tes champs et
tes villes, les pierres de tes palais se disjoignent et
tombent d'elles-mêmes, les fourmis courent sur tes
couronnes et sur tes trônes, toutes tes flottes ne sau-
raient marquer plus de traces de leur passage sur la
surface de l'océan qu'une goutte de pluie ou que le
battement d'aile de l'oiseau, et toi-même tu passes
sur cet océan des âges[1] sans laisser plus de traces
de toi-même que ton navire n'en laisse sur les flots.
Tu te crois grand parce que tu travailles sans
relâche, mais ce travail est une preuve de ta faiblesse, — tu étais donc condamné à apprendre
toutes ces choses inutiles au prix de tes sueurs; tu
étais esclave avant d'être né, et malheureux avant
de vivre. Tu regardes les astres avec un sourire d'orgueil parce que tu leur as donné des noms, que tu as
calculé leur distance comme si tu voulais mesurer
l'infini et enfermer l'espace dans les bornes de ton
esprit. Mais tu te trompes! Qui te dit que derrière
ces mondes de lumières, il n'y en a pas d'autres infinis encore, et toujours ainsi? Tes calculs s'arrêtent
peut-être à quelques pieds de hauteur et là commence une échelle nouvelle de faits. Comprends-tu
toi-même la valeur des mots dont tu te sers... étendue — espace? Ils sont plus vastes que toi et tout
ton globe.

Tu es grand et tu meurs, comme le chien et la
fourmi, avec plus de regret qu'eux, et puis tu pourris,
et je te le demande, quand les vers t'ont mangé,
quand ton corps s'est dissous dans l'humidité de la
tombe, et que ta poussière n'est plus, où es-tu,
homme? Où est même ton âme, — cette âme qui

était le moteur de tes actions, qui livrait ton cœur à la haine, à l'envie, à toutes les passions, cette âme qui te vendait et qui faisait faire tant de bassesses, où est-elle ? Est-il un lieu assez saint pour la recevoir ?

Tu te respectes et tu t'honores comme un Dieu — tu as inventé l'idée de dignité de l'homme, idée que rien dans la nature ne pourrait avoir en te voyant, tu veux qu'on t'honore, et tu t'honores toi-même, tu veux même que ce corps si vil pendant sa vie soit honoré quand il n'est plus. Tu veux qu'on se découvre devant ta charogne humaine, — qui se pourrit de corruption, quoique plus pure encore que toi quand tu vivais. C'est là ta grandeur.

Grandeur de poussière, majesté du néant !

XXI

J'y revins deux ans plus tard, vous savez où, elle n'y était pas.

Son mari était seul venu avec une autre femme, et il en était parti deux jours avant mon arrivée.

Je retournai sur le rivage — comme il était vide ! De là je pouvais voir le mur gris de la maison de Maria — quel isolement !

Je revins donc dans cette même salle dont je vous ai parlé, elle était pleine mais aucun des visages n'y était plus, les tables étaient prises par des gens que je n'avais jamais vus, celle de Maria était occupée par une vieille femme qui s'appuyait à cette même place où si souvent son coude s'était posé.

Je restai ainsi quinze jours, — il fit quelques jours de mauvais temps et de pluie que je passai dans ma chambre où j'entendais la pluie tomber sur les ardoises, le bruit lointain de la mer et de temps en temps quelque cri de marins sur le quai. Je repensai à toutes ces vieilles choses que le spectacle des mêmes lieux faisait revivre.

Je revoyais le même océan avec ses mêmes vagues, toujours immense, triste et mugissant sur ses rochers, ce même village avec ses tas de boue, ses coquilles qu'on foule et ses maisons en étage — mais tout ce que j'avais aimé, tout ce qui entourait Maria, ce beau soleil qui passait à travers les auvents et qui dorait sa peau, l'air qui l'entourait, le monde qui passait près d'elle, tout cela était parti sans retour. Oh! que je voudrais seulement un seul de ces jours — sans pareils — entrer sans y rien changer!

Quoi! rien de tout cela ne reviendra? Je sens comme mon cœur est vide, car tous ces hommes qui m'entourent me font un désert où je meurs.

Je me rappelai ces longues et chaudes après-midi d'été où je lui parlais sans qu'elle se doutât que je l'aimais et où son regard indifférent m'entrait comme un rayon d'amour jusqu'au fond du cœur. Comment aura-t-elle pu en effet voir que je l'aimais, car je ne l'aimais pas alors, et tout ce que je vous ai dit, j'ai menti: c'était maintenant que je l'aimais, que je la désirais, que seul sur le rivage, dans les bois ou dans les champs, je me la créais là marchant à côté de moi, me parlant, me regardant. Quand je me couchais sur l'herbe, et que je regardais les herbes ployer sous le vent et la vague battre le sable, je pensais à elle, et je reconstruisais dans mon cœur toutes les scènes où elle avait agi, parlé. Ces souvenirs étaient une passion.

Si je me rappelais l'avoir vue marcher en un endroit j'y marchais, — j'ai voulu retrouver le timbre de sa voix pour m'enchanter moi-même, cela était impossible. Que de fois j'ai passé devant sa maison et j'ai regardé à sa fenêtre!

Je passai donc ces quinze jours dans une contemplation amoureuse, — rêvant à elle. Je me rappelle des choses navrantes ; un jour je revenais, vers le crépuscule, je marchais à travers les pâturages couverts de bœufs ; je marchais vite, je n'entendais que le bruit de ma marche qui froissait l'herbe, j'avais la tête baissée et je regardais la terre ; ce mouvement régulier m'endormit pour ainsi dire, je crus entendre Maria marcher près de moi[1], elle me tenait le bras et détournait[2] la tête pour me voir — c'était elle qui marchait dans les herbes ; je savais bien que c'était une hallucination que j'animais moi-même, mais je ne pouvais me défendre d'en sourire et je me sentais heureux ; — je levai la tête, le temps était sombre ; devant moi, à l'horizon, un magnifique soleil se couchait sous les vagues, on voyait une gerbe de feu s'élever en réseaux, disparaître sous les gros nuages noirs qui roulaient péniblement sur eux, et puis un reflet de ce soleil couchant reparaître plus loin derrière moi dans un coin de ciel limpide et bleu[3].

Quand je découvris la mer il avait presque disparu, son disque était à moitié enfoncé sous l'eau et une légère teinte de rose allait toujours s'élargissant et s'affaiblissant vers le ciel.

Une autre fois je revenais à cheval en longeant la grève. Je regardais machinalement les vagues dont la mousse mouillait les pieds de ma jument, je regardais les cailloux qu'elle faisait jaillir en marchant et ses pieds s'enfoncer dans le sable. Le soleil venait de disparaître tout à coup. — Et il y avait sur les vagues une couleur sombre comme si quelque chose de noir eût plané sur elles. À ma droite étaient des rochers entre lesquels la mousse s'agitait au souffle du vent comme une mer de neige, les mouettes passaient sur ma tête et je voyais leurs ailes blanches s'approcher tout près de cette eau sombre et terne — rien ne pourra dire tout ce que cela avait de beau, cette mer, ce rivage avec son sable parsemé de coquilles, avec ses rochers couverts de varechs humides d'eau, et la mousse blanche qui se balançait sur eux au souffle de la brise.

Je vous dirais bien d'autres choses, bien plus belles et plus douces, si je pouvais dire tout ce que je ressentis d'amour, d'extase, de regrets. — Pouvez-vous dire par des mots le battement du cœur, pouvez-vous dire une larme, et peindre son cristal humide qui baigne l'œil dans une amoureuse langueur, pouvez-vous dire tout ce que vous ressentez en un jour ?

Pauvre faiblesse humaine ! avec tes mots, tes langues, tes sons, tu parles et tu balbuties — tu définis Dieu, le ciel et la terre, la chimie et la philosophie, et tu ne peux exprimer, avec ta langue, toute la joie que te cause une femme nue — ou un plum-pudding.

XXII

Ô Maria, Maria, cher ange de ma jeunesse, toi que j'ai vue dans la fraîcheur de mes sentiments, toi que j'ai aimée d'un amour si doux, si plein de parfums, de tendres rêveries, adieu.

Adieu — d'autres passions reviendront — je t'oublierai peut-être — mais tu resteras toujours au fond de mon cœur, car le cœur est une terre, sur laquelle chaque passion bouleverse, remue et laboure sur les ruines des autres. Adieu.

Adieu, et cependant comme je t'aurais aimée, comme je t'aurais embrassée — serrée dans mes bras. Ah ! mon âme se fond en délices, à toutes les folies que mon amour invente. Adieu.

Adieu, et cependant je penserai toujours à toi ; —

je vais être jeté dans le tourbillon du monde — j'y mourrai peut-être écrasé sous les pieds de la foule, déchiré en lambeaux. Où vais-je? que serai-je? Je voudrais être vieux, avoir des cheveux blancs — non, je voudrais être beau comme les anges, avoir de la gloire, du génie, et tout déposer à tes pieds pour que tu marches sur tout cela, et je n'ai rien de tout cela — et tu m'as regardé aussi froidement qu'un laquais ou qu'un mendiant.

Et moi, sais-tu que je n'ai pas passé une n   pas un jour, pas une heure, sans penser à toi, sans   evoir sortant de dessous la vague, avec tes cheveux noirs sur tes épaules, — ta peau brune avec ses perles d'eau salée, tes vêtements ruisselants et ton pied blanc aux ongles roses qui s'enfonçait dans le sable — et que cette vision est toujours présente et que cela murmure toujours à mon cœur? — Oh! non, tout est vide.

Adieu, et pourtant quand je te vis si j'avais été plus âgé de quatre à cinq ans, plus hardi... peut-être... oh! non, je rougissais à chacun de tes regards. Adieu.

XXIII

Quand j'entends les cloches sonner et le glas frapper en gémissant, j'ai dans l'âme une vague tristesse, quelque chose d'indéfinissable et de rêveur comme des vibrations mourantes.

Une série de pensées s'ouvre au tintement lugubre de la cloche des morts, il me semble voir le monde dans ses plus beaux jours de fêtes avec des cris de triomphe, les chars et des couronnes, et par-dessus tout cela un éternel silence et une éternelle majesté. —

Mon âme s'envole vers l'éternité et l'infini et plane dans l'océan du doute au son de cette voix qui annonce la mort.

Voix régulière et froide comme les tombeaux, et qui sonne cependant à toutes les fêtes, pleure à tous les deuils — j'aime à me laisser étourdir par ton harmonie, qui étouffe le bruit des villes; j'aime, dans les champs, sur les collines dorées de blés mûrs, à entendre les sons frêles de la cloche du village qui chante au milieu de la campagne, tandis que l'insecte siffle sous l'herbe et que l'oiseau murmure sous le feuillage.

J'ai longtemps resté[1], dans l'hiver, dans ces jours sans soleil, éclairés d'une lumière morne et blafarde, à écouter toutes les cloches sonner les offices, — de toutes parts sortaient les voix qui montaient vers le ciel en réseau d'harmonie — et je cadençais ma pensée sur ce gigantesque instrument — elle était grande, infinie, je ressentais en moi des sons, des mélodies, des échos d'un autre monde, des choses immenses qui mouraient aussi.

Ô cloches, vous sonnerez donc aussi sur ma mort, et une minute après pour un baptême! Vous êtes donc une dérision comme le reste, et un mensonge comme la vie — dont vous annoncez toutes les phases: le baptême, le mariage, la mort —, pauvre airain perdu et perché au milieu des airs, et qui servirait si bien en lave ardente sur un champ de bataille, ou à ferrer les chevaux[2].

Novembre

Fragments de style quelconque

1842

« Pour... niaiser et fantastiquer[1]. »

MONTAIGNE.

J'aime l'automne, cette triste saison va bien aux souvenirs. Quand les arbres n'ont plus de feuilles, quand le ciel conserve encore au crépuscule la teinte rousse qui dore l'herbe fanée, il est doux de regarder s'éteindre tout ce qui naguère encore brûlait en vous.

Je viens de rentrer de ma promenade dans les prairies vides, au bord des fossés froids où les saules se mirent; le vent faisait siffler leurs branches dépouillées, quelquefois il se taisait, et puis recommençait tout à coup; alors les petites feuilles qui restent attachées aux broussailles tremblaient de nouveau, l'herbe frissonnait en se penchant sur terre, tout semblait devenir plus pâle et plus glacé; à l'horizon le disque du soleil se perdait dans la couleur blanche du ciel, et le pénétrait alentour d'un peu de vie expirante. J'avais froid et presque peur[2].

Je me suis mis à l'abri derrière un monticule de gazon, le vent avait cessé. Je ne sais pourquoi, comme j'étais là, assis par terre, ne pensant à rien et regardant au loin la fumée qui sortait des chaumes, ma vie entière s'est placée devant moi comme un fantôme, et l'amer parfum des jours qui ne sont plus m'est revenu avec l'odeur de l'herbe séchée et des bois morts; mes pauvres années ont repassé devant

moi, comme emportées par l'hiver dans une tour-
mente lamentable; quelque chose de terrible les
roulait dans mon souvenir, avec plus de furie que la
brise ne faisait courir les feuilles dans les sentiers
paisibles; une ironie étrange les frôlait et les retournait pour mon spectacle, et puis toutes s'envolaient
ensemble et se perdaient dans un ciel morne.

Elle est triste, la saison où nous sommes: on dirait
que la vie va s'en aller avec le soleil, le frisson vous
court dans le cœur comme sur la peau, tous les
bruits s'éteignent, les horizons pâlissent, tout va dormir ou mourir. Je voyais tantôt les vaches rentrer,
elles beuglaient en se tournant vers le couchant, le
petit garçon qui les chassait devant lui avec une
ronce grelottait sous ses habits de toile, elles glissaient sur la boue en descendant la côte, et écrasaient
quelques pommes restées dans l'herbe. Le soleil
jetait un dernier adieu derrière les collines confon-
dues, les lumières des maisons s'allumaient dans la
vallée, et la lune, l'astre de la rosée, l'astre des pleurs,
commençait à se découvrir d'entre les nuages et à
montrer sa pâle figure.

J'ai savouré longuement ma vie perdue; je me
suis dit avec joie que ma jeunesse était passée, car
c'est une joie de sentir le froid vous venir au cœur,
et de pouvoir dire, le tâtant de la main comme un
foyer qui fume encore: il ne brûle plus. J'ai repassé
lentement dans toutes les choses de ma vie, idées,
passions, jours d'emportements, jours de deuil, battements d'espoir, déchirements d'angoisse. J'ai tout
revu, comme un homme qui visite les catacombes et
qui regarde lentement, des deux côtés, des morts
rangés après des morts[1]. À compter les années
cependant, il n'y a pas longtemps que je suis né,
mais j'ai à moi des souvenirs nombreux dont je me
sens accablé, comme le sont les vieillards de tous les
jours qu'ils ont vécus; il me semble quelquefois que

j'ai duré pendant des siècles et que mon être renferme les débris de mille existences passées[1]. Pourquoi cela? Ai-je aimé? ai-je haï? ai-je cherché
quelque chose? j'en doute encore; j'ai vécu en
dehors de tout mouvement, de toute action, sans me
remuer, ni pour la gloire, ni pour le plaisir, ni pour
la science, ni pour l'argent.

De tout ce qui va suivre personne n'a rien su, et
ceux qui me voyaient chaque jour, pas plus que les
autres; ils étaient, par rapport à moi, comme le lit
sur lequel je dors et qui ne sait rien de mes songes.
Et d'ailleurs, le cœur de l'homme n'est-il pas une
énorme solitude où nul ne pénètre? les passions qui
y viennent sont comme les voyageurs dans le désert
du Sahara, elles y meurent étouffées, et leurs cris ne
sont point entendus au-delà.

Dès le collège j'étais triste[2], je m'y ennuyais, je
m'y cuisais de désirs, j'avais d'ardentes aspirations
vers une existence insensée et agitée, je rêvais les
passions, j'aurais voulu toutes les avoir. Derrière la
vingtième année, il y avait pour moi tout un monde
de lumières, de parfums; la vie m'apparaissait de
loin avec des splendeurs et des bruits triomphaux;
c'étaient, comme dans les contes de fées, des galeries les unes après les autres, où les diamants ruis-
sellent sous le feu des lustres d'or, un nom magique
fait rouler sur leurs gonds les portes enchantées, et,
à mesure qu'on avance, l'œil plonge dans des perspectives magnifiques dont l'éblouissement fait sourire et fermer les yeux.

Vaguement je convoitais quelque chose de splendide que je n'aurais su formuler par aucun mot, ni
préciser dans ma pensée sous aucune forme, mais
dont j'avais néanmoins le désir positif, incessant.
J'ai toujours aimé les choses brillantes. Enfant, je me
poussais dans la foule, à la portière des charlatans[3],
pour voir les galons rouges de leurs domestiques et

les rubans de la bride de leurs chevaux ; je restais
longtemps devant la tente des bateleurs, à regarder
leurs pantalons bouffants et leurs collerettes bro-
dées. Oh ! comme j'aimais surtout la danseuse de
corde [1], avec ses longs pendants d'oreilles qui allaient
et venaient autour de sa tête, son gros collier de
pierres qui battait sur sa poitrine ! avec quelle avidité inquiète je la contemplais, quand elle s'élançait
jusqu'à la hauteur des lampes suspendues entre les
arbres, et que sa robe, bordée de paillettes d'or, claquait en sautant et se bouffait dans l'air ! ce sont là
les premières femmes que j'ai aimées. Mon esprit se
tourmentait en songeant à ces cuisses de formes
étranges, si bien serrées dans des pantalons roses, à
ces bras souples, entourés d'anneaux qu'elles faisaient craquer sur leur dos en se renversant en
arrière, quand elles touchaient jusqu'à terre avec les
plumes de leur turban. La femme, que je tâchais
déjà de deviner (il n'est pas d'âge où l'on n'y songe :
enfant, nous palpons avec une sensualité naïve la
gorge des grandes filles qui nous embrassent et qui
nous tiennent dans leurs bras ; à dix ans, on rêve
l'amour ; à quinze, il vous arrive ; à soixante, on le
garde encore [2], et si les morts songent à quelque
chose dans leur tombeau, c'est à gagner sous terre la
tombe qui est proche, pour soulever le suaire de la
trépassée et se mêler à son sommeil) ; la femme était
donc pour moi un mystère attrayant, qui troublait
ma pauvre tête d'enfant. À ce que j'éprouvais, lorsqu'une de celles-ci venait à fixer ses yeux sur moi, je
sentais déjà qu'il y avait quelque chose de fatal dans
ce regard émouvant, qui fait fondre les volontés
humaines, et j'en étais à la fois charmé et épouvanté.

À quoi rêvais-je durant les longues soirées
d'études, quand je restais, le coude appuyé sur mon
pupitre, à regarder la mèche du quinquet s'allonger
dans la flamme et chaque goutte d'huile tomber

dans le godet, pendant que mes camarades faisaient crier leurs plumes sur le papier et qu'on entendait, de temps à autre, le bruit d'un livre qu'on feuilletait ou qu'on refermait ? Je me dépêchais bien vite de faire mes devoirs, pour pouvoir me livrer à l'aise à ces pensées chéries. En effet, je me le promettais d'avance avec tout l'attrait d'un plaisir réel, je commençais par me forcer à y songer, comme un poète qui veut créer quelque chose et provoquer l'inspiration ; j'entrais le plus avant possible dans ma pensée, je la retournais sous toutes ses faces, j'allais jusqu'au fond, je revenais et je recommençais ; bientôt c'était une course effrénée de l'imagination, un élan prodigieux hors du réel, je me faisais des aventures, je m'arrangeais des histoires, je me bâtissais des palais, je m'y logeais comme un empereur, je creusais toutes les mines de diamant et je me les jetais à seaux sur le chemin que je devais parcourir.

Et quand le soir était venu, que nous étions tous couchés dans nos lits blancs, avec nos rideaux blancs, et que le maître d'étude seul se promenait de long en large dans le dortoir, comme je me renfermais encore bien plus en moi-même, cachant avec délices dans mon sein cet oiseau qui battait des ailes et dont je sentais la chaleur ! J'étais toujours longtemps à m'endormir, j'écoutais les heures sonner, plus elles étaient longues plus j'étais heureux ; il me semblait qu'elles me poussaient dans le monde en chantant, et saluaient chaque moment de ma vie en me disant : Aux autres ! aux autres ! à venir ! adieu ! adieu ! Et quand la dernière vibration s'était éteinte, quand mon oreille ne bourdonnait plus à l'entendre, je me disais : «À demain ; la même heure sonnera, mais demain ce sera un jour de moins, un jour de plus vers là-bas, vers ce but qui brille, vers mon avenir, vers ce soleil dont les rayons m'inondent et que je toucherai alors des mains», et je me disais que

c'était bien long à venir, et je m'endormais presque
en pleurant.

Certains mots me bouleversaient, celui de *femme*,
de *maîtresse* [1] surtout; je cherchais l'explication du
premier dans les livres, dans les gravures, dans les
tableaux, dont j'aurais voulu pouvoir arracher les
draperies pour y découvrir quelque chose. Le jour
enfin que je devinai tout, cela m'étourdit d'abord
avec délices, comme une harmonie suprême, mais
bientôt je devins calme et vécus dès lors avec plus de
joie, je sentis un mouvement d'orgueil à me dire que
j'étais un homme, un être organisé pour avoir un jour
une femme à moi; le mot de la vie m'était connu,
c'était presque y entrer et déjà en goûter quelque
chose, mon désir n'alla pas plus loin, et je demeurai
satisfait de savoir ce que je savais. Quant à une *maîtresse*, c'était pour moi un être satanique, dont la
magie du nom seul me jetait en de longues extases:
c'était pour leurs maîtresses que les rois ruinaient et
gagnaient des provinces, pour elles on tissait les
tapis de l'Inde, on tournait l'or, on ciselait le marbre,
on remuait le monde; une maîtresse a des esclaves,
avec des éventails de plumes pour chasser les moucherons, quand elle dort sur des sofas de satin; des
éléphants chargés de présents attendent qu'elle
s'éveille, des palanquins la portent mollement au
bord des fontaines, elle siège sur des trônes, dans
une atmosphère rayonnante et embaumée, bien loin
de la foule, dont elle est l'exécration et l'idole [2].

Ce mystère de la femme en dehors du mariage, et
plus femme encore à cause de cela même, m'irritait
et me tentait du double appât de l'amour et de la
richesse. Je n'aimais rien tant que le théâtre [3], j'en
aimais jusqu'au bourdonnement des entractes, jusqu'aux couloirs, que je parcourais le cœur ému
pour trouver une place. Quand la représentation
était déjà commencée, je montais l'escalier en cou-

rant, j'entendais le bruit des instruments, des voix,
des bravos, et quand j'entrais, que je m'asseyais, tout
l'air était embaumé d'une chaude odeur de femme
bien habillée, quelque chose qui sentait le bouquet
de violettes, les gants blancs, le mouchoir brodé ; les
galeries couvertes de monde, comme autant de couronnes de fleurs et de diamants, semblaient se tenir
suspendues à entendre chanter ; l'actrice seule était
sur le devant de la scène, et sa poitrine, d'où sortaient des notes précipitées, se baissait et montait en
palpitant, le rythme poussait sa voix au galop et
l'emportait dans un tourbillon mélodieux, les rou-
lades faisaient onduler son cou gonflé, comme celui
d'un cygne, sous le poids de baisers aériens ; elle tendait des bras, criait, pleurait, lançait des éclairs,
appelait quelque chose avec un inconcevable amour,
et, quand elle reprenait le motif, il me semblait
qu'elle arrachait mon cœur avec le son de sa voix
pour le mêler à elle dans une vibration amoureuse.

On l'applaudissait, on lui jetait des fleurs, et, dans
mon transport, je savourais sur sa tête les adora-
tions de la foule, l'amour de tous ces hommes et le
désir de chacun d'eux. C'est de celle-là que j'aurais
voulu être aimé, aimé d'un amour dévorant et qui
fait peur, un amour de princesse ou d'actrice, qui
nous remplit d'orgueil et vous fait de suite l'égal des
riches et des puissants ! Qu'elle est belle la femme
que tous applaudissent et que tous envient, celle qui
donne à la foule, pour les rêves de chaque nuit, la
fièvre du désir, celle qui n'apparaît jamais qu'aux
flambeaux, brillante et chantante, et marchant dans
l'idéal d'un poète comme dans une vie faite pour
elle ! elle doit avoir pour celui qu'elle aime un autre
amour, bien plus beau encore que celui qu'elle verse
à flots sur tous les cœurs béants qui s'en abreuvent,
des chants bien plus doux, des notes bien plus basses,
plus amoureuses, plus tremblantes ! Si j'avais pu être

près de ces lèvres d'où elles sortaient si pures, toucher à ces cheveux luisants qui brillaient sous des perles ! Mais la rampe du théâtre me semblait la barrière de l'illusion ; au-delà il y avait pour moi l'univers de l'amour et de la poésie, les passions y étaient plus belles et plus sonores, les forêts et les palais s'y dissipaient comme de la fumée, les sylphides descendaient des cieux, tout chantait, tout aimait.

C'est à tout cela que je songeais seul, le soir, quand le vent sifflait dans les corridors, ou dans les récréations, pendant qu'on jouait aux barres ou à la balle, et que je me promenais le long du mur, marchant sur les feuilles tombées des tilleuls pour m'amuser à entendre le bruit de mes pieds qui les soulevaient et **les poussaient**.

Je fus bientôt pris du désir d'aimer, je souhaitai l'amour avec une convoitise infinie, j'en rêvais les tourments, je m'attendais à chaque instant à un déchirement qui m'eût comblé de joie. Plusieurs fois je crus y être, je prenais dans ma pensée la première femme venue qui m'avait semblé belle, et je me disais : «C'est celle-là que j'aime », mais le souvenir que j'aurais voulu en garder s'appâlissait et s'effaçait au lieu de grandir ; je sentais, d'ailleurs, que je me forçais à aimer, que je jouais, vis-à-vis de mon cœur, une comédie qui ne le dupait point, et cette chute me donnait une longue tristesse ; je regrettais presque des amours que je n'avais pas eus, et puis j'en rêvais d'autres dont j'aurais voulu pouvoir me combler l'âme.

C'était surtout le lendemain de bal ou de comédie, à la rentrée d'une vacance de deux ou trois jours, que je rêvais une passion. Je me représentais celle que j'avais choisie, telle que je l'avais vue, en robe blanche, enlevée dans une valse aux bras d'un cavalier[1] qui la soutient et qui lui sourit, ou appuyée sur la rampe de velours d'une loge et montrant tran-

quillement un profil royal; le bruit des contre-
danses, l'éclat des lumières résonnait et m'éblouissait quelque temps encore, puis tout finissait par se
fondre dans la monotonie d'une rêverie doulou-
reuse. J'ai eu ainsi mille petits amours, qui ont duré
huit jours ou un mois et que j'ai souhaité prolonger
des siècles; je ne sais en quoi je les faisais consister,
ni quel était le but où ces vagues désirs conver-
geaient; c'était, je crois, le besoin d'un sentiment
nouveau et comme une aspiration vers quelque
chose d'élevé dont je ne voyais pas le faîte[1].

La puberté du cœur précède celle du corps; or
j'avais plus besoin d'aimer que de jouir, plus envie
de l'amour que de la volupté. Je n'ai même plus
maintenant l'idée de cet amour de la première adolescence, où les sens ne sont rien et que l'infini seul
remplit; placé entre l'enfance et la jeunesse, il en
est la transition et passe si vite qu'on l'oublie.

J'avais tant lu chez les poètes le mot *amour*, et si
souvent je me le redisais pour me charmer de sa
douceur, qu'à chaque étoile qui brillait dans un ciel
bleu par une nuit douce, qu'à chaque murmure du
flot sur la rive, qu'à chaque rayon de soleil dans
les gouttes de la rosée, je me disais: «J'aime! oh!
j'aime!» et j'en étais heureux, j'en étais fier, déjà
prêt aux dévouements les plus beaux, et surtout
quand une femme m'effleurait en passant ou me
regardait en face, j'aurais voulu l'aimer mille fois
plus, pâtir encore davantage, et que mon petit battement de cœur pût me casser la poitrine.

Il y a un âge, vous le rappelez-vous, lecteur, où
l'on sourit vaguement, comme s'il y avait des baisers dans l'air; on a le cœur tout gonflé d'une brise
odorante, le sang bat chaudement dans les veines, il
y pétille, comme le vin bouillonnant dans la coupe
de cristal. Vous vous réveillez plus heureux et plus
riche que la veille, plus palpitant, plus ému; de

doux fluides montent et descendent en vous et vous parcourent divinement de leur chaleur enivrante, les arbres tordent leur tête sous le vent en de molles courbures, les feuilles frémissent les unes sur les autres, comme si elles se parlaient, les nuages glissent et ouvrent le ciel, où la lune sourit et se mire d'en haut sur la rivière. Quand vous marchez le soir, respirant l'odeur des foins coupés, écoutant le coucou dans les bois, regardant les étoiles qui filent, votre cœur, n'est-ce pas, votre cœur est plus pur, plus pénétré d'air, de lumière et d'azur que l'horizon paisible, où la terre touche le ciel dans un calme baiser. Oh! comme les cheveux des femmes embaument! comme la peau de leurs mains est douce, comme leurs regards nous pénètrent!

Mais déjà ce n'étaient plus les premiers éblouissements de l'enfance, souvenirs agitants des rêves de la nuit passée; j'entrais, au contraire, dans une vie réelle où j'avais ma place, dans une harmonie immense où mon cœur chantait un hymne et vibrait magnifiquement; je goûtais avec joie cet épanouissement charmant, et mes sens s'éveillant ajoutaient à mon orgueil. Comme le premier homme créé, je me réveillais enfin d'un long sommeil, et je voyais près de moi un être semblable à moi, mais muni des différences qui plaçaient entre nous deux une attraction vertigineuse, et en même temps je sentais pour cette forme nouvelle un sentiment nouveau dont ma tête était fière, tandis que le soleil brillait plus pur, que les fleurs embaumaient mieux que jamais, que l'ombre était plus douce et plus aimante.

Simultanément à cela, je sentais chaque jour le développement de mon intelligence, elle vivait avec mon cœur d'une vie commune. Je ne sais pas si mes idées étaient des sentiments, car elles avaient toutes la chaleur des passions, la joie intime que j'avais dans le profond de mon être débordait sur le monde

et l'embaumait pour moi du surplus de mon bonheur, j'allais toucher à la connaissance des voluptés
suprêmes, et, comme un homme à la porte de sa
maîtresse, je restais longtemps à me faire languir
exprès, pour savourer un espoir certain et me dire :
tout à l'heure je vais la tenir dans mes bras, elle sera
à moi, bien à moi, ce n'est pas un rêve !

Étrange contradiction ! je fuyais la société des
femmes et j'éprouvais devant elles un plaisir délicieux ; je prétendais ne les point aimer, tandis que je
vivais dans toutes et que j'aurais voulu pénétrer l'essence de chacune pour me mêler à sa beauté. Leurs
lèvres déjà m'invitaient à d'autres baisers que ceux
des mères, par la pensée je m'enveloppais de leurs
cheveux, et je me plaçais entre leurs seins pour m'y
écraser sous un étouffement divin ; j'aurais voulu
être le collier qui baisait leur cou, l'agrafe qui mordait leur épaule, le vêtement qui les couvrait sur tout
le reste du corps. Au-delà du vêtement je ne voyais
plus rien, sous lui était un infini d'amour, je m'y perdais à y penser.

Ces passions que j'aurais voulu avoir, je les étu-
diais dans les livres[1]. La vie humaine roulait, pour
moi, sur deux ou trois idées, sur deux ou trois mots,
autour desquels tout le reste tournait comme des
satellites autour de leur astre. J'avais ainsi peuplé
mon infini d'une quantité de soleils d'or, les contes
d'amour se plaçaient dans ma tête à côté des belles
révolutions, les belles passions face à face des
grands crimes ; je songeais à la fois aux nuits étoi-
lées des pays chauds et à l'embrasement des villes
incendiées, aux lianes des forêts vierges et à la
pompe des monarchies perdues, aux tombeaux et
aux berceaux ; murmure du flot dans les joncs, roucoulement des tourterelles sur les colombiers, bois
de myrte et senteur d'aloès, cliquetis des épées
contre les cuirasses, chevaux qui piaffent, or qui

reluit, étincellements de la vie, agonies des désespérés, je contemplais tout du même regard béant, comme une fourmilière qui se fût agitée à mes pieds. Mais, par-dessus cette vie si mouvante à la surface, si résonnante de tant de cris différents, surgissait une immense amertume qui en était la synthèse et l'ironie.

Le soir, dans l'hiver, je m'arrêtais devant les maisons éclairées où l'on dansait, et je regardais des ombres passer derrière les rideaux rouges, j'entendais des bruits chargés de luxe, des verres qui claquaient sur des plateaux, de l'argenterie qui tintait dans des plats, et je me disais qu'il ne dépendait que de moi de prendre part à cette fête où l'on se ruait, à ce banquet où tous mangeaient; un orgueil sauvage m'en écartait, car je trouvais que ma solitude me faisait beau, et que mon cœur était plus large à le tenir éloigné de tout ce qui faisait la joie des hommes. Alors je continuais ma route à travers les rues désertes, où les réverbères se balançaient tristement en faisant crier leurs poulies.

Je rêvais la douleur des poètes, je pleurais avec eux leurs larmes les plus belles, je les sentais jusqu'au fond du cœur, j'en étais pénétré, navré, il me semblait parfois que l'enthousiasme qu'ils me donnaient me faisait leur égal et me montait jusqu'à eux; des pages, où d'autres restaient froids, me transportaient, me donnaient une fureur de pythonisse[1], je m'en ravageais l'esprit à plaisir, je me les récitais au bord de la mer, ou bien j'allais, la tête baissée, marchant dans l'herbe, me les disant de la voix la plus amoureuse et la plus tendre.

Malheur à qui n'a pas désiré des colères de tragédie, à qui ne sait pas par cœur des strophes amoureuses pour se les répéter au clair de lune! il est beau de vivre ainsi dans la beauté éternelle, de se draper avec les rois, d'avoir les passions à leur expression la

plus haute, d'aimer les amours que le génie a rendus
immortels.

Dès lors je ne vécus plus que dans un idéal sans
bornes, où, libre et volant à l'aise, j'allais comme une
abeille cueillir sur toutes choses de quoi me nourrir
et vivre ; je tâchais de découvrir, dans les bruits des
forêts et des flots, des mots que les autres hommes
n'entendaient point, et j'ouvrais l'oreille pour écouter la révélation de leur harmonie ; je composais
avec les nuages et le soleil des tableaux énormes,
que nul langage n'eût pu rendre, et, dans les actions
humaines également, j'y percevais tout à coup des
rapports et des antithèses dont la précision lumineuse m'éblouissait moi-même. Quelquefois l'art et
la poésie semblaient ouvrir leurs horizons infinis et
s'illuminer l'un l'autre de leur propre éclat, je bâtissais des palais de cuivre rouge, je montais éternellement dans un ciel radieux, sur un escalier de nuages
plus mous que des édredons.

L'aigle est un oiseau fier, qui perche sur les
hautes cimes ; sous lui il voit les nuages qui roulent
dans les vallées, emportant avec eux les hirondelles ;
il voit la pluie tomber sur les sapins, les pierres de
marbre rouler dans le gave, le pâtre qui siffle ses
chèvres, les chamois qui sautent les précipices. En
vain la pluie ruisselle, l'orage casse les arbres, les
torrents roulent avec des sanglots, la cascade fume
et bondit, le tonnerre éclate et brise la cime des
monts, paisible il vole au-dessus et bat des ailes ; le
bruit de la montagne l'amuse, il pousse des cris de
joie, lutte avec les nuées qui courent vite, et monte
encore plus haut dans son ciel immense [1].

Moi aussi, je me suis amusé du bruit des tempêtes
et du bourdonnement vague des hommes qui montait
jusqu'à moi ; j'ai vécu dans une aire élevée, où mon
cœur se gonflait d'air pur, où je poussais des cris de
triomphe pour me désennuyer de ma solitude.

Il me vint bien vite un invincible dégoût pour les
choses d'ici-bas. Un matin, je me sentis vieux et plein
d'expérience sur mille choses inéprouvées, j'avais de
l'indifférence pour les plus tentantes et du dédain
pour les plus belles; tout ce qui faisait l'envie des
autres me faisait pitié, je ne voyais rien qui valût
même la peine d'un désir, peut-être ma vanité fai-
sait-elle que j'étais au-dessus de la vanité commune
et mon désintéressement n'était-il que l'excès d'une
cupidité sans bornes. J'étais comme ces édifices
neufs, sur lesquels la mousse se met déjà à pousser
avant qu'ils ne soient achevés d'être bâtis; les joies
turbulentes de mes camarades m'ennuyaient, et je
haussais les épaules à leurs niaiseries sentimentales :
les uns gardaient tout un an un vieux gant blanc [1], ou
un camélia fané, pour le couvrir de baisers et de soupirs; d'autres écrivaient à des modistes, donnaient
rendez-vous à des cuisinières; les premiers me semblaient sots, les seconds grotesques. Et puis la bonne
et la mauvaise société m'ennuyaient également,
j'étais cynique avec les dévots et mystique avec les
libertins, de sorte que tous ne m'aimaient guère.

À cette époque où j'étais vierge, je prenais plaisir à
contempler les prostituées, je passais dans les rues
qu'elles habitent, je hantais les lieux où elles se pro-
mènent; quelquefois je leur parlais pour me tenter
moi-même, je suivais leurs pas, je les touchais, j'entrais dans l'air qu'elles jettent autour d'elles; et
comme j'avais de l'impudence, je croyais être
calme; je me sentais le cœur vide, mais ce vide-là
était un gouffre.

J'aimais à me perdre dans le tourbillon des rues;
souvent je prenais des distractions stupides, comme
de regarder fixement chaque passant pour découvrir sur sa figure un vice ou une passion saillante.
Toutes ces têtes passaient vite devant moi : les unes
souriaient, sifflaient en partant, les cheveux au vent;

d'autres étaient pâles, d'autres rouges, d'autres livides; elles disparaissaient rapidement à mes côtés, elles glissaient les unes après les autres comme les enseignes lorsqu'on est en voiture. Ou bien je ne regardais seulement que les pieds qui allaient dans tous les sens, et je tâchais de rattacher chaque pied à un corps, un corps à une idée, tous ces mouvements à des buts, et je me demandais où tous ces pas allaient, et pourquoi marchaient tous ces gens. Je regardais les équipages s'enfoncer sous les péristyles sonores et le lourd marchepied se déployer avec fracas; la foule s'engouffrait à la porte des théâtres, je regardais les lumières briller dans le brouillard et, au-dessus, le ciel tout noir sans étoiles; au coin d'une rue, un joueur d'orgue jouait, des enfants en guenilles chantaient, un marchand de fruits poussait sa charrette, éclairée d'un falot rouge; les cafés étaient pleins de bruit, les glaces étincelaient sous le feu des becs de gaz, les couteaux retentissaient sur les tables de marbre; à la porte les pauvres, en grelottant, se haussaient pour voir les riches manger, je me mêlais à eux et, d'un regard pareil, je contemplais les heureux de la vie; je jalousais leur joie banale, car il y a des jours où l'on est si triste que l'on voudrait se faire plus triste encore, on s'enfonce à plaisir dans le désespoir comme dans une route facile, on a le cœur tout gonflé de larmes et l'on s'excite à pleurer. J'ai souvent souhaité d'être misérable et de porter des haillons, d'être tourmenté de la faim, de sentir le sang couler d'une blessure, d'avoir une haine et de chercher à me venger.

Quelle est donc cette douleur inquiète, dont on est fier comme du génie et que l'on cache comme un amour? vous ne la dites à personne, vous la gardez pour vous seul, vous l'étreignez sur votre poitrine avec des baisers pleins de larmes. De quoi se plaindre pourtant? et qui vous rend si sombre à l'âge où tout sourit? n'avez-vous pas des amis tout dévoués? une famille dont vous faites l'orgueil, des bottes vernies, un paletot ouaté, etc.? Rhapsodies poétiques, souvenirs de mauvaises lectures, hyperboles de rhétorique, que toutes ces grandes douleurs sans nom, mais lc bonheur aussi ne serait-il pas une métaphore inventée un jour d'ennui? J'en ai longtemps douté, aujourd'hui je n'en doute plus.

Je n'ai rien aimé et j'aurais voulu tant aimer! il me faudra mourir sans avoir rien goûté de bon. À l'heure qu'il est, même la vie humaine m'offre encore mille aspects que j'ai à peine entrevus : jamais, seulement, au bord d'une source vive et sur un cheval haletant, je n'ai entendu le son du cor au fond des bois; jamais non plus, par une nuit douce et respirant l'odeur des roses, je n'ai senti une main amie frémir dans la mienne et la saisir en silence. Ah! je suis plus vide, plus creux, plus triste qu'un tonneau défoncé dont on a tout bu, et où les araignées jettent leurs toiles dans l'ombre.

Ce n'était point la douleur de René ni l'immensité céleste de ses ennuis, plus beaux et plus argentés que les rayons de la lune; je n'étais point chaste comme Werther ni débauché comme Don Juan[1]; je n'étais, pour tout, ni assez pur ni assez fort.

J'étais donc, ce que vous êtes tous, un certain homme, qui vit, qui dort, qui mange, qui boit, qui pleure, qui rit, bien renfermé en lui-même, et retrouvant en lui, partout où il se transporte, les mêmes ruines d'espérances sitôt abattues qu'élevées, la même poussière de choses broyées, les mêmes sentiers mille fois parcourus, les mêmes profondeurs inexplorées, épouvantables et ennuyeuses. N'êtes-vous pas las comme moi de vous réveiller tous les matins et de revoir le soleil? las de vivre de la même vie, de souffrir de la même douleur? las de désirer et las d'être dégoûté? las d'attendre et las d'avoir?

À quoi bon écrire ceci ? pourquoi continuer, de la même voix dolente, le même récit funèbre ? Quand je l'ai commencé, je le savais beau, mais à mesure que j'avance, mes larmes me tombent sur le cœur et m'éteignent la voix.

Oh ! le pâle soleil d'hiver ! il est triste comme un souvenir heureux. Nous sommes entourés d'ombre, regardons notre foyer brûler ; les charbons étalés sont couverts de grandes lignes noires entrecroisées, qui semblent battre comme des veines animées d'une autre vie ; attendons la nuit venir.

Rappelons-nous nos beaux jours, les jours où nous étions gais, où nous étions plusieurs, où le soleil brillait, où les oiseaux cachés chantaient après la pluie, les jours où nous nous sommes promenés dans le jardin ; le sable des allées était mouillé, les corolles des roses étaient tombées dans les plates-bandes, l'air embaumait. Pourquoi n'avons-nous pas assez senti notre bonheur quand il nous a passé par les mains ? il eût fallu, ces jours-là, ne penser qu'à le goûter et savourer longuement chaque minute, afin qu'elle s'écoulât plus lente ; il y a même des jours qui ont passé comme d'autres, et dont je me ressouviens délicieusement. Une fois, par exemple, c'était l'hiver, il faisait très froid, nous sommes rentrés de promenade, et comme nous étions peu, on nous a laissés nous mettre autour du poêle ; nous nous sommes chauffés à l'aise, nous faisions rôtir nos morceaux de pain avec nos règles, le tuyau bourdonnait ; nous causions de mille choses : des pièces que nous avions vues, des femmes que nous aimions, de notre sortie du collège, de ce que nous ferions quand nous serions grands, etc. Une autre fois, j'ai passé tout l'après-midi couché sur le dos, dans un champ où il y avait des petites marguerites qui sortaient de l'herbe ; elles étaient jaunes, rouges, elles disparaissaient dans la verdure du pré, c'était un

tapis de nuances infinies; le ciel pur était couvert de
petits nuages blancs qui ondulaient comme des
vagues rondes; j'ai regardé le soleil à travers mes
mains appuyées sur ma figure, il dorait le bord de
mes doigts et rendait ma chair rose, je fermais exprès
les yeux pour voir sous mes paupières de grandes
taches vertes avec des franges d'or. Et un soir, je ne
sais plus quand, je m'étais endormi au pied d'un
mulon[1]; quand je me suis réveillé, il faisait nuit, les
étoiles brillaient, palpitaient, les meules de foin
avançaient leur ombre derrière elles, la lune avait
une belle figure d'argent.

Comme tout cela est loin! est-ce que je vivais dans
ce temps-là? était-ce bien moi? est-ce moi maintenant? Chaque minute de ma vie se trouve tout à
coup séparée de l'autre par un abîme, entre hier et
aujourd'hui il y a pour moi une éternité qui m'épouvante, chaque jour il me semble que je n'étais pas si
misérable la veille et, sans pouvoir dire ce que j'avais
de plus, je sens bien que je m'appauvris et que
l'heure qui arrive m'emporte quelque chose, étonné
seulement d'avoir encore dans le cœur place pour la
souffrance; mais le cœur de l'homme est inépuisable
pour la tristesse: un ou deux bonheurs le remplissent, toutes les misères de l'humanité peuvent s'y
donner rendez-vous et y vivre comme des hôtes.

Si vous m'aviez demandé ce qu'il me fallait, je
n'aurais su que répondre, mes désirs n'avaient point
d'objet, ma tristesse n'avait pas de cause immédiate; ou plutôt, il y avait tant de buts et tant de
causes que je n'aurais su en dire aucun. Toutes les
passions entraient en moi et ne pouvaient en sortir,
s'y trouvaient à l'étroit; elles s'enflammaient les
unes des autres, comme par des miroirs concen-
triques: modeste, j'étais plein d'orgueil; vivant dans
la solitude, je rêvais la gloire; retiré du monde, je
brûlais d'y paraître, d'y briller; chaste, je m'aban-

donnais, dans mes rêves du jour et de la nuit, aux
luxures les plus effrénées, aux voluptés les plus
féroces. La vie que je refoulais en moi-même se
contractait au cœur et le serrait à l'étouffer.

Quelquefois, n'en pouvant plus, dévoré de passions sans bornes, plein de la lave ardente qui coulait de mon âme[1], aimant d'un amour furieux des
choses sans nom, regrettant des rêves magnifiques,
tenté par toutes les voluptés de la pensée, aspirant à
moi toutes les poésies, toutes les harmonies, et écrasé
sous le poids de mon cœur et de mon orgueil, je
tombais anéanti dans un abîme de douleurs, le sang
me fouettait la figure, mes artères m'étourdissaient,
ma poitrine semblait rompre, je ne voyais plus rien,
je ne sentais plus rien, j'étais ivre, j'étais fou, je
m'imaginais être grand, je m'imaginais contenir
une incarnation suprême, dont la révélation eût
émerveillé le monde, et ses déchirements, c'était la
vie même du dieu que je portais dans mes entrailles.
À ce dieu magnifique j'ai immolé toutes les heures
de ma jeunesse ; j'avais fait de moi-même un temple
pour contenir quelque chose de divin, le temple est
resté vide, l'ortie a poussé entre les pierres, les
piliers s'écroulent, voilà les hiboux qui y font leurs
nids. N'usant pas de l'existence, l'existence m'usait
mes rêves me fatiguaient plus que de grands travaux ; une création entière, immobile, irrévélée à
elle-même, vivait sourdement sous ma vie ; j'étais
un chaos dormant de mille principes féconds qui ne
savaient comment se manifester ni que faire d'eux-
mêmes, ils cherchaient leurs formes et attendaient
leur moule.

J'étais, dans la variété de mon être, comme une
immense forêt de l'Inde, où la vie palpite dans
chaque atome et apparaît, monstrueuse ou adorable, sous chaque rayon de soleil ; l'azur est rempli
de parfums et de poisons, les tigres bondissent, les

éléphants marchent fièrement comme des pagodes
vivantes, les dieux, mystérieux et difformes, sont
cachés dans le creux des cavernes parmi de grands
monceaux d'or ; et au milieu, coule le large fleuve,
avec des crocodiles béants qui font claquer leurs
écailles dans le lotus du rivage, et ses îles de fleurs
que le courant entraîne avec des troncs d'arbres et
des cadavres verdis par la peste. J'aimais pourtant
la vie, mais la vie expansive, radieuse, rayonnante ;
je l'aimais dans le galop furieux des coursiers, dans
le scintillement des étoiles, dans le mouvement des
vagues qui courent vers le rivage ; je l'aimais dans le
battement des belles poitrines nues, dans le trem-
blement des regards amoureux, dans la vibration
des cordes du violon, dans le frémissement des
chênes, dans le soleil couchant, qui dore les vitres et
fait penser aux balcons de Babylone où les reines se
tenaient accoudées et regardant l'Asie.

Et au milieu de tout je restais sans mouvement ;
entre tant d'actions que je voyais, que j'excitais
même, je restais inactif, aussi inerte qu'une statue
entourée d'un essaim de mouches qui bourdonnent
à ses oreilles et qui courent sur son marbre.

Oh ! comme j'aurais aimé si j'avais aimé, si j'avais
pu concentrer sur un seul point toutes ces forces
divergentes qui retombaient sur moi ! Quelquefois, à
tout prix je voulais trouver une femme, je voulais
l'aimer, elle contenait tout pour moi, j'attendais tout
d'elle, c'était mon soleil de poésie, qui devait faire
éclore toute fleur et resplendir toute beauté ; je me
promettais un amour divin, je lui donnais d'avance
une auréole à m'éblouir, et la première qui venait à
ma rencontre, au hasard, dans la foule, je lui vouais
mon âme, et je la regardais de manière à ce qu'elle
me comprît bien, à ce qu'elle pût lire dans ce seul
regard tout ce que j'étais, et m'aimer. Je plaçais ma
destinée dans ce hasard, mais elle passait comme

les autres, comme les précédentes, comme les suivantes, et ensuite je retombais, plus délabré qu'une voile déchirée trempée par l'orage.

Après de tels accès la vie se rouvrait pour moi dans l'éternelle monotonie de ses heures qui coulent et de ses jours qui reviennent, j'attendais le soir avec impatience, je comptais combien il m'en restait encore pour atteindre à la fin du mois, je souhaitais d'être à la saison prochaine, j'y voyais sourire une existence plus douce. Quelquefois, pour secouer ce manteau de plomb qui me pesait sur les épaules, m'étourdir de sciences et d'idées, je voulais travailler, lire ; j'ouvrais un livre, et puis deux, et puis dix, et, sans avoir lu deux lignes d'un seul, je les rejetais avec dégoût et je me remettais à dormir dans le même ennui.

Que faire ici-bas ? qu'y rêver ? qu'y bâtir ? dites-le-moi donc, vous que la vie amuse, qui marchez vers un but et vous tourmentez pour quelque chose !

Je ne trouvais rien qui fût digne de moi, je ne me trouvais également propre à rien. Travailler, tout sacrifier à une idée, à une ambition, ambition misérable et triviale, avoir une place, un nom ? après ? à quoi bon ? Et puis je n'aimais pas la gloire, la plus retentissante ne m'eût point satisfait parce qu'elle n'eût jamais atteint à l'unisson de mon cœur.

Je suis né avec le désir de mourir. Rien ne me paraissait plus sot que la vie et plus honteux que d'y tenir. Élevé sans religion, comme les hommes de mon âge, je n'avais pas le bonheur sec des athées ni l'insouciance ironique des sceptiques. Par caprice sans doute, si je suis entré quelquefois dans une église, c'était pour écouter l'orgue, pour admirer les statuettes de pierre dans leurs niches ; mais quant au dogme, je n'allais pas jusqu'à lui ; je me sentais bien le fils de Voltaire [1].

Je voyais les autres gens vivre, mais d'une autre vie que la mienne : les uns croyaient, les autres

niaient, d'autres doutaient, d'autres enfin ne s'occu-
paient pas du tout de tout ça et faisaient leurs
affaires, c'est-à-dire vendaient dans leurs boutiques,
écrivaient leurs livres ou criaient dans leur chaire ;
c'était là ce qu'on appelle l'humanité, surface mouvante de méchants, de lâches, d'idiots et de laids. Et
moi j'étais dans la foule, comme une algue arrachée
sur l'Océan, perdue au milieu des flots sans nombre
qui roulaient, qui m'entouraient et qui bruissaient.

J'aurais voulu être empereur pour la puissance
absolue, pour le nombre des esclaves, pour les armées
éperdues d'enthousiasme ; j'aurais voulu être femme
pour la beauté, pour pouvoir m'admirer moi-même,
me mettre nue, laisser tomber ma chevelure sur mes
talons et me mirer dans les ruisseaux. Je me perdais
à plaisir dans des songeries sans limites, je m'imaginais assister à de belles fêtes antiques, être roi des
Indes et aller à la chasse sur un éléphant blanc, voir
des danses ioniennes, écouter le flot grec sur les
marches d'un temple, entendre les brises des nuits
dans les lauriers-roses de mes jardins, fuir avec
Cléopâtre sur ma galère antique. Ah ! folies que tout
cela ! malheur à la glaneuse qui laisse là sa besogne
et lève la tête pour voir les berlines passer sur la
grande route ! En se remettant à l'ouvrage, elle rêvera
de cachemires et d'amours de princes, ne trouvera
plus d'épi et rentrera sans avoir fait sa gerbe.

Il eût mieux valu faire comme tout le monde, ne
prendre la vie ni trop au sérieux ni trop au grotesque, choisir un métier et l'exercer, saisir sa part
du gâteau commun et le manger en disant qu'il est
bon, que de suivre le triste chemin où j'ai marché
tout seul ; je ne serais pas à écrire ceci ou c'eût été
une autre histoire. À mesure que j'avance, elle se
confond même pour moi, comme les perspectives
que l'on voit de trop loin, car tout passe, même le
souvenir de nos larmes les plus brûlantes, de nos

rires les plus sonores; bien vite l'œil se sèche et la bouche reprend son pli; je n'ai plus maintenant que la réminiscence d'un long ennui qui a duré plusieurs hivers, passés à bâiller, à désirer ne plus vivre.

C'est peut-être pour tout cela que je me suis cru poète; aucune des misères ne m'a manqué, hélas! comme vous voyez. Oui, il m'a semblé autrefois que j'avais du génie, je marchais le front rempli de pensées magnifiques, le style coulait sous ma plume comme le sang dans mes veines; au moindre froissement du beau, une mélodie pure montait en moi, ainsi que ces voix aériennes, sons formés par le vent, qui sortent des montagnes; les passions humaines auraient vibré merveilleusement si je les avais touchées, j'avais dans la tête des drames tout faits, remplis de scènes furieuses et d'angoisses non révélées; depuis l'enfant dans son berceau jusqu'au mort dans sa bière, l'humanité résonnait en moi avec tous ses échos; parfois des idées gigantesques me traversaient tout à coup l'esprit, comme, l'été, ces grands éclairs muets qui illuminent une ville entière, avec tous les détails de ses édifices et les carrefours de ses rues. J'en étais ébranlé, ébloui; mais quand je retrouvais chez d'autres les pensées et jusqu'aux formes mêmes que j'avais conçues, je tombais, sans transition, dans un découragement sans fond; je m'étais cru leur égal et je n'étais plus que leur copiste! Je passais alors de l'enivrement du génie au sentiment désolant de la médiocrité, avec toute la rage des rois détrônés et tous les supplices de la honte. Dans de certains jours, j'aurais juré être né pour la Muse, d'autres fois je me trouvais presque idiot; et toujours passant ainsi de tant de grandeur à tant de bassesse, j'ai fini, comme les gens souvent riches et souvent pauvres dans leur vie, par être et par rester misérable.

Dans ce temps-là, chaque matin en m'éveillant, il

me semblait qu'il allait s'accomplir, ce jour-là, quelque grand événement; j'avais le cœur gonflé d'espérance, comme si j'eusse attendu d'un pays lointain une cargaison de bonheur; mais, la journée avançant, je perdais tout courage; au crépuscule surtout, je voyais bien qu'il ne viendrait rien. Enfin la nuit arrivait et je me couchais[1].

De lamentables harmonies s'établissaient entre la nature physique et moi. Comme mon cœur se serrait quand le vent sifflait dans les serrures, quand les réverbères jetaient leur lueur sur la neige, quand j'entendais les chiens aboyer après la lune!

Je ne voyais rien à quoi me raccrocher, ni le monde, ni la solitude, ni la poésie, ni la science, ni l'impiété, ni la religion; j'errais entre tout cela, comme les âmes dont l'enfer ne veut pas et que le paradis repousse. Alors je me croisais les bras, me regardant comme un homme mort, je n'étais plus qu'une momie embaumée dans ma douleur; la fatalité, qui m'avait courbé dès ma jeunesse, s'étendait pour moi sur le monde entier, je la regardais se manifester dans toutes les actions des hommes aussi universellement que le soleil sur la surface de la terre, elle me devint une atroce divinité, que j'adorais comme les Indiens adorent le colosse ambulant qui leur passe sur le ventre; je me complaisais dans mon chagrin, je ne faisais plus d'effort pour en sortir, je le savourais même, avec la joie désespérée du malade qui gratte sa plaie et se met à rire quand il a du sang aux ongles.

Il me prit contre la vie, contre les hommes, contre tout, une rage sans nom. J'avais dans le cœur des trésors de tendresse, et je devins plus féroce que les tigres; j'aurais voulu anéantir la création et m'endormir avec elle dans l'infini du néant; que ne me réveillé-je à la lueur des villes incendiées! J'aurais voulu entendre le frémissement des ossements que la flamme fait pétiller, traverser des fleuves chargés de cadavres, galoper sur des peuples courbés et les écraser des quatre fers de mon cheval, être Gengis-Khan, Tamerlan, Néron, effrayer le monde au froncement de mes sourcils.

Autant j'avais eu d'exaltations et de rayonnements, autant je me renfermai et me roulai sur moi-même. Depuis longtemps déjà j'ai séché mon cœur, rien de nouveau n'y entre plus, il est vide comme les tombeaux où les morts se sont pourris. J'avais pris le soleil en haine, j'étais excédé du bruit des fleuves, de la vue des bois, rien ne me semblait sot comme la campagne ; tout s'assombrit et se rapetissa, je vécus dans un crépuscule perpétuel.

Quelquefois je me demandais si je ne me trompais pas ; j'alignais ma jeunesse, mon avenir, mais quelle pitoyable jeunesse, quel avenir vide !

Quand je voulais sortir du spectacle de ma misère et regarder le monde, ce que j'en pouvais voir c'étaient des hurlements, des cris, des larmes, des convulsions, la même comédie revenant perpétuellement avec les mêmes acteurs ; et il y a des gens, me disais-je, qui étudient tout cela et se remettent à la tâche tous les matins ! Il n'y avait plus qu'un grand amour qui eût pu me tirer de là, mais je regardais cela comme quelque chose qui n'est pas de ce monde, et je regrettai amèrement tout le bonheur que j'avais rêvé.

Alors la mort m'apparut belle. Je l'ai toujours aimée ; enfant, je la désirais seulement pour la connaître, pour savoir qu'est-ce qu'il y a dans le tombeau et quels songes a ce sommeil ; je me souviens avoir souvent gratté le vert-de-gris de vieux sous pour m'empoisonner, essayé d'avaler des épingles, m'être approché de la lucarne d'un grenier pour me jeter dans la rue [1]... Quand je pense que presque tous les enfants font de même, qu'ils cherchent à se suicider dans leurs jeux, ne dois-je pas conclure que l'homme, quoi qu'il en dise, aime la mort d'un amour dévorant? il lui donne tout ce qu'il crée, il en sort et il y retourne, il ne fait qu'y songer tant qu'il vit, il en a le germe dans le corps, le désir dans le cœur.

Il est si doux de se figurer qu'on n'est plus! il fait si calme dans tous les cimetières! là, tout étendu et roulé dans le linceul et les bras en croix sur la poitrine, les siècles passent sans plus vous éveiller que le vent qui passe sur l'herbe. Que de fois j'ai contemplé, dans les chapelles des cathédrales, ces longues statues de pierre couchées sur les tombeaux! leur calme est si profond que la vie ici-bas n'offre rien de pareil; ils ont, sur leur lèvre froide, comme un sourire monté du fond du tombeau, on dirait qu'ils dorment, qu'ils savourent la mort. N'avoir plus besoin de pleurer, ne plus sentir de ces défaillances où il semble que tout se rompt, comme des échafaudages pourris, c'est là le bonheur au-dessus de tous les bonheurs, la joie sans lendemain, le rêve sans réveil. Et puis on va peut-être dans un monde plus beau, par-delà les étoiles, où l'on vit de la vie de la lumière et des parfums; l'on est peut-être quelque chose de l'odeur des roses et de la fraîcheur des prés! Oh! non, non, j'aime mieux croire que l'on est bien mort tout à fait, que rien ne sort du cercueil; et s'il faut encore sentir quelque chose, que ce soit son propre néant, que la mort se repaisse d'elle-même et s'admire; assez de vie juste pour sentir que l'on n'est plus[1].

Et je montais au haut des tours, je me penchais sur l'abîme, j'attendais le vertige venir, j'avais une inconcevable envie de m'élancer, de voler dans l'air, de me dissiper avec les vents; je regardais la pointe des poignards, la gueule des pistolets, je les appuyais sur mon front, je m'habituais au contact de leur froid et de leur pointe ; d'autres fois, je regardais les rouliers tournant à l'angle des rues et l'énorme largeur des roues broyer la poussière sur le pavé, je pensais que ma tête serait ainsi bien écrasée, pendant que les chevaux iraient au pas. Mais je n'aurais pas voulu être enterré, la bière m'épouvante[1] ; j'aimerais plutôt être déposé sur un lit de feuilles sèches, au fond des bois, et que mon corps s'en allât petit à petit au bec des oiseaux et aux pluies d'orage.

Un jour, à Paris, je me suis arrêté longtemps sur le Pont-Neuf ; c'était l'hiver, la Seine charriait, de gros glaçons ronds descendaient lentement le courant et se fracassaient sous les arches, le fleuve était verdâtre, j'ai songé à tous ceux qui étaient venus là pour en finir. Combien de gens avaient passé à la place où je me tenais alors, courant la tête levée à leurs amours ou à leurs affaires, et qui y étaient revenus, un jour, marchant à petits pas, palpitant à l'approche de mourir ! ils se sont approchés du parapet, ils ont monté dessus, ils ont sauté[2]. Oh ! que de misères ont fini là, que de bonheurs y ont commencé ! Quel tombeau froid et humide ! comme il s'élargit pour tous ! comme il y en a dedans ! ils sont là tous, au fond, roulant lentement avec leurs faces crispées et leurs membres bleus, chacun de ces flots glacés les emporte dans leur sommeil et les traîne doucement à la mer.

Quelquefois les vieillards me regardaient avec envie, ils me disaient que j'étais heureux d'être jeune, que c'était là le bel âge, leurs yeux caves admiraient mon front blanc, ils se rappelaient leurs amours et me les contaient ; mais je me suis souvent demandé si, dans leur temps, la vie était plus belle, et comme je ne voyais rien en moi que l'on pût envier, j'étais jaloux de leurs regrets, parce qu'ils cachaient des bonheurs que je n'avais pas eus. Et puis c'étaient des faiblesses d'homme en enfance à faire pitié ! je

riais doucement et pour presque rien comme les
convalescents. Quelquefois je me sentais pris de tendresse pour mon chien, et je l'embrassais avec
ardeur; ou bien j'allais dans une armoire revoir
quelque vieil habit de collège, et je songeais à la
journée où je l'avais étrenné, aux lieux où il avait été
avec moi, et je me perdais en souvenirs sur tous mes
jours vécus. Car les souvenirs sont doux, tristes ou
gais, n'importe! et les plus tristes sont encore les
plus délectables pour nous, ne résument-ils pas l'infini? l'on épuise quelquefois des siècles à songer à
une certaine heure qui ne reviendra plus, qui
passé, qui est au néant pour toujours, et que l'on
rachèterait par tout l'avenir.

Mais ces souvenirs-là sont des flambeaux clairsemés dans une grande salle obscure, ils brillent au
milieu des ténèbres; il n'y a que dans leur rayonnement que l'on y voit, ce qui est près d'eux resplen-
dit, tandis que tout le reste est plus noir, plus
couvert d'ombres et d'ennui.

Avant d'aller plus loin, il faut que je vous raconte
ceci[1]:

Je ne me rappelle plus bien l'année, c'était pendant
une vacance, je me suis réveillé de bonne humeur et
j'ai regardé par la fenêtre. Le jour venait, la lune
toute blanche remontait dans le ciel; entre les gorges
des collines, des vapeurs grises et rosées fumaient
doucement et se perdaient dans l'air; les poules de
la basse-cour chantaient. J'ai entendu derrière la
maison, dans le chemin qui conduit aux champs,
une charrette passer, dont les roues claquaient dans
les ornières, les faneurs allaient à l'ouvrage; il y
avait de la rosée sur la haie, le soleil brillait dessus,
on sentait l'eau et l'herbe.

Je suis sorti et je m'en suis allé à X...; j'avais trois
lieues à faire[2], je me suis mis en route, seul, sans
bâton, sans chien. J'ai d'abord marché dans les sen-

tiers qui serpentent entre les blés, j'ai passé sous des pommiers, au bord des haies ; je ne songeais à rien, j'écoutais le bruit de mes pas, la cadence de mes mouvements me berçait la pensée. J'étais libre, silencieux et calme, il faisait chaud ; de temps à autre je m'arrêtais, mes tempes battaient, le cri-cri chantait dans les chaumes, et je me remettais à marcher. J'ai passé dans un hameau où il n'y avait personne, les cours étaient silencieuses, c'était, je crois, un dimanche ; les vaches, assises dans l'herbe, à l'ombre des arbres, ruminaient tranquillement, remuant leurs oreilles pour chasser les moucherons. Je me souviens que j'ai marché dans un chemin où un ruisseau coulait sur les cailloux, des lézards verts et des insectes aux ailes d'or montaient lentement le long des rebords de la route, qui était enfoncée et toute couverte par le feuillage.

Puis je me suis trouvé sur un plateau, dans un champ fauché ; j'avais la mer devant moi, elle était toute bleue, le soleil répandait dessus une profusion de perles lumineuses, des sillons de feu s'étendaient sur les flots ; entre le ciel azuré et la mer plus foncée l'horizon rayonnait, flamboyait ; la voûte commençait sur ma tête et s'abaissait derrière les flots, qui remontaient vers elle, faisant comme le cercle d'un infini invisible. Je me suis couché dans un sillon et j'ai regardé le ciel, perdu dans la contemplation de sa beauté.

Le champ où j'étais était un champ de blé, j'entendais les cailles, qui voltigeaient autour de moi et venaient s'abattre sur des mottes de terre ; la mer était douce, et murmurait plutôt comme un soupir que comme une voix ; le soleil lui-même semblait avoir son bruit, il inondait tout, ses rayons me brûlaient les membres, la terre me renvoyait sa chaleur, j'étais noyé dans sa lumière, je fermais les yeux et je la voyais encore. L'odeur des vagues montait jusqu'à moi, avec la senteur du varech et des plantes marines ; quelquefois elles paraissaient s'arrêter ou venaient mourir sans bruit sur le rivage festonné d'écume, comme une lèvre dont le baiser ne sonne point. Alors, dans le silence de deux vagues, pendant que l'Océan gonflé se taisait, j'écoutais le chant des cailles un instant, puis le bruit des flots recommençait, et après, celui des oiseaux.

Je suis descendu en courant au bord de la mer, à travers les terrains éboulés que je sautais d'un pied sûr, je levais la tête avec orgueil, je respirais fièrement la brise fraîche, qui séchait mes cheveux en sueur ; l'esprit de Dieu me remplissait, je me sentais le cœur grand, j'adorais quelque chose d'un étrange mouvement, j'aurais voulu m'absorber dans la lumière du soleil et me perdre dans cette immensité d'azur, avec l'odeur qui s'élevait de la surface des flots ; et je fus pris alors d'une joie insensée, et je me mis à marcher comme si tout le bonheur des cieux m'était entré dans l'âme. Comme la falaise s'avançait en cet endroit-là, toute la côte disparut et je ne vis plus rien que la mer : les lames montaient sur le galet jusqu'à mes pieds, elles écumaient sur les rochers à fleur d'eau, les battaient en cadence, les enlaçaient comme des bras liquides et des nappes limpides, en retombant illuminées d'une couleur bleue ; le vent en soulevait les mousses autour de moi et ridait les flaques d'eau restées dans le creux des pierres, les varechs pleuraient et se berçaient, encore agités du mouvement de la vague qui les avait quittés ; de temps à autre une mouette passait avec de grands battements d'ailes, et montait jusqu'au haut de la falaise. À mesure que la mer se retirait, et que son bruit s'éloignait ainsi qu'un refrain qui expire, le rivage s'avançait vers moi, laissant à découvert sur le sable les sillons que la vague avait tracés. Et je compris alors tout le bonheur de la création et toute la joie que Dieu y a placée pour l'homme ; la nature m'apparut belle comme une harmonie complète, que l'extase seule doit entendre ; quelque chose de tendre comme un amour et de pur comme la prière s'éleva pour moi du fond de l'horizon, s'abattit de la cime des rocs déchirés, du haut des cieux ; il se forma, du bruit de l'Océan, de la lumière du jour, quelque chose d'exquis que je m'appropriai comme d'un domaine céleste, je m'y sentis vivre heureux et grand, comme l'aigle qui regarde le soleil et monte dans ses rayons[1].

Alors tout me sembla beau sur la terre, je n'y vis plus de disparate ni de mauvais ; j'aimai tout, jusqu'aux pierres qui me fatiguaient les pieds, jusqu'aux rochers durs où j'appuyais les mains, jusqu'à cette nature insensible que je supposais m'entendre et m'aimer, et je songeai alors combien il était doux de chanter, le soir, à genoux, des cantiques au pied d'une madone qui brille aux candélabres, et d'aimer la Vierge Marie, qui apparaît aux marins, dans un coin du ciel, tenant le doux Enfant Jésus dans ses bras[2].

Puis ce fut tout ; bien vite je me rappelai que je vivais, je revins à moi, je me mis en marche, sentant que la malédiction me reprenait, que je rentrais dans l'humanité ; la vie m'était revenue, comme aux membres gelés, par le sentiment de la souffrance, et de même que j'avais un inconcevable bonheur, je tombai dans un découragement sans nom, et j'allai à X...

Je revins le soir chez nous, je repassai par les mêmes chemins, je revis sur le sable la trace de mes pieds et dans l'herbe la place où je m'étais couché, il me sembla que j'avais rêvé. Il y a des jours où l'on a vécu deux existences, la seconde déjà n'est plus que le souvenir de la première, et je m'arrêtais souvent dans mon chemin devant un buisson, devant un arbre, au coin d'une route, comme si là, le matin, il s'était passé quelque événement de ma vie.

Quand j'arrivai à la maison, il faisait presque nuit, on avait fermé les portes, et les chiens se mirent à aboyer.

Les idées de volupté et d'amour qui m'avaient assailli à quinze ans vinrent me retrouver à dix-huit [1]. Si vous avez compris quelque chose à ce qui précède, vous devez vous rappeler qu'à cet âge-là j'étais encore vierge et n'avais point aimé : pour ce qui était de la beauté des passions et de leurs bruits sonores, les poètes me fournissaient des thèmes à ma rêverie ; quant au plaisir des sens, à ces joies du corps que les adolescents convoitent, j'en entrete-nais dans mon cœur le désir incessant, par toutes les excitations volontaires de l'esprit ; de même que les amoureux envient de venir à bout de leur amour en s'y livrant sans cesse, et de s'en débarrasser à force d'y songer, il me semblait que ma pensée seule finirait par tarir ce sujet-là, d'elle-même, et par vider la tentation à force d'y boire. Mais, revenant toujours au point d'où j'étais parti, je tournais dans un cercle infranchissable, je m'y heurtais en vain la tête, désireux d'être plus au large ; la nuit, sans doute, je rêvais les plus belles choses qu'on rêve, car, le matin, j'avais le cœur plein de sourires et de serrements délicieux, le réveil me chagrinait et j'at-tendais avec impatience le retour du sommeil pour qu'il me donnât de nouveau ces frémissements aux-quels je pensais toute la journée, qu'il n'eût tenu qu'à moi d'avoir à l'instant, et dont j'éprouvais comme une épouvante religieuse.

C'est alors que je sentis bien le démon de la chair vivre dans tous les muscles de mon corps, courir dans tout mon sang ; je pris en pitié l'époque ingénue où je tremblais sous les regards des femmes, où je

me pâmais devant des tableaux ou des statues; je
voulais vivre, jouir, aimer, je sentais vaguement ma
saison chaude arriver, de même qu'aux premiers
jours de soleil une ardeur d'été vous est apportée par
les vents tièdes, quoiqu'il n'y ait encore ni herbes, ni
feuilles, ni roses. Comment faire? qui aimer? qui
vous aimera? quelle sera la grande dame qui voudra
de vous? la beauté surhumaine qui vous tendra les
bras? Qui dira toutes les promenades tristes que l'on
fait seul au bord des ruisseaux, tous les soupirs des
cœurs gonflés partis vers les étoiles, pendant les
chaudes nuits où la poitrine étouffe!

Rêver l'amour, c'est tout rêver, c'est l'infini dans
le bonheur, c'est le mystère dans la joie. Avec quelle
ardeur le regard vous dévore, avec quelle intensité il
se darde sur vos têtes, ô belles femmes triomphantes!
La grâce et la corruption respirent dans chacun de
vos mouvements, les plis de vos robes ont des bruits
qui nous remuent jusqu'au fond de nous[1], et il émane
de la surface de tout votre corps quelque chose qui
nous tue et nous enchante.

Il y eut dès lors pour moi un mot qui sembla beau
entre les mots humains: *adultère*[2], une douceur
exquise plane vaguement sur lui, une magie singulière l'embaume; toutes les histoires qu'on raconte,
tous les livres qu'on lit, tous les gestes qu'on fait le
disent et le commentent éternellement pour le cœur
du jeune homme, il s'en abreuve à plaisir, il y trouve
une poésie suprême, mêlée de malédiction et de
volupté.

C'était surtout aux approches du printemps,
quand les lilas commencent à fleurir et les oiseaux à
chanter sous les premières feuilles, que je me sentais le cœur pris du besoin d'aimer, de se fondre tout
entier dans l'amour, de s'absorber dans quelque
doux et grand sentiment, et comme de se recréer
même dans la lumière et les parfums. Chaque année

encore, pendant quelques heures, je me retrouve ainsi dans une virginité qui me pousse avec les bourgeons ; mais les joies ne refleurissent pas avec les roses, et il n'y a pas maintenant plus de verdure dans mon cœur que sur la grande route, où le hâle fatigue les yeux, où la poussière s'élève en tourbillons.

Cependant, prêt à vous raconter ce qui va suivre, au moment de descendre dans ce souvenir, je tremble et j'hésite ; c'est comme si j'allais revoir une maîtresse d'autrefois : le cœur oppressé, on s'arrête à chaque marche de son escalier, on craint de la retrouver, et on a peur qu'elle soit absente. Il en est de même de certaines idées avec lesquelles on a trop vécu ; on voudrait s'en débarrasser pour toujours, et pourtant elles coulent dans vous comme la vie même, le cœur y respire dans son atmosphère naturelle.

Je vous ai dit que j'aimais le soleil ; dans les jours où il brille, mon âme naguère avait quelque chose de la sérénité des horizons rayonnants et de la hauteur du ciel. C'était donc l'été... ah ! la plume ne devrait pas écrire tout cela [1]... il faisait chaud, je sortis, personne chez moi ne s'aperçut que je sortais ; il y avait peu de monde dans les rues, le pavé était sec, de temps à autre des bouffées chaudes s'exhalaient de dessous terre et vous montaient à la tête, les murs des maisons envoyaient des réflexions embrasées, l'ombre elle-même semblait plus brûlante que la lumière. Au coin des rues, près des tas d'ordures, des essaims de mouches bourdonnaient dans les rayons du soleil, en tournoyant comme une grande roue d'or ; l'angle des toits se détachait vivement en ligne droite sur le bleu du ciel, les pierres étaient noires, il n'y avait pas d'oiseaux autour des clochers.

Je marchais, cherchant du repos, désirant une brise, quelque chose qui pût m'enlever de dessus terre, m'emporter dans un tourbillon.

Je sortis des faubourgs, je me trouvais derrière des jardins, dans des chemins moitié rue moitié sentier ; des jours vifs sortaient çà et là à travers les feuilles des arbres, dans les masses d'ombre les brins d'herbe se tenaient droits, la pointe des cailloux envoyait des rayons, la poussière craquait sous les pieds, toute la nature mordait, et enfin le soleil se cacha ; il parut un gros nuage, comme si un orage allait venir ; la tourmente, que j'avais sentie jusque-là, changea de nature, je n'étais plus si irrité, mais enlacé ; ce n'était plus une déchirure, mais un étouffement.

Je me couchais à terre, sur le ventre, à l'endroit où il me semblait qu'il devait y avoir le plus d'ombre, de silence et de nuit, à l'endroit qui devait me cacher le mieux, et, haletant, je m'y abîmais le cœur dans un désir effréné. Les nuées étaient chargées de mollesse, elles pesaient sur moi et m'écrasaient comme une poitrine sur une autre poitrine ; je sentais un besoin de volupté, plus chargé d'odeurs que le parfum des clématites et plus cuisant que le soleil sur le mur des jardins. Oh ! que ne pouvais-je presser quelque chose dans mes bras, l'y étouffer sous ma chaleur, ou bien me dédoubler moi-même, aimer cet autre être et nous fondre ensemble. Ce n'était plus le désir d'un vague idéal ni la convoitise d'un beau rêve évanoui, mais, comme aux fleuves sans lit, ma passion débordait de tous côtés en ravins furieux, elle m'inondait le cœur et le faisait retentir partout de plus de tumultes et de vertiges que les torrents dans les montagnes.

J'allai au bord de la rivière, j'ai toujours aimé l'eau et le doux mouvement des vagues qui se poussent ; elle était paisible, les nénufars blancs tremblaient au bruit du courant, les flots se déroulaient lentement, se déployant les uns sur les autres ; au milieu, les îles laissaient retomber dans l'eau leur touffe de verdure, la rive semblait sourire, on n'entendait rien que la voix des ondes.

En cet endroit-là il y avait quelques grands arbres,
la fraîcheur du voisinage de l'eau et celle de l'ombre
me délecta, je me sentis sourire. De même que la
Muse qui est en nous, quand elle écoute l'harmonie,
ouvre les narines et aspire les beaux sons, je ne sais
quoi se dilata en moi-même pour aspirer une joie
universelle ; regardant les nuages qui roulaient au
ciel, la pelouse de la rive veloutée et jaunie par les
rayons du soleil, écoutant le bruit de l'eau et le frémissement de la cime des arbres, qui remuait quoiqu'il n'y eût pas de vent, seul, agité et calme à la
fois, je me sentis défaillir de volupté sous le poids de
cette nature aimante, et j'appelai l'amour ! mes
lèvres tremblaient, s'avançaient, comme si j'eusse
senti l'haleine d'une autre bouche, mes mains cherchaient quelque chose à palper, mes regards
tâchaient de découvrir, dans le pli de chaque vague,
dans le contour des nuages enflés, une forme quelconque, une jouissance, une révélation ; le désir sortait de tous mes pores, mon cœur était tendre et
rempli d'une harmonie contenue, et je remuais les
cheveux autour de ma tête, je m'en caressais le
visage, j'avais du plaisir à en respirer l'odeur, je
m'étalais sur la mousse, au pied des arbres, je souhaitais des langueurs plus grandes ; j'aurais voulu
être étouffé sous des roses, j'aurais voulu être brisé
sous les baisers, être la fleur que le vent secoue, la
rive que le fleuve humecte, la terre que le soleil
féconde.

L'herbe était douce à marcher, je marchai ; chaque
pas me procurait un plaisir nouveau, et je jouissais
par la plante des pieds de la douceur du gazon. Les
prairies, au loin, étaient couvertes d'animaux, de
chevaux, de poulains ; l'horizon retentissait du bruit
des hennissements et de galops, les terrains s'abaissaient et s'élevaient doucement en de larges ondulations qui dérivaient des collines, le fleuve serpentait,

disparaissait derrière les îles, apparaissait ensuite
entre les herbes et les roseaux. Tout cela était beau,
semblait heureux, suivait sa loi, son cours ; moi seul
j'étais malade et j'agonisais, plein de désir.

Tout à coup je me mis à fuir, je rentrai dans la
ville, je traversai les ponts ; j'allais dans les rues, sur
les places ; les femmes passaient près de moi, il y en
avait beaucoup, elles marchaient vite, elles étaient
toutes merveilleusement belles ; jamais je n'avais
tant regardé en face leurs yeux qui brillent, ni leur
démarche légère comme celle des chèvres ; les
duchesses, penchées sur les portières blasonnées,
semblaient me sourire, m'inviter à des amours sur
la soie ; du haut de leurs balcons, les dames en
écharpe s'avançaient pour me voir et me regardaient en me disant : aime-nous ! aime-nous ! Toutes
m'aimaient dans leur pose, dans leurs yeux, dans
leur immobilité même, je le voyais bien. Et puis la
femme était partout, je la coudoyais, je l'effleurais,
je la respirais, l'air était plein de son odeur ; je
voyais son cou en sueur entre le châle qui les entourait, et les plumes du chapeau ondulant à leur pas ;
son talon relevait sa robe en marchant devant moi.
Quand je passais près d'elle, sa main gantée remuait.
Ni celle-ci, ni celle-là, pas plus l'une que l'autre, mais
toutes, mais chacune, dans la variété infinie de leurs
formes et du désir qui y correspondait, elles avaient
beau être vêtues, je les décorais sur-le-champ d'une
nudité magnifique, que je m'étalais sous les yeux, et,
bien vite, en passant aussi près d'elles, j'emportais
le plus que je pouvais d'idées voluptueuses, d'odeurs
qui font tout aimer, de frôlements qui irritent, de
formes qui attirent.

Je savais bien où j'allais, c'était à une maison, dans
une petite rue où souvent j'avais passé pour sentir
mon cœur battre ; elle avait des jalousies vertes, on
montait trois marches, oh ! je savais cela par cœur,

je l'avais regardée bien souvent, m'étant détourné de ma route rien que pour voir les fenêtres fermées. Enfin, après une course qui dura un siècle, j'entrai dans cette rue, je crus suffoquer; personne ne passait, je m'avançai, je m'avançai; je sens encore le contact de la porte que je poussai de mon épaule, elle céda; j'avais eu peur qu'elle ne fût scellée dans la muraille, mais non, elle tourna sur un gond, doucement, sans faire de bruit.

Je montai un escalier, l'escalier était noir, les marches usées[1], elles s'agitaient sous mes pieds; je montais toujours, on n'y voyait pas, j'étais étourdi, personne ne me parlait, je ne respirais plus. Enfin j'entrai dans une chambre, elle me parut grande, cela tenait à l'obscurité qu'il y faisait; les fenêtres étaient ouvertes, mais de grands rideaux jaunes, tombant jusqu'à terre, arrêtaient le jour, l'appartement était coloré d'un reflet d'or blafard; au fond et à côté de la fenêtre de droite, une femme était assise. Il fallait qu'elle ne m'eût pas entendu, car elle ne se détourna pas quand j'entrai; je restai debout sans avancer, occupé à la regarder.

Elle avait une robe blanche, à manches courtes, elle se tenait le coude appuyé sur le rebord de la fenêtre, une main près de la bouche, et semblait regarder par terre quelque chose de vague et d'indécis; ses cheveux noirs, lissés et nattés sur les tempes, reluisaient comme l'aile d'un corbeau, sa tête était un peu penchée, quelques petits cheveux de derrière s'échappaient des autres et frisottaient sur son cou, son grand peigne d'or recourbé était couronné de grains de corail rouge.

Elle jeta un cri quand elle m'aperçut et se leva par un bond. Je me sentis d'abord frappé du regard brillant de ses deux grands yeux; quand je pus relever mon front, affaissé sous le poids de ce regard, je vis une figure d'une adorable beauté: une même

ligne droite partait du sommet de sa tête dans la raie
de ses cheveux, passait entre ses grands sourcils
arqués, sur son nez aquilin, aux narines palpitantes
et relevées comme celles des camées antiques, fen-
dait par le milieu sa lèvre chaude, ombragée d'un
duvet bleu, et puis là, le cou, le cou gras, blanc,
rond ; à travers son vêtement mince, je voyais la
forme de ses seins aller et venir au mouvement de
sa respiration, elle se tenait ainsi debout, en face de
moi, entourée de la lumière du soleil qui passait à
travers le rideau jaune et faisait ressortir davantage
ce vêtement blanc et cette tête brune[1].

À la fin elle se mit à sourire, presque de pitié et
de douceur, et je m'approchai. Je ne sais ce qu'elle
s'était mis aux cheveux, mais elle embaumait, et je
me sentis le cœur plus mou et plus faible qu'une
pêche qui se fond sous la langue. Elle me dit :

— Qu'avez-vous donc ? venez !

Et elle alla s'asseoir sur un long canapé recouvert
de toile grise, adossé à la muraille ; je m'assis près
d'elle, elle me prit la main, la sienne était chaude,
nous restâmes longtemps nous regardant sans rien
dire.

Jamais je n'avais vu une femme de si près, toute
sa beauté m'entourait, son bras touchait le mien, les
plis de sa robe retombaient sur mes jambes, la chaleur de sa hanche m'embrasait, je sentais par ce
contact les ondulations de son corps, je contemplais
la rondeur de son épaule et les veines bleues de ses
tempes. Elle me dit :

— Eh bien ?

— Eh bien, repris-je d'un air gai, voulant secouer
cette fascination qui m'endormait.

Mais je m'arrêtai là, j'étais tout entier à la parcourir des yeux. Sans rien dire, elle me passa un
bras autour du corps et m'attira sur elle, dans une
muette étreinte. Alors je l'entourai de mes deux bras

et je collai ma bouche sur son épaule, j'y bus avec
délices mon premier baiser d'amour, j'y savourais
le long désir de ma jeunesse et la volupté trouvée de
tous mes rêves, et puis je me renversais le cou en
arrière, pour mieux voir sa figure ; ses yeux brillaient, m'enflammaient, son regard m'enveloppait
plus que ses bras, j'étais perdu dans son œil, et nos
doigts se mêlèrent ensemble ; les siens étaient longs,
délicats, ils se tournaient dans ma main avec des
mouvements vifs et subtils, j'aurais pu les broyer au
moindre effort, je les serrais exprès pour les sentir
davantage.

Je ne me souviens plus maintenant de ce qu'elle
me dit ni de ce que je lui répondis, je suis resté ainsi
longtemps, perdu, suspendu, balancé dans ce battement de mon cœur ; chaque minute augmentait mon
ivresse, à chaque moment quelque chose de plus
m'entrait dans l'âme, tout mon corps frissonnait
d'impatience, de désir, de joie ; j'étais grave pourtant, plutôt sombre que gai, sérieux, absorbé comme
dans quelque chose de divin et de suprême. Avec sa
main elle me serrait la tête sur son cœur, mais légèrement, comme si elle eût eu peur de me l'écraser
sur elle.

Elle ôta sa manche par un mouvement d'épaules,
sa robe se décrocha ; elle n'avait pas de corset, sa
chemise bâillait. C'était une de ces gorges splendides où l'on voudrait mourir étouffé dans l'amour.
Assise sur mes genoux, elle avait une pose naïve
d'enfant qui rêve, son beau profil se découpait en
lignes pures ; un pli d'une courbe adorable, sous
l'aisselle, faisait comme le sourire de son épaule ;
son dos blanc se courbait un peu, d'une manière
fatiguée, et sa robe affaissée retombait par le bas en
larges plis sur le plancher ; elle levait les yeux au
ciel et chantonnait dans ses dents un refrain triste et
langoureux.

Je touchai à son peigne, je l'ôtai, ses cheveux déroulèrent comme une onde, et les longues mèches noires tressaillirent en tombant sur ses hanches. Je passais d'abord ma main dessus, et dedans, et dessous ; j'y plongeais le bras, je m'y baignais le visage, j'étais navré. Quelquefois je prenais plaisir à les séparer en deux, par-derrière, et à les ramener devant de manière à lui cacher les seins ; d'autres fois je les réunissais tous en réseau et je les tirais, pour voir sa tête renversée en arrière et son cou tendre en avant, elle se laissait faire comme une morte.

Tout à coup elle se dégagea de moi, dépassa ses pieds de dedans sa robe, et sauta sur le lit avec la prestesse d'une chatte, le matelas s'enfonça sous ses pieds, le lit craqua, elle rejeta brusquement en arrière les rideaux et se coucha, elle me tendit les bras, elle me prit. Oh ! les draps même semblaient tout échauffés encore des caresses d'amour qui avaient passé là.

Sa main douce et humide me parcourait le corps, elle me donnait des baisers sur la figure, sur la bouche, sur les yeux, chacune de ces caresses précipitées me faisait pâmer, elle s'étendait sur le dos et soupirait ; tantôt elle fermait les yeux à demi et me regardait avec une ironie voluptueuse, puis, s'appuyant sur le coude, se tournant sur le ventre, relevant ses talons en l'air, elle était pleine de mignardises charmantes, de mouvements raffinés et ingénus ; enfin, se livrant à moi avec abandon, elle leva les yeux au ciel et poussa un grand soupir qui lui souleva tout le corps... Sa peau chaude, frémissante, s'étendait sous moi et frissonnait ; des pieds à la tête je me sentais tout recouvert de volupté ; ma bouche collée à la sienne, nos doigts mêlés ensemble, bercés dans le même frisson, enlacés dans la même étreinte, respirant l'odeur de sa chevelure et le souffle de ses lèvres, je me sentis délicieusement mourir. Quelque

temps encore je restai, béant, à savourer le battement de mon cœur et le dernier tressaillement de
mes nerfs agités[1], puis il me sembla que tout s'éteignait et disparaissait.

Mais elle, elle ne disait rien non plus ; immobile
comme une statue de chair, ses cheveux noirs
et abondants entouraient sa tête pâle, et ses bras
dénoués reposaient étendus avec mollesse ; de temps
à autre un mouvement convulsif lui secouait les
genoux et les hanches ; sur sa poitrine, la place de
mes baisers était rouge encore, un son rauque et
lamentable sortait de sa gorge, comme lorsqu'on
s'endort après avoir longtemps pleuré et sangloté.
Tout à coup je l'entendis qui disait ceci : « Dans
l'oubli de tes sens, si tu devenais mère », et puis je ne
me souviens plus de ce qui suivait, elle croisa les
jambes l'une sur l'autre et se berça de côté et d'autre,
comme si elle eût été dans un hamac.

Elle me passa sa main dans les cheveux, en se
jouant, comme avec un enfant, et me demanda si
j'avais eu une maîtresse ; je lui répondis que oui, et
comme elle continuait, j'ajoutais qu'elle était belle
et mariée. Elle me fit encore d'autres questions sur
mon nom, sur ma vie, sur ma famille.

— Et toi, lui dis-je, as-tu aimé ?

— Aimer ! non ?

Et elle fit un éclat de rire forcé qui me déconte-
nança.

Elle me demanda encore si la maîtresse que
j'avais était belle, et après un silence elle reprit :

— Oh ! comme elle doit t'aimer ! Dis-moi ton
nom, hein ! ton nom.

À mon tour je voulus savoir le sien.

— Marie, répondit-elle, mais j'en avais un autre,
ce n'est pas comme cela qu'on m'appelait chez nous.

Et puis je ne sais plus, tout cela est parti, c'est

déjà si vieux! Cependant il y a certaines choses que je revois comme si c'était hier, sa chambre par exemple; je revois le tapis du lit, usé au milieu, la couche d'acajou avec des ornements en cuivre et des rideaux de soie rouge moirés; ils craquaient sous les doigts, les franges en étaient usées. Sur la cheminée, deux vases de fleurs artificielles; au milieu, la pendule, dont le cadran était suspendu entre quatre colonnes d'albâtre. Çà et là, accrochée à la muraille, une vieille gravure entourée d'un cadre de bois noir et représentant des femmes au bain, des vendangeurs, des pêcheurs.

Et elle! elle! quelquefois son souvenir me revient, si vif, si précis que tous les détails de sa figure m'apparaissent de nouveau, avec cette étonnante fidélité de mémoire que les rêves seuls nous donnent, quand nous revoyons avec leurs mêmes habits, leur même son de voix, nos vieux amis morts depuis des années, et que nous nous en épouvantons. Je me souviens bien qu'elle avait sur la lèvre inférieure, du côté gauche, un grain de beauté, qui paraissait dans un pli de la peau quand elle souriait; elle n'était plus fraîche même, et le coin de sa bouche était serré d'une façon amère et fatiguée.

Quand je fus prêt à m'en aller, elle me dit adieu.

— Adieu!

— Vous reverra-t-on!

— Peut-être!

Et je sortis, l'air me ranima, je me trouvais tout changé, il me semblait qu'on devait s'apercevoir, sur mon visage, que je n'étais plus le même homme, je marchais légèrement, fièrement, content, libre, je n'avais plus rien à apprendre, rien à sentir, rien à désirer dans la vie. Je rentrai chez moi, une éternité s'était passée depuis que j'en étais sorti; je montai à ma chambre et je m'assis sur mon lit, accablé de toute ma journée, qui pesait sur moi avec un poids

incroyable. Il était peut-être sept heures du soir, le
soleil se couchait, le ciel était en feu, et l'horizon
tout rouge flamboyait par-dessus les toits des maisons ; le jardin, déjà dans l'ombre, était plein de tristesse, des cercles jaunes et orange tournaient dans
le coin des murs, s'abaissaient et montaient dans les
buissons, la terre était sèche et grise ; dans la rue
quelques gens du peuple, aux bras de leurs femmes,
chantaient en passant et allaient aux barrières.

Je repensais toujours à ce que j'avais fait, et je fus
pris d'une indéfinissable tristesse, j'étais plein de
dégoût, j'étais repu, j'étais las. « Mais ce matin même,
me disais-je, ce n'était pas comme cela, j'étais plus
frais, plus heureux, à quoi cela tient-il ? » et par l'esprit je repassai dans toutes les rues où j'avais marché, je revis les femmes que j'avais rencontrées, tous
les sentiers que j'avais parcourus, je retournai chez
Marie et je m'arrêtai sur chaque détail de mon souvenir, je pressurai ma mémoire pour qu'elle m'en
fournît le plus possible. Toute ma soirée se passa à
cela ; la nuit vint et je demeurai fixé, comme un
vieillard, à cette pensée charmante, je sentais que je
n'en ressaisirais rien, que d'autres amours pourraient venir, mais qu'ils ne ressembleraient plus à
celui-là, ce premier parfum était senti, ce son était
envolé, je désirais mon désir et je regrettais ma joie [1].

Quand je considérais ma vie passée et ma vie présente, c'est-à-dire l'attente des jours écoulés et la
lassitude qui m'accablait, alors je ne savais plus
dans quel coin de mon existence mon cœur se trouvait placé, si je rêvais ou si j'agissais, si j'étais plein
de dégoût ou plein de désir, car j'avais à la fois les
nausées de la satiété et l'ardeur des espérances.

Ce n'était donc que cela, aimer ! ce n'était donc
que cela, une femme ! Pourquoi, ô mon Dieu, avons-
nous encore faim alors que nous sommes repus ?
pourquoi tant d'aspirations et tant de déceptions ?

pourquoi le cœur de l'homme est-il si grand, et la vie si petite ? il y a des jours où l'amour des anges même ne lui suffirait pas, et il se fatigue en une heure de toutes les caresses de la terre.

Mais l'illusion évanouie laisse en nous son odeur de fée, et nous en cherchons la trace par tous les sentiers où elle a fui ; on se plaît à se dire que tout n'est pas fini de sitôt, que la vie ne fait que de commencer, qu'un monde s'ouvre devant nous. Aura-t-on, en effet, dépensé tant de rêves sublimes, tant de désirs bouillants pour aboutir là ? Or je ne voulais pas renoncer à toutes les belles choses que je m'étais forgées, j'avais créé pour moi, en deçà de ma virginité perdue, d'autres formes plus vagues, mais plus belles, d'autres voluptés moins précises comme le désir que j'en avais, mais célestes et infinies. Aux imaginations que je m'étais faites naguère, et que je m'efforçais d'évoquer, se mêlait le souvenir intense de mes dernières sensations, et le tout se confondant, fantôme et corps, rêve et réalité, la femme que je venais de quitter prit pour moi une proportion synthétique, où tout se résuma dans le passé et d'où tout s'élança pour l'avenir. Seul et pensant à elle, je la retournai encore en tous sens, pour y découvrir quelque chose de plus, quelque chose d'inaperçu, d'inexploré la première fois ; l'envie de la revoir me prit, m'obséda, c'était comme une fatalité qui m'attirait, une pente où je glissais.

Oh ! la belle nuit ! il faisait chaud, j'arrivai à sa porte tout en sueur, il y avait de la lumière à sa fenêtre ; elle veillait sans doute ; je m'arrêtai, j'eus peur, je restai longtemps ne sachant que faire, plein de mille angoisses confuses. Encore une fois j'entrai, ma main, une seconde fois, glissa sur la rampe de son escalier et tourna sa clef.

Elle était seule, comme le matin ; elle se tenait à la même place, presque dans la même posture, mais

elle avait changé de robe ; celle-ci était noire, la gar-
niture de dentelle, qui en bordait le haut, frissonnait
d'elle-même sur sa gorge blanche, sa chair brillait,
sa figure avait cette pâleur lascive que donnent les
flambeaux ; la bouche mi-ouverte, les cheveux tout
débouclés et pendant sur ses épaules, les yeux levés
au ciel, elle avait l'air de chercher du regard
quelque étoile disparue.

Bien vite, d'un bond joyeux, elle sauta jusqu'à moi
et me serra dans ses bras. Ce fut là pour nous une de
ces étreintes frissonnantes, telles que les amants, la
nuit, doivent en avoir dans leur rendez-vous, quand,
après avoir longtemps, l'œil tendu dans les ténèbres,
guetté chaque foulement des feuilles, chaque forme
vague qui passait dans la clairière, ils se rencontrent
enfin et viennent à s'embrasser.

Elle me dit, d'une voix précipitée et douce tout
ensemble :
— Ah ! tu m'aimes donc, que tu reviens me voir ?
dis, dis, ô mon cœur, m'aimes-tu ?

Ses paroles avaient un son aigu et moelleux,
comme les intonations les plus élevées de la flûte.

À demi affaissée sur les jarrets et me tenant dans
ses bras, elle me regardait avec une ivresse sombre ;
pour moi, quelque étonné que je fusse de cette passion si subitement venue[1], j'en étais charmé, j'en
étais fier.

Sa robe de satin craquait sous mes doigts avec un
bruit d'étincelles ; quelquefois, après avoir senti le
velouté de l'étoffe, je venais à sentir la douceur
chaude de son bras nu, son vêtement semblait participer d'elle-même, il exhalait la séduction des plus
luxuriantes nudités.

Elle voulut à toutes forces s'asseoir sur mes
genoux, et elle recommença sa caresse accoutumée,
qui était de me passer la main dans les cheveux tandis qu'elle me regardait fixement, face à face, les

yeux dardés contre les miens. Dans cette pose immobile, sa prunelle parut se dilater, il en sortait un fluide que je sentais me couler sur le cœur ; chaque effluve de ce regard béant, semblable aux cercles successifs que décrit l'orfraie, m'attachait de plus en plus à cette magie terrible.

— Ah ! tu m'aimes donc, reprit-elle, tu m'aimes donc que te voilà venu encore chez moi, pour moi ! Mais qu'as-tu ? tu ne dis rien, tu es triste ! ne veux-tu plus de moi ?

Elle fit une pause et reprit :

— Comme tu es beau, mon ange ! tu es beau comme le jour ! embrasse-moi donc, aime-moi ! un baiser, un baiser, vite !

Elle se suspendit à ma bouche et, roucoulant comme une colombe, elle se gonflait la poitrine du soupir qu'elle y puisait.

— Ah ! mais pour la nuit, n'est-ce pas, pour la nuit, toute la nuit à nous deux ? C'est comme toi que je voudrais avoir un amant, un amant jeune et frais, qui m'aimât bien, qui ne pensât qu'à moi. Oh ! comme je l'aimerais !

Et elle fit une de ces inspirations de désir où il semble que Dieu devrait descendre des cieux.

— Mais n'en as-tu pas un ? lui dis-je.

— Qui ? moi ! est-ce que nous sommes aimées, nous autres ? est-ce qu'on pense à nous ? Qui veut de nous ? toi-même, demain, te souviendras-tu de moi ? tu te diras peut-être seulement : «Tiens, hier, j'ai couché avec une fille», mais brrr ! la ! la ! la ! (et elle se mit à danser, les poings sur la taille, avec des allures immondes). C'est que je danse bien ! tiens, regarde mon costume.

Elle ouvrit son armoire, et je vis sur une planche un masque noir et des rubans bleus avec un domino ; il y avait aussi un pantalon de velours noir à galons d'or, accroché à un clou, restes flétris du carnaval passé.

— Mon pauvre costume, dit-elle, comme j'ai été souvent au bal avec lui ! c'est moi qui ai dansé, cet hiver !

La fenêtre était ouverte et le vent faisait trembler la lumière de la bougie, elle l'alla prendre de dessus la cheminée et la mit sur sa table de nuit. Arrivée près du lit, elle s'assit dessus et se prit à réfléchir profondément, la tête baissée sur la poitrine. Je ne lui parlais pas non plus, j'attendais, l'odeur chaude des nuits d'août montait jusqu'à nous, nous entendions, de là, les arbres du boulevard remuer, le rideau de la fenêtre tremblait ; toute la nuit il fit de l'orage ; souvent, à la lueur des éclairs, j'apercevais sa blême figure, crispée dans une expression de tristesse ardente ; les nuages couraient vite, la lune, à demi cachée par eux, apparaissait par moments dans un coin de ciel pur entouré de nuées sombres.

Elle se déshabilla lentement, avec les mouvements réguliers d'une machine. Quand elle fut en chemise, elle vint à moi, pieds nus sur le pavé, me prit par la main et me conduisit à son lit ; elle ne me regardait pas, elle pensait à autre chose ; elle avait la lèvre rose et humide, les narines ouvertes, l'œil en feu, et semblait vibrer sous le frottement de sa pensée comme, alors même que l'artiste n'est plus là, l'instrument sonore laisse s'évaporer un secret parfum de notes endormies.

C'est quand elle se fut couchée près de moi qu'elle m'étala, avec un orgueil de courtisane, toutes les splendeurs de sa chair. Je vis à nu sa gorge dure et toujours gonflée comme d'un murmure orageux, son ventre de nacre, au nombril creusé, son ventre élastique et convulsif, doux pour s'y plonger la tête comme sur un oreiller de satin chaud ; elle avait des hanches superbes, de ces vraies hanches de femmes, dont les lignes, dégradantes sur une cuisse ronde, rappellent toujours, de profil, je ne sais quelle forme

souple et corrompue de serpent et de démon[1]; la
sueur qui mouillait sa peau la lui rendait fraîche et
collante, dans la nuit ses yeux brillaient d'une
manière terrible, et le bracelet d'ambre qu'elle portait au bras droit sonnait quand elle s'attrapait au
lambris de l'alcôve. Ce fut dans ces heures-là qu'elle
me disait, tenant ma tête serrée sur son cœur :

— Ange d'amour, de délices, de volupté, d'où
viens-tu ? où est ta mère ? à quoi songeait-elle quand
elle t'a conçu ? rêvait-elle la force des lions d'Afrique
ou le parfum de ces arbres lointains, si embaumants
qu'on meurt à les sentir ? Tu ne me dis rien ; regarde-
moi avec tes grands yeux, regarde-moi, regarde-
moi ! ta bouche ! ta bouche ! tiens, tiens, voilà la
mienne !

Et puis ses dents claquaient comme par un grand
froid, et ses lèvres écartées tremblaient et envoyaient
dans l'air des paroles folles :

— Ah ! je serais jalouse de toi, vois-tu, si nous nous
aimions ; la moindre femme qui te regarderait...

Et elle achevait sa phrase dans un cri. D'autres
fois elle m'arrêtait avec des bras raidis et disait tout
bas qu'elle allait mourir.

— Oh ! que c'est beau, un homme, quand il est
jeune ! Si j'étais homme, moi, toutes les femmes
m'aimeraient, mes yeux brilleraient si bien ! je
serais si bien mis, si joli ! Ta maîtresse t'aime, n'est-
ce pas ? je voudrais la connaître. Comment vous
voyez-vous ? est-ce chez toi ou chez elle ? est-ce à la
promenade, quand tu passes à cheval ? tu dois être
si bien à cheval ! au théâtre, quand on sort et qu'on
lui donne son manteau ? ou bien la nuit dans son
jardin ? Les belles heures que vous passez, n'est-ce
pas, à causer ensemble, assis sous la tonnelle !

Je la laissais dire, il me semblait qu'avec ces mots
elle me faisait une maîtresse idéale, et j'aimais ce
fantôme qui venait d'arriver dans mon esprit et qui

y brillait plus rapide qu'un feu follet, le soir, dans la campagne.

— Y a-t-il longtemps que vous vous connaissez? conte-moi ça un peu. Que lui dis-tu pour lui plaire? est-elle grande ou petite? chante-t-elle?

Je ne pus m'empêcher de lui dire qu'elle se trompait, je lui parlai même de mes appréhensions à la venir trouver, du remords, ou mieux de l'étrange peur que j'en avais eue ensuite, et du retour soudain qui m'avait poussé vers elle. Quand je lui eus bien dit que je n'avais jamais eu de maîtresse, que j'en avais cherché partout, que j'en avais rêvé longtemps, et qu'enfin elle était la première qui eût accepté mes caresses, elle se rapprocha de moi avec étonnement et, me prenant par le bras, comme si j'étais une illusion qu'elle voulût saisir:

— Vrai? me dit-elle, oh! ne me mens pas. Tu es donc vierge, et c'est moi qui t'ai défloré, pauvre ange[1]? tes baisers, en effet, avaient je ne sais quoi de naïf, tel que les enfants seuls en auraient s'ils faisaient l'amour. Mais tu m'étonnes! tu es charmant; à mesure que je te regarde, je t'aime de plus en plus, ta joue est douce comme une pêche, ta peau, en effet, est toute blanche, tes beaux cheveux sont forts et nombreux. Ah! comme je t'aimerais si tu voulais! car je n'ai vu que toi comme ça; on dirait que tu me regardes avec bonté, et pourtant tes yeux me brûlent, j'ai toujours envie de me rapprocher de toi et de te serrer sur moi.

C'étaient les premières paroles d'amour que j'entendisse de ma vie. Parties n'importe d'où, notre cœur les reçoit avec un tressaillement bienheureux. Rappelez-vous cela! Je m'en abreuvais à plaisir. Oh! comme je m'élançais vite dans le ciel nouveau.

— Oui, oui, embrasse-moi bien, embrasse-moi bien! tes baisers me rajeunissent, disait-elle, j'aime à sentir ton odeur comme celle de mon chèvrefeuille au mois de juin, c'est frais et sucré tout à la fois ; tes dents, voyons-les, elles sont plus blanches que les miennes, je ne suis pas si belle que toi... Ah ! comme il fait bon, là !

Et elle s'appuya la bouche sur mon cou, y fouillant avec d'âpres baisers, comme une bête fauve au ventre de sa victime.

— Qu'ai-je donc, ce soir ? tu m'as mise tout en feu, j'ai envie de boire et de danser en chantant. As-tu quelquefois voulu être petit oiseau ? nous volerions ensemble, ça doit être doux de faire l'amour dans l'air, les vents vous poussent, les nuages vous entourent... Non, tais-toi que je te regarde, que je te regarde longtemps, afin que je me souvienne de toi toujours !

— Pourquoi cela ?

— Pourquoi cela ? reprit-elle, mais pour m'en souvenir, pour penser à toi ; j'y penserai la nuit, quand je ne dors pas, le matin, quand je m'éveille, j'y penserai toute la journée, appuyée sur ma fenêtre à regarder les passants, mais surtout le soir, quand on n'y voit plus et qu'on n'a pas encore allumé les bougies ; je me rappellerai ta figure, ton corps, ton beau corps ; où la volupté respire, et ta voix ! Oh ! écoute, je t'en prie, mon amour, laisse-moi couper de tes cheveux, je les mettrai dans ce bracelet-là, ils ne me quitteront jamais.

Elle se leva de suite, alla chercher ses ciseaux et me coupa, derrière la tête, une mèche de cheveux. C'étaient de petits ciseaux pointus, qui crièrent en jouant sur leur vis ; je sens encore sur la nuque le froid de l'acier et la main de Marie.

C'est une des plus belles choses des amants que les cheveux donnés et échangés. Que de belles mains, depuis qu'il y a des nuits, ont passé à travers les balcons et donné de tresses noires ! Arrière les chaînes de montre tordues en huit, les bagues où ils sont

collés dessus, les médaillons où ils sont disposés en
trèfles, et tous ceux qu'a pollués la main banale du
coiffeur ; je les veux tout simples et noués, aux deux
bouts, d'un fil, de peur d'en perdre un seul[1] ; on les
a coupés soi-même à la tête chérie, dans quelque
suprême moment, au plus fort d'un premier amour,
la veille du départ. Une chevelure ! manteau magnifique de la femme aux jours primitifs, quand il lui
descendait jusqu'aux talons et lui couvrait les bras,
alors qu'elle s'en allait avec l'homme, marchant au
bord des grands fleuves, et que les premières brises
de la création faisaient tressaillir à la fois la cime
des palmiers, la crinière des lions, la chevelure des
femmes ! J'aime les cheveux. Que de fois, dans des
cimetières qu'on remuait ou dans les vieilles églises
qu'on abattait, j'en ai contemplé qui apparaissaient
dans la terre remuée, entre des ossements jaunes et
des morceaux de bois pourri ! Souvent le soleil jetait
dessus un pâle rayon et les faisait briller comme un
filon d'or ; j'aimais à songer aux jours où, réunis
ensemble sur un cuir blanc et graissés de parfums
liquides, quelque main, sèche maintenant, passait
dessus et les étendait sur l'oreiller, quelque bouche,
sans gencives maintenant, les baisait au milieu et en
mordait le bout avec des sanglots heureux.

Je me laissai couper les miens avec une vanité
niaise, j'eus la honte de n'en pas demander à mon
tour, et à cette heure que je n'ai rien, pas un gant,
pas une ceinture, pas même trois corolles de rose
desséchées et gardées dans un livre, rien que le souvenir de l'amour d'une fille publique, je les regrette.

Quand elle eut fini, elle vint se recoucher près de
moi, elle entra dans les draps toute frissonnante de
volupté, elle grelottait, et se ratatinait sur moi,
comme un enfant ; enfin elle s'endormit, laissant sa
tête sur ma poitrine.

Chaque fois que je respirais, je sentais le poids de

cette tête endormie se soulever sur mon cœur. Dans quelle communion intime me trouvais-je donc avec cet être inconnu? Ignorés jusqu'à ce jour l'un à l'autre, le hasard nous avait unis, nous étions là dans la même couche, liés par une force sans nom; nous allions nous quitter et ne plus nous revoir, les atomes qui roulent et volent dans l'air ont entre eux des rencontres plus longues que n'en ont sur la terre les cœurs qui s'aiment; la nuit, sans doute, les désirs solitaires s'élèvent et les songes se mettent à la recherche les uns des autres, celui-là soupire peut-être après l'âme inconnue qui soupire après lui dans un autre hémisphère, sous d'autres cieux.

Quels étaient, maintenant, les rêves qui se passaient dans cette tête-là? songeait-elle à sa famille, à son premier amant, au monde, aux hommes, à quelque vie riche, éclairée d'opulence, à quelque amour désiré? à moi, peut-être! L'œil fixé sur son front pâle, j'épiais son sommeil, et je tâchais de découvrir un sens au son rauque qui sortait de ses narines.

Il pleuvait, j'écoutais le bruit de la pluie et Marie dormir; les lumières, près de s'éteindre, pétillaient dans les bobèches de cristal. L'aube parut, une ligne jaune saillit dans le ciel, s'allongea horizontalement et, prenant de plus en plus des teintes dorées et vineuses, envoya dans l'appartement une faible lumière blanchâtre, irisée de violet, qui se jouait encore avec la nuit et avec l'éclat des bougies expirantes, reflétées dans la glace.

Marie, étendue sur moi, avait ainsi certaines parties du corps dans la lumière, d'autres dans l'ombre; elle s'était dérangée un peu, sa tête était plus basse que ses seins; le bras droit, le bras du bracelet, pendait hors du lit et touchait presque le plancher; il y avait sur la table de nuit un bouquet de violettes dans un verre d'eau, j'étendis la main, je le pris, je cassai le fil avec mes dents et je les respirai. La chaleur de la veille, sans doute, ou bien le long temps depuis qu'elles étaient cueillies les avait fanées, je leur trouvai une odeur exquise et toute particulière, je humai une à une leur parfum ; comme elles étaient humides, je me les appliquai sur les yeux pour me refroidir, car mon sang bouillait, et mes membres fatigués ressentaient comme une brûlure au contact des draps. Alors, ne sachant que faire et ne voulant pas l'éveiller, car j'éprouvais un étrange plaisir à la voir dormir, je mis doucement toutes les violettes sur la gorge de Marie, bientôt elle en fut toute couverte, et ces belles fleurs fanées, sous lesquelles elle dormait, la symbolisèrent à mon esprit. Comme elles, en effet, malgré leur fraîcheur enlevée, à cause de cela peut-être, elle m'envoyait un parfum plus âcre et plus irritant ; le malheur, qui avait dû passer dessus, la rendait belle de l'amertume que sa bouche conservait, même en dormant, belle des deux rides qu'elle avait derrière le cou et que le jour, sans doute, elle cachait sous ses cheveux. À voir cette femme si triste dans la volupté et dont les étreintes mêmes avaient une joie lugubre, je devinais mille passions terribles qui l'avaient dû sillonner comme la foudre à en juger par les traces restées, et puis sa vie devrait me faire plaisir à entendre raconter, moi qui recherchais dans l'existence humaine le côté sonore et vibrant, le monde des grandes passions et des belles larmes.

À ce moment-là, elle s'éveilla, toutes les violettes tombèrent, elle sourit, les yeux encore à demi fermés, en même temps qu'elle étendait ses bras autour de mon cou et m'embrassait d'un long baiser du matin, d'un baiser de colombe qui s'éveille.

Quand je l'ai priée de me raconter son histoire, elle me dit :

— À toi je le peux bien. Les autres mentiraient et commenceraient par te dire qu'elles n'ont pas toujours été ce qu'elles sont, elles te feraient des contes sur leurs familles et sur leurs amours, mais je ne veux pas te tromper ni me faire passer pour une princesse ; écoute, tu vas voir si j'ai été heureuse ! Sais-tu que souvent j'ai eu envie de me tuer ? une fois on est arrivé dans ma chambre, j'étais à moitié asphyxiée. Oh ! si je n'avais pas peur de l'enfer, il y a longtemps que ça serait fait. J'ai aussi peur de mourir, ce moment-là à passer m'effraie, et pourtant, j'ai envie d'être morte !

Je suis de la campagne, notre père était fermier[1]. Jusqu'à ma première communion, on m'envoyait tous les matins garder les vaches dans les champs ; toute la journée je restais seule, je m'asseyais au bord d'un fossé, à dormir, ou bien j'allais dans le bois dénicher des nids ; je montais aux arbres comme un garçon, mes habits étaient toujours déchirés ; souvent on m'a battue pour avoir volé des pommes, ou laissé aller les bestiaux chez les voisins. Quand c'était la moisson et que, le soir venu, on dansait en rond dans la cour, j'entendais chanter des chansons où il y avait des choses que je ne comprenais pas, les garçons embrassaient les filles, on riait aux éclats ; cela m'attristait et me faisait rêver. Quelquefois, sur la route, en m'en retournant à la maison, je demandais à monter dans une voiture de foin, l'homme me prenait avec lui et me plaçait sur les bottes de luzerne ; croirais-tu que je finis par goûter un indicible plaisir à me sentir soulever de terre par les mains fortes et robustes d'un gars solide, qui avait la figure brûlée par le soleil et la poitrine tout en sueur ? D'ordinaire ses bras étaient retroussés jusqu'aux aisselles, j'aimais à toucher ses muscles, qui faisaient des bosses et des creux à chaque mouvement de sa main, et à me faire embrasser par lui,

pour me sentir râper la joue par sa barbe. Au bas de
la prairie où j'allais tous les jours, il y avait un petit
ruisseau entre deux rangées de peupliers, au bord
duquel toutes sortes de fleurs poussaient ; j'en faisais des bouquets, des couronnes, des chaînes ; avec
des grains de sorbier, je me faisais des colliers, cela
devint une manie, j'en avais toujours mon tablier
plein, mon père me grondait et disait que je ne
serais jamais qu'une coquette. Dans ma petite
chambre j'en avais mis aussi ; quelquefois cette
quantité d'odeurs-là m'enivrait, et je m'assoupis-
sais, étourdie, mais jouissant de ce malaise. L'odeur
du foin coupé par exemple, du foin chaud et fer-
menté, m'a toujours semblé délicieuse, si bien que,
les dimanches, je m'enfermais dans la grange, y
passant tout mon après-midi à regarder les araignées filer leurs toiles aux sommiers, et à entendre
les mouches bourdonner. Je vivais comme une fai-
néante, mais je devenais une belle fille, j'étais toute
pleine de santé. Souvent une espèce de folie me prenait, et je courais, je courais jusqu'à tomber ou bien
je chantais à tue-tête, ou je parlais seule et longtemps ; d'étranges désirs me possédaient, je regardais toujours les pigeons, sur leur colombier, qui se
faisaient l'amour, quelques-uns venaient jusque
sous ma fenêtre s'ébattre au soleil et se jouer dans la
vigne. La nuit, j'entendais encore le battement de
leurs ailes et leur roucoulement, qui me semblait si
doux, si suave, que j'aurais voulu être pigeon comme
eux et me tordre ainsi le cou, comme ils faisaient
pour s'embrasser. « Que se disent-ils donc, pensais-
je, qu'ils ont l'air si heureux ? », et je me rappelais
aussi de quel air superbe j'avais vu courir les chevaux après les juments, et comment leurs naseaux
étaient ouverts ; je me rappelais la joie qui faisait
frissonner la laine des brebis aux approches du
bélier, et le murmure des abeilles quand elles se sus-

pendent en grappes aux arbres des vergers. Dans l'étable, souvent, je me glissais entre les animaux pour sentir l'émanation de leurs membres, vapeur de vie que j'aspirais à pleine poitrine, pour contempler furtivement leur nudité, où le vertige attirait toujours mes yeux troublés. D'autres fois, au détour d'un bois, au crépuscule surtout, les arbres eux-mêmes prenaient des formes singulières : c'étaient tantôt des bras qui s'élevaient vers le ciel, ou bien le tronc qui se tordait comme un corps sous les coups du vent[1]. La nuit, quand je m'éveillais et qu'il y avait de la lune et des nuages, je voyais dans le ciel des choses qui m'épouvantaient et qui me faisaient envie. Je me souviens qu'une fois, la veille de Noël, j'ai vu une grande femme nue, debout, avec des yeux qui roulaient ; elle avait bien cent pieds de haut, mais elle alla, s'allongeant toujours en s'amincissant, et finit par se couper, chaque membre resta séparé, la tête s'envola la première, tout le reste s'agitait encore. Ou bien je rêvais ; à dix ans déjà, j'avais des nuits fiévreuses, des nuits pleines de luxure. N'était-ce pas la luxure qui brillait dans mes yeux, coulait dans mon sang, et me faisait bondir le cœur au frôlement de mes membres entre eux ? elle chantait éternellement dans mon oreille des cantiques de volupté ; dans mes visions, les chairs brillaient comme de l'or, des formes inconnues remuaient, comme du vif-argent répandu.

À l'église je regardais l'homme nu étalé sur la croix, et je redressais sa tête, je remplissais ses flancs, je colorais tous ses membres, je levais ses paupières ; je me faisais devant moi un homme beau, avec un regard de feu ; je le détachais de la croix et je le faisais descendre vers moi, sur l'autel, l'encens l'entourait, il s'avançait dans la fumée, et de sensuels frémissements me couraient sur la peau.

Quand un homme me parlait, j'examinais son œil

et le jet qui en sort, j'aimais surtout ceux dont les
paupières remuent toujours, qui cachent leurs pru-
nelles et qui les montrent, mouvement semblable au
battement d'ailes d'un papillon de nuit ; à travers
leurs vêtements, je tâchais de surprendre le secret
de leur sexe, et là-dessus j'interrogeais mes jeunes
amies, j'épiais les baisers de mon père et de ma
mère, et la nuit le bruit de leur couche.

À douze ans, je fis ma première communion, on
m'avait fait venir de la ville une belle robe blanche,
nous avions toutes des ceintures bleues ; j'avais voulu
qu'on me mît les cheveux en papillotes, comme à
une dame. Avant de partir, je me regardai dans la
glace, j'étais belle comme un amour, je fus presque
amoureuse de moi, j'aurais voulu pouvoir l'être.
C'était aux environs de la Fête-Dieu, les bonnes
sœurs avaient rempli l'église de fleurs, on embaumait ; moi-même, depuis trois jours, j'avais travaillé
avec les autres à orner de jasmin la petite table sur
laquelle on prononce les vœux, l'autel était couvert
d'hyacinthes, les marches du chœur étaient couvertes de tapis, nous avions toutes des gants blancs
et un cierge dans la main ; j'étais bien heureuse,
je me sentais faite pour cela ; pendant toute la messe,
je remuais des pieds sur le tapis, car il n'y en avait
pas chez mon père ; j'aurais voulu me coucher dessus, avec ma belle robe, et demeurer toute seule
dans l'église, au milieu des cierges allumés ; mon
cœur battait d'une espérance nouvelle, j'attendais
l'hostie avec anxiété, j'avais entendu dire que la
première communion changeait, et je croyais que,
le sacrement passé, tous mes désirs seraient
calmés. Mais non ! rassise à ma place, je me retrouvai dans ma fournaise ; j'avais remarqué que
l'on m'avait regardée, en allant vers le prêtre, et
qu'on m'avait admirée, je me rengorgeai, je me
trouvai belle, m'enorgueillissant vaguement de

toutes les délices cachées en moi et que j'ignorais moi-même.

À la sortie de la messe, nous défilâmes toutes en rang, dans le cimetière; les parents et les curieux étaient des deux côtés, dans l'herbe, pour nous voir passer; je marchais la première, j'étais la plus grande. Pendant le dîner, je ne mangeai pas, j'avais le cœur tout oppressé; ma mère, qui avait pleuré pendant l'office, avait encore les yeux rouges; quelques voisins vinrent pour me féliciter et m'embrassèrent avec effusion, leurs caresses me répugnaient. Le soir, aux vêpres, il y avait encore plus de monde que le matin. En face de nous, on avait disposé les garçons, ils nous regardaient avidement, moi surtout; même lorsque j'avais les yeux baissés, je sentais encore leurs regards. On les avait frisés, ils étaient en toilette comme nous. Quand, après avoir chanté le premier couplet d'un cantique, ils reprenaient à leur tour, leur voix me soulevait l'âme, et quand elle s'éteignait, ma jouissance expirait avec elle, et puis s'élançait de nouveau quand ils recommençaient. Je prononçai les vœux; tout ce que je me rappelle, c'est que je parlais de robe blanche et d'innocence.

Marie s'arrêta ici, perdue sans doute dans l'émouvant souvenir par lequel elle avait peur d'être vaincue, puis elle reprit en riant d'une manière désespérée:

— Ah! la robe blanche! il y a longtemps qu'elle est usée! et l'innocence avec elle! Où sont les autres maintenant? il y en a qui sont mortes, d'autres qui sont mariées et ont des enfants; je n'en vois plus aucune, je ne connais personne. Tous les jours de l'an encore, je veux écrire à ma mère, mais je n'ose pas, et puis bah! c'est bête, tous ces sentiments-là!

Se raidissant contre son émotion, elle continua :

— Le lendemain, qui était encore un jour de fête, un camarade vint pour jouer avec moi ; ma mère me dit : « Maintenant que tu es une grande fille, tu ne devrais plus aller avec les garçons », et elle nous sépara. Il n'en fallut pas plus pour me rendre amoureuse de celui-là, je le recherchais, je lui fis la cour, j'avais envie de m'enfuir avec lui de mon pays, il devait m'épouser quand je serais grande, je l'appelais mon mari, mon amant, il n'osait pas. Un jour que nous étions seuls, et que nous revenions ensemble du bois où nous avions été cueillir des fraises, en passant près d'un mulon, je me ruai sur lui, et le couvrant de tout mon corps en l'embrassant à la bouche, je me mis à crier : « Aime-moi donc, marions-nous, marions-nous ! » Il se dégagea de moi et s'enfuit.

Depuis ce temps-là je m'écartai de tout le monde et ne sortis plus de la ferme, je vivais solitairement dans mes désirs, comme d'autres dans leurs jouissances [1]. Disait-on qu'un tel avait enlevé une fille qu'on lui refusait, je m'imaginais être sa maîtresse, fuir avec lui en croupe, à travers champs, et le serrer dans mes bras ; si l'on parlait d'une noce, je me couchais vite dans le lit blanc, comme la mariée je tremblais de crainte et de volupté ; j'enviais jusqu'aux beuglements plaintifs des vaches, quand elles mettent bas ; en en rêvant la cause, je jalousais leurs douleurs.

À cette époque-là mon père mourut, ma mère m'emmena à la ville avec elle, mon frère partit pour l'armée, où il est devenu capitaine. J'avais seize ans quand nous partîmes de la maison ; je dis adieu pour toujours au bois, à la prairie où était mon ruisseau, adieu au portail de l'église, où j'avais passé de si bonnes heures à jouer au soleil, adieu aussi à ma pauvre petite chambre ; je n'ai plus revu tout cela. Des grisettes du quartier, qui devinrent mes amies, me montrèrent leurs amoureux, j'allais avec elles en parties, je les regardais s'aimer, et je me repaissais à loisir de ce spectacle. Tous les jours c'était quelque nouveau prétexte pour m'absenter, ma mère s'en aperçut bien, elle m'en fit d'abord des reproches, puis finit par me laisser tranquille.

Un jour enfin une vieille femme, que je connaissais depuis quelque temps, me proposa de faire ma fortune[1], me disant qu'elle m'avait trouvé un amant fort riche, que le lendemain soir je n'avais qu'à sortir comme pour porter de l'ouvrage dans un faubourg, et qu'elle m'y mènerait.

Pendant les vingt-quatre heures qui suivirent, je crus souvent que j'allais devenir folle ; à mesure que l'heure approchait, le moment s'éloignait, je n'avais que ce mot-là dans la tête : un amant ! un amant ! j'allais avoir un amant, j'allais être aimée, j'allais donc aimer ! Je mis d'abord mes souliers les plus minces, puis, m'apercevant que mon pied s'évasait dedans, je pris des bottines ; j'arrangeai également mes cheveux de cent manières, en torsades, puis en bandeaux, en papillotes, en nattes ; à mesure que je me regardais dans la glace, je devenais plus belle, mais je ne l'étais pas assez, mes habits étaient communs, j'en rougis de honte. Que n'étais-je une de ces femmes qui sont blanches au milieu de leurs velours, toute chargée de dentelles, sentant l'ambre et la rose, avec de la soie qui craque, et des domestiques tout cousus d'or ! Je maudis ma mère, ma vie passée, et je m'enfuis, poussée par toutes les tentations du diable, et d'avance les savourant toutes.

Au détour d'une rue, un fiacre nous attendait, nous montâmes dedans ; une heure après il nous arrêta à la grille d'un parc. Après nous y être promenées quelque temps, je m'aperçus que la vieille m'avait quittée, et je restai seule à marcher dans les allées. Les arbres étaient grands, tout couverts de feuilles, des bandes de gazon entouraient des plates-bandes de fleurs, jamais je n'avais vu de si beau jardin, une rivière passait au milieu, des pierres, disposées habilement çà et là, formaient des cascades, des cygnes jouaient sur l'eau et, les ailes enflées, se laissaient pousser par le courant. Je m'amusai aussi à voir la volière, où des oiseaux de toutes sortes criaient et se balançaient sur leurs anneaux ; ils étalaient leurs queues panachées et passaient les uns devant les autres, c'était un éblouissement. Deux statues de marbre blanc, au bas du perron, se regardaient, dans des poses charmantes ; le grand bassin d'en face était doré par le soleil couchant et donnait envie de s'y baigner. Je pensais à l'amant inconnu qui demeurait là, à chaque instant je m'attendais à voir sortir de derrière un bouquet d'arbres quelque homme beau et marchant fièrement comme un Apollon. Après le dîner, et quand le bruit du château, que j'entendais depuis longtemps, se fut apaisé, mon maître parut. C'était un vieillard tout blanc et maigre, serré dans des habits trop justes, avec une croix d'honneur sur son habit, et des dessous de pied qui l'empêchaient de remuer les genoux ; il avait un grand nez, et de petits yeux verts qui avaient l'air méchant. Il m'aborda en souriant, il n'avait plus de dents. Quand on sourit il faut avoir une petite lèvre rose comme la tienne, avec un peu de moustache aux deux bouts, n'est-ce pas, cher ange ?

Nous nous assîmes ensemble sur un banc, il me prit les mains, il me les trouva si jolies qu'il en baisait chaque doigt ; il me dit que si je voulais être sa maîtresse, rester sage et demeurer avec lui, je serais bien riche, j'aurais des domestiques pour me servir, et tous les jours de belles robes, je monterais à cheval, je me promènerais en voiture ; mais pour cela, disait-il, il fallait l'aimer. Je lui promis que je l'aimerais.

Et cependant aucune de ces flammes intérieures qui naguère me brûlaient les entrailles, à l'approche des hommes, ne m'arrivait; à force d'être à côté de lui et de me dire intérieurement que c'était celui-là dont j'allais être la maîtresse, je finis par en avoir envie. Quand il me dit de rentrer, je me levai vivement, il était ravi, il tremblait de joie, le bonhomme! Après avoir traversé un beau salon, où les meubles étaient tout dorés, il me mena dans ma chambre et voulut me déshabiller lui-même; il commença par m'ôter mon bonnet, mais voulant ensuite me déchausser, il eut du mal à se baisser et il me dit: «C'est que je suis vieux, mon enfant»; il était à genoux, il me suppliait du regard, il ajouta, en joignant les deux mains: «Tu es si jolie!», j'avais peur de ce qui allait suivre.

Un énorme lit était au fond de l'alcôve, il m'y traîna en criant; je me sentis noyée dans les édredons et dans les matelas, son corps pesait sur moi, avec un horrible supplice, ses lèvres molles me couvraient de baisers froids, le plafond de la chambre m'écrasait. Comme il était heureux! comme il se pâmait! Tâchant, à mon tour, de trouver des jouissances, j'excitais les siennes à ce qu'il paraît; mais que m'importait son plaisir à lui! c'était le mien qu'il fallait, c'était le mien que j'attendais, j'en aspirais de sa bouche creuse et de ses membres débiles, j'en évoquais de tout ce vieillard, et réunissant dans un incroyable effort tout ce que j'avais en moi de lubricité contenue, je ne parvins qu'au dégoût dans ma première nuit de débauche.

À peine fut-il sorti que je me levai, j'allai à la fenêtre, je l'ouvris et je laissai l'air me refroidir la peau; j'aurais voulu que l'Océan pût me laver de lui, je refis mon lit, effaçant avec soin toutes les places où ce cadavre m'avait fatiguée de ses convulsions. Toute la nuit se passa à pleurer; désespérée, je

rugissais comme un tigre qu'on a châtré. Ah! si tu
étais venu alors! si nous nous étions connus dans ce
temps-là! si tu avais été du même âge que moi, c'est
alors que nous nous serions aimés, quand j'avais
seize ans, quand mon cœur était neuf! toute notre
vie se fût passée à cela, mes bras se seraient usés à
t'étreindre sur moi et mes yeux à plonger dans les
tiens.

Elle continua:
— Grande dame, je me levais à midi, j'avais une
livrée qui me suivait partout, et une calèche où je
m'étendais sur les coussins; ma bête de race sautait
merveilleusement par-dessus le tronc des arbres, et
la plume noire de mon chapeau d'amazone remuait
avec grâce; mais devenue riche du jour au lendemain, tout ce luxe m'excitait au lieu de m'apaiser.
Bientôt on me connut, ce fut à qui m'aurait, mes
amants faisaient mille folies pour me plaire, tous les
soirs je lisais les billets doux de la journée, pour y
trouver l'expression nouvelle de quelque cœur
autrement moulé que les autres et fait pour moi.
Mais tous se ressemblaient, je savais d'avance la fin
de leurs phrases et la manière dont ils allaient tomber à genoux; il y en a deux que j'ai repoussés par
caprice et qui se sont tués, leur mort ne m'a point
touchée, pourquoi mourir? que n'ont-ils plutôt tout
franchi pour m'avoir? Si j'aimais un homme, moi, il
n'y aurait pas de mers assez larges ni de murs assez
hauts pour m'empêcher d'arriver jusqu'à lui. Comme
je me serais bien entendue, si j'avais été homme, à
corrompre des gardiens, à monter la nuit aux
fenêtres, et à étouffer sous ma bouche les cris de ma
victime, trompée chaque matin de l'espoir que
j'avais eu la veille!
Je les chassais avec colère et j'en prenais d'autres,
l'uniformité du plaisir me désespérait, et je courais

à sa poursuite avec frénésie, toujours altérée de jouissances nouvelles et magnifiquement rêvées, semblable aux marins en détresse, qui boivent de l'eau de mer et ne peuvent s'empêcher d'en boire, tant la soif les brûle !

Dandys et rustauds, j'ai voulu voir si tous étaient de même ; j'ai goûté la passion des hommes, aux mains blanches et grasses, aux cheveux teints collés sur les tempes ; j'ai eu de pâles adolescents, blonds, efféminés comme des filles, qui se mouraient sur moi ; les vieillards aussi m'ont salie de leurs joies décrépites, et j'ai contemplé au réveil leur poitrine oppressée et leurs yeux éteints. Sur un banc de bois, dans un cabaret de village, entre un pot de vin et une pipe de tabac, l'homme du peuple aussi m'a embrassée avec violence ; je me suis fait comme lui une joie épaisse et des allures faciles ; mais la canaille ne fait pas mieux l'amour que la noblesse, et la botte de paille n'est pas plus chaude que les sofas. Pour les rendre plus ardents, je me suis dévouée à quelques-uns comme une esclave, et ils ne m'en aimaient pas davantage ; j'ai eu, pour des sots, des bassesses infâmes, et en échange ils me haïssaient et me méprisaient, alors que j'aurais voulu leur centupler mes caresses et les inonder de bonheur. Espérant enfin que les gens difformes pouvaient mieux aimer que les autres, et que les natures rachitiques se raccrochaient à la vie par la volupté, je me suis donnée à des bossus, à des nègres, à des nains ; je leur fis des nuits à rendre jaloux des millionnaires, mais je les épouvantais peut-être, car ils me quittaient vite. Ni les pauvres, ni les riches, ni les beaux, ni les laids n'ont pu assouvir l'amour que je leur demandais à remplir ; tous, faibles, languissants, conçus dans l'ennui, avortons faits par des paralytiques que le vin enivre, que la femme tue, craignant de mourir dans les draps comme on meurt à la guerre, il n'en est pas un que je n'aie vu lassé dès la première heure. Il n'y a donc plus, sur la terre, de ces jeunesses divines comme autrefois! plus de Bacchus, plus d'Apollons, plus de ces héros qui marchaient nus, couronnés de pampres et de lauriers! J'étais faite pour être la maîtresse d'un empereur, moi; il me fallait l'amour d'un bandit, sur un rocher dur, par un soleil d'Afrique; j'ai souhaité les enlacements des serpents, et les baisers rugissants que se donnent les lions.

À cette époque je lisais beaucoup; il y a surtout deux livres que j'ai relus cent fois: *Paul et Virginie* [1] et un autre qui s'appelait *les Crimes des Reines* [2]. On y voyait les portraits de Messaline, de Théodora, de Marguerite de Bourgogne, de Marie Stuart et de Catherine II [3]. «Être reine, me disais-je, et rendre la foule amoureuse de toi!» Eh bien, j'ai été reine, reine comme on peut l'être maintenant; en entrant dans ma loge je promenais sur le public un regard triomphant et provocateur, mille têtes suivaient le mouvement de mes sourcils, je dominais tout par l'insolence de ma beauté.

Fatiguée cependant de toujours poursuivre un amant, et plus que jamais en voulant à tout prix, ayant d'ailleurs fait du vice un supplice qui m'était cher, je suis accourue ici, le cœur enflammé comme si j'avais eu encore une virginité à vendre; raffinée, je me résignais à vivre mal; opulente, à m'endormir dans la misère, car à force de descendre si bas je n'aspirais peut-être plus à monter éternellement, à mesure que mes organes s'useraient, mes désirs s'apaiseraient sans doute, je voulais par là en finir d'un seul coup et me dégoûter pour toujours de ce que j'enviais avec tant de ferveur. Oui, moi qui ai pris des bains de fraises et de lait, je suis venue ici, m'étendre sur le grabat commun où la foule passe; au lieu d'être la maîtresse d'un seul, je me suis faite servante de tous, et quel rude maître j'ai pris là!

Plus de feu l'hiver, plus de vin fin à mes repas, il y a un an que j'ai la même robe, qu'importe! mon métier n'est-il pas d'être nue? Mais ma dernière pensée, mon dernier espoir, le sais-tu? Oh! j'y comptais, c'était de trouver un jour ce que je n'avais jamais rencontré, l'homme qui m'a toujours fuie, que j'ai poursuivi dans le lit des élégants, au balcon des théâtres; chimère qui n'est que dans mon cœur et que je veux tenir dans mes mains; un beau jour, espérais-je, quelqu'un viendra sans doute — dans le nombre cela doit être — plus grand, plus noble, plus fort; ses yeux seront fendus comme ceux des sultanes, sa voix se modulera dans une mélodie lascive, ses membres auront la souplesse terrible et voluptueuse des léopards, il sentira des odeurs à faire pâmer, et ses dents mordront avec délices ce sein qui se gonfle pour lui. À chaque arrivant je me disais: «est-ce lui» et à un autre encore: «est-ce lui? qu'il m'aime! qu'il m'aime! qu'il me batte! qu'il me brise! à moi seule je lui ferai un sérail, je connais quelles fleurs excitent, quelles boissons vous exaltent, et comment la fatigue même se transforme en délicieuse extase; coquette quand il le voudra, pour irriter sa vanité ou amuser son esprit, tout à coup il me trouvera langoureuse, pliante comme un roseau, exhalant des mots doux et des soupirs tendres; pour lui je me tordrai dans des mouvements de couleuvre, la nuit j'aurai des soubresauts furieux et des crispations qui déchirent. Dans un pays chaud, en buvant du beau vin dans du cristal, je lui danserai, avec des castagnettes, des danses espagnoles, ou je bondirai en hurlant un hymne de guerre, comme les femmes des sauvages; s'il est amoureux des statues et des tableaux, je me ferai des poses de grand maître devant lesquelles il tombera à genoux; s'il aime mieux que je sois son ami, je m'habillerai en homme et j'irai à la chasse avec lui, je l'aiderai dans ses

vengeances; s'il veut assassiner quelqu'un, je ferai
le guet pour lui; s'il est voleur, nous volerons
ensemble; j'aimerai ses habits et le manteau qui
l'enveloppe. » Mais non! jamais, jamais! le temps a
eu beau s'écouler et les matins revenir, on a en vain
usé chaque place de mon corps, par toutes les
voluptés dont se régalent les hommes, je suis restée
comme j'étais, à dix ans, vierge, si une vierge est
celle qui n'a pas de mari, pas d'amant, qui n'a pas
connu le plaisir et qui le rêve sans cesse, qui se fait
des fantômes charmants et qui les voit dans ses
songes, qui en entend la voix dans le bruit des vents,
qui en cherche les traits dans la figure de la lune. Je
suis vierge! cela te fait rire? mais n'en ai-je pas les
vagues pressentiments, les ardentes langueurs? j'en
ai tout, sauf la virginité elle-même.

Regarde au chevet de mon lit toutes ces lignes
entrecroisées sur l'acajou, ce sont les marques
d'ongle de tous ceux qui s'y sont débattus, de tous
ceux dont les têtes ont frotté là; je n'ai jamais eu rien
de commun avec eux; unis ensemble aussi étroitement que des bras humains peuvent le permettre, je
ne sais quel abîme m'en a toujours séparée. Oh! que
de fois, tandis qu'égarés ils auraient voulu s'abîmer
tout entiers dans leur jouissance, mentalement je
m'écartais à mille lieues de là, pour partager la natte
d'un sauvage ou l'antre garni de peaux de moutons
de quelque berger des Abruzzes!

Aucun en effet ne vient pour moi, aucun ne me
connaît, ils cherchent peut-être en moi une certaine
femme comme je cherche en eux un certain homme;
n'y a-t-il pas, dans les rues, plus d'un chien qui s'en
va flairant dans l'ordure pour trouver des os de poulet et des morceaux de viande? de même, qui saura
tous les amours exaltés qui s'abattent sur une fille
publique, toutes les belles élégies qui finissent dans
le bonjour qu'on lui adresse? Combien j'en ai vu

arriver ici le cœur gros de dépit et les yeux pleins de larmes ! les uns, au sortir d'un bal, pour résumer sur une seule femme toutes celles qu'ils venaient de quitter ; les autres, après un mariage, exaltés à l'idée de l'innocence ; et puis des jeunes gens, pour toucher à loisir leurs maîtresses à qui ils n'osent parler, fermant les yeux et la voyant ainsi dans leurs cœurs ; des maris pour se refaire jeunes et savourer les plaisirs faciles de leur bon temps ; des prêtres poussés par le démon et ne voulant pas d'une femme, mais d'une courtisane, mais du péché incarné, ils me maudissent, ils ont peur de moi et ils m'adorent ; pour que la tentation soit plus forte et l'effroi plus grand, ils voudraient que j'eusse le pied fourchu et que ma robe étincelât de pierreries[1]. Tous passent tristement, uniformément, comme des ombres qui se succèdent, comme une foule dont on ne garde plus que le souvenir du bruit qu'elle faisait, du piétinement de ces mille pieds, des clameurs confuses qui en sortaient. Sais-je, en effet, le nom d'un seul ? ils viennent et ils me quittent, jamais une caresse désintéressée, et ils en demandent, ils demanderaient de l'amour, s'ils l'osaient ! il faut les appeler beaux, les supposer riches, et ils sourient. Et puis ils aiment à rire, quelquefois il faut chanter, ou se taire ou parler. Dans cette femme si connue, personne ne s'est douté qu'il y avait un cœur ; imbéciles qui louaient l'arc de mes sourcils et l'éclat de mes épaules, tout heureux d'avoir à bon marché un morceau de roi, et qui ne prenaient pas cet amour inextinguible qui courait au-devant d'eux et se jetait à leurs genoux !

J'en vois pourtant qui ont des amants, même ici, de vrais amants qui les aiment ; elles leur font une place à part, dans leur lit comme dans leur âme, et quand ils viennent elles sont heureuses. C'est pour eux, vois-tu, qu'elles se peignent si longuement les cheveux et qu'elles arrosent les pots de fleurs qui sont à leurs fenêtres ; mais moi, personne, personne ; pas même l'affection paisible d'un pauvre enfant, car on la leur montre du doigt, la prostituée, et ils passent devant elle sans lever la tête. Qu'il y a long-temps, mon Dieu, que je ne suis sortie dans les champs et que je n'ai vu la campagne ! que de dimanches j'ai passés à entendre le son de ces tristes cloches, qui appellent tout le monde aux offices où je ne vais pas ! qu'il y a longtemps que je n'ai entendu le grelot des vaches dans le taillis ! Ah ! je veux m'en aller d'ici, je m'ennuie, je m'ennuie ; je retournerai à pied au pays, j'irai chez ma nourrice, c'est une brave femme qui me recevra bien. Quand j'étais toute petite, j'allais chez elle, et elle me don-nait du lait ; je lui aiderai à élever ses enfants et à faire le ménage, j'irai ramasser du bois mort dans la forêt, nous nous chaufferons, le soir, au coin du feu quand il neigera, voilà bientôt l'hiver ; aux rois nous tirerons le gâteau. Oh ! elle m'aimera bien, je berce-rai les petits pour les endormir, comme je serai heu-reuse !

Elle se tut, puis releva sur moi un regard étince-lant à travers ses larmes, comme pour me dire : Est-ce toi ?

Je l'avais écoutée avec avidité, j'avais regardé tous les mots sortir de sa bouche ; tâchant de m'identifier à la vie qu'ils m'exprimaient. Agrandie tout à coup à des proportions que je lui prêtais, sans doute, elle me parut une femme nouvelle, pleine de mystères ignorés et, malgré mes rapports avec elle, toute ten-tante d'un charme irritant et d'attraits nouveaux. Les hommes, en effet, qui l'avaient possédée avaient laissé sur elle comme une odeur de parfum éteint, traces de passions disparues, qui lui faisaient une majesté voluptueuse ; la débauche la décorait d'une

beauté infernale. Sans les orgies passées, aurait-elle
eu ce sourire de suicide, qui la faisait ressembler à
une morte se réveillant dans l'amour? sa joue en
était plus appâlie, ses cheveux plus élastiques et
plus odorants, ses membres plus souples, plus mous
et plus chauds; comme moi, aussi, elle avait marché
de joies en chagrins, couru d'espérances en dégoûts,
des abattements sans nom avaient succédé à des
spasmes fous; sans nous connaître, elle dans sa prostitution et moi dans ma chasteté, nous avions suivi le
même chemin, aboutissant au même gouffre; pendant que je me cherchais une maîtresse, elle s'était
cherché un amant, elle dans le monde, moi dans
mon cœur, l'un et l'autre nous avaient fuis.

— Pauvre femme, lui dis-je, en la serrant sur
moi, comme tu as dû souffrir!

— Tu as donc souffert quelque chose de semblable? me répondit-elle, est-ce que tu es comme
moi? est-ce que souvent tu as trempé ton oreiller de
larmes? est-ce que, pour toi, les jours de soleil en
hiver sont aussi tristes? Quand il fait du brouillard,
le soir, et que je marche seule, il me semble que la
pluie traverse mon cœur et le fait tomber en débris.

— Je doute pourtant que tu te sois jamais aussi
ennuyée que moi dans le monde, tu as eu tes jours
de plaisir, mais moi c'est comme si j'étais né en prison, j'ai mille choses qui n'ont pas vu la lumière.

— Tu es si jeune cependant! Au fait, tous les
hommes sont vieux maintenant, les enfants se trouvent dégoûtés comme les vieillards, nos mères s'ennuyaient quand elles nous ont conçus, on n'était pas
comme ça autrefois, n'est-ce pas vrai?

— C'est vrai, repris-je, les maisons où nous habitons sont toutes pareilles, blanches et mornes
comme des tombes dans des cimetières; dans les
vieilles baraques noires qu'on démolit la vie devait
être plus chaude, on y chantait fort, on y brisait les

brocs sur les tables, on y cassait les lits en faisant
l'amour.

— Mais qui te rend si triste ? tu as donc bien aimé ?

— Si j'ai aimé, mon Dieu ! assez pour envier ta vie.

— Envier ma vie ! dit-elle.

— Oui, l'envier ! car, à ta place, j'aurais peut-être
été heureux, car, si un homme comme tu le désires
n'existe pas, une femme comme j'en veux doit vivre
quelque part ; parmi tant de cœurs qui battent, il
doit s'en trouver un pour moi.

— Cherche-le ! cherche-le !

— Oh ! si, j'ai aimé ! si bien que je suis saturé de
désirs rentrés. Non, tu ne sauras jamais toutes celles
qui m'ont égaré et que dans le fond de mon cœur
j'abritais d'un amour angélique. Écoute, quand
j'avais vécu un jour avec une femme, je me disais :
« Que ne l'ai-je connue depuis dix ans ! tous ses jours
qui ont fui m'appartenaient, son premier sourire
devait être pour moi, sa première pensée au monde,
pour moi. Des gens viennent et lui parlent, elle leur
répond, elle y pense, les livres qu'elle admire, j'aurais dû les lire. Que ne me suis-je promené avec elle,
sous tous les ombrages qui l'ont abritée ! il y a bien
des robes qu'elle a usées et que je n'ai pas vues, elle
a entendu, dans sa vie, les plus beaux opéras et je
n'étais pas là ; d'autres lui ont déjà fait sentir les
fleurs que je n'avais pas cueillies, je ne pourrai rien
faire, elle m'oubliera, je suis pour elle comme un
passant dans la rue », et quand j'en étais séparé je
me disais : « Où est-elle ? que fait-elle, toute la journée, loin de moi ? à quoi son temps se passe-t-il ? »
Qu'une femme aime un homme, qu'elle lui fasse un
signe, et il tombe à ses genoux ! Mais nous, quel
hasard qu'elle vienne à nous regarder, et encore !...
il faut être riche, avoir des chevaux qui vous empor-
tent, avoir une maison ornée de statues, donner des
fêtes, jeter l'or, faire du bruit ; mais vivre dans la

foule, sans pouvoir la dominer par le génie ou par
l'argent, et demeurer aussi inconnu que le plus
lâche et le plus sot de tous, quand on aspire à des
amours du ciel, quand on mourrait avec joie sous le
regard d'une femme aimée, j'ai connu ce supplice.

— Tu es timide, n'est-ce pas ? elles te font peur.

— Plus maintenant. Autrefois, le bruit de leurs
pas seulement me faisait tressaillir, je restais devant
la boutique d'un coiffeur, à regarder les belles figures
de cire avec des fleurs et des diamants dans les cheveux, roses, blanches et décolletées, j'ai été amoureux de quelques-unes ; l'étalage d'un cordonnier
me tenait aussi en extase : dans ces petits souliers de
satin, que l'on allait emporter pour le bal du soir, je
plaçais un pied nu, un pied charmant, avec des
ongles fins, un pied d'albâtre vivant, tel que celui
d'une princesse qui entre au bain ; les corsets suspendus devant les magasins de modes, et que le vent
fait remuer, me donnaient également de bizarres
envies ; j'ai offert des bouquets de fleurs à des
femmes que je n'aimais pas, espérant que l'amour
viendrait par là, je l'avais entendu dire ; j'ai écrit des
lettres adressées n'importe à qui, pour m'attendrir
avec la plume[1], et j'ai pleuré ; le moindre sourire
d'une bouche de femme me faisait fondre le cœur en
délices, et puis c'était tout ! Tant de bonheur n'était
pas fait pour moi, qu'est-ce qui pouvait m'aimer ?

— Attends ! attends encore un an, six mois !
demain peut-être, espère !

— J'ai trop espéré pour obtenir.

— Tu parles comme un enfant, me dit-elle.

— Non, je ne vois pas même d'amour dont je ne
serais rassasié au bout de vingt-quatre heures, j'ai
tant rêvé le sentiment que j'en suis fatigué, comme
ceux que l'on a trop fortement chéris.

— Il n'y a pourtant que cela de beau dans le
monde.

— À qui le dis-tu ? je donnerais tout pour passer une seule nuit avec une femme qui m'aimerait.

— Oh ! si au lieu de cacher ton cœur, tu laissais voir tout ce qui bat dedans de généreux et de bon, toutes les femmes voudraient de toi, il n'en est pas une qui ne tâcherait d'être ta maîtresse ; mais tu as été plus fou que moi encore ! Fait-on cas des trésors enfouis ? les coquettes seules devinent les gens comme toi, et les torturent, les autres ne les voient pas. Tu valais pourtant bien la peine qu'on t'aimât. Eh bien, tant mieux ! c'est moi qui t'aimerai, c'est moi qui serai ta maîtresse.

— Ma maîtresse ?

— Oh ! je t'en prie ! je te suivrai où tu voudras, je partirai d'ici, j'irai louer une chambre en face de toi, je te regarderai toute la journée. Comme je t'aimerai ! être avec toi, le soir, le matin, la nuit dormir ensemble, les bras passés autour du corps, manger à la même table, vis-à-vis l'un de l'autre, nous habiller dans la même chambre, sortir ensemble et te sentir près de moi ! Ne sommes-nous pas faits l'un pour l'autre ? tes espérances ne vont-elles pas bien avec mes dégoûts ? ta vie et la mienne, n'est-ce pas la même ? Tu me raconteras tous les ennuis de ta solitude, je te redirai les supplices que j'ai endurés ; il faudra vivre comme si nous ne devions rester ensemble qu'une heure, épuiser tout ce qu'il y a en nous de voluptés et de tendresses, et puis recommencer, et mourir ensemble. Embrasse-moi, embrasse-moi encore ! mets là ta tête sur ma poitrine, que j'en sente bien le poids, que tes cheveux me caressent le cou, que mes mains parcourent tes épaules, ton regard est si tendre !

La couverture défaite, qui pendait à terre, laissait nos pieds à nu ; elle se releva sur les genoux et la repoussa sous le matelas, je vis son dos blanc se courber comme un roseau ; les insomnies de la nuit

m'avaient brisé, mon front était lourd, les yeux me
brûlaient les paupières, elle me les baisa doucement
du bout des lèvres, ce qui me les rafraîchit comme si
on me les eût humectés avec de l'eau froide. Elle
aussi, se réveillait de plus en plus de la torpeur où
elle s'était laissée aller un instant ; irritée par la
fatigue, enflammée par le goût des caresses précédentes, elle m'étreignit avec une volupté désespérée,
en me disant : « Aimons-nous, puisque personne ne
nous a aimés, tu es à moi ! »

Elle haletait, la bouche ouverte, et m'embrassait
furieusement, puis tout à coup, se reprenant et passant sa main sur ses bandeaux dérangés, elle ajouta :

— Écoute, comme notre vie serait belle si c'était
ainsi, si nous allions demeurer dans un pays où le
soleil fait pousser des fleurs jaunes et mûrit les
oranges[1], sur un rivage comme il y en a, à ce qu'il
paraît, où le sable est tout blanc, où les hommes
portent des turbans, où les femmes ont des robes de
gaze ; nous demeurerions couchés sous quelque
grand arbre à larges feuilles, nous écouterions le
bruit des golfes, nous marcherions ensemble au
bord des flots pour ramasser des coquilles, je ferais
des paniers avec des roseaux, tu irais les vendre ;
c'est moi qui t'habillerais, je friserais tes cheveux
dans mes doigts, je te mettrais un collier autour du
cou, oh ! comme je t'aimerais ! comme je t'aime !
laisse-moi donc m'assouvir de toi[2] !

Me collant à sa couche, d'un mouvement impé-
tueux, elle s'abattit sur tout mon corps et s'y étendit
avec une joie obscène, pâle, frissonnante, les dents
serrées et me serrant sur elle avec une force enra-
gée ; je me sentis entraîné comme dans un ouragan
d'amour, des sanglots éclataient, et puis des cris
aigus ; ma lèvre, humide de sa salive, pétillait et me
démangeait ; nos muscles, tordus dans les mêmes
nœuds, se serraient et entraient les uns dans les

autres, la volupté se tournait en délire, la jouissance
en supplices.

Ouvrant tout à coup des yeux ébahis et épouvan-
tés, elle dit :

— Si j'allais avoir un enfant[1] !

Et passant, au contraire, à une câlinerie sup-
pliante :

— Oui, oui, un enfant ! un enfant de toi !... Tu me
quittes ? nous ne nous reverrons plus, jamais tu ne
reviendras, penseras-tu à moi quelquefois ? j'aurai
toujours tes cheveux là, adieu !... Attends, il fait à
peine jour.

Pourquoi donc avais-je hâte de la fuir ? est-ce que
déjà je l'aimais ?

Marie ne me parla plus, quoique je restasse bien
encore une demi-heure chez elle ; elle songeait peut-
être à l'amant absent. Il y a un instant, dans le
départ, où, par anticipation de tristesse, la personne
aimée n'est déjà plus avec vous[2].

Nous ne nous fîmes pas d'adieux, je lui pris la
main, elle y répondit, mais la force pour la serrer
était restée dans son cœur.

Je ne l'ai plus revue.

J'ai pensé à elle depuis, pas un jour ne s'est écoulé
sans perdre à y rêver le plus d'heures possible,
quelquefois je m'enferme exprès et seul, je tâche de
revivre dans ce souvenir ; souvent je m'efforce à y
penser avant de m'endormir, pour la rêver la nuit,
mais ce bonheur-là ne m'est pas arrivé.

Je l'ai cherchée partout, dans les promenades, au
théâtre, au coin des rues, sans savoir pourquoi j'ai
cru qu'elle m'écrirait[3] ; quand j'entendais une voiture s'arrêter à ma porte, je m'imaginais qu'elle
allait en descendre. Avec quelle angoisse j'ai suivi
certaines femmes ! avec quel battement de cœur je
détournais la tête pour voir si c'était elle !

La maison a été démolie, personne n'a pu me dire ce qu'elle était devenue.

Le désir d'une femme que l'on a obtenue est quelque chose d'atroce et de mille fois pire que l'autre, de terribles images vous poursuivent comme des remords. Je ne suis pas jaloux des hommes qui l'ont eue avant moi, mais je suis jaloux de ceux qui l'ont eue depuis ; une convention tacite faisait, il me semble, que nous devions nous être fidèles, j'ai été plus d'un an à lui garder cette parole[1], et puis le hasard, l'ennui, la lassitude du même sentiment peut-être, ont fait que j'y ai manqué. Mais c'était elle que je poursuivais partout ; dans le lit des autres je rêvais à ses caresses.

On a beau, par-dessus les passions anciennes, vouloir en semer de nouvelles, elles reparaissent toujours, il n'y a pas de force au monde pour en arracher les racines. Les voies romaines, où roulaient les chars consulaires, ne servent plus depuis longtemps, mille nouveaux sentiers les traversent, les champs se sont élevés dessus, le blé y pousse, mais on en aperçoit encore la trace, et leurs grosses pierres ébrèchent les charrues quand on laboure.

Le type dont presque tous les hommes sont en quête n'est peut-être que le souvenir d'un amour conçu dans le ciel ou dès les premiers jours de la vie ; nous sommes en quête de tout ce qui s'y rapporte, la seconde femme qui vous plaît ressemble presque toujours à la première, il faut un grand degré de corruption ou un cœur bien vaste pour tout aimer. Voyez aussi comme ce sont éternellement les mêmes dont vous parlent les gens qui écrivent, et qu'ils décrivent cent fois sans jamais s'en lasser. J'ai connu un ami qui avait adoré, à quinze ans, une jeune mère qu'il avait vue nourrissant son enfant ; de longtemps il n'estima que les tailles de poissarde, la beauté des femmes sveltes lui était odieuse[2].

À mesure que le temps s'éloignait, je l'en aimais de plus en plus[1]; avec la rage que l'on a pour les choses impossibles, j'inventais des aventures pour la retrouver, j'imaginais notre rencontre, j'ai revu ses yeux dans les globules bleus des fleuves, et la couleur de sa figure dans les feuilles du tremble, quand l'automne les colore. Une fois, je marchais vite dans un pré, les herbes sifflaient autour de mes pieds en m'avançant, elle était derrière moi; je me suis retourné, il n'y avait personne[2]. Un autre jour, une voiture a passé devant mes yeux, j'ai levé la tête, un grand voile blanc sortait de la portière et s'agitait au vent, les roues tournaient, il se tordait, il m'appelait, il a disparu, et je suis retombé seul, abîmé, plus abandonné qu'au fond d'un précipice.

Oh! si l'on pouvait extraire de soi tout ce qui y est et faire un être avec la pensée seule! si l'on pouvait tenir son fantôme dans les mains et le toucher au front, au lieu de perdre dans l'air tant de caresses et tant de soupirs! Loin de là, la mémoire oublie et l'image s'efface, tandis que l'acharnement de la douleur reste en vous. C'est pour me la rappeler que j'ai écrit ce qui précède, espérant que les mots me la feraient revivre; j'y ai échoué, j'en sais bien plus que je n'en ai dit.

C'est, d'ailleurs, une confidence que je n'ai faite à personne, on se serait moqué de moi. Ne se raille-t-on pas de ceux qui aiment, car c'est une honte parmi les hommes; chacun, par pudeur ou par égoïsme, cache ce qu'il possède dans l'âme de meilleur et de plus délicat; pour se faire estimer, il ne faut montrer que les côtés les plus laids, c'est le moyen d'être au niveau commun. Aimer une telle femme? m'aurait-on dit, et d'abord personne ne l'eût compris; à quoi bon, dès lors, en ouvrir la bouche?

Ils auraient eu raison, elle n'était peut-être ni plus belle ni plus ardente qu'une autre, j'ai peur de n'ai-

mer qu'une conception de mon esprit et de ne ché-
rir en elle que l'amour qu'elle m'avait fait rêver.

Longtemps je me suis débattu sous cette pensée,
j'avais placé l'amour trop haut pour espérer qu'il
descendrait jusqu'à moi; mais, à la persistance
de cette idée, il a bien fallu reconnaître que c'était
quelque chose d'analogue. Ce n'est que plusieurs
mois après l'avoir quittée que je l'ai ressenti; dans
les premiers temps, au contraire, j'ai vécu dans un
grand calme.

Comme le monde est vide à celui qui y marche
seul! Qu'allais-je faire? Comment passer le temps?
à quoi employer mon cerveau? comme les journées
sont longues! Où est donc l'homme qui se plaint de
la brièveté des jours de la vie? qu'on me le montre,
ce doit être un mortel heureux.

Distrayez-vous, disent-ils, mais à quoi? c'est me
dire: tâchez d'être heureux; mais comment? et à
quoi bon tant de mouvement? Tout est bien dans la
nature, les arbres poussent, les fleuves coulent, les
oiseaux chantent, les étoiles brillent; mais l'homme
tourmenté remue, s'agite, abat les forêts, bouleverse
la terre, s'élance sur la mer, voyage, court, tue les
animaux, se tue lui-même, et pleure, et rugit, et
pense à l'enfer, comme si Dieu lui avait donné un
esprit pour concevoir encore plus de maux qu'il
n'en endure!

Autrefois, avant Marie, mon ennui avait quelque
chose de beau, de grand; mais maintenant il est stupide, c'est l'ennui d'un homme plein de mauvaise
eau-de-vie, sommeil d'ivre mort.

Ceux qui ont beaucoup vécu ne sont pas de
même. À cinquante ans, ils sont plus frais que moi à
vingt[1], tout leur est encore neuf et attrayant. Serai-
je comme ces mauvais chevaux, qui sont fatigués à
peine sortis de l'écurie, et qui ne trottent à l'aise
qu'après un long bout de route, fait en boitant et en

souffrant? Trop de spectacles me font mal, trop aussi me font pitié, ou plutôt tout cela se confond dans le même dégoût.

Celui qui est assez bien né pour ne pas vouloir de maîtresse parce qu'il ne pourrait la couvrir de diamants ni la loger dans un palais, et qui assiste à des amours vulgaires, qui contemple, d'un œil calme, la laideur bête de ces deux animaux en rut que l'on appelle un amant et une maîtresse[1], n'est pas tenté de se ravaler si bas, il se défend d'aimer comme d'une faiblesse, et il terrasse sous ses genoux tous les désirs qui viennent; cette lutte l'épuise. L'égoïsme cynique des hommes m'écarte d'eux, de même que l'esprit borné des femmes me dégoûte de leur commerce; j'ai tort, après tout, car deux belles lèvres valent mieux que toute l'éloquence du monde.

La feuille tombée s'agite et vole aux vents, de même, moi, je voudrais voler, m'en aller, partir pour ne plus revenir, n'importe où, mais quitter mon pays; ma maison me pèse sur mes épaules, je suis tant de fois entré et sorti par la même porte! j'ai tant de fois levé les yeux à la même place, au plafond de ma chambre, qu'il en devrait être usé.

Oh! se sentir plier sur le dos des chameaux! devant soi un ciel tout rouge, un sable tout brun, l'horizon flamboyant qui s'allonge, les terrains qui ondulent, l'aigle qui pointe sur votre tête; dans un coin, une troupe de cigognes aux pattes roses, qui passent et s'en vont vers les citernes; le vaisseau mobile du désert[2] vous berce, le soleil vous fait fermer les yeux, vous baigne dans ses rayons, on n'entend que le bruit étouffé du pas des montures, le conducteur vient de finir sa chanson, on va, on va. Le soir, on plante les pieux, on dresse la tente, on fait boire les dromadaires, on se couche sur une peau de lion, on fume, on allume des feux pour éloigner les chacals, que l'on entend glapir au fond du désert, des étoiles inconnues et quatre fois grandes comme les nôtres palpitent aux cieux; le matin on remplit les outres à l'oasis, on repart, on est seul, le vent siffle, le sable s'élève en tourbillons.

Et puis, dans quelque plaine où l'on galope tout le jour, des palmiers s'élèvent entre les colonnes et agitent doucement leur ombrage, à côté de l'ombre immobile des temples détruits; des chèvres grimpent sur les frontispices renversés et mordent les plantes qui ont poussé dans les ciselures du marbre, elles fuient en bondissant quand vous approchez. Au-delà, après avoir traversé des forêts où les arbres sont liés ensemble par des lianes gigantesques, et des fleuves dont on n'aperçoit pas l'autre rive du bord, c'est le Soudan, le pays des nègres, le pays de l'or; mais plus loin, oh! allons toujours, je veux voir le Malabar furieux et ses danses où l'on se tue; les vins donnent la mort comme les poisons, les poisons sont doux comme les vins; la mer, une mer bleue remplie de corail et de perles, retentit du bruit des orgies sacrées qui se font dans les antres des montagnes, il n'y a plus de vague, l'atmosphère est vermeille, le ciel sans nuage se mire dans le tiède Océan, les câbles fument quand on les retire de l'eau, les requins suivent le navire et mangent les morts.

Oh! l'Inde! l'Inde surtout! Des montagnes blanches, remplies de pagodes et d'idoles, au milieu de bois remplis de tigres et d'éléphants, des hommes jaunes avec des vêtements blancs, des femmes couleur d'étain avec des anneaux aux pieds et aux mains, des robes de gaze qui les enveloppent comme une vapeur, des yeux dont on ne voit que les paupières noircies avec du henné; elles chantent ensemble une hymne à quelque dieu, elles dansent... Danse, danse, bayadère, fille du Gange, tournoie bien tes pieds dans ma tête! Comme une couleuvre, elle se replie, dénoue ses bras, sa tête remue, ses hanches se balancent, ses narines s'enflent, ses cheveux se dénouent, l'encens qui fume entoure l'idole stupide et dorée, qui a quatre têtes et vingt bras.

Dans un canot de bois de cèdre, un canot allongé, dont les avirons minces ont l'air de plumes, sous une voile faite de bambous tressés, au bruit des tam-tams et des tambourins, j'irai dans le pays jaune que l'on appelle la Chine[1]; les pieds des femmes se prennent dans la main, leur tête est petite, leurs sourcils minces, relevés aux coins, elles vivent dans des tonnelles de roseau vert, et mangent des fruits à la peau de velours, dans de la porcelaine peinte. Moustache aiguë, tombant sur la poitrine, tête rase, avec une houppe qui lui descend jusque sur le dos, le mandarin, un éventail rond dans les doigts, se promène dans la galerie, où les trépieds brûlent, et marche lentement sur les nattes de riz; une petite pipe est passée dans son bonnet pointu, et des écritures noires sont empreintes sur ses vêtements de soie rouge. Oh! que les boîtes à thé m'ont fait faire de voyages!

Emportez-moi, tempêtes du Nouveau Monde, qui déracinez les chênes séculaires et tourmentez les lacs où les serpents se jouent dans les flots[2]! Que les torrents de Norvège me couvrent de leur mousse! que la neige de Sibérie, qui tombe tassée, efface mon chemin! Oh! voyager, voyager, ne jamais s'arrêter, et, dans cette valse immense, tout voir apparaître et passer, jusqu'à ce que la peau vous crève et que le sang jaillisse!

Que les vallées succèdent aux montagnes, les champs aux villes, les plaines aux mers. Descendons et montons les côtes, que les aiguilles des cathédrales disparaissent, après les mâts de vaisseaux pressés dans les ports; écoutons les cascades tomber sur les rochers, le vent dans les forêts, les gla-

ciers se fondre au soleil; que je voie des cavaliers
arabes courir, des femmes portées en palanquin, et
puis des coupoles s'arrondir, des pyramides s'élever
dans les cieux, des souterrains étouffés, où les
momies dorment, des défilés étroits, où le brigand
arme son fusil, des joncs où se cache le serpent à
sonnettes, des zèbres bariolés courant dans les
grandes herbes, des kangourous dressés sur leurs
pattes de derrière, des singes se balançant au bout
des branches des cocotiers, des tigres bondissant
sur leur proie, des gazelles leur échappant...

Allons, allons! passons les océans larges, où les
baleines et les cachalots se font la guerre. Voici
venir comme un grand oiseau de mer, qui bat des
deux ailes, sur la surface des flots, la pirogue des
sauvages; des chevelures sanglantes pendent à la
proue, ils se sont peint les côtes en rouge; les lèvres
fendues, le visage barbouillé, des anneaux dans le
nez, ils chantent en hurlant le chant de la mort, leur
grand arc est tendu, leurs flèches à la pointe verte
sont empoisonnées et font mourir dans les tourments; leurs femmes nues, seins et mains tatoués,
élèvent de grands bûchers pour les victimes de leurs
époux, qui leur ont promis de la chair de blanc, si
moelleuse sous la dent.

Où irai-je? la terre est grande, j'épuiserai tous les
chemins, je viderai tous les horizons; puissé-je périr
en doublant le Cap, mourir du choléra à Calcutta ou
de la peste à Constantinople!

Si j'étais seulement muletier en Andalousie! et
trotter tout le jour, dans les gorges des sierras, voir
couler le Guadalquivir, sur lequel il y a des îles de
lauriers-roses, entendre, le soir, les guitares et les
voix chanter sous les balcons, regarder la lune se
mirer dans le bassin de marbre de l'Alhambra, où
autrefois se baignaient les sultanes[1].

Que ne suis-je gondolier à Venise ou conducteur

d'une de ces carrioles, qui, dans la belle saison, vous mènent de Nice à Rome! Il y a pourtant des gens qui vivent à Rome, des gens qui y demeurent toujours. Heureux le mendiant de Naples, qui dort au grand soleil, couché sur le rivage, et qui, en fumant son cigare, voit aussi la fumée du Vésuve monter dans le ciel! Je lui envie son lit de galets et les songes qu'il y peut faire; la mer, toujours belle, lui apporte le parfum de ses flots et le murmure lointain qui vient de Caprée.

Quelquefois je me figure arriver en Sicile, dans un petit village de pêcheurs, où toutes les barques ont des voiles latines[1]. C'est le matin; là, entre des corbeilles et des filets étendus, une fille du peuple est assise, elle a ses pieds nus, à son corset est un cordon d'or, comme les femmes des colonies grecques; ses cheveux noirs, séparés en deux tresses, lui tombent jusqu'aux talons, elle se lève, secoue son tablier; elle marche, et sa taille est robuste et souple à la fois, comme celle de la nymphe antique. Si j'étais aimé d'une telle femme! une pauvre enfant ignorante qui ne saurait seulement pas lire, mais dont la voix serait si douce, quand elle me dirait, avec son accent sicilien: «Je t'aime! reste ici!»

Le manuscrit s'arrête ici, mais j'en ai connu l'auteur, et si quelqu'un, ayant passé, pour arriver jusqu'à cette page, à travers toutes les métaphores, hyperboles et autres figures qui remplissent les précédentes, désire y trouver une fin, qu'il continue; nous allons la lui donner[2].

Il faut que les sentiments aient peu de mots à leur service, sans cela le livre se fût achevé à la première personne. Sans doute que notre homme n'aura plus rien trouvé à dire; il se trouve un point où l'on n'écrit plus et où l'on pense davantage, c'est à ce point qu'il s'arrêta, tant pis pour le lecteur!

J'admire le hasard, qui a voulu que le livre en demeurât là, au moment où il serait devenu meilleur ; l'auteur allait entrer dans le monde, il aurait eu mille choses à nous apprendre, mais il s'est, au contraire, livré de plus en plus à une solitude austère, d'où rien ne sortait. Or il jugea convenable de ne plus se plaindre, preuve peut-être qu'il commença réellement à souffrir. Ni dans sa conversation, ni dans ses lettres, ni dans les papiers que j'ai fouillés après sa mort, et où ceci se trouvait, je n'ai saisi rien qui dévoilât l'état de son âme, à partir de l'époque où il cessa d'écrire ses confessions[1].

Son grand regret était de ne pas être peintre, il disait avoir de très beaux tableaux dans l'imagination. Il se désolait également de n'être pas musicien ; par les matinées de printemps, quand il se promenait le long des avenues de peupliers, des symphonies sans fin lui résonnaient dans la tête. Du reste, il n'entendait rien à la peinture ni à la musique[2], je l'ai vu admirer des galettes authentiques et avoir la migraine en sortant de l'Opéra. Avec un peu plus de temps, de patience, de travail, et surtout avec un goût plus délicat de la plastique des arts, il fût arrivé à faire des vers médiocres, bons à mettre dans l'album d'une dame, ce qui est toujours galant, quoi qu'on en dise.

Dans sa première jeunesse, il s'était nourri de très mauvais auteurs, comme on l'a pu voir à son style ; en vieillissant, il s'en dégoûta, mais les excellents ne lui donnèrent plus le même enthousiasme.

Passionné pour ce qui est beau, la laideur lui répugnait comme le crime ; c'est, en effet, quelque chose d'atroce qu'un être laid, de loin il épouvante, de près il dégoûte ; quand il parle, on souffre ; s'il pleure, ses larmes vous agacent ; on voudrait le battre quand il rit et, dans le silence, sa figure immobile vous semble le siège de tous les vices et de tous les bas instincts. Aussi il ne pardonna jamais à un homme qui lui avait déplu dès le premier abord ; en revanche, il était très dévoué à des gens qui ne lui avaient jamais adressé quatre mots, mais dont il aimait la démarche ou la coupe du crâne.

Il fuyait les assemblées, les spectacles, les bals, les concerts, car, à peine y était-il entré, qu'il se sentait glacé de tristesse et qu'il avait froid dans les cheveux. Quand la foule le coudoyait, une haine toute jeune lui montait au cœur, il lui portait, à cette foule, un cœur de loup, un cœur de bête fauve traquée dans son terrier.

Il avait la vanité de croire que les hommes ne l'aimaient pas, les hommes ne le connaissaient pas.

Les malheurs publics et les douleurs collectives l'attristaient médiocrement, je dirai même qu'il s'apitoyait plus sur les serins en cage, battant des ailes quand il fait du soleil, que sur les peuples en esclavage, c'est ainsi qu'il était fait. Il était plein de scrupules délicats et de vraie pudeur, il ne pouvait, par exemple, rester chez un pâtissier et voir un pauvre le regarder manger sans rougir jusqu'aux oreilles ; en sortant, il lui donnait tout ce qu'il avait d'argent dans la main et s'enfuyait bien vite. Mais on le trouvait cynique, parce qu'il se servait des mots propres et disait tout haut ce que l'on pense tout bas.

L'amour des femmes entretenues (idéal des jeunes gens qui n'ont pas le moyen d'en entretenir) lui était odieux, le dégoûtait ; il pensait que l'homme qui paye est le maître, le seigneur, le roi. Quoiqu'il fût pauvre, il respectait la richesse et non les gens riches[1] ; être gratis l'amant d'une femme qu'un autre loge, habille et nourrit, lui semblait quelque chose d'aussi spirituel que de voler une bouteille de vin dans la cave d'autrui ; il ajoutait que s'en vanter était le propre des domestiques fripons et des petites gens.

Vouloir une femme mariée, et pour cela se rendre l'ami du mari, lui serrer affectueusement les mains, rire à ses calembours, s'attrister de ses mauvaises affaires, faire ses commissions, lire le même journal que lui, en un mot exécuter, dans un seul jour, plus de bassesses et de platitudes que dix galériens n'en ont fait en toute leur vie, c'était quelque chose de trop humiliant pour son orgueil, et il aima cependant plusieurs femmes mariées ; quelquefois il se mit en beau chemin, mais la répugnance le prenait tout à coup, quand déjà la belle dame commençait à lui faire les yeux doux, comme les gelées du mois de mai qui brûlent les abricotiers en fleurs.

Et les grisettes, me direz-vous ? Eh bien, non ! il ne pouvait se résigner à monter dans une mansarde, pour embrasser une bouche qui vient de déjeuner avec du fromage, et prendre une main qui a des engelures.

Quant à séduire une jeune fille, il se serait cru moins coupable s'il l'avait violée, attacher quelqu'un à soi était pour lui pire que de l'assassiner. Il pensait sérieusement qu'il y a moins de mal à tuer un homme qu'à faire un enfant[1] : au premier vous ôtez la vie, non pas la vie entière, mais la moitié ou le quart ou la centième partie de cette existence qui va finir, qui finirait sans vous ; mais envers le second, disait-il, n'êtes-vous pas responsable de toutes les larmes qu'il versera depuis son berceau jusqu'à sa tombe ? sans vous il ne serait pas né, et il naît, pourquoi cela ? pour votre amusement, non pour le sien à coup sûr ; pour porter votre nom, le nom d'un sot, je parie ? autant vaudrait l'écrire sur un mur, à quoi bon un homme pour supporter le fardeau de trois ou quatre lettres ?

À ses yeux, celui qui, appuyé sur le Code civil, entre de force dans le lit de la vierge qu'on lui a donnée le matin, exerçant ainsi un viol légal que l'auto-

rité protège[1], n'avait pas d'analogue chez les singes,
les hippopotames et les crapauds, qui, mâle et
femelle, s'accouplent lorsque des désirs communs
les font se chercher et s'unir, où il n'y a ni épouvante
et dégoût d'un côté, ni brutalité et despotisme obscène de l'autre ; et il exposait là-dessus de longues
théories immorales, qu'il est inutile de rapporter.

Voilà pourquoi il ne se maria point et n'eut pour
maîtresse ni fille entretenue, ni femme mariée, ni
grisette, ni jeune fille ; restaient les veuves, il n'y
pensa pas.

Quand il fallut choisir un état, il hésita entre mille
répugnances. Pour se mettre philanthrope, il n'était
pas assez malin[2], et son bon naturel l'écartait de la
médecine ; — quant au commerce, il était incapable
de calculer, la vue seule d'une banque lui agaçait les
nerfs. Malgré ses folies, il avait trop de sens pour
prendre au sérieux la noble profession d'avocat ;
d'ailleurs sa justice ne se fût pas accommodée aux
lois. Il avait aussi trop de goût pour se lancer dans
la critique, il était trop poète, peut-être, pour réussir
dans les lettres[3]. Et puis, sont-ce là des *états ? Il faut
s'établir, avoir une position dans le monde, on s'ennuie à rester oisif, il faut se rendre utile, l'homme est
né pour travailler* : maximes difficiles à comprendre
et qu'on avait soin de souvent lui répéter.

Résigné à s'ennuyer partout et à s'ennuyer de
tout, il déclara vouloir faire son droit et il alla habiter Paris[4]. Beaucoup de gens l'envièrent dans son
village, et lui dirent qu'il allait être heureux de fréquenter les cafés, les spectacles, les restaurants, de
voir les belles femmes ; il les laissa dire, et il sourit
comme lorsqu'on a envie de pleurer. Que de fois,
cependant, il avait désiré quitter pour toujours sa
chambre, où il avait tant bâillé, et dérangé ses
coudes de dessus le vieux bureau d'acajou où il avait
composé ses drames à quinze ans ! et il se sépara de

tout cela avec peine ; ce sont peut-être les endroits qu'on a le plus maudits que l'on préfère aux autres, les prisonniers ne regrettent-ils pas leur prison ? C'est que, dans cette prison, ils espéraient et que, sortis, ils n'espèrent plus ; à travers les murs de leur cachot, ils voyaient la campagne émaillée de marguerites, sillonnée de ruisseaux, couverte de blés jaunes, avec des routes bordées d'arbres, — mais, rendus à la liberté, à la misère, ils revoient la vie telle qu'elle est, pauvre, raboteuse, toute fangeuse et toute froide, la campagne aussi, la belle campagne telle qu'elle est, ornée de gardes champêtres pour les empêcher de prendre les fruits s'ils ont soif, fournie en gardes forestiers, s'ils veulent tuer du gibier et qu'ils aient faim, couverte de gendarmes, s'ils ont envie de se promener et qu'ils n'aient pas de passeport.

Il alla se loger dans une chambre garnie, où les meubles avaient été achetés pour d'autres, usés par d'autres que lui ; il lui sembla habiter dans des ruines. Il passait la journée à travailler, à écouter le bruit sourd de la rue, à regarder la pluie tomber sur les toits.

Quand il faisait du soleil, il allait se promener au Luxembourg, il marchait sur les feuilles tombées, se rappelant qu'au collège il faisait de même ; mais il ne se serait pas douté que, dix ans plus tard, il en serait là. Ou bien il s'asseyait sur un banc et songeait à mille choses tendres et tristes, il regardait l'eau froide et noire des bassins, puis il s'en retournait le cœur serré. Deux ou trois fois, ne sachant que faire, il alla dans les églises à l'heure du salut, il tâchait de prier ; comme ses amis auraient ri, s'ils l'avaient vu tremper ses doigts dans le bénitier et faire le signe de la croix !

Un soir, qu'il errait dans un faubourg et qu'irrité sans cause il eût voulu sauter sur des épées nues et se battre à outrance, il entendit des voix chanter et les sons doux d'un orgue y répondre par bouffées, il entra. Sous le portique, une vieille femme, accroupie par terre, demandait la charité en secouant des sous dans un gobelet de fer-blanc ; la porte tapissée allait et venait à chaque personne qui entrait ou qui sortait, on entendait des bruits de sabots, des chaises qui remuaient sur les dalles ; au fond, le chœur était illuminé, le tabernacle brillait aux flambeaux, le prêtre chantait des prières, les lampes, suspendues dans la nef, se balançaient à leurs longues cordes, le haut des ogives et les bas-côtés étaient dans l'ombre, la pluie fouettait sur les vitraux et en faisait craquer les filets de plomb, l'orgue allait, et les voix reprenaient, comme le jour où il avait entendu sur les falaises la mer et les oiseaux se parler. Il fut pris d'envie d'être prêtre, pour dire des oraisons sur le corps des morts, pour porter un cilice et se prosterner ébloui dans l'amour de Dieu... Tout à coup un ricanement de pitié lui vint au fond du cœur, il enfonça son chapeau sur ses oreilles, et sortit en haussant les épaules[1].

Plus que jamais il devint triste, plus que jamais les jours furent longs pour lui ; les orgues de Barbarie qu'il entendait jouer sous sa fenêtre lui arrachaient l'âme, il trouvait à ces instruments une mélancolie invincible, il disait que ces boîtes-là étaient pleines de larmes[2]. Ou plutôt il ne disait rien, car il ne faisait pas le blasé, l'ennuyé, l'homme qui est désillusionné de tout ; sur la fin, même, on trouva qu'il était devenu d'un caractère plus gai. C'était, le plus souvent, quelque pauvre homme du Midi, un Piémontais, un Génois, qui tournait la manivelle. Pourquoi celui-là avait-il quitté sa corniche, et sa cabane couronnée de maïs à la moisson ? il le regardait jouer longtemps, sa grosse tête carrée, sa barbe noire et ses mains brunes, un petit singe habillé de rouge sautait sur son épaule et grimaçait, l'homme tendait sa casquette, il lui jetait son aumône dedans et le suivait jusqu'à ce qu'il l'eût perdu de vue.

En face de lui on bâtissait une maison, cela dura trois mois; il vit les murs s'élever, les étages monter les uns sur les autres, on mit des carreaux aux fenêtres, on la crépit, on la peignit, puis on ferma les portes; des ménages vinrent l'habiter et commencèrent à y vivre, il fut fâché d'avoir des voisins, il aimait mieux la vue des pierres.

Il se promenait dans les musées, il contemplait tous ces personnages factices, immobiles et toujours jeunes dans leur vie idéale, que l'on va voir, et qui voient passer devant eux la foule, sans déranger leur tête, sans ôter la main de dessus leur épée, et dont les yeux brilleront encore quand nos petits-fils seront ensevelis. Il se perdait en contemplations devant les statues antiques, surtout celles qui étaient mutilées.

Une chose pitoyable lui arriva. Un jour, dans la rue, il crut reconnaître quelqu'un en passant près de lui, l'étranger avait fait le même mouvement, ils s'arrêtèrent et s'abordèrent. C'était lui! son ancien ami, son meilleur ami, son frère, celui à côté de qui il était au collège, en classe, à l'étude, au dortoir; ils faisaient leurs pensums et leurs devoirs ensemble; dans la cour et en promenade, ils se promenaient bras dessus bras dessous, ils avaient juré autrefois de vivre en commun et d'être *amis jusqu'à la mort*. D'abord ils se donnèrent une poignée de main, en s'appelant par leur nom, puis se regardèrent des pieds à la tête sans se rien dire, ils étaient changés tous les deux et déjà un peu vieillis. Après s'être demandé ce qu'ils faisaient, ils s'arrêtèrent tout court et ne surent aller plus loin; ils ne s'étaient pas vus depuis six ans et ils ne purent trouver quatre mots à échanger. Ennuyés, à la fin, de s'être regardés l'un et l'autre dans le blanc des yeux, ils se séparèrent.

Comme il n'avait d'énergie pour rien et que le temps, contrairement à l'avis des philosophes, lui semblait la richesse la moins prêteuse du monde, il se mit à boire de l'eau-de-vie et à fumer de l'opium ; il passait souvent ses journées tout couché et à moitié ivre, dans un état qui tenait le milieu entre l'apathie et le cauchemar.

D'autres fois la force lui revenait, et il se redressait tout à coup comme un ressort. Alors le travail lui apparaissait plein de charmes, et le rayonnement de la pensée le faisait sourire, de ce sourire placide et profond des sages ; il se mettait vite à l'ouvrage, il avait des plans superbes, il voulait faire apparaître certaines époques sous un jour tout nouveau, lier l'art à l'histoire, commenter les grands poètes comme les grands peintres, pour cela apprendre les langues[1], remonter à l'Antiquité, entrer dans l'Orient ; il se voyait déjà lisant des inscriptions et déchiffrant des obélisques ; puis il se trouvait fou et recroisait les bras.

Il ne lisait plus, ou bien c'étaient des livres qu'il trouvait mauvais et qui, néanmoins, lui causaient un certain plaisir par leur médiocrité même[2]. La nuit il ne dormait pas, des insomnies le retournaient sur son lit, il rêvait et il s'éveillait, si bien que, le matin, il était plus fatigué que s'il eût veillé.

Usé par l'ennui, habitude terrible, et trouvant même un certain plaisir à l'abrutissement qui en est la suite, il était comme les gens qui se voient mourir, il n'ouvrait plus sa fenêtre pour respirer l'air, il ne se lavait plus les mains, il vivait dans une saleté de pauvre, la même chemise lui servait une semaine, il ne se faisait plus la barbe et ne se peignait plus les cheveux[3]. Quoique frileux, s'il était sorti dans la matinée et qu'il eût les pieds mouillés, il restait toute la journée sans changer de chaussures et sans faire de feu, ou bien il se jetait tout habillé sur son

lit et tâchait de s'endormir ; il regardait les mouches
courir sur le plafond, il fumait et suivait de l'œil les
petites spirales bleues qui sortaient de ses lèvres.

On concevra sans peine qu'il n'avait pas de but, et
c'est là le malheur. Qui eût pu l'animer, l'émouvoir ? l'amour ? il s'en écartait ; l'ambition le faisait
rire ; pour l'argent, sa cupidité était fort grande,
mais sa paresse avait le dessus, et puis un million ne
valait pas pour lui la peine de le conquérir ; c'est à
l'homme né dans l'opulence que le luxe va bien ;
celui qui a gagné sa fortune, presque jamais ne la
sait manger ; son orgueil était tel qu'il n'aurait pas
voulu d'un trône. Vous me demanderez : Que vou-
lait-il ? je n'en sais rien, mais, à coup sûr, il ne songeait point à se faire plus tard élire député ; il eût
même refusé une place de préfet, y compris l'habit
brodé, la croix d'honneur passée autour du cou, la
culotte de peau et les bottes écuyères les jours de
cérémonie. Il aimait mieux lire André Chénier[1] que
d'être ministre, il aurait préféré être Talma[2] que
Napoléon.

C'était un homme qui donnait dans le faux, dans
l'amphigourique et faisait grand abus d'épithètes[3].

Du haut de ces sommets, la terre disparaît et tout
ce qu'on s'y arrache. Il y a également des douleurs
du haut desquelles on n'est plus rien et l'on méprise
tout ; quand elles ne vous tuent pas, le suicide seul
vous en délivre. Il ne se tua pas, il vécut encore.

Le carnaval arriva, il ne s'y divertit point[4]. Il faisait tout à contretemps, les enterrements excitaient
presque sa gaieté, et les spectacles lui donnaient de
la tristesse ; toujours il se figurait une foule de squelettes habillés, avec des gants, des manchettes et des
chapeaux à plumes, se penchant au bord des loges,
se lorgnant, minaudant, s'envoyant des regards
vides ; au parterre il voyait étinceler, sous le feu du
lustre, une foule de crânes blancs serrés les uns près

des autres. Il entendit des gens descendre en courant l'escalier, ils riaient, ils s'en allaient avec des
femmes.

Un souvenir de jeunesse lui repassa dans l'esprit,
il pensa à X..., ce village où il avait été un jour à
pied, et dont il a parlé lui-même dans ce que vous
avez lu ; il voulut le revoir avant de mourir[1], il se
sentait s'éteindre. Il mit de l'argent dans sa poche,
prit son manteau et partit tout de suite. Les jours
gras, cette année-là, étaient tombés dès le commencement de février, il faisait encore très froid, les
routes étaient gelées, la voiture roulait au grand
galop, il était dans le coupé, il ne dormait pas, mais
se sentait traîné avec plaisir vers cette mer qu'il
allait encore revoir ; il regardait les guides du pos-
tillon, éclairées par la lanterne de l'impériale, se
remuer en l'air et sauter sur la croupe fumante des
chevaux, le ciel était pur et les étoiles brillaient
comme dans les plus belles nuits d'été.

Vers dix heures du matin, il descendit à Y... et de
là fit la route à pied jusqu'à X... ; il alla vite, cette
fois, d'ailleurs il courait pour se réchauffer. Les fossés étaient pleins de glace, les arbres, dépouillés,
avaient le bout de leurs branches rouge, les feuilles
tombées, pourries par les pluies, formaient une
grande couche noire et gris de fer, qui couvrait le
pied de la forêt, le ciel était tout blanc sans soleil. Il
remarqua que les poteaux qui indiquent le chemin
avaient été renversés ; à un endroit on avait fait une
coupe de bois, depuis qu'il avait passé par là. Il se
dépêchait, il avait hâte d'arriver. Enfin le terrain vint
à descendre, là il prit, à travers champs, un sentier
qu'il connaissait, et bientôt il vit, dans le loin, la mer.
Il s'arrêta, il l'entendait battre sur le rivage et gron-
der au fond de l'horizon, *in altum* ; une odeur salée
lui arriva, portée par la brise froide d'hiver, son
cœur battait.

On avait bâti une nouvelle maison à l'entrée du village, deux ou trois autres avaient été abattues.

Les barques étaient à la mer, le quai était désert, chacun se tenait enfermé dans sa maison ; de longs morceaux de glace, que les enfants appellent *chandelles des rois*, pendaient au bord des toits et au bout des gouttières, les enseignes de l'épicier et de l'aubergiste criaient aigrement sur leur tringle de fer, la marée montait et s'avançait sur les galets, avec un bruit de chaînes et de sanglots.

Après qu'il eut déjeuné, et il fut tout étonné de n'avoir pas faim, il s'alla promener sur la grève. Le vent chantait dans l'air, les joncs minces, qui poussent dans les dunes, sifflaient et se courbaient avec furie, la mousse s'envolait du rivage et courait sur le sable, quelquefois une rafale l'emportait vers les nuages.

La nuit vint, ou mieux ce long crépuscule qui la précède dans les plus tristes jours de l'année ; de gros flocons de neige tombèrent du ciel, ils se fondaient sur les flots, mais ils restaient longtemps sur la plage, qu'ils tachetaient de grandes larmes d'argent.

Il vit, à une place, une vieille barque à demi enfouie dans le sable, échouée là peut-être depuis vingt ans, de la christe marine[1] avait poussé dedans, des polypes et des moules s'étaient attachés à ses planches verdies ; il aima cette barque, il tourna tout autour, il la toucha à différentes places, il la regarda singulièrement, comme on regarde un cadavre[2].

À cent pas de là, il y avait un petit endroit dans la gorge d'un rocher, où souvent il avait été s'asseoir et avait passé de bonnes heures à ne rien faire, — il emportait un livre et ne lisait pas, il s'y installait tout seul, le dos par terre, pour regarder le bleu du ciel entre les murs blancs des rochers à pic ; c'était là qu'il avait fait ses plus doux rêves, c'était là qu'il avait le mieux entendu le cri des mouettes, et que les fucus suspendus avaient secoué sur lui les perles de leur chevelure; c'était là qu'il voyait la voile des vaisseaux s'enfoncer sous l'horizon, et que le soleil, pour lui, avait été plus chaud que partout ailleurs sur le reste de la terre.

Il y retourna, il le retrouva; mais d'autres en avaient pris possession, car, en fouillant le sol machinalement, avec son pied, il fit trouvaille d'un cul de bouteille et d'un couteau. Des gens y avaient fait une partie, sans doute, on était venu là avec des dames, on y avait déjeuné, on avait ri, on avait fait des plaisanteries. «Ô mon Dieu, se dit-il, est-ce qu'il n'y a pas sur la terre des lieux que nous avons assez aimés, où nous avons assez vécu pour qu'ils nous appartiennent jusqu'à la mort, et que d'autres que nous-mêmes n'y mettent jamais les yeux!»

Il remonta donc par le ravin, où si souvent il avait fait dérouler des pierres sous ses pieds; souvent même il en avait lancé exprès, avec force, pour les entendre se frapper contre les parois des rochers et l'écho solitaire y répondre. Sur le plateau qui domine la falaise, l'air devint plus vif, il vit la lune s'élever en face, dans une portion du ciel bleu, sombre; sous la lune, à gauche, il y avait une petite étoile.

Il pleurait, était-ce de froid ou de tristesse? son cœur crevait, il avait besoin de parler à quelqu'un. Il entra dans un cabaret, où quelquefois il avait été boire de la bière, il demanda un cigare, et il ne put s'empêcher de dire à la bonne femme qui le servait: «Je suis déjà venu ici.» Elle lui répondit: «Ah! mais, c'est pas la belle saison, m'sieu, c'est pas la belle saison», et elle lui rendit de la monnaie.

Le soir il voulut encore sortir, il alla se coucher dans un trou qui sert aux chasseurs pour tirer les canards sauvages, il vit un instant l'image de la lune rouler sur les flots et remuer dans la mer, comme un grand serpent[1], puis de tous les côtés du ciel des nuages s'amoncelèrent de nouveau, et tout fut noir. Dans les ténèbres, des flots ténébreux se balançaient, montaient les uns sur les autres et détonaient comme cent canons, une sorte de rythme faisait de ce bruit une mélodie terrible, le rivage, vibrant sous le coup des vagues, répondait à la haute mer retentissante.

Il songea un instant s'il ne devait pas en finir, personne ne le verrait, pas de secours à espérer, en trois minutes il serait mort ; mais, de suite, par une antithèse ordinaire dans ces moments-là, l'existence vint à lui sourire, sa vie de Paris lui parut attrayante et pleine d'avenir, il revit sa bonne chambre de travail, et tous les jours tranquilles qu'il pourrait y passer encore. Et cependant les voix de l'abîme l'appelaient, les flots s'ouvraient comme un tombeau, prêts de suite à se refermer sur lui et à l'envelopper dans leurs plis liquides...

Il eut peur, il rentra, toute la nuit il entendit le vent siffler dans la terreur ; il fit un énorme feu et se chauffa de façon à se rôtir les jambes.

Son voyage était fini. Rentré chez lui, il trouva ses vitres blanches couvertes de givre, dans la cheminée les charbons étaient éteints, ses vêtements étaient restés sur son lit comme il les avait laissés, l'encre avait séché dans l'encrier, les murailles étaient froides et suintaient.

Il se dit : « Pourquoi ne suis-je pas resté là-bas ? » et il pensa avec amertume à la joie de son départ.

L'été revint, il n'en fut pas plus joyeux. Quelquefois seulement il allait sur le pont des Arts, et il regardait remuer les arbres des Tuileries, et les rayons du soleil couchant qui empourprent le ciel passer, comme une pluie lumineuse, sous l'Arc de l'Étoile.

Enfin, au mois de décembre dernier, il mourut, mais lentement, petit à petit, par la seule force de la pensée, sans qu'aucun organe fût malade, comme on meurt de tristesse[1], ce qui paraîtra difficile aux gens qui ont beaucoup souffert, mais ce qu'il faut bien tolérer dans un roman, par amour du merveilleux.

Il recommanda qu'on l'ouvrît, de peur d'être enterré vif, mais il défendit bien qu'on l'embaumât[2].

25 octobre 1842.

Pyrénées-Corse
22 août-1er novembre 1840

[PYRÉNÉES]

Bordeaux

Il y a des gens qui la veille de leur départ ont tout préparé dans leur poche : encrier rempli, érudition placardée, émotions indiquées d'avance. Heureuses et puériles natures qui se jouent avec elles-mêmes et se chatouillent pour se faire rire, comme dit Rabelais[1]. Il en est d'autres, au contraire, qui se refusent à tout ce qui leur vient du dehors, se rembrunissent, tirent la visière de leur casquette et de leur esprit pour ne rien voir. Je crois qu'il est difficile de garder, ici comme ailleurs, le juste milieu exquis préconisé par la sagesse, point géométrique et idéal placé au centre de l'espace, de l'infini de la bêtise humaine. Je vais tâcher néanmoins d'y atteindre et de me donner de l'esprit, du bon sens et du goût ; bien plus, je n'aurai aucune prétention littéraire et je ne tâcherai pas de faire du style ; si cela arrive, que ce soit à mon insu comme une métaphore qu'on emploie faute de savoir s'exprimer par le sens littéral. Je m'abstiendrai donc de toute déclamation et je ne me permettrai que six fois par page le mot *pit-*

toresque et une douzaine de fois celui d'*admirable*.
Les voyageurs disent le premier à tous les tas de
cailloux et le second à toutes les bornes, il me sera
bien permis de le stéréotyper à toutes mes phrases,
qui, pour vous rassurer, sont d'ailleurs fort longues.

Ceci est un préambule que je me suis permis et
qu'on aurait pu intituler le marchepied, pour indiquer les émotions que j'avais en montant en voiture,
ce qui veut dire que je n'en avais aucune. Je m'as-
sassinerais si je croyais que j'eusse la pensée de
faire ici quelque chose d'un peu sérieux ; je veux
tout bonnement, avec ma plume, jeter sur le papier
un peu de la poussière de mes habits ; je veux que
mes phrases sentent le cuir de mes souliers de
voyage et qu'elles n'aient ni dessus de pieds, ni bre-
telles, ni pommade qui ruisselle en grasses périodes,
ni cosmétique qui les tienne raides en expressions
ardues, mais que tout soit simple, franc et bon, libre
et dégagé comme la tournure des femmes d'ici, avec
les poings sur les hanches et l'œil gaillard, le nez fin
s'il est possible et avant tout point de corset, mais
que la taille soit bien faite. Cet engagement pris, me
voilà lié moi-même et je suis forcé d'avoir le style
d'un honnête homme[1].

La campagne de Paris est triste, l'œil va loin sans
rencontrer de verdure ; de grandes roues qui tirent
les pierres des carrières, un maigre cheval flanqué
d'un petit âne tirant des tombereaux de fumier, du
pavé, le cliquetis des glaces et cet indéfinissable vide
d'esprit qui vous prend aux moments du départ,
voilà tout ce que j'ai vu, voilà tout ce que j'ai senti.
Certes, je ne demandais pas mieux que de me fouiller
l'esprit pour penser au XVIᵉ siècle en passant par
Longjumeau[2], et de là par une association d'idées
me laisser couler dans Brantôme et en plein Médicis, mais je n'en avais pas le cœur, de même qu'à
Montlhéry, la tour ne m'a point rappelé de souve-

nirs[1]. Expression des plus charmantes surtout
comme il en arrive dans la bouche de ceux qui ne
savent rien et qui l'adoptent par passion historique.

Quand je me suis réveillé le lendemain matin, la
campagne avait changé ; il y avait de grands champs
de vignes, éclairés du soleil levant, et c'était l'air
frais du matin, à cinq heures, dans le mois d'août.
Insensiblement le terrain s'abaisse et par une pente
douce vous mène aux bords de la Loire que vous lon-
gez sur une chaussée de dix-sept lieues[2], depuis
Blois jusqu'à Tours. Honnête pays, paysages bourgeois, nature comme on l'entend dans la poésie descriptive ; c'est là la Loire, mince filet d'eau au milieu
d'un grand lit plein de sable, avec des bateaux qui se
traînent à la remorque la voile haute, étroite et à moitié enflée par le vent sans vigueur. D'un autre côté, et
sous un certain point de vue de symbolisme littéraire,
ce pays m'a semblé représenter une face de la littérature française. À mesure que vous avancez, la vallée
se déploie, les arbres de l'autre bord se mirent tranquillement dans l'eau, les coteaux boisés disparaissent les uns après les autres ; on aimerait ici à mettre
pied à terre, à s'étendre sur l'herbe, à écouter le bruit
de cette pauvre eau paisible, que je n'appelle pas
onde ; ce n'est ni grand, ni beau, ni bien vert, mais
c'est, si vous voulez, un refrain de Charles d'Orléans,
pas plus, où la naïveté seule a une certaine tendresse
qui n'est pas même du sentiment, tant c'est faible et
calme, mais tranquille et doux.

Il ne faut rien moins que la vue de Blois pour faire
penser à quelque chose de plus vigoureux et vous
remettre en mémoire la cour d'Henri III. Hélas ! je
n'ai point vu le château où Henri se vengea de sa
peur, ni ce lit, comme dit Chateaubriand, où tant
d'ignominies firent mourir tant de gloire[3] ; la rapidité de ma course m'a à peine laissé la vue des murs
extérieurs.

Si j'avais été un beau gentilhomme tourangeau comme ceux à qui je pensais alors, marchant dans son xvi siècle, les mains dans les poches et le large chapeau sur les oreilles, ou s'acheminant sur sa mule aux États de Blois[1], je n'aurais pas manqué de relire mon Rabelais à l'ombre de ces vignes où il dormit; car il a vécu là. Ces sentiers sur le sable, dans les roseaux, il y a fait sieste un certain jour peut-être qu'il était en soulas[2]; son rire a retenti le long des peupliers qui bordent la rivière; cette voix de Gargantua a rebondi sur ces coteaux, s'en est allée le long de ce courant calme et doux se perdre dans l'Océan plein de clameurs que toutes les autres dérisions ont grossi avec elle; le géant a marché dans ces larges plaines, sous ce soleil doux; il lui fallait chaque jour le lait de 3,600 vaches qu'il buvait à large pipée[3]. Toute la contrée est faite à sa taille: plaines larges, arbres frais, eau calme, grand lit qui s'emplit parfois, avenue sans fin qui tourne au fastidieux par sa longueur.

Du reste rien d'original, rien de coloré, une platitude toute française jusqu'à Tours. Je me rappelle seulement trois petites filles qui m'ont demandé l'aumône à Montbazon, le premier relais en sortant de cette ville; l'aînée surtout, qui avait dix ans à peine, m'a donné la première idée du Midi: pieds nus, elle courait dans la poussière en suivant la portière; sa voix, qui répétait en *crescendo* la charité! la charité! la charité, avait quelque chose de nasillard et de glapissant; des cheveux noirs et collés de sueur, un teint de bistre, des dents blanches qui se sont montrées à moi dans un éclat de rire enfantin quand la voiture est partie au galop. Charmante peinture de farce enfantine et de grâce naïve, perdue au milieu de la grande route et que m'a valu l'appât prolongé d'une petite pièce de deux sous.

À Poitiers le Midi commence: larges bonnets,

moins gracieux toutefois que ceux de Montbazon,
quelque chose de sévère, autant que j'ai pu en juger
par un mauvais dîner et me rappelant que le Poitou
est la patrie des[1]. . . . . Je garde un souvenir plus
gracieux d'Angoulême et de la colline où elle est
bâtie. On commence à rencontrer des attelages de
bœufs qui m'ont fait penser au tableau de Léopold
Robert[2]. Les postillons ont le béret rouge des
Basques et le pantalon à galons, les chevaux sont
plus petits, plus efflanqués ; les toits deviennent
plats ; les tuiles rouges et bosselées qui les couvrent,
les murs blancs des maisons dont le faîte n'est pas
souvent plus haut que les vignes, tout cela c'est bien
du Midi. Partout cheveux noirs et barbes fortes, costumes bigarrés comme dans un bal masqué, des
paysans battant le blé devant leur grange. Quand
vous passez dans ces petits villages blancs comme la
campagne où ils sont assis et comme le soleil qui les
éclaire, que vous tournez aux angles de mur uni,
percé de petites fenêtres, on se croirait, j'imagine,
en Espagne.

Vous n'êtes plus assailli, comme dans le Poitou, de
femmes qui exploitent la soif ou la pitié du voyageur,
seulement la poussière tourbillonne et le soleil
darde ; point de bruit ni de chants dans la campagne.
Pour rendre la ressemblance plus parfaite, le rapport plus juste, à Savignac j'ai eu une véritable apparition moresque : pendant que nous relayons, un
contrevent vert s'est ouvert, une main est d'abord
aperçue (pour qu'on ne m'accuse pas trop d'exploration féminine, je déclare que c'est sur la découverte
de mon grave et savant compagnon M. Cloquet[3]),
une main, puis un profil, puis deux, deux têtes noires
avec un sourcil superbe à peine entrevues ! Dérision !
une plaque jaune me fait conjecturer que c'étaient
les deux filles du notaire.

Ce qu'on appelle ordinairement un bel homme est

une chose assez bête ; jusqu'à présent, j'ai peur que
Bordeaux ne soit une belle ville [1]. Larges rues, places
ouvertes, beaucoup de mouchoirs sur des têtes
brunes, telle est la phrase synthétique dans laquelle
je la résume avant d'en savoir davantage. Il me faut
pour que je l'aime quelque chose de plus que son
pont, que les pantalons blancs de ses commerçants,
que ses rues alignées et son port qui est le type du
port. Il n'y fait, selon moi, ni assez chaud ni assez
froid ; il n'y a rien d'incisif et d'accentué : c'est un
Rouen méridional, avec une Garonne aux eaux
bourbeuses. Je comptais donc me jeter à l'eau et me
laisser entraîner par le courant, m'étendre dans le
duvet moelleux du fleuve, couche suave dont les
draps limpides vous baisent la peau. Imaginez un
espace fermé où l'eau reste stagnante comme dans
un bocal, comparaison peu flatteuse pour ceux qui y
vivent même momentanément, des grilles en bois
qui empêchent l'air de circuler et même de vider
l'eau, une atmosphère de cigare éteint, de la boue et
des oies qui y pataugeaient, telle était l'école de
natation. J'hésitai à y mouiller mes membres, mon
héroïsme m'y fit plonger jusqu'au coude, car un
plancher bourgeois remplace le lit du fleuve, de
sorte qu'il n'y a pas même la possibilité de se
mouiller la tête sans crainte de tomber sur le plancher. Allez-vous donc ici vous reposer dans l'herbe,
effleurer du bout du nez les pointes dardées des
roseaux, remuer les cailloux au fond du lit, monter
à califourchon sur les câbles étendus et suivre la
barque grillée où l'on entend des voix ? Vous voulez
de la fraîcheur, du silence, de l'ombrage, de l'eau
claire et caressante, et vous avez la puanteur des
ruisseaux, le cri des tavernes, la chaleur grasse qui
suinte des murs ; car l'onde ici est empoisonnée, le
cours arrêté, tant ils sont habiles à souiller ce qui
purifie, à salir ce qui lave !

J'ai pourtant vu aujourd'hui, en plein soleil, une nacelle couverte d'une tente carrée, sous laquelle on doit bien dormir et d'où cette pauvre Garonne doit apparaître belle aux clairs de lune quand la ville s'est tue et que les hommes laissent parler les joncs dans le courant. J'y rêverais volontiers de l'Inde et du Gange, avec les cadavres qu'il charrie comme des feuilles et que le soir les vautours viennent becqueter avec de grands cris. J'aurais tout autant aimé passer ainsi ma soirée que d'aller comme j'ai fait tout à l'heure dîner en ville[1], chez un brave homme dans toute la force du terme, à sa maison de campagne qui est dans un faubourg, pour boire d'excellent vin, j'en conviens, dont la digestion a été gâtée par des romances au piano et deux cigarettes au Maryland, musique d'épiciers, tabac de clerc de notaire, le tout fadasse et doux[2] comme du jus de noyau. Je crois qu'il a été question d'un air italien de Rossini chanté en français. Pauvre Rossini ! plus disséqué que mes cadavres du Gange, et par des becs féminins encore, ce qui est pis. Le salon et la salle à manger étaient ornés d'insectes et d'oiseaux adaptés verticalement à la muraille dans des boîtes garnies de vitres. J'ai promis de la graine de melon à mon cordial amphitryon. Le dîner après tout a été aimable, et je me suis un peu réconcilié avec ma voisine qui, au premier abord, m'a eu tout l'air d'une bécasse qui a peur de se mouiller les pieds dans de l'eau claire ; et voici pourquoi. J'étais débarqué d'omnibus par une chaleur confortable, ficelé et tiré dans mes dessous de pieds[3], avec une cravate de satin toute neuve, le lorgnon au bouton du gilet et des gants de la plus scrupuleuse blancheur dont mon bras avait l'air de sortir tant la main y était enchevêtrée. Après les salutations d'introduction on fit un tour de jardin ; le bon ton le plus exquis régnait dans mes manières, je laissais marcher seule dans les allées une jeune dame, la fille de la maison, dans la crainte de faire l'empressé. Me trouvant simplement près d'elle, je lui offris enfin mon bras qu'elle refusa, ce que je trouvai de fort mauvais goût; car aussitôt je fis un retour sur moi-même où je ne me flattai pas médiocrement, et je repassai dans un éclair tous mes avantages physiques et intellectuels, avec une telle lucidité que j'en rougis presque d'humilité. Au reste, on enfonçait dans les allées du jardin comme dans des landes, et ce que j'y trouvais de plus beau, c'est le chant des cri-cris le soir, après dîner, qui valait mieux que les maigres accords du piano asthmatique.

Puisque j'en suis au jardin, j'ai vu aussi hier le cimetière de Bordeaux, grand jardin planté d'érables, où les tombes sont, je crois, plus bêtes que les vivants trépassés qu'elle renferment; les pauvres habitent au milieu et ont l'avantage de ne point porter de nom et de regrets peints sur bois ou gravés sur pierre.

La vanité ici a eu recours à la bêtise qui l'a bien secondée. Des pyramides de granit sont entassées sur des épiciers, des sarcophages de marbre sur des armateurs; au jour du jugement ceux qui ont le plus de pierre sur eux ne seront peut-être pas les plus prompts à monter au ciel, chargés qu'ils seront du poids de leur orgueil. Le concierge avait l'air piteux et rapace, sa mâchoire a souri comme une tombe qui s'ouvre quand il nous a vus entrer. Les cyprès étaient poudreux, déjà des feuilles jaunes étaient dans l'herbe, rien que la platitude du lieu était triste.

Un voyageur est tenu de dire tout ce qu'il a vu, son grand talent est de raconter dans l'ordre chronologique: déjeuner au café et au lait, monté en fiacre, station au coin de la borne, musée, bibliothèque, cabinet d'histoire naturelle, le tout assaisonné d'émotions et de réflexions sur les ruines; je m'y conformerai donc autant qu'il sera possible.

J'étais curieux de voir le musée d'antiques pour expliquer à mes compagnons deux bas-reliefs dont j'avais lu la description le matin, mais je ne les ai point retrouvés et M. Cloquet, par intuition, m'en a nommé un[1] que je ne reconnaissais pas. Mauvais sort de savant. À la bibliothèque j'ai touché le manuscrit de Montaigne[2] avec autant de vénération qu'une relique, car il y a aussi des reliques profanes. Les additions qui sont en marge sont nombreuses, surchargées, mais nettes et sans rature, écrites comme le reste de veine primesautière; c'est plus souvent une extension qu'une correction de la pensée ou du mot, ce qui arrive pourtant quelquefois par scrupule d'artiste et pour rendre son idée avec toutes ses nuances.

J'ai feuilleté ce livre avec plus de religion historique, si cela peut se dire, que je ne suis entré avec recueillement dans la cathédrale de Bordeaux, église qui veut faire la gothique, mais qui trahit le sol païen où elle est bâtie, alliance de deux architectures, amalgame de deux idées qui ne produit rien de beau. Le jubé est orné de sculptures mignardes et bien ouvragées qui seraient mieux à quelque rendez-vous de chasse de François Ier, à quelque boudoir de pierre au milieu des bois, pour y renfermer à l'heure de midi la maîtresse du roi[3]; des arceaux romans s'étendent tout le long de l'église, et les ogives supérieures forment la voûte, ogives rondes encore, quoi qu'elles fassent, qui n'ont pas eu la force de s'élever au ciel dans un élan d'amour et qui sont retombées presque en plein cintre, accablées et fatiguées[4]. On a remplacé les anciens vitraux par des neufs, de sorte que le soleil entre malgré les rideaux qu'on a tendus, fait mille jeux de lumière riants sur les dalles, ce qui emporte l'esprit loin du lieu saint dans les champs, sous les vignes. J'ai pensé alors à nos bonnes églises du Nord où il fait toujours sombre et toujours froid, où les peintures des vitraux ne laissent pénétrer que des rayons mystiques qui se reflètent sévèrement, pleins de mélancolie, sur les dalles grises. Si vous montez aux clochers, vous voyez toute la plaine de Bordeaux, blanche et illuminée ; le ciel est bleu et les tours octogones se détachent sur ce fond limpide ; la terre et le ciel se confondent à l'horizon dans leur blancheur, et l'esprit charmé et fatigué retombe de toute la hauteur des tours sur ce sol qui attiédit les âmes.

J'ai voulu grimper aux échelles et aller jusqu'au haut, mais j'ai senti le vertige venir ; des jours partis d'en bas me montaient entre les rayons des échelles et les fentes des charpentes, je suis redescendu avec plaisir tout content d'avoir à temps fui la peur. L'orgue, qu'on raccommodait pendant que nous visitions l'église, bourdonnait comme une grosse mouche.

C'est dans la tour Saint-Michel que se trouve le fameux caveau corroyeur[1], qui a la propriété de tanner les hommes ; ingénieux caveau qui n'a pas été aux écoles d'arts et métiers et qui fait de peaux de chrétiens des peaux d'ânes, car j'atteste qu'elles sont toutes dures, brunes, coriaces et retentissantes. Je suis désespéré de ne pas avoir eu d'idées fantastiques au milieu de ces vénérables momies ; je ne suis pas assez sensible non plus pour que cela m'ait fait horreur ; j'avoue que je me suis assez diverti à contempler les grimaces de tous ces cadavres de diverses grandeurs, dont les uns ont l'air de pleurer, les autres de sourire, tous d'être éveillés et de vous regarder comme vous les regardez. Qui sait ? ce sont peut-être eux qui vivent et qui s'amusent à nous voir venir les voir. Ils se tenaient en rond autour d'un caveau circulaire, dont le sol est monté à moitié des arceaux, car ces morts-là sont debout sur dix-sept pieds d'autres morts, et ceux-ci sur d'autres

sans doute, et nous, face à face avec les premiers.
On vient, on les examine à la lanterne, le gardien
leur fait sonner la poitrine pour faire voir qu'elle est
dure ; on passe au suivant et, quand la revue est passée, on remonte l'escalier. C'est là leur métier, à ces
morts ; on les a retirés de dessous terre, et on les a
alignés en cercle ; l'un a cent ans, l'autre quatre-
vingts, etc., un troisième soixante-seize, tous aussi
âgés les uns que les autres pourtant ! Quand on vous
a raconté leur genre de mort et que vous avez donné
vos dix sous, tout est dit et vous faites place à
d'autres. J'envie ici le sort de ces braves morts tan-
nés qu'on va voir nus (car la mort n'a pas de
pudeur) ; il y a une négresse qui a encore un air
d'odalisque, un portefaix, joli garçon de plus de six
pieds, superbe à voir, et un comte du pays tué en
duel. Je ne demande pas à être plus célèbre, car il y
a bien des gens vertueux, des poètes et des membres
de l'Institut qui ne sont pas aussi curieux à voir que
ces cuirs racornis, et qui n'auront jamais le renom
de cette poussière obscure.

Le christianisme n'est point sérieux à Bordeaux.
L'église[1] est entourée d'un ancien cimetière où
entre autres dorment les Girondins (Vergniaud, et
sur l'affirmation d'un ancien camarade de Julien,
M. Mabitte, médecin de Bordeaux) converti maintenant en promenade[2]. Ici c'est pire qu'à Saint-
Michel, les vivants ne marchent plus seulement sur
les morts, ils y font l'amour et on nomme ce lieu
l'allée d'Amour, antithèse à la Shakespeare, où se
trouvent opposés tout ce que la vie a de beau, tout
ce que la mort a de hideux. À côté, sous ces arbres
dont l'ombrage est si doux dans le Midi, l'église n'a
guère de valeur ; l'amour nargue le ciel et se pose
sur les tombeaux.

Sainte-Croix, vieux temple païen, église à demi
romane, d'un beau roman du reste ; les phallus sont

multipliés dans les murs. La petite église Saint-
Pierre est badigeonnée, ouverte au soleil et rit dans
ses peintures de théâtre. Non loin, dans la rue de la
Bahuterie[1], je viens de voir une petite façade de
maison qui vaut bien à elle seule tous les monuments de Bordeaux pour les nombreuses conjectures qu'on peut en faire sortir : le panneau
principal est occupé par une figure humaine à trois
faciès, quatre yeux servent aux trois figures,
emblème de la Trinité ; à droite et à gauche, sont des
chevaux ailés, plus bas un griffon ; dans une autre
cour une tête d'homme couverte d'un turban. Un
caractère asiatique persan ressort de cette énigme
de pierre, attribuée par mon cicérone à l'invention
d'un membre du parlement, alchimiste autrefois
célèbre[2]. Symbolisme curieux qui se rattacherait
peut-être aux dogmes orientaux du Moyen Âge. Est-
ce qu'Arriman[3] serait venu si loin jusque dans l'anglaise Gascogne ? Un homme du peuple disait près
de là que c'était l'hôpital des pauvres. Que conclure
de tout ceci ? Rien que du vague.

Comme il faut essentiellement s'instruire en
voyage, je me suis laissé mener à la manufacture de
porcelaine de M. Johnston[4], dans laquelle nous
avons été pilotés par un petit homme rempli de suffisance, d'ailleurs extrêmement poli pour nous. Pendant deux heures nous avons marché au milieu des
cruches, tasses, pots, plats et assiettes de différentes
grandeurs et je m'ennuyais si bien que je n'étais
point dans la mienne. Je sens au rebours des autres,
est-ce ma faute ? Mais je n'aime point à voir travailler et suer la pauvre humanité ; j'aime autant la
voir dormir. Voilà un sentiment qu'un philanthrope
ne comprendrait guère, j'imagine, mais ce n'est
jamais sans être froissé que je vois piteusement
entassés des enfants et des jeunes filles sous des
vitres et dans une atmosphère lourde, tandis qu'à

côté, derrière la muraille, s'étend la campagne, l'herbe verte, la forêt ombreuse, le lac si frais, le champ de vignes tout doré. On nous vante le bonheur matériel du monde moderne et la douceur de l'enchâssement social, et, reportant sur le passé un immense regard de pitié, nous faisons les capables et les forts, nous nous rengorgeons dans notre linge frais et dans nos maisons bien fermées, qui sont plus vides, hélas, que les caravansérails délabrés de l'Orient, abandonnés qu'ils sont à tous les vents qui dessèchent, où nous habitons seuls, sans dieux et sans fées, sans passé et sans avenir, sans orgueil de nos ancêtres, sans espoir religieux dans notre postérité, sans gloires[1] ni armoiries sur nos portes, ni sans christ au chevet.

Quand nous entrions dans les ateliers, on levait la tête pour voir les étrangers, quelques-uns la détournaient avec mépris vers M. Alexandre, les autres continuaient silencieusement; on n'entendait que le bruit de la meule qui tournait et celui de l'argile clapotée dans l'eau. Est-ce que cela n'est pas triste que de voir ce travail morne et sérieux, cette machine composée d'hommes aller sans bruit, tant d'intelligences travailler sous le même niveau? Il y a de beaux enfants du Midi, aux yeux noirs, au sourcil arqué, au teint cuivré et qui se courbent et qui pétrissent la terre glaise. Autant valaient des coups de lance et même la famine dans les camps; mais de l'air au moins, du soleil, de l'action et des coups d'épée en rase campagne, quelque chose qui anoblisse et qui grandisse! Je sais bien qu'il y a quelque chose d'étroit à tout considérer ainsi sous un petit point de vue sentimental et étriqué, que c'est fausser l'histoire et nier le mouvement que de lapider le présent par le passé, les modernes par les anciens; j'en demande pardon et je trouve cela assez bête, mais que voulez-vous? C'est l'image d'un garçon de quatorze ans environ, dont les cheveux ras, la tête osseuse et le regard singulièrement triste et élevé, mis en parallèle avec le bambin puant de vanité, faisant le maître et les tutoyant tous[1] ; pauvre enfant qui est peut-être né de la plus pure argile, poète destiné à contenir l'ambroisie des suaves pensées, vase d'élection dont on souille la forme et qu'on fait commun, usuel, utile, propre à faire boire les pourceaux. Rien n'y manque pour l'abrutissement, pas même une école. Vous croyez que le soir, quand le bras est fatigué, l'oreille assourdie, ils peuvent s'étendre sur l'herbe, regarder la lune, courir les champs par bandes joyeuses pour manger le raisin mûr, aimer sous les arbres? Fi donc ! et la morale ? Les mains lavées, ils montent un étage, du mortier matériel ils passent au gâchis spirituel ; on leur montre à lire, à écrire ; on leur enseigne l'histoire, la géographie, les quatre règles ; aux plus avancés on lit le *Journal des Connaissances utiles* ; dans les chaudes soirées d'été ils écoutent le maître à la lueur des quinquets qui fument, ils tournent le dos au ciel bleu resplendissant d'étoiles pour regarder le tableau rayé de chiffres, pour écouter la théorie des quatre règles, au lieu de chanter les chansons que leurs pères, dans leur jeunesse, ont chantées à leurs mères, le soir, assis sur le banc devant leur maison.

J'ai hâte d'en finir avec Bordeaux et j'aime mieux le Médoc où je me suis promené dans une bonne vieille voiture à la Louis XIV, comme les présidents devaient en avoir il y a deux cents ans, conduits par le silencieux Cadiche[2] et par deux gros chevaux bretons, au milieu du sable, entre les vignes dont chaque grappe vaut de l'or, religieux pèlerinage où nous avons fait de nombreuses stations. Hélas! le vin alourdit dans ces chaudes contrées, il n'enivre pas, mais vous enfle et bouffit, vous fait gonfler la veine, et vous endort; si bien qu'ayant peu bu j'étais horri-

blement fatigué et que je fis, dès lors, un serment
d'ivrogne que je n'ai pas encore violé, car il y a de
cela trois jours. J'approuve fort néanmoins la
manière dont nous avons dîné à Léoville, qui a
consisté à se repaître d'excellent vin, en l'absence
des propriétaires ; délicieuse façon de dîner chez les
gens et que tous ceux qui vous invitent chez eux
devraient avoir. Je me rappellerai donc longtemps
M. Bartou, que je n'ai pas vu, et ses excellents procédés.

De Bordeaux à Bayonne vous passez dans un pays
qui est dit les *Landes*, quoiqu'il soit, sans contredit,
bien supérieur au Poitou et à la Guyenne. Vous allez
au milieu de pins clairsemés ; çà et là une maison,
des attelages de bœufs qui traînent un petit chariot
dans lequel est assise une femme couverte d'un large
chapeau de paille. À Dax, le bois s'épaissit, et jusqu'à Bayonne la route est charmante. On retrouve
plus de fraîcheur et d'herbe ; les petites collines boi-
sées qui se succèdent les unes aux autres annoncent
enfin qu'on va voir les montagnes et on les voit
enfin se déployer dans le ciel à grandes masses
blanches, qui tout à coup saillissent à l'horizon. Je
ne sais quel espoir vous prend alors, l'ennui des
plaines blanches du Midi vous quitte, il vous semble
que le vent de la montagne va souffler jusqu'à vous,
et quand vous entrez dans Bayonne, l'enchantement
commence.

Le soleil se couchait quand nous entrâmes dans le
quartier des Juifs, hautes maisons, rues serrées, plus
d'alignements au moins ! pour être surpris et plus
charmé encore quand vous passez l'Adour. Voilà des
eaux azurées, et la chute du crépuscule leur donnait
une teinte sombre, et néanmoins les barques, les
arbres du rivage s'y miraient en tremblant. La voiture roulait au pas sur le pont de bateaux [1], et une
jeune Espagnole, la cruche de grès passée au bras

comme les statues antiques, s'avançait vers nous.
C'était là un de ces tendres spectacles qui font sourire d'aise et qu'on hume par tous les pores. Jusqu'à
présent j'adore Bayonne[1] et voudrais y vivre; à
l'heure qu'il est je suis assis sur ma malle, à écrire; la
fenêtre est ouverte et j'entends chanter dans la cour
de l'hôtel.

L'Adour est un beau fleuve qu'il faut voir comme
je l'ai vu, quand le soleil couchant assombrit ses
flots azurés, que son courant, calme le soir, glisse
le long des rives couvertes d'herbes. Aux allées
Marines[2] où je me promenais hier après la pluie,
l'air était doux, on entendait à deux lieues de là le
bruit sourd de la mer sur les roches; à gauche il y a
une prairie verte où paissaient les bœufs.

On vous parle beaucoup de Biarritz à Bayonne.
Les voitures qui vous y conduisent sont remplies de
gens du pays. Allègre et gaillarde population descendue de la montagne, leur patois est vif et accentué,
compris d'eux seuls, et servant de langue commune
aux deux frontières espagnole et française. On y va
pour s'y baigner, pour y danser. Biarritz est un nom
qui fait sourire ici chaque habitant, on m'en avait
conté mille choses charmantes que je me promettais
de voir et que je n'ai pas vues.

Ce joli pays m'a été gâté, non par son aspect physique qui est des plus beaux, mais par son costume,
si je puis dire, et gâté par un événement où j'ai
trempé; le mot n'est pas métaphorique.

Nous étions descendus sur la grève à peu près
déserte pour lors; l'heure des bains et des baigneuses
surtout était passée, première contrariété pour moi
qui comptais voir beaucoup de naïades. Une vieille
petite femme, dont les cheveux blancs encadraient
un visage ridé, recueilli sous une capote de toile
cirée, s'avançait à la mer pour y ramollir sa vieille
peau; une vaste blouse jaune qui l'enveloppait et

qui flottait sur ses membres la faisait ressembler à un caniche qui sortirait d'un bol de café au lait. C'est là la seule baigneuse que j'aie vue à Biarritz, quelle chance !

Comme je marchais le long de l'écume des flots, j'ai vu tout à coup sortir de l'eau un baigneur qui appelait du secours pour deux hommes qui se noyaient au large. Je ne sais où étaient les garde-côtes ; il y avait au loin quelques amateurs qui restaient fort impassibles, on ne se dérangeait guère. À l'instant j'entendis des cris aigus, et une grande femme vêtue de noir, qu'à sa douleur expansive je crus être la mère de ceux qui se noyaient, accourait vers moi avec de grandes lamentations. Quand elle vit que j'ôtais vivement mon habit, elle augmenta ses éclats, me déboutonna mes bottines, m'exhortant à sauver ces malheureux, me comblant de bénédictions et d'encouragements. Je me mis à l'eau assez vivement, mais avec autant de sang-froid que j'en ai quand je nage tous les jours, et si bien que, continuant à nager toujours devant moi dans la direction que l'on m'avait indiquée, j'avais fini tout à coup par oublier que je faisais un acte de dévouement ; je n'étais ennuyé seulement que de mon pantalon et de mes bas que j'avais gardés et qui m'embarrassaient dans mes mouvements. À environ cinquante brasses je rencontrai un homme évanoui que deux autres traînaient à terre avec beaucoup de peine. Je me disposais à retourner avec eux et à aider ces braves gens.

— Il en reste encore un second, me dit un d'eux.
— Allons le chercher, lui dis-je.

Et nous continuâmes à nager côte à côte assez vigoureusement, d'abord droit devant nous, puis parallèlement au rivage ; mais ne plongeant aucun des deux[1], que pouvions-nous faire ? Un orage s'annonçait par des éclairs ; et les vagues (qu'il ne faut

pas dire fortes, car je mentirais) nous empêchaient
de voir tout ce qui pouvait saillir sur les flots autour
de nous.

— C'est fini, me dit mon compagnon, il est noyé!

Nous fîmes alors volte-face, et regagnâmes le
rivage. Le trajet me parut plus long que pour aller,
et les dernières vagues pleines de mousse nous
poussaient vivement sur le sable. Je croyais l'autre
homme sauvé, mais tous les soins furent inutiles, il
mourut au bout de quelques minutes. Pendant
qu'on entourait le noyé, je m'étais réfugié dans une
cabane, privé de ma chemise et de mon habit, grelottant et tout trempé d'eau salée. Je finis par les
retrouver au bout d'un quart d'heure, ils avaient été
déposés dans une baraque où se trouvaient plusieurs pauvres femmes du pays, se lamentant et
poussant des cris. Elles me croyaient un de leurs
compagnons et leur douleur s'en augmentant, peut-
être un peu par politesse, elles répétaient toutes:
«ah mon Dieu! mon Dieu! la pauvre mère qui les a
nourris!» et c'étaient des exclamations et des battements de mains nouveaux. La grande dame anglaise
qui m'avait pris mes hardes m'étourdissait de son
caquet et voulait que je fisse une plainte contre les
garde-côtes qui ne s'étaient pas trouvés à leur
poste; ce qui me dégoûta assez de sa douleur. On
me prêta un pantalon de paysan que je gardai toute
la journée, où je m'exerçai à aller nu-pieds. Quand
je sortis de la cahute on m'entoura pendant cinq
minutes; je fus oublié au bout de dix, comme je le
méritais.

Le soir, quand la pluie fut passée, nous allâmes
tous au phare, que je ne pus visiter, ayant oublié mon
passeport, ce qui me contraria médiocrement, car je
n'avais guère envie d'y monter. Le reste de la société
s'en retourna à pied directement à Bayonne et moi je
revins à Biarritz pour reprendre mon pantalon qui

devait être sec et que je repassai aussi mouillé que lorsque je l'avais quitté le matin. Ce fut là ce qu'il y eut pour moi de plus tragique dans l'aventure.

Du phare à Biarritz le terrain descend sensiblement, et après avoir marché sur des rochers escarpés on se trouve sur le rivage. Je marchais le long des flots comme il m'était si souvent arrivé à Trouville, à la même saison et à la même heure ; le soleil aussi se couchait sans doute là-bas sur les flots, mais ici la mer était bleue et douce, le vent était tiède et l'orage s'en allait.

Je me récitais tout haut des vers, comme cela m'arrive quand je suis tout seul dans la campagne ; la cadence me fait marcher et m'accompagne dans la route comme si je chantais. Je pensais à mille choses, à mes amis, à l'art, à moi-même, au passé et à l'avenir, à tout et à rien, regardant les flots et enfonçant dans le sable.

J'ai été hier en Espagne, j'ai vu l'Espagne, j'en suis fier et j'en suis heureux, je voudrais y vivre. J'aimerais bien à être muletier (car j'ai vu un muletier), à me coucher sur mes mules et à entendre leurs clochettes dans les gorges des montagnes ; ma chanson moresque fuirait répétée par les échos. À Béhobie je voyais l'Espagne sur l'autre rive[1] et mon cœur en battait de plaisir, c'est une bêtise. La Bidassoa nous a conduits jusqu'à Fontarabie, ayant la France à droite, l'Espagne à gauche. L'île des Faisans[2] ne vaut pas la peine d'être nommée, placée comme une petite touffe d'herbes dans un fleuve, entre de hautes montagnes des deux côtés. Nous avons débarqué sur la terre d'Espagne et, après avoir suivi une chaussée entourée de maïs, nous nous trouvâmes devant la porte principale qui tombe dans les fossés. Il en sortait au même instant une grande fille, pieds nus, vêtue de rouge et les tresses sur les épaules ; elle ne détourna pas la tête et continua sa route.

Fontarabie est une ville tout en ruines. L'on n'entend aucun bruit dans les rues, les herbes poussent sur les murs calcinés, point de fenêtres aux maisons. La principale rue est droite et raide, entourée de hautes maisons noires garnies toutes de balcons pourris où sont étendus des haillons rouges qui sèchent au soleil; nous l'avons gravie lentement, regardant de tous côtés et regardés encore plus. C'est l'Espagne telle qu'on l'a rêvée souvent : à travers un pan de mur gris, derrière un tas de ruines couvert d'herbes, dans les crevasses du terrain bouleversé, un rayon de soleil sort tout à coup et vous inonde de lumière, comme vous voyez passer devant vous et marchant vivement le long des rues désertes quelque admirable jeune fille, éternelle résurrection des beautés de la nature, qui surgit, quoi que les hommes fassent, au milieu des débris et reparaît plus belle derrière les tombeaux.

L'église de Fontarabie est sombre et haute, il n'y a plus ce jour insultant des temples du Midi ; les dorures répandues à profusion ont néanmoins quelque chose de bronzé qui est grave [1]. Point d'ornements à l'extérieur, des grands murs droits comme à Saint-Jean-de-Luz qui ressemble aussi à l'Espagne. Nous y étions entrés le même jour, le matin ; on y disait une messe des morts ; il y avait peu de monde, quelques femmes toutes entourées de voiles et à une grande distance les unes des autres se tenaient au milieu de l'église, agenouillées séparément sur des tapis noirs et la tête baissée.

En me promenant dans Fontarabie, je m'ouvrais tout entier aux impressions qui survenaient, je m'y excitais et je les savourais avec une sensualité gloutonne ; je me plongeais dans mon imagination de toutes mes forces, je me faisais des images et des illusions et je prenais tout mon plaisir à m'y perdre et à m'y enfoncer plus avant. J'entendis, partant d'une maison dont je rasais le mur, une chanson espagnole sur un rythme lent et triste. C'était sans doute une vieille femme, la voix chevrotait et semblait regretter quelque chose d'évanoui. Je ne voyais rien, la rue était déserte, sur nos têtes le ciel était bleu et radieux, nous nous taisions tous. Que voulait-elle dire, cette chanson espagnole chantée par la vieille voix ? Était-ce deuil des morts, retour sur les ans de jeunesse, souvenirs du bon temps qui n'est plus, des chants de guerre sur ces ruines ou des chants d'amour que fredonnait la vieille femme inconnue ? Elle se tut, et une voix fraîche partit à côté, entonnant un boléro allègre, chaud de notes perlées, chanson de l'alouette qui secoue le matin ses ailes humides sur la haie d'épines ; mais elle ne dura guère, cette voix se tut vite, et le boléro avait été moins long que la complainte. Et nous continuâmes à marcher dans les pierres des rues. On trouve çà et là des puits comblés au milieu des rues, des créneaux dans chaque pan de mur ; on ne sait où on va ; la ville a l'air d'errer aussi et de penser des choses douloureuses.

Un pêcheur vêtu de rouge, de haute stature, le profil osseux et découpé, faisait sécher une voile rapiécetée[1] sur un tertre de gazon, entre des hardes sales et cent fois recousues. Quand il nous vit, il nous appela et nous fit descendre dans un trou creux maçonné, plein de meurtrières, et d'où les Carlistes se cachaient pour mitrailler les avant-postes christinos[2]. Car les Carlistes ont tenu bon, ils sont tombés un à un, comme le Moyen Âge aussi est tombé pierre à pierre ; mais il a fallu les arracher, et bien des ongles ont sauté ; chaque maison, chaque porte, chaque poutre est criblée de balles, l'église a reçu des boulets, les obus ennemis ont été jusqu'à Béhobie et y ont tué des hommes. Carlos est venu jusqu'aux bords de la Bidassoa, on montre la porte où il est entré la nuit pour visiter les siens et ranimer les courages.

À côté de la ville est un village moins misérable qu'elle, la Madalena. Il n'y a rien à y voir que des huttes de pêcheurs et sa belle plage qui descend mollement jusqu'à la mer. Devant l'église, il y a une petite fontaine dont les pierres sont disjointes, l'eau tombe goutte à goutte ; une petite fille et une vieille femme rousse attendaient, toutes deux assises sur le bord, que leur cruche fût remplie. L'église est basse, fraîche et sombre ; il y fait presque nuit, nous nous y sommes reposés sur de vieux bancs en chêne, la lampe de l'autel remuait agitée par le vent qui venait de la porte. Je n'oublierai pas le cortège d'enfants qui m'a entouré sur le rivage, alléché par l'espoir des aumônes ; les plus jeunes étaient les plus hardis, les aînés se tenaient au second rang, ordre qu'ils n'ont pas observé quand ma pluie de sous espagnols est tombée sur eux. Ils étaient tous en guenilles, tous timides et beaux, tous attendant l'argent en silence et ils se sont rués dessus quand il est venu. La marée n'était pas encore assez haute pour nous conduire facilement à Irun, ce qui fait que nous avons remonté lentement et péniblement la rivière.

J'ai quitté Fontarabie avec tout le regret d'une chose aimée ; je lui garde une reconnaissance, tout le temps que j'y ai été, il m'a semblé errer dans une ville antique.

J'aime aussi Irun, où nous avons abordé, en remontant la Bidassoa, le soir vers les cinq heures. La première personne que nous y avons vue est une jeune fille qui voulait venir avec nous en France, et la première chose, c'est l'église[1] dont le curé nous a fait les honneurs avec une grâce toute castillane[2]. Elle porte un caractère du XVIe siècle qui sent son Philippe II, dorures sombres à force d'être vieilles, une richesse triste ; les sculptures en bois qui ornent le maître-autel représentant la Passion sont toutes dorées avec une grande profusion, surtout dans les étoffes. Je me rappelle maintenant un morceau de sculpture en bois figurant les limbes et qui se trouve sur le côté gauche : parmi les damnés j'ai remarqué deux têtes tonsurées qui se cachent au spectateur et ne lui montrent que le signe de leur mission oubliée. Évidemment il n'y a eu ici aucune intention personnelle et la leçon est claire, sans être scandaleuse. Il m'eût fallu plus de temps pour étudier les deux églises de Fontarabie et d'Irun. Et, d'ailleurs, que résulte-t-il d'une étude si partielle sinon quelques jalons à conjectures ? Je voudrais savoir, par exemple, si Satan est souvent représenté avec des seins de femme, comme je l'ai vu à Fontarabie, ce que je n'ai point remarqué dans les églises du Nord. On fit un baptême, l'orgue joua un air fanfaron et résonnant ; on eût plutôt dit une contredanse exécutée par des trompettes.

Nous avons dîné à Irun, nous avons donc fait un repas en Espagne et j'y ai bu du cidre, du vrai cidre, comme en Normandie. La salle était tendue de papier frais et ornée d'une gravure de vingt-cinq sols représentant l'Europe en chapeau à plumes. La fille qui nous servait à table était maigre, fanée et vieille ; elle a dû être jolie à en juger par son beau regard et par l'expression de gracieuse tristesse qui lui donne quelque chose de doux et fier comme l'Espagne son pays. Le soir enfin nous avons quitté notre hôtesse avec des poignées de main, après lui avoir acheté des cigarettes, nous être souhaité bonne santé et lui avoir promis notre retour. Ah ! c'est un beau pays que l'Espagne ! On l'aime en mettant le pied sur son seuil et on lui tourne le dos avec tristesse, car je la regrettais comme si je l'avais connue, en m'en retournant, le soir, à Béhobie, à pied, et le ciel grondait d'orage le long de la rivière ;

chemin faisant nous rencontrions des paysans qui
rentraient chez eux, et tous nous saluaient en nous
souhaitant *buonas noches*[1]. La pluie venue, nous
nous sommes mis à l'abri dans une étable où
s'étaient réfugiées comme nous une mère et sa fille,
qui se signaient à chaque éclair; nous avons repris
notre route; l'abbé, qui lisait son bréviaire, n'a pu
continuer, l'eau mouillait son livre, et moi je pensais
à Fontarabie, à son soleil et à ses ruines.

J'étais triste quand j'ai quitté Bayonne et je l'étais
encore en quittant Pau; je pensais à l'Espagne, à ce
seul après-midi où j'y fus, ce qui fait que Pau m'a
semblé ennuyeux. On m'a assuré le contraire et on a
rejeté sa mine rechignée sur le mauvais temps qu'il
faisait; on m'a dit que les jolies femmes ne se mon-
traient qu'au soleil, et il pleuvait fort, la journée que
je suis resté. Le haras m'a tout autant intéressé que
le château d'Henri IV, car j'ai encore mal au cœur
du berceau du bon roi. Son petit-fils Louis XVIII l'a
fait surmonter d'un casque doré et de drapeaux
blancs, de trophées et de fleurs de lis, et tout cela
pour une écaille de tortue et deux fourchettes qui
dorment dedans à la place du cher monarque[2]. Cela
veut-il dire qu'Henri IV ait été un pique-assiette?
Aujourd'hui on répare le château, on recrépit les
ruines, on remet du ciment dans les pierres grises,
on se joue avec l'histoire. Qu'est-ce que tout cela
signifie? Par amour pour l'art on finira par s'habiller en ligueur quand on sera dans un château du
XVIᵉ siècle, et par vivre dans un bal masqué perpétuel. Bref, je suis assommé des châteaux qui rappellent des souvenirs[3], et des souvenirs comme ceux
d'Henri IV, qui est bien l'homme le plus matériel et
le plus antipoétique du monde. Si nous rebattons si
bien les vieux habits pour les mettre sur nos dos,
c'est faute peut-être d'en avoir de neufs.

L'homme n'est pas content d'avoir le présent et

l'avenir, il veut le passé, le passé des autres, et détruit même jusqu'aux ruines. S'il pouvait il vivrait à la fois dans trois siècles et se regarderait dans douze miroirs. Laissez donc un peu couper la faux du temps, ne grattez pas la verdure des vieilles pierres, point de badigeon aux tombeaux et n'ôtez pas les vers de dessus les cadavres pour les embaumer ensuite et vivre avec eux.

Au-delà de Pau, le paysage devient triste, sans être encore grandiose. Il n'y a plus rien ici de la vivacité et de l'hilarité bayonnaises ; à Lourdes[1], à Argelès, à Pierrefitte, aux eaux voisines et aux Eaux-Chaudes, les vêtements sont bruns, comme les troupeaux ; les hommes sont laids et petits, beaucoup de goitres chez les femmes ; plus de saillies ni d'éclats, on est triste, l'hiver a été rude, il fait froid, le vent souffle de la montagne, le gave gronde et emporte à chacun un morceau de son champ ; on est éloigné des grandes villes et le transport est cher, et pourtant l'herbe est haute, la culture va jusqu'au haut des montagnes et s'attache aux pans escarpés des rochers. La nature est riche et l'homme est pauvre, d'où cela vient-il ? Si on n'avait devant soi les pics des Pyrénées, on trouverait superbes ces montagnes d'avant-poste, ces paysages si pleins de fraîcheur, ces vallées qui ont l'air d'une corbeille de marbre tapissée d'herbes. J'ai été à pied de Assat aux Eaux-Chaudes, le long du gave qui roulait au fond sous des touffes d'arbres. La route serpente le long d'un côté, suspendue aux rochers, comme un grand lézard blanc qui en suivrait tous les contours ; je marchais vite, écoutant le bruit de l'eau et regardant les sommets de la montagne.

Tous les établissements thermaux se ressemblent : une buvette, des baignoires et l'éternel salon pour les bals que l'on retrouve à toutes les eaux du monde. La fréquentation des étrangers donne un air plus éveillé aux habitants des eaux qu'à ceux des vallées inférieures, dont le caractère extérieur est plus grave.

À Saint-Savin, qui domine la vallée d'Argelès, par exemple, l'église* était remplie d'hommes; les femmes vêtues complètement de noir avaient l'air de statues. L'église est haute, nue; les fenêtres sont petites et très élevées; sa simplicité contraste avec les églises du pays (et notamment celles de Lourdes), qui sont toutes chargées d'ornements dans le goût des églises espagnoles, comme celle de Bétharram[1].

Nous avons été au bout de la terrasse du prieuré[2] pour regarder le panorama de quatre vallées qui s'embranchent. De gros nuages flottaient sur les pics de montagnes et l'air était lourd, et cependant la brise montait jusqu'à nous. Au loin on entendait vaguement le bruit du gave dans la vallée; l'église résonnait de cantiques et des oiseaux chantaient dans les arbres. À l'entrée du prieuré, il y a des bas-reliefs romans, arrachés au cloître détruit, dont on a formé une sorte de haie; les feuilles de vignes qui montent le long des fûts de pierre battaient sur les feuilles d'acanthe et sur les oiseaux sculptés dans les chapiteaux écornés; l'enfant qui nous conduisait et le domestique de la maison, étonnés, nous regardaient. Je garderai bon souvenir de Cauterets et de la cordialité de M. Baron, qui nous a menés au lac de Gaube et au Pont d'Espagne. On y va à cheval, ou plutôt on y grimpe sur des rochers éboulés dans le sentier, on gravit en quelques instants à des hauteurs immenses, s'étonnant de la vigueur de son cheval, dont le pied ne glisse pas sur le granit ni sur

---

* Sa forme est celle d'une croix ronde; point d'abside, deux chapelles latérales parallèles au chœur; vieilles peintures moisies; portail roman; un bénitier à droite en entrant représentant deux hommes qui portent un vase.

le marbre et dont le poil, après une journée de
fatigue, est aussi sec et aussi dur que les pierres auxquelles il se cramponne. Ce qu'on appelle le Pont
d'Espagne est un pont jeté sur le torrent, que l'on
traverse environ une heure après la cascade de
Cerisey. Alors on entre dans une forêt de sapins, et
bientôt vous marchez sur une grande prairie au
bout de laquelle se trouve le lac. Sa teinte vert-de-
gris le fait confondre un instant avec l'herbe que
vous foulez ; il est uni et calme ; son eau est si calme
qu'on dirait une grande glace verte ; au fond se
dresse le Vignemale, dont les sommets sont couverts de neige, de sorte que le lac se trouve encaissé
dans les montagnes, si ce n'est du côté où vous êtes.
Certes, si on y allait seul et qu'on y restât la nuit
pour voir la lune se mirer dans ses eaux vertes avec
la silhouette des pics neigeux qui le dominent, écoutant le vent casser les troncs de sapins pourris,
certes, cela serait plus beau et plus grand ; mais on
y va comme on va partout, *en partie de plaisir*, ce qui
fait qu'on n'a pas le loisir d'y rêver ni l'impudeur de
se permettre des élans poétiques désordonnés. On
arrive à midi, dévoré d'une faim atroce, et l'on s'y
empiffre d'excellentes truites saumonées, ce qui ôte
à l'imagination toute sa *vaporisité* et l'empêche de
s'élever vers les hautes régions, sur les neiges, pour
y planer avec les aigles. Si vous ouvrez l'album que
vous présente le maître de la cabane où vous man-
gez, vous n'y verrez que deux genres d'exclamations :
les unes sur la beauté du lac de Gaube, les autres
sur la bonté de ses truites ; les secondes sont infiniment plus remarquables sous le rapport littéraire
que les premières, ce qui veut dire qu'il n'y a que
des sots ou des ventrus qui aient pris la plume pour
y signer leur nom et leurs idées.
    Les plus curieuses réflexions :

« Je me suis chargé d'excellentes truites au lac de Gaube. » (DANTAN jeune[1].)

« Malgré tous mes efforts la truite n'a pu entrer. » (VILLEMAIN.) En regard, un portrait du fin critique.

« Pour entonner une truite : "Ô truites du lac de Gaube, que n'êtes-vous des cerises ?" » (M. DE RÉMUSAT[2].)

« Quelle bosse je me suis foutue. » (COUSIN.)

Sur le haut d'une page, on lit :

« Mme THIERS. — N'est-ce pas, bijou chéri, qu'il serait bien doux de mourir ensemble, à côté de ces neiges éternelles, au clair de lune et dans les eaux azurées du lac ?

« M. THIERS. — Ma petite chatte, ne parlons pas politique. »

Un jour Chateaubriand se trouvait au lac de Gaube avec quelques amis, tous mangeant assis sur ce même banc où nous avons déjeuné. On s'extasiait sur la beauté du lac : « J'y vivrais bien toujours », disait Chateaubriand. — « Ah ! vous vous ennuieriez ici à mourir », reprit une dame de la société. — « Qu'est-ce que cela, repartit le poète en riant, je m'ennuie toujours ! » (Rapporté par M. Caron[3].)

J'ai la prétention de n'être exclusivement ni l'un ni l'autre[4] (c'est pour cela que je n'ai rien écrit sur l'album ni pour les truites ni pour le lac, gardant mes impressions pour moi seul) et moins ridicule donc que tous les poètes qui sont venus au lac de Gaube. Je n'en dirai rien, ni du Marcadau non plus, forêt couverte de sapins noirs et où les branches pourries sont tombées en travers de la route. Je fais comme nos chevaux, je saute par là-dessus, ayant bien plus peur qu'eux de m'y casser le cou.

Jusqu'à présent ce que j'ai vu de plus beau, c'est Gavarnie. On part de Luz le matin et on n'y revient que le soir au jour tombant; la course est longue et dangereuse, on marche peut-être pendant trois lieues au bord d'un précipice de cinq cents pieds, sans éprouver le moindre sentiment d'inquiétude, confiance qu'il est difficile d'expliquer et que tout le monde éprouve malgré soi. Quand vous avez passé l'Échelle et le pic de Bergons, la montagne s'écarte du gave pour un instant, vous étale une prairie qui embaumait de foin coupé; elle se resserre bientôt et déploie toutes ses splendeurs tragiques au Chaos. Ainsi nomme-t-on un lieu plein de rochers entassés les uns sur les autres, comme un champ de bataille d'un combat de montagnes où ces cadavres immenses seraient restés, écroulés sans doute un jour d'avalanche; je ne me rappelle plus quand, mais tout l'effroi de leur chute reste encore dans leur nom de Chaos, dans toute la contrée; le gave passe à travers et se cabre contre eux sans les ébranler. Tout s'oublie vite quand on arrive dans le cirque de Gavarnie. C'est une enceinte de deux lieues de diamètre, enfermée dans un cercle de montagnes dont tous les sommets sont couverts de neige et du fond de laquelle tombe une cascade. À gauche, la brèche de Roland et la carrière de marbre, et le sol sur lequel on s'avance, et qui de loin semblait uni, monte par une pente si raide qu'il faut s'aider des mains et des genoux pour arriver au pied de la cascade; la terre glisse sous vos pas, les roches roulent et s'en vont dans le gave, la cascade mugit et vous inonde de sa poussière d'eau.

Le temps était pur, et les masses grises des montagnes du Marboré, bordées de neige, se détachaient dans le bleu du ciel et au-dessus d'elles roulaient quelques petits nuages blancs dont le soleil illuminait les contours. On reste ravi, et l'esprit flotte dans l'air, monte le long des rochers, s'en allant vers le ciel avec la vapeur des cascades.

C'est en côtoyant le pied de la montagne que l'on arrive au pont de neige. À l'entrée, nous trouvâmes enseveli un aigle que sans doute l'avalanche aura pris dans son vol et entraîné avec elle, tombeau de neige qui s'est dressé pour lui dans les hautes régions et qui l'a emporté comme un immense lacet blanc.

On s'avance sous une longue voûte qui suit le cours du gave, dont les parois de neige durcie sont en pointe de diamants. On dirait de l'albâtre orien- tal humide de rosée; l'eau découle du plafond sur nos habits; le gave roule des pierres, et au milieu des ténèbres la blancheur des murs de neige nous éclaire, et l'on marche courbé, se traînant sur les pierres de marbre dans cette demeure des fées. Quand vous revenez au jour, vous revoyez le cirque, ses roches, ses petits sapins et dans le bas son herbe roussie du soleil.

Je suis revenu à Luz au pas et en rêvant de Gavar- nie; j'avais encore le bruit de sa cascade dans l'oreille et je marchais sous le pont de neige. J'ai été accosté franchement par un homme qui m'a demandé du tabac et nous avons causé côte à côte jusqu'à Saint-Sauveur, où nous nous sommes quit- tés. Il était grand, veste blanche, bas bleus et espa- drilles aux pieds, le chapeau noir espagnol et le foulard roulé en bandeau sur la tête; il montait un maigre petit cheval blanc et s'appuyait sur son long bâton comme s'il s'en fût aidé pour marcher. Je l'avais d'abord tenu pour espagnol à son accent, mais il m'a dit être français et faire le commerce des mules; il a servi dans la guerre de Belgique[1], il a été **sergent,** on lui a même proposé d'être tambour- major, mais il n'a pas voulu; car il **déteste** l'habit de soldat et la discipline, il aime mieux l'**Espagne** que la France: «C'est là que la vie est bonne, s'**écriait**-il!

tout le monde y mange de la viande, le pain y coûte un sou, deux liards la livre, le vin y est meilleur, tout le monde est poli et on n'a pas besoin de crier pour se faire servir dans les auberges. — Oui, Monsieur, me disait-il en me regardant avec son œil à moitié fermé, celui qui y fait de la dépense pour un sou est regardé comme celui qui en fait pour six francs.» Comme je lui demandais si les femmes étaient jolies : «Ce n'est pas tant qu'elles sont jolies comme elles sont bonnes ; rien qu'à les entendre parler, continuait-il, il y a une grâce, une certaine chose chez elles enfin, qui vous porte à penser à des affaires de femmes quand on ne le voudrait pas.» Mais il revenait toujours sur le bon marché des vivres et ne tarissait pas sur l'éloge du pain qui est meilleur, du vin, de la viande, de tout en général et sur la magnifique beauté du cher pays qu'il habite.

Bagnères-de-Luchon

15 septembre, temps de pluie.

Aujourd'hui je devais aller au port de Vénasque et revenir par le port de la Picade, aller en Espagne encore une fois ! Le projet est avorté et je suis à écrire assis sur un canapé d'auberge, en paletot et le chapeau sur la tête. Je ne sais ni que faire, ni que lire, ni qu'écrire. Il faut passer ainsi toute une journée, et qui promet d'être ennuyeuse. À peine s'il est 7 heures du matin, et le jour est si triste qu'on dirait du crépuscule ; il fait froid et humide. Restant confiné dans ma chambre, il ne me reste qu'un parti, c'est d'écrire. Mais quoi écrire ? il n'y a rien de si fatigant que de faire une perpétuelle description de son voyage, et d'annoter les plus minces impressions que l'on ressent ; à force de tout rendre et de tout exprimer, il ne reste plus rien en vous ; chaque sen-

timent qu'on traduit s'affaiblit dans notre cœur, et
dédoublant ainsi chaque image, les couleurs primitives s'en altèrent sur la toile qui les a reçues.

Et puis, à quoi bon tout dire ? n'est-il pas doux au
contraire de conserver dans le recoin du cœur des
choses inconnues, des souvenirs que nul autre ne
peut s'imaginer et que vous évoquez les jours
sombres comme aujourd'hui, dont la réapparition
vous illumine de joie et vous charmera comme dans
un rêve ? Quand je décrirais aujourd'hui la vallée de
Campan et Bagnères-de-Bigorre, quand j'aurais
parlé de la culture, des exploitations, des chemins et
des voitures, des grottes et des cascades, des ânes et
des femmes, après ? après ?... est-ce que j'aurai satisfait un désir, exprimé une idée, écrit un mot de
vrai ? je me serai ennuyé et ce sera tout. Je suis toujours sur le point de dire avec le poète :

> À *quoi bon toutes ces peines,*
> *Secouez le gland des chênes,*
> *Buvez de l'eau des fontaines,*
> *Aimez et rendormez-vous* [1].

Je suis avant tout homme de loisir et de caprice, il
me faut mes heures, j'ai des calmes plats et des tempêtes. Je serais resté volontiers quinze jours à Fontarabie, et je n'aurais vu ni Pau, ni les eaux thermales,
ni la fabrique de marbre à Bagnères-de-Bigorre, qui
ne vaut pas l'ongle d'une statue cassée [2], ni bien
d'autres belles choses qui sont dans le *Guide du voyageur* [3]. Est-ce ma faute si ce qu'on appelle l'*intéressant* m'ennuie et si le *très curieux* m'embête ? Hier,
par exemple, en allant au lac d'Oô, quand mes compagnons maugréaient contre le mauvais temps, je
me récréais de la pluie qui tombait dans les sapins et
du brouillard qui faisait comme une mer de blancheur sur la cime des montagnes. Nous marchions

dedans comme dans une onde vaporeuse, les pierres roulaient sous les pieds de nos chevaux, et bientôt le lac nous est apparu calme et azuré comme une portion du ciel ; la cascade s'y mirait au fond, les nuages qui s'élevaient du lac, chassés par le vent, nous laissaient voir de temps en temps les sommets d'où elle tombe.

En venant ici de Bagnères-de-Bigorre, nous avons couché à Saint-Bertrand-de-Comminges, vieille petite ville aux rues raides et pierreuses, presque déserte, silencieuse et ouverte au soleil. De la vieille ville romaine il ne reste rien, et de l'église romane peu de chose, tant l'attention se porte ailleurs tout entière. La façade est nue ; grande tour carrée avec du ciment neuf entre les vieilles pierres, couverte d'un chapeau de planches construit récemment pour couvrir les cloches qui se rouillent sans doute. Le portail est petit et de vieux goût roman, et les chapiteaux de ses colonnes supportent des grotesques : gnomes montés sur des hippogriffes, usés par le temps, uniformes d'eux-mêmes et qui semblent rire dans leur horreur du mystère qui les entoure. À l'intérieur, murs simples et nus ; point d'abside ; les fenêtres, hautes et étroites, et sur les côtés des arcades jumelles et pointant en pure ogive diminuent de hauteur à mesure qu'elles s'inclinent vers le fond, comme si l'élan diminuait. Mais ce qui est maintenant toute l'église et ce qui la constitue réellement, c'est un immense jubé en buis qui renferme à lui seul le chœur et la nef, le prêtre et les fidèles. Ses pans hauts obscurcissent le jour qui tombe des fenêtres romanes ; son maître-autel, plein de fioritures de bois peint, cache la relique du saint qui est relégué derrière, comme dans la coulisse ; sur les parois latérales, à chaque médaillon une tête de chevalier ou de matrone, souvenir antique que le libre caprice du sculpteur a jeté à profusion, plaçant

l'art au milieu de la foi, le remplissant et s'en faisant
un prétexte. N'est-ce pas l'antiquité dans le roman,
le xvie siècle dans le xie, la Renaissance dans le
Moyen Âge ? Partout le bois est sculpté, fouillé, tressé,
tant le talent est flexible, tant l'imagination se joue
et rit dans les mignardes inventions ; aux culs-de-
lampe ce sont des amours suspendus et versant des
corbeilles de fleurs sur des seins de femmes qui palpitent, et des ventres de tritons qui rebondissent et
dont, plus bas, la queue de poisson s'enlace et se
roule sur la colonne. Çà et là c'est une tête de mort,
plus loin, une face de cheval, de lion, n'importe quoi
pourvu que ce soit quelque chose ; ici un pédagogue
qui fesse un écolier pour faire rire quand on passe à
côté ; la luxure en femme avec le pied fourchu, et la
feuille de chou, un singe qui a mis le capuchon d'un
moine, des bateleurs qui s'exercent, et mille choses
encore sans gravité et sans pensée ; partout de la
complaisance dans les formes, de l'esprit, de l'art et
rien autre chose ; pas une tête inspirée qui prie, pas
une main tendue vers le ciel, ce n'est pas une église,
c'est plutôt un boudoir. Dans un temple, toutes ces
miséricordes[1] ouvragées où l'on s'assoit comme
dans un fauteuil, et où les belles dames du xvie siècle
laissaient retomber leurs doigts effilés se prélassant
sur les détails païens, ces volutes, ces feuilles
d'acanthe, ces têtes de mort même, qu'est-ce que
tout cela veut dire ? Les prophètes, les docteurs et
les sibylles qui se suivent méthodiquement dans
chaque cadre de bois, sur les parois intérieures, où
vont-ils ? et pourquoi faire ? On leur tourne le dos, et
la tête levée vers le ciel rencontre involontairement
les petits plafonds fleuris où l'œil caresse des formes
amoureuses. La Renaissance est là entière avec
son enthousiasme scientifique et sa prodigalité de
formes, et sa décence exquise dans les nudités où
elle s'étudie, dans la corruption. Qu'il y a loin de là

au pieux cynisme du Moyen Âge! C'est beau, joli, charmant; on admire de la tête et non du cœur, enthousiasme frelaté qui s'en va vite; c'est un musée, un beau morceau d'art qui fait penser à l'histoire, un livre en bois où l'on lit une page du XVIᵉ siècle, pas autre chose.

Si vous voulez du grand et du beau, il faut sortir de l'église et gagner la montagne, vous élever des vallées et monter vers la région des neiges. C'est une belle vie que celle de chasser l'isard ou l'ours, de vivre dans le pays des aigles[1], d'être haut comme eux et de leur faire la guerre.

Quand on va au port de Vénasque, on traverse d'abord une grande forêt de frênes et de hêtres qui couvrent deux montagnes qui se regardent face à face. Les ravins ont enlevé des arbres, et font sur le côté opposé à celui où vous marchez comme des chemins qui serpentent en tombant à travers les bois. C'était le matin, et les lueurs du soleil levant dessinaient les ombres des branches sur la mousse et sur les feuilles jonchées par terre; il avait plu, le chemin était boueux; la lune blanche remontait dans le ciel. Avant de gravir le plus rude, on s'arrête à l'hospice, grande maison nue au-dehors comme au-dedans, où nous n'avons vu que les enfants du gardien qui se taisaient en nous regardant. La cuisine est haute et voûtée pour soutenir le poids des avalanches; des meurtrières dans les murs remplacent les fenêtres, et quand on ferme les auvents il fait nuit. La fumée sortait en nuages du foyer, et le vent qui venait du dehors passait sur les murs noirs et l'agitait autour de nous sans l'entraîner en se retirant. Des chênes dégrossis, placés devant le feu, servent de bancs et bien des belles voyageuses qui venaient là s'y asseoir au mois d'août, en compagnie, gantées, heureuses d'être dans les montagnes et de pouvoir le dire, ne pensent guère que quelques mois plus tard, sur ces mêmes bancs, dans les nuits d'hiver, viennent s'asseoir aussi, armés et sombres, les contrebandiers et les chasseurs d'ours. On ferme les ouvertures avec du foin et de la paille, la résine éclaire la voûte, et l'arbre brûle dans cet âtre sombre autour duquel sont réunis quelquefois jusqu'à cinquante hommes, montagnards égarés, chasseurs, contrebandiers, proscrits. Tous se rangent en cercle pour se chauffer ; les uns guettent les bruits de pas sur la neige, les autres laissent venir le jour et fument sous le manteau de la cheminée. Je crois qu'on y cause peu, et que le vent qui rugit dans la montagne et qui siffle dans les jointures de la porte y fait taire les hommes ; on écoute, on se regarde, et quoique les murs soient solides on a je ne sais quel respect qui vous rend silencieux.

À partir de l'hospice, la route monte en zigzag et devient de plus en plus scabreuse, ardue et aride. On tourne à chaque instant pour faciliter la montée, et si on regarde derrière soi, on s'étonne de la hauteur où l'on est parvenu. L'air est pur, le vent souffle et le vent vous étourdit ; les chevaux montent vite, donnant de furieux coups d'épaule, baissant la tête comme pour mordre la route et s'y hissent.

À votre gauche vous apercevez successivement quatre lacs enchâssés dans des rochers, calmes comme s'ils étaient gelés ; point de plantes, pas de mousse, rien ; les teintes sont plus vertes et plus livides sur les bords et toute la surface est plutôt noire que bleue. Rien n'est triste comme la couleur de ces eaux qui ont l'air cadavéreuses et violacées et qui sont plus immobiles et plus nues que les rochers qui les entourent. De temps en temps on croit être arrivé au haut de la montagne, mais tout à coup elle fait un détour, semble s'allonger, comme courir devant vous à mesure que vous montez sur elle ; vous vous arrêtez pourtant, croyant que la montagne vous

barre le passage et vous empêche d'aller plus avant,
que tout est fini, et qu'il n'y a plus qu'à se retourner
pour voir la France, mais voilà que subitement, et
comme si la montagne se déchirait, la Maladetta surgit devant vous. À gauche toutes les montagnes de
l'Auvergne, à droite la Catalogne, l'Espagne là devant
vous, et l'esprit peut courir jusqu'à Séville, jusqu'à
Tolède, dans l'Alhambra, jusqu'à Cordoue, jusqu'à
Cadix, escaladant les montagnes et volant avec les
aigles qui planent sur nos têtes[1], ainsi que d'une
plage de l'Océan l'œil plonge dans l'horizon, suit le
sillage des navires et voit de là, dans la lointaine
Amérique, les bananiers en fleurs, et les hamacs suspendus aux platanes des forêts vierges.

À voir tous les pics hérissés qui s'abaissent et
montent inégalement, les uns apparaissant derrière
les autres, tous se pressant, serrés et portés au ciel
dans des efforts immenses, on dirait les vagues
colossales d'un océan de neige qui se serait immo-
bilisé tout à coup.

En longeant la montagne le sentier se rétrécit, et
les schistes calcaires sur lesquels on marche ressemblent à des lames de couteaux qui vous offri-
raient leur tranchant.

Quand on est arrivé à la hauteur de la Pique, on
est retourné vers la France que l'on aperçoit dans
les nuages, et dont les plaines se dressent au loin
comme des immenses tableaux suspendus, vous
offrant des massifs d'arbres, des vallées qui ondulent, des plaines qui s'étendent à l'infini, spectacle
d'aigles que vous contemplez du haut d'un amphithéâtre de mille cinq cents toises.

Dans les gorges des montagnes placées sous nous,
des nuages blancs se formaient et montaient dans le
ciel; le vent de la terre les faisait monter vers nous,
et quand ils nous ont entourés, le soleil qui les traversait comme à travers un tamis blanc fit à chacun

de nous une auréole qui couronnait notre ombre et marchait à nos côtés.

Toulouse

Il est commode de n'avoir qu'une demi-science, tout est clair et s'explique ; une érudition plus avancée me gênerait et j'en sais juste assez pour pouvoir dire des sottises de la meilleure foi du monde. Je vois clair comme le jour dans les recoins les plus obscurs, tout s'explique et s'encadre dans mon système ; j'assigne les dates et les caractères avec sang-froid et une assurance miraculeuse. Je retrouve complaisamment ce que j'ai flairé et je fais de la philosophie de l'art sans en savoir l'alphabet. Ce que je pourrais dire ici de Saint-Sernin[1] serait le pendant de Saint-Bertrand-de-Comminges, ratatouille de style qui figurerait bien en face de l'autre, flanquée de cornichons et de réflexions esthétiques. Je vais donc, comme un vrai savant, indiquer ici un aperçu ingénieux qui va se trouver là à propos de rien, comme il m'est pointé hier soir dans l'esprit en me couchant.

Écrit sur le canal du Midi[2] pour passer le temps :

Il ne s'agirait rien moins que de savoir pourquoi, en avançant dans le XVIe siècle et dans le XVIIe, on trouve en architecture précisément l'inverse de ce qui arrive dans l'histoire de la poésie et de la prose ; pourquoi la pierre se dégrade tandis que la parole devient au contraire éminemment plus nette et plus accentuée. À mesure, par exemple, que Rabelais se filtre et se clarifie dans Montaigne, que Régnier succède à Ronsard et qu'il n'est pas jusqu'à Scarron qui ne se souvienne de Francion[3], le style de Louis XIII succède hélas à celui d'Henri II, les fenêtres des maisons se rétrécissent et le mur blanc gagne sur les sculptures qu'on y avait dessinées. Non pas que je veuille dire que bien des figures et des niches curieusement taillées n'aient sauté aussi dans le style, abattues à grands coups de marteau, cassées en bloc pour faire de la prose, mais ici il y a renaissance, là il y a mort.

Quand on lit Rabelais et qu'on s'y aventure, on finit par perdre le fil et par avancer dans un dédale dont vous ne savez bientôt ni les issues ni les entrées ; ce sont des arabesques à n'en plus finir, des poussées de rire qui étourdissent, des fusées de folle gaieté qui retombent en gerbes, illuminant et obscurcissant à la fois à la manière des grands feux ; rien de général ne se saisit, on pressent et on prévoit bien quelque chose, mais quant à un sens clair, à une idée nette, c'est ce qu'il n'y faut point chercher. Dans Montaigne tout est libre, facile ; on y nage en pleine intelligence humaine, chaque flot de pensée emplit et colore la longue phrase causeuse qui finit tantôt par un saut tantôt par un arrêt. La pensée de la Renaissance, d'abord vague et confuse, pleine de rire et de joie géante dans Rabelais, est devenue plus humaine, dégagée d'idéal et de fantastique ; elle a quitté le roman et est devenue philosophie. Ce que je voudrais nettement exprimer, c'est la marche ascendante du style, le muscle dans la phrase qui devient chaque jour plus dessiné et plus raide. Ainsi passez de Retz à Pascal, de Corneille à Molière, l'idée se précise et la phrase se resserre, s'éclaire ; elle laisse rayonner en elle l'idée qu'elle contient comme une lampe dans un globe de cristal, mais la lumière est si pure et si éclatante qu'on ne voit pas ce qui la couvre. C'est là, si je ne me trompe, l'essence de la prose française du XVIIe siècle : le dégagement de la forme pour rendre la pensée, la métaphysique dans l'art, et, pour employer un mot qui sent trop l'école, la substance en tant qu'être. Je doute que l'architecture ait fait quelque chose de semblable. Elle se dépouille bien, en effet, comme le style, de tous les contours qui entravaient sa marche, et comme dans le style aussi elle a passé un rabot qui fait sauter mille choses gracieuses de la Renaissance ou du Moyen Âge qui disparaissent pour toujours avec les derniers vestiges de grâce naïve ; la bonne pensée gauloise, échauffée au souvenir latin, ne s'en ira pas moins ; l'arabesque meurt avec Rabelais, la Renaissance, quelque belle qu'elle ait été, n'a vécu qu'un jour. Ce qui a été pour la pierre tout un jour de vie est une aurore, une ère nouvelle pour les lettres. C'est que la pierre n'exprime ni la philosophie ni la critique ; elle ne fait ni le roman, ni le conte, ni le drame ; elle est l'hymne. Il ne lui est plus resté après Luther, après la *satire Ménippée*[1], qu'à s'aligner dans les quais, à paver les routes, à bâtir des palais, et Louis XIV qui voulait s'en faire des temples pour y vivre n'a pu lui donner la vie ; le sang en était parti avec la foi, c'était chose usée, outil cassé dont l'ouvrier était mort. Tout ce que la pierre n'avait pas dit, la prose se chargea de le dire et elle le dit bien. Maintenant que nous croyons tout expirant, que trois siècles de littérature ont raffiné sur chaque nuance du cœur de l'homme, usant toutes les formes, parlant tous les mots, faisant vingt langues dans un siècle et renfermant dans une immense synthèse Pascal contre Montaigne, Voltaire contre Bossuet, La Fontaine et Marot, Chateaubriand et Rousseau, le doute et la foi, l'art et la poésie, la monarchie et la démocratie, tous les cris les plus doux et les plus forts, à cette heure, dis-je, où les poètes se rencontrent inquiets et où chacun demande à l'autre s'il a retrouvé la Muse envolée, quelle sera la lyre sur laquelle les hommes chanteront ? reprendront-ils le ciseau pour bâtir la Babel de leurs idées ? dans quelle eau de Jouvence se retrempera leur plume? C'est ce que je me disais dans Saint-Sernin à Toulouse, me promenant sous sa belle nef romane; catacombe de pierre où sont ensevelies de vieilles idées, nous n'avons pour elle qu'une vénération de curiosité et nous faisons craquer nos bottes vernies sur les dalles où dorment les saints. Eh! pourquoi pas? Que nous font les saints, à nous autres? Nous étudions l'histoire du christianisme comme celle de l'islamisme et nous nous ennuyons de l'un et de l'autre. Nous sentons bien qu'il nous faut quelque chose que nous ne savons pas, mais ce n'est rien de ce qu'on nous offre. J'étais fatigué de l'église, quelque beau que soit son roman, j'étais assommé d'églises et je le suis encore; le curé nous dit qu'il avait des reliques, je l'ai cru en homme bien élevé, et un mouvement de joie inconcevable m'a fait bondir le cœur quand il m'a dit que le vélin des missels avait fait des cartouches. Je rencontrais là au moins quelque chose de notre vie, de ma vie, de la colère brutale; une passion au moins que nous comprenons, qu'un rien peut rallumer, tandis que pour la foi la niche même en est cassée en pièces dans notre cœur.

Qu'avais-je besoin d'aller à Saint-Sernin pour voir des arceaux romans dans le goût moresque, un vieux christ en bois doré qui m'a fait penser à Don Quichotte et qu'un autre jour j'aurais trouvé superbe? Mais j'avais mal dormi et j'avais froid, et puis il y a des choses qu'on ne sent bien qu'en certains jours; il faut être en humeur et en veine de manger. C'est comme le canal du Midi sur lequel j'écris maintenant: traîné par des chevaux, notre bateau glisse entre des rangées d'arbres qui mirent leurs têtes rondes dans l'eau, l'eau fait semblant de murmurer à la proue, nous nous arrêtons de temps en temps à des écluses, la manivelle crie et la corde se tend. Il y a des gens qui trouvent cela superbe et qui se pâment en sensation pittoresque, cela m'ennuie comme la poésie descriptive. Quand on a dépassé certaines classes d'idées et d'émotions, on ne regarde guère ce qui est au-dessous de vous; il en est de même pour tout, pour les croyances, pour les amours; nous ne nous reverrons jamais qu'en imagination dans notre temps passé, et nous ne l'aurons que par souvenir. Quelquefois, il est vrai, on détourne la tête pour voir en arrière, mais les jambes vous portent toujours en avant, le cœur humain pas plus que l'histoire ne recule jamais, et comme sous les pieds du cheval d'Attila l'herbe ne repousse pas où il a marché et brouté.

D'ailleurs c'est toujours la même chose, une église du Midi! Le dehors est roman, le plus souvent le portail est de la Renaissance; à l'intérieur, du rechampissage et du badigeon.

Ainsi qu'à Saint-Bertrand-de-Comminges, le chœur de Saint-Sernin à Toulouse est de bois sculpté, bien inférieur à celui-ci tant par l'exécution que par le dessin; les culs-de-lampe du dais continu qui couronne les miséricordes tombent moins bas, sont plus raides et plus carrés; les miséricordes elles-mêmes ne signifient rien, elles sont sculptées plus lourdement et leur rangée est terminée aux quatre coins par de gros Amours qui ont le ventre tendu comme des hydropiques. Au fond, en face de la chaire de l'évêque et collée au mur, se dresse une grande Naïade les cheveux en arrière et présentant l'abdomen dans un mouvement de croupe à la Bacchante, incartade drolatique mise en face de Monseigneur pour le délecter un peu pendant l'office. Car j'imagine que l'homme qui s'asseyait dans cette chaire-là, au milieu de ces femmes nues, de ces Amours bouffis et de ces guirlandes sur lesquelles ils dansent, devait lire Marot plus que saint Augustin et faire ses petites heures d'Horace, à la mode des pré-

lats du xvie siècle qui avaient peur de gâter leur lati-
nité en lisant l'évangile. Entre chaque miséricorde il
y a alternativement, sur la partie la plus saillante,
une jeune femme et une vieille : les premières sont
belles, de face pure, et vous regardent avec une
sécurité impudente ; les secondes sont maigres et
furieuses et tiennent le milieu entre la sorcière et la
harpie.

L'église Saint-Étienne se compose de deux parties, deux nefs ajustées ensemble, avec un angle à
gauche comme deux bâtons l'un au bout de l'autre
et mal attachés ; la première est romane, la seconde
est gothique. Le chœur est de la restauration, de
même qu'à Castelnaudary[1]. L'église Saint-Michel a
un portail gothique, masqué par une porte moderne,
et son autre façade a été bouchée avec du plâtre.
Saint-Jean vous offre une enveloppe carlovingienne
et un intérieur plein de mauvaises peintures d'auberge. On entre là pensant y rencontrer le Moyen
Âge et on trouve la Restauration.

Ce matin, quand nous sommes allés à Saint-
Ferréol, j'ai regardé du haut du parapet le grand
bassin ; l'eau était basse et le vent tiraillait sur les
cailloux çà et là, comme une loque, une méchante
vague. Vous auriez fermé les yeux et vous auriez
reconnu que ce n'était pas le bruit d'un lac, mais
une vague artificielle tant sa voix était phtisique
et grêle. À cette minute je suis encaissé entre deux
écluses ; quand le trop-plein arrive, l'eau coule bête-
ment et fait le long des pierres comme le bruit d'un
homme qui pisse dans un pot de chambre. Voilà le
soleil qui se couche, et les joncs du bord se mirent
dans l'eau et dessinent en avant et en arrière une
longue bande d'ombre. Les joncs ici sont taillés au
cordeau et égalisés, on les y plante (planter des
joncs !) et on en fait une sorte de palissade d'herbe
droite pour empêcher *d'endommager les propriétés.*

Comme je ne suis pas propriétaire, j'aimerais autant voir sous l'eau un champ d'herbes inclinées irrégulièrement, en petits clochers verts qu'agiterait maintenant le vent et qui se ploieraient sous le poids des sauterelles qui s'y mirent avec elles.

———————

Marseille

C'est à Toulouse qu'on s'aperçoit vraiment que l'on a quitté la montagne et qu'on entre en plein Midi. On se gorge de fruits rouges, de figues à la chair grasse. Le Languedoc est un pays de soulas, de vie douce et facile ; à Carcassonne, à Narbonne, sur toute la ligne de Toulouse à Marseille, ce sont de grandes prairies couvertes de raisins qui jonchent la terre. Çà et là des masses grises d'oliviers, comme des pompons de soie ; au fond, les montagnes de l'Hérault. L'air est chaud, et le vent du Sud fait sourire de bien-être. Les gens sont doux et polis. Pays ouvert et qui reçoit grassement l'étranger, le Languedoc n'offre point de saillies bien tranchées ni dans les types, ni dans le costume, ni dans l'idiome. Tout le Midi en effet y a passé et y a laissé quelque chose : Romains, Goths, Francs du Nord aussi, dans la guerre des Albigeois, Espagnols à leur tour, tous y sont venus et y ont chassé sans doute tout élément national et primitif ; la nationalité s'est retirée plus haute et plus sombre dans les montagnes, ou plus acariâtre et violente dans la Provence. Quoique je n'aie rien retrouvé du Midi du Moyen Âge (à l'exception peut-être de quelques sculptures albigeoises à en juger par leur ressemblance avec les monuments persans à cause de la reproduction du cheval ailé et d'autres symboles ultra-caucasiques que n'a point employés le Nord), la différence n'en reste pas moins sensible entre les deux provinces. En arrivant à Nîmes, par exemple, qui est pourtant encore du Languedoc, tout est changé, et la population y est criarde et avide; elle ressemble un peu, je crois, à ce que devait être le bas peuple à Rome, les affranchis, les barbiers, les souteneurs, tous les valets de Plaute. Cela tient sans doute à ce que je les ai vus à l'ombre des arènes et dans un pays tout romain.

Le lendemain matin de mon arrivée à Carcassonne, j'ai été sur la grande place[1]. C'est là une vraie place du Midi, où il fait bon dormir à l'ombre pour faire la sieste. Elle est plantée de platanes qui y jettent de l'ombre, et la grande fontaine au milieu, ornée de Naïades tenant entre leurs cuisses des dauphins, répand tout alentour cette suave fraîcheur des eaux que les pores hument si bien. On y tenait le marché : dans des corbeilles de jonc étaient dressées des pyramides de fruits, raisins, figues, poires; le ciel était bleu, tout souriait, je sortais de table, j'étais heureux.

En face de la ville moderne il y a la vieille, dont les pans de murs s'étendent en grandes lignes grises de l'autre côté du fleuve, comme une rue romaine. On y monte par une rampe qui suit la colline; on passe les tours d'entrée et l'on se trouve dans les rues. Elles sont droites et petites, pleines de tas de fumier, resserrées entre de vieilles maisons la plupart abandonnées; de temps en temps un petit jardin avec une vigne et un olivier s'élève entre des toits plats. Sur une place il y a un grand puits roman dont le dedans est tout tapissé d'herbes; personne n'y puise plus de l'eau, les plantes poussent au fond dans la source à moitié comblée. La ville est entourée d'un réseau de murs, romains par la base, gothiques par la tête; on les répare, on les soutient du moins[2]. Les portes aux mâchicoulis sont encore debout, mais je n'y ai trouvé ni soldat romain, ni archer latin, disparus également sous l'herbe des fossés. Si on regarde du côté de la campagne, tout est radieux et illuminé de soleil et flambe de vie. La vieille ville est là, assise sur la colline, et regarde les champs étendus à ses pieds depuis longtemps, comme un vieux terme[1] dans un jardin.

L'église[2] est gothique d'extérieur, romane à l'intérieur. Quand nous y sommes entrés, on moulait une vieille sculpture illisible où l'on ne voyait que confusément des cavaliers, une tour, un assaut[3]. Qu'est maintenant devenu le déblaiement de la chapelle latérale ?

Dans la cathédrale de la ville neuve[4], chapelle très remarquable par deux statues, l'une de saint Benoît et l'autre de saint Jean.

C'était vendanges tout le long de la route jusqu'à Nîmes, aussi avons-nous vu des charrettes couvertes de baquets rougis ; partout on cueillait la vigne dans les champs.

Il était environ midi quand nous entrâmes à Narbonne. Le soleil dorait toute la campagne et la cathédrale se détachait sur l'azur du ciel, je n'avais pas l'idée de ce que c'était qu'un horizon. Pendant deux jours, c'est bien mieux, j'ai vécu en pleine antiquité, à Nîmes et à Arles.

Rien ne se rattache au Pont du Gard que le vague souvenir qu'évoquent ces grands débris de grandeur romaine ; il ne coule plus rien dans l'aqueduc comblé en partie dans son long tuyau de pierre par les stalactites que les cours des eaux ont formées et qui font comme une double enceinte intérieure. Trois rangs d'arcades superposés les uns sur les autres supportent la rivière aérienne dans le lit de laquelle on se promène maintenant à pied sec. En bas et tout petit, coule le Gard qui ne passait alors que sous deux arches, tant le pont est grand et s'étend sur la campagne ; une partie s'est cachée et enfouie, des deux côtés du fleuve, dans les deux coteaux où l'édifice est appuyé, de sorte que ça fait comme un grand corps de pierre dont la tête et les pieds sont enfoncés dans le sable. En regardant d'en bas la hauteur du jet de ces voûtes, si fortes et si élégantes à la fois, il m'est venu à l'idée qu'on n'avait pas élevé de monument à l'ingénieur qui les avait élevées comme on l'a fait à M. Lebas pour le Luxor [1], et que les hommes qui ont fait tout cela ne sortaient pas de l'École polytechnique !

Le soleil était presque couché quand nous fûmes de retour à Nîmes ; la grande ombre des arènes se projetait tout alentour ; le vent de la nuit s'élevant faisait battre au haut des arcades les figuiers sauvages poussés sous les assises des mâts du vélarium. C'était à cette heure-là que souvent le spectacle devait finir, quand il s'était bien prolongé et que lions et gladiateurs s'étaient longuement tués. Le gardien vint nous ouvrir la grille de fer et nous entrâmes seuls sous les galeries abandonnées où se croisèrent et allèrent tant de pas dont les pieds sont ailleurs.

L'arène était vide et on eût dit qu'on venait de la quitter, car les gradins sont là tout autour et dressés en amphithéâtre pour que tout le monde puisse voir. Voici la loge de l'Empereur, voici celle des chevaliers un peu plus bas, les vestales étaient en face ; voici les trois portes par où s'élançaient à la fois les gladiateurs et les bêtes fauves, si bien que si les morts revenaient, ils retrouveraient intactes leurs places laissées vides depuis deux mille ans, et pourraient s'y rasseoir encore, car personne ne la leur a prise, et le cirque a l'air d'attendre les vieux hôtes évanouis. Qui dira tout ce que savent ces pierres nues, tout ce qu'elles ont entendu, les jours qu'elles étaient neuves et quand la terre ne leur était pas montée jusqu'au cou ? cris féroces, trépignements d'impatience, tout ce qui s'est dit, sur ce seul coin de pierre, de triste, de gai, d'atroce et de folâtre, tous ceux qui ont ri, tous

ceux qui sont venus, qui s'y sont assis et qui se sont
levés ; il fut un temps où tout cela était retentissant
de voix sonores, du bas jusqu'en haut, ce n'étaient
que laticlaves bordés de rouge, manteaux de
pourpre, sur l'épaule des sénateurs ; le vélarium flottait et le safran mouillait le sable[1] avant que la rosée
de sang n'en ait fait une boue. Que disait-on en attendant la venue de César ou du préteur, quand sous ses
pieds dans les caveaux qui sont là rugissaient les
panthères et que tout le monde se penchait en avant
pour voir de quel air elles allaient sortir ? Qu'y disait
Dave à Formion, Libertinus à Postumus ? Quelle histoire racontait Hippia au consul ? de quel air riaient
les sénateurs quand la place des chevaliers se trouvait prise ? Et là-haut, suspendus au plus haut, pourquoi les affranchis crient-ils si fort que tout le monde
se tourne vers eux ? Et à cette heure-là, au crépuscule, quand tout était fini, que l'empereur se levait de
sa loge, quand la vapeur grasse du théâtre montait au
ciel toute chaude de sang et d'haleines, le soleil se
couchait comme aujourd'hui dans son ciel bleu, le
bruit s'écoulait peu à peu ; on venait enlever les
morts, la courtisane remontait dans sa litière pour
aller aux thermes avant souper, et Gito[2] courait bien
vite chez le barbier se faire nettoyer les ongles et épi-
ler les joues, car la nuit va venir et on l'aime tant !

Ce qu'on appelle la Fontaine à Nîmes est un
grand jardin plein d'ombrage et de murmures. Il n'y
avait pas tant d'eau du temps qu'on se baignait sous
les colonnes de marbre qui se trouvent suspendre
une grande allée de jardin dans laquelle vous marchez[3]. Au milieu il y a une île avec des Amours et
des Naïades du temps de Louis XIV qui a fait
construire le canal qui conduit l'eau jusqu'à la ville.
Au fond du jardin et à côté de la fontaine, à gauche,
est le temple de Diane dont la voûte est écroulée ; on
marche sur les frises et les corniches, les acanthes

de marbre sont couvertes de mousse, les statues sont brisées et on n'en voit que des tronçons, morceaux de draperies qui semblent déchirés et qui se tiennent debout seuls comme des loques de marbre ; on se demande où est le reste.

Du haut de la tour Magne on voit toute la plaine de Nîmes, ses maisonnettes éparses dans la campagne, à mi-côte, toutes entourées de jardins d'oliviers et de vignes, et chacune assise à son aise dans la verdure grise de ses touffes d'oliviers. De longues rues qui descendent vers la ville, encaissées dans deux couloirs de murs faits avec de la poussière et des cailloux, ressemblent à des lignes de craie serpentant sur un tapis vert.

Je n'ai pas eu le temps de voir complètement la Maison Carrée.

À Arles également j'aurais voulu rester plus longtemps et y savourer longuement toutes les délicatesses sans nombre du cloître Saint-Trophime, qu'il faut avoir vu pour aimer et pour désirer encore Arles. Souvenir romain, un souvenir triste et grave, surtout sur le soir. Son amphithéâtre n'est pas, comme celui de Nîmes, presque intact[1] et retrouvé tout entier comme une statue déterrée, il est enfoui jusqu'au milieu dans la terre et les loges supérieures sont démantelées ; on dirait que les gradins qui s'écroulent veulent descendre dans l'arène. Malgré les tours de Charles Martel on ne pense guère aux Francs, et malgré la chaumière laissée comme spécimen de toutes celles qui emplissaient naguère le cirque, on ne pense guère non plus au Moyen Âge[2].

Ces monuments romains sont comme un squelette dont les os çà et là passent à travers la terre ; aux ondulations du gazon on devine la forme du mort. Le théâtre est encore enfoui sous les maisons voisines et il n'y a qu'un coin qui se montre ; sur une plate-forme qui faisait face aux bancs de pierre et que j'ai jugée la scène, deux colonnes de marbre blanc [1] sont encore debout, hautes toutes deux, décorées d'une collerette de feuilles d'acanthe, tandis que toutes les autres sont étendues, mutilées, à leurs pieds. C'est par là qu'on a joué Plaute et Térence et que les Mascarilles du monde latin ont fait rire le peuple ; l'ombre de la comédie latine palpite encore là. Au coin de la rue une fille sur sa porte attendait l'aventure (*carnem homini tenentem* [2]), mais les bougies du lupanar qui devaient brûler jour et nuit étaient éteintes, tant toute splendeur se perd ; pauvre ruine d'amour, à côté de la ruine de l'art et qui vivait dans son ombre. Les Arlésiennes sont jolies. On en voit peu, on m'a dit qu'on n'en voyait plus. On ne voit donc plus rien maintenant ! C'est là ce qu'on appelle le type gréco-romain ; leur taille est forte et svelte à la fois comme un fût de marbre, leur profil exquis est entouré d'une large bande de velours rouge qui leur passe sur le haut de la tête, se rattache sous leur cou et rehausse ainsi la couleur noire de leurs cheveux et fait nuance avec l'éclat de leur peau, toute chauffée de reflets de soleil.

C'est le lendemain, en me réveillant, que j'ai aperçu la Méditerranée, toute couverte encore des vapeurs du matin qui montaient pompées par le soleil ; ses eaux azurées étaient étendues entre les parois grises des rochers de la baie avec un calme et une solennité antiques. Toute la côte qui descend jusqu'au rivage est couverte de bastides éparses dans la campagne, leurs volets étaient fermés et le jour les surprenait tout endormies entre les oliviers et les figuiers qui les entourent.

J'aime bien la Méditerranée, elle a quelque chose de grave et de tendre qui fait penser à la Grèce, quelque chose d'immense et de voluptueux qui fait penser à l'Orient. À la baie aux Oursins, où j'ai été pour voir pêcher le thon, je me serais cru volontiers

sur un rivage d'Asie Mineure. Il faisait si beau soleil,
toute la nature en fête vous entrait si bien dans la
peau et dans le cœur ! C'est la fille du patron Scard
qui nous a reçus ; elle nous a fait monter dans sa
maison, des filets étaient étendus par terre, et le
jour qui entrait par la fenêtre faisait éclater de blancheur la peinture à la colle qui décorait la muraille.
Mlle Scard n'est pas jolie, mais elle avait des mouvements de tête et de taille les plus gracieux du
monde ; tout en causant, elle se tenait sur sa chaise
d'une façon mignarde et naïve. J'ai pensé aux belles
demoiselles de ville qui se lissent, qui se sanglent,
qui jeûnent et qui, après tout, ne valent pas en esprit
et en beauté le sans-façon cordial de la fille du bord
de la mer. Elle est venue avec nous dans la barque
et elle a causé tout le temps avec nous comme une
bonne créature. Ses yeux sont du même azur que la
mer. Pas un souffle d'air ne ridait les flots, et nous
avancions à la rame doucement et tout en suivant la
direction du filet ; l'eau est si transparente que je
m'amusais à regarder la madrague[1] qui filait sous
notre barque et les petits poissons se jouer dans les
mailles avec toutes les couleurs chatoyantes que
leur donnait le soleil qui, passant à travers les flots,
les colorait de mille nuances d'azur, d'or et d'éme-
raude ; ils frétillaient, passaient et revenaient avec
mille petits mouvements les plus gentils du monde.
À mesure qu'on s'avance, le filet se resserre et
s'étrangle de plus en plus vers les trois barques placées au large, qui forment comme un cul-de-sac où
doit se rendre tout le poisson pris dans le filet antérieur. Les nattes de jonc accrochées aux barques,
plongées dans l'eau et sur les bords se relevant en
coquille, avaient l'air du berceau d'une Naïade.

Un dimanche soir[2] j'ai vu le peuple se réjouir. Ce
qui chagrine le plus les gens vertueux c'est de voir le
peuple s'amuser. Il y a de quoi les chagriner fort à

Marseille, car il s'y amuse tout à son aise, et boit le
plaisir par tous les pores, sous toutes les formes,
tant qu'il peut. J'en suis rentré le soir tout édifié et
plein d'estime pour ces bonnes gens qui dînent sans
causer politique et qui s'enivrent sans philosophie.
La rue de la Darse[1] était pleine de marins de toutes
les nations, juifs, arméniens, grecs, tous en costume
national, encombrant les cabarets, riant avec des
filles, renversant des pots de vin, chantant, dansant,
faisant l'amour à leur aise. Aux portes des guin-
guettes, c'était une foule mouvante, chaude et gaie,
qui se dressait sur la pointe des pieds pour voir ceux
qui étaient attablés, qui jouaient et qui fumaient.
Nous nous y sommes mêlés et à travers les vitres
obscurcies nous avons vu, tout au fond d'une grande
pièce, la représentation d'un mystère provençal.
Sur une estrade au fond se tenaient quatre à cinq
personnages richement vêtus ; il y avait le roi avec
sa couronne, la reine, le paysan à qui on avait
enlevé sa fille et qui se disputait avec le ravisseur
pendant que la mère désolée et s'arrachant les cheveux chantait une espèce de complainte avec des
exclamations nombreuses, comme dans les tragé-
dies d'Eschyle. Le dialogue était vif et animé, impro-
visé sans doute, plein de saillies à coup sûr à en
juger par les éclats de rire et les applaudissements
qui survenaient de temps à autre dans l'auditoire.
Tous ces braves gens écoutaient et goûtaient l'air
avec respect et recueillement d'une manière à
réjouir un poète s'il fût passé là. J'ai remarqué que
les tables étaient presque toutes vides ou à peu près,
on se pressait pour entrer, et la foule s'introduisait
flot à flot comme elle pouvait, mais sans troubler le
spectacle. Des joueurs de mandoline ou des chanteurs étaient aussi dans la rue, il y avait des cercles
autour d'eux. On n'entendait aucun chant d'ivrogne ;
les tavernes du rez-de-chaussée, toutes ouvertes,

fermaient la vue de ce qui se passait au-dedans par
un grand rideau blanc qui tombait depuis le haut
jusqu'en bas ; lorsque quelqu'un allait ou venait,
on l'entrouvrait ; on voyait assis, sur des tabourets
séparés, trois ou quatre hommes du peuple, les bras
nus, tenant des femmes sur leurs genoux.

À Toulon, j'ai revu, au coin d'une rue, encore un
de ces drames, mais cette fois en français ; la scène
était plus simple : un nain fort laid causait avec une
grande fille assez jolie et exerçait sa verve sur les
riches et les gens d'esprit, ce qui faisait rire les
pauvres et les sots. Pour un homme intelligent qui
saurait le provençal ou qui voudrait l'apprendre, ce
serait une chose à étudier que ces derniers restes du
théâtre roman, où l'on retrouverait peut-être tout à
la fois des romanceros espagnols, des *canzone* des
troubadours, des atellanes latines[1] et de la farce italienne du temps de Scaramouche, quand Molière y
prit son *Médecin barbouillé*[2].

Marseille est une jolie ville, bâtie de grandes maisons qui ont l'air de palais. Le soleil, le grand air du
Midi entrent librement dans ses longues rues ; on y
sent je ne sais quoi d'oriental, on y marche à l'aise,
on respire content, la peau se dilate et hume le soleil
comme un grand bain de lumière. Marseille est
maintenant ce que devait être la Perse dans l'antiquité, Alexandrie au Moyen Âge : un capharnaüm,
une babel de toutes les nations, où l'on voit des cheveux blonds, ras, de grandes barbes noires, la peau
blanche rayée de veines bleues, le teint olivâtre de
l'Asie, des yeux bleus, des regards noirs, tous les
costumes, la veste, le manteau, le drap, la toile, la
collerette rabattue des Anglais, le turban et les larges
pantalons des Turcs. Vous entendez parler cent
langues inconnues, le slave, le sanscrit, le persan, le
scythe, l'égyptien[3], tous les idiomes, ceux qu'on
parle au pays des neiges, ceux qu'on soupire dans

les terres du Sud. Combien sont venus là sur ce quai
où il fait maintenant si beau, et qui sont retournés
auprès de leur cheminée de charbon de terre, ou
dans leurs huttes au bord des grands fleuves, sous
les palmiers de cent coudées, ou dans leur maison
de jonc au bord du Gange? Nous avons pris une de
ces petites barques couvertes de tentes carrées, avec
des franges blanches et rouges, et nous nous
sommes fait descendre de l'autre côté du port où il
y a des marchands, des voiliers, des vendeurs de
toute espèce. Nous sommes entrés dans une de ces
boutiques pour y acheter des pipes turques, des sandales, des cannes d'agavé[1], toutes ces babioles éta-
lées sous des vitres, venues de Smyrne, d'Alexandrie,
de Constantinople, qui exhalent pour l'homme à
l'imagination complaisante tous les parfums d'Orient,
les images de la vie du sérail, les caravanes chemi-
nant au désert, les grandes cités ensevelies dans le
sable, les clairs de lune sur le Bosphore. J'y suis
resté longtemps; il y avait toutes sortes d'oiseaux
venus de pays divers, enfermés dans des cages devant
la boutique, qui battaient leurs ailes au soleil.
Pauvres bêtes, qui regrettaient leur pays, leur nid
resté vide à deux mille lieues d'ici dans de grands
arbres, bien hauts. Si j'ai maudit les bains de Bordeaux, je bénis ceux de Marseille. Quand j'y fus,
c'était le soir, au soleil couchant; il y avait peu de
monde, j'avais toute la mer pour moi. Le grand
calme qu'il faisait est des plus agréables pour nager,
et le flot vous berce tout doucement avec un grand
charme. Quelquefois j'écartais les quatre membres
et je restais suspendu sur l'eau sans rien faire,
regardant le fond de la mer tout tapissé de varechs,
d'herbes vertes qui se remuent lentement, suivant le
roulis qui les agite lentement comme une brise. Le
soleil n'avait plus de rayons, et son grand disque
rouge s'enfonçait sous l'horizon des flots, leur don-

nant des teintes roses et rouge pourpre ; quand il s'est couché, tout est devenu noir, et le vent du soir a fait faire du bruit aux flots en les poussant un peu sur les rochers qui se trouvaient sur le rivage.

J'ai eu le même spectacle le lendemain en allant dîner au Prado[1]. Nous nous sommes promenés en barque dans une petite rivière qui se jette là ; des touffes d'arbres retombent au milieu, mes rames s'engageaient dans les feuilles restées sur le courant... qui ne coule pas, exercice qui m'a préparé à recevoir l'excellent dîner que nous avons fait chez Courty[2], grâce aux ordres et à la bourse de M. Cauvière[3].

À Toulon[4], il va sans dire[5] que j'ai visité un vaisseau de ligne. C'est certainement beau, grand, inspirant. J'ai vu des marins qui mangeaient dans de la porcelaine, j'ai assisté au salut du pavillon, etc., j'ai pu, comme tous les badauds, être étonné de voir des tapis et des fauteuils élastiques dans la chambre du capitaine ; mais en vue de marine j'aime mieux celle d'un petit port de mer comme Lansac, comme Trouville, où toutes les barques sont noires, usées, retapées, où tout sent le goudron, où la poulie rouillée crie au haut du mât, où les marteaux résonnent sur les vieilles carcasses qu'on calfeutre. De même, les fortifications de Toulon peuvent être une belle chose pour les troupiers, mais je n'aime point l'art militaire dans ce qu'il a de boutonné, de propre ; les remparts ne me plaisent qu'à moitié détruits. Il y a plus de poésie dans la casaque trouée d'un vieux troupier que sur l'uniforme le plus doré d'un général ; les drapeaux ne sont beaux que lorsqu'ils sont à moitié déchirés et noirs de poudre. Les canons du *Marengo* étaient tous en bon état et cirés comme des bottes ; est-ce qu'un canon n'est pas plus beau à voir avec quelques longues taches de sang qui coule et la gueule encore fumante ? À bord, au contraire, tout était propre, ciré, frotté, fait pour plaire aux dames quand elles viennent. Ces messieurs sont d'une politesse exquise et ont fait exécuter je ne sais quelle manœuvre pour nous faire honneur quand nous avons remis le pied sur notre embarcation. Nous revenions de Saint-Mandrier[1], que nous avons visité, guidés par un de ses médecins, M. Reynaud fils[2] ; on m'y a fait admirer une église toute neuve bâtie par les forçats[3], j'ai admiré le coup de génie qui a fait construire un temple à Dieu par la main des assassins et des voleurs. Il est vrai *que ça n'a rien coûté*, mais il est vrai aussi qu'il est impossible, sinon absurde, d'y dire la messe : la forme ronde de cette bâtisse a contraint à placer l'autel sur un des points de la circonférence, de sorte qu'il est impossible que les fidèles puissent voir le prêtre. Je crois, au reste, que les fidèles qui viennent là y sont peu sensibles ; s'ils trempent les mains dans le bénitier placé à l'entrée, ce n'est uniquement que pour se les laver. Il faut voir la citerne de l'hôpital dont l'écho répète tous les sons avec un vacarme épouvantable ; on y tire des coups de fusil, on y joue du cornet à piston, on crie, on chante, on miaule, on fait toutes sortes de bruits absurdes pour avoir le plaisir de se les entendre répéter plus nombreux et plus forts.

La rade de Toulon est belle à voir, surtout quand, sorti des gorges d'Ollioules, on la voit qui s'étend tout au loin dans son rayon de trois lieues de circuit, avec les mâts de tous ses vaisseaux, ses bricks, ses frégates, toutes ces voiles blanches qu'on hisse et qu'on abaisse. À droite, on a le fort Napoléon, au fond le fort Faron. C'est par ce dernier que les républicains ont d'abord tenté le siège de la ville[4], qu'ils n'auraient jamais pu prendre sans le conseil de Bonaparte, qui affirma que tant que l'on ne serait pas maître de la rade, tous les efforts seraient inutiles, et qu'une fois la rade prise Toulon n'offri-

rait plus aucune défense. L'attaque commença donc
sur le point appelé le petit Gibraltar, qui domine
toute la mer et la ville elle-même qu'elle protège de
ce côté. Tous les détails du siège sont d'ailleurs
curieusement relatés dans l'*Histoire de la Révolution
française dans le département du Var*, par M. Lauvergne, un de mes amis, que j'ai fait en voyage, un
homme à moitié poète et à moitié médecin[1], offrant
un bon mélange de sentiments et d'idées ; il m'a dit
de ses vers, un soir que nous sommes revenus au
bord de la rade jusqu'à Toulon ; nous avons déjeuné
à une bastide voisine, dans un grand jardin plein
d'ombre, où il y avait de hautes cannes de Provence,
des avenue fraîches ; on a joué à la balançoire, on a
fumé des cigarettes de Havane. Passé une journée à
ne rien faire ; c'est toujours une de bonne, une journée tranquille, douce, où l'on a vécu avec des amis,
sous un beau ciel, l'estomac plein, le cœur heureux ;
elle s'est terminée par un beau crépuscule sur les
flots, par une promenade pleine de causerie divaguante, de ces causeries où l'on mêle de tout, et qui
tiennent à la fois de la rêverie solitaire au fond des
bois et de l'intimité babillarde du coin du feu.

Le lendemain matin nous nous sommes embar-
qués pour la Corse.

CORSE

Quand nous sommes partis de Toulon, la mer
était belle et promettait d'être bienveillante aux
estomacs faibles, aussi me suis-je embarqué avec la
sécurité d'un homme sûr de digérer son déjeuner.
Jusqu'au bout de la rade en effet, le *perfide élément*
est resté bon enfant, et le léger tangage imprimé à

notre bateau nous remuait avec une certaine langueur mêlée de charme. Je sentais mollement le
sommeil venir et je m'abandonnais au bercement de
la naïade tout en regardant derrière nous le sillage
de la quille qui s'élargissait et se perdait sur la grande
surface bleue. À la hauteur des îles d'Hyères, la
brise ne nous avait pas encore pris, et cependant de
larges vagues déferlaient avec vigueur sur les flancs
du bateau, sa carcasse en craquait (et la mienne
aussi) ; une grande ligne noire était marquée à l'horizon et les ondes, à mesure que nous avancions,
prenaient une teinte plus sombre, analogue tout à
fait à celle d'un jeune médecin qui se promenait de
long en large et dont les joues ressemblaient à du
varech tant il était vert d'angoisse. Jusque-là j'étais
resté couché sur le dos, dans la position la plus horizontale possible, et regardant le ciel où j'enviais
d'être, car il me semblait ne remuer guère, et je pensais le plus que je pouvais afin que les enfantements
de l'esprit fassent taire les cris de la chair. Secoué
dans le dos par les coups réguliers du piston, en
long par le tangage, de côté par le roulis, je n'entendais que le bruit régulier des roues et celui de
l'eau repoussée par elles et qui retombait en pluie
des deux côtés du bateau ; je ne voyais que le bout
du mât, et mon œil fixe et stupide placé dessus en
suivait tous les mouvements cadencés sans pouvoir
s'en détacher, comme je ne pouvais me détacher
non plus de mon banc de douleurs. La pluie survint,
il fallut rentrer, se lever pour aller s'étendre dans la
cabine où je devais rester pendant seize heures
comme un crachat sur un plancher, fixe et tout
gluant.

Le passager se composait de trois ecclésiastiques,
d'un ingénieur des ponts et chaussées, d'un jeune
médecin corse et d'un receveur des finances et de sa
jeune femme qui a eu une agonie de vingt-quatre

heures. La nuit vint, on alluma la lampe suspendue
aux écoutilles et que le roulis fit remuer et danser
toute la nuit ; on dressa la table pour les survivants,
après nous avoir fait l'ironique demande de nous y
asseoir. Les trois curés et M. Cloquet seuls se mirent
à manger. Cela avait quelque chose de triste, et je
commençai à m'apitoyer sur mon sort ; humilié déjà
de ma position, je l'étais encore plus de voir trois
curés boire et manger comme des laïques. J'aurais
pris tant de plaisir à me voir à leur place et eux à la
mienne ! Les rôles me semblaient intervertis, d'autant plus que l'un d'eux voyageait pour sa santé —
c'était bien plutôt à lui d'être malade — ; le second
s'occupait de botanique — et qu'est-ce qu'un bota-
niste a à faire sur les flots ? — le troisième avait l'air
d'un gros paysan décrassé, indigne de regarder la
mer et de rêver, tandis que moi j'aurais eu si bonne
grâce à table ! La nuit venue je l'aurais passée à
contempler les étoiles, le vent dans les cheveux, la
tempête dans le cœur. Le bonheur est toujours
réservé à des imbéciles qui ne savent pas en jouir.

Je m'endormis enfin, et mon sommeil dura à peu
près quatre heures. Il était minuit quand je me
réveillai, j'entendais les trois prêtres ronfler, les
autres voyageurs se taisaient ou soupiraient, un
grand bruit d'eaux qui venaient et se retiraient se
faisait sur les parois du navire, la mer était rude et
la mâture craquait ; une faible lueur de lune qui se
reflétait sur les flots venait d'en face et disparaissait
de temps en temps, et celle de la lampe jetait sur les
cabines des ondulations qui passaient et repassaient
avec le mouvement du roulis. Alors je me mis à me
rappeler Panurge en pareille occurrence, lorsque
« la mer remuait du bas abysme » et que tristement
assis au pied du grand mât il enviait le sort des
pourceaux[1] ; je m'amusai à continuer le parallèle,
tâchant de me faire rire sur le compte de Panurge

afin de ne pas trop m'attrister sur moi-même. L'immobilité à laquelle j'étais condamné me fatiguait
horriblement et le matelas de crin m'entrait dans
les côtes; au moindre mouvement que je tâchais de
faire la nausée me prenait aussitôt, il fallait bien se
résigner, la douleur me rendormait.

Nous longions alors les côtes de la Corse, et le
temps, de plus en plus rude, me réveilla avec des
angoisses épouvantables et une sueur d'agonisant.
Je comparais les cabines à autant de bières superposées les unes au-dessus des autres; c'était en effet
une traversée d'enfer, et la barque de Caron[1] n'a
jamais contenu de gens qui aient eu le cœur plus
malade. D'autres fois j'essayais de m'étourdir, de
me tourner en ridicule, de m'amuser à mes dépens;
je me dédoublais et je me figurais être à terre, en
plein jour, assis sur l'herbe, fumant à l'ombre et
pensant à un autre moi couché sur le dos et vomissant dans une cuvette de fer-blanc; ou bien je me
transportais à Rouen, dans mon lit: l'hiver, je me
réveillais à cette heure-là, j'allumais mon feu, et je
me mettais à ma table. Alors je me rappelais tout et
je pressurais ma mémoire pour qu'elle me rendît
tous les détails de ma vie de là-bas; je revoyais ma
cheminée, ma pendule, mon lit, mon tapis, le papier
taché, le pavé blanchi à certaines places; je m'ap-
prochais de la fenêtre et je regardais les barres du
jour qui saillissaient entre les branches de l'acacia;
tout le monde dort tranquille au-dessous de moi, le
feu pétille et mon flambeau fait un cercle blanc au
plafond. Ou bien c'était à Déville[2], l'été; j'entrais
dans le bosquet, j'ouvrais la barrière, j'entendais le
bruit du loquet en fer qui retentissait sur le bois.
Une vague plus forte me réveillait de tout cela et me
rendait à ma situation présente, à ma cuvette aux
trois quarts remplie.

D'autres fois je prenais des distractions stupides,

comme de regarder toujours le même coin de la chambre, ou de faire couler quelques gouttes de citron sur ma lèvre inférieure que je m'amusais ensuite à souffler sur ma moustache, toutes les misères de la philosophie pour adoucir les maux. Le moment le plus récréatif pour moi a été celui où le roulis devenant plus fort a renversé la table et les chaises qui ont roulé avec un fracas épouvantable et ont éveillé tous les malades hurlant : le vieux curé, qui avait les pieds embarrassés dans les rideaux, a manqué d'être écrasé, et le financier, qui sortait du cabinet, est tombé sur le dos de M. Cloquet de la manière la plus immorale du monde. J'ai ri très haut, d'abord parce que j'en avais envie, et, en second lieu, pour faire un peu plus de bruit et me divertir. Le mouvement que je m'étais donné occasionna encore une purgation, qui fut bien la plus cruelle, et de nouvelles douleurs qui ne me quittèrent réellement qu'à Ajaccio sur le terrain des vaches. Quelques heures après être débarqué, le sol remuait encore et je voyais tous les meubles s'incliner et se redresser.

Nous avons eu un avant-goût de l'hospitalité corse dans le cordial et franc accueil du préfet[1], qui nous a fait quitter notre hôtel et nous a pris chez lui comme des amis déjà connus. M. Jourdan est un homme encore jeune, plein d'énergie et de vivacité. Ancien carbonaro[2], un des chefs de l'association, sa jeunesse a été agitée par les passions politiques et sa tête a été mise à prix. Il administre la Corse depuis dix ans, ne rencontrant plus maintenant d'opposition que dans quelques membres du conseil général qu'il mène assez rudement. Sa maison est pleine de ce bon ton qui part du cœur ; ses filles, qui ne sont pas jolies, sont charmantes. M. Jourdan connaît son département mieux qu'aucun Corse et il nous a donné sur ce beau pays d'excellents renseigne-

ments. Je me rappelle un certain soir qu'il a débla-
téré contre l'archéologie et je l'ai contredit ; un autre
jour il a parlé avec feu des études historiques et particulièrement de la philosophie de l'histoire ; je l'ai
laissé dire, me demandant en moi-même ce que les
gens qui ont passé leur vie à l'étudier entendaient
aujourd'hui par ce mot-là, et s'ils le comprenaient
bien eux-mêmes. Ce que les plus fervents y voient de
plus clair, c'est que c'est une science dans l'horizon,
et les autres sceptiques pensent que ce sont deux
mots bien lourds à entasser l'un sur l'autre, et que la
philosophie est assez obscure sans y adjoindre l'histoire, et que l'histoire en elle-même est assez
pitoyable sans l'atteler à la philosophie.

Nous sommes partis d'Ajaccio pour Vico le
7 octobre, à six heures du matin. Le fils de M. Jourdan nous a accompagnés jusqu'à une lieue hors la
ville. Nous avons quitté la vue d'Ajaccio et nous
nous sommes enfoncés dans la montagne. La route
en suit toutes les ondulations et fait souvent des
coudes sur les flancs du maquis, de sorte que la vue
change sans cesse et que le même tableau montre
graduellement toutes ses parties et se déploie avec
toutes ses couleurs, ses nuances de ton et tous les
caprices de son terrain accidenté. Après avoir passé
deux vallées, nous arrivâmes sur une hauteur d'où
nous aperçûmes la vallée de Cinarca, couverte de
petits monticules blancs qui se détachaient dans la
verdure du maquis. Au bas s'étendent les trois golfes
de Chopra, de Liamone et de Sagone ; dans l'horizon et au bout du promontoire, la petite colonie de
Cargèse[1]. Toute la route était déserte, et l'œil ne
découvrait pas un seul pan de mur. Tantôt à l'ombre
et tantôt au soleil, suivant que la silhouette des montagnes que nous longions s'avançait ou se retirait,
nous allions au petit trot, baissant la tête, éblouis
que nous étions par la lumière qui inondait l'air et

donnait aux contours des rochers quelque chose de si vaporeux et de si ardent à la fois qu'il était impossible à l'œil de les saisir nettement. Nous sommes descendus à travers les broussailles et les granits éboulés, traînant nos chevaux par la bride jusqu'à une cabane de planches où nous avons déjeuné sous une treille de fougères sèches, en vue de la mer. Une pauvre femme s'y tenait couchée et poussait des gémissements aigus que lui arrachait la douleur d'un abcès au bras; les autres habitants n'étaient guère plus riants; un jeune garçon tout jaune de la fièvre nous regardait manger avec de grands yeux noirs hébétés. Nos chevaux broutaient dans le maquis, toute la nature rayonnait de soleil, la mer au fond scintillait sur le sable et ressemblait avec ses trois golfes à un tapis de velours bleu découpé en trois festons. Nous sommes repartis au bout d'une heure et nous avons marché longtemps dans des sentiers couverts qui serpentent dans le maquis et descendent jusqu'au rivage. Au revers d'un coteau nous avons vu sortir du bois et allant en sens inverse un jeune Corse, à pied, accompagné d'une femme montée sur un petit cheval noir. Elle se tenait à califourchon, accoudée sur une botte de maïs que portait sa monture; un grand chapeau de paille, plat, lui couvrait la tête, et ses jupes relevées en arrière par la croupe du cheval laissaient voir ses pieds nus. Ils se sont arrêtés pour nous laisser passer, nous ont salués gravement. C'était alors en plein midi, et nous longions le bord de la mer que le chemin suit jusqu'à l'ancienne ville de Sagone. Elle était calme, le soleil, donnant dessus, éclairait son azur qui paraissait plus limpide encore; ses rayons faisaient tout autour des rochers à fleur comme des couronnes de diamant qui les auraient entourés; elles brillaient plus vives et plus scintillantes que les étoiles. La mer a un parfum plus suave que les roses, nous le

humions avec délices; nous aspirions en nous le
soleil, la brise marine, la vue de l'horizon, l'odeur
des myrtes, car il est des jours heureux où l'âme aussi
est ouverte au soleil comme la campagne et, comme
elle, embaume de fleurs cachées que la suprême
beauté y fait éclore. On se pénètre de rayons, d'air
pur, de pensées suaves et intraduisibles; tout en
vous palpite de joie et bat des ailes avec les éléments, on s'y attache, on respire avec eux, l'essence
de la nature animée semble passée en vous dans un
hymen exquis, vous souriez au bruit du vent qui fait
remuer la cime des arbres, au murmure du flot sur
la grève; vous courez sur les mers avec la brise,
quelque chose d'éthéré, de grand, de tendre plane
dans la lumière même du soleil et se perd dans une
immensité radieuse comme les vapeurs rosées du
matin qui remontent vers le ciel.

Nous avons quitté la mer au port de Sagone, vieille
ville dont on ne voit même pas les ruines, pour continuer notre route vers Vico, où nous sommes enfin
arrivés le soir après dix heures de cheval. Nous
avons logé chez un cousin de M. Multedo[1], grand
homme blond et doux, parlant peu et se contentant
de répéter souvent le même geste de main. Il s'est
vaillamment battu contre les Anglais lorsque ceux-ci
ont voulu faire une descente à Sagone[2]; il se sent
tout prêt à recommencer. Il y a en effet dans la Corse
une haine profonde pour l'Angleterre et un grand
désir de le prouver. Sur la route que nous avons faite
pour aller à Vico, des paysans nous arrêtaient.

— Va-t-on se battre? demandaient-ils.
— C'est possible.
— Tant mieux.
— Et contre qui?
— Contre les Anglais.

À ce mot ils bondissaient de joie et nous mon-
traient en ricanant un poignard ou un pistolet, car

un Corse ne voyage jamais sans être armé, soit par prudence ou par habitude. On porte le poignard soit attaché dans le pantalon, mis dans la poche de la veste, ou glissé dans la manche ; jamais on ne s'en sépare, pas même à la ville, pas même à table. Dans un grand dîner à la préfecture et où se trouvait réuni presque tout le conseil général, on m'a assuré que pas un des convives n'était sans son stylet. Le cocher qui nous a conduits à Bogogna[1] tenait un grand pistolet chargé sous le coussin de sa voiture. Tous les bergers de la Corse manquent plutôt de chemise blanche que de lame affilée.

À Vico on commence à connaître ce que c'est qu'un village de la Corse. Situé sur un monticule, dans une grande vallée, il est dominé de tous les côtés par des montagnes qui l'entourent en entonnoir. Le système montagneux de la Corse, à proprement parler, n'est point un système ; imaginez une orange coupée par le milieu, c'est là la Corse. Au fond de chaque vallée, de temps en temps un village, et pour aller au hameau voisin il faut une demi-journée de marche et passer quelquefois trois ou quatre montagnes. La campagne est partout déserte ; où elle n'est pas couverte de maquis, ce sont des plaines, mais on n'y rencontre pas plus d'habitations, car le paysan cultive encore son champ comme l'Arabe : au printemps il descend pour l'ensemencer, à l'automne il revient pour faire la moisson ; hors de là il se tient chez lui sans sortir deux fois par an de son rocher où il vit sans rien faire, paresseux, sobre et chaste. Vico est la patrie du fameux Théodore[2] dont le nom retentit encore dans toute la Corse avec un éclat héroïque ; il a tenu douze ans le maquis, et n'a été tué qu'en trahison. C'était un simple paysan du pays, que tous aimaient et que tous aiment encore. Ce bandit-là était un noble cœur, un héros. Il venait d'être pris par la conscription et il restait chez lui attendant qu'on l'appelât; le brigadier du lieu, son compère, lui avait promis de l'avertir à temps, quand un matin la force armée tombe chez lui et l'arrache de sa cabane au nom du roi. C'était le compère qui dirigeait sa petite compagnie et qui, pour se faire bien voir sans doute, voulut le mener rondement et prouver son zèle pour l'État en faisant le lâche et le traître. Dans la crainte qu'il ne lui échappât il lui mit les menottes aux mains en lui disant : « Compère, tu ne m'échapperas pas », et tout le monde vous dira encore que les poignets de Théodore en étaient écorchés. Il l'amena ainsi à Ajaccio où il fut jugé et condamné aux galères. Mais après la justice des juges, ce fut le tour de celle du bandit. Il s'échappa donc le soir même et alla coucher au maquis; le dimanche suivant, au sortir de la messe, il se trouva sur la place, tout le monde l'entourait et le brigadier aussi, à qui Théodore cria du plus loin et tout en le mirant : « Compère, tu ne m'échapperas pas. » Il ne lui échappa pas non plus, et tomba percé d'une balle au cœur, première vengeance. Le bandit regagna le maquis d'où il ne descendait plus que pour continuer ses meurtres sur la famille de son ennemi et sur les gendarmes, dont il tua bien une quarantaine. Le coup de fusil parti il disparaissait le soir et retournait dans un autre canton. Il vécut ainsi douze hivers et douze étés, et toujours généreux, réparant les torts, défendant ceux qui s'adressaient à lui, délicat à l'extrême sur le point d'honneur, menant joyeuse vie, recherché des femmes pour son bon cœur et sa belle mine, aimé de trois maîtresses à la fois. L'une d'elles, qui était enceinte lorsqu'il fut tué, chanta sur le corps de son amant une ballata que mon guide m'a redite. Elle commence par ces mots : « Si je n'étais pas chargée de ton fils et qui doit naître pour te venger, je t'irais rejoindre, ô mon Théodore ! »

Son frère était également bandit, mais il n'en

avait ni la générosité, ni les belles formes. Ayant mis plusieurs jours à contribution un curé des environs, il fut tué à la fin par celui-ci qui, harassé de ses exactions, sut l'attirer chez lui, et sauta dessus avec des hommes mis en embuscade. La sœur du bandit, attirée par le bruit de tous ces hommes qui se roulaient les uns sur les autres, entra aussitôt dans le presbytère. Le cadavre était là, elle se rua dessus, elle s'agenouilla sur le corps de son frère, et agenouillée, chantant une ballata avec d'épouvantables cris, elle suça longtemps le sang qui coulait de ses blessures.

Il ne faut point juger les mœurs de la Corse avec nos petites idées européennes. Ici un bandit est ordinairement le plus honnête homme du pays et il rencontre dans l'estime et la sympathie populaire tout ce que son exil lui a fait quitter de sécurité sociale. Un homme tue son voisin en plein jour sur la place publique, il gagne le maquis et disparaît pour toujours. Hors un membre de sa famille, qui correspond avec lui, personne ne sait plus ce qu'il est devenu. Ils vivent ainsi dix ans, quinze ans, quelquefois vingt ans. Quand ils ont fini leur contumace[1], ils rentrent chez eux comme des ressuscités, ils reprennent leur ancienne façon de vivre, sans que rien de honteux ne soit attaché à leur nom. Il est impossible de voyager en Corse sans avoir affaire avec d'anciens bandits, qu'on rencontre dans le monde, comme on dirait en France. Ils vous racontent eux-mêmes leur histoire en riant, et ils s'en glorifient tous plutôt qu'ils n'en rougissent ; c'est toujours à cause du point d'honneur, et surtout quand une femme s'y trouve mêlée, que se déclarent ces inimitiés profondes qui s'étendent jusqu'aux arrière-petits-fils et durent quelquefois plusieurs siècles, plus vivaces et tout aussi longues que les haines nationales.

Quelquefois ils font des serments à la manière des barbares, qui les lient jusqu'au jour où la vengeance sera accomplie. On m'a parlé d'un jeune Corse dont le frère avait été tué à coups de poignard ; il alla dans le maquis à l'endroit où on venait de déposer le corps, il se barbouilla de sang le visage et les mains, jurant devant ses amis qu'il ne les laverait que le jour où le dernier de la famille ennemie serait tué. Il tint sa parole et les extermina tous jusqu'aux cousins et aux neveux[1].

J'ai vu aujourd'hui, à Isolaccio, chez le capitaine Laurelli[2] où je suis logé, un brave médecin des armées de la République dont le fils s'est enfui en Toscane et qui lui-même a été obligé de quitter le village où il habitait. Sa fille s'était laissé séduire ; le père de l'enfant néanmoins reconnaissait son fils, mais il refusait de lui donner son nom en se mariant avec la pauvre fille. Il joignit même l'ironie à l'outrage en assurant qu'il allait bientôt faire un autre mariage et en ridiculisant en place publique la famille de sa maîtresse, si bien qu'un jour le fils de la maison a vengé l'honneur de son nom, comme un Corse se venge, en plein soleil et en face de tous. Pour lui, il s'est enfui sur la terre d'Italie, mais son père et ses parents, redoutant la **vendetta**, ont émigré dans le Fiumorbo.

À Ajaccio j'avais vu également un jeune docteur qui a quitté Sartène, son pays, trois cousins à lui et son frère ayant déjà été les victimes du même homme et lui menacé d'en être la cinquième ; aussi marchait-il armé jusqu'aux dents dans les rues de la ville où nous nous promenions avec lui.

On retrouve en Corse beaucoup de choses antiques : caractère, couleur, profils de têtes. On pense aux vieux bergers du Latium en voyant ces hommes vêtus de grosses étoffes rousses ; ils ont la tête pâle, l'œil ardent et couleur de suie, quelque chose d'inactif dans le regard, de solennel dans tous les mouvements; vous les rencontrez conduisant des troupeaux de moutons qui broutent les jeunes pousses des maquis[1], l'herbe qui pousse dans les fentes du granit des hautes montagnes; ils vivent avec eux, seuls dans les campagnes, et le soir quand on voyage, on voit tout à coup leurs bêtes sortir d'entre les broussailles, çà et là sous les arbres, et mangeant les ronces. Éparpillés au hasard, ils font entendre le bruit de leurs clochettes qui remuent à chacun de leurs pas dans les broussailles*. À quelque distance se tient leur berger, petit homme noir et trapu, véritable pâtre antique, appuyé tristement sur son long bâton. À ses pieds dort un chien fauve. La nuit venue, ils se réunissent tous ensemble et allument de grands feux que du fond des vallées on voit briller sur la montagne. Toutes les côtes chaque soir sont ainsi couronnées de ces taches lumineuses qui s'étendent dans tout l'horizon. J'ai vu dans toutes les forêts que j'ai traversées de grands pins calcinés encore debout, qu'ils allument sans les abattre pour

---

* Les moutons de la Corse sont tous noirs, petits, de forme nerveuse; leurs yeux sont rouges, bien plus grands et plus ardents que ceux des nôtres. Ils portent au milieu du front une houppe épaisse, touffue, qui leur ombrage la tête et leur donne un aspect étrange. Les porcs ressemblent généralement aux sangliers: tête allongée, pattes hautes et fines. On m'a expliqué cette ressemblance en me disant qu'ils provenaient souvent du croisement des sangliers avec les truies qu'on laisse courir dans le maquis. Les troupeaux sont un fléau pour le propriétaire corse; ils ravagent tout ce qui se trouve sur leur passage, et il y aurait souvent un héroïsme étourdi à arrêter un pourceau dans son repas. Les chiens corses n'ont rien de remarquable, généralement rouges, laids et peu caressants, moins intelligents, il me semble, que nos chiens de berger. Les chevaux qu'on voit dans l'île sont de deux espèces: corses ou sardes, les premiers infiniment préférables aux seconds; ils tiennent un peu du cheval arabe par le cou allongé et marqué, la tête carrée et droite. Les chevaux sardes sont plus gras, plus lourds; on les reconnaît surtout à leur encolure épaisse, à la pose fatiguée quand ils sont sans cavaliers.

passer la nuit autour de ces bûches de cent pieds. Ils
reçoivent le bandit qui vient tranquillement se
réchauffer à leur feu et ils attendent ainsi le jour tout
en dormant ou en chantant. J'ai été surtout frappé
de la physionomie antique du Corse dans un jeune
homme qui nous a accompagnés le lendemain jusqu'à Guagno. Il était monté sur un petit cheval qui
s'emportait à chaque instant sous lui; son bonnet
rouge brun retombait en avant comme un bonnet de
la liberté. Une seule ligne seulement, interrompue
par un sourcil noir faisant angle droit, s'étendait
depuis le haut du front jusqu'au bout du nez;
bouche mince et fine, barbe noire et frisée comme
dans les camées de César; menton carré: un profil
de médaille romaine.

J'ai eu une transition brusque en fait de physionomie, en voyant à la sucrerie de bois[1] de M. Dupuis
la face grasse, réjouie et fleurie d'un beau Normand
rebondi, qui est venu exprès de Rouen au fond de la
Corse, pour être l'économe de l'établissement.
M. François, quand nous l'avons vu, était vêtu d'une
veste de tricot gris, un sale bonnet de coton lui couvrait les oreilles, et il s'appuyait en se dandinant sur
une canne de jonc, convalescent encore de la fièvre
intermittente qui a pincé tous mes compatriotes
transplantés. Le vin, qui est ici à très bon marché,
tout autant que les miasmes végétaux en ont été la
cause, «néanmoins, me disait M. François, nous
avons toujours mangé nos deux cent cinquante livres
de viande par semaine[2]». Ce petit homme, égrillard
et gaillard, au ventre arrondi et aux couleurs rosées,
regrettant du fond de la Corse les bals masqués de
Rouen, et les restaurants de sa ville, la première du
monde, m'assurait-il, pour la bonne chère, vu à côté
de ces hommes du Midi, pâles, sobres, taciturnes, le
cœur plein d'orgueil, d'élans purs, de passions
ardentes[3], me semblait comme un vaudeville à côté

d'une tragédie antique. Son grand œil bleu mali-
cieux était réjoui de voir quelqu'un de son pays et
en me disant adieu il m'a serré la main avec tendresse. Pauvre homme qui s'expatrie sans doute par
dévouement pour lui-même et qui, sa bourse remplie, s'en ira bien vite se boulotter[1] en carnaval, au
théâtre des Arts, et manger la poule de Pavilly chez
Jacquinot[2] !

En revenant à Vico, le jour baissait et toutes les
montagnes prenaient des teintes vineuses et vaporeuses. Au crépuscule, le paysage agrandissait toutes
ses lignes et ses perspectives, et des rayons de soleil
couchant passaient en grandes lignes droites lumineuses entre les gorges des montagnes ; tout le ciel
était rouge feu, comme incendié par le soleil.

À notre gauche s'élevaient les sept pics de la *Sposa*
avec la tête qui la couronne. Ces sept pics sont
autant de cavaliers, et cette tête est la tête d'une
femme. Au-delà de ces monts, à droite de Vico, dans
la forêt, il y a un village ; c'était le village de cette
femme. On venait de la marier, mais son époux
après les noces était retourné chez lui, et sa femme
qui devait l'y suivre était restée seule chez sa mère
dans son lit de fille. Sa mère la gardait toujours, et
quand elle demandait à partir, elle lui répondait :
demain. En vain chaque matin, quand le rossignol
chantait dans le maquis, que les feux des bergers
s'éteignaient sur les montagnes, les sept cavaliers,
les amis de l'époux, arrivaient avec leurs chevaux
tout sellés et bridés ; ce n'était pas encore aujour-
d'hui. Elle attendit donc un jour, deux jours, trois
jours, jusqu'à quatre, et la voilà qui part heureuse,
chantant sur son cheval, la couronne de myrte
blanc sur la tête. Son mari l'attend sans doute impa-
tient, regardant la route où rien n'apparaît ; il soupire, tout malade d'amour. Déjà les raisins et les
olives sont dans la corbeille, la lampe brûle au pla-

fond, le lit est ouvert et attend les heureux époux. La fille galope sur son cheval, elle et ses cavaliers sont entraînés avec une vitesse de démon. Sa mère pourtant est restée tout en pleurs sur le seuil de sa porte et elle lui crie : adieu, adieu, mais pour réponse elle n'entend toujours que le roulement du galop qui s'éloigne de plus en plus. Elle la vit encore une fois quand elle fut arrivée au haut de la montagne et qu'elle allait descendre.

Encore une fois elle fit signe de la main, mais l'autre regardait en avant. Elle regardait le cœur tout palpitant, là-bas au fond de la vallée, un toit qui fumait à l'horizon ; elle enviait le torrent qui courait devant elle, les oiseaux qui volaient à tire-d'aile vers la demeure de l'époux chéri. L'infâme, dit-on, ne regarda pas sa mère, ne détourna pas la tête, ne fit pas un signe de main, avec fureur la voilà qui enfonce l'éperon dans le ventre de son cheval pour descendre la montagne plus vite encore qu'elle ne l'avait montée, mais sa bête ne veut pas avancer ; un cavalier qu'elle appelle pour l'aider ne peut descendre de sa selle, ni le second non plus, ni aucun des sept cavaliers ne peut faire un mouvement ; ils se sentent tous entrer dans le granit comme dans la vase ; ils poussent des cris de désespoir auxquels répond la voix de la mère irritée qui leur envoie une malédiction éternelle[1].

Un paysan, monté sur un petit cheval maigre et chassant devant lui d'autres bêtes chargées d'outres, marchait devant nous depuis quelque temps ; il se détournait pour nous examiner et pour écouter ce que nous disions. Sa maigre et vieille figure était animée tout à la fois de ruse et de bonhomie gracieuse, mélange singulier d'expression que j'avais déjà observé sur quelques visages corses et surtout sur celui du bandit Bastianesi que j'avais vu quelques jours auparavant à l'hôpital d'Ajaccio. Son grand œil noir et sombre nous dévorait et épiait les moindres gestes de nos lèvres. Quand il a pu se rapprocher de M. Multedo, il lui a demandé qui nous étions, où nous allions, et tout ce que nous avions dit depuis qu'il marchait près de nous. Avec nos habitudes de politesse française, une telle curiosité eût été récompensée d'un refus net et formel d'y satisfaire. Rien n'est défiant, soupçonneux comme un Corse. Du plus loin qu'il vous voit, il fixe sur vous un regard de faucon, vous aborde avec précaution, et vous scrute tout entier de la tête aux pieds. Si votre air lui plaît, si vous le traitez d'égal à égal, franchement, loyalement, il sera tout à vous dès la première heure, il se battra pour vous défendre, mentira auprès des juges, et le tout sans arrière-pensée d'intérêt, mais à charge de revanche. M. Multedo lui a donc dit qu'il nous l'avait montré comme étant l'oncle de Théodore et qu'il venait de nous raconter l'histoire de ses neveux : « Il n'y a rien de déshonorant, a-t-il dit, vous avez bien fait. » Puis il s'est retourné vers nous et a tâché de lier conversation en italien, nous faisant bonne mine et nous traitant en amis jusqu'au moment où il a pris un chemin de traverse dans le maquis. Nous sommes repartis pour Ajaccio le lendemain matin quand la lune nous éclairait encore ; le neveu de M. Multedo[1] nous a fait la conduite jusqu'à Sagone, ainsi que le médecin du pays qui, tout en chevauchant près de nous, nous conte des histoires corses. Après avoir dit adieu à ces braves gens, nous avons repris le bord de la mer. C'était la même route, dans les mêmes maquis pleins d'arbousiers rouges et de myrtes en fleurs, le même azur sur les flots calmes que le soleil faisait resplendir. Çà et là nous voyions sur les eaux de grands cercles s'étendre et diminuer peu à peu, c'étaient des dauphins qui se jouaient, comme des chevaux dans une prairie, et sortaient de leur retraite marine pour voir le soleil du matin.

À Calcatoggio, nous avons déjeuné sous le même lit de fougères sèches, en vue des trois golfes à qui j'ai dit un tendre et dernier adieu.

Il y a à Ajaccio une maison que les hommes qui naîtront viendront voir en pèlerinage ; on sera heureux d'en toucher les pierres, on en gravira dans dix siècles les marches en ruines, et on recueillera dans des cassolettes le bois pourri des tilleuls qui fleurissent encore devant la porte, et, émus de sa grande ombre, comme si nous voyions la maison d'Alexandre, on se dira : c'est pourtant là que l'Empereur est né !

Elle se trouve sur la place Letizia et au coin de la rue Saint-Charles. À l'extérieur elle est peinte en blanc, toutes ses fenêtres ont des volets noirs ; la porte est basse et s'ouvre sur un escalier en marbre noir de même couleur, et dont la rampe en fer date de la même époque. La main de l'Empereur s'est appuyée dessus, à cette place où vous mettez la vôtre. Les chambres sont généralement belles, riches, ornées de rouge la plupart, et décorées dans le goût de la république ; le salon est grand, un canapé à droite en entrant, des glaces, un lustre en verre. La chambre où il est né donne sur une terrasse ; les volets qui étaient fermés quand nous y entrâmes, nous laissaient à peine voir le plancher, et de grandes barres de jour se dessinaient en blanc sur le parquet ciré, et le portrait de Napoléon, don qu'il a fait de Sainte-Hélène, était suspendu au fond. Le manteau impérial, couvert d'abeilles d'or, saillissait dans l'ombre malgré le crépuscule[1]. On nous a ouvert les fenêtres, et le jour est entré et a inondé toute la pièce, découvrant tout, comme un drap qu'on eût retiré. Alors nous avons vu la cheminée, les murs, les tableaux, le tapis, le sofa, les statues ; les meubles

étaient adossés à la muraille tendue de papier gri-
sâtre à petits pois verts; tout était propre, rangé,
habité encore. Mais il n'y a plus le fauteuil où sa
mère le mit au monde, ce n'est plus le même lit non
plus[1]. Sur la table de nuit se trouvait un livre, et
retourné de manière à ne pouvoir en lire le titre. Je
le pris et je lus: «Manuel du cultivateur provençal
indiquant les divers modes d'engrais, etc.»; je repo-
sai le livre avec dégoût et m'avançai dans l'autre
pièce. C'est là, à l'entrée et près de la porte, le vieux
canapé de la famille, fané, à franges arrachées, aux
couleurs ternies; il est encore souple, on enfonce
dans son duvet et on s'y met à rêver à bien des
choses grandes.

C'est le lendemain matin, à trois heures, que nous
avons commencé notre grande tournée, expédition
pour Bastia à travers la Corse. Après avoir embrassé
notre excellent hôte, nous sommes partis dans sa
voiture qui devait nous mener jusqu'à Bogogna. Le
capitaine Laurelli nous accompagne et nous sommes
conduits par l'ancien cocher de Pozzo di Borgo, le
neveu du ministre russe, assassiné il y a quelque
temps dans sa voiture, en retournant chez lui[2]. On
nous avait montré sur la route de Vico la place où le
meurtre s'accomplit, et nous vîmes les trous que les
balles ont faits dans le granit de la route. Lestement
emportés par nos deux chevaux arabes, nous arrivons vers midi à Bocognano, où nous déjeunons.
Chemin faisant, le capitaine nous a raconté des histoires de bandits. M. Laurelli est un ancien bandit
lui-même qui a tenu trois ans le maquis. Je ne me
rappelle plus bien son histoire, mais c'est toujours
l'injustice d'un général qui l'a forcé à fuir dans la
campagne; il était à cette époque maire de la commune d'Isolaccio. C'est lui qui, depuis, a purgé tout
le Fiumorbo des bandes qui l'infestaient, et qui le
premier a fait payer l'impôt à ce pays que l'on ne

traversait pas, il y a vingt ans, sans faire son testament. Il nous a indiqué les mouvements straté-
giques opérés par les voltigeurs pour s'emparer des
bandits et nous a donné sur cette matière tous les
documents que nous lui avons demandés. Rarement
ou, pour mieux dire, jamais un bandit ne se rend ;
attaqué, il se bat tant que sa cartouchière est pleine,
et sa dernière balle, il la réserve pour lui. Quelquefois, quand le maquis où il se tient est cerné de
toutes parts, le bandit reste couché à plat ventre
sous les broussailles et échappe ainsi à toute inves-
tigation ; c'est même la manière la plus sûre*.

Le capitaine nous raconta l'histoire d'un bandit
des environs de Bastia qu'il a tué de sa main. D'une
force prodigieuse et d'une férocité analogue, cet
homme exerçait sur la Corse entière un absolutisme
asiatique : il assignait aux pères et aux maris le jour
et le lieu où ils devaient lui envoyer leurs filles et
leurs femmes. Quand le capitaine l'eut tué, on fit
une fête générale dans le pays, et depuis Bastia jusqu'à Isolaccio, tous les paysans se pressaient à sa
rencontre pour le remercier.

À Bocognano, nous trouvons nos chevaux et nous
piquons vers la forêt de Vizzavona. Le capitaine
s'est fait escorter par deux voltigeurs. Est-ce pour
nous faire honneur ? Est-ce par prudence ?

Écrit au retour

J'en étais resté à Marseille de mon voyage[1], je le
reprends à quinze jours de distance. Me voilà réins-
tallé dans mon fauteuil vert, auprès de mon feu qui

---

* On en cite un qui s'était attaché au cou une sonnette de
chèvre et, imitant autant qu'il pouvait les sauts de cet animal, il
passa ainsi très tranquille plusieurs années dans le maquis.

brûle, voilà que je recommence ma vie des ans passés. Qu'ont donc les voyages de si attrayant pour qu'on les regrette à peine finis? Oh! je rêverai encore longtemps des forêts de pins où je me promenais il y a trois semaines, et de la Méditerranée qui était si bleue, si limpide, si éclairée de soleil il y a quinze jours; je sens bien que cet hiver, quand la neige couvrira les toits et que le vent sifflera dans les serrures, je me surprendrai à errer dans les maquis de myrtes, le long du golfe de Liamone, ou à regarder la lune dans la baie d'Ajaccio.

Maintenant, les arbres ici n'ont plus de feuilles, et la boue est dans les chemins. J'entends encore le chant de nos guides et le bruit du vent dans les châtaigniers; c'est pour cela que je reprendrai souvent ces notes interrompues et reprises à des places différentes, avec des encres si diverses qu'elles semblent une mosaïque. Je les allongerai, je les détaillerai de plus en plus, ce sera comme un homme qui a un peu de vin dans son verre et qui y met de l'eau pour délayer son plaisir et boire plus longtemps. Quand on marche on veut l'avenir, on désire avancer, on court, on s'élance, regardant toujours en avant et, la route à peine finie, on détourne la tête et l'on regrette les chemins parcourus si vite, de sorte que l'homme, quoi qu'on en dise, aspire sans cesse au passé et à l'avenir, à tout ce qui n'est pas de sa vie actuelle en un mot, puisqu'il se reporte toujours vers le matin qui n'est plus, vers la nuit qui n'est pas encore (réflexion neuve).

Notre guide s'appelle Francesco, et nous faisons connaissance avec lui. Nous n'avons pas voulu reprendre celui qui nous avait conduits à Vico. Charles était un gros garçon joufflu, gai, obséquieux les premiers jours, mais d'une tendresse si exagérée pour ses chevaux qu'il nous défendait presque de les faire trotter. Nous nous sommes débarrassés de sa

tutelle, et son successeur paraît plus complaisant ;
petit, maigre et hâve, il forme en tous points
contraste parfait avec l'autre ; le temps nous dira si
nous avons gagné au change.

À une lieue environ de Bocognano, au haut de la
vallée dont ce village tient la base, on quitte la
grande route d'Ajaccio à Bastia et l'on entre dans la
forêt de Vizzavona. Le chemin devient de plus en
plus ardu et difficile, si bien qu'il faut mettre pied à
terre. Chacun marche comme il peut. Vers les
quatre heures du soir nous sommes arrivés sur un
plateau où nos montures et nous-mêmes avons souf-
flé à l'aise. Tout à l'heure nous avons failli peut-être
avoir une aventure[1] : un coup de fusil est parti devant
nous sur la montagne, le capitaine s'arrête, appelle
un de ses hommes, lui demande sa carabine, l'arme,
et marche devant nous en nous disant de le suivre.
Les arbres étaient si hauts, le soleil si resplendissant, toute la nature en un mot était si belle que
nous n'avions guère peur, car on ne se figure bien
une tragédie que de nuit et par un orage ; mais en
plein jour, sous un beau ciel, quand les oiseaux
chantent dans le bois, quand, les pieds tout fatigués
on se repose à marcher sur les tapis d'herbes, le
cœur se dilate, s'épanouit, aspire en lui la vie luxu-
riante qui l'entoure, les couleurs qui brillent, tout le
bonheur qui se présente. Comment croire alors à
quelque chose de triste ? Cela pouvait être pourtant
un bandit qui eût quelque querelle avec le capitaine,
une vengeance à assouvir sur lui, mille choses pro-
bables. Comment se fait-il alors que ces préparatifs
de guerre m'aient paru ridicules, et que je me sois
diverti de penser[2] qu'ils n'étaient pas peut-être
inutiles ? Et à quelques pas de là nous avons rencontré des chasseurs. On voit dans les forêts, de
temps en temps, de grands arbres calcinés qui sont
encore debout au milieu de leurs frères tout verts et

tout chargés de feuilles. Quand les bergers y ont rallumé le feu, et qu'il fait un orage, ils se brisent et tombent par terre ; quelquefois, leurs branches s'embarrassent dans celles des arbres voisins, et ils restent ainsi suspendus dans leurs bras ; les vivants tiennent embrassés les morts qui allaient tomber. Nous avons laissé passer devant nous nos compagnons et nous sommes restés, M. Cloquet et moi, à nous amuser comme des enfants, à faire les hercules du Nord, en soulevant avec une main des arbres de trente pieds et nous les brisant sur le dos en riant aux éclats. C'était chose assez comique que de nous voir enlever de terre des poutres énormes et les lancer à quarante pas aussi facilement que nous eussions fait d'une badine. Après nous être ainsi divertis une bonne demi-heure et avoir ri tout notre soûl, nous avons rejoint nos gens à qui nous avons dit que nous venions de faire des observations botaniques.

Il était tard quand nous sommes arrivés à Ghisoni, maigre village où il me semblait impossible de loger des honnêtes gens. On nous a conduits devant une grande maison grise et délabrée. Quoiqu'il fît nuit, je ne voyais aucune lumière aux fenêtres, et la porte qui s'ouvrait sur la rue était celle d'une salle basse où grognaient des pourceaux. À un angle de cette pièce enfumée était placée une large échelle en bois et dont les marches peu profondes ne permettaient de monter qu'en se tournant de côté. Nous avons trouvé le maître et sa femme qui ne nous attendaient que le lendemain. Ils se sont donc beaucoup excusés sur ce qu'ils avaient déjà dîné, et se sont mis tout de suite à préparer notre repas. La maîtresse était une grande femme maigre, vêtue d'une robe bleue faite sans doute d'après une gravure de mode du temps de l'Empire, c'est là, du reste, tout ce que je puis dire d'elle, car elle ne nous

a pas adressé un mot et nous a servis silencieusement et respectueusement comme une servante.
C'est, du reste, une chose à remarquer en Corse que
le rôle insignifiant qu'y joue la femme ; si son mari
tient à la garder pure, ce n'est ni par amour ni par
respect pour elle, c'est par orgueil pour lui-même,
c'est par vénération pour le nom qu'il lui a donné.
D'ailleurs, il n'y a entre eux deux aucune communi-
cation d'idées et de sentiments ; le fils, même enfant,
est plus respecté et plus maître que sa mère*.

Tandis que vous voyez l'homme bien vêtu, portant
une veste de velours, un bon pantalon de gros drap,
la pipe à la bouche et le fusil sur l'épaule, chevauchant à son aise sur une bonne bête, sa femme, à
quelques pas de là, le suit pieds nus et portant tous
les fardeaux. Vous voyagerez dans toute la Corse,
vous y serez partout bien reçu, on vous accueillera
d'une manière cordiale qui vous ira jusqu'au cœur,
et le lendemain matin votre hôte pleurera presque
en vous quittant ; de sa famille, vous ne connaîtrez
que lui. En descendant de cheval vous avez bien vu
des enfants jouer devant la porte, ce sont les siens,
mais ils ne paraissent pas à table ; leur mère ne se
montre presque jamais et reste avec eux tant qu'ils
sont jeunes. Les liens de famille sont forts, il est vrai,
mais à la manière antique, entre frères, entre cousins, entre alliés, même à des degrés éloignés. Quand
un membre de la famille est insulté, tout le reste est
solidaire de sa vengeance ; s'il succombe c'est à
eux de le remplacer, de sorte qu'instantanément il
se forme une association de cinquante à soixante

* Dans un curieux mémoire que M. Lauvergne a publié sur la
Corse, il dit qu'il a vu un jeune garçon de douze ans environ s'amuser à tenir sa mère couchée en joue au bout de son fusil ; il lui faisait faire ainsi toutes les évolutions qu'il lui commandait et la
faisait danser comme un chien avec un fouet. Le père était à deux
pas de là et riait beaucoup de cette plaisanterie barbare[1].

hommes, tous servant la même cause, gardant le même secret, animés de la même haine.

La femme compte pour peu de chose et on ne la consulte jamais pour prendre mari. Quand un fils a quatorze ou quinze ans, son père lui dit qu'il est temps d'être homme, qu'il faut se marier ; il lui choisit lui-même une femme, les deux familles négocient longtemps l'affaire, et avec toutes les précautions possibles, le pacte d'alliance se conclut, les noces se font avec pompe, on y chante des chansons guerrières ; puis les enfants arrivent dans le ménage, on leur apprend à tirer le fusil, on leur enseigne un peu de français, ils vont à la chasse et c'est là toute la vie, une vie de paresse, d'orgueil et de grandeur.

Nous avons dîné tard ; le capitaine nous a servis, comme s'il eût été le maître de la maison. Un avoué de Corte, attiré dans le pays par les affaires de la Compagnie Corse[1], se chauffait au coin de la cheminée et nous a tenu conversation, car notre hôte restait à distance et avait l'air tout humilié de recevoir des personnages. Après le dîner, on m'a conduit dans une pièce délabrée où je devais coucher. Les murs étaient barbouillés de chaux, une petite gravure noire représentant un moine italien canonisé était à la tête du grand lit qui en occupait l'angle ; la petite fenêtre donnait sans doute sur la campagne ; la lune n'était pas encore levée, je me suis mis à me déshabiller, éclairé par un flambeau à l'huile placé sur une chaise près de mon chevet et dont la faible lueur néanmoins me faisait très bien voir que les draps n'étaient ni propres ni de fine toile. Je fis alors des réflexions philosophiques et je me dis que sans doute les gens qui dormaient dans ce lit-là devaient y bien dormir n'ayant ni amour contenu, ni ambition rentrée, ni aucune des passions du monde moderne. Tout cela était si loin de la France, si loin du siècle, resté à une époque que nous rêvons maintenant dans les livres, et je me demandais (tout en graissant d'huile mes cuisses rougies) si après tout, quand on voyagera en diligence, quand il y aura au lieu de ces maisons délabrées des restaurants à la carte, et quand tout ce pays pauvre sera devenu misérable grâce à la cupidité qu'on y introduira, si tout cela enfin vaudra bien mieux; et je comparais le bruit du vent dans les arbres, celui des clochettes de chèvres sur les montagnes, au roulement des voitures dans la rue de Rivoli, au bruit des pompes à feu dans la vallée de Déville. Je me rappelais alors la baie d'Ajaccio et la molle langueur qui vous prend dans la plaine de Liamone, en vue de ces trois lacs que j'aime tant; je me rappelais le soleil de midi, les jours fuyants sur le tronc des hêtres, la lune le matin dans la vallée de Bocognano, et reportant les yeux sur cette chambre si calme, si paisible, je pensais à d'autres chambres où il y a des tapis, des velours, des rideaux de mousseline, etc. Je m'endormis enfin, m'amusant peu de mes réflexions et harassé de la course du jour et de mes exercices acrobatiques. Non, non, on ne dort pas mieux (de corps du moins) à Ghisoni que dans des lits de pourpre (style poétique, car je n'ai jamais couché que dans des draps blancs); cela veut dire que les puces m'ont tenu éveillé pendant trois heures, quelque invention que j'aie prise pour les fuir. J'avais éteint mon flambeau, et la lune avec tous ses rayons entrait dans ma chambre et m'éclairait comme en plein jour. Je me levai et je regardai la campagne, je voyais les chèvres marcher dans les sentiers du maquis et sur les collines; çà et là les feux de bergers, j'entendais leurs chants; il faisait si beau qu'on eût dit le jour, mais un jour tout étrange, un jour de lune. Étant arrivé de nuit dans le village, je n'avais pu voir le paysage où il se trouve placé, mais il m'était maintenant facile d'en saisir tous les acci-

dents, tout aussi bien qu'en plein soleil. Entre les
gorges des montagnes, il y avait des vapeurs bleues
et diaphanes qui montaient et qui semblaient se bercer à droite et à gauche, comme de grandes gazes
d'une couleur indéfinissable qu'une brise aurait agi-
tées sur le flanc de toutes ces collines. Leur grande
silhouette se projetait en avant, de l'autre côté de la
vallée ; la lumière s'étendait, claire et blanche, autour
de la lune, et devenait de plus en plus humide et
tendre en s'approchant du haut faîte inégal des
montagnes. Tous les contours, toutes les lignes
saillissaient librement, grâce à leur teinte grise qui
surplombait les grandes masses noires du maquis.
Le ciel semblait haut, haut, et la lune avait l'air
d'être lancée et perdue au milieu ; tout alentour elle
éclairait l'azur, le pénétrait de blancheur, laissant
tomber sur la vallée en pluie lumineuse ses vapeurs
d'argent qui, une fois arrivées à la terre, semblaient
remonter vers elle comme de la fumée.

Nous sommes repartis le lendemain de bonne
heure, après que M. Cloquet eut vu, je crois, tous les
malades du pays qui encombraient la maison
de notre hôte avec les curieux venus pour nous voir[1].
Ils sont amenés par un pharmacien italien, grand
gaillard blond aux yeux bleus, qui a plutôt l'air d'un
Bas-Normand que d'un Parmesan, sauf toutefois la
vivacité faciale. C'est un réfugié politique qui paraît
fort patriote ; il attend le signal de l'autre rivage pour
laisser là la Corse et se mettre le fusil sur l'épaule ; il
nous parle beaucoup de M. Libri[2] dont il se dit l'ami
intime.

Chemin faisant, je raconte au capitaine mes
doléances et mes malédictions de la nuit passée ; ce
pauvre Laurelli avait été encore plus mal traité que
moi, il ne s'est pas déshabillé et s'est couché sur une
malle.

La route est étroite, monte et descend continuel-

lement. Nous sommes au fond d'une vallée dont les
deux côtés sont couverts de pins immenses qui font
partie de la forêt de Sorba.

Nous nous arrêtons à une rivière qui sépare celle-
ci de la forêt de Marmano. Là nous nous sommes
assis, et avons dévoré les provisions que le capitaine
avait fourrées dans ses sacoches. On a monté dans
les arbres pour casser des branches vertes pour nos
chevaux qui nous regardent d'un œil d'envie. L'herbe
est fraîche, de grands troncs dépouillés et tout
blancs s'étendent en travers du torrent, les rochers
et les pierres qui sont dans son lit le font murmurer ;
les grands arbres nous entourent, et sur leur faîte le
soleil commence à darder vigoureusement.

Nous sommes accompagnés par un brave homme
de Ghisoni qui doit nous indiquer la route d'Isolaccio, qu'ignorent également notre guide et le capitaine. Il marche à côté de ce dernier et lui parle
sans s'arrêter pendant plus d'une heure, sans que
celui-ci lui réponde un seul mot.

Nous avons monté depuis le matin et nous entrons
dans la forêt de Marmano. Le chemin est raide et va
en zigzag à travers les sapins, dont le tronc a des
lueurs du soleil qui pénètre à travers les branches
supérieures et éclaire tout le pied de la forêt ; l'air
embaume de l'odeur du bois vert. Il ne faut pas
écrire tout cela[1].

De temps en temps les arbres avaient l'air de nous
quitter, et nous passions alors devant des huttes de
bergers, faites de cailloux rapportés et de branchages
morts. Enfin nous parvînmes, vers le soir, sur le plateau appelé le *Prato*. Nous étions placés sur une des
plus hautes montagnes de la Corse et nous voyions
à nos côtés toutes les vallées et toutes les montagnes
qui s'abaissaient en descendant vers la mer ; les
ondulations des coteaux avaient des couleurs diver-
sement nuancées suivant qu'ils étaient couverts de

maquis, de châtaigniers, de pins, de chênes-lièges
ou de prairies; en face de nous et dans un horizon
de plus de trente lieues, s'étendait la mer Tyrrhé-
nienne, comprenant l'île d'Elbe, Sainte-Christine,
les îles Caprera, un coin de la Sardaigne; à nos
pieds s'étendait la plaine d'Aléria, immense et
blanche comme une vue de l'Orient, où allaient se
rendre toutes les vallées qui partaient en divergeant
du centre où nous étions; et là, en face, au fond de
cette mer bleue où les rayons de soleil tracent sur
les flots de grandes lignes qui scintillent, c'est la
Romagne[1], c'est l'Italie! Nous étions descendus de
nos chevaux et nous les avions laissés aller brouter
l'herbe courte qui pousse entre le granit. Nous nous
sommes avancés pour contempler plus à notre aise
un roc escarpé en espèce de promontoire. On ne
saurait dire ce qui se passe en vous à de pareils
spectacles; je suis resté une demi-heure sans remuer,
et regardant comme un idiot la grande ligne
blanche qui s'étendait à l'horizon.

Isolaccio est situé au fond des gorges que nous
dominions. Du Prato il faut bien trois heures pour y
atteindre. Nous avons descendu par des chemins
abrupts, à l'aventure, comme nous avons pu. Tout le
revers de la montagne est couvert d'une forêt de
hêtres qui poussent on ne sait comment dans les
granits; de grands glacis s'étendent les uns sur les
autres; nos malheureuses bêtes, que personne ne
conduisait, hésitaient à chaque pas à avancer et pié-
tinaient de devant, toutes tremblantes de peur;
nous-mêmes, à l'aide de grands bâtons que nous
avions ramassés, ne pouvions faire autrement que
de marcher à pas de géants et de sauter tant bien
que mal par-dessus les racines qui ressortaient du
sol et s'étendaient au loin au milieu des pierres.

Nous avons trouvé au bas de cette côte quelques
amis du capitaine (tous armés de fusils et accompa-

gnés de chiens), qui étaient venus à sa rencontre. Il faisait presque nuit, le vent du soir venait sécher la sueur qui trempait nos cheveux ; comme je me sentais bon jarret, je fis lestement à pied la distance qui nous séparait du village, le maquis alors n'avait pas plus de deux pieds de hauteur ; cela reposait, de courir dans les ronces et les joncs marins, après avoir sauté sur du granit. Enfin au détour d'une petite colline, nous aperçûmes des champs enclos de haies et nous entendîmes des chiens japper, et bientôt nous arrivâmes au village.

La maison du fils du capitaine, où nous devions loger, se trouve la dernière du pays. À la voir extérieurement, avec toutes ses vitres cassées, et ses sombres murs gris, je présumais un triste gîte ; mais deux gros enfants joufflus et bruns, qui vinrent embrasser leur grand-père à la descente de cheval, nous montrèrent à leur bon air et à leurs vêtements propres que mes prévisions étaient injustes, et je me sentis alors soulagé de tout l'espoir d'un bon dîner et d'un bon lit. Les gens qui restent non loin de leur feu, les pieds dans les pantoufles, et à qui l'on vient dire tous les jours, quand il est six heures, que la table est mise, s'étonnent quelquefois dans les récits de voyage de la voracité et des joies bestiales de celui qu'ils lisent ou qu'ils écoutent ; il faut avoir passé plusieurs jours à chevaucher sous un soleil de vingt-trois degrés, pendant douze ou treize heures, s'arrêtant une fois dans la journée pour boire l'eau d'une fontaine et manger du pain sec, avoir marché de longues heures sur des pointes de marbre ou de granit, pour sentir la joie inexprimable (et ne plus la condamner) de dévorer en silence le bouc rôti sur les charbons et de s'étendre ensuite dans une couche molle et propre.

Un jeune homme de vingt-deux ans environ, en veste de velours vert, nu-tête et de manières graves, se tenait sur le perron; c'était le fils de M. Laurelli. Il nous a fait monter en haut où nous avons dîné comme des affamés, en compagnie d'un sergent voltigeur qui a gardé le silence tout le repas et qui, la bouche béante, à chaque mot que nous disions avait l'air d'attendre les suivants comme de bons morceaux.

Le capitaine Laurelli est le propriétaire des eaux minérales de Pietra-Pola, situées à environ deux lieues d'Isolaccio dans la direction de la mer. Le médecin du pays nous y a accompagnés (c'est le même dont j'ai parlé plus haut), il s'appuyait sur une petite canne en jonc très courte et terminée par une longue pointe en fer; il n'estime les médecins qu'autant qu'ils sont bons philosophes, mot qu'il nous répétait souvent. Cela étonne et fait plaisir à la fois de trouver au milieu des forêts, à trente lieues d'une ville, dans un désert pour ainsi dire et chez des gens qui n'ont jamais quitté leur village, tout le bon sens pratique de ceux qui ont vécu longtemps dans le monde, une finesse rare dans les jugements sur les hommes et sur les choses de la vie. L'esprit des Corses n'a rien de ce qu'on appelle l'esprit français; il y a en eux un mélange de Montaigne et de Corneille, c'est de la finesse et de l'héroïsme, ils vous disent quelquefois sur la politique et sur les relations humaines des choses antiques et frappées à un coin solennel; jamais un Corse ne vous ennuiera du récit de ses affaires, ni de sa récolte et de ses troupeaux; son orgueil, qui est immense, l'empêche de vous entretenir de choses vulgaires.

Le capitaine nous avait parlé d'un de ses neveux retiré au maquis pour homicide et nous avait proposé de nous le faire voir. À la nuit close, et sur les dix heures du soir, il fut introduit dans la maison. Comme la salle où nous avions mangé était pleine d'amis qui étaient venus faire visite après dîner, et

celle où avait couché M. Cloquet se trouvant au fond,
ce fut donc dans la mienne au haut de l'escalier qui
donnait sur la rue, qu'on le fit entrer. Le capitaine
nous fit signe et nous sortîmes comme pour aller
nous coucher.

Le bandit se tenait au fond de ma chambre, le
flambeau placé sur la table de nuit me le fit voir dès
en entrant. C'était un grand jeune homme, bien vêtu
et de bonne mine, sa main droite s'appuyait sur sa
carabine. Il nous a salués avec une politesse réser-
vée et nous nous sommes regardés quelque temps
sans rien dire, embarrassés un peu de notre contenance. Il était beau, toute sa personne avait quelque
chose de naïf et d'ardent, ses yeux noirs qui brillaient
avec éclat étaient pleins de tendresse à voir des
hommes qui lui tendaient la main ; sa peau était
rosée et fraîche, sa barbe noire était bien peignée ; il
avait quelque chose de nonchalant et de vif tout à la
fois, plein de grâce et de coquetterie montagnarde.
Il n'y a rien de bête comme de représenter les *scélé-
rats* l'œil hagard, déguenillés, *bourrelés de remords*.
Celui-là, au contraire, avait le sourire sur les lèvres,
des dents blanches, les mains propres ; on eût plutôt
dit qu'il venait de sortir de son lit que du maquis. Il
y a pourtant trois ans qu'il y vit, trois ans qu'il n'a
été reçu sous un toit, qu'il couche l'hiver dans la
neige et que les voltigeurs et les gendarmes lui font
la chasse comme à une bête fauve. Brave et grand
cœur qui palpite seul et librement dans les bois, sans
avoir besoin de vous pour vivre, plus pur et plus
haut placé, sans doute, que la plupart des honnêtes
gens de France, à commencer par le plus mince épicier de province pour monter jusqu'au roi !

À côté de lui se tenait un autre homme maigre et
noir, une figure pleine de feu, grimaçant et pétillant
d'expression rustique : c'est le parent qui communique avec lui, lui fait parvenir les vivres et les nou-

velles. Tout le temps il est resté assis sur une malle qui se trouvait là et a gardé son bonnet de laine, il parlait à voix basse et très vivement.

Nous avons causé longtemps ensemble, nous nous sommes occupés des moyens de le faire sortir de la Corse. Comme son signalement au besoin eût pu passer pour le mien, je lui ai proposé mon passe-port, mais l'autre homme en a tiré un autre de sa poche qu'il s'était procuré sous un faux nom; de ce côté les mesures sont bien prises. Il a été question de le faire aller à la sucrerie de M. Dupuis et de là on l'aurait fait passer en Normandie avec les ouvriers qui retourneraient chez eux, mais il aborderait peut-être plus difficilement sur la terre de France que sur celle d'Italie; il est donc décidé que la première barque que l'on pourra trouver à Sagone doublera Bonifacio et viendra le prendre la nuit sur le rivage de Fiumorbo. De là il ira à Livourne, tâchera de s'accrocher à quelque commerçant d'Alexandrie ou de Smyrne et de passer avec lui en Égypte où il prendra du service.

Au bout d'une heure il nous a quittés, le capitaine lui a versé une goutte, deux doigts d'eau-de-vie; enfin il nous a dit adieu à plusieurs reprises, nous lui avons souhaité bonne réussite, il nous a longuement serré la main et nous a quittés le cœur tout navré de tendresse.

Nous devions aller coucher le lendemain soir à Corte, il nous fallait traverser tout le Fiumorbo et la plaine d'Aléria. C'était une forte journée, aussi commençâmes-nous à quatre heures du matin. Comme il faisait encore froid, nous marchâmes deux heures environ pour nous réchauffer; le fils Laurelli nous a accompagnés jusqu'au bout du pays, et là nous nous sommes séparés. Car c'est là voyager! On arrive dans un lieu, des amitiés se lient, et à l'heure où elles vont s'accomplir, tout se défait, et l'on sème ainsi

partout quelque chose de son cœur[1]. Les premiers
jours cela attriste, on s'arrache difficilement de tout
ce que l'on a vu qui vous plaît, mais l'habitude
venant, il ne vous prend plus envie de regarder en
arrière, on pense toujours au lendemain, quelquefois au jour même, jamais à la veille; l'esprit,
comme les jambes, s'accoutume à vous porter en
avant, et comme dans un panorama perpétuel, tout
passe près de vous rapidement, vu au galop de votre
course. Vallées pleines d'ombre, maquis de myrtes,
sentiers sinueux dans les fougères, golfes aux doux
murmures dans les mers bleues, larges horizons de
soleil, grandes forêts aux pins décharnés, confidences faites dans le chemin, figures qu'on rencontre, aventures imprévues, longues causeries avec
des amis d'hier, tout cela glisse emporté et vite s'oublie pour l'instant, mais bientôt se resserre dans je
ne sais quelle synthèse harmonieuse qui ne vous
présente plus ensuite qu'un grand mélange suave de
sentiments et d'images où la mémoire se reporte
toujours avec bonheur, vous replace vous-même et
vous les donne à remâcher, embaumés cette fois de
je ne sais quel parfum nouveau qui vous les fait ché-
rir d'une autre manière.

À Prunelli, le capitaine nous a fait arrêter pour
dire le bonjour à deux de ses filles mariées dans ce
village. C'était là le quartier général des Corses qui
rossèrent si élégamment le marquis de Rivière,
ambassadeur à Constantinople. Déjà nous avons vu
à la préfecture le général Poli, à qui la gloire de cette
guerre est revenue en entier; néanmoins, c'est bien
notre ami le capitaine Laurelli qui, dans le pays,
passe pour y avoir eu la part la plus active[2]. La veille,
en allant aux eaux de Pietra-Pola, il nous avait montré tous les lieux où l'action s'est portée, en homme
qui parle de ce qu'il a vu; chez lui, à Corte, il a
conservé les étriers du général Sebastiani qui était

descendu de cheval pour fuir plus à l'aise dans la campagne. Nous sommes descendus à travers de grands maquis et des chênes-lièges jusqu'à l'immense plaine qui forme tout le littoral oriental de la Corse et qui s'étend depuis Bonifacio jusqu'à Bastia. Elle est inculte dans sa plus grande partie, couverte çà et là d'un maquis dont la touffe de verdure paraît de loin au milieu de cette terre blanche; on en a brûlé, manière de défricher adoptée dans toute la Corse, mais tous les efforts, la plupart du temps, n'ont pas été au-delà et les jeunes pousses reparaissent entre les arbustes calcinés. De temps à autre un grand chêne-liège décharné élève son branchage clairsemé sans donner d'ombrage; ailleurs, nous allons dans des sentiers à travers de hautes fougères, et chacun voit la tête de celui qui le précède passer rapidement, en mille détours, le long de leur tige. Les voltigeurs nous ont accompagnés jusqu'à la rivière, et nous avons continué seuls notre route. Le pays est désert, vide d'habitants; ceux qu'on rencontre dans tout le Fiumorbo sont jaunes de fièvre, vêtus de haillons et ont l'air triste. La misère dans le Nord n'a rien de bien choquant, le ciel est gris; toute la nature est lugubre; mais ici, quand le soleil répand tant de splendeur et de vie rayonnante, les couleurs sombres sont bien sombres, les têtes pâles sont plus pâles, sous ce beau ciel si bleu et si uni les guenilles sont bien plus déchirées.

Nous avons un peu quitté la plaine et repris à gauche en longeant le pied des mêmes montagnes que nous dominions la veille. J'aime à me redire tous ces détails. Il me semble que nous tournons encore dans les chemins du maquis, que j'arrache encore en passant les fruits rouges de l'arbousier et les petites fleurs blanches des myrtes; nous allons sous des berceaux de verdure, de temps en temps nous nous perdons de vue, tout est vert et frais, et quand on se retrouve dans la plaine, marchant dans

les chaumes, tout au contraire est long et lumineux.
Quand nos chevaux s'arrêtent, le bruit se tait, et
nous ne voyons que l'immense horizon bleu de la
Méditerranée qui s'agrandit à mesure que nous
montons. La plaine, comme la mer, se déploie aussi
de plus en plus, elle agrandit, comme elle, ses perspectives sans nombre. Des masses grises de cailloux
vous indiquent dans la plaine quelques petits villages. Dans l'immense baie que la mer découpe
devant nous, à quatre lieues en face, était la ville
d'Aléria. On nous dit que des flottes pouvaient
contenir dans ce port comblé et qu'il ne faudrait
qu'enlever les sables pour en faire demain le plus
beau du monde. Elle garde un renom de splendeur
passée. Quand l'avait-elle ? Personne ne vous le
dira ; il y a sans doute bien des siècles qu'elle regarde
ainsi en face l'Italie sans se lever de ses sables et
que les lièvres viennent brouter le thym dans les
pierres de son aqueduc. Ensevelie dans cette plaine
vide et blanche elle me semblait une de ces cités de
l'Orient, mortes depuis longtemps et que nous
rêvons si tristes et si belles, y replaçant tous les
rêves de grandeur que l'humanité a eus.

Cependant nous marchions sur la crête de petites
collines, dans des cailloux de cuivre qui ressortaient
de sous terre comme des bronzes antiques ; des
plantes sauvages poussaient parmi eux, tout était
pavé d'airain rouge et noir ; le soleil brillait dessus,
et les rayons qui tombaient sur les arêtes saillantes
en rebondissaient en paillettes. J'aimais à regarder
à gauche la ligne blanche qui bordait la vue et que
je savais être l'Italie. Elle s'étendait dans toute la
longueur du grand horizon bleu qu'elle contemplait
avec une langueur inexplicable. Notre guide nous
chantait je ne sais quelle ballata que je n'écoutais
pas, laissant buter mon cheval à chaque pierre
et tout ébloui, étourdi de tant de soleil, de tant

d'images, et de toutes les pensées qui arrivaient les
unes sur les autres, sereines et limpides comme des
flots sur des flots. Il faisait du vent, un vent tiède qui
venait de courir sur les ondes, il arrivait de là-bas,
d'au-delà de cet horizon, nous apportant vaguement,
avec l'odeur de la mer, comme un souvenir de choses
que je n'avais pas vues. J'aurais presque pleuré
quand je me suis enfoncé de nouveau dans la montagne. Non, ce n'est jamais devant l'océan, devant
nos mers du Nord, vertes et furieuses, que les dix
mille eussent poussé le cri d'immense espoir dont
parle Xénophon[1]; mais c'est bien devant cette mer-
là, quand, avec tout son azur, elle surgit au soleil
entre les fentes de rochers gris, que le cœur alors
prend une immense volée pour courir sur la cime
de ces flots si doux, à ces rivages aimés, où les
poètes antiques ont placé toutes les beautés, à ces
pays suaves où l'écume, un matin, apporta dans une
coquille la Vénus endormie.

Le jour était déjà avancé, et nous n'avions point
mangé. De temps à autre nous rencontrions bien
quelque hutte en chêne-liège de dessous laquelle ressortaient des yeux noirs brillant comme ceux des
chats; des familles entières accroupies se tenaient
au milieu de la fumée sous ces maisons de trois à
quatre pieds de hauteur, ainsi qu'on nous représente
les Hottentots ou les naturels de la Nouvelle-Zélande;
mais toutes ces cabanes n'avaient point d'eau, il fallait donc aller plus loin. Nous en trouvâmes enfin
vers une heure de l'après-midi à Acquaviva, petit village ombragé d'une touffe de châtaigniers. Nous
sommes entrés dans une maison où le bienheureux
capitaine nous a fait déjeuner. Quelques charbons se
trouvaient au milieu de la cuisine entre trois ou
quatre pierres rangées en carré, la fumée s'en allait
au ciel à travers les poutres du toit.

Nous avons été reçus par une vieille femme et par

une jeune fille très jolie et fort bourrue, dont les naïvetés gaillardes nous ont fait rire encore deux heures après l'avoir quittée; mon excellent compagnon, en se séparant d'elle, se roulait sur le perron, et sa bonne humeur l'a mis en train de me faire des confidences facétieuses pendant une partie de la route que nous avons parcourue, cette fois, l'estomac plein tout en devisant et en pantagruélisant.

Après une journée de dix heures de cheval, nous sommes arrivés à Corte. Mme Laurelli nous a reçus avec une distinction toute parisienne; ses manières et sa figure ne sont pas de la Corse, où le beau sexe a les unes et les autres assez peu agréables. Hélas! il a fallu se séparer le lendemain de notre bon capitaine qui nous a embrassés avec effusion et qui nous a bien promis de venir nous voir en France.

La grande route nous a menés jusqu'à trois heures de Corte où nous avons trouvé deux voltigeurs qui, par ordre du capitaine, devaient nous accompagner jusqu'à Piedicroce. Nous nous élevons dans la direction de l'Italie et parcourons une route à peu près semblable à celle que nous avons faite de Bocognano à Ghisoni. Les montagnes de la Corse se montrent à nous de nouveau, et le soleil couchant nous les éclaire encore. Arrivés sur la hauteur où nous avons revu la Méditerranée, elles avaient complètement disparu. Le soir venait et le chemin se faisait de plus en plus mauvais; il a fallu descendre de cheval et aller à pied. Bientôt nous sommes entrés dans une forêt de châtaigniers, et l'obscurité est devenue tout à fait complète. Notre guide ne contribue pas médiocrement à nous rendre la route désagréable, il s'est enivré à Corte, nous étourdit de ses chansons; il est baveux, bavard et bravache.

Comme la lune n'était pas encore parue et que les arbres étaient touffus, nous marchions doucement de peur de rouler dans les pierres, soutenant nos

pas avec la baguette qui nous avait servi de cra-
vache. Toute la vallée était couverte de châtaigniers,
et les pentes qui s'étendaient sous nous, les hauteurs
qui nous dominaient, tout était sombre, silencieux.
Le jour qui pénétrait dans les clairières nous faisait
voir de gros troncs d'arbres qui apparaissaient les
uns derrière les autres ; de temps à autre nous
enfoncions les pieds dans des sources d'eau vive.
Notre guide, qui conduisait les chevaux, s'inquiétait
d'ailleurs fort peu de savoir si nous le suivions, tout
entier qu'il était à l'expansion lyrique que la boisson
avait provoquée en lui. Souvent nous nous arrêtions
pour reprendre haleine et nous demander si bientôt
enfin nous arrivions. Les châtaignes tombaient sur
les feuilles, sur la mousse ou sur nos chapeaux. Au
loin, au fond de la vallée, un chien aboyait après la
lune qui commençait à se lever un peu, toute rousse
et entourée de nuages ; quelques lumières brillaient
çà et là dans les montagnes voisines et disparaissaient les unes après les autres. Francesco de plus
belle reprenait sa chanson ou continuait d'exciter
ses chevaux avec cet ignoble cri qu'on retrouve par
toute la Corse pour faire aller les bêtes, et qui ressemble à celui d'un homme qu'on assommerait à
coups de massue. Ce n'était pas sans raison que le
brave capitaine nous a fait escorter, nos deux voltigeurs en effet avaient reçu de lui l'ordre de frapper
notre guide au moindre signe de rébellion, et l'un
deux me paraissait très disposé à lui tirer un coup
de fusil. J'avoue que j'eus un moment d'inconcevable rage, lorsque tout fatigué, mourant de soif et
désespéré de rien avoir sous la dent, je lui demandai
la gourde qu'on avait remplie le matin à Corte, et
que le misérable me répondit froidement que le
bouchon en était tombé et que tout s'était perdu... Il
me sembla alors qu'on m'enterrait vif, et que toutes
les colères du ciel étaient en moi ; je m'étais vive-

ment rapproché de lui, haletant, espérant boire, je me voyais déjà saisissant la bienheureuse gourde, je sentais si bien couler dans mon estomac fatigué... j'arrive, rien. On a beau parler des désillusions morales, celle-là fut atroce. Je déguisai ma douleur sous une ironie magnifique dont je ne me rappelle plus la forme, mais elle l'écrasa, et j'eus pour satisfaction de faire rire les deux voltigeurs qui étaient là et qui, comme moi, n'auraient pas été fâchés de boire.

Nous continuâmes encore à marcher dans des chemins de plus en plus mauvais; de temps en temps nous tâtions avec les mains pour nous guider, et nous tombions dans les grosses pierres, le bois était toujours aussi sombre, et la lune rongée se montrait seulement pour l'acquit de sa conscience. Je pensais alors aux contes que l'on débite sur les voyageurs égarés dans les bois, et qui aperçoivent au loin une lumière; ils s'approchent pour demander du secours, c'est une cabane de faux monnayeurs, où pour la plupart du temps ils sont égorgés. Nous avons frappé aussi à une cabane pour savoir si nous étions loin de Piedicroce. Un vieillard est venu nous ouvrir; il était seul dans sa maison et nous a dit tout d'abord que nous serions mal logés chez lui parce que toute sa famille était absente et qu'on ne pourrait pas nous servir; d'ailleurs il ne nous restait plus qu'une heure de chemin. Puis il a refermé sa porte, et toute sa cabane est rentrée dans le silence et l'obscurité. Un de nos gens nous a dit qu'à l'air dont il nous avait répondu, ce vieillard, à coup sûr, était resté le seul de sa famille; tous les autres ayant été tués par vendetta, il se souciait peu de la visite des étrangers.

Nous avons donc repris courage, et continuant d'un pas plus leste nous sommes enfin arrivés à neuf heures à Piedicroce. M. Paoli nous attendait

avec son oncle, vieux curé de la commune, qui se
tenait à table tout en prenant patience. C'était un
petit gros vieillard, tout blanc, en bonnet de coton et
en culotte courte ; il sait peu de français et ne nous
a guère parlé que pour dire que le clergé devait se
mettre à la tête de la nation et charger le fusil, si le
sol venait à être envahi par l'Anglais.

M. Paoli, frère du procureur du roi de Calvi[1], que
nous avions vu à Ajaccio, est un grand gaillard
mince ; il était décolleté, en veste de toile, il nous a
reçus avec beaucoup de franchise et paraît plus gai
et plus causeur que ses compatriotes. Pendant le
dîner, il nous a parlé de son pays longuement et
même avec une rare sagacité. Cet homme, qui s'exprime si purement en français, qui a tant de finesse
et de bon sens, n'est jamais sorti de sa commune
dont il est le maire, il est vrai, et à qui il porte un
amour d'administrateur.

Nos courses en Corse allaient bientôt finir ; le soir
même nous devions aller coucher à Bastia. M. Paoli
nous a accompagnés jusqu'à Orezza, monté sur une
superbe bête qui bondissait sous lui et sautait comme
un chevreuil. Le reste de la route, jusqu'à Saint-
Pancrace, se fait dans une grande forêt de châtaigniers, sur des pelouses unies. Nous avons plusieurs
fois traversé le Golo dont nous avons suivi le courant. À quatre heures du soir enfin nous atteignons
Saint-Pancrace, où M. Podesta[2] avait eu l'obligeance
d'envoyer la voiture ; ça a été pour nous une chose
toute nouvelle de nous sentir traînés sur une grande
route et sur de bons ressorts. Bastia paraît de loin
étendue au bas du cap Corse, au fond du golfe ; son
phare brillait dans les flots, et la nuit était déjà
venue quand nous entrâmes dans les rues de la ville.

Il ne nous restait plus qu'une journée, qu'une
journée et tout était fini ! Adieu la Corse, ses belles
forêts, sa route de Vico au bord de la mer ; adieu ses

maquis, ses fougères, ses collines, car Bastia n'est
pas de la Corse; c'en est la honte, disent-ils là-bas.
Sa richesse, son commerce, ses mœurs continen-
tales, tout la fait haïr du reste de l'île. Il n'y a que là,
en effet, que l'on trouve des cafés, des bains, un
hôtel, où il y ait des calèches, des gants jaunes et des
bottes vernies, toutes les commodités des sociétés
civilisées. Bastiacci, disent-ils, méchants habitants
de Bastia, hommes vils qui ont quitté les mœurs de
leurs ancêtres, pour prendre celles de l'Italie et de
la France. Il est vrai que les petits commis des
douanes et de l'enregistrement, les surnuméraires
des domaines[1], les officiers en garnison, toute la
classe élastique désignée sous le nom de jeunes gens,
n'a pas besoin, comme à Ajaccio, de faire de temps
en temps de petites excursions à Livourne et à Marseille pour y bannir la mélancolie, comme on dit
dans les chansons; ces messieurs profitent ici de
l'avilissement du caractère national. Malgré tous
ces avantages incontestables pour le *consommateur*,
qu'il y a loin de Bastia à Ajaccio, cette ville si éclairée, si pure de couleur, si ouverte au grand air, où
les palmiers poussent sur la place publique et dont
la baie vaut, dit-on, celle de Palerme. À Bastia, les
rues au contraire sont petites, noires, encombrées
de monde; son port est étroit, malaisé; la grande
place Saint-Laurent[2] ne vaut pas à coup sûr l'esplanade qui est devant la forteresse ni la terrasse du
cardinal Fesch[3], où je me suis promené le dernier
soir à Ajaccio.

Le palais est inachevé, la lune entrait par les
vitres et se jouait dans les grandes pièces nues; les
escaliers étaient vides et sonores. Du haut de la terrasse j'ai revu la baie avec toutes les côtes qui l'entourent. La lune en face se reflétait dans les flots;
suivant qu'elle montait dans le ciel, son image prenait sous l'eau des formes changeantes, tantôt celle

d'un immense candélabre d'argent, tantôt celle d'un serpent dont les anneaux montaient en droite ligne à la surface et dont le corps remuait en ondulant ; les montagnes étaient éclairées, et de l'autre côté, au large, à travers les ombres, la grande immensité azurée apparaissait toute sereine[1].

Les églises de Bastia n'ont rien qui me plaise, fraîchement peintes, luisantes, ornées dans le goût italien[2].

Nous avons été voir les prisons pour y trouver quelque bon type corse et non pour goûter la soupe comme les philanthropes[3]. Le geôlier d'Ajaccio était un vigoureux gaillard, capable de résister seul à une émeute ; celui de Bastia est geignard et doucereux ; il se plaint de l'exiguïté de son logement, quoiqu'il ait envahi une bonne partie des prisons ; un de ses fils est borgne et l'autre est attaqué d'une maladie de poitrine ; ce dernier, nous a-t-il dit, est un fort bon sujet qui s'est rendu malade à force de travailler, nous n'avions qu'à demander au proviseur… Nous vîmes en effet étendu dans son lit un maigre jeune homme toussant et crachant, pauvre brute ! que l'ambition dévore et qui se tue pour devenir un savant ! Corse, Corse, gagne plutôt le maquis ! là, tu entendras sous le myrte la chanson des rossignols et tu n'auras pas besoin de dictionnaire pour la comprendre, le vent dans la forêt de Marmano te sifflera un autre rythme que celui de ton Virgile que tu ne comprends guère. Allons, philosophe, jette au feu ton Cousin dont tu voudrais bien être le valet, et va un peu le soir t'étendre sur le sable du golfe de Lucia, à regarder les étoiles. Te voilà devenu professeur de philosophie dans ta ville natale, le maire te fait des compliments dans son discours au jour de la distribution des prix, et tu rougis sans doute devant l'auditoire avec une grâce charmante ; tu as des répétitions au collège et des leçons particulières en ville. Eh bien! homme vertueux, homme d'esprit, homme que tes frères respectent et que ton père regarde ébahi, tu me parais, à te voir ainsi couché dans ce lit avec ton sot bonnet sur ta tête déjà chauve, et ne voyant de jour qu'à travers les barreaux de cette cage que tu illustres, tu me sembles plus misérable, plus stupide et plus condamnable que tous ceux qui sont là derrière la muraille, aigles de la montagne qui soupirent après l'heure où ils pourront reprendre leur volée.

J'ai vu, dans les cellules des prisonniers, un jeune garçon de Sartène qui a porté faux témoignage; il était condamné à un an de prison, mais il souriait, passant la main dans ses cheveux, il avait un large front et des dents blanches. J'ai vu aussi plusieurs meurtriers qui m'avaient l'air fort heureux; j'ai revu mon vieux Bastianesi[1] qui va bientôt sortir; il y avait de plus une femme adultère qui va bientôt accoucher et qui pense au fils qui va naître, et un Génois accusé de viol, qui a une figure fort bouffonne. Tous m'ont fait plus de plaisir à voir que toi, homme à bonne conduite, parce que ceux-là aiment et haïssent, qu'ils ont des souvenirs, des espoirs, des projets; ils aiment la lumière, le grand jour, la liberté, la montagne; mieux que toi, savant, ils comprennent l'élégie que soupire le laurier-rose à la brise du soir, le dithyrambe des pins qui se cassent, le monologue de l'orage qui hurle et de la haine quand elle emplit les cœurs vigoureux. Ils n'ont point de poitrine étriquée, de membres amaigris, d'esprit sec, de vanité misérable. Je te hais, fils de geôlier qui veux devenir académicien, et il n'a fallu rien moins pour te faire oublier que l'excellent déjeuner que nous avons fait chez Letellier en compagnie du bon Multedo que j'avais retrouvé le matin dans la rue, et des docteurs Arrighi et Manfredi[2].

Puisque j'ai rendu compte de ma traversée de Toulon à Ajaccio avec une exactitude psychologique,
digne de l'école écossaise[1], je puis me faire le plaisir de parler de celle du retour.

Quand nous avons quitté Bastia, le temps était
superbe, la mer calme. La Corse belle me disait un
dernier adieu. Pauvre Corse! il a fallu en quitter la
vue bien vite pour aller se clouer dans une étroite
cabine où, le corps ployé en deux, je recevais le soleil
dans la face. Là, fermant les yeux, étourdi du roulis,
suant et soufflant, je m'imaginai être un fort poulet à
la broche: l'astre du jour me rôtissait et je ne vous
dirai pas quel jus tombait dans la lèche-frite.

Vers cinq heures du soir je me suis résigné à monter sur le pont, où je passai la nuit, enveloppé dans
ce gros manteau corse que M. Cloquet avait acheté
à Ajaccio. La nuit fut belle, je dormis, je rêvai,
je regardai la lune, la mer; je pensais aux peuples
d'Orient qui par la même nuit regardaient les
mêmes étoiles et qui s'acheminaient lentement dans
les sables vers quelque grande cité, je pensais aussi
à mon voyage qui allait finir, je regardais le bout du
mât se balancer à droite et à gauche, j'écoutais le
vent siffler dans les poulies et, à travers les écoutilles, les bruits des vomissants montaient jusqu'à
moi; j'avais pour eux le dédain du bonheur. Le
matin, quand nous longeâmes les côtes de la Provence, le temps devint rude, les flots fumaient à
l'horizon, notre navire s'avançait lentement et rudement secoué, et sa proue pointait dans l'eau. J'ai fait
la conversation avec un officier qui a entré en fraude
une grande quantité de tabac corse, et avec un épicier qui m'a pris pour un commis voyageur. Allons,
finissons-en vite, arrivons au port, puisque nous
sommes en rade. C'est en vain que depuis huit jours
je suis à m'amuser à ceci, il faut bien plier la feuille,
tout cela à deux mains, et quitter le passé, lui qui

vous quitte si facilement. J'ai fait le traînard tant
que j'ai pu, me promenant cent fois d'Ajaccio à Bastia, de Ghisoni dans la forêt de Marmano, revenant
sur mes pas, revoyant les sentiers parcourus, ramas-
sant des feuilles tombées, me jouant avec mes souvenirs comme avec de vieux habits ; il faut se hâter
de finir mon voyage qui, du train que je mets à le
raconter, pourra bien finir au mois d'août prochain.

Je vous fais grâce du bagne et de l'arsenal, de la
description pittoresque et des réflexions humani-
taires, j'aime mieux dire qu'un certain soir encore
j'ai été à la bastide de Lauvergne[1]. La mer vient
battre au pied de sa terrasse ; à gauche il y a une anse
dans le rocher, faite exprès par les Tritons pour y
nager aux heures de nuit ; de dessus un tombeau turc
qui sert de banc, on voit toute la Méditerranée ; son
jardin est en désordre, l'herbe pousse dans les murs,
la fontaine est tarie, les cannes de Provence sont cassées, mais l'éternelle jeunesse de la mer sourit en
face à chaque rayon de soleil, dans chaque vague
azurée.

Si je demeurais à Toulon, j'irais aussi tous les
jours au jardin botanique ; ce serait peut-être une
sottise, car il est choses dont il ne faut garder qu'une
vision, comme Arles, par exemple. Que le cloître
Saint-Trophime était beau, à la tombée du jour ! Des
femmes venaient puiser de l'eau dans le puits de
marbre qui se trouve là, à droite en entrant. Les
femmes d'Arles ! quel autre souvenir ! Elles sont
toutes en noir ; elles marchaient, il m'a semblé, deux
à deux dans les rues, et elles parlaient à voix basse
se tenant par le bras. J'en ai revu une à Toulon, elle
s'en allait aussi la tête penchée un peu sur l'épaule, le
regard vers la terre ; avec leur jupe courte, leur
démarche si légère et si grave, toute leur stature
robuste et svelte, elles ressemblent à la Muse antique.

Il faisait du *mistrao* à Toulon ; nous étions aveuglés

de poussière. Une fois entrés dans le jardin, je ne sais si cela tient aux murs qui nous abritaient, l'air est devenu calme. Après la maison du concierge, il y a quelques petites maisonnettes en bois qui servent de serres ; des cages d'oiseaux étaient attachées aux murs extérieurs, elles étaient remplies de gazouillements et de battements d'ailes. Je vis là sous de grands arbres pleins d'ombrages, à côté d'un banc de gazon, deux ou trois forçats qui travaillaient au jardin ; ils n'avaient ni garde-chiourme, ni sergents, ni argousins ; on entendait pourtant leur chaîne qui traînait sur le sable.

Tandis que les autres étaient au bagne à soulever des poutres, à clouer la carcasse des vaisseaux, à manier le fer et le bois, ceux-là entendaient le bruit du vent dans les palmiers et dans les aloès, car il y a là des roseaux de l'Inde à forme étrange, et des bananiers, des agavés [1], des myrtes encore, des cactus, toutes ces belles plantes des contrées inconnues, sous lesquelles les tigres bondissent, les serpents s'enroulent, où les oiseaux bigarrés perchent et se mettent à chanter. Il me semble que cela doit leur amollir le cœur de vivre toujours avec ces plantes, avec ce silence, cet ombrage, toutes ces feuilles petites et grandes, ces petits bassins qui murmurent, ces jets d'eau qui arrosent ; il fait frais sous les arbres et chaud au soleil, le vent agite le branchage sur le treillis, il y a du jasmin qui embaume, des chèvrefeuilles, des fleurs dont je ne sais pas le nom, mais qui font qu'en les respirant on se sent le cœur faible et tout prêt à aimer ; des nénufars sont étendus dans les sources, avec des roseaux qui s'épanchent de tous côtés. Le vent avait renversé les arbustes et il agitait les palmiers dont le faîte murmurait, deux palmiers, de ceux qu'on appelle rois ; ils sont au bout du jardin, et si beaux que j'ai compris alors que Xerxès en eût été amou-

reux et, comme à une maîtresse, ait passé à un d'eux
autour du cou des anneaux et des colliers[1]. Les
rameaux du haut retombaient en gerbes avec des
courbes douces et molles, ce mistrao qui soufflait en
haut les poussait les uns sur les autres en leur faisant faire un bruit qui n'est point de nos pays, le
tronc restait calme et immobile, comme une femme
dont les cheveux seuls remuent au vent. Un palmier
pour nous c'est toute l'Inde, tout l'Orient ; sous le
palmier l'éléphant paré d'or bondit et balance au
son des tambourins, la bayadère danse sous son
ombrage, l'encens fume et monte dans ses rameaux
pendant que le brahme assis chante les louanges de
Brahma et des Dieux.

C'était fini du Midi ! À Marseille il faisait froid,
tout se rembrunissait et sentait déjà le retour. Il
y aurait pourtant de l'injustice à ne rien dire du
dîner d'adieu chez M. Cauvière. Il a une petite salle
romaine en pierre de taille, voûtée, pavée de
marbre, comme Horace devait en avoir une ; je vous
réponds qu'il s'y est bien bu du bon vin, qu'il s'y est
dit bien des choses spirituelles. Ce fut un dîner
exquis en tout point, comme les rois n'ont pas l'esprit d'en faire, où il y eut, dit Commines, «toutes
sortes de bonnes épices qui font boire de l'eau
point[2]» ; les mets, les vins, le langage, tout cela eut
un caractère à part, bon jusqu'à l'excellent, original
et de bon goût ; l'ivresse et la plaisanterie allèrent
jusqu'à ce point délicat où l'on ne perd ni l'esprit ni
la décence, il y avait des dames. Il faudrait une
autre mémoire et une autre plume surtout pour
vous rapporter cette délicieuse soirée, les lumières
étaient douces, tout allait harmonieusement, Porto
se promenait lentement autour de la table à la
manière des grands animaux[3] ; le soir on nous
apporta sur la table une colonne de tabac de
Lataki[4], avec des pipes de bambou ; nous bûmes, en

fumant, un vin spécial appelé liebfraumilch[1], je n'en écris pas plus.

Avant de m'emboîter pour Paris, j'ai été dire un dernier adieu à la Méditerranée. Il faisait encore beau sur le quai, le soleil brillant, le mistrao ne soufflait pas, le ciel était pur comme le jour où j'y fus avant de partir pour la Corse, alors que j'avais devant moi encore, et dans un rose horizon, un mois de beau temps, d'excursions libres, encore tout un mois de Méditerranée et de grand soleil. Les navires étaient attachés sur le quai par des câbles tendus, néanmoins ils remuaient un peu, comme les cœurs par les temps plus calmes, aussi amarrés au rivage, font des bonds qu'eux seuls sentent, pour repartir au large. J'ai encore vu quelques pantalons plissés, des pelisses arabes, des dolmans turcs, et puis il a fallu repartir, tourner le dos à tout cela, sans savoir quand je reverrai ni Arles, ni Marseille, et la baie aux Oursins, et les golfes de Liamone, de **Chopra, de** Sagone, le Prato, la plaine d'Aléria.

La première page de ceci a été écrite à **Bordeaux** dans un accès de bonne humeur, le matin, la fenêtre ouverte ; la rue était pleine de cris de femmes, de chansons, de voix joyeuses.

Maintenant il pleut, il fait froid, les arbres dépouillés ont l'air de squelettes verts ou noirs. Au lieu de partir bientôt pour Bayonne, pour Biarritz, pour Fontarabie, me voilà empêtré dans des plans d'études admirables, ayant cinq ou six fois plus de travaux qu'un honnête homme ne peut en accomplir ; dans un mois ce sera la même chose, je serai à la même table, sur la même chaise et toujours ainsi de même. Mais je me console en pensant que cet hiver je pourrai boire quelquefois du champagne frappé et manger du canard sauvage ; et puis quand reviendra la saison où les blés commencent à mûrir, je m'en irai aussi dans les champs ou dans les îles

de la Seine, je nagerai en regardant les arbres qui se
mirent au bord, je fumerai une pipe à l'ombre, je
laisserai aller ma barque à la dérive vers cinq
heures, quand le soleil se couche. Mais non!

Car je retournerai à Bordeaux, je passerai Saint-
Jean-de-Luz, Irun; j'irai en Espagne. Il serait trop
stupide en effet qu'un homme bien élevé n'ait pas vu
l'Andalousie ni les lauriers-roses qui bordent le
Guadalquivir, ni l'Alhambra, ni Tolède, ni Séville, ni
toutes ces vieilles villes aux balcons noirs, où les
Inès chantent la nuit les romances du *Cid*.

Mais, de grâce, Arles aussi, et Marseille également,
et Toulon, parce que je désire avant de mourir dîner
encore deux ou trois fois chez M. Cauvière. Plus
loin même, je dépasserai la bastide de Reynaud[1] et
j'irai à Venise, à Rome, à Naples, dans la baie de
Baia, puisque je relis maintenant Tacite et que je
vais apprendre Properce.

Mais la Méditerranée est si belle, si bleue, si
calme, si souriante qu'elle vous appelle sur son sein,
vous attire à elle avec des séductions charmantes.
J'irai bien en Grèce; me voilà lisant Homère, son
vieux poète qui l'aimait tant, et à Constantinople, à
qui j'ai pensé plus d'heures dans ma vie qu'il n'en
faudrait pour faire d'ici le voyage à pied, ayant toute
ma vie aimé à me coucher sur des tapis, à respirer
des parfums, regrettant de n'avoir ni esclaves, ni
sérails, ni mosquées pavées de marbre et de por-
phyre, ni cimeterre de Damas pour faire tomber les
têtes de ceux qui m'ennuient.

Oh! moi qui si souvent en regardant la lune, soit
les hivers à Rouen, soit l'été sous le ciel du Midi, ai
pensé à Babylone, à Ninive, à Persépolis, à Palmyre,
aux campements d'Alexandre, aux marches des
caravanes, aux clochettes des chamelles, aux grands
silences du désert, aux horizons rouges et vides, est-
ce que je n'irai pas m'abreuver de poésie, de

lumière, de choses immenses et sans nom à cette source où remontent tous mes rêves?

Povero! Tu iras dimanche prochain à Déville, s'il fait beau; cet été, à Pont-l'Évêque.

Encore un mot: Je réserve dix cahiers de bon papier que j'avais destinés à être noircis en route, je vais les cacheter et les serrer précieusement, après avoir écrit sur le couvert[1]: papier blanc pour d'autres voyages.

Voyage en Italie

ψάλλω[1]

Avril-mai 1845.

————————

. . . . . .
x = x.
épigraphe[2]

Chemin de fer de Rouen à Paris dans un wagon découvert, un homme du peuple les joues entourées d'un foulard de coton rougeâtre ; en casquette — blouse de couleur — mangeant des provisions. Au mois de novembre 1843[1], dans un wagon de 2e classe, homme et femme de même mine, redingote blanchâtre, casquette de cuir, mangeant *idem*. Mais il faisait froid, humide, pas de soleil — c'était sur la même route. — Quel abîme[2] et que de faits entre ces deux voyages pareils et aussi entre ces deux parallèles humains !

PARIS[3]. J'ai respiré largement sur le boulevard[4], dans la rue de Rivoli surtout. Quelle en était la cause ? Sont-ce les lieux où nous avons le plus souffert que nous préférons aux autres ? (où ai-je lu cette pensée ?) ou bien est-ce effet d'optique sur le passé ? Visite aux Champs-Élysées[5] en régie[6] comme autrefois ; le cirque[7], les arbres, les voitures. J'ai savouré le luxe avec plaisir, comme un homme qui a passé la nuit au corps de garde s'étend la nuit suivante avec joie sur son lit mollet et s'étonne de trouver si bonnes des choses si simples.

Pendant deux jours, le vendredi et le samedi, = quand je venais en 1842 y prendre mes inscriptions[8], sauf la vigueur musculaire et la chaleur de

blague. La Monnaie[1] — plus de chambres à gauche
— Panofka[2] — plus de rue Le Peletier[3]! Quand
nous pensons à quelque événement futur, nous le
plaçons dans les lieux où nous le rêvons, dans les
conditions présentes, et quand il arrive nous
sommes tout dépaysés. — Caresses à son chien;
était-ce par bêtise, ou pour faire des réflexions philosophiques, ou bien par tendresse naturelle? En
tout cas, c'eût été dur pour un homme délicat[4]. D.
homme inaltérable. P.[5] quelle visite! = celle du
quai de Conti avec cette différence que je tâchais de
transposer les genres. La dernière fois que je l'avais
vue elle trônait dans un salon. Sens du mot: «je suis
dégoûtée de tout», que j'avais déjà observé chez
cette vénérable Mme Foucaud[6]. Portier d'Ernest[7];
différence d'avec la fois d'auparavant qu'il avait vu
la chaise de poste.

NOGENT-TROYES. Couvent, haine de ce qui restreint, émotion de la liberté.

Bourgogne. Terrains rouges, gras, plats, petites
collines. SAINT-SEINE; deux filles.

VAL SUZON-DIJON, pas eu le temps de voir la
maison de ce brave Tavannes[8], mais j'ai vu un reste
de l'église où il a été enterré. Au musée la figure
du conseiller de Bourgogne, pâle, maigre, froide,
méchante, mais mélancolique au fond, impassible
et jaunâtre; chaperon à bords relevés, chape raide
et dorée sur les épaules[9]. Visite aux parents[10]; c'est
une belle chose que cette tendresse pour des gens
que l'on voit tous les quinze ans. Maison de Bossuet,
— salle à manger puante et humide[11].

NUITS-CLOS VOUGEOT à gauche. CHALON. Le
cheval sous la cour couverte, et l'officier sans bras.
Un joueur d'orgue qui ne veut pas s'en aller quoiqu'on lui ait jeté de l'argent, mais ce n'est plus amer
comme à Paris. Il faut que cela soit, car passant vite
sans rechercher l'émotion et dans des dispositions

assez gaies, dans la rue de Seine[1]... Femme, qui
portait dessus son enfant, m'a versé de l'eau glacée
sur la tête. Le lendemain matin, bateau à vapeur ;
bonnet à triple étage garni de dentelles ; taille
courte, mâchoire en avant ; vieille femme du peuple
disant son chapelet, portant un chapeau plus petit,
gros sabots, air idiot. Comme il a plu, je suis monté
dans la voiture où j'ai lu, mangé et dormi.

Arrivée à Lyon, pluie — l'hôtel de l'Europe —
grands plafonds peints. L'après-midi, musée : deux
Rubens, un symbolique, l'autre *L'Adoration des
mages*, homme de face, debout les poings sur les
hanches, cheval qui se cabre ; le manteau du mage
qui s'avance. Mosaïque antique représentant des
courses de char, mouvement des chevaux. Momies,
une découverte et assez conservée pour qu'on puisse
la reconnaître[2].

Bains. — Lyon ville noire, pluvieuse, sale — vie
renfermée et peu extérieure. Grandes maisons
hautes. À l'embranchement des deux fleuves, le
Rhône bouillonne et court d'une façon effrénée[3].
C'est là le fleuve d'Hannibal et de Marius ; il a
quelque chose d'antique et de barbare. Il roulait de
la terre et était jaune comme un torrent. — Cocher
de cabriolet. — Fourvière[4]. — Montée tournante
sur un pavé de pierres pointues. Une procession
nous suivait. Restes d'aqueduc romain — cabaret —
chapelle toute remplie d'ex-voto en cire blanche
représentant les différents membres guéris par la
Vierge. Les ornements et les gravures enluminées
respirent un paganisme dont je ne m'étais pas douté ;
on sent qu'il n'a pas abandonné les races méridio-
nales (ici il a remonté le Rhône) et qu'il sort du sol
même par des émanations mystérieuses. — L'obser-
vatoire. Mine ébahie et lourde du montreur — le
livre d'impressions. Descente par des escaliers, chic
triste des maisons, de temps à autre le bruit d'un

métier de tisserand dont la navette claquait[1]. En allant nous avions vu M. de Bonald[2] marchant sur sa terrasse, — tout en rouge, grand, maigre, l'allure raide et campée.

Départ de Lyon à quatre heures du matin, petit à petit le jour vient et le soleil se lève. Dans combien de dispositions différentes ai-je vu réapparaître sa lumière! Le capitaine, gros homme sanguinolent, manteau d'alpaga. Passagers, l'officier d'Afrique, son compagnon, dominos, fumant, installés au soleil sur une petite table sur le pont; ils ont peu observé les rives du Rhône parce qu'ils étaient gais. Ne faut-il pas avoir l'âme vide pour chercher à regarder la nature avec plaisir, à moins qu'on ne la voie au contraire à travers un grand sentiment? Le père et le fils, type du jeune homme convenable, mains blanches, bonne toilette du matin, album pour prendre des croquis, pas plus ni trop liant; il m'a trouvé peut-être un peu libre en propos. — L'orphelin, sa chanson sur les femmes avec le refrain: «Ça ne se peut pas»; expression sérieuse sans tristesse. J'ai revu le château du baron des Adrets que Lauvergne m'avait montré[3]. Rives du Rhône, il est enserré dans des montagnes d'un rouge noir qui en cachent le cours; on aimerait à les gravir. Des [...] parsèment le pied — à gauche larges plans; au fond de l'horizon le mont Ventoux couronné de neige. On est plein d'espoir en descendant ce fleuve rapide qui vous mène à la mer rêvée. En plein soleil je me suis assis un moment près de la cheminée et j'ai lu de l'Horace. Le ciel était bleu.

Arrivée à Avignon — cris sur le quai — les mâchicoulis des remparts. Quel air doux, surtout du côté de la campagne! La voiture de l'hôtel — c'est le Midi, tout le monde sur sa porte[4], teintes blanchâtres, des bouffées d'air chaud dans ces rues pleines de grâce. — Vieux cloître à peintures effa-

cées, église ronde – rues remplies de moulins. —
Sur la place de notre hôtel un grand arbre dans
lequel sont placées des tables pour boire. Nous
retrouvons notre officier à la redingote blanche, qui
a fait toilette et nous engage à voir un escalier en
fonte. Dîner : conversation sur les cours d'assises,
Mme L., Avril, Lacenaire[1]. « Ces accusés affichent un
cynisme dégoûtant. » On cite quelques bons mots.
J'en dis ! ! ! Mon voisin au large chapeau blanc, anecdote de M. Sauzet[2]. Le lendemain matin seul,
musée[3], jardin vert, les arbres se balançaient, le vent
frémissait sur les larges feuilles ; inscriptions
grecques et latines de la grande pièce au rez-de-
chaussée, presque tous tumulus ; au bas de l'escalier
deux portiques qui sont dessinés dans Maliers[4]. C'est
le musée où j'ai le plus joui, j'étais seul, je commençais une série d'émotions qui s'annonçaient
joyeuses. — La femme qui me le montrait avec son
marmot. Croquis de Carle Vernet, marines de
Joseph Vernet, le *Mazeppa* d'Horace Vernet[5] ; il faisait un calme exquis dans ce musée. — Boutique
d'antiquités ; poitrine du marchand de tableaux qui
devait nous vendre des albums, me rappelle le
débraillé du père Du Sommerard[6].

Château des Papes. La vieille femme, robe jaune,
bonnet blanc, perruque noire, teint de parchemin
flétri, yeux jeunes et singulièrement vifs, ensemble
frénétique et lugubre, une démarche tragique et
emportée. Elle traverse la caserne — bruit dans les
corridors et les escaliers. — La salle d'inquisition ;
cheminée en entonnoir[7], traces de feu — trou par
lequel on les jetait en hâte, encore une odeur fétide.
Sur un mur, une espèce de précipice, quatre grandes
traces de sang. Tout est fort et formidable. La bonne
femme entremêlait ses récits de l'Inquisition à ceux
de Jourdan Coupe-Tête[8]. Jamais de réflexions dans
ses récits abondants, rien que le fait. Il faut se rap-

peler la manière et le geste dont elle a dit : Ils les ont
« assassinés ». Sur une voûte, encore un reste de
peinture, mais plus rien, tout est blanc. Rien d'ecclésiastique ; tout sent le tyran dans son rude château [1] — c'est bien là que les prisonniers devaient
vieillir et se courber la taille à la mesure des
cachots. Fraîcheur et humidité. — Église [2] à côté sur
la place, ami de M. Pradier, moustaches rouges et
droites, grosse cravate. Vierge de Pradier, les mains
jointes et la tête à peu près de trois quarts. Peinture
à fresque de Devéria inachevée. En revenant seul à
l'hôtel pour commander le déjeuner, à qui je
demandai ma route ? C'était tassé et blanc, trois ou
quatre sur le devant, une avec du rose, la négresse.
Lits au fond, quelque chose de frais et d'attirant —
il me semble qu'il y avait des fleurs bleues sur la
fenêtre.

La chambre du maréchal Brune, papier jaune et
blanc ; à deux lits les pieds l'un contre l'autre ; les
marques de balles sont à droite au fond à côté de la
cheminée [3].

D'Avignon à TARASCON, pluie, paysage plat, oliviers ; les prairies étaient d'un vert tendre, pas de
masses. — Le chef de Tarascon fumant son bout de
cigare — femmes travaillant dans la cuisine ; la maîtresse avec une coiffure d'Arles — la petite bonne
rieuse (Mme Germain [4]) en casaquin vert, petite
moustache sur la lèvre : elle doit éclater en rires
spasmodiques et aimer à être maniée plus qu'à
manier (à moins que ce ne soit fort), surtout l'épée ;
c'est toutefois [5] pour elle que la boule du voyageur se relève la nuit en chemise et parcourt les corridors. Nous faisons sécher nos habits — défiance
— grande salle vide dans la cuisine. — Tarascon a
l'air d'une ville dont tous les habitants sont partis en
croisade. Le château fort ; je ne revois pas la grande
salle où des habits séchaient et où était le portrait de

ce pauvre Chaillot qui ne pouvait plus prendre son petit café[1], mais en revanche l'escalier et la cour dont je ne me souvenais pas. La fille du concierge : beauté grave et distinguée, figure de roman surtout dans son entourage. Les murs sont énormément hauts et semblent faits pour étouffer même l'espoir.

De BEAUCAIRE à NÎMES, hussards bleus dont l'un — une mentonnière. Qu'est devenu le garçon de café qui parlait italien et l'autre joli cœur qui allait chercher des raisins dans la corbeille sur la tête d'une fille ? Nous avons pataugé dans la boue, sans réverbères, au lieu d'arriver sur l'impériale d'une diligence par une jolie matinée de soleil. Le soir, les arènes sans y entrer. Le lendemain matin par un beau soleil ; le ciel bleu par-dessus les pierres grises. Je retrouve mon figuier sauvage[2], mais desséché, sans feuilles. Il faisait tiède. — Au milieu de l'arène, estrade la dégradant, pour une course de chevaux. — Pont du Gard ; le paysage plus beau, = ceux de Salvator Rosa, noir et gris. En y allant nous avons rencontré des zingaros[3] ; tous tête noire, admirablement basanés : le vrai bohémien. Grand homme barbu, enfants à l'air maudit marchant à pied à côté des charrettes. Comme nous les regardions avec nos lorgnons, ils ont poussé de grands cris. — La Fontaine[4]. — Le musée d'histoire naturelle : aigle malade, perdrix d'Afrique ; la chouette balançant sa tête basse. Faux diamants de la femme qui nous le montrait. Musée Perrot[5], la tête de Sapho, la marmite sur son trépied ; ameublements du XVIe siècle. Ceintures, casques, aigles romaines. Le portique de la Maison Carrée encore plus aérien, plus libre et plus beau — on se promène dessous à l'aise. Comme les corniches se détachent sur l'air bleu ! Le gothique n'a rien de cette sérénité[6].

À ARLES le soir, café de la Rotonde[7] — Saint-Tro-

phime. Promenade seul dans les rues en pente entre
le théâtre et le cirque. Au théâtre on déblayait. Je
retrouve mon lupanar[1] tout éclairé par un soleil du
matin. Étrange silence. — Arbre qui passe en
dehors du mur — maquereau; bouledogue énorme;
pots de chambre que l'on vidait sur le théâtre
même: ô Plaute! — Deux, une grande, une petite,
«La Polka, oui j'aime bien ça». Je fais le tour,
j'entre sur le théâtre, et je regardai l'ensemble. J'y
retourne, conversation — yeux chassieux et coiffure
mal peignée. — Arlésienne à l'air stupide. — Puis je
m'en retournai, écrasé par l'histoire et entendant
les cris rauques de Labrax et du Leno[2]. — Arlésiennes, les belles me semblent en plus grande
quantité que la première fois[3]. Alyscamps, plaine de
tombeaux; chemin de fer[4]; chapelle avec ses cercueils vides. La jeune fille morte le jour de ses
noces; le crâne était plein de terre et une longue
plante sans feuilles avait poussé dedans. — Musée.
Le Silène sans tête, cuisse molle, ventre flasque et
empli, poitrine large; on est tenté de prendre son
ventre et d'en manier les plis gras — tête de Cybèle
sans nez; jolis tumulus. Le guide: «J'ai des dictionnaires latins, grecs...» — Le marché, jeune fille
avec sa mère. La messe: les enfants dans une chapelle; une jeune fille seule dans une; l'élévation —
femme au teint de marbre jauni. Au coin d'un pilier,
maigre, et pâle. C'est dans une église pareille et
dans une telle atmosphère que Don Juan arrive et se
tient caché derrière les colonnes à regarder les cous
penchés, les profils purs inclinés sur les prie-Dieu,
respirant la femme et l'encens[5]. — Aux environs
d'Arles, vieille forteresse et vieux couvent sur un
grand rocher[6]. Broussailles dans les pierres — air
arabe de l'architecture — conduits là par un petit
cheval de la Camargue, ardent et maigre. Plaine de
la Crau, froid, plus de soleil — triste.

Salon, fontaine avec ses herbes vertes — platanes — route serpentante à travers les vignes et les oliviers — cris — réveil à Aix — rien.

Arrivée à Marseille par la pluie. Différence du vieillard à l'enfant[1]. — Hôtel d'Orient[2]. — Nègre = Emmanuel[3] — ressemblances harmoniques. Dès le soir l'hôtel Richelieu[4] : tout sombre, plus de lumières ni de nacre brillant sous le gaz. J'ai eu du mal à en trouver la place. Pluie, temps sombre et froid comme le dimanche soir que j'en partis. Cauvière. Porto[5]. Grand vent à Notre-Dame de la Garde ; montées raides et blanches. La mer... Ce brave M. de Scudéry[6] — Parrocel[7]. Chevaux de louage de chez Olive — promenade au Prado. Je revois la maison de Courty[8]. — Après-midi froid au lieu d'un soleil couchant sur les flots. La petite rivière où nous nous étions promenés et embarrés dans les roseaux[9] — (on écrit ses souvenirs pour les mêler à d'autres souvenirs). Le jardin botanique de Marseille est laid. Quelle différence avec ce que m'avait semblé celui de Toulon[10] ! Sur le port, les femmes n'ont plus leurs bas couleur tabac d'Espagne, leur jupe n'est pas serrée aux hanches, elle est plus longue. Je ne vois plus le même mouvement déhanché ni la petite fleur jaune qu'elles portent à la lèvre. Boutiques d'orientalités, je crois la même[11]. À la Santé[12], le tapis turc ; la sculpture de Puget ; le tableau de Vernet représentant le choléra à bord de la Minerve. Dans le port, quelques barques avec leurs tentes — un soir j'ai descendu la rue de la Darse[13]. Café, scènes comiques de M. Alfred Deschamps[14]. Les deux quêteuses ; elle a mis ma pièce de quarante sols dans sa poche, vite, comme si elle l'eût volée ; elle était en sueur et poitrine nue. Le prince de Montpensier. Dîner dans la grande salle de l'hôtel d'Orient, seuls avec le père Cauvière — figure du majordome au dîner du duc de Montpen-

sier[1] — le maître de poste — départ de Marseille.
Cuges : je n'y vis pas les grives suspendues, à la
porte de l'auberge à gauche en arrivant (saltimbanque autrefois, et en revenant à une heure du
matin, café, « le petit te fatigue » — arrivée à M. à
trois heures[2]). Les gorges d'Ollioules. Troupiers
allant en Afrique.

Toulon. Maison de Lauvergne. Je l'y revois
déjeunant comme je l'y avais quitté dînant ; son fils
seulement a grandi et les meubles sont usés. Partout
jusqu'à Toulon j'ai été obsédé, surtout quand j'y
repense, par les souvenirs de mon premier voyage ;
la distance qui les sépare s'efface, ils se posent toujours en parallèle et se mettent au même niveau, si
bien que déjà ils me semblent presque à même éloi-
gnement. Au bout d'un certain temps les ombres et
les lumières se mêlent, tout prend même teinte,
comme dans les vieux tableaux. Les jours tristes se
colorent des jours gais, les jours heureux s'alanguis-
sent un peu de la mélancolie des autres. Voilà pourquoi on aime à revenir sur son passé : il est triste, et
charmant cependant. C'est comme ces airs qui font
mal à entendre et qu'on est poussé à écouter toujours, et le plus longtemps possible.

La place au Foin a ses mêmes arbres verts et son
même bruit d'eau[3] ; le quai, la mer, les rues, tout est
le même : quelle différence avec le cœur ! Les arbres
ne conservent point la trace des orages qui ont courbé
leurs branches, ni la mer celle de toutes les quilles qui
l'ont sillonnée, ni les sables légers que le vent fait
mouvoir celle des pas qui s'y sont imprimés. Il n'en
est pas de même de l'âme et de la figure des hommes :
tout y marque. — Éternel travail de mosaïque — les
petites pierres s'incrustent par-dessus les grandes, le
noir sur le blanc, le bleu à côté du rouge — les priva-
tions et les excès, les colères, les découragements et
les enthousiasmes. *Hei mihi ! hei mihi*[4] *!*

Visite d'hôpital au bagne. *Idem* pour l'ensemble[1]
— celui qui se croit le messie — le savant, en
lunettes bleues, sa camisole arrangée en robe de
chambre, lisant son petit bouquin; condamné pour
viol. Arabes — moins beaux qu'à ma première visite.
— M. Reynaud[2] — nous y sommes revenus l'après-
midi, il y a une indécence bien bête à venir voir des
forçats. Les honnêtes femmes y viennent et les
regardent avec leurs lorgnons pour voir si ce sont
des hommes. — Mine du bourgeois se promenant là
en gants blancs! — Leurs lits de planche: c'est là-
dessus qu'on rugit et qu'on se masturbe! Ô Poète,
viens la nuit et entre dans leurs rêves, tu feras
ensuite l'histoire de l'humanité. Que ne donnerait-
on pas pour savoir toutes leurs histoires! Figure du
banqueroutier frauduleux: gras, frais, regard hardi
— le vendeur, corse, d'objets de coco[3]; le matin, un
autre jeune homme nous en avait proposé avec un
salut exquis plein de perfidie comme un sourire. —
Le brave gendarme qui nous menait était plein de
l'amour de la vertu — le type du forçat a disparu —
en lui ôtant son cynisme (voitures cellulaires,
régime philanthropique), on lui a ôté sa poésie et
peut-être toute sa consolation.

Une voiture cellulaire arrivait. Quels étaient ceux
qui étaient dedans? Leurs vieux camarades les
attendaient — on se sent en rage contre la race bête
des procureurs du roi, contre leur aplomb profond,
contre les messieurs qui envoient là tous ces hommes
pour le crime d'avoir agi en vertu de leur position,
et de leur nature. — On serait tenté de briser leurs
chaînes et de les relâcher sur le monde. — «Mais,
Monsieur, où en serions-nous si tout le monde pensait comme vous, où en seraient nos propriétés, nos
biens, il faut des lois pour contenir la société, il faut
punir les misérables et les empêcher de se livrer à
leurs mauvais penchants. Vous-même, Monsieur,

qui déclamez contre la société, vous êtes bien aise d'être protégé par elle»... en raisonnant ainsi ils arrivèrent à Bordeaux[1].

Saint-Mandrier. L'économe — le prévôt — jardin; citerne avec son écho[2]. Promenade dans la rade — la mer était bien bleue, le vent gonflait la voile et l'eau murmurait aux flancs du canot — l'eau de la même mer, avec le même bruit qui murmurait à la proue de la galère de Cléopâtre ou de Néron[3]. L'immobilité de la Méditerranée semble la rendre éternelle et toujours jeune — si Homère revenait, il reverrait le soleil aussi chaud sur ses golfes aussi doux. — L'Océan[4] est plus dans notre nature: il y a la différence du romantique au classique, plus large, mais moins beau peut-être. — Lamalgue[5] — habitation de poète. Les roses dans le jardin — le petit singe. Je ne sais jamais si c'est moi qui regarde le singe ou si c'est le singe qui me regarde. — Les singes sont mes aïeux. J'ai rêvé (il y a environ trois semaines) que j'étais dans une grande forêt toute remplie de singes. Ma mère se promenait avec moi. Plus nous avancions, plus il en venait — il y en avait dans les branches qui riaient et sautaient. Il en venait beaucoup dans notre chemin, et de plus en plus grands, de plus en plus nombreux — ils me regardaient tous — j'ai fini par avoir peur. Ils nous entouraient comme dans un cercle — un a voulu me caresser et m'a pris la main, je lui ai tiré un coup de fusil à l'épaule et je l'ai fait saigner: il a poussé des hurlements affreux. Ma mère m'a dit alors: «Pourquoi le blesses-tu, ton ami, qu'est-ce qu'il t'a fait? Ne vois-tu pas qu'il t'aime? Comme il te ressemble!» Et le singe me regardait; cela m'a déchiré l'âme et je me suis réveillé... me sentant de la même nature que les animaux et fraternisant avec eux d'une communion toute panthéistique et tendre.

En revenant de Lamalgue — théâtre — loge du

général. — Le lendemain, départ. — Route nouvelle.

HYÈRES. Jardin plein d'orangers. Ascension difficile au haut. Terrasse de l'hôtel d'où l'on découvre
la mer. Combien de pauvres poitrinaires l'ont regardée de cette place avec leurs yeux qui s'éteignaient.
— Route sur des cailloux — à pied — d'Hyères à
Fréjus, paysage coloré, fourni.

FRÉJUS, vide, vide, blanc — l'hôtelier: «Fille —
fille —». Je suis sorti seul le soir. Un clair de lune
d'une paix grave éclairait les rues abandonnées.
Chœur d'hommes chantant je ne sais pourquoi et
répondant à d'autres voix dans l'intérieur d'une
maison. Un monsieur s'est avancé vers moi, me prenant pour un autre, en me parlant en provençal.
Quel calme! oh la nuit! — je la humais comme un
parfum. La nuit, l'âme ouvre ses ailes et plane en
paix. J'aime la nuit. Tout mon être s'y dilate, comme
un violon tendu dont on relâche les chevilles. Il a
fallu rentrer! sans en avoir fini avec cette sensation,
ne l'ayant qu'effleurée sans l'avoir ruminée. — La
porte d'Orée[1] (petites briques rouges, couleur de
bronze et de cuivre) donne sur la campagne —
sables abandonnés et couverts de joncs. —De l'autre
côté de la ville, quelques arcades interrompues d'un
grand cirque. Herbe verte dessous, l'humidité de la
rosée sur l'herbe. Mme Jourdan — ce que c'est que
la vie en province dans ces pays-là. L'Estérel; grands
arbres au relais. — Boule du gaillard en nez rouge,
moustache, dans sa chaise de poste enfermée, avec
sa femme et ses enfants pâles. La femme de
chambre — qu'est-ce que la femme de chambre doit
penser de l'infirmité de Monsieur? Quel gaillard
avec ses moustaches grises et sa toque, la main sur
sa canne et regardant à travers la vitre de la portière. — Sur la gauche, les Adrets. C'est là d'où
Robert Macaire a pris son vol vers la postérité[2].

Descendue des montagnes, la route suit la mer —
les oliviers deviennent énormes; on voit les premiers cactus en pleine terre.

CANNES, port de mer exquis en demi-lune allongée — voilure triangulaire, le grand mât simple mis
de côté.

ANTIBES. Hôtel de la Poste, M. Camatte et sa
puissante épouse, à moustaches. Le port, fortifié. La
mer était un peu houleuse. Grand brick de Granville[1], à l'ancre — petite barque qui rentrait en sautant sur les flots. La Méditerranée n'est belle que
calme; la sérénité lui va. — Dîner dans une grande
salle au premier où il y avait des commis voyageurs.
L'homme à la perruche malade, que je lui vis porter
le lendemain sur le garde-crotte de la carriole qui le
conduisait à Nice, petit, noir, barbe mal taillée,
redingote marron sale, calotte noire grasse. Pendant le dîner elle était sur le chambranle de la cheminée et piaulait. Quel singulier amour!!

Frontière de France au Var[2]. Un grand pont.
Quelle différence avec la frontière espagnole de la
Bidassoa, si chaude, si espagnole déjà. Pendant le
retard pour nos passeports j'ai lu du Vincens[3] dans
la voiture cuisante de soleil sous ses cuirs, restée
dételée sur la grande route. Petit bois, j'ai enfin été
m'y asseoir à l'ombre. Déjeuner, on commence à
parler italien. La dame niçarde[4] avec sa capeline
doublée de rose, menton allongé, gueule, figure
laide et aimable, nous plaignait beaucoup.

NICE. L'hôtel des Étrangers[5]. M. Ferdinand, joli
homme, jolie chevelure, belle tenue; il doit avoir
devant sa maîtresse un extérieur convenable et
décent, et lui dire seulement dans ses moments de
bienveillance égrillarde: «Petite gamine». Sur la
grande place nous avons regardé les troupes
manœuvrer — il y a loin de là à une armée française (tout en France n'est guère beau que par l'en-

semble; son génie est l'unité, chez elle c'est la
réunion qui fait la force, l'équilibre qui fait la
grâce). — Grand rocher au milieu de la ville — forçats faisant sauter la mine — prêtres et moines — la
mer pure et douce. Pauvre Germain[1]! je n'ai pas
même su la maison où il mourut. S'il eût vécu, si je
l'avais retrouvé là, comme nous nous serions promenés et comme nous aurions causé! mais non,
non. Rien — rien, toujours et de tout c'est ainsi.
Grand jardin en terrasses superposées, grande vue
de terrain et de montagne à gauche; la ville au pied
des montagnes, le golfe, la mer en face, Antibes à
droite. Mauvais goût des jardins; peintures préten-
tieuses et nombreuses. M. Sue. Projet de voyage à
Naples. Quelle rage, quelle peur[2]! Promenade en
calèche dans la vallée de la rivière de Nice sur le côté
droit du torrent, revenus sur le côté gauche. Notre
loueur de maisons de campagne, figure maigre, nez
rouge et gros, museau allongé, bas blancs, souliers
lacés, redingote grasse, chapeau *idem* sur le derrière de la tête. Canne de jonc, figure d'ancienne
comédie, de parasite et de ruffian[3] qui reçoit des
piles. Il doit acheter des petites filles et les vendre
aux riches — toujours de votre avis; à la fois l'air
gai, officieux, familier et bas sans bassesse plate
parce que c'est de l'humilité de nature quoique le
calcul s'y prête et y ajoute. Le jardin de l'hôtel, treille
de roses devant ma fenêtre. Giuseppe: veste de
velours rouge, pantalon *idem* vert, chapeau blanc,
grand homme doux et fort. La Corniche à deux
heures de Nice; après avoir monté sur le côté
gauche du torrent on tourne à gauche et elle commence — mer bleue, énorme, longue, tranquille; à
gauche, les rochers droits à pic, arides. Route tragique mais si calme malgré sa terreur; à chaque
tournant de montagne elle change, et c'est toujours
la même.

Mentone[1]. L'Italie commence — on le sent dans l'air. Petites rues à hautes maisons blanches, étroites; à peine si la voiture y peut passer. Avant d'arriver et en sortant, la grande route est plantée de lauriers-roses, cactus et palmiers. Essaim de mendiants; enfants — promenade que j'ai faite au bord de la mer, sur le grand chemin, oliviers et montagnes à gauche. Cimetière, figure pâle du fossoyeur, homme maigre sous son bonnet de laine grise. Quel admirable cimetière en vue de cette mer éternellement jeune! pas une croix, pas un tombeau. L'herbe est haute et verte. À peine s'il y a ces ondulations légères qui font ressembler les champs des morts à des champs de blés fauchés. Qu'y germe-t-il en effet? l'âme y fermente-t-elle pour repousser dans un autre séjour en nouveaux parfums tandis que sa vieille enveloppe se pourrit? Il nous a montré le côté des hommes et le côté des femmes, il nous a nommé les tombes les plus fraîches, en se vantant de tout le mal qu'il a eu et de tout l'ouvrage qu'il a fait depuis plus de trente ans qu'il ensevelit les gens du pays. — Sérieux de sa profession, sans pédantisme, comme une chose naturelle et pourtant digne de remarque. Ô Shakespeare[2]! Sa grande fille qui nous avait demandé l'aumône dans la rue nous accompagnait. L'air d'une gueuse. Le cimetière est tout ravagé et sens dessus dessous. — Comme il finissait par devenir trop étroit, il a été obligé de déterrer les anciens, de creuser une espèce de fosse et de les y jeter pour faire de la place aux nouveaux; il m'a ouvert la porte de ce bocal et j'ai vu un monceau d'os entassés les uns sur les autres à une hauteur d'environ douze à quinze pieds sur une soixantaine au moins de large. Le sans-façon avec lequel ils avaient été jetés là avait quelque chose de pittoresque et d'amer qui plaisait fort; c'était une de ces ironies ingénues que l'on paierait cher pour avoir inventées. — En revenant à l'hôtel, descente par des rues escarpées. À sa fenêtre regardait une enfant de quinze ans ; figure arabe, teint rouge et olivâtre tout à la fois, chevelure noire crépue un peu soulevée des tempes, retenue par un cordon ; ailes du nez larges et battantes ; grands yeux noirs — bouche mince et garnie de perles dans le sourire ; expression grave de colère ; ensemble d'intelligence, de volupté, de férocité et de douceur. C'est la *seule jeune fille* que j'aie trouvée belle — elle était penchée sur le rebord de sa fenêtre, nu-bras dans sa grosse chemise de toile un peu jaunâtre, et nous regardait passer. Toute sa tête avait l'air en sueur.

Le reste de la Corniche a le même caractère ; attiédi peut-être parce qu'on y est accoutumé. Sur le chemin, deux teintes : les rochers blancs presque à pic et la mer toute bleue qui brille au soleil. — De temps à autre on passe un torrent à gué ; puis on remonte au flanc de la montagne, dont on suit toutes les courbes. La route est comme une couleuvre — qui serpenterait le long de cette muraille de soixante lieues, — tantôt au bas ou au milieu. — Quand on passe dans les villes, des enfants vous suivent et font la roue, mendiants. — Le Turc — cris, joie italienne qui comme un galon d'or scintille à travers cette misère. On se sent à l'aise, on respire bien. Puis la ville une fois passée, tout redevient calme — femmes et enfants pieds nus, énormes fardeaux qu'elles portent sur la tête. — Leur démarche, des hanches.

VENTIMIGLIA, SAINT-MAURICE [1] *idem*. ONEGLIA où nous avons été coucher le même jour, le second de notre départ de Nice — port en maçonnerie rustique — barques — j'ai été au bout le soir. Oh ! oh ! arrachement. Comme à Fréjus il a fallu rentrer. Toujours la même histoire. Vivre à Oneglia et passer

ses heures à dormir sur le galet! N'y avoir rien
qu'un cigare et ne contempler que le bleu de la mer,
le blanc des vagues et les spirales bleues du tabac.
— Les flots écumaient sur les rochers amoncelés —
limpides et cadencés. — L'idée qu'elle n'allait pas
être libre, complète, me gâtait par avance la jouissance que j'avais.

Savone: arrêtés par une procession. Des guirlandes de fleurs, suspendues sur des perches, allant
d'un bout de la rue à l'autre, — chantres, musiciens,
des violons, une basse portée par des hommes[1] —
jésuites; air établi du clergé. Tête chevrotante d'un
vieux. Grands lits à paillasses de maïs de l'hôtel —
le garçon sentant l'eau athénienne[2]. Le lendemain
promenade dans Savone — églises dont je ne me
souviens plus, italiennes, dorées; — madones au
coin des rues, enchâssées au milieu des cierges et
des fleurs — pluie qui nous a forcés à rentrer.

Voltri. Hommes jouant à la boule qui passe
dans un anneau — ou, plus loin sur le rivage, dormant au soleil; bateaux échoués; comme au temps
d'Homère, on les tire à la mer sur des rouleaux —
Église; statue en argent de saint Charles Borromée.
Air idiot. Ce saint-là n'est pas fait pour être béni par
les arts, s'il l'a été de ses contemporains; mine du
vieux à barbe grise qui nous accompagnait. Pont à
Angle[3] sur le torrent — escarpé et pierreux pour le
pas des cavaliers.

De Voltri à Gênes on ne quitte pas les maisons;
tout annonce une grande ville; bientôt la rade apparaît et l'on voit la belle cité assise au pied de sa montagne; le phare de la Lanterne comme un minaret
donne à l'ensemble quelque chose d'oriental et l'on
pense à Constantinople. Jardin Durazzo que la rue
traverse, tout rempli de roses, au haut d'un mur,
colonnes de pierre autour desquelles elles sont enla-
cées. — Grande place — rue qui descend — palais

— palais — galeries couvertes de l'ancien port.
Nouvelle enceinte avec la promenade dessus. — Le
soir même, rencontre du bourgeois de Gênes qui
nous promène et nous raconte sur la place de l'Annunziata[1] l'histoire d'un Lomellini et de sa femme
faite prisonnière dans l'île de Tabarka[2]. — Je ne
m'en souviens plus, mais elle m'a frappé sur le
moment comme beau sujet d'opéra. — Il a voulu
aussi nous faire l'histoire de Christophe Colomb[3],
mais j'ai si bien montré mon envie de partir qu'il a
fini (autre fâcheux à Milan ; — on est poli dans
toutes ces villes, on y sent d'anciennes mœurs civilisées qui comme une étoffe usée s'en vont en haillons,
quoique encore soyeuses). Le premier palais que j'ai
vu a été le palais Brignole ; façade rouge, escalier de
marbre blanc tout droit ; les appartements ne sont
pas si grands que dans beaucoup d'autres mais la
tenue générale, les mosaïques des parquets et les
tableaux surtout en font peut-être le plus riche de
Gênes. Il y en a un autre contigu appartenant également aux Brignole[4] — domestique à cheveux cré-
pus — deux grands portraits en pied de Van Dyck,
le mari et la femme[5], en regard l'un de l'autre, le
mari à cheval, de face, tout en noir, tête nue, saluant ;
son cheval se rengorge un peu, une levrette jappe à
ses pieds ; figure grave, pâle, aristocratique, douce
et triste. La dame debout, la tête raide dans sa collerette ; chevelure crépelée[6] à la Médicis, robe en
étoffe lourde, verte, à raies d'or qui descendent
droit. Vénérables toiles de famille, respectables par
ce qu'elles représentent et par la manière dont elles
le représentent. — Un portrait d'homme de l'école
vénitienne[7], figure très pâle, barbe noire, manches
en soie rouge, pourpoint noir, intensité du regard,
ardent sous le calme. C'est du grand style et du vrai
beau ; on voudrait être cet homme-là pour avoir une
semblable tournure. Un joueur de flûte par le Capu-

cin[1], de face, joues enflées rouges, yeux qui pissent le sang et le vin, emportement de la joie et du rire; il s'est mis à jouer dans un moment de folle gaieté, à jouer une danse ou une chanson à boire dans laquelle au refrain on doit choquer les verres.

Saint Jérôme (le Guide) (à Balbi[2]?), presque nu, jambes croisées, admirables pieds d'homme de cinquante ans, gras, un peu engorgés, ongles crochus les uns sur les autres; la tête est sereine, sillonnée de rides, pensante, et sue la couleur; il lit sur ses genoux — un lion à côté. Une grande toile de Guerchin représentant *Jésus chassant les marchands du temple*[3]; effet d'ensemble peu agréable; tête inspirée du Christ; beau dessin du dos de l'homme qu'il pousse et qui s'enfuit naïvement avec lâcheté. — Sur le haut d'une porte un Tintoret, portrait d'homme déjà vieux, maigre, usé, en pourpoint noir, assis dans son fauteuil d'une façon lassée; on voit que sous ses vêtements c'est un corps fané; — bout du nez rouge, traits flétris, spirituels mais ennuyés; expression peu indulgente quoique sans férocité ni ruse. Il est assis d'une manière admirable comme vérité; elle en devient insolente à force d'être vraie.

Judith et Holopherne, Titien[4]. Judith coiffure presque Pompadour, met la tête d'Holopherne dans un sac que lui présente sa suivante négresse (raccourci de bras vilain; on distingue d'abord peu la négresse). Holopherne est vu presque en raccourci, couché dans son lit, le tronc sanglant au premier plan. Elle vient de tuer, l'effort est passé, elle est calme, tranquille. Souvenons-nous du calme de Lorenzaccio dans la pièce d'Alfred de Musset[5]. — Dans le tableau de Steuben[6], elle rêve, elle marche à son entreprise, elle est triste, dans celui de Vernet[7] elle l'exécute, elle est emportée. — Quelle est de ces trois situations celle que j'aurais choisie, de ces trois femmes quelle est la plus belle? La plus jolie, comme joli, c'est celle de Steuben; celle que l'on aimerait le mieux à foutre c'est celle de Vernet; celle que l'on admire le plus c'est celle de Véronèse. C'est peut-être la supérieure, en tous cas c'est la conception la plus hardie des trois. La manière toute bête dont elle met la tête d'Holopherne dans le sac n'est pas sortie d'un artiste vulgaire, qui eût voulu faire de l'inspiré, de l'animé, du mouvementé comme au premier abord le sujet d'un tel fait semble le demander. Belle histoire que celle de Judith, et que dans des temps plus audacieux, moi aussi, j'avais rêvée!

Le palais des jésuites[1] est en face Brignole — grosse porte à clous de fer — conduits par un jésuite grisonnant à nez pointu et à formes amènes. Les cellules enfermées de leurs élèves n'ayant pour tous meubles qu'un christ et un portemanteau m'ont dégoûté encore moins que leur habitude de se faire baiser la main par leurs élèves. Ce servilisme établi par un maigre despotisme a choqué un homme qui aime à la fois la liberté et le pouvoir (je me sens de l'âme pour les peuples qui rugissent de douleurs et qui se soulèvent de colère comme les flots de l'océan; mais je sens aussi qu'il est doux de faire marcher les hommes à coups de fouet et de mener l'humanité comme un bétail). Leurs classes, drapeaux de Rome et de Carthage. Leur division en Rome et Carthage est une chose assez puérile: *signifer, dux equitum,*[2] etc., «afin de les exercer toujours à combattre». Le Père Ducis, professeur de physique: «Êtes-vous parent du poète[3], Monsieur? — On dit que oui, Monsieur, mais je n'en crois rien, il a gardé tout pour lui, car ce n'est pas du tout ma partie», avec un petit rire modeste et orgueilleux qui voulait dire: «Moi, je ne rimaille pas, je m'occupe à des choses positives, et puis d'ailleurs le théâtre n'est-il pas maudit par l'Église? Nous haïs-

sons l'art, nous autres. » Quelque disposé que je sois
à ne pas me joindre aux criailleurs contre les
jésuites, j'ai senti pendant une demi-heure qu'ils
n'avaient pas tout à fait tort. Quelle différence avec
l'air franc, cordial, et normal de ces vieux moines
qui ne lèvent jamais la tête ou bien vous regardent
en face.

Le palais Spinola[1]. Le vestibule au rez-de-chaussée est peint, usé, les peintures tombent par morceaux. La première fois que j'y ai été, il y avait
établie une marchande de fleurs qui faisait ses bouquets. — Vieux domestique petit, maigre, figure
douce, un peu railleur, aimant ses maîtres, ne parlant que d'eux, des ouvrages de Mme la Marquise,
du lit de m[or]t de M. le Comte. — Son mot à propos du tombeau scandaleux (prétendu), tourné
contre la muraille : « Monsieur est un peu jésuite. »
— La grande salle au premier, voûtée, et avec ses
coins en petites voûtes, à lambris noirs, plafond
doré, haute cheminée, est avec celle du palais Doria
Tursi le plus grand appartement qu'il y ait dans tous
les palais de Gênes. — Les fils actuels peignent ;
nous avons vu de leurs œuvres à côté de celles des
maîtres ; il faut avoir du front. Un *Silène* de Rubens[2] :
Silène, le chef couronné de pampre et de raisins,
nu ; gros ventre plein de vin, s'endormant et riant
tout à la fois, digérant et gueulant, — à côté de lui
une femme vigoureuse vue de profil vers laquelle il
se tourne un peu ; et un autre compagnon ; ces deux
derniers cherchent à le soutenir.

Palais Balbi[3]. — Comme ensemble de richesse et
de peintures — petits amours de Rubens se jouant
sous des arbres ; beaux d'expressions, de mouvements
et de chaleur, pieds vilains, engorgés. Frise de
Dominiquin Zampieri[4] représentant le *Combat des
Centaures et des Lapithes* ; figures soufflant dans un
instrument, *plenis buccis*[5], autre criant, de face, on

lui voit tout le palais, les dents ; — un centaure dans
l'eau prenant une femme pour la violer, la femme
est nue et également dans l'eau jusqu'à la ceinture ;
cela est d'un érotisme excellent, toute l'œuvre est
vigoureuse et mouvementée. — *Andromède* de Guerchin ressemble trop au sujet analogue de l'Arioste
traité par M. Ingres[1]. — Un *Marché* de Bassano ;
plein de monde, plein d'animaux et de comestibles,
toujours confus, sale de couleur, et singulièrement
bousculé. Il y a pourtant là quelque chose. Bassano
devait être un homme malheureux. — Portrait du
Titien par lui-même. Teint pâle, cheveux roux
blond, yeux bleus, crâne fort et ardent ; expression
élevée, anti-sensuelle. Dans la figure des grands
artistes tout se concentre dans l'œil ; parce qu'ils ne
sont peut-être que cela, que des contemplateurs
comme disait Boileau en parlant de Molière[2] —
regard un peu oblique et fixe ; petit chaperon relevé
posé sur le sommet de la tête. — La *Tentation* de
Breughel — une femme couchée nue, l'Amour dans
un coin (Titien[3] ?). Pendant que je regardais la *Tentation* de Breughel il est venu un monsieur et une
dame qui sont partis à peine entrés ; leur mine
devant ces toiles était quelque chose de très profond
comme bêtise. — Ils accomplissaient un devoir.

Durazzo (rue Balbi[4]). Grand escalier, le plus beau
avec celui de l'université qui a ses deux lions descendant les marches. Jardin au milieu du carré de
l'escalier ; ces arcades au milieu desquelles il y a des
arbres font penser aux palais moresques. *Madeleine*
de Titien[5], chevelure épanchée sur les épaules, nue,
brune, sanguine, forte, pleurant, livide aux tempes,
les paupières rouges, des larmes sous la peau, belle,
belle et faite encore pour être aimée, embellie de sa
prostitution, épicée par le repentir. Deux tableaux
de Ribera, *Héraclite* et *Démocrite*. Héraclite le rieur[6]
a la main posée sur le globe. Je n'ai rien vu dans le

monde d'une ironie plus tragique et plus insolente.
C'est un rire de cuivre[1] qui sort de la toile, un rire
énorme à la Gargantua, mais romantisé, plus satanique ; l'homme a l'air canaille et intelligent par-
dessus tout ; cela donne la terreur du sublime.
Démocrite est tout pâle, verdâtre, la bouche crispée,
décharné, — inférieur à l'autre toile, qui n'est exagérée comme d'ordinaire on peut (pas moi) le reprocher à l'école espagnole. Un tableau de Van Dyck
représentant des petits enfants seuls. Un autre représentant un seul enfant habillé en satin blanc, le
comble du beau pour un enfant : cela doit faire rêver
les femmes grosses. Au palais Brignole il y en a un
bien joli aussi, vu de face à côté d'un homme en
noir. — C'était un homme intense que ce Van Dyck.

Doria Tursi[2], au bord de la mer ; autrefois les
galères pouvaient entrer jusque sous la double terrasse de marbre de laquelle on descendait au rivage
par un escalier en dessous. — La terrasse est longue,
faite pour de lentes promenades au soleil à l'ombre
de la tente de soie, le bras appuyé sur le négrillon en
jaquette rouge, en regardant l'horizon d'où s'avan-
cent les navires qui reviennent du Levant... — Jardin de mauvais goût, malgré ses roses, coupé, taillé
— belle salle au premier. Charles Quint et Napoléon
ont couché dans ce palais — effet de la chaise à porteurs en entrant ; elle était jolie, cette chaise à porteurs : noire, bordée d'or, tapissée de velours rouge,
à forme fin du XVIIe siècle. Les porteurs allaient vite
comme ceux de Mascarille[3] ! Palais Pallavicini[4] :
superbe comme ornement, comme ameublement,
comme chic, comme ensemble. Je ne me souviens
plus des tableaux. Mais ce qu'il y a de plus écrasant
à Gênes, ce qui fait rêver le luxe par-dessus tout,
c'est la grande salle du palais Serra[5] ; — tout or et
glaces jusqu'à ce qui est derrière les petits sophas
entre les colonnes, — plafond en voûte, quatre

grandes colonnes dorées, dôme se fondant avec le
plan du plafond — grand lustre et six autres lustres
en cristal; en tout, il me semble, au moins huit
lustres.

L'église Saint-Laurent[1]. Toute blanche et noire.
Trois portails: byzantin[2]. C'est une église italienne
où l'on aime à entrer parce qu'on est bien à l'ombre
de ses marbres. Le mot de Heine: «Le catholicisme
est une religion d'été[3]» est juste, mais c'est plus
encore: c'est l'âme qui s'y sent en été. Comme on
aimerait là, le soir, à l'angélus vers la Fête-Dieu[4],
quand l'autel est couvert de bouquets. — Dans une
chapelle à gauche, statues d'Adam et d'Ève, celle
d'Ève surtout avec sa peau d'animal sur la taille. Le
jour tombant du haut dessinait des ombres qui
l'animaient; teintes neigeuses et animées.

Enterrement sur la place de la Cathédrale, la maison n'était pas tendue[5]. — Grand appareil, c'était
un homme riche. Les moines, ou les frères de la
confrérie destinée aux enterrements, étaient vêtus
de longues robes noires avec un caffardum[6] sur le
visage et portaient des cierges d'une main, de l'autre
un gros bouquet de fleurs comme pour aller au bal.
Suivaient des chanoines en robe rouge, gras, luisants de santé, d'aplomb, de bien-être, et marchant
comme des conseillers de cour royale. Il y aurait sur
cet usage des fleurs à l'enterrement trop de choses à
dire pour en rien dire. Est-ce du paganisme? Est-ce
pour atténuer l'effet lugubre, ou pour l'augmenter?
Il est plus large et plus juste, je crois, de ne pas
conclure. J'ai vu aussi un autre enterrement, c'était
à l'Annunziata. J'ai suivi le convoi qui entrait dans
l'église. Le mort était porté sur les épaules de ses
anciens frères. Le moine en robe grise était tout
couché dans son cercueil, qui n'avait pas de cou-
vercle; il avait le visage découvert, ses mains jointes
tenaient un crucifix. On chantait fort et cela réson-

nait sous la voûte dorée de l'Annunziata. — À Gênes,
j'aimais à aller dans les églises — église que je
croyais être celle de Carignan où j'ai entendu les
vêpres ; il n'y avait guère que les femmes avec leurs
longs voiles blancs. — Grand soleil sur la place ; au
portail étaient les chaises ; — chaisière, robe d'in-
dienne bleue, gros camée aux oreilles, robe courte,
bottines de joueuse de guitare, en cuir mal ciré et
craquant, mouvement de hanche — activité — autre
grosse suant, téton ballottant dans sa robe lâche et
cependant dessinante. Pont de Carignan[1] — église
de Carignan ne m'a pas fait plaisir — pluie. — Dans
le quartier de Carignan, petites rues étroites serpen-
tantes et tournantes pour descendre jusqu'en bas. —
Les remparts font le tour de la ville, le chemin d'enceinte longe le bord de la mer. Quelle mer ! on la
voit parfois dans les percées de ces rues noires et
humides — dames laides et excitantes (par la
réflexion) dans une de ces rues, parallèle à la mer,
que je n'ai pas pu retrouver. — Grotte de Sestri[2] ; le
mauvais goût italien s'y étale et doit s'y complaire.
Première promenade à cheval, sur les hauteurs par
le soleil ; ç'a été la plus belle journée de mon voyage.
Palais Durazzo à côté des Fieschine[3], grand bassin
de marbre avec son cygne méchant ; camélias en
pleine terre, cascade murmurante sur l'herbe. Le
jardin à l'anglaise. À Nice et dans tout le Midi, l'art
des jardins est à l'enfance. Ici, on retrouve le goût
aristocratique des patriciens. Cela doit être quelque
chose, avec ces Tritons de marbre au bord des bassins et ces grands arbres, des anciens jardins de
plaisance de Romains ; ça y fait penser. — Deuxième
promenade à cheval, — cabaret où je me suis arrêté
pour boire un verre d'eau. Un bouquet de bruyères
à la porte ; à l'intérieur une table avec un banc ; une
madone dans le fond, en sa châsse ornée. — Ce lieu
m'a rappelé la Corse si grave et si chaude. Nous

avons ensuite pris sur la gauche, une fois remontés
à cheval, et nous avons longé la Polcevera[1] — verte-
noire, à la Poussin, arbres à lignes monumentales.
— Couvent de franciscains par une montée à escaliers entourée de grands peupliers; — portier à l'air
bourru — l'autre, l'adjoint du supérieur, façons de
gentleman, air doux, amène, bon, amoureux, plus
lent et plus distingué que celui de Domodossola,
aussi bon enfant mais d'autre façon — le gros, rubi-
cond, dont il avait ouvert la porte de sa cellule;
rouge comme si on venait de le surprendre lisant le
marquis de Sade. — Galop en revenant, ma bride
s'est cassée. — Au théâtre Carlo Felice, à côté d'un
officier, salle mal éclairée. Premier acte de *La Somnambule*; un bon: M. Derivis[2] — ballet — Amérique... négresse qui meurt de jalousie à la fin de la
pièce. — Maison du comte de *** au haut de la
ville; treille de roses et de vignes. Le comte de ***
est un vieil amateur qui fait des vers italiens, latins
et français; son cabinet d'histoire naturelle dans
lequel il a une vieille flûte, cinq ou six oiseaux et
autant de cailloux; à l'ameublement, ce doit être un
excellent homme. Quelques plantes rares. Je n'avais
pas vu alors l'isola Madre ni le jardin du général
Serbelloni[3].

Figure commune et canaille d'un jeune Spinola
auquel le jardinier (veste peau de tigre) a parlé.
Théâtre en plein vent. L'Acquasola[4], promenade,
allées vertes, haies de rosiers. Musique — femme
que j'y ai vue la première fois, battant la mesure
avec sa tête. Nez effilé, teint pâle, coiffée en cheveux, voile blanc bordé de noir, du reste en deuil,
grands yeux bleus, profil à la Esmeralda[5]; d'ensemble quelque chose de riant (quoique ce ne doit
pas être son expression habituelle) et d'élégant; —
ses paupières s'ouvraient et se fermaient. Je crois
que c'est la plus belle femme que j'aie vue — je

m'abreuvais à la contempler comme on boit à pleine
poitrine d'un vin dont le goût est exquis ; il fallait
qu'elle fût belle car au premier abord j'ai rougi
d'étonnement et j'ai eu peur d'en devenir amoureux. Revenant là quelques jours après et tâchant de
la retrouver, à la même place j'ai vu une autre
femme en chapeau blanc, bouche et menton avancés, lèvre bleuâtre, nez accusé, regard à débouton-
ner la culotte, une allure brisée, molle, à ressorts
cachés, à hurlements et à morsures. Si elle n'avait
pas été à Paris, elle l'avait deviné — fromageuse [1] —.
Mais la maîtresse des Fieschine !... petite, grosse,
très grasse, tout en noir, mains fines, bonne odeur,
peau blanche et propre — cheveux châtain brun,
une raie de côté sur le côté gauche, front large, deux
rides sur son cou — dents blanches et bouche dessi-
née ; mélange de bonté et de sensualité douce. Quel
dommage de n'avoir pu lui dire un mot ! en
revanche, je l'ai regardée, regardée, regardée. Sans
rien affirmer, elle m'a peut-être rendu la pareille ;
c'est l'appareil qu'il eût fallu. Il y avait sur elle beaucoup à rêver ; la femme de quarante ans n'a pas
encore été introduite dans la littérature [2] ; celle-ci le
méritait. — Salle basse où les jeunes filles travaillaient aux fleurs — autre, à l'aiguille ; à toutes leurs
mains propres — robinets et bassins de marbre à la
porte dans les corridors pour se les laver. Leur
réfectoire avec leurs gobelets et leurs petites bouteilles à fonds larges... adieu, madame, adieu...
Quand je retournerai à Gênes, je retournerai aux
Fieschine ; il y a tant de roses à la porte en face,
elles retombent par-dessus le mur.

Hôtel de la Croix de Malte [3] — le balcon de marbre
— le secrétaire entre les deux fenêtres — première
promenade dans la rade — deuxième le matin de
mon départ [4]. Comme j'étais triste en quittant
Gênes ! après les montagnes qui la dominent surtout

— et pendant deux jours dans tout ce sot pays de la Lombardie.

MARENGO. — Grande chambre (nue, grise de poussière au rez-de-chaussée) où a couché l'Empereur. — Trous de balles dans les murs de l'auberge et surtout dans une petite tour à gauche six pas plus loin[1]. —

TURIN

Ville belle, alignée, droite, ennuyeuse, stupide[2]; sans contredit dans l'esprit des Sardes la plus magnifique chose de la Sardaigne[3]. Aussi ce brave Charles-Albert[4] y habite-t-il. Les places sont grandes et les maisons toutes pareilles. Je préférerais cent fois habiter Rouen. — Loger à Turin quand on possède Gênes! Il y a la différence d'une jeune fille bien propre, bien corsetée[5], bien plate et bien nulle, la petite bouche en cœur et de petits yeux en amande, des bottines à la place de pieds et des jupes à la place de corps, à quelque royale courtisane des temps passés, l'épaule nue, la chevelure abondante relevée par un cordon d'or, accoudée sur le marbre et chaussée de riches sandales. —

Hôtel de l'Europe[6] — maîtresse — au premier, au fond du corridor, une sculpture en bois représentant des cavaliers du XVIIe siècle — groupe mouvementé, charmant, plein d'esprit.

Musée nul; beaucoup de copies[7] que l'on voit copiées par de braves artistes ne se doutant pas probablement qu'à moins de quarante lieues de là ils ont les originaux. — Quelques Wouwerman[8].

Musée d'artillerie[9]; grand, verni et ciré. Combien sont autrement belles les vieilles armures couvertes de poussière et de toiles d'araignées! Malgré la beauté de tout ce qui s'y trouve, on n'est pas volontiers impressionné, car on a peine à croire que toutes ces cuirasses si bien étiquetées et rangées aient jamais servi ni recouvert des cœurs palpitants[1]. L'armure du prince Eugène est bosselée de deux balles[2]. — Cimeterres et pistolets turcs — selle de Charles Quint en velours rouge brodé d'argent, large selle à la française avec des rebords devant et derrière. Armure et cheval japonais, casque et étriers en cuir noir. Machines de guerre, modèles de balistes et de béliers. Ce qu'il y a de plus curieux ce sont des armures orientales, turques ou arabes.

Promenade en voiture dans la ville. Le cocher, poignets de la redingote bleue non boutonnés avec des gants blancs — son amour pour les cafés. — Pépinière — jardin botanique, caserne à côté. Le soir, visite de ce brave Pertuccio, imbécile, ennuyeux, mine pauvre. — Café qui les enthousiasme ; manque de chic. La singerie de Paris est partout en voyage — quelque chose qui fait lever les épaules de pitié.

Statue de Philibert-Emmanuel[3] — superbe comme mouvement, le cheval surtout jusqu'aux glands de son harnais. L'homme trop petit pour la bête.

Le garçon de place de l'hôtel = quatre ans dans la Légion étrangère en Afrique ; français, ennemi des jésuites comme gardien de la morale publique. Les redingotes des officiers[4] ; «nous y conduisons les étrangers».

———

Palais Balbi à Gênes.
La Tentation de saint Antoine de Bruegel[5]

Au fond des deux côtés, sur chacune des collines deux têtes monstrueuses de diables, moitié vivants moitié montagne — au bas à gauche, saint Antoine

entre trois femmes, et détournant la tête pour éviter
leurs caresses. Elles sont nues, blanches, elles sourient et vont l'envelopper de leurs bras. — En face
du spectateur, tout à fait au bas du tableau la Gour-
mandise nue jusqu'à la ceinture, maigre, la tête
ornée d'ornements rouges et verts, figure triste, cou
démesurément long et tendu comme celui d'une
grue, faisant une courbe vers la nuque — clavicules
saillantes, lui présente un plat chargé de mets colo-
riés. — Homme à cheval, dans un tonneau — têtes
sortant du ventre des animaux — grenouilles à bras
et sautant sur les terrains — homme à nez rouge sur
un cheval difforme entouré de diables — dragon
ailé qui plane — tout semble sur le même plan. —
Ensemble fourmillant, grouillant et ricanant
d'une façon grotesque et emportée, sous la bonhomie de chaque détail. Ce tableau paraît d'abord
confus, puis il devient étrange pour la plupart, drôle
pour quelques-uns, quelque chose de plus pour
d'autres — il a effacé pour moi toute la galerie où il
est. Je ne me souviens déjà plus du reste.

(*Milan*)

Bibliothèque Ambrosienne[1].

Elle est froide et humide; — on y sent le vide et
que tous les livres rangés ne transpirent pas sur les
vivants. Il y avait peu de monde à travailler, cinq ou
six tout au plus parmi lesquels deux enfants. — Le
gardien: petit homme grassouillet; habit bleu à
boutons de métal, calotte de cuir sur le chef; prisant
et souriant jovialement. Le *prefetto*: ecclésiastique
en lunettes, sec et grand, tout lunettes, la tournure
d'un in-folio mince, pareille à celle de M. Potier[2]
par le dos. Chaque métier courbe son homme... les
souliers larges font les grands pieds, les petites bot-

tines font les petits pieds. — Manuscrits : Cicéron,
viie siècle [1], — le Virgile de Pétrarque avec des notes
en marge. — Des lettres de Lucrèce Borgia, écriture
assez lisible, cursive, tourmentée à la fin des mots ;
la lettre qui est à la montre, adressée au cardinal
Bembo [2], commence par : « Caro mio ».

Quatre bas-reliefs de Thorvaldsen [3] — un Amour
ailé (avec une feuille de vigne en peau blanche) par
Schadow [4], sculpteur prussien. Parmi les tableaux,
deux de mon Bruegel [5], représentant *L'Eau* et *Le
Feu* ; une vierge d'Aemeling [6] qui regarde son enfant
d'un air doux ; un Lucas Cranach, deux figures ; un
Holbein : homme qui porte la main à son chapeau ;
esquisses de Léonard de Vinci. Deux portraits avec
du crayon jaune et noir, à gauche en entrant à côté
de l'esquisse de Raphaël ; l'homme, chaperon, cheveux en masses, traits larges, bout du nez carré,
yeux ouverts et humides ; l'autre, la femme, est
blonde, sa chevelure divisée par le milieu et retenue
par un simple bandeau s'épanche également sur ses
épaules ; paupières baissées qui cachent presque les
yeux, expressifs pourtant quoique à peine vus, —
ovale parfait — passion énorme sous la candeur
apparente ; pour la poitrine, deux ou trois traits à
peine dans les ombres — effet écrasant par la force
du dessin. Les caricatures de Léonard reproduisent
presque toutes le même type, un menton saillant et
remontant en droite ligne vers le nez. — Notez un
qui a l'air d'un chantre, expression remarquable
d'imbécillité et d'hypocrisie, l'air populaire du
jésuite. Esquisse de *L'École d'Athènes* de Raphaël.
Calme et intelligence — vérité et force. Homme du
milieu assis sur les marches — à gauche, groupe de
l'homme qui lit. Crâne où l'intelligence transsude,
le vieillard qui s'approche pour regarder ; le jeune
homme debout à longue chevelure — à gauche [7] le
géomètre faisant des figures sur la terre : on ne lui

voit que le haut de la tête — tout à fait à droite, un
grand barbu, nez aquilin — homme à manteau et
couronné vu par-derrière — draperie romaine —
pose à la Talma[1]; plus simple encore et plus placide.

Cheveux de Lucrèce — mèche blonde attachée par
deux rubans noirs — sous verre — entre des poignards, des yatagans et des cachets de corail rouge.

MONZA (entre deux ondées), rien que l'église :
rosace surmontée d'un grand carré dont la bordure
est des carrés fleuris — ensemble blanc et noir —
portail byzantin *idem*[2]; intérieur saxon déjà un peu
gothique, une nef et des bas-côtés; le chœur et le
transept gauche sont remplis de vieilles peintures
dégradées[3] qui demanderaient les rayons d'aplomb
d'un soleil couchant pour être encore vues et avoir
de l'expression. Le trésor[4] : deux saints-sacrements
en pierres précieuses, un missel donné par Bérenger[5], relié en or recouvert d'ivoire — un saint-
ciboire par Bérenger, les trois bustes en argent doré
de saint Pierre, saint Paul et saint Ambroise, les deux
pains dorés don de Napoléon[6], trois reliquaires dans
des corbeilles encadrées, une croix garnie de rubis et
d'émeraudes, à porter sur la poitrine, don de Bérenger[7] — le peigne de Théodelinde[8] —, femme de ***
roi des Lombards; dos en clous d'or, large et fort;
dents d'ivoire jaune, usées d'un côté. Je l'avais remis
en place — la tentation m'a démangé — je l'ai repris
et je me suis peigné avec, comme pour l'essayer,
mais au contraire en pensant à cette chevelure
inconnue qu'il fixait sur une nuque royale. La tête
devait être fière, haute — la femme grande et grosse,
de la race des femmes de ces rois barbares, de la race
des Frédégonde et des Brunehaut[9]; une beauté
mêlée d'antique, relevée par quelque chose de plus
pâle et de plus violent, de la couleur tudesque par-
dessus un bronze romain. Il y a aussi son éventail en
cuir dans un étui de cuivre ciselé.

La couronne de fer[1]. — Deux portes et un rideau — est-ce que Charlemagne a pu se l'entrer sur la tête? elle me semble petite. —On ne faisait peut-être que la poser (les couronnes en effet tiennent peu sur la tête des rois — ils font comme un bourgeois qui se promène par un grand vent et qui a peur de perdre son chapeau — ils l'enfoncent le plus qu'ils peuvent au risque de se faire saigner les oreilles — puis au moment où ils n'y pensent plus elle vole au diable).

On a allumé des cierges et on l'a encensée. Était-ce la croix? était-ce les reliques qui y sont? était-ce la couronne de fer? la mémoire de ceux qui l'ont mise? À quelle idole sacrifiait l'homme qui s'est agenouillé? À aucune — et voilà comme les gens qui font des réflexions philosophiques sont bêtes.

Chartreuse de PAVIE. D'ensemble, même architecture que la cathédrale de Milan[2]. Le bas de la Renaissance, deux fenêtres carrées divisées par deux arceaux n'ayant qu'une séparation. Au-dessus une grande rosace et un grand carré avec des coins fleuris; l'intérieur tout marbre, rubis, lapis-lazuli; — aux chapelles latérales, les autels alternativement en mosaïque ou en sculpture de marbre. Tombeau de Ludovic le More et de sa femme[3]. Ludovic: figure sévère, calme, un peu grasse, à bajoues; les chairs devaient être basanées et un peu molles. Sa femme morte à vingt-deux ans, seins, chaussure, douce, naïve, endormie avec ses longs cils, simple. — Les chartreux un à un arrivant pour chanter. Le petit cloître (mi-marbre, le haut en terre cuite, arceaux romans) plus beau que le grand. Soleil. Étages superposés de même architecture. Un moine a passé, dans la lumière, maigre, à plis flottants, tout blanc, allant vite; mouvement pour tourner dans l'escalier — celui qui a arrangé les lampes — c'est un doux bruit que celui des lampes et des encen-

soirs. Chacun a sa petite maison — son petit jardin.
Avec quel amour la pauvre âme doit en cultiver les
fleurs ! — J'ai pensé à un pauvre homme pleurant
là-dedans par un après-midi d'été. On les éveille à
onze heures de nuit. Guichet par où on leur apporte
à manger — l'égoïsme doit s'y développer. — Visiteurs ; le vieux, l'estimable M. et son intéressante
jeune fille. Quel dommage que les dames… Ça per-
drait de sa poésie si les jupons s'y frottaient. Activité
de notre guide. Parmi les bas-reliefs, *Le Massacre
des nouveau-nés* [1].

Musée — Pinacothèque [2]

Un portrait de Raphaël Mengs [3] par Knoller [4] — ;
figure blanche, fraîche aux lèvres et aux paupières,
regard vif, un peu ému. Carrick jaunâtre, une palette
à la main. Il y a de ce même Raphaël Mengs un portrait de musicien vu de face, la main droite sur le
bout d'un clavier, grand gilet XVIIIe siècle brodé d'or,
habit de velours marron rouge — figure ronde, molle
et souriante, italienne, mêlée de sérénade et de
madrigal, amolli par quelque chose du courtisan-
Pompadour [5].
Magnifique portrait de jeune homme en pourpoint de satin bleu, nez retroussé, toque de velours
un peu sur le derrière de la tête, une vieille à côté de
lui, par Enrico (Martinger) [6] ; il a quelque chose de
Van Dyck ; plus lumineux, moins profond, plus incisif. — Une vieille de Murillo [7] tout en gris, souriant
plutôt de malice que de gaieté, main droite crispée
— le *Mariage* [8] de Raphaël, mélancolie étrange,
naïveté saisissante — *Abraham et Agar* par Guerchin, Sara sourit dans le coin à gauche, Agar pleure
et regarde Abraham, Ismaël se cache les yeux avec
ses poings — une Vierge du Guide : les yeux et le

front! L'enfant est laid, comme partout (le Christ à
l'état de Bambino est peut-être en dehors des proportions de l'art ; la Divinité a du mal à s'exprimer
par le symbole de la faiblesse, étant une chose fausse
humainement parlant : comment exprimer par un
extérieur normal une abstraction insaisissable ? l'art
ne peut montrer des miracles, c'est-à-dire le désac-
cord de l'idée et de la forme, à plus forte raison
ceux qui ne sont pas tangibles ?). — Tête de moine
endormi de Vélasquez — des *Amours dansants* de
l'Albane[1] ; l'Albane me semble avoir été un des
aïeuls du rococo — un portrait d'homme par Hals,
figure blanche, chevelure noire.

Esther et Assuérus de Miéris[2] — mains trop
longues, Esther vieille ; grande, seins abondants,
presque nus, pose théâtrale et magnifique, tête
ornée ; Assuérus se lève de son trône et s'avance
vers la reine évanouie — tapis turc colorié — au
fond, deux gardes ; la suivante fait penser à George[3]
dans ses belles poses.

———————————

Milan est la transition entre l'Italie et l'Autriche.
— Luxe et beauté des équipages roulant sur les
dalles unies des rues. On ne rencontre pas de sales
voitures, mais le barbare se trahit par le domestique. Ce n'est plus l'élégance parisienne. Réunion
dans le jardin public ; la musique des régiments est
ici meilleure que celle de la plupart de nos
orchestres. Costumes différents des régiments ; pantalons bleus collants de la garde hongroise. — La
Scala : grande salle, grande scène surtout. La toile
levée. J'ai marché sur la scène en regardant les
trappes et en pensant vaguement à toutes les pièces
et à tous les ballets. Je suis entré dans deux loges et
j'ai songé à tout ce qui pouvait s'y dire. Un théâtre
est un lieu tout aussi saint qu'une église. J'y entre
avec une émotion religieuse parce que là aussi la

pensée humaine, rassasiée d'elle-même, cherche à
sortir du réel, que l'on y vient pour pleurer, pour
rire ou pour admirer, ce qui fait à peu près le cercle
de l'âme.

Théâtre des marionnettes.

Salle petite, mal éclairée, en entrant surtout. La
pièce que l'on jouait était vertueuse; le coupable
puni comme dans nos mélodrames. — Les marionnettes sont hautes d'environ trois pieds. Le personnage principal, le seigneur banni et rentrant chez
lui, frappant de vérité, surtout par le dos. Les gens
qui parlaient dans la coulisse nuançaient très bien,
avec attention. C'est un genre qui meurt. Il y avait
peu d'enthousiasme dans le public. Donizetti et
M. Scribe leur font tort, à ces pauvres marionnettes.
— Le ballet surtout était charmant; — la grosse tête
— le charlatan, son cheval qui piaffait; — les deux
danseurs s'élevant à des poses gracieuses. Du fond
de la salle surtout, l'illusion était complète. Quand il
y a quelque temps qu'on y est, on finit par prendre
tout cela au sérieux et par croire que ce sont des
hommes. Un monde réel d'une autre nature surgit
alors pour vous, et se mêlant au vôtre, vous vous
demandez si vous n'existez pas de la même vie, ou
s'ils n'existent pas de la vôtre. — Même dans les
moments de calme, on a peine à se dire que tout
cela n'est que du bois et que ces visages colorés ne
soient animés par des sentiments véritables — à
voir l'habit on ne peut s'imaginer qu'il n'y ait pas de
cœur. Effet gigantesque des gens dans la coulisse —
j'ai été stupéfait alors de la grandeur d'un homme.
Mais le ballet! le ballet! mine de deux bourgeois
figurant les invités du bal et se parlant entre eux!!

De Milan à CÔME la route monte légèrement[1]. —
Dans le port de Côme, qui n'est pas un port et c'est
là ce qui le rend charmant, de petites nacelles avec
leurs arceaux de bois pour soutenir la tente, comme
on en voit dans les keepsakes. Voilà qui est italien,
qui est débraillé et coloré. Je ne sais si les gondoles
de Venise sont plus belles. J'aime mieux la vue d'un
de ces mauvais bateaux-là que celle du plus beau
vaisseau de ligne du monde. L'ensemble du lac est
doux, amoureux, italien, premiers plans escarpés,
teintes chaudes des maisons ; horizons neigeux et
tout bordés d'habitations exquises faites pour l'étude
et pour l'amour. — Taglioni, Pasta[2] sur la rive
gauche du lac en partant de Côme. Villa Somma-
riva[3] : escalier de pierre descendant jusque dans
l'eau pour s'embarquer dans la gondole — grands
arbres — roses qui passent sur une fontaine.
L'Amour et Psyché de Canova[4]. Je n'ai rien regardé
du reste de la galerie. J'y suis revenu à plusieurs
reprises ; et à la dernière, j'ai embrassé sous l'aisselle la femme pâmée qui tend vers l'Amour ses
deux longs bras de marbre — et le pied ! et la tête !
le profil. Qu'on me le pardonne : ç'a été depuis longtemps mon seul baiser sensuel. Il était quelque chose
de plus encore. J'embrassais la beauté elle-même.
C'était au génie que je vouais mon ardent enthousiasme ; je me suis rué sur la forme, sans presque
songer à ce qu'elle disait. Définissez-moi-la, faiseurs
d'esthétiques, classez-la, étiquetez-la, essuyez bien
le verre de vos lunettes et dites-moi pourquoi cela
m'enchante. — De l'autre côté du lac, après avoir
monté par une montée toute droite à larges
marches, — maisons noires et blanches — et la villa
du général Serbelloni[5]. — Vue des trois lacs. — On
voudrait vivre ici et y mourir — spectacle fait à sou-
hait pour le plaisir des yeux. De grands arbres poussés dans les précipices vous viennent jusque sous la

main. Un horizon bordé de neiges avec des premiers plans charmants ou vigoureux. Paysage shakespearien : tous les sentiments de la nature s'y trouvent réunis et le grand prédomine — plantes grasses — arbustes variés — grotte d'où l'on voit deux points de vue divers encadrés dans la verdure. — Bateau à vapeur ; nos Anglais — promenade dans l'après-midi sur le lac.

Églises de Côme. Cathédrale : portail roman[1], statues des deux Pline[2]. Église Saint-Felice[3] — avec sa vieille entrée saxonne, comme à Avignon. Têtes de morts naturelles dans une chapelle ; éclairées par un cierge ; — coutume fréquente à Côme, et que j'ai rencontrée sans la chercher encore deux fois.

VARÈSE — du haut d'un grand jardin vue étendue, ample, dégagée, le Simplon, le lac de Varèse et le lac Majeur ; mais ce n'est plus le lac de Côme, et encore moins l'incomparable beauté de général Serbelloni.

(*Écrit au Simplon*
Fumée du poêle)

LAC MAJEUR (LAVENO-BAVENO) plus grand, plus vaste, paysage plus étendu que celui du lac de Côme. — Ce n'est plus si italien, si chaud. Quand le lac est agité, on dirait d'une mer ; — mais une mer enfermée. L'infini ne vous y prend pas. Plus on le contemple, du reste, et plus il s'agrandit. L'isola Madre = paradis terrestre — arbres à feuilles d'or que le soleil dorait ; on s'attendait à voir apparaître de derrière un buisson le sultan grave et doux avec son riche yatagan et sa robe de soie. C'est le lieu du globe le plus voluptueux que j'aie vu. La nature vous y charme de mille séductions étranges et l'on se sent dans un état tout sensuel et tout exquis. S'il durait longtemps, il ferait mal, tant il est nouveau ; puis on s'y accoutume et cela passe comme autre chose.

Deux percées encadrées de verdure et voyant le lac ; arbres de tous les pays du monde, citronniers, orangers, palmiers, hêtres, etc., derrière la cime desquels paraît le haut des monts couronnés de neige. — Excursion à ARONA ; bateau à vapeur, presque rien que des gens du pays. Vieille Anglaise prenant des notes et regardant dans son livre le nom de chaque coin de terre. Statue de Charles Borromée[1] ; grande, sale, huileuse sous sa peinture — grandes oreilles détachées de la tête, ensemble laid... Retour fatigué à Baveno[2] — isola Bella le soir même ; quelle différence avec isola Madre ! Le palais est grand, immense ; on y a logé deux mille personnes. Mais rien n'y sue le luxe ni l'aristocratie : pas un escalier de marbre, ni un vrai beau tableau ; j'aime mieux un seul des palais de Gênes. — J'aime peut-être trop Gênes ? mais non, ce n'est pas la perspective du lointain ; car je l'ai bien goûtée quand j'y étais.

DOMODOSSOLA, petite vallée entre de hautes montagnes, comme Brigue, mais à plans moins abrupts. Sur la gauche en arrivant du lac de Côme, grand bois de châtaigniers. Moine à barbe blanche portant sa besace et montant à son couvent. — Le petit portier : barbe moitié grise, air commun, homme du peuple. Le capucin, grand, fort, air franc, prisant beaucoup de son tabac rouge. Il nous a demandé si nous étions catholiques, et sur notre réponse affirmative[3] nous a tapé sur l'épaule et nous a fait entrer dans des cellules. — Elles ne m'ont pas fait froid comme celles des jésuites à Gênes — livres dans quelques-unes. Arrivés dans la sienne il a ouvert une petite armoire et nous a offert un verre de vin : «Allons, voyons, un verre de vin.» — Bibliothèque publique ; livres sous clef, volumes[4] Rousseau, Guicciardini[5]... «de peur pour la tête, pour la tête». On peut les lire avec dispense du pape. — Histoire de l'Empereur = *Mémorial* ; il m'a

demandé si le dessin du frontispice était exécuté à
Paris, croyant que c'était le plan de la statue équestre
votée[1]. Dès qu'il a su que nous étions des Français :
«le front, le cœur grands»; je lui ai donné deux
cigares; «optime padre, optime filio[2]». Que d'amis
on effleure, on perd en voyage[3]! — Galanterie du
capucin: «Adieu, vous vous recorderez de cela en
France».

De Domodossola au SIMPLON, tout en montant,
de plus en plus âpre, sauvage. La montagne se resserre, la vallée se rétrécit, on arrive dans le pays des
neiges, le torrent gronde toujours. La vie ici est
triste, éclairée de cet éternel reflet blanc. Il n'y a pas
d'ours ni de loups, le pays est trop pauvre. — Auberge
le matin[4], deux voyageurs, une dame et un monsieur
sans nez. Les deux jeunes gens ont exécuté une
polka. C'était Fête-Dieu[5]; reposoir; cantonnier battant du tambour avec un jeune gars qui soufflait gravement dans une flûte, une rose sur son chapeau.
Départ à neuf heures du matin, neiges — les arbres
se rapetissent et bientôt cessent complètement, on
ne voit plus que des troncs cassés par les avalanches
ou brisés par les bûcherons passant à travers la
neige. Grandes courbes blanches d'une ondulation
pleine de grâce — chemin à travers deux murs de
neige; les moyeux de notre voiture y entraient. Cantonnier à lunettes vertes marchant devant nous son
instrument sur l'épaule — rencontre de la diligence;
homme dégoûtant passant sa tête par la portière;
grotesque au milieu du sublime, petite laideur au
milieu de la grande laideur (au point de vue classique), vilain dans l'horrible. À plat, l'hospice[6] — les
trois galeries. C'est en commençant à descendre que
la vue devient magnifique. La vallée part de dessous
vos pieds et ouvre son angle immense vers l'horizon,
portant sur ses flancs ses pins et ses neiges. Indes-
criptible, il faut rêver et se souvenir[7].

Revisailles — déjeuner — pont d'une maison à l'autre qui traverse la route. — Forte fille de la montagne, fraîche, rose, charnue, un peu allemande avec son petit chapeau rond à grand ruban large plissé ; chignon renoué et visible par-derrière. Descendus par le raidillon, les pins deviennent plus fréquents, la neige ne se voit plus qu'au haut des monts ; par places la terre est couverte de rochers ou d'écorces de sapins, ça m'a rappelé certaines pentes des forêts de la Corse (après Bocognano pour aller à Ghisoni[1]), comme hier de Domo à Simplon il me semblait me retrouver à il y a cinq ans dans les Pyrénées quand je fus de Laruns aux Eaux-Bonnes[2]. — Brigue, encore les petits chapeaux des femmes — une belle, noire, souriante à sa fenêtre — ramée pour la Fête-Dieu tout le long des rues ; guirlandes vertes aux fenêtres des maisons.

Politesse un peu germanique et bête quoique bonne des habitants ; type blond doux ; pas d'élégance dans la taille des femmes quoique leur figure soit agréable ; pas de sévérité ni de feu dans le regard. — Propreté de bourgeois ayant un établissement à Turin et regrettant l'Empereur. — Église au haut de la promenade à un quart de lieue, affreuse par ses sculptures en bois : adieu à l'Italie ! — À gauche en sortant, grande montagne, prairies au bas, pins au milieu, neiges et rochers, nue au sommet, c'est un spécimen de l'art du grand artiste. Comme tous les tons sont fondus et comme toutes les transitions sont ménagées, rien de disparate quoique rien de pareil.

Écrit à Brigue, 22 mai — 10 heures du soir.

De Brigue à Martigny montagnes à gauche couvertes de neige, vallées vertes, beau pays. De Sion à Martigny surtout c'est la vraie Suisse verte, neigeuse au sommet, plantureuse dans sa vallée. — Déjeuner

à SIERRE chez le beau-frère de l'hôtelière du Simplon. — Les trois idiotes, pantomime quand je leur
ai donné de l'argent ; — expressive ; — une, figure
carrée, nez camus, goitre[1] ; elles me faisaient des
signes d'amitié, passaient leur main sur leurs
visages. J'attire les fous et les animaux ; est-ce parce
qu'ils sentent que je les comprends et que j'entre
dans leur monde[2] ? — MARTIGNY — M. et
Mme Bonsor — marchandes d'objets en bois ; sales,
mal peignées, costumes de Berne, garces d'inspiration, dans leur petite ville — une guitare, un recueil
de vers et peut-être un roman (les deux autres
volumes) sur leur sofa — cascade sur le bord de la
route à gauche, de longues effluvions[3] de gazes
blanches se précipitant et se laissant envoler au vent ;
argent vaporeux ; c'est là qu'autrefois la fée suspendue dans les airs baignait ses pieds d'albâtre[4]. Le
bruit de la cascade n'est pas celui du torrent, le
bruit du fleuve n'est pas celui du lac ; ils se marient
tous ensemble et jouent l'éternelle partition. Je me
suis rappelé le bruit des cascades de la vallée du
Lys[5] et j'ai repensé à mes guides des Pyrénées.
SAINT-MAURICE... vieille idiote aveugle priant
avec ferveur, figure pâle et flétrie ; elle demandait le
chanoine, où était le chanoine.

CHILLON, tourelles, au bord du lac. On traverse
deux pièces, une grande et une petite, voûtées,
presque souterraines, à colonnes de lourd gothique,
avant d'arriver à celle du prisonnier[6]. Anneau à un
pied de terre ; tout autour le roc est usé par les pas
qu'il y a faits en tournant dans le même demi-
cercle. Autre anneau à un autre pilier pour un de
ses frères. — Le nom de Byron est écrit sur le troisième pilier en entrant, le deuxième avant d'arriver
à celui du prisonnier. — Il est gravé dans le roc, de
travers, une barre dessus dans toute la longueur
comme si on avait voulu l'effacer. Il est écrit en

noir, est-ce déjà le temps, ou de l'encre mise pour
faire revivre les lettres ? Au milieu de tous les noms
obscurs qui égratignent et encombrent la pierre, il
reluit seul en traits de feu[1]. J'ai plus pensé à Byron
qu'au prisonnier. Au-dessous du nom la pierre est
un peu mangée comme si la main énorme qui s'est
appuyée là quelque temps l'avait usée. J'ai rêvé à
cette main s'appliquant à creuser ces cinq lettres.
Quand je suis entré là, que j'ai vu le nom de Byron
et que j'ai tâché de penser à ce qu'il y avait pensé,
ou plutôt rien qu'à la vue du nom, j'ai été pris d'une
joie exquise. J'ai mis la main sur mon cœur et je l'ai
senti battre plus fort que l'instant d'auparavant.
C'est ensuite que j'ai été au pilier du captif. — Victor Hugo en moulé au crayon, G. Sand gravé au
couteau sur le pilier qui vient après celui de Byron,
celui du frère. Sur le même, plus haut du côté de la
muraille en roc brut, Mme Pauline Viardot née Garcia[2], parfaitement lisible. À l'étage supérieur, petit
arsenal, vue du lac ; les montagnes s'y reflétaient,
les endroits où il y avait de la neige faisaient l'effet
dans ce miroir de flambeaux blancs placés sur les
pics ; ils tiraient dans l'ombre de longs sillons lumineux. Jolie maison de campagne en vue du lac —
rond de gazon — enfants en costume d'été jouant
sous les arbres —

CLARENS. À peu près à la sortie du pays j'ai fait
arrêter la voiture — je suis descendu et je suis entré
dans une petite cour plantée et couverte de longues
herbes que l'on fauchait ; un mur bas la séparait de
la route — je me suis dirigé vers le monsieur qui
m'en paraissait être le maître et lui ai demandé si la
maison de Mme de Warens[3] existait encore. Sans
trop attendre que j'aie achevé ni sans trop me comprendre il m'a adressé à un jeune homme en costume de jardinier qui fauchait à quelques pas de lui.
Celui-ci a souri à ma question. Il était blond, avait

l'air doux et tendre un peu à la façon de Jean-Jacques auquel il pouvait ressembler. La maison de Mme de Warens est détruite depuis longtemps; il m'en a indiqué la place. Elle était située au bas d'une petite colline, à la place où il y a maintenant des arbres, sur le penchant d'un vallon, avec la montagne par-derrière, le lac pour horizon — des premiers plans très étroits et des perspectives énormes... Le jeune homme ne l'a jamais vue, il y a bien longtemps qu'elle est détruite, il a entendu dire ça aux anciens; et je suis remonté dans la voiture et les chevaux sont repartis au grand trot. Il faisait beau soleil, l'air était doux, cinq heures du soir environ.

VEVEY. Il est venu souvent, le maître aux phrases ardentes (il a fait souvent cette route à pied), il y a rêvé sa Julie et l'y a placée[1]. On aimerait, en songeant de lui, à s'asseoir sous chaque arbre et à contempler chaque nuage pour y retrouver quelque chose de son âme.

Hôtel — terrasse. — de Vevey à Lausanne, cascades sur le bord du chemin — vigne, la route est entre deux murs, ce qui est tout à fait près de vous est aride et sec sans grandiose. Mais le lac à gauche, le lac et les montagnes qui s'y regardent!

LAUSANNE. Caractère lourd, bon, épicier et platement intelligent de ses habitants — femmes laides dénuées d'élégance — pas une — les deux fillettes riant et avenantes sur le seuil du tailleur près l'hôtel — deux ou trois costumes d'étudiant allemand — la musique sous les grands arbres. Je me suis rappelé, à propos de l'intérieur de ces petites villes, les chœurs de bourgeois à la promenade dans *Faust*[2]. — Le commandant, vrai ignoble. — Maison du docteur Mayor — la promenade en terrasse — sa bonne, la plus belle fille de Lausanne: yeux noirs, chevelure noire, air distingué, doux et tendre — échange de regard — femme de l'épicier italien : je n'ai vu qu'une nuque noire mais abondante et tressée ; au milieu des visages incolores (très colorés) et lourds des Suisses, c'était pour moi l'Italie me jetant un soupir d'au-delà des monts. Visite de M. Mayor pendant le dîner — le soir, pluie, nous fumons le cigare au bas de l'escalier ; et j'écris ceci. Dix heures vingt minutes du soir.

De NYON je ne me rappelle plus qu'une salle au rez-de-chaussée de l'hôtel où nous avons déjeuné, et le gros garçon agréable qui nous servait. Sur la hauteur de la ville, promenade à l'ombre de grands arbres. Ville tranquille et douce où l'on doit être bien quand on est malade.

Quand on est dans COPPET on prend une rue à gauche (si on vient de Lausanne[1]) et l'on monte au château de Mme de Staël. Arrivé devant la grille que l'on a droite, on voit derrière soi un peu sur la droite une grande avenue d'arbres et un parc à l'entrée duquel, caché dans les arbres, est le tombeau de Mme de Staël. — Nous avons été menés jusque-là par une vieille femme, Marie Lemesiers[2], qui l'a servie ainsi que M. Necker pendant quatre ans (dans ses dernières années, nous a-t-elle dit, il était très gros, énorme et toujours suivi d'un médecin qu'il avait ramené de Paris[3]). Au rez-de-chaussée, appartement en carré long avec une bibliothèque en armoires à grillages et à soies vertes dont on ne voit pas un livre[4]. C'était là que Mme de Staël jouait la comédie. Portrait d'un des amis de M. de Staël. Au premier le salon, grande et belle pièce. — Portrait de Gérard de Mme de Staël, celui qu'on voit en tête de ses ouvrages, en turban rouge[5] : nez fort, bouche avancée grosse, sanguine, semblant aimer le vin plus que l'amour, quoiqu'il y ait aussi de la luxure ; œil fier, ardent, intelligent. Dans un autre salon, portrait de David[6] (jeune), m'a paru vilain ; à son

côté, celui de Mme Necker en costume xviiie siècle,
poudrée, lui ressemble un peu. M. Necker à sa
droite, tête un peu renversée, yeux à demi fermés,
sans fatuité pourtant ; son fils en manteau, nu-tête.
Son mari, homme ordinaire écrasé par sa femme et
qui fait pitié quand on les regarde ensemble ; sa
fille, Mme de Broglie[1]. Un abîme entre ces deux
femmes : c'est l'artiste d'un côté, et de l'autre la
femme comme il faut, la femme honnête dans toute
l'étroitesse de ses moyens physiques et moraux. On
montre aussi le portrait de M. ..., un des grands
amis de Mme de Staël[2]. — À côté du salon est la
chambre à coucher où elle a composé une grande
partie de ses ouvrages[3]. — Petite table noire carrée
— espèce de cartonnier ; armoire où elle serrait ses
manuscrits. — Chambre de M. de Broglie, lit en
pente. De dessus le balcon la vue est superbe,
longue, allongée, sans plans étagés. — Ce beau château fait penser à la société intellectuelle de l'Empire, à quelque chose de restreint, de distingué, d'un
peu étroit, d'animé, à rien de plus. Mme de Staël
(que je connais peu du reste) ne ressemble-t-elle pas
à Girodet[4] ? Son romantisme ne me semble pas
d'un romantisme bien pur ; ou du moins comme
nous en voulons un maintenant. Il paraît comme le
sien déclamatoire et intentionnel.

Se souvenir du capitaine Rose ⚋ Anglais ennuyé,
trait du fils du portier de l'hôtel Meurice leur appre-
nant le cancan[5] à six sans qu'aucun ait jamais pu le
savoir.

Genève. Île de Rousseau. Quand j'y entrai le
soir, on y faisait de la musique ; des Allemands
jouaient sur leur cuivre d'une façon tendre et déchi-
rante. Il se tenait sur son piédestal, immobile, la tête
penchée en avant, l'air intelligent et doux. À gauche,
bouquet de trois peupliers droits frissonnant un peu
dans leurs cimes. Comme il aimait la musique, le

pauvre Jean-Jacques! J'ai bien pensé à lui. Je faisais tous mes efforts pour y penser de toute mon âme. Les fanfares qui sont venues m'ont fait penser à ce soir où il courait éperdu dans les corridors[1]... quel homme! quelle âme! quelle lave et quelle onde! Comme cela est beau, les gens qui trouvent les *Confessions* un livre immoral et Rousseau un misérable! Je l'ai entendu dire, je l'ai entendu dire, on trouve que je suis susceptible, et je vis!! — La statue de Pradier[2] est peut-être fort belle. Je n'ose en être bien sûr; mais c'est l'effet qu'elle me fait. Tous les Genevois ont été étonnés de ne pas voir M. Rousseau en souliers à boucles et en habit à la française; on tient donc beaucoup à l'habit des gens qu'on admire.

Bibliothèque publique[3]. Écriture de Calvin, illisible comme celles du xvie siècle, longue et mêlée; de Jean-Jacques, sobre, courte, très claire, très bien alignée et comme gravée sur le papier. Manuscrits plus ou moins jolis; mais c'était l'écriture du maître qui m'attirait. — Portraits des Genevois célèbres. Salles en bois, quelque chose de chaud et d'usuel, bien différent de l'immobilité sépulcrale, collégiale, de la bibliothèque Ambrosienne qui est du reste bien plus belle et qui semble bien mieux tenue.

Musée[4]. Marie-Thérèse[5] (pastel), femme vers quarante-cinq à quarante-huit ans, fraîche, viande un peu molle, rose encore, pendante, œil humide et bon; expression trop complexe pour être décrite; admirable comme intensité. Mme d'Épinay[6] (*idem*), figure maigre, noire, œil noir, mâchoire allongée, ce qui s'appelle une femme laide, mais une femme que l'on remarque et que l'on doit aimer beaucoup si on l'aime (elle devait puer, ou sentir très bon); quelque chose de Déjazet[7] mais le crâne plus large, mais plus grave et plus occupée. Un paysage de Calame[8], coup de vent, ours à gauche du tableau; un portrait d'homme noir, crâne dégarni, un peu appuyé sur le côté droit, par Van der Helst[1], ressemble aux Van Dyck et n'est guère moins beau; *David portant la tête de Goliath*[2] (Dominiquin?), tableau à ombres et à lumières contrastées: Prud'hon (?). Sur la droite, femme debout, de profil, chaussée en sandales avec des cordons bleus, dont un lui passe entre le pouce. La belle chose que la sandale! n'est-ce pas un symbole? l'art se prêtant à la nature, ne la cachant pas encore mais s'y adaptant? En fait de sculpture, un très beau plâtre de Pradier, *Vénus consolant l'Amour*[3]. Une *Haïdée*[4] de ***, assise à genoux, avec des amulettes, belle comme sentiment; c'est peut-être un peu extérieur; du reste ça contente. — Le jeune homme faisant l'agréable avec les deux fillettes: était-ce pour le bon ou pour le mauvais motif?

Les trois marchands d'antiquités; types différents, la première boutique; le deux, le bouquiniste et son fils; le troisième, grand, maigre, blanc, doux, pied-bot; — ignorant du prix de ses choses, faisait compassion. Ses deux émaux de Petitot[5]. Être riche!!

— «Monsieur ne désirerait pas trouver une dame?», par la pluie, tout en passant sous son parapluie. — «Mon Dieu, non» — avec une simplicité qui s'ignorait elle-même. — Le maître d'hôtel des Bergues[6] = suffisance différente de celle de M. Ferdinand[7]; moins individuelle mais plus répondante; tourne au riche négociant, à l'homme piété; — la femme aux peaux d'ours, noire, yeux brouillés (toute maigre de corps et ressemble à la maîtresse de pension de la gravure de la fin du premier volume de Revieux[8], sauf l'animation toutefois).

FERNEY[9]. Le château est au milieu des arbres qui étaient vert clair sous la pluie. Aspect triste d'abord. Petit château à un étage — deux ailes; — trois escaliers, celui du milieu vous fait entrer dans le salon, celui de gauche dans le cabinet de travail de Voltaire, que l'on ne montre pas. Le parc est par-derrière et ne se voit pas en entrant. — Allée droite (au milieu un bassin d'eau) devant la porte du salon. Sur la gauche surtout et au bout, la vue doit être superbe, tout le lac de Genève, le mont Blanc et plus encore... Église bâtie par Voltaire; l'inscription *Deo erexit Voltaire*[1] ne se voit plus, elle a été effacée par les «mauvaises gens», m'a dit Louis Grandperrey[2]. — Tombeau en forme pyramidale surmontée d'une urne que Voltaire avait fait édifier pour lui. L'église et le tombeau sont maigres et ont l'air vieux sans être anciens. — On a été longtemps à nous ouvrir la porte; un énorme dogue aboyait sur le seuil; il est venu à moi, m'a regardé et s'est tu. — Le salon a une forme carrée à coins coupés; tenture en soie rouge brochée, copies de l'Albane, muses et femmes nues; *La Toilette de Vénus*; fauteuils en tapisserie: fond blanchâtre, à fleurs; sur la droite la cheminée, — singulière forme du poêle. Sur la porte qui donne dans sa chambre à coucher, l'*Apothéose de Voltaire conduit par la Vérité et couronné par la Gloire*[3]; au bas et renversés, les Critiques, l'Envie, le Fanatisme, etc. = aquarelle, gravure coloriée ou dessin avec de la couleur, assez pitoyable du reste. Chambre à coucher; au fond le lit, le vrai lit où le grand homme dormait; on en a ôté les tentures et on en voit le bois à nu. Suspendu sur le lit, le portrait de Lekain[4] (au pastel), à la Titus et couronné de laurier; à droite un portrait (pastel[5]) de Voltaire jeune, le même que celui de l'édition de 1782; à gauche le grand Frédéric (à l'huile[6]) nu-tête, en costume militaire, teint animé, plaqué de rouge, tête maigre et carrée. Sur les deux grands panneaux, à droite Mme du Châtelet[7] et Mme Denis[8], à gauche le portrait de Catherine brodé à la main par elle-même, «fait et donné par Catherine de Russie à M. de Voltaire[9]». — Dans la cheminée, une espèce de monument funèbre qui a contenu son cœur, avec ces deux inscriptions au-dessus : « Son esprit est partout et (ou mais ?) son cœur est ici », « Mes mânes seront tranquilles puisque je sais que je reposerai au milieu de vous [1] ». Entre ce monument et la porte un pastel, portrait d'un ramoneur [2] au-dessus [3].

La tenture est de soie jaune à fleurs. L'ameublement de ces deux pièces était riche, plein de goût, vif en couleurs ; on voudrait y être enfermé pendant tout un jour à s'y promener seul. Triste et vide, le jour vert, livide, du feuillage pénétrait par les carreaux. On était pris d'une tristesse étrange ; on regrettait cette belle vie remplie, cette existence si intellectuellement turbulente du XVIIIᵉ siècle, et on se figurait l'homme passant de son salon dans sa chambre, ouvrant toutes ces portes... — Louis Grandperrey avait quinze ans quand Voltaire est mort ; vieillard ordinaire, petit, chapeau de cuir, il semble encore ébloui du souvenir de son ancien maître. Il l'a servi cinq ans [4], c'était lui qui faisait les commissions. « Lui avez-vous parlé ? — Oh oui, monsieur, plusieurs fois — il était sec comme du bois, maigre, maigre. — Était-il bon ? — Oui, monsieur, mais il ne fallait pas lui désobéir, il était vif comme la poudre, il s'emportait, oh ! il s'emportait ! et il vous tirait les oreilles... il me les a tirées plusieurs fois. — Il était aimé. Quand il est venu ici, il n'y avait qu'une ou deux maisons. Il était très bon, aimé, généreux. Mais il ne fallait pas lui désobéir, par exemple. » Je regardais cet homme avec avidité pour voir si Voltaire n'y avait pas laissé quelque chose que je pusse ramasser.

LES ROUSSES-MOREZ. L'hôtelier, — sa femme sage-femme. SALIN. BESANÇON, par les toits seulement on s'aperçoit de l'ancienneté des maisons. Palais du cardinal Granvelle [5] : cour carrée à arceaux peu cintrés, pas d'ornements, quelque chose de sobre mais d'un peu lourd. Mal que j'ai eu pour découvrir la maison de Victor Hugo — Mme Delelée[1] — elle est au rond de Saint-Quentin nº 140; la chambre où il est né lambrissée, peinte en gris blanc, alcôve avec un œil-de-bœuf au milieu — salon, grand, commode...

LANGRES, hôtel, tous les garçons gris; mine de l'hôtelier; la salle du festin pour le baptême. — BAR-SUR-SEINE. MM. du conseil de révision. — VANDEUVRE. TROYES — peur que j'ai eue à cause de mon amour pour l'harmonie des faits et le fatalisme rythmique — l'abbé; son séminaire; le portier; macérations, caractère de stupidité. — NOGENT-COURTAVENT — De Courtavent à LA SAUSSOTTE. M. Bersenty — NANGIS — «Il est maintenant dans le cimetière de Toulon[2].» NORMAN-BRIE-COMTE-ROBERT, les fermiers de la Brie, allumés par le déjeuner et allant au concours agricole; — le grand rouge — forme de ses sous de pieds. — CHARENTON, entrée à Paris. — Visite à Mme Chéronnet[3] à qui j'ai donné le bras jusque chez Durand[4] où elle allait dîner. Ce pauvre Durand! J'y ai fait trois repas! et sur chacun d'eux on pourrait écrire un volume: 1º souper 2º déjeuner 3º dîner. Champs-Élysées[5], trois fois: le lundi, le mardi et le mercredi. La belle histoire que celle de ces visites! J'y ai vu le défaut de la cuirasse de mon âme comme à celle des autres. Dîner chez Darcet[6] — visite à Auteuil. Mme P. est venue en chapeau de paille rond; robe noire; bière à la cave — la poésie de la femme adultère n'est vraie que parce qu'elle-même est dans la liberté, au sein de la fatalité. Le lendemain Mme Hugo; je suis curieux d'y retourner[7]. — Conseils médicaux de Pradier[8]. — Les Peaux-Rouges — l'oncle hurlant. L'enfant, l'œil de l'enfant et du roi quand il tirait l'arc; danse du scalp; saut

les pieds joints de la femme au manteau rouge... la
dame de derrière moi riait beaucoup, riait, riait et
trouvait ça drôle ; les poignées de main des bourgeois ; quelque envie que j'eusse d'en faire autant,
parce que mon envie ne partait pas du même principe et que je n'aime pas à lécher les plats. —
Retour à ROUEN dans le wagon étouffant ; derrière,
au coin de gauche comme à mon dernier voyage. Le
monsieur d'en face — le vieux vomissant de la
bile... les Anglais qui ont monté à Oissel. Et enfin
Rouen, le port, l'éternel port, la cour pavée, et enfin
ma chambre, le même milieu, le passé derrière moi
et comme toujours la vague espérance d'une brise
plus parfumée ! !

———————

Arrivés à un certain état de l'esprit tout converge
à l'orgueil. À un certain état du cœur tout à la pitié.

C'est alors qu'on n'a plus de présomption et qu'on
n'a plus de compassion quoique la sensibilité soit
plus délicate et que l'isolement intérieur soit plus
profond.

Le comble de l'orgueil c'est de se mépriser soi-
même.

Il faut une vanité peu commune pour qu'on ne
s'aperçoive pas que vous en ayez.

———————

Ce qui console de la vie c'est la mort, et ce qui
console de la mort c'est la vie.

———————

Ce qu'il y a de plus imbécile au monde ce sont les
gens dits de moyens, la bourgeoisie intellectuelle, de
même que les braves gens sont les plus féroces.

———————

La cruauté par sensualité révolte moins que la
cruauté qui s'ignore, la cruauté d'idées, de principes. Est-ce parce que la première est un besoin de
l'homme dans la plénitude de ses facultés et que la

seconde est un vice de son intelligence? L'art peut tirer parti de l'une, il s'écarte de la seconde. On n'idéalisera jamais Robespierre (de Marat la chose serait plus aisée parce qu'il semble y avoir eu chez lui plus d'emportement, d'instinct, de παθος). Néron a été poétique de tout temps[1].

———————

Le crétin diffère moins de l'homme ordinaire que celui-ci ne diffère de l'homme de génie.

Vous ferez comprendre plus facilement la géométrie à une huître qu'une idée aux trois quarts des gens de ma connaissance.

———————

Il n'y a pas d'idée vraie dont l'idée contraire ne soit également vraie.

C'est qu'elle ne la contredit peut-être pas mais lui fait simplement parallèle.

———————

Jusqu'à quel point l'anachronisme en fait d'art importe-t-il au sujet? Je vois beaucoup de gens y faire grande attention, ce qui me pousse à présumer que ça ne signifie pas grand-chose
     (à propos de la statue de J.-J. Rousseau[2])

———————

J'ai vu aujourd'hui une femme à laquelle un goitre faisait bien[3]. Pourquoi? Cela n'a pas encore été réduit en lois.

SAMPIER[4]

Dur — raide, tendresse héroïque pour son fils Alphonse, tête de pâtre guerrier, scène naïve où il joue avec son poignard... t'en servirais-tu... ô père donne-le-moi... sur différents tons... Qu'est-ce que tu ferais? Gradation (éviter la ressemblance pour l'élan du père vis-à-vis du fils avec Don Diègue). Sampier part pour chercher des secours en France — différence de ce qu'il est vis-à-vis de sa femme et de son fils. Tendresse plus douce pour sa femme ce qui fait que l'effet du dernier acte sera plus fort. Dragut. Exposition : état de la Corse, mais dominée par les trois personnages importants.

Séductions politiques du prêtre génois qui a déjà dû paraître dans le premier acte (éviter d'en faire l'amant de Vannina, ce qui serait commun). Hésitations — Alphonse en opposition.

Retour de Sampier. Peur de Vannina seule, monologue... Il l'étrangle.

Réaction sur lui-même, ordres durs. Commandant génois donné à dévorer aux chiens. — Dans son isolement il va pour embrasser Alphonse. — Alphonse s'écarte.

Succès qui arrivent à Sampier — musique. Ambassade de Dragut. Musique. Couleur orientale — état d'hébétement de Sampier — redressement. Il ordonne qu'on brûle sa maison.

————————

Après une scène de séduction où Vannina succombera, lettre de Sampier pour disposer le spectateur à sa colère. Patriotisme plein d'amour l'un mêlé à l'autre et s'excitant l'un de l'autre.

CONTE ORIENTAL[1]

Un docteur — un guerrier — un marin — un muletier. Ces trois derniers ont peur d'un fantôme — le savant a peur des voleurs, le guerrier de la mer, le marin des mules qui ruent. Le docteur ne sait rien du métier des deux autres — ni chacun de celui de son voisin.

. . . .

L'enfant spirituel: malédiction dans la bénédiction. Égoïsme — orgueil — paresse, bons pour la science et découragements. Il finit par une négation complète et par être plus malheureux que tous ses frères, mais il y a eu auparavant un état serein qui comme intensité idéale était inférieur aux autres, au dernier surtout. — Privation radicale — quand on la lui reproche (à la fin): « Moi aussi j'aurais été aimé comme vous, ... j'aurais l'argent. — Croyez-vous qu'il n'y ait pas des choses qui m'aient manqué ? Vous me faites pitié avec... (éclat — irruption) et si j'avais à recommencer la vie...... j'outrerais ce que j'ai fait. » Il reste dans l'entêtement de sa destinée.

Leur père leur dit à tous la voie qu'ils auraient dû prendre... « Et vous, mon père, pourquoi si sage. » — Il cacha sa tête dans ses mains. Puis il la releva et regarda les cieux en poussant un soupir.

———

Jardin du sultan. — Allées.

———

Bride de la sandale — pied nu au soleil sur le bord de la mer

DOSSIER

CHRONOLOGIE
1821-1880

1821. *Le 12 décembre*, naissance de Gustave Flaubert à l'Hô-
tel-Dieu de Rouen, où son père est chirurgien en chef.
Deux frères l'attendent, Achille, qui va avoir neuf ans, et
Jules-Alfred, qui va en avoir trois.

1822. *Le 29 juin*, mort de Jules-Alfred, à l'âge de trois ans et
cinq mois.

1824. *Le 15 juillet*, naissance de Caroline Flaubert.

1825. *Le 11 juin*, le docteur Flaubert s'étant cassé la jambe, le
marquis d'Étampes l'invite à passer sa convalescence
au château de Mauny, avec sa famille. Ce seront les
« plus vieux souvenirs » de Gustave.

1828 ou 1829. Flaubert aurait visité avec son oncle Parain les
fous de l'hospice général de Rouen : « [...] nues jusqu'à
la ceinture et tout échevelées, une douzaine de femmes
hurlaient et se déchiraient la figure avec leurs ongles.
J'avais peut-être à cette époque six à sept ans. »

1830. *En décembre*, Flaubert propose à son ami Ernest Chevalier de s'associer avec lui pour écrire.

1831. *Le 28 juillet* : *Louis XIII*, offert « à maman pour sa fête ».

1831-1832. Flaubert entre au Collège royal de Rouen dans la
classe de huitième. Grande activité intellectuelle : l'enfant écrit ou médite pièces, romans, textes historiques,
poèmes, critique littéraire.

1832. *En janvier*, Amédée Mignot, l'oncle d'Ernest Chevalier,
fait reproduire *Trois pages d'un cahier d'écolier*.

1833. *En août*, Gustave obtient des accessits en thème latin,
en exercices français et en géographie, et un premier

accessit d'excellence. Dans sa famille paternelle nogentaise, il est choisi pour parrain de sa cousine Émilie Bonenfant.

1834. *En août*, terminant sa 6e, Flaubert ne récolte qu'un maigre 4e accessit d'histoire et géographie. Il travaille avec ardeur à son roman *Isabeau de Bavière*.

En octobre, entrée en 5e; il a comme professeur Gourgaud-Dugazon, à qui il confiera plus tard ses projets littéraires.

1834-1835. Flaubert lance une revue hebdomadaire, *Les Soirées d'étude*; elle ne connaîtra que deux numéros, dont seul subsiste le second, paru en avril 1835.

1835. *De mars à juillet*, Flaubert écrit un drame, *Frédégonde et Brunehaut* (œuvre non retrouvée). Sous l'influence probable de Gourgaud-Dugazon, il entame ensuite la série des *Narrations et Discours*. Puis il compose une nouvelle œuvre historique: *Mort du duc de Guise*.

C'est l'année où il lit avec admiration l'*Histoire des ducs de Bourgogne* de Barante. *En octobre*, il entre en 4e, où Chéruel lui enseignera l'histoire romaine.

En novembre, c'est la rencontre de Caroline Heuland, la provocante petite Anglaise des *Mémoires d'un fou*, dont son esprit sera occupé pendant près de deux ans.

1836. Louis Bouilhet, alors élève de la pension Berger, entre au Collège royal en 4e.

Pour Flaubert, c'est une année de grande activité littéraire. Il écrit notamment: *Deux mains sur une couronne, Un parfum à sentir ou Les Baladins, La Femme du monde, La Peste à Florence, Bibliomanie, Rage et impuissance*.

En été, rencontre à Trouville d'Élisa Schlesinger, dont Flaubert fera la Maria des *Mémoires d'un fou*, et plus tard l'héroïne de *L'Éducation sentimentale*.

En octobre, Flaubert entre en 3e. Chéruel y fait un cours d'histoire du Moyen Âge.

1837. Notamment: *La Dernière Heure* (inachevé), *Rêve d'enfer, Une leçon d'histoire naturelle, genre commis, Essai sur la lutte du sacerdoce et de l'empire* (écrit pour Chéruel). *Le 12 février*, publication de *Bibliomanie* dans *Le Colibri*, revue littéraire rouennaise. *Le 30 mars*, publication dans la même revue d'*Une leçon d'histoire naturelle, genre commis*.

En août, Flaubert obtient au sortir de la 3e les prix

d'histoire et d'histoire naturelle. Il a travaillé pour les professeurs qui l'ont intéressé : Chéruel et Pouchet.

En septembre, il se rend, semble-t-il, à Trouville. Mme Schlesinger n'y est pas. C'est alors, s'il faut en croire *Les Mémoires d'un fou*, qu'il prend conscience de son amour pour elle.

À la Saint-Michel (à moins qu'il ne s'agisse de la Saint-Michel de 1836), le docteur Flaubert est invité avec sa famille à un bal au château du Héron, chez le marquis de Pomereu. Expérience que Gustave utilise immédiatement dans *Quidquid volueris* (achevé le *8 octobre*) et quinze ans plus tard dans la scène de bal de *Madame Bovary*.

En novembre et décembre, Flaubert écrit *Passion et vertu*, et ce qui deviendra l'épisode de Caroline dans *Les Mémoires d'un fou*.

C'est de l'année scolaire 1837-1838 que date la première lettre connue de Flaubert à Alfred Le Poittevin (qu'il connaît depuis toujours, leurs familles étant étroitement liées). Elle décrit d'une plume fort libre les exploits imaginaires de Gustave et de ses camarades dans une maison de prostitution.

1838. *De mars à juin*, Flaubert mène à terme *Loys XI* ; *Agonies, pensées sceptiques* ; *La Danse des morts* ; *Ivre et mort*. Puis il commence *Les Mémoires d'un fou*.

En sortant de seconde, il obtient, comme l'année précédente, les prix d'histoire et d'histoire naturelle. Pendant les vacances, lecture enthousiaste des *Confessions* de Rousseau.

Il entre en rhétorique comme externe libre. *En décembre*, il achève *Les Mémoires d'un fou*. C'est aussi à ce moment qu'il doit écrire son *Rabelais*. Et il commence à composer un « mystère », *Smar*.

1839. *Le 4 janvier*, le manuscrit des *Mémoires d'un fou* est offert à Le Poittevin en cadeau de Nouvel An.

En février, Flaubert va dans une maison de prostitution pour la première fois. Il est toujours en mauvaise forme physique et morale. Il s'est décidé à faire des études de droit, tout en se résignant mal au type de carrière qu'il se prépare ainsi.

Le 14 avril, il achève *Smar, vieux mystère*. Pendant les vacances, il écrira *Rome et les Césars* et *Les Funérailles du docteur Mathurin*, dédié à Le Poittevin.

Flaubert termine sa rhétorique assez médiocrement : un deuxième prix d'histoire, un accessit de discours français.

En classe de philosophie, il se fera renvoyer comme meneur d'une révolte de potaches, et préparera seul le baccalauréat.

1840. Du *28 février 1840* au *21 février 1841* en tout cas, Flaubert tiendra un *Cahier intime*.

Le 3 août 1840, il est reçu au baccalauréat ès lettres. *Du 22 août au 1er novembre*, il voyage dans les Pyrénées et en Corse avec le professeur Cloquet, ami de son père. Au retour, à Marseille, aventure d'un jour avec Eulalie Foucaud de Langlade. Rentré à Rouen, Flaubert achève d'écrire le récit de son voyage, *Pyrénées-Corse*.

1841. *En mars* (peut-être en *mai*), le tirage au sort favorise Flaubert, qui est exempté de service militaire. *En novembre*, il se rend à Paris pour prendre sa première inscription de droit.

1842-1843. Études de droit. Flaubert vit entre Rouen et Paris, où il fréquentera Le Poittevin, Hamard (son ancien camarade de collège et futur beau-frère), Alfred Nion (également du Collège royal), Maxime Du Camp, Louis de Cormenin (ami de Du Camp). Il sera reçu chez les Darcet, chez le sculpteur Pradier et sa femme Louise, née Darcet (une des inspiratrices du personnage d'Emma Bovary), chez les Schlesinger, chez le docteur Cloquet... Chez Pradier, il aura l'occasion d'approcher Victor Hugo.

1842. *En janvier*, Flaubert envoie à Gourgaud-Dugazon une lettre sur sa vocation littéraire : « C'est une question de vie et de mort. » Il est en train d'écrire *Novembre*, qu'il achèvera en octobre.

En août, il échoue à son premier examen de droit (ou n'obtient pas l'autorisation de le présenter). Il rejoint sa famille à Trouville, et fait la connaissance de la famille Collier, qu'il reverra à Paris ; les deux filles aînées, Henriette et Gertrude, ne le laissent ni l'une ni l'autre indifférent.

Le 25 octobre, il achève la rédaction de *Novembre*, et le *28 décembre*, il réussit son premier examen de droit.

1843. *En février*, Flaubert commence la première *Éducation sentimentale*.

En mars, il fait la connaissance de Maxime Du Camp

grâce à Ernest Lemarié, qui avait été son condisciple au Collège royal de Rouen.

Le 21 août, il échoue à son second examen de droit.

1844. *En janvier*, revenant de Pont-l'Évêque en voiture avec son frère Achille, Flaubert est frappé d'une «attaque d'apoplexie en miniature avec accompagnement de maux de nerfs» — en réalité, une crise d'épilepsie. Il en aura d'autres tout au long de sa vie. Il abandonne ses études.

En juin, la famille Flaubert s'installe à Croisset, sur la Seine à l'ouest de Rouen; c'est là que Flaubert mourra, trente-cinq ans plus tard.

1845. *Le 7 janvier*, c'est l'achèvement de la première *Éducation sentimentale*.

Le 3 mars, mariage de Caroline Flaubert avec Émile Hamard. *En avril-juin*, Gustave et ses parents accompagnent le jeune couple dans son voyage de noces en Italie et en Suisse. À Gênes, Gustave trouve un sujet d'inspiration dans *La Tentation de saint Antoine* de Bruegel. Il prend les notes du *Voyage en Italie*.

CHRONOLOGIE SUCCINCTE *1846-1880*

1846. Mort du père de Flaubert, puis de sa sœur qui vient de donner naissance à une fille, Caroline. Gustave aura toujours pour celle-ci une tendre affection.

En juillet, rencontre de Louise Colet chez le sculpteur Pradier.

1847. Voyage en Normandie avec Maxime Du Camp. Rédaction de *Par les champs et par les grèves*.

1848-1849. Rédaction de *La Tentation de saint Antoine* (première version).

1849-1851. Voyage en Orient, toujours avec Du Camp.

1856. Pré-originale de *Madame Bovary* dans la *Revue de Paris*. Flaubert établit une deuxième version de *La Tentation de saint Antoine* et en publie des fragments.

1857. Procès de *Madame Bovary*. Acquittement. Le roman paraît chez Lévy. Flaubert entreprend *Salammbô*.

1858. Voyage en Tunisie et en Algérie pour *Salammbô*.

1862. Lecture de féeries pour le futur *Château des cœurs*, que Flaubert commence à préparer avec Bouilhet et d'Osmoy. Publication de *Salammbô*.

1863. Flaubert séjourne souvent à Paris. Il est invité chez la princesse Mathilde. Il écrit avec Bouilhet et d'Osmoy *Le Château des cœurs*, qu'il ne réussira pas à faire jouer. Il commence à travailler à la seconde *Éducation sentimentale*.

1864. Flaubert est invité aux Tuileries, puis à Compiègne.

1866. Les relations avec George Sand deviennent plus étroites.

1869. Mort de Louis Bouilhet. Publication de *L'Éducation sentimentale*.

1870. Mort de Jules Duplan, collaborateur de Flaubert. Celui-ci travaille à la version définitive de *La Tentation de saint Antoine*. Pendant la guerre, Flaubert fait partie (comme lieutenant ?) de la garde nationale. Les Prussiens occupent Croisset.

1872. Mort de Mme Flaubert. L'écrivain commence *Bouvard et Pécuchet*.

1873-1874. Composition du *Candidat*. La pièce connaît quelques représentations (sans succès) avant d'être publiée. Publication de *La Tentation de saint Antoine*.

1875. Flaubert sacrifie une grande partie de ses biens pour sauver de la faillite son neveu Ernest Commanville, mari de Caroline (celle-ci est connue de la postérité sous le nom de son second mari : Franklin-Grout).

1875-1877. Il abandonne *Bouvard* pour les *Trois contes*, publiés en avril 1877. Il se remet ensuite à *Bouvard*.

1879. Fracture du péroné. Ennuis d'argent. Les amis de Flaubert lui obtiennent un subside qui prend, semble-t-il, la forme d'une place hors cadre à la bibliothèque Mazarine.

1880. Flaubert meurt brusquement à Croisset.

1881. Publication de *Bouvard et Pécuchet*.

NOTICES

LES MÉMOIRES D'UN FOU

Le manuscrit des *Mémoires d'un fou* appartient à une collection particulière. Il se présente comme un volume cartonné de 32,7 × 23,8 cm. Il est recouvert de soie brochée noir et rouge, et protégé par une chemise et un étui. Il porte l'ex-libris de Louis Barthou, un de ses possesseurs successifs.

Il comporte 72 feuillets in-4°, écrits recto verso. Sur le premier, non numéroté, figurent au recto le titre de l'œuvre et la date (1838), au verso quelques lignes offrant *Les Mémoires d'un fou* à Alfred Le Poittevin en cadeau de Nouvel An, le 4 janvier 1839. Ce feuillet, plus large que les autres, porte la trace d'une pliure horizontale au milieu de sa hauteur : il apparaît comme une lettre d'accompagnement du cadeau, qu'on aurait ensuite reliée avec le reste. L'ensemble du manuscrit est paginé d'une écriture qui n'est pas celle de Flaubert, avec quelques erreurs dans le classement. L'ordre a été rectifié avant la reliure, et certains feuillets portent deux ou trois numéros successifs.

Ce manuscrit constitue certainement la seule version de l'œuvre. Ce n'est pas une mise au net : non seulement les passages retravaillés sont assez nombreux, mais surtout quelques pages insérées tranchent matériellement sur le reste. Et ce n'est pas un brouillon, puisque c'est le manuscrit même qui a été offert à Le Poittevin.

Les Mémoires d'un fou ne figurent pas sur la liste des « premiers travaux » de Flaubert établie pour l'édition Quantin de 1885 par la nièce de l'écrivain (t. VI, *Trois contes, suivis de mélanges inédits*, p. 152-153). Celle-ci ignorait donc à l'époque l'existence de cette œuvre à laquelle la *Correspondance* ne fait jamais allusion. Du Camp ne la cite pas non plus. C'est que le manuscrit donné à Alfred Le Poittevin ne revint jamais chez son auteur ; des mains de Louis Le Poittevin (fils d'Alfred) il passa dans celles de Pierre Dauze, qui le publia dans *La Revue blanche* (livraisons des 15 décembre 1900, 1er janvier, 15 janvier et 1er février 1901), puis en volume chez Floury en 1901, avec le sous-titre *Roman* (tirage à cent exemplaires).

Les Mémoires d'un fou figurent ensuite dans les *Œuvres de jeunesse inédites*, t. I (183.-1838), parues chez Conard en 1910 ; texte repris chez Fasquelle en 1914 dans la «Bibliothèque-Charpentier» (*Premières Œuvres*, t. II, 1838-1842 ; quelques menues modifications par rapport à l'édition Conard). À la mort de Pierre Dauze, en 1914 également, le manuscrit est vendu à l'Hôtel Drouot. C'est alors qu'il a dû être acheté par Louis Barthou ; il passera de nouveau en vente au décès de celui-ci (vente des 25, 26 et 27 mars 1935).

À notre connaissance, après son entrée dans la collection Barthou, c'est-à-dire depuis plus de quatre-vingts ans, aucun chercheur n'a été autorisé à consulter ce manuscrit. Nous remercions vivement de sa générosité son propriétaire actuel, qui a bien voulu nous laisser l'examiner à loisir et l'utiliser pour l'établissement du texte. Nous pouvons ainsi présenter aujourd'hui un texte entièrement revu sur celui de Flaubert. On mesure l'importance de cette révision quand on sait que les éditions qui font autorité offrent, les unes par rapport aux autres, de nombreuses variantes entre lesquelles il était jusqu'ici impossible de choisir.

Nous avons pu déterminer que la pré-originale et l'édition Floury se fondent sur la même copie : elles présentent de très nombreuses leçons communes qui s'écartent du texte du manuscrit. La copie a été revue entre ces deux éditions, comme en témoignent une quarantaine de variantes qu'apporte l'édition Floury (sans compter les variantes de ponctuation). L'édition Conard, quant à elle, se fonde directement sur le manuscrit dont, notamment, elle rétablit plusieurs passages laissés inédits.

Dans sa thèse de 1909 (*Flaubert avant 1857*, p. 64, n. 1), René Descharmes remercie Pierre Dauze de lui avoir communiqué le manuscrit des *Mémoires d'un fou*, et fournit quelques détails qui prouvent qu'en effet il l'a vu. Par exemple, il signale la dédicace datée ; or notre édition est la première à la repro-

duire. Dans un de ses dossiers conservés à la Bibliothèque
nationale de France (ms N.a.fr. 23839) on trouve une description plus détaillée du manuscrit de Flaubert, et une comparaison des éditions précédentes entre elles et, sur quelques
points, avec ce manuscrit. Mais sa propre édition (édition du
Centenaire, Librairie de France, 1923) est loin d'être parfaite.
Il ne reprend, curieusement, qu'une partie des treize leçons du
manuscrit qu'il avait relevées ; alors qu'il affirme se fonder sur
l'édition Floury, il présente un texte qui est un mélange indis-
tinct de Floury et de Conard ; il utilise les crochets autrement
qu'il ne l'a annoncé…

    C'est d'autant plus regrettable que plusieurs éditions
modernes se fondent précisément sur l'édition du Centenaire :
l'édition de Maurice Nadeau en 1964 (Rencontre), l'édition du
Club de l'Honnête Homme en 1973 (due à Maurice Bardèche) ;
et il nous semble que Bernard Masson, pour «l'Intégrale» (Le
Seuil), en 1964 également, n'utilise pas seulement le texte des
éditions Conard et Fasquelle, comme il le signale, mais également celui de Descharmes. René Dumesnil (*Un cœur simple*
précédé de *Mémoires d'un fou* et de *Novembre*, Monaco, Éditions du Rocher, 1946) avait choisi l'édition Fasquelle. L'édition d'Yvan Leclerc chez GF en 1991 (*Mémoires d'un fou,
Novembre et autres textes de jeunesse*) prend pour base le texte
de l'édition Floury, auquel l'éditeur incorpore les «ajouts» de
l'édition Conard et quelques-unes de ses variantes.

    Notre édition est faite directement sur le manuscrit, dont
elle reproduit le dernier état. Elle présente par rapport aux
éditions antérieures un certain nombre de lectures nouvelles,
allant d'un paragraphe entièrement modifié dans sa structure
à des changements minimes.

    Nous avons distingué au mieux les coquilles (que nous cor-
rigeons) et les particularités de la langue de Flaubert (que
nous conservons). Selon les règles de la collection, nous avons
normalisé et modernisé l'orthographe. Quant à la ponctuation
de Flaubert, on sait qu'elle est fort intéressante (elle a souvent
une valeur rythmique) mais impossible à conserver telle quelle
tant elle heurte nos habitudes de lecture. On a dû se résigner à
réduire le nombre des tirets, que Flaubert emploie en sur-
abondance et à tous usages, à ajouter le signe de ponctuation
qui manque le plus souvent en fin de ligne, bref à chercher un
compromis entre la visée de la plus grande fidélité au texte,
celle du respect des exigences logiques et grammaticales, et

celle de la lisibilité. En compensation nous avons conservé, là où cela ne nous semblait pas trop gênant pour le lecteur, quelques exemples d'utilisation intensive du tiret, ou d'une ponctuation rythmique.

Enfin, nous avons mis en note — c'est la première fois qu'ils sont publiés — deux passages supprimés par Flaubert sur son manuscrit. Nous les donnons dans leur dernière version, en les ponctuant et en en corrigeant l'orthographe et les coquilles (par exemple : «mon» accompagnant un substantif féminin).

NOVEMBRE

Il ne nous a pas été possible de consulter le manuscrit de *Novembre*, qui doit se trouver dans une collection privée. Depuis la mort de Flaubert, il n'a, à notre connaissance, fait surface qu'une seule fois : à la vente Lucien-Graux, en 1957 (Galerie Charpentier, 4 juin 1957, *Bibliothèque du docteur Lucien-Graux*, 4e partie, n° 18). Faute de mieux, nous reproduisons la description fournie par le catalogue.

«*Novembre. Fragments de style quelconque.* 1842. MANUSCRIT AUTOGRAPHE. 1 feuillet de titre et 96 feuillets, écrits au recto et au verso, soit 192 pages ; montés sur onglets en un vol. in-folio, mar. brun, jans., *doublés* de mar. gris sertis d'un filet doré, gardes de soie moirée brune, doubles gardes de soie moirée brune, doubles gardes, étui *(Aussourd)*.

«*Précieux manuscrit, complet* ; les feuillets du texte ont été numérotés par Flaubert ; le titre ci-dessus, sur papier fort, est de même de sa main, et de même l'épigraphe :

pour... niaiser et fantastiquer

Montaigne.

«De nombreuses phrases du manuscrit sont raturées, les unes supprimées, d'autres donnant lieu à des variantes ; des passages entiers ont été annulés, l'un entre autres d'une page et demie, feuillet 71 (ils demeurent *inédits*) ; ou bien ont été condensés dans une forme meilleure. Il semble que cette œuvre de jeunesse de Flaubert ait été relue par lui des années plus tard, un certain nombre de changements paraissant être de l'écriture de sa maturité.

«L'impression de lecture de cette œuvre, et l'écriture égale et semblable du manuscrit donnent à penser que Flaubert l'écrivit dans un même temps et facilement *[voir toutefois préface p. 18-19]*. Les ratures, nombreuses, sont plutôt un épurement et non cette laborieuse et multiple reprise du texte que présentent les manuscrits se rattachant à ses grands ouvrages.

«Flaubert a daté ce manuscrit à la fin: *25 Octobre 1842.*»

Trois passages de *Novembre* figurent dans l'édition des *Trois contes, suivis de mélanges inédits* parue chez Quantin en 1885, et aussi dans *Par les champs et par les grèves, accompagné de fragments et mélanges inédits*, Charpentier, 1886. La première édition complète est l'édition Conard de 1910 (*Œuvres de jeunesse inédites*, t. II, 1839-1842), que toutes les autres recopient, directement ou indirectement.

L'édition Fasquelle de 1914 (Bibliothèque Charpentier) ne présente par rapport à l'édition Conard, d'après nos sondages, que des particularités de ponctuation et de très rares corrections mineures. Quant à l'édition du Centenaire (1923), René Descharmes annonce qu'elle suit le texte de Fasquelle; mais parfois elle en néglige les variantes, pourtant acceptables; il lui arrive aussi de retourner à la ponctuation de Conard, ou d'offrir une ponctuation nouvelle.

Les deux éditions de René Dumesnil (*Un cœur simple, précédé des Mémoires d'un fou et de Novembre*, Monaco, Éditions du Rocher, 1946) et d'Henri Guillemin (Neuchâtel, Ides et Calendes, 1961) nous paraissent se fonder sur le texte de Fasquelle, tandis que l'édition Rencontre (1964), «L'Intégrale» (1964 également) et le Club de l'Honnête Homme (1973) reproduisent l'édition du Centenaire (l'édition du Club de l'Honnête Homme le fait peut-être par l'intermédiaire d'une des deux précédentes). Pour GF (1991), Yvan Leclerc adopte, avec quelques corrections d'orthographe et de ponctuation, le texte de l'édition Conard. C'est celui que nous avons choisi également, aucun des éditeurs suivants ne devant avoir vu le manuscrit.

PYRÉNÉES-CORSE

Le manuscrit de *Pyrénées-Corse* semble actuellement introuvable. Il a fait partie de la vente après décès de Caroline Franklin-Grout (vente d'Antibes, 28-30 avril 1931), où il fut acquis par «un lettré allemand», Rudolph Frecher von Simolin (voir *Les Nouvelles littéraires*, 16 mai 1931). Il n'a pas, à notre connaissance, refait surface depuis. Le catalogue de la vente en fournit cette description, sous le n° 3:

«Dans une chemise de la main de Flaubert: le *Manuscrit de Pyrénées-Corse*, 22 août-1ᵉʳ novembre 1840. — 1ᵉʳ chapitre, page 1 à 102, Bordeaux; 102 à 140, Marseille; 140 à 274, Corse.

«En tout 19 cahiers ou fragments de cahiers, du format 22 × 18.»

Au début de *La Cange*, texte rédigé sur le Nil en 1850 et inséré par Flaubert dans le *Voyage en Orient*, l'auteur nous apprend que *Pyrénées-Corse* est rédigé, en partie du moins, sur papier à lettres bleu. Si nous ajoutons à cela la remarque figurant à la fin de *Pyrénées-Corse*: ces notes de voyage ont été écrites «avec des encres si diverses qu'elles semblent une mosaïque», nous avons épuisé, croyons-nous, ce qu'on peut savoir actuellement du manuscrit.

Un autre document qui concerne le même voyage a fait partie de la vente d'Antibes sous le nᵒ 13:

«Manuscrit de 7 pages: Itinéraire du voyage Bordeaux-Pyrénées-Toulon. Format 22 × 18.»

Cet *Itinéraire* semble avoir, lui aussi, disparu.

Des extraits de *Pyrénées-Corse* ont paru dans *La Revue*, 1ᵉʳ et 15 octobre 1910, et l'œuvre a été publiée *in extenso* immédiatement après, chez Louis Conard, dans le même volume que *Par les champs et par les grèves*.

En 1924, dans l'édition du Centenaire confiée à René Descharmes, *Pyrénées-Corse* figure également à la suite de *Par les champs et par les grèves*, au début d'un volume qui comprend en seconde partie la première *Éducation sentimentale*. La page de titre de la première partie porte l'indication: «texte définitif de la Bibliothèque-Charpentier». Or nous n'avons pas trouvé trace d'une édition de *Pyrénées-Corse* dans la Bibliothèque-Charpentier (Fasquelle). L'édition des *Premières Œuvres* dans cette collection aurait certes dû, d'après sa préface, comporter les voyages: «Puis viennent les voyages aux Pyrénées, en Corse, celui de Bretagne connu sous le nom de *Par les champs et par les grèves*, ses deux années passées en Orient et son excursion en Tunisie en vue de *Salammbô*.» L'ensemble aurait fait sept volumes. Mais seuls les quatre premiers semblent avoir été publiés, de 1913 à 1920. La référence de Descharmes à la Bibliothèque-Charpentier concerne-t-elle seulement *Par les champs et par les grèves*, dont nous possédons un exemplaire dans cette collection (daté 1921, identique à Charpentier 1886)?

Même s'il fait la toilette du texte, Descharmes semble reproduire en réalité l'édition Conard de *Pyrénées-Corse*, y compris dans ses coquilles. Mais son édition présente une série de variantes incompréhensibles à moins de les expliquer, soit par l'hypothétique édition Fasquelle, soit par un recours au manuscrit; quoiqu'il soit curieusement muet sur ce point, Descharmes aurait pu voir celui-ci à Antibes, où Caroline Franklin-Grout le reçut quelquefois.

L'édition des Belles Lettres établie par René Dumesnil en 1948 (*Voyages*, deux volumes, collection « Les Textes français ») prétend offrir sept « variantes » par rapport à l'édition Conard; en réalité, Dumesnil rétablit ce qu'il pense être la bonne forme de sept passages qu'il considère comme fautifs. Plusieurs sous-titres, sans doute pour mieux jalonner l'itinéraire, sont ajoutés à ceux qui figurent dans l'édition Conard. Dans son *Introduction*, notons-le, Dumesnil est muet sur le manuscrit de *Pyrénées-Corse* : il ne l'a manifestement pas vu.

En 1964, « L'Intégrale » reprend le texte des Belles Lettres. L'édition Rencontre également. En 1973, le Club de l'Honnête Homme semble se fonder sur la même édition, mais avec un retour à Conard pour une des sept « variantes » au moins. Il laisse tomber tous les titres et sous-titres, à l'exception du titre général : *Pyrénées-Corse*.

Pouvaient donc être retenues comme texte de base deux éditions faites sur le manuscrit, l'une complète (Conard), l'autre (*La Revue*) fragmentaire mais peut-être plus proche du texte de Flaubert, que l'édition Conard a trop souvent tendance à « améliorer »; et une troisième qui recopie Conard en y incorporant une série de variantes dont nous n'avons pu établir la provenance (édition du Centenaire). Réticente devant le panachage, nous avons décidé de nous en tenir au texte de Conard. Nos interventions personnelles (ponctuation, emploi de la capitale, forme des noms propres) ont été réduites au minimum.

Une autre question a dû être réglée : celle des titres et sous-titres. La comparaison du système utilisé dans l'édition Conard et de celui que présente le catalogue de la vente Franklin-Grout nous a amenée à considérer que l'œuvre, sous son titre général *Pyrénées-Corse* (attesté par le catalogue), est divisée en deux parties par des titres se référant au contenu : *Pyrénées* (non mentionné dans le catalogue, mais qui paraît s'imposer logiquement : nous l'avons mis entre crochets) et *Corse*. Le texte de *Pyrénées* est divisé en sous-ensembles introduits par des sous-titres : *Bordeaux, Bagnères-de-Luchon, Toulouse, Marseille* ; *Corse* ne comporte qu'un seul sous-titre : *Écrit au retour*, qui précède, dans notre édition, les trente-deux dernières pages. Ces sous-titres, comme l'a bien vu Jean Bruneau, ne sont pas en rapport avec le contenu du récit mais avec sa rédaction : ils désignent à chaque fois un lieu où Flaubert s'est remis à l'ouvrage.

La différence entre notre organisation des titres et celle de l'édition Conard est que, dans celle-ci, *Pyrénées* et *Corse* sont présentés comme s'il s'agissait de deux récits de voyages différents, ayant tous deux dans la table des matières, où le titre général ne figure pas, le même statut que *Par les champs et par les grèves*. Sur la couverture et la page de titre on peut lire PYRÉNÉES-CORSE, mais dans l'avertissement : *Pyrénées et Corse*, ce qui renverrait bien, de nouveau, à deux textes distincts.

VOYAGE EN ITALIE

Le calepin (sans titre) du *Voyage en Italie* est le nᵒ 1 de la série des carnets de voyages conservés à la Bibliothèque historique de la Ville de Paris (on ne le confondra pas avec les carnets nᵒˢ 8 et 9 qui concernent le séjour en Italie de 1851, au retour du *Voyage en Orient*). C'est un carnet oblong de 175 mm sur 110 de haut, cartonné, sur la couverture duquel est imprimé le mot *Album*. Il est en effet conçu pour les peintres et dessinateurs : à côté de 38 feuilles blanches, il comporte un ensemble de 18 feuilles bleues, jaunes ou ocre. Sauf dans un cas peut-être (la description du tableau de Bruegel, consignée sur la première feuille bleue), Flaubert n'a pas tenu compte de ces variations : son texte se poursuit de page en page, quelle que soit la couleur du papier. D'ailleurs, à part le tracé d'un angle obtus destiné à se remémorer la forme d'un pont, aucun croquis ne figure dans cet «album».

Le carnet contient dans ses dernières pages une série de pensées détachées, un scénario intitulé *Sampier*, et un autre sous le titre de *Conte oriental*. Pour ces deux projets, le carnet a été utilisé dans l'autre sens.

Flaubert ne développera jamais le texte du carnet en un

véritable récit de voyage. Quand Louise Colet, en 1853, lui demande de lui laisser lire son *Voyage en Italie*, il lui répond qu'il n'a que des *notes* à lui montrer. C'est aussi le sentiment de ceux qui établissent en 1885 la liste des manuscrits de Flaubert pour l'édition Quantin des *Œuvres complètes* : le carnet d'Italie n'y est pas mentionné. Louis Conard, cependant, le publiera en tête des deux volumes de *Notes de voyages*, donnant ainsi le statut d'œuvre à part entière à ces pages qui nous font découvrir ce que Flaubert a senti, pensé, ébauché lors de sa première expérience italienne.

Quelques lignes du carnet d'Italie paraissent dans *Les Marges*, nº 22, en juillet 1910, en même temps que des extraits du *Voyage en Orient*. Le premier volume des *Notes de voyages* ne suivra, d'après le *Catalogue général de la librairie française* de Lorenz, qu'en 1912, quoiqu'il soit daté de 1910 (nous ne l'avons pas trouvé dans la *Bibliographie de la France*). Le carnet d'Italie y est présenté sous le titre *Voyage en famille*. L'édition ne comporte ni les scénarios de *Sampier* et du *Conte oriental*, ni les pensées détachées (celles-ci se retrouvent à la fin du deuxième volume, avec des extraits du carnet de travail nº 20, et sous un titre qui figure à la première page de ce carnet : *Expansions*). De plus, un certain nombre de passages ont été sautés. Le manuscrit porte la trace de ces coupures : des parenthèses au crayon, auxquelles correspondent parfois, dans l'édition, des points de suspension indiquant une lacune.

Si Louis Conard publie le *Voyage en Italie*, l'éditeur Fasquelle le néglige au contraire lorsqu'il annonce en 1913 son intention (à laquelle il renoncera partiellement) d'inscrire dans la Bibliothèque Charpentier sept volumes contenant l'œuvre de jeunesse de Flaubert, y compris les voyages. Dix ans plus tard, l'édition du Centenaire le laisse également de côté.

En 1948, René Dumesnil publie les *Voyages* de Flaubert aux Belles Lettres, en deux volumes, dans la collection des «Textes français». Il doit avoir vu les carnets de voyages à la Bibliothèque historique de la Ville de Paris où ils sont entrés vers 1941-1942, car il en donne une description matérielle détaillée. Cependant, mis à part l'ajout de quelques blancs, le texte qu'il édite est celui de Conard, avec ses variantes et ses lacunes. En 1964, Bernard Masson reproduit le texte de Conard dans la collection «L'Intégrale», Maurice Nadeau reprenant celui des Belles Lettres dans l'édition Rencontre.

En 1973, Maurice Bardèche, dans l'édition du Club de l'Honnête Homme, déclare qu'en ce qui concerne le *Voyage en*

Italie, il a « rétabli le texte de Flaubert tel qu'il figure dans son carnet ». En réalité, d'après les sondages que nous avons opérés, il reproduit le texte de Conard en se bornant à en combler, d'après le manuscrit, les lacunes.

Pour la présente édition, nous avons retranscrit à neuf le manuscrit de Flaubert. Nous avons dû, comme pour *Les Mémoires d'un fou*, aménager la ponctuation — mais, étant donné qu'il s'agit d'un carnet de notes, nous avons cru pouvoir conserver une assez grande quantité de ces tirets qu'affectionne Flaubert, et dont l'emploi se justifie bien, même de nos jours, dans ce type de texte. Nous avons gardé la forme italienne des noms propres quand Flaubert l'emploie, mais en la corrigeant si nécessaire (l'Annunziata, et non l'Annonciata).

D'autre part, la présentation du texte est assez anarchique. Flaubert place quelques titres, mais ils sont très arbitrairement choisis ; qu'on en juge par leur liste exhaustive : « Turin », « Palais Balbi à Gênes. *La Tentation de saint Antoine de Bruegel* », « Bibliothèque Ambrosienne », « Musée - Pinacothèque », « Théâtre des marionnettes ». De plus, un certain nombre de noms de lieux sont soulignés, ou écrits, en tête d'alinéa, en caractères plus gros. On peut souvent se demander pourquoi ceux-là et non tels autres. Quant à la division en alinéas, elle est tout à fait fantaisiste. Parfois trois passages à la ligne se suivent sur quelques phrases, mais il arrive qu'il n'y en ait aucun pendant une douzaine de pages.

Aussi avons-nous résolu de prendre deux mesures facilitant la lecture du carnet : la première, de créer des alinéas supplémentaires ; la seconde, de mettre en petites capitales, selon le système inauguré par Louis Conard et repris par les éditions suivantes, les noms des localités traversées : leur succession dessine clairement, pour l'œil du lecteur, l'itinéraire de Flaubert. Nous espérons qu'on ne nous tiendra pas rigueur de ces interventions.

Enfin, nous avons préféré au titre proposé par l'édition Conard, *Voyage en famille*, celui de *Voyage en Italie*. Nous aurions pu dire aussi, avec Dumesnil, *Voyage en Italie et en Suisse*.

NOTE BIBLIOGRAPHIQUE

On trouvera dans les Notices les références aux principales éditions des œuvres de Flaubert présentées dans ce volume.

Les carnets de Flaubert sont conservés à la Bibliothèque historique de la Ville de Paris.

Le résumé par Flaubert d'Émile Vincens, *Histoire de la République de Gênes*, est conservé à la B.n.F., Département des Manuscrits, ms N.a.fr. 23976, 41 p.

Pour la *Correspondance*, voir l'édition de Jean Bruneau, Bibliothèque de la Pléiade (1973-1998), quatre volumes parus jusqu'à l'année 1875. À partir de l'année 1876, l'édition du Club de l'Honnête Homme, t. 15 et 16 (1975-1976).

ÉTUDES CRITIQUES

ANDRIEU, Lucien, «Caroline Anne Heuland, l'Anglaise probable des *Mémoires d'un fou*», *Les Amis de Flaubert*, nº 23, décembre 1963, p. 27-29.

BEM, Jeanne, «L'Orient ironique de Flaubert», dans *Le Texte traversé*, Champion, 1991, p. 131-141.

BROMBERT, Victor, «Usure et rupture chez Flaubert : l'exemple de *Novembre*», dans [Ch. Carlut], *Essais sur Flaubert en l'honneur du professeur Don Demorest*, Nizet, 1979.

BRUNEAU, Jean, *Les Débuts littéraires de Gustave Flaubert. 1831-1845*, Armand Colin, 1962.

COLEMAN, Algernon, *Flaubert's literary development in the light of his «Mémoires d'un fou», «Novembre» and «Éducation sentimentale» (version of 1845)*, Baltimore, The Johns Hopkins Press, 1914.

DESCHARMES, René, *Flaubert, sa vie, son caractère et ses idées avant 1857*, Ferroud, 1909. Voir également ses dossiers manuscrits conservés à la B.n.F. sous les cotes ms N.a.fr. 23824-23845 (ce qui concerne *Les Mémoires d'un fou* se trouve dans le ms N.a.fr. 23839).

DOUCHIN, Jacques, *La Vie érotique de Flaubert*, J.-J. Pauvert aux Éditions Carrère, 1984.

DU CAMP, Maxime, *Souvenirs littéraires*, 2 volumes, Hachette, 1882-1883.

FELMAN, Shoshana, «Thématique et rhétorique ou la folie du texte», dans *La Production du sens chez Flaubert*, colloque de Cerisy, 10/18, 1975, p. 16-54.

GÉRARD-GAILLY, *Flaubert et les «fantômes de Trouville»*, La Renaissance du Livre, 1930.

GERMAIN, Jean-Pierre, édition de G. Flaubert, *Cahier intime de jeunesse*, Nizet, 1987.

GONCOURT, Edmond et Jules de, *Journal*, édition de Robert Ricatte, Robert Laffont, «Bouquins», 3 volumes, 1989.

HENRIOT, Émile, «Un amour de Flaubert. Eulalie», *Le Bayou*, 1950, p. 261-267.

Id., «Eulalie fut-elle aimée de Flaubert?», *Historia*, décembre 1958, p. 538-541.

JAFFE, I. B., «Flaubert: the novelist as art critic», *Gazette des Beaux-Arts*, 1er semestre 1970, p. 355-370.

LEJEUNE, Philippe, *L'Autobiographie en France*, Armand Colin, 1971.

Id., Le Pacte autobiographique, Éditions du Seuil, 1975.

NEEFS, Jacques, «Écrits de formation: *L'Éducation sentimentale* de 1845 et le *Portrait of the artist as a young man*», *Revue des Lettres modernes*, Cahiers James Joyce, 2.2, Joyce et Flaubert, 1990, p. 85-99.

RICHARD, Jean-Pierre, «La création de la forme chez Flaubert», dans *Littérature et Sensation. Stendhal. Flaubert*, Éditions du Seuil, «Points», 1970, p. 135-252.

SARTRE, Jean-Paul, *L'Idiot de la famille. Gustave Flaubert de 1821 à 1857*, Éditions Gallimard, «Bibliothèque de Philosophie», 3 volumes, 1971-1972.

LES MÉMOIRES D'UN FOU

Page 49.

1. Des recettes pour les puces : sans doute pour se débarrasser des puces. Mais pour les moutons ? Faut-il lire « boutons », en parallèle avec les morsures de puces ?

Page 50.

1. Sur la philanthropie, voir n. 2 p. 100.

Page 51.

1. Cette mort fait penser à celle de Sénèque telle qu'elle sera évoquée quelques mois plus tard dans *Les Funérailles du docteur Mathurin* : « [...] comme Sénèque, il se plongea avant de mourir dans un bain d'excellent vin, baigna son cœur dans une béatitude qui n'a pas de nom, et son âme s'en alla droit au Seigneur, comme une outre pleine de bonheur et de liqueur. » Référence désinvolte : Sénèque n'était pas épicurien, sa mort fut ordonnée par Néron et contrôlée par ses envoyés, et l'opération se passa de façon très pénible. Mais en réalité, d'après M. Jacques Poucet (que nous remercions pour son aide concernant les références à la littérature latine), cette mort, telle qu'elle est décrite par Flaubert, ferait plutôt penser, à part le détail du « bain parfumé », à la mort de Pétrone telle que Tacite la raconte dans les *Annales* (XVI, 18, 1 et 19). Il est intéressant de noter que, pour Pierre Grimal, celle-ci « est l'antithèse de celle de Sénèque » (Tacite, *Annales*, Gallimard,

«Folio», 1993, p. 535, n. 1 de la p. 435). Le collégien Flaubert semble avoir confondu — comme il est fréquent — deux épisodes offrant des traits communs qu'on a dû lui présenter ensemble sous couleur de les distinguer...

Page 52.

1. Après «pauvre mère!», Flaubert avait d'abord ajouté: «qui as versé tant de larmes sur [ma] fragile existence, qui veillas tant de nuits et avec tant d'amour au chevet de ton enfant . . . . quel monde que le cœur d'une mère, quels élans d'amour en sortent, combien de douces choses! l'âme en est baignée d'une mysticité de tendresse qui est quelque chose des cieux».

Page 53.

1. *Soupente :* assemblage de courroies qui tiennent suspendue la caisse d'une voiture.

Page 55.

1. *Édentelée :* nous conservons cette forme, caractéristique de la suffixation particulière à Flaubert.
2. La tête de mort sur la cheminée fait partie du décor du romantisme noir, et aussi de la satire de celui-ci telle que la pratique, par exemple, Gautier dans *Albertus.*

Page 56.

1. La vie de collège est souvent évoquée par Flaubert avec la même horreur. Voir *Novembre*, p. 117.

Page 57.

1. *Entourner :* «enrouler, disposer autour de» pour le Larousse du XIXe siècle, «entourer, environner» pour le Bescherelle (édition de 1861), qui signale que le mot est vieilli.
2. *Houri :* vierge du Paradis que le Coran promet au vrai croyant. Au figuré : femme très attirante.

Page 58.

1. Allusion aux Croisades, amenant deux scènes de genre médiévales.
2. Dans son édition (p. 504, n. 5), Yvan Leclerc évoque, à propos de ce passage, un autre écrit de jeunesse de Flaubert, *Rome et les Césars* (1839): l'orgie impériale, les voluptés, Néron et son char splendide, ses illuminations aux flambeaux

humains y occupent en effet la place d'honneur. — Néron est un des personnages qui fascinent Flaubert. Une lettre de l'écrivain (15 juillet 1839) développe l'idée que le monstre (Néron ou Sade) «explique l'histoire», dont il est le complément. Même idée dans la lettre du 12 octobre 1853 : «Geoffroy Saint-Hilaire, ce grand homme qui a montré la légitimité des monstres» ; le monstre ayant sa place dans la nature, il faut lui faire une place dans la description du monde. Voir *Novembre*, p. 139 : «être Gengis khan, Tamerlan, Néron, effrayer le monde au froncement de mes sourcils», et *Voyage en Italie*, p. 378 («Néron a été poétique de tout temps»).

Page 59.

1. Pour Marthe Robert, Flaubert décrit ici les états de stupeur, les «absences» dans lesquels il tombait enfant, sur lesquels sa mère et sa nièce ont porté témoignage, et qui sont le signe qu'il était déjà atteint de troubles «neurologiques ou névropathiques» (*En haine du roman*, Balland, 1982, p. 25-27).

Page 61.

1. Ces deux rêves ont été interprétés à plusieurs reprises, par des psychanalystes professionnels ou amateurs. Pour Freud, s'il faut en croire Theodor Reik (qui accepte cette interprétation), le premier est un rêve de castration, et le second un rêve de naissance typique (*Flaubert und seine «Versuchung des heiligen Antonius». Ein Beitrag zur Künstlerpsychologie*, Minden, Bruns, 1912, p. 99-100 ; voir Jean Bruneau, *Les Débuts littéraires*, p. 251, n. 117). Jean-Paul Sartre (*L'Idiot de la famille*, t. II, p. 1545-1546) affirme qu'il s'agit du «premier rêve de castration intentionnellement raconté dans la littérature française», et que Flaubert, sans être capable, à une époque pré-freudienne, d'en déchiffrer le sens, a eu manifestement «le sentiment confus de l'importance autobiographique des deux cauchemars», puisqu'il interrompt son récit pour les décrire, alors qu'ils ne servent nullement l'intrigue. Pour Marthe Robert, «Il n'y a sans doute pas dans toute la littérature adulte ou juvénile de description plus suggestive et plus exacte de la *scène primitive*» (*En haine du roman*, p. 66). Pour elle, les deux rêves n'en font qu'un, le second symbolisant la punition de la mère. Elle fait aussi remarquer (p. 23) une variante de cette scène dans *Un parfum à sentir* (1836) : «deux hommes armés debout devant une jeune fille couchée sur le pavé et liée avec des cordes». On est tenté d'accorder la préférence à son inter-

prétation. En effet, si nous nous rappelons la scène de la noyade fantasmatique de Lucinde dans la première *Éducation senti-mentale*, et si nous acceptons d'interpréter le rapport Jules-Bernardi-Lucinde comme un équivalent du rapport, évidemment œdipien, Henry-M. Renaud-Mme Renaud (voir Jeanne Bem, «Henry Bouvard et Jules Pécuchet», dans *Le Texte traversé*, p. 111), nous sommes amenés à voir cette noyade comme un châtiment — et donc à donner raison à Marthe Robert pour le rêve des *Mémoires d'un fou*: la noyade y figure sans doute aussi la punition de la mère, plutôt qu'une naissance.

Page 62.

1. La *Correspondance* fait allusion à plusieurs reprises au roman de Goethe, qui marqua profondément le romantisme français. Flaubert le cite également dans *Novembre*, la première et la seconde *Éducation sentimentale*, *Par les champs et par les grèves*.

Page 63.

1. *Le Giaour*, poème de 1813, raconte comment un Giaour (un infidèle, un chrétien) tua le seigneur turc Hassan pour venger l'esclave Leïlah; celle-ci, amoureuse de lui, s'était enfuie du harem; Hassan l'avait reprise et fait jeter à la mer dans un sac. Flaubert cite les premiers mots du poème. *Le Pèlerinage de Childe-Harold* (1812-1816) est un récit de voyage habilement inscrit dans un cadre romanesque. Les passages cités sont le début du verset II du Chant Premier, c'est-à-dire les premiers mots du récit, et le début du verset CLXXXIV du Chant Quatrième, un passage de l'extrême fin du poème. Pour Jean Bruneau, Flaubert n'a pas dû lire Byron avant 1837-1838. Le 13 septembre 1838, il écrit à Ernest Chevalier: «Vraiment je n'estime profondément que deux hommes: Rabelais et Byron les deux seuls qui aient écrit dans l'intention de nuire au genre humain et de lui rire à la face.» Nous n'avons pas retrouvé d'édition en français des œuvres de Byron où les trois citations se présentent dans les mêmes termes qu'ici. Ni l'édition parue chez Ladvocat en 1820 (traduction d'Amédée Pichot), ni l'édition revue par Ladvocat en 1827, ni l'édition Furne de 1830 (encore Pichot; Flaubert posséda, mais plus tard, un exemplaire de cette édition), ni la traduction de Benjamin Laroche en 1838 ne comportent cette formulation. Mais on sait que Flaubert cite souvent de façon assez approximative.

Page 66.

1. Bel exemple, déjà, de métaphore médicale chez le fils du docteur Flaubert.

2. Métaphore typique de l'école de l'art pour l'art : Gautier, etc.

Page 68.

1. Même emploi de *rester* avec l'auxiliaire *avoir* p. 112.

Page 70.

1. René Dumesnil a noté l'inadvertance : les carlins sont des chiens à poil ras (*Un cœur simple précédé de Mémoires d'un fou et de Novembre*, p. 171, n. 1).

Page 71.

1. Version antérieure de ce passage : «Au moment de retracer cette page de ma vie, mon cœur bat comme un vieux soldat qui va rejoindre sa chaumière. Il la distingue de loin sur la colline, il voit son toit de paille couvert de mousse — il voit le banc de bois sur la porte où son père l'embrassa en pleurant, — là sa mère détourna la tête et la baissa dans ses mains. Il tremble, car la pelouse de gazon est solitaire, la niche du chien est vide. Il fond en sanglots, tout est vide. Et moi aussi tout est vide — vide comme cette chaumière du pauvre où la famille n'est plus.»

2. On retrouvera ce thème de la séduction de la voix à propos de Mme Arnoux dans *L'Éducation sentimentale.*

Page 72.

1. Le lieu de la rencontre est donc laissé dans l'anonymat (effet de discrétion) et déplacé géographiquement par rapport à celui de la réalité, Trouville.

2. *Gants-jaunes* : dandys, ainsi nommés par moquerie d'après leur signe distinctif.

3. *Baigner* pour *se baigner* : normandisme.

Page 73.

1. On identifie généralement cette auberge avec celle de *L'Agneau d'or*, qui sera mentionnée dans *Un cœur simple* (voir Gérard-Gailly, *Flaubert et les «fantômes de Trouville»*, p. 29).

Page 74.

1. Première version élaborée de ce portrait qui se retrouvera d'héroïne en héroïne : la Marie de *Novembre*, l'Émilie

Renaud de la première *Éducation sentimentale*, Emma Bovary, Mme Arnoux se ressemblent — et ressemblent à Élisa Schlesinger.

2. R. J. Sherrington (*Three Novels by Flaubert. A study of techniques*, Oxford, Clarendon Press, 1970, p. 60) voit dans l'épisode du sauvetage de la pelisse la seule «scène» (techniquement parlant) de cette œuvre «extraordinairement verbeuse» que sont *Les Mémoires d'un fou*: «Il est possible qu'une technique romanesque précise commence à émerger ici.»

Page 75.

1. Sergio Cigada fait remarquer que la fille des Schlesinger s'appelait Marie-Adèle, et que Flaubert nomme Adèle l'héroïne de *Quidquid volueris* (1837), et Maria celle des *Mémoires d'un fou* («Uno scritto autobiografico di Flaubert: *Quidquid volueris*. Le origini del capitolo ottavo di *Madame Bovary*», *Aevum* 34, 1956, p. 510).

Page 77.

1. «La femme est en effet le potage de l'homme» (*L'École des femmes*, acte II, sc. III). Même réflexion dans la lettre du 11 octobre 1838: «Ô que Molière a eu raison de comparer la femme à un potage, mon cher Ernest» — ce qui constitue un élément de datation des *Mémoires d'un fou.*

2. Le *Larousse du XIXᵉ siècle* range parmi les canons de la beauté «la peau sous laquelle il semble qu'on voie circuler la vie» (remarque de Claude Duchet). Le même trait se retrouvera deux fois dans *Madame Bovary.*

Page 78.

1. Flaubert semble avoir mélangé deux formules: «je ne me serais pas hasardé à...» et: «je me serais bien gardé de...».

2. Nous avons consulté en vain, sur les vêtements «à guise», dictionnaires et ouvrages spécialisés. Le *Grand Dictionnaire encyclopédique Larousse* de 1982-1985 signale qu'on rencontre, dans la langue classique, «à guise de» pour «à la manière de». Faut-il penser que l'expression s'employait parfois avec ellipse du complément, comme «à la mode» ou «à l'instar» («tripes à la mode de Caen», mais «bœuf à la mode»)?

3. Trait emprunté à Maurice Schlesinger (lettre à Mme Schlesinger du 2 octobre 1856).

Page 79.

1. Cet album se retrouve sous le bras de Frédéric Moreau au premier chapitre de *L'Éducation sentimentale*.

2. Jean Bruneau rapproche de cette expression celle de «marquises *belles-esprits*» qui figure dans l'*Étude sur Rabelais*, écrite également à la fin de 1838 (*Les Débuts littéraires*, p. 262).

Page 80.

1. Emma Bovary chantera dans la barque où elle se promène avec Léon. Ici, Maria ne fait que parler, mais plusieurs notations tirent la parole vers le chant : le héros se laisse «enchanter par le son» de cette voix «douce et vibrante», il en écoute «les mélodies» (voir aussi p. 71 et la n. 2 de la même page).

Page 82.

1. Ni le *Dictionnaire du patois normand* de Moisy ni le *Trésor de la langue française* ne signalent la forme *troue*, que Flaubert a employée ici. Comme il l'accompagne de deux épithètes au féminin, il est difficile de croire à un lapsus (notons pourtant qu'«argentés» est au masculin dans le manuscrit ; c'est nous qui avons corrigé).

Page 83.

1. Pour Marie J. Diamond (*Flaubert. The Problem of Æsthetic Discontinuity*, Port Washington, New York, Kennicat Press, 1975, p. 34), le suif de la bougie coulant autour du flambeau est «une image masturbatoire qui réaffirme la démystification par Flaubert de l'illusion mystique de sa passion pour Maria». La même réaction de l'amoureux frustré est assez clairement suggérée, notons-le, dans un passage de l'épisode concernant Caroline (voir *Mémoires d'un fou*, p. 89).

Page 84.

1. *Passé* : Flaubert a-t-il voulu écrire : «pensé»?

Page 85.

1. Flaubert a toujours eu le chemin de fer en horreur. Pour des raisons esthétiques : le chemin de fer souille la nature, profane les lieux les plus sacrés. Pour la bêtise des conversations qu'engendre ce moyen de transport (quelle rapidité! quelle merveille d'être le matin à Rouen et l'après-midi à Paris!). Pour la spéculation dont il est l'objet — voir le philanthrope de

Ivre et mort, voir M. Dambreuse. Et aussi — *last but not least* — parce que, personnellement, il s'ennuie dans le train…

2. Flaubert emploie régulièrement *se détourner* — qui implique que, si l'on se tourne d'un autre côté, c'est pour éviter de voir ou d'être vu — comme l'équivalent de *se tourner*.

Page 88.

1. Rappelons que nous sommes ici dans un fragment écrit antérieurement au reste des *Mémoires d'un fou*. Ce chiffre II indique la seconde partie de ce fragment.

2. *Fichu rigoriste* : nous n'avons pas trouvé l'expression dans les dictionnaires et les traités consultés, mais elle est parlante, et le contexte confirme qu'il s'agit d'un vêtement destiné à dissimuler une gorge qui serait sans cela trop découverte au gré des rigoristes.

3. *Maté* : participe passé du verbe *mater*, rendre mat.

Page 89.

1. Héros éponyme du drame à succès d'Alexandre Dumas. À treize ans, Flaubert achète *Antony* (lettre à Ernest Chevalier, 18 juin 1835). Il rappellera dans sa préface aux *Dernières chansons* de Louis Bouilhet que les collégiens de leur temps s'identifiaient à ce héros typiquement romantique : «on portait un poignard dans sa poche comme Antony».

2. L'emploi de l'adjectif *frénétique* n'est pas sans connotations chez ce jeune lecteur de Petrus Borel et des «frénétiques» de 1830.

Page 90.

1. Ce sont les deux premiers vers de l'Épigramme CIV, *Du beau tetin*. Pour Jean Bruneau (*Les Débuts littéraires*, p. 262), ce pourrait être chez Rabelais que Flaubert a trouvé cette citation de Marot.

2. Pour l'attrait qu'exercent sur Flaubert la danseuse, la danseuse de corde et l'écuyère, voir *Novembre*, n. 1 de la p. 118.

Page 91.

1. C'est ici sans doute que Flaubert avait abandonné le récit qu'il a ensuite inséré dans *Les Mémoires d'un fou*. La suite, qui débute par des points de suspension, est d'une écriture assez différente.

Page 92.

1. Cette scène où une très jeune fille se couche sur le canapé de façon équivoque se retrouvera dans *L'Éducation sentimentale*, avec la petite Roque pour héroïne, comme l'a noté Alan Raitt (Gustave Flaubert, *L'Éducation sentimentale*, Imprimerie nationale, 1979, t. I, p. 329, n. 1 de la p. 198).

2. Allusion directe à Ernest Chevalier.

3. L'héroïne de l'épisode, Caroline Heuland, est elle aussi désignée par son prénom réel. Dans ce passage des *Mémoires d'un fou*, le récit semble au plus près de la confession authentique.

Page 93.

1. D'après les Goncourt, c'est, rappelons-le, une femme de chambre de sa mère qui aurait fait connaître l'amour au jeune Gustave.

2. *Lovelace* : personnage de *Clarisse Harlowe*, roman de Richardson. Il incarne le type du séducteur cynique. Flaubert l'a déjà mentionné, à ce titre, dans *Passion et vertu* (1837).

Page 96.

1. Voir l'évocation d'une représentation au théâtre dans le chapitre III (p. 57). Ce sont les mêmes motifs : la lumière, la brillance, les femmes en toilette, les applaudissements. Dans le *Cahier intime* l'intérêt pour l'art dramatique sera comme ici étroitement lié au désir de gloire du jeune écrivain : « Quand j'avais dix ans je rêvais déjà la gloire — et j'ai composé dès que j'ai su écrire [...] je songeais à une salle pleine de lumière et d'or, à des mains qui battent, à des cris, à des couronnes. On appelle "l'auteur ! l'auteur !" : l'auteur c'est bien moi, c'est mon nom, moi, moi —! » Mêmes pensées chez Jules, l'alter ego de Flaubert, au début de la première *Éducation sentimentale*.

Page 99.

1. Ces trois dernières lignes ne sont pas simples à interpréter. Le renversement de la folie en raison (deuxième phrase) est bien dans la ligne des *Mémoires*. Ce qui crée un problème, c'est d'abord l'expression « le doute de la raison ». Le complément est-il objectif (la folie doute de ce que l'on considère d'habitude comme la raison), ou subjectif (la folie est la façon dont la raison exprime le doute) ? Dans les deux interprétations, notons-le, la folie est liée au scepticisme. La question posée fait elle aussi difficulté. Le « qui » ne semble pas renvoyer

à une personne, mais valoir pour «qu'est-ce qui» : «Qu'est-ce qui le prouve?» — façon peut-être de lancer le chapitre suivant. *Le Bon Usage* de Maurice Grevisse et André Goosse (Duculot, 1993, p. 1069-1070) signale que cet emploi du «*qui* interrogeant sur les choses*» subsiste dans la langue littéraire après avoir été courant jusqu'au xviiie siècle, et cite notamment *L'Éducation sentimentale*, I, v : «Qui diable vous amène?»

Page 100.

1. La définition par la géométrie : donc, une définition précise, méthodique, rigoureuse. On dirait de nos jours : la définition mathématique (le mot *géométrie* s'est employé anciennement pour désigner les mathématiques).

2. Les *carlistes* sont les partisans de don Carlos, prétendant au trône d'Espagne après la mort de son frère, le roi Ferdinand VII, qui avait modifié en 1830 l'ordre de succession au trône en faveur de sa fille Isabelle (voir *Pyrénées-Corse*, n. 2 de la p. 235). On donna aussi ce nom en France, pendant quelques années, aux partisans de Charles X. Le carlisme accordait beaucoup d'importance à la religion, et était soutenu par le clergé. La phrase de Flaubert porte donc sur les gens qui refusent de voter la destruction des cathédrales, même s'ils courent ainsi le risque de se faire traiter de carlistes. Ces gens-là, que le jeune auteur dit infâmes par ironie, ont un second tort, à côté de celui de ne pas vouloir démolir les cathédrales : celui de ne pas se proclamer philanthropes — l'ironie est tout aussi évidente, Flaubert ne cessant de dire, dans toute son œuvre de jeunesse, son exécration pour la philanthropie (voir C. Gothot-Mersch, «Autour de la philanthropie : Réseaux de motifs obsessionnels chez Flaubert», *Bulletin de l'Académie royale de langue et de littérature françaises de Belgique*, 1997, no 3-4, p. 397-410). L'article *Philanthropie* du *Larousse du xixe siècle* associe également, mais en adoptant l'attitude opposée à celle de Flaubert, les protecteurs des cathédrales aux contempteurs de la philanthropie : «Le mot et la chose ont paru si ridicules aux partisans de la charité chrétienne, qu'ils n'ont cessé de cribler de leurs flèches plus ou moins acérées les philanthropes et la philanthropie [...] / Au lieu [...] de décourager par des sarcasmes les hommes généreux qui se préoccupent du paupérisme, des salaires, de l'instruction et des autres problèmes sociaux, encourageons-les.» Il semblerait donc que Flaubert avait — inconsciemment? — adopté sur cette question le point de vue des catholiques de

son époque : une charité laïque est un non-sens. Rappelons le *Cahier intime* : « La morale sans la religion est une absurdité. » Mais il lui arrive aussi d'associer philanthropie et cagotisme (*La Femme du monde*, 1836).

Page 106.

1. Réminiscence probable du *Lac* de Lamartine, mais aussi de la *Comédie de la mort* de Gautier : « Sentir qu'on a passé sans laisser plus de marque / Qu'au dos de l'océan le sillon d'une barque » (*La Comédie de la mort* ; signalé par René Descharmes, *Flaubert avant 1857*, p. 125, n. 1).

Page 109.

1. Hallucination du même ordre dans *Novembre* : « Une fois, je marchais vite dans un pré, les herbes sifflaient autour de mes pieds en m'avançant, elle était derrière moi ; je me suis retourné, il n'y avait personne » (*Novembre*, p. 192).

2. C'est *tournait* qui serait ici correct. Cf. n. 2 de la p. 85.

3. Dans une étude originale, Richard N. Coe lit ce passage des *Mémoires d'un fou* comme une variation sur le mythe d'Eurydice : « la rencontre du Poète avec la Femme qui étincelle comme un brillant coucher de soleil [...] ; la perte de la Femme, le miroitement du soleil couchant s'évanouissant en obscurité et en brouillard gris ; la descente du Poète dans les limbes du gris pour sauver l'Aimée, la main touchée et enfin la dernière disparition en ombre éternelle... » Pour le critique, ce n'est pas de façon concertée que l'auteur des *Mémoires* construit cette représentation du mythe Il a fait une expérience qu'il raconte fidèlement, et qu'on peut comparer à celles qui sont rapportées par d'autres écrivains : la rencontre de Béatrice dans la *Vita Nuova*, celle d'Adrienne dans *Sylvie*, où l'on retrouve le même coup de foudre à un âge tendre, et les mêmes détails, promenade ou évocation de la couleur grise (« Myth and Mme Schlesinger : Story and Fable in Flaubert's *Mémoires d'un fou* », *Autobiography in French Literature*, The University of South Carolina, vol. XII, 1985, p. 90-103).

D'un autre point de vue il faut noter le bonheur intense qui se dégage de l'apparition hallucinatoire de Maria, et la ressemblance frappante de cet épisode avec la célèbre extase au bord du golfe de Sagone, dans *Pyrénées-Corse* ; ce sont les mêmes circonstances pour une expérience pareillement exceptionnelle. Voir également *Par les champs et par les grèves*, chap. 5 : c'est toujours l'extase au milieu d'une nature de bord de mer, au soleil couchant cette fois.

Page 112.

1. Même conjugaison du verbe *rester* à la p. 68.

2. Le motif des cloches, à la fin des *Mémoires d'un fou*, est inspiré des premières pages de *René*. Dans un esprit différent, il est vrai, le héros de Chateaubriand utilisait le même motif pour introduire de la même façon l'évocation des étapes de la vie : « Oh ! quel cœur si mal fait n'a tressailli au bruit des cloches de son lieu natal, de ces cloches qui frémirent de joie sur son berceau. [...] Tout se trouve dans les rêveries enchantées où nous plonge le bruit de la cloche natale : religion, famille, patrie, et le berceau et la tombe, et le passé et l'avenir. »

NOVEMBRE

Page 115.

1. « Si philosopher c'est douter, comme ils disent, à plus forte raison niaiser et fantastiquer, comme je fais, doit être douter » (*Essais*, L. II, chap. 3). L'épigraphe de *Novembre*, qui paraît seulement signaler au lecteur qu'il doit s'attendre à une rêverie vagabonde plutôt qu'à une réflexion philosophique ordonnée, annonce donc aussi, mais en filigrane, que *Novembre* relève d'une attitude de doute radical.

2. « Il arrivait parfois des rafales de vent, brises de la mer qui, roulant d'un bond sur tout le plateau du pays de Caux, apportaient, jusqu'au loin dans les champs, une fraîcheur salée. Les joncs sifflaient à ras de terre et les feuilles des hêtres bruissaient en un frisson rapide, tandis que les cimes, se balançant toujours, continuaient leur grand murmure. Emma serrait son châle contre ses épaules et se levait. / Dans l'avenue, un jour vert, rabattu par le feuillage, éclairait la mousse rase qui craquait doucement sous ses pieds. Le soleil se couchait ; le ciel était rouge entre les branches, et les troncs pareils des arbres plantés en ligne droite semblaient une colonnade brune se détachant sur un fond d'or ; une peur la prenait, elle appelait Djali... » (*Madame Bovary*, I, vii). Au-delà des différences évidentes, que de points communs ! Thématique (le vent à ras de terre, le coucher de soleil, le froid et la peur), point de vue (celui du promeneur), vocabulaire (siffler, frisson, frissonner)...

Page 116.

1. Lors de son voyage de 1840, Flaubert avait visité à Bor-

deaux le «caveau corroyeur» de la tour Saint-Michel, où il avait pu voir des corps momifiés rangés en rond, debout, et que les visiteurs passaient en revue (voir *Pyrénées-Corse*, p. 224-225).

Page 117.

1. Comment ne pas penser au *Spleen* de Baudelaire : «J'ai plus de souvenirs que si j'avais mille ans»? Son cerveau, dit le poète, «contient plus de morts que la fosse commune» (*Les Fleurs du Mal*, «Spleen et idéal», LXXV).

2. Sur la tristesse du collège, voir *Les Mémoires d'un fou*, p. 56-59.

3. Le *Larousse du XIXe siècle* décrit encore les arracheurs de dents ambulants comme des personnages appartenant au présent. Victor Fournel leur fait une place dans *Ce qu'on voit dans les rues de Paris* (Delahays, 1858, p. 66 et 73).

Page 118.

1. Confidence sans doute sincère : la saltimbanque est le personnage principal d'*Un parfum à sentir*, elle est évoquée aussi dans *Les Mémoires d'un fou* comme une étape amoureuse obligée : «Cinq ans plus tard, on aime la danseuse qui fait sauter sa robe de gaze sur ses cuisses charnues» (p. 90). Pour Lorenza Maranini («*Novembre* de Flaubert», *Les Amis de Flaubert*, 1960, n° 16, p. 17), si la danseuse de corde fascine Flaubert, c'est parce qu'elle est «celle qui vit dans l'illusion, dans l'irréalité». Pour Jean Bruneau (*Les Débuts littéraires*, p. 128), la célèbre Mme Saqui, revenue donner des spectacles à Rouen en 1836, ne serait pas pour rien dans l'intérêt porté par Flaubert aux funambules. Adrianne J. Tooke (dans son édition de *Par les champs...*, p. 507) fait observer qu'une danseuse de corde sera le premier amour de Pécuchet. Rappelons également le goût d'Henry et de Morel pour les écuyères de cirque et leurs «larges cuisses» dans la première *Éducation sentimentale* (chap. XIX).

2. Cf. *Les Mémoires d'un fou*, p. 89-90 : «À quatre ans, amour des chevaux...», etc.

Page 120.

1. C'est déjà l'ébahissement d'Emma Bovary devant «les mots de *félicité*, de *passion* et d'*ivresse*» qu'elle a lus dans les livres (*Madame Bovary*, I, v).

2. Voir *L'Éducation sentimentale* de 1845, chap. XXI : «Vous le croyiez austère et continent, et il vivait avec la sul-

tane voilée qui s'en va aux bains dans son palanquin, portée par quatre nègres, escortée de quatre eunuques le sabre au poing. [...] Il adorait la courtisane antique [...] devant qui se déploient les tapis de Carthage, et les tuniques de Syrie», etc.

3. Sur les rapports de Flaubert avec le théâtre, voir également *Les Mémoires d'un fou*, n. 1 de la p. 96.

Page 122.

1. Comme dans *Quidquid volueris*, comme dans la première *Éducation sentimentale* et dans la seconde, le héros regarde danser et ne danse pas. Emma Bovary dansera quant à elle, mais au moment de la valse, inexpérimentée, elle en sera d'abord réduite à contempler les autres. Tout cela renvoie au comportement de Flaubert lui-même au bal du marquis de Pomereu, source commune de ces épisodes : il n'avait alors que quatorze ou quinze ans, il est «resté toute la nuit à voir danser» (*Cahier intime*).

Page 123.

1. «Vagues désirs», «besoin d'un sentiment nouveau», «aspiration vers quelque chose d'élevé» et qu'on ne voit pas clairement : le bovarysme est ici en train de se mettre en place.

Page 125.

1. «Je n'avais point de passion — je l'aurais bien voulu», avoue le narrateur des *Mémoires d'un fou* (p. 91). Le héros des *Mémoires* et celui de *Novembre* tentent de susciter en eux la passion par la lecture d'ouvrages qui la magnifient.

Page 126.

1. *Pythonisse* : prêtresse d'Apollon pythien, ayant le don de prophétie. Flaubert semble faire plus particulièrement allusion à la Pythie, qui, portée à un état de délire, rendait les oracles du dieu dans le temple de Delphes.

Page 127.

1. L'aigle est pour Flaubert adolescent, comme pour Byron et tout le romantisme (voir Edmond Estève, *Byron et le romantisme français*, Hachette, 1907, p. 326), un symbole de grandeur et de liberté auquel l'écrivain aspire à se mesurer. Voir également *Pyrénées-Corse*, p. 249 et p. 251, et *Novembre*, p. 145 (scène d'extase au bord de la mer).

Page 128.

1. Dans un scénario de *Madame Bovary* (Bibliothèque municipale de Rouen, ms. gg⁹, f° 19 r°), Léon s'empare d'un gant d'Emma, et Flaubert prévoit de laisser entendre à quelles fins, avouables et moins avouables, il l'utilise. Flaubert lui-même ne fut pas insensible, comme le montre la *Correspondance* (8-9 août 1846), aux pantoufles tachées de sang de Louise Colet.

Page 130.

1. René, le héros éponyme du roman de Chateaubriand, et Werther, celui des *Souffrances du jeune Werther* de Goethe, sont cités à maintes reprises par Flaubert dans ses œuvres de jeunesse. Don Juan est probablement déjà pour lui un type constitué par le personnage de Molière, celui de Mozart-Da Ponte, et, avant tout, le *Don Juan* de Byron, autre grande figure romantique. On sait que Flaubert lui-même songera, pendant son voyage en Orient, à écrire *Une nuit de Don Juan*, projet auquel il consacrera un scénario de plusieurs pages.

Page 132.

1. *Mulon*: équivalent dialectal de *meule*.

Page 133.

1. «Je sentais couler dans mon cœur comme les ruisseaux d'une lave ardente» (*René*; rapprochement dû à Robert Griffin, *Rape of the Lock, Flaubert's Mythic Realism*, Lexington, French Forum, 1980, p. 119-120).

Page 135.

1. Sur Flaubert et la religion à l'époque de *Novembre*, voir aussi p. 204 et n. 1 de la même page.

Page 138.

1. «Au fond de son âme, cependant, elle attendait un événement. Comme les matelots en détresse, elle promenait sur la solitude de sa vie des yeux désespérés, cherchant au loin quelque voile blanche dans les brumes de l'horizon. Elle ne savait pas quel serait ce hasard, le vent qui le pousserait jusqu'à elle, vers quel rivage il la mènerait, s'il était chaloupe ou vaisseau à trois ponts, chargé d'angoisses ou plein de félicités jusqu'aux sabords. Mais, chaque matin, à son réveil, elle l'espérait pour la journée, et elle écoutait tous les bruits, se levait

en sursaut, s'étonnait qu'il ne vînt pas ; puis, au coucher du soleil, toujours plus triste, désirait être au lendemain » (*Madame Bovary*, I, ix). Et le sentiment d'Emma, et la métaphore qui le concrétise et qui va s'intégrer dans la longue série d'images d'un voyage en mer allégorique sont donc déjà dans *Novembre*.

Page 139.

1. On comprend pourquoi Flaubert fait monter Emma au grenier pour lire la lettre de rupture de Rodolphe : la lucarne du grenier sera pour elle, comme pour le narrateur de *Novembre* (et peut-être pour l'auteur enfant ou adolescent ?), le lieu de la tentation du suicide (*Madame Bovary*, II, xiii).

Page 140.

1. Samuel Beckett n'est pas loin, qui rêvera, à l'inverse, d'une vie larvaire où subsisterait juste le souffle assurant que l'on n'est pas mort, c'est-à-dire reparti, peut-être, pour une autre vie : « Être vraiment enfin dans l'impossibilité de bouger, ça doit être quelque chose ! J'ai l'esprit qui fond quand j'y pense. Et avec ça une aphasie complète ! Et peut-être une surdité totale ! Et qui sait une paralysie de la rétine ! Et très probablement la perte de la mémoire ! Et juste assez de cerveau resté intact pour pouvoir jubiler ! Et pour craindre la mort comme une renaissance » (*Molloy*, 10/18, 1963, p. 186-187).

Page 141.

1. L'œuvre de jeunesse de Flaubert trahit la hantise d'être enterré vivant ; c'est le sujet même de *Rage et impuissance*. Dans le *Dictionnaire des idées reçues*, tout l'article *Inhumation* est consacré à ce thème, que Flaubert enfant a dû entendre développer chez son père médecin. Rappelons que dans *Novembre*, le thème fournit au récit sa clausule.

2. De ce passage, on peut rapprocher la tentation du suicide chez Frédéric Moreau. Le lieu (un pont parisien), la sensation de froid, la vision du cadavre dans l'eau se retrouvent ici comme là.

Page 142.

1. Même effet de rupture, rappelons-le, dans *Les Mémoires d'un fou* avant l'épisode de Caroline (p. 84).

2. Flaubert utilise ici un souvenir personnel, qu'il évoque aussi dans *Par les champs et par les grèves*, et dans la lettre qu'il envoie de Trouville à Louise Colet le 9 août 1853 : « [...]

l'entrée [à Trouville] qui domine toutes les autres est celle que je fis en 1843 *[plus vraisemblablement en 1842]*. C'était à la fin de ma première année de droit. J'arrivais de Paris, seul. J'avais quitté la diligence à Pont-l'Évêque, à trois lieues d'ici, et j'arrivai, à pied, par un beau clair de lune, vers trois heures du matin. Je me rappelle encore la veste de toile et le bâton blanc que je portais, et quelle dilatation j'ai eue en aspirant de loin l'odeur salée de la mer.» Comme dans *Les Mémoires d'un fou*, Trouville devient dans *Novembre* un endroit anonyme : «X...». Flaubert ne nomme pas davantage Pont-l'Évêque, mais c'est bien ce bourg rural à onze kilomètres de Trouville qui est évoqué ici comme le lieu de vacances du narrateur — souvenir des séjours de Flaubert lui-même à Pont-l'Évêque.

Page 145.

1. Sur la thématique de l'aigle, voir n. 1 de la p. 127.
2. Sur le sentiment religieux de Flaubert, voir n. 1 de la p. 204.

Page 146.

1. Flaubert rencontre Élisa Schlesinger en 1836, à quatorze ans, et Eulalie Foucaud de Langlade en 1840, à dix-huit ans.

Page 147.

1. Voir la lettre à Louise Colet du 29 janvier 1854 ; Flaubert se déclare transporté par un passage du *Roi Lear* où un jeune seigneur reconnaît avoir été ruiné par les femmes et s'écrie : «méfiez-vous du bruit léger de leur robe, et du craquement de leurs souliers de satin, etc.» (acte IV, sc. IV d'après Flaubert, sc. I en réalité, comme le note Bruneau, *Correspondance*, t. II, n. 1 de la p. 517). Voir aussi l'*Éducation sentimentale* de 1845, chap. VI.
2. Ici encore, c'est Emma qui s'annonce, le fameux : «J'ai un amant ! un amant !» et la «légion lyrique [des] femmes adultères» qui chante alors dans sa mémoire (II, IX).

Page 148.

1. Cf. le tout aussi énigmatique : «Il ne faut pas écrire tout cela» dans *Pyrénées-Corse*, p. 298, et n. 1 de la même page.

Page 152.

1. Sur ces «marches usées», voir Préface p. 21-22. La chambre où Mme Foucaud accorda ses faveurs à Gustave était

au premier étage, comme en témoigne cette note du carnet de voyage n° 10 (f° 2v°), qui date du passage de Flaubert par Marseille en 1858 (il se rendait sur les ruines de Carthage pour *Salammbô*) : « Marseille. Je cherche et je retrouve l'hôtel de la Darse ; le rez-de-chaussée, ancien salon, est un bazar maintenant ; c'est le même papier au premier ! »

Page 153.

1. Portrait à comparer avec celui de Maria dans *Les Mémoires d'un fou* (p. 73-74).

Page 156.

1. « Elle renversa son cou blanc, qui se gonflait d'un soupir ; et, défaillante, tout en pleurs, avec un long frémissement et se cachant la figure, elle s'abandonna. [...] elle sentait son cœur, dont les battements recommençaient, et le sang circuler dans sa chair comme un fleuve de lait. Alors, elle entendit tout au loin [...] un cri vague et prolongé [...] et elle l'écoutait silencieusement, se mêlant comme une musique aux dernières vibrations de ses nerfs émus » (*Madame Bovary*, II, ix). Flaubert avait écrit d'abord, il faut le signaler : « elle l'écoutait délicieusement » ; c'est le copiste qui s'est trompé. La fameuse scène où Emma tombe dans les bras de Rodolphe démarque donc celle du dépucelage du héros dans *Novembre*. « Possédé » par Eulalie, Gustave s'imagine « pris » par Marie (voir Préface, p. 22) et s'incarne enfin dans Emma « abandonnée » à Rodolphe.

Page 158.

1. Le désir préférable à sa réalisation, la réalisation vue comme négative parce qu'elle assouvit — et donc supprime — le désir : c'est un des grands thèmes flaubertiens.

Page 160.

1. On sait qu'Eulalie Foucaud se révéla impétueuse dans sa passion pour le jeune amant d'une seule nuit. Dans ses lettres, mais d'abord en actes, selon le témoignage du *Journal* des Goncourt (20 février 1860).

Page 163.

1. L'image du serpent-démon reviendra dans la première *Éducation sentimentale*, dans la description des étreintes d'Henry et d'Émilie (voir chap. XXIV).

Page 164.

1. Intervention d'un des lieux communs de l'autobiographie : celui de la « première fois ».

Page 166.

1. Dans *Madame Bovary*, l'échange de cheveux paraît à Rodolphe exagérément sentimental, et le contexte indique que le narrateur ne lui donne pas tort (II, x). En revanche, Flaubert dramatisera puissamment le geste à l'avant-dernier chapitre de la seconde *Éducation sentimentale*.

Page 169.

1. Celui d'Emma Bovary également, mais les réactions des deux héroïnes devant la campagne sont fort différentes. C'est sur un plan très général que leur couleur à la fois sensuelle et sentimentale rapproche les deux enfances.

Page 171.

1. L'impression que les arbres prennent des formes humaines naît ici nettement dans un contexte de rêverie sensuelle. Il en ira de même pour l'épisode de Fontainebleau dans *L'Éducation sentimentale*, où Victor Brombert a montré que la forêt est fortement érotisée (« Lieu de l'idylle et lieu du bouleversement dans *L'Éducation sentimentale* », *Cahiers de l'Association internationale des études françaises*, mai 1971, p. 277-284) : c'est qu'elle est vue par les yeux des amants en pleine lune de miel.

Page 174.

1. Dans le scénario d'*Une nuit de Don Juan*, Flaubert évoque les « aspirations de vie d'Anna-Maria à l'époque des moissons », sa religiosité voluptueuse.

Page 175.

1. L'adolescente pauvre achetée par un riche vieillard revivra dans *L'Éducation sentimentale* sous les traits de Rosanette Bron.

Page 180.

1. Le roman de Bernardin de Saint-Pierre est l'une des lectures d'enfance d'Emma Bovary. Il joue un rôle, ouvertement, dans la conception d'*Un cœur simple* (rappelons seulement la

référence la plus évidente : les deux enfants de Mme Aubain se prénomment Paul et Virginie).

2. *Les Crimes des reines de France depuis le commencement de la monarchie jusqu'à Marie-Antoinette*, ouvrage de Louis-Marie Prud'homme, datant de 1791 (référence due à Jean Bruneau, *Les Débuts littéraires*, p. 87, n. 35).

3. *Messaline*, femme de l'empereur Claudius, connue pour la dissolution de ses mœurs ; dans deux scénarios de *L'Éducation sentimentale* de 1869, Flaubert fait de Messaline le type même de la «putain», par opposition à celui de la vierge (Bibliothèque nationale de France, ms N.a.fr. 17611, f⁰ 67 v⁰, f⁰ 146 v⁰). *Marguerite de Bourgogne*, femme de Louis le Hutin, convaincue d'adultère, étranglée sur ordre de son mari. *Théodora*, impératrice d'Orient ; maîtresse puis épouse de Justinien, «s'il faut en croire l'histoire secrète de Procope, elle charma Byzance par sa grâce et la scandalisa par ses incroyables débauches» (*La Grande Encyclopédie* de Berthelot). *Marie Stuart*, reine d'Angleterre ; on lui reprochait ses mœurs légères, et elle fut peut-être l'instigatrice, en tout cas l'approbatrice, de l'assassinat de son mari, lord Darnley. *Catherine II*, impératrice de Russie, brillante souveraine, mais fort libre dans ses amours.

Page 183.

1. Cette femme à laquelle pensent les prêtres poussés par le démon, cette femme au pied fourchu et à la robe étincelante de joyaux, c'est la reine de Saba, la tentatrice suprême aux yeux de Flaubert, qui superpose ici son image à celle de la courtisane. Voir n. 2 de la p. 189.

Page 187.

1. «Aujourd'hui [...] j'ai écrit une lettre d'amour, pour écrire, et non pas parce que j'aime. Je voudrais bien pourtant me le faire accroire à moi-même ; j'aime, je crois en écrivant.» C'est dans le *Cahier intime*, et daté du 8 février [1841] : il s'agit donc d'une lettre à Eulalie Foucaud, en réponse vraisemblablement à celle qu'elle lui avait écrite le 16 janvier. Voir d'ailleurs la lettre à Louise Colet du 8 octobre 1846, qui dit la même chose que le *Cahier*, en citant nommément Mme Foucaud. Dans *Novembre*, c'est à l'héroïne elle-même (modèle : Eulalie Foucaud) que le héros (modèle : Gustave Flaubert) raconte, au milieu d'une scène d'intimité, qu'il lui arrive d'écrire des lettres d'amour «pour [s'] attendrir avec la plume». Ce texte a dû être

rédigé en 1841 : Flaubert ironise donc sur lui-même et sur Eulalie dès l'époque où ils correspondent.

Page 189.

1. Réminiscence de la chanson de Mignon. Flaubert, à l'époque de *Novembre*, ne doit pas avoir lu *Les Années d'apprentissage de Wilhelm Meister*, mais il peut connaître la chanson de Mignon dans une des nombreuses versions françaises déjà publiées, et par exemple (suggestion de Léon Degoumois, *Flaubert à l'école de Goethe*, Genève, Sonor, 1925, p. 24) dans celle des *Poésies complètes* de Gautier :

> *Ne la connais-tu pas la terre du poète,*
> *La terre du soleil où le citron mûrit,*
> *Où l'orange aux tons d'or dans les feuilles sourit ?...*

2. Cette tirade de l'héroïne alimentera plus tard les discours adressés par la reine de Saba à saint Antoine : rêveries d'un farniente à deux dans des pays exotiques, promesses de soins intimes («Ah ! quand tu seras mon mari, je t'habillerai, je te parfumerai, je t'épilerai», dit la reine). Quant à son idée de trouver un moyen de subsistance dans la fabrication de paniers d'osier, elle fournira la première image du saint, au début de l'œuvre : «Antoine est seul, sur le banc, occupé à faire ses paniers.» Voir n. 1 de la p. 183.

Page 190.

1. Ici, Flaubert a un moment d'inattention : la crainte d'un enfant a déjà été exprimée un peu plus haut, après la première étreinte ; ce ne peut donc être une idée nouvelle, faisant ouvrir à Maria des «yeux ébahis».

2. «Il y a un moment, dans les séparations, où la personne aimée n'est déjà plus avec nous» : la phrase célèbre de *L'Éducation sentimentale* (III, VI, adieu à Mme Arnoux) est reprise de *Novembre*. S'il s'agit d'une référence à une expérience vécue, ce serait donc Eulalie — et non Mme Schlesinger — qui aurait inspiré la formule...

3. Ici, Flaubert prend le contre-pied de son expérience avec Eulalie : elle a écrit.

Page 191.

1. Flaubert a laissé des témoignages d'une telle interruption dans sa vie sexuelle. Dans une lettre à Louise Colet du 6 ou 7 août 1846, il écrit : «J'en ai aimé une [*une femme*] depuis

14 ans jusqu'à 20 sans le lui dire, sans lui toucher, et j'ai été près de trois ans ensuite sans sentir mon sexe.» Aux Goncourt, il a confié : «Je n'ai pas baisé de vingt à vingt-quatre ans parce que je m'étais promis de ne pas baiser» (*Journal*, 2 novembre 1863). Rappelons que la nuit avec Eulalie se situe en octobre 1840 : il va avoir dix-neuf ans. Rien n'empêche donc de prendre au sérieux sa déclaration d'abstinence à l'époque où il écrit *Novembre*. Mais Eulalie en était-elle la cause ?

2. Cet «ami» qui fut amoureux à quinze ans d'une jeune mère «à la taille de poissarde», c'est un déguisement bien rudimentaire de l'auteur lui-même ; mais on observera qu'en 1842 Flaubert peut parler d'Élisa Schlesinger sur un ton dégagé.

Page 192.

1. Dans *Les Mémoires d'un fou*, c'est deux ans après la rencontre que le héros devient vraiment amoureux. Dans *Novembre*, c'est non seulement avec le temps, mais à cause du temps : «je l'*en* aimais de plus en plus».

2. Hallucination analogue à celle que l'on trouve à la fin des *Mémoires d'un fou* (p. 109). Mais dans *Les Mémoires d'un fou*, tout en comprenant que c'est une hallucination, il se sent heureux et sourit ; dans *Novembre*, il se retourne pour constater le vide : «il n'y avait personne».

Page 193.

1. Le narrateur a donc l'âge de l'auteur au moment où il écrit ces pages (Flaubert a vingt ans en décembre 1841).

Page 194.

1. La bestialité du coït : motif largement développé dans *Les Mémoires d'un fou*.

2. Cliché employé innocemment ? Effort maladroit pour renouveler par un adjectif le cliché ? Il semble en tout cas que ce «vaisseau du désert» ne soit pas ici l'objet des moqueries de l'auteur.

Page 196.

1. C'est un des passages de *Novembre* que Du Camp cite de mémoire dans les *Souvenirs littéraires* (t. I, p. 228).

2. Passage inspiré de Chateaubriand, de ses descriptions de l'Amérique et de l'apostrophe célèbre de *René* : «Levez-vous vite, orages désirés [...]»

Page 197.

1. Dans «L'Orient ironique de Flaubert» (*Le Texte traversé*, p. 130 et suiv.), Jeanne Bem étudie la façon dont ce passage naît de quelques lignes de *Pyrénées-Corse* : «J'ai été hier en Espagne, j'ai vu l'Espagne [...], je voudrais y vivre. J'aimerais bien à être muletier (car j'ai vu un muletier), à me coucher sur mes mules et à entendre leurs clochettes dans les gorges des montagnes; ma chanson moresque fuirait répétée par les échos.» Dans *Novembre*, commente Jeanne Bem, «l'hallucination s'élargit prodigieusement». Grâce au personnage du muletier, on passe du pays basque à l'Andalousie, infiniment plus «orientale»; les Pyrénées se transforment en sierras; les clochettes deviennent des guitares. Et, citant Sartre, Jeanne Bem fait remarquer que «plus que sur les choses, c'est sur les mots encore que Flaubert hallucine» : *Andalousie*, *Guadalquivir*, *Alhambra*.

Page 198.

1. *Voile latine* : voile triangulaire soutenue par une vergue oblique.

2. C'est sur un ton badin, remarquons-le, que Flaubert reprend la structure des *Souffrances du jeune Werther* : interruption du récit autobiographique, prise en charge de la suite par un ami, jusques et y compris la mort du héros. Tient-il à montrer qu'il ne copie pas, mais qu'il joue?

Page 199.

1. Le mot renvoie, bien sûr, à Rousseau.

2. Par son dilettantisme, le héros de *Novembre* annonce ici Frédéric Moreau.

Page 200.

1. On se demande en quoi respecter la richesse peut être porté à l'actif de quelqu'un. Sans doute faut-il comprendre que le héros, quoique pauvre, ne se prosterne pas devant les riches, mais respecte cependant le bien d'autrui.

Page 201.

1. On sait que Flaubert manifestait la plus grande horreur devant l'idée d'engendrer : voir les lettres à Louise Colet des 24 août 1846, 15-16 septembre 1846, 3 avril 1852 («Moi un fils! oh non, non, plutôt crever dans un ruisseau écrasé par un omnibus»), etc.

Page 202.

1. Ceci vient sans doute de Musset, *La Confession d'un enfant du siècle*: la jeune fille, «on la jette dans le lit d'un inconnu qui la viole. Voilà le mariage, c'est-à-dire la famille civilisée.» Voir aussi Balzac, *Physiologie du mariage*: «Ne commencez jamais le mariage par un viol.»

2. Sur Flaubert et la philanthropie, voir *Les Mémoires d'un fou*, n. 2 de la p. 100. *Malin* doit ici se comprendre au sens de «rusé».

3. On notera qu'à cette époque le mot «poète» a chez Flaubert une valeur positive. Plus tard, il servira à désigner les natures exaltées, sentimentales, efféminées, et sera supplanté, dans l'emploi positif, par «artiste».

4. C'est évidemment dans un tel état d'esprit que Flaubert lui-même s'était récemment décidé pour le droit. Quant aux réactions de l'entourage, c'est aussi d'expérience qu'il en parle: voir, par exemple, la fureur comique avec laquelle, après avoir évoqué par le menu les vicissitudes de la vie d'étudiant, il conclut: «N'importe, c'est amusant comme tout de faire son droit à Paris» (lettre à Ernest Chevalier du 10 février 1843).

Page 204.

1. Le *Cahier intime* témoigne de velléités de retour à la religion à l'époque de *Novembre*: «D'où vient que je veux que Jésus-Christ ait existé et que j'en suis certain, c'est que je trouve le mystère de la Passion tout ce qu'il y a de plus beau au monde.» Dans *Novembre* même, le thème de la religion intervient à plusieurs reprises: voir p. 135, p. 145.

2. L'évocation d'Emma Bovary regardant et écoutant le joueur d'orgue sera calquée sur celle du héros de *Novembre* (*Madame Bovary*, I, ix). Voir *Voyage en Italie*, n. 1 de la p. 327.

Page 206.

1. Apprendre le grec a été une obsession de Flaubert. Mais il ne semble pas qu'il soit parvenu à lire la littérature grecque dans le texte.

2. Roger Kempf évoque à ce propos le goût de Flaubert pour les calembours idiots: s'y décèle la même attitude envers la bêtise, «sa passion, sa haine et sa friandise, comme l'indice de sa clairvoyance. Il la désire et la pourchasse. Il en pouffe et en souffre. Il s'en indigne et s'en repaît» (*Bouvard, Flaubert et Pécuchet*, Grasset, 1990, p. 243).

3. «Elle laissait maintenant tout aller dans son ménage [...]

si soigneuse autrefois et délicate, elle restait à présent des journées entières sans s'habiller, portait des bas de coton gris, s'éclairait à la chandelle » (Emma mélancolique après le bal ; *Madame Bovary*, I, IX). Pour Flaubert lui-même à l'époque de *Novembre*, voir la lettre à Chevalier du 24 février 1842 : « Je ne fous rien, ne fais rien, ne lis et n'écris rien, ne suis propre à rien. »

Page 207.

1. Le nom d'André Chénier n'apparaît pas plus de trois ou quatre fois dans la *Correspondance*, sans manifestation d'admiration particulière.

2. Talma (mort pourtant en 1826) fascine Flaubert comme il en a fasciné et en fascinera bien d'autres, de Mme de Staël à Marcel Proust. Une lettre à Louise Colet (6 ou 7 août 1846) reprend presque la formule de *Novembre* : « J'aurais mieux aimé être Talma que Mirabeau », et Flaubert explique : « parce qu'il a vécu dans une sphère de beauté plus pure ».

3. Dans la *Revue des Deux-Mondes* du 15 septembre 1836, la première des *Lettres de Dupuis et Cotonet* d'Alfred de Musset portait le titre : « Sur l'abus qu'on fait des adjectifs ». On sait que les deux compères arrivent en effet à la conclusion « qu'on met trop d'adjectifs dans ce moment-ci » et que « le romantisme consiste à employer tous ces adjectifs, et non en autre chose ». Dupuis et Cotonet ne sont pas sans annoncer, et d'abord dans le rythme et la rime de leur double nom, Bouvard et Pécuchet.

4. Cf. la lettre du 24 février 1842, où Flaubert raconte qu'il a été au bal masqué « avec deux chameaux et Orlowski ». C'est vraisemblablement le souvenir de ce bal, tout récent, qui revit ici.

Page 208.

1. Les deux promenades à X... de *Novembre* (celle-ci et celle des p. 142 et suiv.) ont une source autobiographique unique (voir n. 1 de la p. 142). La première raconte la marche dans une nature exaltante, développe longuement la scène d'extase à l'arrivée sur le rivage, et est située pendant la belle saison, comme cela avait été le cas dans la réalité ; mais elle se passe en plein jour, alors que Flaubert était arrivé à Trouville à trois heures du matin. La seconde nous fait assister au trajet complet qui avait été celui du jeune homme, de Paris à Pont-l'Évêque en voiture, puis de Pont-l'Évêque à Trouville à pied, de nuit ; mais l'auteur transpose la saison (il neige), et

raconte tout autre chose, une expérience négative : le héros retrouve dégradé par les restes d'un pique-nique un lieu auquel sont liés des souvenirs émouvants, ce qui provoque chez lui d'amères pensées. Cela paraît bien de pure invention ; Flaubert écrira en effet à Louise Colet, le 14 août 1853 : «Avant-hier, dans la forêt de Touques, à un charmant endroit près d'une fontaine, j'ai trouvé des bouts de cigares éteints avec des bribes de pâtés. On avait été là *en partie* ! J'ai écrit cela dans *Novembre* il y a onze ans ! C'était alors purement imaginé.»

Page 209.

1. *La christe marine* : plante des sables des côtes françaises.

2. Lors de la marche de nuit vers Trouville, à la dernière étape du voyage en Bretagne de 1847, ce passage de *Novembre* revient à la mémoire des deux amis. Voir les notes de Flaubert (carnet de voyage n° 2, f° 24 v°) : «barque dans laquelle il y avait des filets. — Max était harassé et a songé à la 3ᵉ partie de *Novembre* que cette barque-là m'a remis en mémoire.»

Page 210.

1. Cf. *Pyrénées-Corse*, p. 312-313 : «La lune en face se reflétait dans les flots ; suivant qu'elle montait dans le ciel, son image prenait sous l'eau des formes changeantes, tantôt celle d'un immense candélabre d'argent, tantôt celle d'un serpent dont les anneaux montaient en droite ligne à la surface et dont le corps remuait en ondulant...» L'évocation sera reprise dans la première *Éducation sentimentale* et dans *Madame Bovary* (voir *Pyrénées-Corse*, n. 1 de la p. 313).

Page 212.

1. Comment comprendre cette mort «par la seule force de la pensée» ? Le narrateur meurt-il de dépression, d'une maladie de l'esprit ? Ou se fait-il mourir par un effort de volonté, une sorte d'auto-hypnose ? Du Camp hésitait entre les deux interprétations : «Il meurt ou se tue» (*Souvenirs littéraires*, t. I, p. 228).

2. Cette phrase est le troisième passage cité de mémoire par Du Camp dans les *Souvenirs littéraires* (t. I, p. 228). Anthony Burgess, sévère pour *Novembre*, admire la maîtrise avec laquelle l'auteur termine son récit, comme dans *Madame Bovary* et *Hérodias*, sur une douche froide («The first *Madame Bovary*», dans *Urgent Copy*, p. 36 et 37).

Page 215.

1. *Gargantua*, chap. 11 : Gargantua enfant « se chatouillait pour se faire rire ». Flaubert fait référence à la même phrase dans le *Cahier intime*.

Page 216.

1. Nous ne partageons pas l'avis de Michel del Castillo, pour qui cette déclaration signifie : je suis obligé de parler bourgeois (préface au *Voyage dans les Pyrénées et en Corse*, Entente, 1983, p. IV-V). L'«honnête homme» a bien pour Flaubert une valeur positive : «Je me sens profondément honnête homme, c'est-à-dire dévoué, capable de grands sacrifices, capable de bien aimer et de bien haïr les basses ruses, les tromperies» (*Cahier intime*).

2. C'est à Longjumeau que fut signé en 1568 le traité mettant fin à la seconde guerre de Religion («Paix de Longjumeau»).

Page 217.

1. Voir également p. 238 : «je suis assommé des châteaux qui rappellent des souvenirs.» Cf. Rosanette à Fontainebleau : «ça rappelle des souvenirs!» (*L'Éducation sentimentale*). — Les souvenirs que pourrait susciter Montlhéry concernent la bataille entre Louis XI et la Ligue du Bien Public soutenue par Charles le Téméraire (1465).

2. Rappelons qu'une lieue fait à peu près quatre kilomètres.

3. Allusion à l'assassinat du duc de Guise (sujet, rappelons-le, d'une des premières œuvres de Flaubert). La phrase exacte de Chateaubriand, dans son *Analyse raisonnée de l'histoire de France*, est la suivante : «jamais lit plus honteux ne vit mourir tant de gloire» (voir Jean Bruneau, *Les Débuts littéraires*, p. 82).

Page 218.

1. Les états généraux siégèrent à Blois en 1576 et en 1588. C'est pendant ceux de 1588 que fut assassiné le duc de Guise.

2. Sur le mot «soulas», voir le *Bescherelle* : «Vieux mot qui signifie soulagement, consolation. Il voulut passer toute la journée en joie, soulas et repos (Rabelais).» Le contexte indique que c'est bien à Rabelais que Flaubert emprunte le mot. L'a-t-il vraiment utilisé comme un adjectif? Nous pensons plutôt

que le jeune auteur a écrit, ou voulu écrire, sur le modèle de la phrase de Rabelais citée par le *Bescherelle*, «en soulas», et que la préposition a sauté. Car, p. 258, il emploie le mot correctement : «Le Languedoc est un pays de soulas, de vie douce et facile » ; voir aussi la lettre à Ernest Chevalier du 11 mars 1843 : «mais toi jeune homme qui te livres au soulas dans ta province de Vexin [...]».

3. C'est Pantagruel qui, dans sa petite enfance, «humait le lait de quatre mille six cents vaches» à chaque repas (*Pantagruel*, chap. 4). La même citation, mais correcte, se trouve déjà dans l'*Étude sur Rabelais*.

Page 219.

1. Mot illisible sur le manuscrit ? Mot laissé en blanc par Flaubert pour cause de trou de mémoire ?

2. Le *tableau de Léopold Robert* : sans doute *L'Arrivée des moissonneurs dans les Marais Pontins*, tableau primé au Salon de 1831, et qui représente un char traîné par des buffles.

3. *Jules Cloquet* : le savant professeur de médecine qui fut le mentor de Gustave durant ce voyage (il avait emmené en Écosse, quelques années auparavant, son frère aîné, Achille). Jules Cloquet, né en 1790, avait suivi les cours d'Achille-Cléophas Flaubert lorsque celui-ci était prévôt d'anatomie à l'Hôtel-Dieu de Rouen. En 1840, il occupait la chaire de clinique chirurgicale à la Faculté de médecine de Paris. Membre de l'Académie de Médecine et de l'Académie des Sciences, il fut anobli par Napoléon III, qui en avait fait son chirurgien. Il mourut en 1882. Une rubrique lui est consacrée dans le *Larousse du XIXᵉ siècle*, où son nom est également cité à l'article *dissection*. Il est mentionné aussi dans *Bouvard et Pécuchet* (chap. 8). Il fut un pionnier de l'opération chirurgicale sous hypnose.

Page 220.

1. Cf. les lettres du 29 août 1840 : «Bordeaux ressemble à Rouen par ses côtés bêtes et bourgeois [...]» et du 15 juin 1845 : «Turin est ce que je connais de plus ennuyeux au monde, j'en excepte Bordeaux et Yvetot.» Et dans *Par les champs et par les grèves* (chap. III), Nantes, «ville assez bête», amène le souvenir de Bordeaux, «ville si joliment sotte». La phrase à effet de *Pyrénées-Corse* repose donc sur un sentiment sincère.

Page 221.

1. La description est trop dépréciative pour qu'on puisse

penser qu'il s'agit ici du dîner chez le général Carbonel évoqué par Flaubert dans sa lettre du 29 août et dans le *Cahier intime*.

2. «Le Maryland est très-doux et très-agréable à fumer» (*Bescherelle*).

3. Flaubert n'emploie jamais la forme correcte «sous-pied», il écrit «dessous de pied» ou «sous de pied». Nous avons conservé ces formes, familières ou personnelles.

Page 223.

1. Ces bas-reliefs sont de Francin. Ils ornaient primitivement le piédestal de la statue de Louis XV, place Royale (actuellement place de la Bourse), et font aujourd'hui partie des collections du Musée d'Aquitaine. Ils représentent «La Bataille de Fontenoy» et «La Prise de Port-Mahon aux Baléares» (*Le Musée d'Aquitaine, Bordeaux*, Albin Michel, 1992). D'après l'*Album du voyageur à Bordeaux* (Bordeaux, J.-B. Constant, 1839), le musée des antiques de Bordeaux n'était pas encore très riche à l'époque où Flaubert l'a visité, et ces deux bas-reliefs constituaient ses pièces les plus importantes (p. 129-130).

2. C'est le célèbre «exemplaire de Bordeaux», exemplaire de l'édition de 1588 sur lequel Montaigne a porté en marge de nombreuses corrections et additions en vue d'une nouvelle édition des *Essais*.

3. Le jubé de la cathédrale de Bordeaux avait été détruit en 1804, et la tribune reconstruite en 1811 en y intégrant des sculptures de l'ancienne tribune et du jubé. C'est sans doute de cette tribune que parle Flaubert.

4. Paul Courteault a protesté contre l'injustice de Flaubert envers «l'admirable nef» et les «voûtes si hardies» de la cathédrale Saint-André («Gustave Flaubert à Bordeaux», *Revue historique de Bordeaux*, septembre-octobre 1910, p. 359). Celle-ci était extrêmement appréciée au XIXᵉ siècle: le Baedeker de 1885 (*Midi de la France depuis la Loire et y compris la Corse* — c'est le plus ancien que nous ayons pu consulter) la décrit comme «une des plus belles églises gothiques du Midi». Manifestement, Flaubert n'a pas visité Bordeaux dans des dispositions favorables. Notons cependant que, dans le *Guide pittoresque du voyageur en France*, Firmin-Didot, t. I, 1838, Girault de Saint-Fargeau émet quelques réserves: «très-vaste et très-belle basilique, malgré le défaut d'harmonie et de régularité qui dépare sa plus grande et sa plus belle nef, d'une largeur étonnante».

Page 224.

1. Des corps momifiés découverts dans le cimetière voisin avaient été transportés dans le caveau de la basilique Saint-Michel au début du XIXe siècle. Traités sans précaution, ils se sont désagrégés, et le caveau est maintenant fermé (Olivier Laroza, *Guide touristique, historique et archéologique de Bordeaux et de la Gironde*, p. 122). Dans son *Voyage en Espagne*, Théophile Gautier en donne une description beaucoup plus longue et plus horrible que celle de Flaubert. Notons que les mêmes «personnages» sont dépeints par les deux auteurs, qui ont visiblement entendu, à trois mois de distance (Gautier part pour l'Espagne le 5 mai 1840), le même discours du gardien. On lit en effet dans le *Voyage en Espagne*: «Le gardien nous montra un général tué en duel — la blessure, large bouche aux lèvres bleues qui rit à son côté, se distingue parfaitement —, un portefaix qui expira subitement en levant un poids énorme, une négresse qui n'est pas beaucoup plus noire que les blanches placées près d'elle [...].» Flaubert pourrait avoir eu connaissance du texte de Gautier, paru dans *La Presse* le 27 mai 1840 (première livraison du *Voyage en Espagne*, qui s'appelle alors *Sur les chemins. Lettres d'un feuilletoniste*).

Page 225.

1. Paul Courteault («Gustave Flaubert à Bordeaux», p. 360, n. 1) fait remarquer qu'il ne s'agit plus ici, comme le texte le ferait croire, de Saint-Michel, mais de Saint-Seurin.

2. Pour Paul Courteault (*ibid.*), M. Mabit (et non Mabitte) n'est pas un Girondin mais un contemporain de Flaubert: «Il y avait en 1840 à Bordeaux deux médecins, nommés Mabit, le père et le fils» (l'un des deux figure en effet dans l'*Annuaire général du commerce* de 1840), et la phrase devrait se lire: «L'église est entourée d'un ancien cimetière converti maintenant en promenade, où entre autres dort le Girondin Vergniaud, sur l'affirmation d'un ancien camarade de Julien, M. Mabit, médecin de Bordeaux.» *La Revue* et Conard mettent cependant le verbe au pluriel («dorment»); mais l'ordre hésitant de la phrase indique des ratures ou repentirs, qui pourraient avoir produit une incohérence sur ce point. Quant au mystérieux Julien: le docteur Cloquet se prénommait Jules; l'appelait-on Julien? ou Flaubert aurait-il plaisamment latinisé son prénom en un Julius mal déchiffré? Ce serait cependant, à notre connaissance, la seule fois qu'il aurait ainsi désigné son compagnon de voyage. Devant toutes ces incerti-

tudes, nous avons gardé — mais un peu à regret — la version de l'édition Conard. — Vergniaud, avocat au parlement de Bordeaux, devint l'un des Girondins les plus notoires et fut exécuté avec les chefs de la Gironde en 1793. Paul Courteault rapporte la tradition locale qui veut qu'on les ait enterrés sous les allées Damour (et non d'Amour : Courteault se gausse de la « grosse bévue » et du « mauvais romantisme » de Flaubert sur ce point ; mais la graphie « d'Amour » se lit notamment sur un plan de Bordeaux paru chez Fillastre en 1842).

Page 226.

1. *Rue de la Bahuterie :* ou plutôt : des Bahutiers.

2. D'après l'*Album du voyageur à Bordeaux,* ce sont les alchimistes qui ont répandu le bruit que la maison de la rue des Bahutiers « a été la demeure du président d'Espaignet, fameux physicien et alchimiste du dix-septième siècle, qui se serait complu à décorer cette façade des emblèmes de la grande science ». D'Espaignet (ou d'Espagnet), né en 1564, avocat, a été président du parlement de Bordeaux.

3. *Arriman :* démon qui personnifie le mal dans la religion zoroastrienne.

4. Il s'agit de la fabrique de porcelaine établie par David Johnston au Moulin des Chartrons, « le plus bel édifice que l'industrie ait élevé dans notre ville » (*Album du voyageur à Bordeaux*).

Page 227.

1. Une *gloire* est une ornementation sculptée représentant la divinité sous forme d'un triangle d'où émanent des rayons entourés de nuages. On désigne également sous ce nom un tableau représentant le ciel et ses habitants, anges et saints.

Page 228.

1. La phrase est syntaxiquement incorrecte et s'insère mal dans le contexte, mais nous manquons d'éléments qui nous permettraient de la corriger.

2. *Cadet,* dans certains dialectes, peut désigner l'âne ou d'autres animaux, notamment « le plus jeune bœuf de l'attelage ». *Cadiche* et *cadichon* sont des dérivés dialectaux de *cadet,* mais au sens propre seulement dans les exemples donnés par le *Französisches Etymologisches Wörterbuch* de von Wartburg (article *capitellum*). M. André Goosse, que nous remercions vivement pour cette note, nous signale aussi que les dialectes

auxquels ces exemples sont empruntés ne sont jamais nor-
mands — mais nous rappelle que la comtesse de Ségur, qui
appelle Cadichon le héros des *Mémoires d'un âne*, vivait partiellement en Normandie.

Page 229.

1. Au moment du voyage de Flaubert, si deux ponts de bois
sur la Nive unissaient les deux parties de Bayonne, sur l'Adour
seul un pont de bateaux reliait en effet Bayonne à la localité
voisine, Saint-Esprit (Félix Morel, *Bayonne, vues historiques et
descriptives*, Bayonne, Lamaignere, 1846, p. 352).

Page 230.

1. Pour le Baedeker *Midi de la France depuis la Loire et y
compris la Corse* de 1885, Bayonne «est mal bâtie et elle n'a
guère de curieux, comme monument, que sa belle cathédrale»,
mais elle possède un caractère tout espagnol — c'est ce caractère qui séduit Flaubert, bien certainement : voir l'apparition
d'une «jeune Espagnole» quelques lignes plus haut.

2. *Les allées Marines*, longue promenade sur la rive gauche
de l'Adour.

Page 231.

1. Il est évident que Flaubert, excellent nageur, savait plonger. Il faut comprendre sans doute qu'il ne pratiquait pas la
nage sous-marine, qu'il ne pouvait s'enfoncer à la recherche
du noyé.

Page 233.

1. Sur ses douze derniers kilomètres, la Bidassoa fait la
frontière entre la France et l'Espagne.

2. C'est sur l'île des Faisans que fut signé en 1659 le traité
des Pyrénées. Flaubert ne juge pas nécessaire de le signaler ;
seul son étonnement devant la petite taille de l'île suggère
l'importance de ce qui s'y est passé.

Page 234.

1. Le Baedeker de 1885 déclare pour sa part que l'église de
Fontarabie est «décorée avec ce luxe de mauvais goût propre
aux églises espagnoles». Mais ici, comment faut-il comprendre
«grave» ?

Page 235.

1. «Rapiécer, c'est mettre des pièces ou remettre une pièce sans modification. Rapiéceter, c'est remettre sans cesse de nouvelles pièces, ou mettre beaucoup de petites pièces» (*Bescherelle*).

2. À la mort de Ferdinand VII (1833), sa veuve, la reine Marie-Christine, devint régente en attendant que leur fille Isabelle, alors âgée de trois ans, soit en âge d'exercer le pouvoir. Le frère de Ferdinand, Don Carlos, prétendit à la couronne en alléguant la loi salique (abolie par Ferdinand). S'ensuivit une guerre entre «christinos» et «carlistes» qui se termina en 1839 par la victoire de Marie-Christine (elle sera cependant contrainte d'abandonner la régence en 1840). Les événements étaient donc tout proches lors du passage de Flaubert.

Page 236.

1. L'église Nuestra Señora del Juncal.

2. Irun n'est pas en Castille, mais dans les provinces basques.

Page 238.

1. Pour *buenas noches*: l'espagnol de Flaubert laisse autant à désirer que son anglais, son italien ou son latin…

2. Dans son *Guide des musées de France* (Bordas, 1990, p. 177-178), Pierre Catane n'est guère élogieux sur la restauration du château de Pau: «La chambre de Henri IV [...] est caractéristique de l'imagination "historique" des décorateurs du règne de Louis-Philippe. On y voit, présentée depuis 1822 sous un trophée formé de lances, de drapeaux, soutenant un casque en bois doré, l'écaille de tortue où aurait été déposé le prince nouveau-né.» Quant aux deux fourchettes, il est muet. Une dame qui se désigne comme «l'auteur des *Souvenirs de voyages*» en a vu une en 1850: «On nous montra ensuite une fourchette en fer, trop grande et trop lourde pour qu'on puisse croire qu'elle eût été vraiment à l'usage de l'enfant royal» (*Voyage aux Pyrénées*, Nîmes, Lacour, 1992, reprint de l'édition de 1850-1851, p. 137).

3. Voir note 1 de la p. 217.

Page 239.

1. Rappelons que les visions de Bernadette Soubirous datent de 1858: en 1840, Lourdes n'était qu'une petite localité parmi les autres.

Page 240.

1. L'église de Bétharram, qui date de 1661, a une façade classique fort sévère, mais un intérieur baroque.

2. Le panorama qu'on a de la terrasse de l'église de Saint-Savin est recommandé par les guides.

Page 242.

1. La *Biographie universelle* de Michaud signale deux statuaires de ce nom, deux frères nés en 1798 et en 1800.

2. Charles-François-Marie, comte de Rémusat, lettré et homme politique (1797-1875).

3. M. Caron ne serait-il pas la même personne que le M. Baron dont Flaubert écrit deux pages plus haut qu'il les a guidés dans cette excursion au lac de Gaube?

4. Ce passage se rattache directement à la dernière phrase qui précède les «curieuses réflexions» du livre d'or: «il n'y a que des sots ou des ventrus qui aient pris la plume pour y signer leur nom et leurs idées [...] J'ai la prétention de n'être exclusivement ni l'un ni l'autre (c'est pour cela que je n'ai rien écrit sur l'album).» Le sottisier qui précède pourrait donc avoir été inventé et intercalé par Flaubert *a posteriori*. Sinon, le jeune auteur a-t-il pris pour argent comptant les fantaisies d'un farceur, ou s'amuse-t-il à les immortaliser?

Page 244.

1. Vraisemblablement la campagne de 1815, qui aboutit à la défaite de Napoléon à Waterloo.

Page 246.

1. Pas plus que les éditeurs successifs de la *Correspondance* nous n'avons retrouvé l'auteur de ces vers, qui figurent aussi dans une lettre du 15 mars 1842. FRANTEXT a été interrogé sans résultat (merci à M. Christian Delcourt pour avoir mené cette recherche).

2. La visite des marbreries de Bagnères-de-Bigorre est signalée comme intéressante par le Baedeker de 1885.

3. Titre que portaient traditionnellement les guides de voyage: *Guide du voyageur en Italie, Guide du voyageur en Suisse.*

Page 248.

1. Une *miséricorde* est un petit support généralement sculpté, fixé au dos du siège relevable des stalles d'église pour

permettre de s'asseoir à demi tout en restant debout pendant les longs offices.

Page 249.

1. Le motif de l'identification à l'aigle se retrouve ici même p. 251, dans *Novembre*, dans la première *Éducation sentimentale...*

Page 251.

1. Voir la note précédente.

Page 252.

1. *Saint-Sernin* : église romane de Toulouse, une des plus belles du Midi.
2. Le canal du Midi relie la Méditerranée à la vallée de la Garonne. Il commence à Toulouse.
3. *Le Roman comique* de Scarron (1651-1657) doit quelque chose en effet à *La Vraie Histoire comique de Francion* de Charles Sorel (1623).

Page 254.

1. *La satire Ménippée* : pamphlet contre la Ligue (1594).

Page 257.

1. À propos de la cathédrale Saint-Étienne, le Baedeker de 1885 relèvera les mêmes détails négatifs que Flaubert : elle « se compose de trois parties distinctes et qui se raccordent même fort mal ensemble » ; le chœur (« vraiment beau ») a été « en partie défiguré au XVIIe siècle, dans une restauration à la suite d'un incendie ».

Page 259.

1. « La place aux Herbes, plantée de beaux platanes, a une fontaine de marbre du XVIIIe siècle, avec un Neptune, par les Baratta » (Baedeker de 1885).
2. Si le cri d'alarme de Mérimée à propos de Carcassonne est antérieur au voyage de Flaubert, les grandes restaurations de Viollet-le-Duc ne commenceront qu'en 1853.

Page 260.

1. *Un vieux terme* : une statue du dieu Terme, protecteur des bornes et limites (statue composée d'une sorte de gaine surmontée d'une tête).

2. Saint-Nazaire.

3. Cf. Mérimée : « Dans la muraille d'une des chapelles latérales, ajoutées à la nef, on voit un bas-relief fort curieux,
quoique d'un travail grossier, représentant l'attaque d'une
place-forte. La forme des boucliers terminés en pointe, les
armures de mailles, un soldat armé d'une arbalète, paraissent
convenir au commencement du XIIIe siècle. On peut y trouver
des renseignements curieux sur l'art des sièges à cette époque »
(*Notes d'un voyage dans le Midi de la France*, Librairie de Fournier, 1835, p. 446). Mérimée décrit assez longuement le détail
de ce bas-relief, notamment une machine de guerre, qui lui
« paraît d'ailleurs bien inférieure à la catapulte ».

4. Saint-Michel.

Page 261.

1. L'obélisque donné à la France par le vice-roi d'Égypte,
et qui fut érigé en 1836 sur la place de la Concorde, avait été
amené de Louxor à Paris sur un bâtiment appelé *Le Luxor*,
grâce à des machines inventées ou perfectionnées par Jean-
Baptiste-Apollinaire Lebas. Nous n'avons pas réussi à localiser
le monument en l'honneur de Lebas qu'évoque ici Flaubert.

Page 262.

1. Le mot « arena » signifie sable. La partie des amphithéâtres où avaient lieu les combats étant couverte de sable
pour absorber le sang des hommes et des animaux, elle a pris
ce nom qui a fini par s'appliquer à l'édifice tout entier. Arcisse
de Caumont signale que « quelquefois le sable était teint en
rouge avec du cinabre et mêlé de paillettes de mica » (*Cours
d'antiquités monumentales*, Lance, vol. II, 3e partie, 1838,
p. 453) pour dissimuler les taches de sang. Flaubert se trompe-
t-il en parlant de safran ? Le safran est jaune. Le *Bescherelle* en
signale l'usage dans les théâtres égyptiens et hébreux, mais
pas dans les amphithéâtres romains.— Rappelons que Flaubert écrit le 13 septembre 1839 qu'il a lu pendant les vacances
« un volume d'antiquités de M. de Caumont ».

2. Gito (Giton) est le nom donné par Pétrone au jeune
favori d'un pédéraste. Parmi les personnages cités plus haut :
un esclave d'Horace s'appelait Dave (voir *Satires*, II, 7), et
le nom de Postumus figure dans une ode d'Horace (II,
14), dans une élégie de Properce (III, 12), dans la satire VI de
Juvénal.

3. La Fontaine a été construite sur les ruines des bains

romains, découvertes en 1742 (Eusèbe Girault de Saint-Fargeau, *Guide pittoresque du voyageur en France*, 1838, t. II).

Page 263.

1. D'après Mérimée (*Notes d'un voyage dans le Midi de la France*, p. 358-359), «l'enceinte extérieure [des arènes] de Nîmes est presque intacte». Mais pour l'intérieur il écrit : «On a poussé trop loin les restaurations dans les monuments de Nîmes, surtout dans les Arènes. [...] c'est une reconstruction et non une réparation que l'on a essayée. Par exemple, une galerie intérieure tout entière a été bâtie sur le plan de celle qui s'est conservée à Arles» (p. 361-362). Même opinion chez Nisard, qui parle du «vandalisme des recrépisseurs» (*Histoire et description de Nîmes*, Nîmes, Lacour, 1986, reprint de l'édition de 1842). Flaubert semble se souvenir de Mérimée (voir l'expression «presque intact»), mais ne distingue pas les parties reconstruites des parties primitives.

2. L'amphithéâtre d'Arles a été transformé en forteresse au Moyen Âge. Les avis divergent sur l'époque où ont été construites les quatre tours, dont trois subsistent encore : au VIIIe siècle? au XIIe? Parmi ceux qui penchent pour le VIIIe siècle, certains y voient l'ouvrage des Sarrasins, d'autres celui des Francs, et l'on n'hésite pas alors à les attribuer à Charles Martel lui-même.

Page 264.

1. En réalité, les deux colonnes sont très différentes : l'une est blanche en effet, en marbre de Carrare, mais l'autre, en brèche africaine, ne l'est absolument pas. Flaubert ne porte pas encore aux couleurs l'attention extrême qu'il développera plus tard.

2. «Une fille sur sa porte attendait l'aventure (*carnem homini tenentem*).» M. Nicholas Horsfall, que nous remercions vivement pour sa proposition ingénieuse, a bien voulu tenter de décrypter pour nous l'expression latine qui, telle quelle, ne paraît guère avoir de sens («la chair tenant à l'homme»?). Il semble bien d'abord qu'il ne s'agisse pas d'une citation : les recherches dans la *Concordance du latin classique* du Packard Humanities Institute et dans les grands dictionnaires n'ont rien donné. M. Horsfall propose de lire *tendentem* (tendant, étendant), le sujet de l'action étant, non *carnem* (qui en est l'objet), mais la fille (l'accusatif peut s'expliquer par le contexte original si c'est une citation, ou par le fait que, pour Flaubert, la fille est l'objet de son observation). Le problème

est que le mot « caro » ne semble pas, en bon latin, offrir la possibilité de désigner, comme « corpus » par exemple, les organes
sexuels. D'où la conclusion qu'il doit s'agir d'une expression
construite par Flaubert lui-même ou l'un de ses amis, pour
dire en un latin approximatif ce qui ne peut se dire en français
sans braver l'honnêteté.

Page 265.

1. *La madrague* : grande enceinte faite de filets, tendue en
pleine eau pour pêcher le thon.

2. « Un dimanche » est incompréhensible. C'est « le dimanche » qu'il faudrait lire, car Flaubert n'a passé à Marseille
qu'un seul dimanche.

Page 266.

1. C'est dans cette rue (aujourd'hui rue Francis Davso) que
se trouvait, rappelons-le, l'hôtel Richelieu où Flaubert rencontra Eulalie Foucaud. Une darse est le bassin d'un port, où l'on
abrite les bâtiments de petite taille.

Page 267.

1. Les *atellanes* sont un type de comédie populaire, avec
des personnages et des rôles très typés — l'ancêtre, pense-t-on,
de la commedia dell'arte.

2. Flaubert semble confondre les deux premières comédies
de Molière, *La Jalousie du Barbouillé* (qui contient bien un
personnage de médecin, mais distinct de celui du Barbouillé),
et *Le Médecin volant.*

3. Notons que l'enthousiasme de Flaubert pour le cosmopo-
litisme de Marseille lui fait ressusciter des langues disparues
depuis la nuit des temps : le sanscrit, qui, s'il fut jamais langue
courante, cessa de l'être vers le début de l'ère chrétienne (il
n'est utilisé que comme langue savante et sacrée), le scythe (les
Scythes ont disparu au moment des grandes invasions des Huns,
on ne connaît presque rien de leur langue). Il évoque d'autre
part « le slave » comme s'il n'y avait qu'une langue slave...

Page 268.

1. Les *agavés* ou agavées sont une famille de plantes parmi
lesquelles figure l'agave, qui produit le sisal.

Page 269.

1. *Le Prado* : plage à cinq kilomètres de Marseille, promenade renommée.

2. Courty: propriétaire d'un restaurant de grande classe. Dans ses *Impressions de voyage (Le Midi de la France)*, en 1841, Dumas nous apprend le nom de ce restaurant, *La Muette de Portici*, et déclare que son cuisinier est un artiste qui ne travaille pas dans une région digne de son talent. En partant pour Carthage en avril 1858, Flaubert cherchera à retourner chez Courty: «Promenade au Prado pour aller demander une table à Courty mais je ne retrouve pas Courty» (*Carnet de voyage* n° 10, f° 2 v°).

3. Le docteur Cauvière fut, en 1801-1802, prévôt d'anatomie à l'École d'anatomie et de médecine annexée à l'Hôtel-Dieu de Rouen et dirigée par Laumonier (poste qu'occuperait en 1807 Achille-Cléophas Flaubert). Retourné à Marseille, il y devint en 1840 directeur de l'École de médecine. Il amassa une fortune considérable (*Les Bouches-du-Rhône. Encyclopédie départementale*, IIe partie, t. 11: *Biographies*, par H. Barré, 1913). Flaubert et le docteur Cloquet seront invités chez lui à leur retour de Corse. Flaubert le reverra encore lors de ses passages par Marseille en 1845 et en 1849.

4. Pour le trajet Marseille-Toulon, voir le *Voyage en Italie*, p. 333-334 et n. 2, p. 334.

5. «S'il se trouve quelque vaisseau en rade, le voyageur ira le visiter», conseille impérativement D. M. J. Henry, qui consacre de nombreuses pages à décrire un bâtiment dans ses moindres détails (*Le Guide toulonnais*, Toulon, Imprimerie E. Aurel, 1851, p. 187 et suiv.).

Page 270.

1. L'hôpital Saint-Mandrier était un hôpital de la Marine. D'après le Baedeker de 1885, cet hôpital, situé sur la presqu'île du cap Cépet (aujourd'hui presqu'île de Saint-Mandrier), avait pour curiosités «sa chapelle ronde et une vaste citerne à écho multiple».

2. Flaubert écrit Raynaud, mais il s'agit évidemment du Reynaud que l'*Almanach Bottin* de 1840 signale comme un des médecins de l'hôpital militaire de Toulon.

3. Lors de la suppression des galères, en 1748, Toulon reçut des bagnards destinés aux travaux de l'arsenal. Le bagne de Toulon n'a été supprimé qu'en 1873.

4. En août 1793, la ville de Toulon est livrée par les royalistes à une flotte anglo-espagnole. Quelques mois plus tard, le 19 décembre (le 17 d'après le *Dictionnaire Napoléon* de Jean Tulard, Fayard, 1987), une armée révolutionnaire, dont l'ar-

tillerie est sous les ordres du capitaine Bonaparte, prend le fort construit par les Anglais, le petit Gibraltar, et oblige la flotte anglaise à s'enfuir. C'est à la suite de cela que Bonaparte, le 22 décembre, est nommé général de brigade.

Page 271.

1. Hubert Lauvergne, né à Toulon en 1797, avait été médecin sur de nombreux bâtiments ; il participa ainsi à plusieurs campagnes. En 1832, il fut nommé médecin-professeur des Hôpitaux de la Marine à Toulon. Il fut aussi médecin en chef de l'hôpital des forçats. Outre des ouvrages de médecine, il publia des récits de ses campagnes «parsemés çà et là de quelques poèmes» (Jacques Papin, «Les passages de Flaubert à Toulon», p. 23). C'est en mars 1826 qu'il fit paraître dans le *Journal des Voyages* le «Mémoire sur la Corse» auquel Flaubert fait allusion dans la note de la p. 294. En 1838, il publie une *Histoire de la Révolution française dans le département du Var depuis 1789 jusqu'en 1798*, qui se termine par un vibrant hommage à Napoléon. En 1845, il fait imprimer un poème en dix chants intitulé *Le Jugement dernier*. Mérimée cite encore de lui «un livre original, *L'Agonie et la Mort*» (voir n. 1 de la p. 316). Titre complet : *De l'agonie et de la mort dans toutes les classes de la société, sous le rapport humanitaire, physiologique et religieux*» (Baillière, 1842). Lauvergne semble avoir été un homme influent : Dumas, devant passer par Toulon, se fait recommander auprès de lui ; et c'est à son intervention que Flaubert, lors du voyage en Orient, rencontrera Soliman-Pacha (lettre du 2 novembre 1849).

Page 273.

1. Rabelais, *Quart Livre*, chap. 18 : «Soudain la mer commença s'enfler et tumultuer du bas abîme [...] Pyrrhon, étant en pareil danger que nous sommes et voyant un pourceau près le rivage qui mangeait de l'orge épandu, le déclara bien heureux en deux qualités *[pour deux raisons]*, savoir est qu'il avait orge à foison, et d'abondant *[de surcroît]* était en terre.»

Page 274.

1. Rappelons, si nécessaire, que *Caron* (Charon) est le nocher des Enfers, passant dans sa barque les âmes des morts.
2. Les Flaubert ont eu une maison d'été à Déville-lès-Rouen de 1821 à 1844.

Page 275.

1. Jourdan du Var, Préfet de la Corse de 1830 à 1845. D'après l'auteur des trois articles que lui a consacrés *Le Petit Bastiais* dans sa série sur *Les Préfets de la Corse* (nᵒˢ des 3 et 4 mars, 10 et 11 mars, 31 mars et 1ᵉʳ avril 1930 ; signalés par Antoine Naaman, *Les Débuts de Gustave Flaubert et sa technique de la description*, Nizet, 1982, p. 302-303, n. 11), une vie politique et sociale plus calme, une diminution sensible du banditisme sont les caractéristiques positives de son très long règne préfectoral. En 1843, Jourdan «est l'objet d'une accusation personnelle, une affaire d'argent ; il va à Paris pour s'en défendre, et y réussit. Il sera encore préfet de la Corse pendant deux ans». L'impression laissée par les textes est cependant assez différente. Un document intitulé *La Corse depuis 1830 jusqu'en 1844. Pétition à la Chambre des Députés par un Corse*, document signé Nicolaos Stéphanopoli de Comnène (Imprimerie de Hauquelin et Bautruche, 1844), accuse en effet Jourdan d'incapacité et de malhonnêteté : il s'est employé «à faire scandaleusement sa propre fortune» au lieu de gérer correctement les millions accordés pour la prospérité corse. L'auteur (qui est de Cargèse, voir n. 1 de la p. 276) n'est certainement pas impartial. Et il est vrai d'autre part que Jourdan se défendra. Mais l'épilogue de l'histoire se lit dans une proclamation «Aux habitants de la Corse» (Imprimerie de Bachelier, s.d. [1845]), où il déclare qu'il se sépare de ceux-ci «avec amertume», mais qu'il a reçu l'assurance que ses services en Corse ont satisfait le roi et le gouvernement. Il signe : «Jourdan (du Var), Maître des requêtes au Conseil d'État, ex-Préfet de la Corse.» — Ni Flaubert, fort jeune il est vrai, ni son compagnon adulte ne paraissent avoir soupçonné le côté visiblement un peu douteux du Préfet, lequel leur a dépeint à sa manière ses démêlés avec le Conseil général «qu'il mène assez rudement».

2. Les *carbonari* formaient une société secrète qui avait pour objectif l'expulsion de l'étranger et l'établissement d'un gouvernement démocratique. Le carbonarisme italien est né au début du XIXᵉ siècle. Le mouvement s'est ensuite répandu en France. Le nom de *carbonari* («charbonniers») est une référence aux conspirateurs guelfes et à leur lieu de rencontre : ils se réunissaient dans des huttes de charbonniers pour échapper aux Gibelins.

Page 276.

1 Quelques centaines de Grecs fuyant les Turcs reçurent

des Génois l'autorisation de débarquer en Corse le 14 mars 1676. Après un certain nombre de péripéties, ils s'établirent définitivement à Cargèse, où ils formèrent une véritable colonie grecque. Dans son «Mémoire sur la Corse», Hubert Lauvergne signale qu'elle ne s'est absolument pas intégrée à la population.

Page 278.

1. Le nom de Multedo est très fréquent en Corse. Flaubert écrit plus loin qu'il a revu à Bastia M. Multedo: l'*Annuaire général du commerce* de 1838 signale à Bastia un Multedo receveur des Finances et un autre avocat. Quant au «cousin de M. Multedo» chez qui les voyageurs logent à Vico (cousin ou neveu? voir p. 287), Flaubert écrit à sa sœur qu'il s'appelle aussi Multedo, et que c'est «un ancien capitaine de vélites du roi de Naples» (lettre du 9 octobre 1840. «Maltedo» est sûrement une mauvaise lecture des éditeurs de la *Correspondance*). Son hôte plut beaucoup au jeune homme: dans une lettre du 15 juin 1845, Flaubert charge Ernest Chevalier de saluer de sa part une série d'anciennes connaissances corses, parmi lesquelles «M. Multedo de Vico» (et non de Nice, comme on lit dans les éditions de la *Correspondance*). C'est, écrit-il, «un des plus dignes hommes que je connais».

2. Nous n'avons pu trouver de précisions sur cette «descente» des Anglais à Sagone.

Page 279.

1. *Bogogna* pour Bocognano, transcription «conforme à la phonétique corse» d'après Pierrette Jeoffroy-Faggianelli (*L'Image de la Corse dans la littérature romantique française*, PUF, 1979, p. 382, n. 2).

2. Théodore Poli, né à Guagno en 1797. En 1817, il doit faire son service militaire. Le brigadier de gendarmerie de Guagno, averti de ce qu'il va être réfractaire, l'arrête préventivement. Le jeune homme s'échappe, va tuer le brigadier, devient bandit et déclare une guerre à mort à la gendarmerie. Plusieurs autres bandits se mettent sous ses ordres. Caché dans la forêt d'Aïtone, Théodore édicte une «charte» qui prévoit des peines pour ceux qui se rendent coupables à l'égard de la bande, et fixe l'impôt auquel on soumettra les riches et le clergé. Sa bande est dissoute par les voltigeurs corses (corps créé en 1822 pour la lutte contre le banditisme). Il mourra en 1827, victime, dit-on, de la trahison d'une femme (récit

emprunté à Gracieux Faure, *Le Banditisme et les Bandits
célèbres de la Corse*, Paris, chez l'auteur, 1858, p. 211-301).
Pour Pierrette Jeoffroy-Faggianelli (*L'Image de la Corse*, p. 383),
Lauvergne «fut un des premiers à faire du bandit corse un personnage romanesque», et Flaubert subirait sur ce point son
influence. Trente ans plus tard, cette façon de voir s'est déve-
loppée, et Gracieux Faure ne tarit pas sur la sympathie générale
qui entoure les bandits. Pourtant, s'il faut en croire l'*Histoire
de la Corse* rédigée sous la direction de Paul Arrighi et Antoine
Olivesi (Privat, 1990, p. 409-410), le véritable «bandit d'honneur» n'existait guère, et beaucoup de crimes avaient en réalité pour cause des intérêts matériels.

Page 281.

1. Ayant pris le maquis, les bandits étaient condamnés par
contumace. Une fois la peine prescrite, ils rentraient tranquillement chez eux.

Page 282.

1. L'histoire est dans le «Mémoire sur la Corse» de Lauvergne (p. 312-313).
2. L'édition Conard écrit ici: «le capitaine Lauseler», mais
la suite montre qu'il faut lire «Laurelli». — Pompée Laurelli
passe pour avoir été le second de Bernard Poli lors de l'insur-
rection de 1816 combattue par le marquis de Rivière (voir
n. 2 de la p. 304). En 1827, il entreprit l'installation des bains
de Pietra-Pola, qui devaient lui apporter des bénéfices importants. En 1829, il dut prendre le maquis à la suite d'une affaire
suspecte: sa cousine Delphine Carlotti, sœur du maire d'Isolaccio, avait été mortellement touchée d'une décharge de che-
vrotines pendant une visite qu'il lui faisait; l'enquête conclut à
un accident, mais le bruit courut qu'il avait tué la jeune femme
parce qu'elle lui résistait (Xavier Versini, *La Vie quotidienne en
Corse au temps de Mérimée*, Hachette, 1979, p. 54). Il a donc
été bandit, mais pas à cause de «l'injustice d'un général»,
comme il l'a raconté à Flaubert. À la fin des années trente, il
est capitaine dans le bataillon des voltigeurs corses. Dans l'*Annuaire général du commerce* pour l'année 1840, son nom figure
sur la liste des membres du Conseil général d'Ajaccio. — Flaubert gardera un très bon souvenir de Laurelli, et renouera
par lettres avec lui en 1845, grâce à Ernest Chevalier. On n'a
malheureusement rien gardé de cette correspondance (Jean
Bruneau, dans *Correspondance*, t. I, p. 969, n. 4 de la p. 253).

— Notons qu'à Isolaccio les voyageurs n'ont pas logé chez Laurelli, mais chez le fils de celui-ci (voir p. 300).

Page 283.

1. *Les maquis* : «Ce sont des broussailles hautes tout au plus de trois pieds, quelquefois, mais dans de certaines localités de six ; si tu fais un petit bouquet de chêne, de châtaignier, de genêt et de roseau, tu auras un petit maquis dans ta main» (lettre à Caroline Flaubert du 6 octobre 1840). Remarquons que l'expression «tenir le maquis» (c'est-à-dire s'y réfugier dans la clandestinité), inconnue du *Larousse du xixᵉ siècle*, est employée quelques pages plus loin à propos du capitaine Laurelli.

Page 284.

1. Que peut bien être une «sucrerie de bois»? Nous n'avons trouvé l'expression dans aucun des dictionnaires consultés. Ne faut-il pas, avec Dumesnil (son édition, p. 72), lire «scierie»? Nous n'avons finalement pas adopté cette variante, quoique les scieries aient été particulièrement nombreuses en Corse (voir Janine Renucci, *La Corse*, «Que sais-je?», 1982, p. 58). Mais, outre que l'expression «scierie de bois» constitue un pléonasme, le texte de Flaubert contient une seconde allusion à la «sucrerie de M. Dupuis» (p. 303) : il faudrait donc que Conard ait lu, deux fois, le mot *scierie* de travers.

2. Deux cent cinquante livres de viande par semaine! M. François ne parle vraisemblablement pas de sa propre consommation, quoique l'adverbe «néanmoins» semble opposer ce bon appétit à la maladie qui l'a personnellement accablé. Le chiffre doit concerner la cantine de la fabrique.

3. Cf. *Madame Bovary*, II, xv, description du ténor Lagardy : «Il avait une de ces pâleurs splendides qui donnent quelque chose de la majesté des marbres aux races ardentes du Midi.» Pièce à verser au dossier des emprunts d'Emma à la personnalité de son auteur.

Page 285.

1. Le *Larousse du xixᵉ siècle* définit ainsi le verbe *boulotter* : «vivoter, vivre doucement, sans superflu, sans gêne et sans ambition». Il n'en signale pas l'emploi pronominal.

2. Jacquinot était un restaurateur rouennais, un des cinq que mentionne l'*Almanach Bottin* de 1840. Son restaurant

était situé cours Boieldieu. Pavilly est un petit bourg à une vingtaine de kilomètres de Rouen.

Page 286.

1. Cette légende de la «Sposa» (de la mariée) n'est pas sans rappeler les légendes du Rhin ramenées par les écrivains français, de Hugo à Apollinaire (les Sept Montagnes, la Loreleï).

Page 287.

1. Voir n. 1 de la p. 278.

Page 288.

1. Il s'agit d'un portrait de Gérard. Napoléon y est en effet revêtu du manteau impérial (Eusèbe Girault de Saint-Fargeau, *Guide pittoresque du voyageur en France*, vol. III).

Page 289.

1. La maison natale de Napoléon a été saccagée en 1793. Le général Paoli était alors menacé d'arrestation, en partie sur les dénonciations de Lucien Bonaparte, ce qui avait soulevé la colère des habitants d'Ajaccio contre celui-ci ; les Bonaparte avaient dû s'enfuir. Le mobilier que voit Flaubert date du retour de Letizia, en 1798.

2. *Pozzo di Borgo* : Charles-André, comte Pozzo di Borgo, ennemi juré de Napoléon et allié de Paoli, souvent méprisé pour avoir avec celui-ci «livré la Corse aux Anglais», et s'être mis au service de plusieurs puissances successivement (il fut notamment ambassadeur de Russie en France). — Pozzo di Borgo mourut à Paris en 1842. Son neveu, Félix, est nommé dans la *Biographie universelle*, qui signale sa mort en 1838, sans parler toutefois d'assassinat. D'après l'*Almanach Bottin* de 1839, il exerçait la fonction de payeur de la ville d'Ajaccio.

Page 290.

1. Phrase énigmatique, vraisemblablement tronquée. Il faut sans doute comprendre quelque chose comme : «A Marseille, j'en étais resté au milieu [ou : à tel endroit] du récit de mon voyage. Je le reprends ["le" : le récit, pas le voyage]...»

Page 292.

1. Le même épisode est raconté dans la lettre à Louise Colet du 24 septembre 1846.

2. *Que je me sois diverti de penser* : que je me sois détourné de la pensée.

Page 294.

1. «Mémoire sur la Corse», p. 288-289. Si le mémoire de Lauvergne paraît «curieux» à Flaubert, c'est sans doute dans le sens où il révèle des détails curieux — car il n'a, en soi, rien de bizarre.

Page 295.

1. Nous n'avons pas trouvé de référence à la *Compagnie corse* — même pas dans *La Grande Encyclopédie* de Berthelot, qui énumère quantité de compagnies commerciales et coloniales.

Page 297.

1. Le lecteur familier de *Madame Bovary* aura reperé ici une préfiguration de la scène où le docteur Larivière, appelé au chevet d'Emma, se voit, au sortir du déjeuner qu'il a dû accepter chez le pharmacien Homais, assiéger par tous les malades d'Yonville (III, VIII). À noter que le pharmacien corse, dans l'épisode ici raconté, «a plutôt l'air d'un Bas-Normand»...

2. Guglielmo Icilio Timoleone Libri (1803-1869). Mathématicien, professeur à l'Université de Pise dès 1823, il est contraint de se réfugier en France pour des raisons politiques. Il occupe une chaire de mathématiques au Collège de France puis à la Sorbonne. Devenu secrétaire de la commission chargée de compiler le catalogue des manuscrits des bibliothèques de France, il sera accusé de s'approprier des livres et des manuscrits, et finalement condamné. Il gardera d'illustres défenseurs, notamment Guizot et Mérimée, mais un doute subsiste quant à son innocence (*Enciclopedia italiana*).

Page 298.

1. Phrase énigmatique. Voir *Novembre*, p. 148 : «ah! la plume ne devrait pas écrire tout cela»; on est approximativement dans le même contexte : le soleil, la nature pendant l'été. Peut-être l'explication de ces reculs se trouve-t-elle tout simplement dans la lettre à Le Poittevin du 26 mai 1845, où Flaubert écrit à propos du Simplon : «Tu sais que les belles choses ne souffrent pas de description.»

Page 299.

1. Jean Bruneau a dénoncé la «singulière géographie» de Flaubert dans ce passage (*Les Débuts littéraires*, p. 300, n. 168).

Page 304.

1. Peut-être tenons-nous ici la toute première manifestation de ce sentiment, si profond chez Flaubert, qui trouvera sa forme parfaite dans la phrase célèbre de *L'Éducation sentimentale* : «Il voyagea. Il connut [...] l'amertume des sympathies interrompues.» Mais là où l'homme mûr s'arrêtera au regret, le jeune homme de dix-huit ans va noter qu'en lui l'élan vers le futur, vers la suite du voyage, l'emporte sur le regard en arrière.

2. Il s'agit ici d'un épisode des démêlés de la Corse avec la France. Nous en faisons le récit principalement d'après Jacques Gregori, *Nouvelle Histoire de la Corse*. Bernard Poli (et non Paoli, comme l'écrit l'édition Conard), gouverneur de la ville de Gavi, resté fidèle à Napoléon, est chargé de soulever la Corse au moment des Cent-Jours. Après la seconde abdication, il aide Murat à préparer son expédition à Naples. Louis XVIII charge alors le marquis de Rivière, ambassadeur de France à Constantinople, de rétablir l'ordre en Corse. Après avoir tenté de se débarrasser de Poli en le faisant assassiner, le marquis de Rivière se décide en avril 1816 à livrer bataille aux rebelles dans le Fiumorbo. Il subit une défaite cuisante ; repassant l'Orbo sur les épaules de deux gendarmes, Rivière se trouve presque noyé (il ne sait pas nager) ; il retourne piteusement à Aléria pour apprendre que ses généraux ont eux aussi été mis en fuite. Devenu la risée de tous, il est prié d'aller reprendre ses fonctions à Constantinople. Gregori ne dit mot du capitaine Laurelli à propos de cette affaire. Mais Paul Arrighi l'évoque dans son *Histoire de la Corse* («Que sais-je ?», p. 111).

Page 307.

1. *Anabase*, livre IV, chap. 7, 21-24 : «Quand les premiers arrivèrent au sommet, un grand **cri** s'éleva. En l'entendant, Xénophon et l'arrière-garde crurent que le front aussi était attaqué [...] Comme la clameur grandissait [...] il court pour prêter main-forte ; mais bientôt il entend les soldats crier : "La mer ! La mer !"» (traduction P. Chambry, Classiques Garnier, 1933, p. 153).

Page 311.

1. Quand Chevalier est nommé substitut à Calvi, Flaubert lui écrit : « N'as-tu pas pour Procureur du roi M. Paoli (un gaillard qui boite)? Présente-lui mes compliments s'il se souvient de moi. Et dis-lui que je me rappelle avec plaisir la manière dont son frère m'a reçu. C'est celui qui habite à Piedicroce » (lettre du 13 mai 1845).

2. Dans sa lettre du 15 juin 1845, Flaubert demande à Chevalier de saluer de sa part, entre autres, « M. Vincent Podesta (de Bastia) ». L'*Annuaire général du commerce* de 1840 signale un Podesta président du tribunal de Commerce de Bastia : ce serait une fréquentation vraisemblable pour un substitut du procureur du roi.

Page 312.

1. *Le Domaine ou les domaines* : l'ensemble des biens qui appartiennent à l'État.

2. La grande place de Bastia porte le nom de Saint-Nicolas. M. Josian Calloni, responsable du bureau d'accueil de l'Office municipal du tourisme de Bastia, que nous remercions chaleureusement pour les réponses si précises qu'il a bien voulu nous faire, nous confirme qu'aucune place de la ville ne s'appelle *place Saint-Laurent*.

3. Le cardinal Fesch, qui fut archevêque de Lyon à partir de 1802, était l'oncle maternel de Napoléon. La terrasse évoquée est celle de son palais d'Ajaccio, et c'est de ce palais qu'il est question dans l'alinéa suivant.

Page 313.

1. Cette évocation sera reprise dans une page célèbre de *Madame Bovary* (II, xii) : « La lune, toute ronde et couleur de pourpre, se levait à ras de terre, au fond de la prairie. Elle montait vite entre les branches des peupliers, qui la cachaient de place en place, comme un rideau noir, troué. Puis elle parut, éclatante de blancheur, dans le ciel vide qu'elle éclairait ; et alors, se ralentissant, elle laissa tomber sur la rivière une grande tache, qui faisait une infinité d'étoiles, et cette lueur d'argent semblait s'y tordre jusqu'au fond à la manière d'un serpent sans tête couvert d'écailles lumineuses. Cela ressemblait aussi à quelque monstrueux candélabre, d'où ruisselaient, tout du long, des gouttes de diamant en fusion. La nuit douce s'étalait autour d'eux ; des nappes d'ombre emplissaient les feuillages. »

2. Cf. Girault de Saint-Fargeau : « Les églises de Bastia sont riches, dorées, ornées de marbre, et rappellent les églises italiennes » (*Guide pittoresque du voyageur en France*, vol. III).

3. Sur la philanthropie, voir *Les Mémoires d'un fou*, n. 2 de la p. 100.

Page 314.

1. Bandit qu'il avait rencontré à l'hôpital d'Ajaccio (voir p. 286).

2. Arrighi et Manfredi : ces deux médecins sont mentionnés dans la lettre à Chevalier du 15 juin 1845.

Page 315.

1. *L'école écossaise* de philosophie est fondée dans la première moitié du xviiie siècle. Thomas Reid, un de ses membres les plus illustres, professe notamment que les sciences philosophiques sont des sciences comme les autres, et doivent utiliser les mêmes méthodes rigoureuses (Adolphe Franck, *Dictionnaire des sciences philosophiques*, Hachette, 1875).

Page 316.

1. Comme le signale Jacques Papin (« Les passages de Flaubert à Toulon », p. 26, n. 30), Michelet a occupé durant l'automne et l'hiver de 1861 la maison de campagne de Lauvergne, qu'il avait louée. C'est là qu'il a écrit la plus grande partie de *La Sorcière*. On y trouve ces lignes : « Au pied du fort Lamalgue qui domine invisible, j'occupais sur une pente assez âpre de lande et de roc une petite maison fort recueillie. Celui qui se bâtit cet ermitage, un médecin, y a écrit un livre original, *L'Agonie et la Mort*. Lui-même y est mort récemment. Tête ardente et cœur volcanique, il venait chaque jour de Toulon verser là ses troubles pensées. Elles y sont fortement marquées » (*La Sorcière*, GF, 1966, p. 304-305).

Page 317.

1. *Agavé* : voir n. 1 de la p. 268.

Page 318.

1. Hérodote rapporte que durant son expédition contre la Grèce, peu avant d'arriver à Sardes, « Xerxès vit en chemin un platane si beau qu'il lui octroya pour sa beauté une parure d'or et commit à sa garde l'un de ses Immortels » *L'Enquête*, VII, 31 ;

traduction d'Andrée Barguet, Folio, 1990). Flaubert se trompe-t-il d'arbre, ou connaît-il une autre version de l'anecdote?

2. Le passage des *Mémoires* de Commines qui se rapproche le plus du texte ici proposé nous paraît être cette phrase : « Il avait ordonné, à l'entrée de la porte de la ville, deux grandes tables, à chacun côté une [*une de chaque côté*], chargées de toutes bonnes viandes qui font envie de boire, et de toutes sortes ; et les vins les meilleurs dont on se pourrait aviser, et les gens pour les servir » (L. IV, chap. IX, il s'agit d'un festin offert par Louis XI aux gens du roi d'Angleterre Édouard IV, lors d'une trêve).

3. Phrase énigmatique. Porto est-il le chien de la maison ? Dans le carnet du *Voyage en Italie*, Flaubert note, parmi des souvenirs de promenades à Marseille : « Cauvière. Porto » (voir le *Voyage en Italie* p. 333).

4. Le *Lataki*, ou plutôt Latakieh, est un tabac d'Orient, d'origine syrienne (note de Bernard Masson dans son édition, p. 455).

Page 319.

1. Le *Liebfraumilch* est un vin du Rhin. Dans *L'Éducation sentimentale*, Flaubert écrit : *lip-fraoli* (Ire partie, chap. IV), et c'est ce qu'il a sans doute écrit ici (l'édition Conard a déchiffré « Lep-Fraidi » ; en l'absence du manuscrit, nous utilisons la forme traditionnelle).

Page 320.

1. Lapsus pour « la bastide de Lauvergne » ? Ou les voyageurs ont-ils réellement été invités chez le médecin qui leur avait fait visiter l'hôpital militaire de Toulon (voir p. 270 et n. 2) ?

Page 321.

1. *Couvert* : « enveloppe, adresse d'un paquet. Cela est arrivé franc de port sous le couvert » (*Bescherelle*).

VOYAGE EN ITALIE

Page 324.

1. Ψάλλειν : tirer, lâcher, faire vibrer. D'où : toucher d'un instrument, et particulièrement de la harpe ou de la lyre. Ψάλλω signifie donc : je joue de la lyre, je suis poète (je suis écrivain).

2. Est-ce sérieusement que Flaubert prévoit ici une épigraphe, encore à trouver ? ou dénonce-t-il ironiquement l'usage
reçu ? Dans ses écrits de jeunesse, l'épigraphe est fréquente.

Page 325.

1. La ligne de chemin de fer Paris-Rouen avait été inaugurée le 3 mai 1843 (*Guide de l'étranger dans Rouen*, extrait de
l'*Itinéraire* de Théodore Licquet, Rouen, Le Brument, 1843).

2. Cet *abîme* est celui qu'a creusé dans la vie de Flaubert la
révélation de son épilepsie (première crise le 1er janvier 1844).

3. Flaubert fait un récit analogue de son séjour à Paris dans
la lettre à Le Poittevin du 2 avril 1845. Cette lettre éclaire
notre texte sur plusieurs points.

4. *Le boulevard.* Employé absolument : le boulevard des Italiens.

5. Chez les Collier, famille anglaise rencontrée à Trouville
en 1842, et qui comptait deux filles, Gertrude et Henriette.
Flaubert semble avoir éprouvé pour l'une et l'autre de tendres
sentiments. Les Collier habitaient au rond-point des Champs-
Élysées (voir la lettre à Caroline du 25 mars 1843).

6. Diverses sources de renseignements, et surtout Maxime
Du Camp, *Paris, ses organes, ses fonctions et sa vie jusqu'en
1870* (chapitre sur « Les voitures publiques »), nous permettent
de dire qu'à Paris, vers 1845, on connaissait, outre les omnibus, les *voitures de place* ou fiacres, voitures qui stationnaient
à l'extérieur à des endroits déterminés et qu'on louait à la
course ou à l'heure, et les *voitures ou cabriolets de remise*, plus
élégants, qui stationnaient sous des portes cochères, et qu'on
louait à la journée ou au mois — mais aussi, depuis un certain
temps, à la course et à l'heure. D'après Du Camp, les *cabriolets de régie* sont ces voitures de remise qu'on peut prendre à la
course ou à l'heure. Autrement dit, si Flaubert se plaignait
dans ses lettres de 1842 de mener la vie d'un étudiant sans res-
sources qui « va à pied, ou en mylord », c'est-à-dire en voiture
de place (lettre à Ernest Chevalier, 10 février 1843), il semble
qu'il utilisait une voiture de remise, relativement luxueuse,
pour se rendre chez les Collier.

7. *Le cirque* : le cirque National était situé dans les jardins
des Champs-Élysées.

8. *Mes inscriptions* : les quatre inscriptions qu'il fallait
prendre chaque année pour pouvoir passer les examens de la
faculté de Droit.

Page 326.

1. « L'escalier de la Monnaie m'a essoufflé, parce qu'il a cent marches de haut et aussi que je me rappelais le temps évanoui sans retour où je le montais pour aller dîner ! J'ai embrassé Mme et Mlle d'Arcet qui étaient en deuil, je me suis assis dans un fauteuil, j'ai causé une demi-heure et j'ai foutu le camp » (lettre du 2 avril 1845). Jean-Pierre-Joseph Darcet, ou d'Arcet, directeur des essais à l'hôtel des Monnaies (situé 11 quai de Conti), était mort le 2 août 1844. Il était le père, non seulement de la jeune fille dont parle ici Flaubert, mais de l'épouse du sculpteur Pradier, Louise (voir n. 5), et de Charles Darcet (voir n. 6 de la p. 376).

2. *Panofka* : compositeur ami des Schlesinger.

3. *Rue Le Peletier* : au début de ses études de droit, Flaubert descendait à l'hôtel de l'Europe, rue Le Peletier.

4. Passage pour nous énigmatique : qui est la personne que Flaubert a vue caressant son chien ? est-ce ce spectacle qui aurait été dur ? qui est D., l'homme inaltérable ? Charles Darcet ? On peut difficilement croire que ces lignes font allusion à la visite chez les Collier (« aux Champs-Élysées ») ou à l'hôtel des Monnaies. Il ne s'agit pas non plus, semble-t-il, de la visite à Louise Pradier, dont il va être question dans les lignes suivantes.

5. Louise Pradier, dont la vie tumultueuse est racontée dans *Mémoires de Madame Ludovica*, un document dont Flaubert se servira pour la rédaction de *Madame Bovary*, défraya la chronique par ses dépenses et par sa conduite scandaleuse. Son mari, le sculpteur James Pradier, avait obtenu la séparation de biens le 11 décembre 1844, et la séparation de corps le 25 janvier 1845. Flaubert aura plus tard une liaison avec elle (Douglas Siler, *Flaubert et Louise Pradier*, Minard, Archives des Lettres modernes, 1973, p. 5).

6. Eulalie Foucaud de Langlade, avec qui Flaubert eut une aventure d'une nuit au retour de son voyage en Corse (voir p. 21-22).

7. Ernest Chevalier, l'ami d'enfance de Flaubert.

8. *Tavannes*, comte de : Gaspard de Saulx-Tavannes, 1509-1573. Page de François Iᵉʳ, prisonnier à Pavie à l'âge de seize ans, il devint plus tard maréchal de France et amiral des Mers du Levant. Il seconda les massacres de la Saint-Barthélemy. Son tombeau, érigé dans la Sainte-Chapelle de Dijon, fut détruit en 1793 (*La Grande Encyclopédie* de Berthelot).

9. *La figure du conseiller de Bourgogne* : d'après Mme Sophie Jugie, conservateur au musée des Beaux-Arts de Dijon, que

nous remercions vivement pour cette recherche, le seul
tableau du musée qui corresponde à peu près à la description
donnée par Flaubert est celui d'Odinet Godran, président au
Parlement de Bourgogne, mort en 1581. Ce tableau, dont la
présence au musée est attestée en 1818, est actuellement en
réserve.

10. Nous n'avons trouvé mention nulle part de parents ou
d'alliés des Flaubert à Dijon (mille mercis à M. Gilles Henry
qui a bien voulu nous aider dans notre recherche).

11. Bossuet est né à Dijon, dans une maison «modeste»
située au nº 18 de l'actuelle rue Bossuet.

Page 327.

1. Ce passage est pour nous mystérieux. Si nous comprenons bien, un orgue de Barbarie qui dérange Flaubert à Chalon le fait se souvenir d'un autre orgue qui avait provoqué chez
lui de l'amertume, quelques jours plus tôt, alors qu'il passait
rue de Seine «sans rechercher l'émotion». Pourquoi Flaubert
juge-t-il bon de noter qu'il ne cherchait pas l'émotion? Qu'est-
ce qui aurait pu l'émouvoir? Nous n'avons pas trouvé trace
d'une personne qui aurait pu lui être chère et qui habitait ou
avait habité là. La mention d'un orgue de Barbarie dans la
lettre à Le Poittevin du 2 avril 1845 n'éclaire pas les choses;
racontant sa visite aux demoiselles Collier, Flaubert écrit:
«Par une affinité exquise, par un de ces accords harmonieux
dont l'aperception appartient seule à l'artiste, un orgue de
Barbarie s'est mis à jouer sous les fenêtres, comme autrefois
pendant que je leur lisais *Hernani* ou *René*.» Voilà donc un
autre orgue entendu pendant le même court séjour à Paris,
sans amertume semble-t-il. La musique de l'orgue de Barbarie
— a-t-elle joué un rôle dans un épisode de sa vie sentimentale?
— intervient à plusieurs reprises dans l'œuvre de Flaubert.
Elle convient à la tristesse du héros de *Novembre* (voir
Novembre p. 204) et à celle d'Emma Bovary: «Des sarabandes
à n'en plus finir se déroulaient dans sa tête, et, comme une
bayadère sur les fleurs d'un tapis, sa pensée bondissait avec
les notes, se balançait de rêve en rêve, de tristesse en tristesse»
(*Madame Bovary*, I, IX). En revanche, dans la première *Éducation sentimentale*, l'irruption d'un orgue de Barbarie est com-
parée à celle d'un visiteur importun.

2. Dans ses *Notes d'un voyage dans le Midi de la France*
(Librairie de Fournier, 1835, p. 107-108), Mérimée cite, au
musée de Lyon, *L'Adoration des Mages*, «qui paraît une première

pensée du grand tableau de Madrid», et un autre Rubens, «magnifique» et qui, dit-il, l'a frappé : «Le sujet est bizarre : c'est saint Dominique et saint François protégeant le monde contre Jésus-Christ qui veut le punir.» Flaubert, dans une lettre à sa sœur Caroline du 22 mars 1845, demandait que son beau-frère essaie de trouver avant le départ l'ouvrage de Mérimée, «assez difficile à se procurer». Le fait qu'il se contente de déclarer le Rubens «symbolique» pourrait faire penser qu'il ne l'a pas lu. Mais voir ci-dessous, n. 4 de la p. 328, n. 7 de la p. 329, et n. 1 de la p. 330.

3. «Quand tu seras à Lyon, tu monteras à Fourvière pour aller voir l'église Saint-Irénée. Tu demanderas à descendre dans les caveaux, et tu pourras y voir les os des martyrs. Je les ai contemplés et touchés le soir, à la clarté des torches ; tu te souviendras de moi, et aussi à la jonction de la Saône et du Rhône», écrit Le Poittevin à Flaubert (voir *Correspondance*, n. 3 de la p. 223). Et celui-ci répond, le 15 avril : «Je n'ai pas touché, à Fourvière, les os des martyrs, parce que je ne savais pas qu'il y en eût. Mais, au confluent des deux fleuves, sur le pont, j'ai regardé l'eau couler en pensant à toi, sans savoir que tu le désirais.»

4. Rappelons que la basilique actuelle a été construite après la guerre de 1870. Ce que Flaubert visite est la chapelle de pèlerinage du XVIIIe siècle, qui contient une Vierge miraculeuse.

Page 328.

1. Dans *L'Éducation sentimentale*, Flaubert fera de Rosanette la fille de canuts lyonnais. Il se renseignera auprès de Jules Duplan sur la technique du métier : «Je trouve ceci dans mes notes : le tisserand du métier à la Jacquard reçoit sans cesse dans l'estomac le contrecoup des mouvements du balancier par l'*ensouple* sur lequel l'étoffe s'enroule à mesure qu'elle avance [...] C'est l'ensouple qui donne les coups?» (27 août 1868) ; mais il renoncera finalement à évoquer le travail des canuts.

2. *M. de Bonald* : archevêque de Lyon, devenu cardinal en 1841. C'était un des fils du philosophe Louis de Bonald.

3. D'après le *Grand Dictionnaire encyclopédique Larousse* de 1982-1985, le sanguinaire *baron des Adrets* est né au château de la Frette en 1513 et il y est mort en 1587. Le *GDEL* situe le château de la Frette dans le Dauphiné ; les cartes font apparaître une localité nommée La Frette au nord de Gre-

noble, près de la D 512. Il existe aussi, au nord-est de Grenoble, un village des Adrets, contenant les ruines d'un château
du même nom (*La Grande Encyclopédie*). Qu'il s'agisse de La
Frette ou des Adrets, notre texte pose deux problèmes. D'abord,
il paraît impossible de contempler, depuis un bateau descendant le Rhône, un château situé dans les environs de Grenoble... Quel est alors celui dont on parle ici ? Ensuite, on ne
voit pas comment Flaubert aurait pu se promener le long du
Rhône ou à Grenoble avec Lauvergne, qui habitait Toulon.
Une hypothèse serait qu'ils ont vu ensemble *l'auberge* des
Adrets : voir ci-dessous n. 2 de la p. 337.

4. Ceci est déjà noté par Mérimée — ce qui ne vaudrait pas
la peine qu'on s'y arrête si la remarque n'intervenait, chez lui
comme chez Flaubert, précisément à propos d'Avignon.

Page 329.

1. Flaubert a écrit : « Mme L. avril lacenaire ». Nous n'avons
pas trouvé de criminelle du nom d'Avril, mais le complice le
plus fameux de Lacenaire s'appelait ainsi. Nous pensons donc
qu'il faut lire : « Mme L[afarge], Avril, Lacenaire ». Mme Lafarge
fut condamnée en 1840 aux travaux forcés à perpétuité pour
avoir empoisonné son mari à l'arsenic. Lacenaire, plusieurs
fois assassin, guillotiné en 1836, témoigna d'un parfait cynisme
lors de son procès, ce qui, ajouté à ses prétentions de poète et
à la rédaction de ses mémoires, fit son succès auprès des
romantiques.

2. Jean-Pierre-Paul *Sauzet* : homme politique français, président de la Chambre pendant neuf ans, était connu, paraît-il,
pour son éloquence abondante et fleurie (*Larousse du
xixᵉ siècle*).

3. Il s'agit du musée Calvet.

4. Nous déchiffrons *Maliers* là où l'édition du Club de
l'Honnête Homme lit *Mallin*. Mais pas plus que Maurice Bardèche, nous n'avons repéré l'ouvrage en question.

5. *Joseph Vernet* (1714-1789), né en Avignon, essentiellement peintre de marines. Son fils *Carle Vernet* (1758-1836),
prix de Rome, auteur de caricatures, de gravures humoris-
tiques, mais aussi de grands tableaux à sujets historiques.
Horace Vernet (1789-1863), fils de Carle ; bonapartiste, il peint
les batailles napoléoniennes et de grandes scènes de genre,
comme le *Mazeppa aux loups* dont le musée Calvet possède les
deux exemplaires, l'un offert par le peintre (nous remercions
Mme Marcelle Fornara, du service Documentation du musée,

pour ce renseignement). Mazeppa est un héros du nationa-
lisme ukrainien qui lutta contre Pierre le Grand. Son histoire
retint l'attention de Byron avant d'intéresser Vernet, Pouch-
kine, Hugo, Liszt (*GDEL*).

6. Alexandre *Du Sommerard*, célèbre archéologue français
(1779-1842). Il loua l'hôtel de Cluny pour y loger sa collection,
fondant ainsi le musée de Cluny, dont il fut le premier directeur. D'après le *Voyage en Orient*, les Flaubert ont dû déjeuner
avec lui à Montélimar.

7. «La voûte de cette dernière salle est très bizarre. C'est
une espèce d'entonnoir arrondi à son sommet» (Mérimée,
Notes d'un voyage dans le Midi de la France, p. 145).

8. *Jourdan Coupe-Tête* (1749-1794). En 1791, il devint le
chef des volontaires du Vaucluse, qui combattaient pour la
réunion du Comtat-Venaissin à la France. Ayant fait assassiner soixante-treize citoyens d'Avignon hostiles à la Révolution,
il fut arrêté, puis amnistié en 1792. Il reçut en 1793 le com-
mandement de la gendarmerie du Vaucluse et des Bouches-
du-Rhône. Dénoncé pour avoir fait arrêter un représentant du
peuple qui portait un congé de la Convention, il fut condamné
à mort et exécuté.

Page 330.

1. «On dirait la citadelle d'un tyran asiatique plutôt que la
demeure du vicaire d'un Dieu de paix» (Mérimée, *Notes d'un
voyage dans le Midi de la France*, p. 143).

2. La cathédrale Notre-Dame des Doms. La statue de
Notre-Dame des Doms, en marbre de Carrare, est l'œuvre de
James Pradier (1837). Quant à *Devéria*, il commence en 1838
la décoration picturale de l'actuelle chapelle du Saint-Sacre-
ment. Son travail se poursuit dans d'autres compositions, et
notamment dans une *Reine des Anges* qui date de 1840 (André
Reyne et Daniel Brehier, *La Basilique métropolitaine Notre-
Dame des Doms*, Aubanel, 1986, p. 44 et p. 61-63).

3. Officier dans la garde nationale au début de la Révolution, *Brune* devint général puis maréchal sous Napoléon. Ral-
lié aux Bourbons, retournant à Napoléon pendant les
Cent-Jours, il sera assassiné en Avignon lors de la seconde
Restauration, le 2 août 1815.

4. Dans l'usage de Flaubert, ce nom entre parenthèses est
celui de quelqu'un à qui la personne évoquée le fait penser.
Mais nous n'avons pas identifié cette Mme Germain.

5. «Toutefois» ou «tout à fait»? Il est difficile de trancher.

Page 331.

1. Passage énigmatique. La plaisanterie sur un ton familier renvoie peut-être au discours du guide lors de la visite de Flaubert en 1840 (à noter que le texte de *Pyrénées-Corse* est muet là-dessus). Comme les autres éditeurs, nous corrigeons le *Challiot* de Flaubert en un *Chaillot* plus vraisemblable.

2. Voir *Pyrénées-Corse*, p. 261 : « le vent de la nuit s'élevant faisait battre au haut des arcades les figuiers sauvages poussés sous les assises des mâts du vélarium. »

3. *Zingaro* : bohémien, en italien.

4. Sur le jardin de la Fontaine, voir *Pyrénées-Corse*, p. 262.

5. *Le musée Perrot* était un « cabinet d'antiquités » situé en face de la Maison Carrée. Son propriétaire, J. F. A. Perrot, lui consacre deux pages de son livre *Une Visite à Nîmes. Description de ses monuments antiques* (Nîmes, chez l'auteur, 1842, p. 81-82). La Maison Carrée étant trop petite pour contenir toutes les antiquités du Midi, il a décidé, écrit-il, de constituer lui-même un autre musée — qui était aussi (et peut-être surtout) un magasin d'antiquités. Malgré sa folle ambition, l'entreprise était sérieuse : la collection Perrot est citée la première parmi celles qui ont enrichi le musée des Antiques, qui avait été installé en 1816 dans la Maison Carrée (Germaine Barnaud, *Répertoire des musées de France et de la Communauté*, Institut pédagogique national, 1959).

6. On notera que Flaubert préfère ici l'art de l'antiquité à l'art gothique, dont le romantisme pourtant s'était fait le héraut. Le goût de l'antiquité, qui se retrouve partout dans son œuvre de jeunesse, se manifeste à plusieurs reprises au début de ce carnet d'Italie.

7. « À Arles, j'ai été le soir avec Hamard au café de la Rotonde et j'ai payé un verre de kirsch à un sergent. Sens-tu combien c'est beau ! » (à Alfred Le Poittevin, 15 avril 1845).

Page 332.

1. Voir *Pyrénées-Corse*, p. 264.

2. *Labrax* est un des personnages du *Rudens* de Plaute, et c'est lui qui est le *leno* de la pièce (un *leno* exploite la prostitution en faisant le commerce des esclaves filles) : peut-être « le leno » fait-il allusion à un personnage d'une autre pièce de Plaute, par exemple à ce Ballio que Flaubert cite à côté de Labrax dans sa lettre à Le Poittevin du 15 avril 1845.

3. Voir *Pyrénées-Corse*, p. 264 : « Les Arlésiennes sont jolies. On en voit peu, on m'a dit qu'on n'en voyait plus. »

4. Actuellement, une ligne de *chemin de fer* coupe transversalement l'entrée de l'allée des tombeaux, et une autre passe deux cents mètres derrière la chapelle Saint-Honorat, située au bout de l'allée. Pour se faire une idée du sentiment dans lequel Flaubert note la présence du chemin de fer aux Alyscamps, on peut se reporter à ce passage des *Mémoires d'un fou* où il évoque «le premier amour, qui ne fut jamais violent ni passionné, effacé depuis par d'autres désirs mais qui reste encore au fond de mon cœur comme une antique voie romaine qu'on aurait traversée par l'ignoble wagon d'un chemin de fer» (p. 85).

5. Marie-France Renard (que nous remercions de son aide) nous propose de voir la source de ces lignes dans un passage des *Âmes du Purgatoire* de Mérimée (1834). Étant à l'église, Don Juan regarde autour de lui pour se distraire: «Trois femmes, agenouillées sur des tapis de Turquie, attirèrent son attention tout d'abord. L'une [...] ne pouvait être autre qu'une duègne. Les deux autres étaient jeunes et jolies, et ne tenaient pas leurs yeux tellement baissés sur leurs chapelets qu'on ne pût voir qu'ils étaient grands, vifs et bien fendus. Don Juan éprouva beaucoup de plaisir à regarder l'une d'elles, plus de plaisir même qu'il n'aurait dû en avoir dans un saint lieu.»

6. Vraisemblablement l'abbaye de Montmajour.

Page 333.

1. Toujours le fossé entre avant et après le déclenchement de la maladie (qui se déclara, comme on le sait, en janvier 1844).

2. *L'hôtel d'Orient* est mentionné dans l'*Annuaire général du commerce* de Firmin-Didot de 1845.

3. *Emmanuel*: est-ce à son ami Emmanuel Vasse que Flaubert fait ici référence?

4. Rappelons que l'*hôtel Richelieu* est celui où Flaubert descendit en 1840, et connut son aventure d'une nuit avec Eulalie Foucaud de Langlade.

5. Le docteur *Cauvière*, dont la généreuse hospitalité avait beaucoup plu à Flaubert lors de son voyage de 1840. *Porto* est vraisemblablement son chien (voir *Pyrénées-Corse*, p. 318).

6. L'écrivain Georges de *Scudéry* avait été nommé gouverneur de Notre-Dame de la Garde en 1642. Au moment de la Fronde, il prit malencontreusement parti contre Mazarin, et fut destitué de sa fonction, qu'il ne retrouva jamais.

7. Flaubert logera chez Parrocel, à l'hôtel du Luxembourg,

lors de son départ pour l'Orient (voir notamment la lettre à sa mère du 14 mars 1851) et aussi avant de s'embarquer pour Carthage en 1858. Mais ce n'est pas dans cet hôtel que la famille descend en 1845. Peut-être y a-t-elle déjeuné?

8. Sur le Prado et le restaurant de *Courty*, voir *Pyrénées-Corse*, n. 1 et 2 de la p. 269.

9. *S'embarrer*: se prendre entre des barres. Pour cette promenade en barque, voir *Pyrénées-Corse*, p. 269.

10. Voir dans *Pyrénées-Corse*, p. 316-318, la description enthousiaste de ce jardin.

11. «Cet après-midi je suis retourné dans une boutique où j'ai acheté autrefois des babouches et des pipes turques» (à Alfred Le Poittevin, 15 avril 1845).

12. *La Santé*: c'est ce qu'on appelle aussi «la Consigne»: le siège de l'intendance sanitaire de quarantaine. Parmi les œuvres d'art qu'on peut contempler à la Consigne, le Baedeker (*Italie*, 1873, et *Midi de la France*, 1885) mentionne le tableau d'Horace Vernet intitulé *Le Choléra à bord de la frégate Melpomène*, et un haut-relief en marbre, œuvre de Puget, *La Peste à Milan*. Il s'agit plus précisément d'un bas-relief représentant saint Charles Borromée priant pour les pestiférés de Milan; il se trouve depuis 1922 au musée des Beaux-Arts de Marseille.

13. C'était, rappelons-le, la rue de l'hôtel Richelieu.

14. *Alfred Deschamps*: auteur de vaudevilles et de saynètes. Nous pensons qu'il faut comprendre: «scènes comiques dignes de Deschamps».

Page 334.

1. Passage pour nous mystérieux. Le dîner à l'hôtel d'Orient avec le docteur Cauvière est confirmé par la lettre du 15 avril à Alfred Le Poittevin: «Le père Cauvière a dîné ici tout à l'heure.» Le «prince de Montpensier» renvoie-t-il au même personnage que le «duc de Montpensier», deux lignes plus bas? On sait qu'un des fils de Louis-Philippe portait le titre de duc de Montpensier. Flaubert ferait-il allusion à une anecdote concernant un dîner offert par ce prince, alors âgé de vingt et un ans?

2. Cuges-les-Pins est à une bonne trentaine de kilomètres de Marseille, sur l'actuelle N8. Il nous semble qu'il faut comprendre que, lors de son voyage de 1840, Flaubert, allant de Marseille à Toulon et, après la Corse, retournant de Toulon à Marseille, s'est arrêté à Cuges dans les deux sens. À l'aller, il voit les grives et le saltimbanque; au retour, à une heure du

matin, il boit du café (ou pénètre dans un café) et reprend la route pour arriver à Marseille à trois heures.

3. «À Toulon j'avais aussi devant mon hôtel les mêmes arbres et la même fontaine, qui coulait de même et faisait, la nuit, son même bruit d'eau tranquille» (à Alfred Le Poittevin, 1ᵉʳ mai 1845). L'*Almanach Bottin* de 1840 indique quatre hôtels sur la place au Foin. Il n'est donc pas sûr que Flaubert soit descendu les deux fois dans le même établissement.

4. *Hei mihi!* : «Hélas! Hélas pour moi!»

Page 335.

1. Flaubert avait visité le bagne de Toulon (situé à l'Arsenal) au retour de la Corse.

2. C'est ce médecin qui en 1840 avait fait visiter à Flaubert l'hôpital militaire de Saint-Mandrier. Est-ce lui aussi qui lui avait fait les honneurs de l'hôpital du bagne?

3. Jacques Papin («Les passages de Flaubert à Toulon», *Les Amis de Flaubert*, mai 1984, nᵒ 64, p. 31) fait le rapprochement avec l'article *Forçat* du *Dictionnaire des Idées reçues* : «Sont tous très adroits de leurs mains : ils sculptent les noix de coco, tressent des petits paniers de paille, etc.»

Page 336.

1. *En raisonnant ainsi ils arrivèrent à Bordeaux* : c'est manifestement une citation, mais nous n'avons pas réussi à l'identifier.

2. Sur Saint-Mandrier et sa *citerne*, voir *Pyrénées-Corse*, p. 270.

3. Pour la *galère de Cléopâtre*, voir aussi *Novembre*, p. 136. Sur *Néron*, voir *Les Mémoires d'un fou*, n. 2 de la p. 58.

4. Employé absolument, l'*Océan* renvoie à l'Atlantique.

5. *Lamalgue* : c'est là qu'était située la bastide de Lauvergne (voir *Pyrénées-Corse*, n. 1 de la p. 316).

Page 337.

1. *Porte d'Orée* : fragment d'un édifice du ıvᵉ siècle — sans doute une salle des thermes du port, d'après le guide Michelin.

2. *Robert Macaire*, héros de *L'Auberge des Adrets*, mélodrame d'Antier, Saint-Amand et Paulyanthe, créé en 1823. — L'auberge ici évoquée par Flaubert est à peu près à mi-distance entre Fréjus et Cannes. Or les auteurs du mélodrame précisent que «la scène se passe à l'auberge des Adrets, sur la route de Grenoble à Chambéry», ce qui est la situation du vil-

lage des Adrets d'où est originaire le baron du même nom
(voir n. 3 de la p. 328) La belle envolée lyrique de Flaubert
repose donc sur une confusion : l'auberge des Adrets devant
laquelle il passe ici n'est pas celle de Robert Macaire. Elle fut
en revanche un des refuges, au XVIIIᵉ siècle, du célèbre bandit
Gaspard de Besse. — L'«adret» est le versant de la montagne
côté «endroit», ce qui explique que le mot se retrouve dans
plusieurs noms de lieux.

Page 338.

1. *Granville*: port sur la Manche, spécialisé dans la
construction de bateaux. Un *brick* est un navire à deux mâts et
à voiles carrées.
2. Le comté de Nice est passé à plusieurs reprises de la
Provence française aux États de la maison de Savoie. De 1814
à 1860, il a été rattaché au Piémont, donc à l'Italie, pour la
dernière fois.
3. Émile Vincens, *Histoire de la République de Gênes*, Firmin-
Didot, 1842, 3 vol. Sur la lecture de cet ouvrage et son intérêt
pour Flaubert, voir Préface p. 36.
4. *Nissard ou Niçard*: habitant de Nice.
5. Hôtel «bien tenu», dont les prix sont analogues à ceux
des hôtels de luxe (Baedeker).

Page 339.

1. *Germain Des Hogues*, condisciple et ami de Flaubert,
auteur d'un recueil de poèmes, *Les Caprices* (Desessart, 1842),
mort en 1843. Dans sa lettre du 15 avril 1845, Flaubert écri-
vait à Le Poittevin : «J'irai à Nice. Je m'informerai du cimetière où est Germain et j'irai voir sa tombe.» Mais le 1ᵉʳ mai il
lui avoue : «À Nice je n'ai pas été au cimetière où pourrit ce
pauvre Des Hogues [...]. Cela eût paru drôle.»
2. Peur de visiter Naples avec sa famille, c'est-à-dire «en
épicier».
3. *Ruffian*: entremetteur, souteneur (emprunt à l'italien
ruffiano).

Page 340.

1. Rappelons que la ville de *Menton* est alors italienne.
2. Allusion à la scène du fossoyeur dans *Hamlet*.

Page 341.

1. En italien, Porto-Maurizio.

Page 342.

1. Jean-Pierre Perchellet, que nous remercions de sa suggestion, pense que le joueur de contrebasse et son instrument sont sans doute portés sur un brancard, seul moyen de permettre au musicien de participer au concert dans un cortège en marche.

2. *Eau athénienne* : « Eau qui a la propriété de nettoyer et de lisser la chevelure, en même temps qu'elle lui communique un agréable parfum » (*Larousse du XIXᵉ siècle*).

3. Ici, Flaubert a figuré la silhouette du pont par le dessin d'un angle obtus dont le sommet est en haut.

Page 343.

1. La place tient son nom de l'église de l'Annunziata (l'Annonciade).

2. Les *Lomellini* sont une des plus vieilles familles génoises, dont la puissance économique remonte au XIIᵉ siècle. Au XIVᵉ, elle s'illustra dans la banque, puis elle obtint de l'Espagne l'exclusivité de la pêche du corail pratiquée sur l'île de *Tabarka*, petite île sur la côte nord de la Tunisie (maintenant reliée à la terre ferme ; merci à Gaël Bournonville pour les renseignements fournis). Mais au XVIIIᵉ siècle l'île lui fut enlevée par les musulmans. Si le « fâcheux » raconte l'histoire des Lomellini devant l'église de l'Annunziata, c'est que cette église fut richement rénovée en 1591-1620 grâce aux fonds offerts par eux sur le produit de la pêche du corail.

3. *Christophe Colomb* était génois de naissance.

4. Le premier des deux palais ici décrits est le palais Brignole Sale, un des plus beaux de Gênes, connu aussi sous le nom de palazzo Rosso à cause de la couleur de sa façade. Il est situé via Garibaldi — anciennement via Nuova. C'est là (et non dans le palais contigu) que se trouvent les tableaux dont va parler Flaubert.

5. Le marquis Anton Giulio Brignole Sale et la marquise, née Paolina Adorno.

6. *Crépelé* : diminutif de crêpé. Frisé, crêpé serré.

7. Sans doute un Paris Bordone, d'après Gabriel Faure (« L'Italie de Flaubert », *La Revue hebdomadaire*, septembre 1918, p. 56).

Page 344.

1. *Le Capucin* : surnom du peintre Bernard Strozzi (1581-1644), né à Gênes.

2. Énumérant les toiles marquantes du palais Brignole, Flaubert hésite : le *Saint Jérôme* ne serait-il pas au palais Balbi ? Le *Nouveau Guide du voyageur en Italie* de Ferdinando Artaria (Milan, Artaria, 1842, 6ᵉ édition) signale en effet la présence d'un *Saint Jérôme* du Guide dans ce palais.

3. Cette toile est dans la collection Brignole Sale, dont Flaubert continue donc la description, contrairement à ce que pourrait faire penser la mention du palais Balbi.

4. Quelques lignes plus bas, Flaubert attribue plus correctement ce tableau à Véronèse. La collection Brignole Sale comporte bien en effet un *Judith et Holopherne* de Véronèse qui correspond à la description donnée par Flaubert (voir la reproduction dans *Tout l'œuvre peint de Véronèse*, Flammarion, 1970, nᵒ 261). — Rappelons que Judith est une héroïne biblique qui, en allant trancher la tête du général Holopherne, sauva la ville de Béthulie assiégée par les troupes de Nabuchodonosor. Elle est en Italie, depuis la Renaissance, un symbole de la résistance à l'ennemi, et a inspiré une infinité de peintres.

5. « Que le vent du soir est doux et embaumé ! Comme les fleurs des prairies s'entrouvrent ! Ô nature magnifique, ô éternel repos ! » (acte IV, sc. 11).

6. *Charles Steuben* : peintre français, 1788-1856, élève de Gérard puis de Prud'hon. Peintre d'histoire, il eut beaucoup de commandes officielles sous Louis-Philippe. Dans *Par les champs et par les grèves*, Flaubert et Du Camp manifestent tous deux leur mépris pour lui. La *Judith se rendant au camp d'Holopherne* a été exposée au Salon de 1841 ; c'est vraisemblablement alors que Flaubert l'a vue. Notons que dans *Madame Bovary* (III, 7), si la salle à manger du notaire est ornée de « la *Esméralda* de Steuben », ce tableau — ou plutôt sa gravure — a supplanté à la dernière minute la *Judith*.

7. Louis Hourticq a démontré, dans *La Vie des images* (Hachette, 1927, p. 212), que Flaubert se souvient très exactement du *Judith et Holopherne* d'Horace Vernet dans sa description de la pose et de l'expression de Mâtho endormi sous la tente, après l'étreinte avec Salammbô.

Page 345.

1. *Le palais des jésuites* : il s'agit du palais Doria Tursi, l'actuel hôtel de ville. À ne pas confondre avec l'ancien Collège des jésuites, actuellement palais de l'Université, via Balbi.

2. *Signifer, dux equitum* : porte-enseigne, chef de la cavalerie. Voir Préface p. 42 : qui sait si, malgré son caractère puéril,

cette mise en scène du conflit entre Rome et Carthage n'a pas insinué dans l'esprit de Flaubert quelque chose qui l'amènerait, douze ans plus tard, à écrire *Salammbô* ?

3. *Ducis* (1733-1816) était auteur dramatique, et reste surtout connu pour ses adaptations des pièces de Shakespeare, qu'il soumettait aux règles de la tragédie classique.

Page 346.

1. Il y a au moins six *palais Spinola* à Gênes. Celui dont il s'agit ici pourrait être celui de la via Nuova (jadis n° 44), car le guide d'Artaria y signale un *Bacchus* de Rubens (voir note suivante).

2. Flaubert avait d'abord écrit : un Bacchus. *Silène* est le père nourricier de Bacchus.

3. Le *palais Balbi*, ou Balbi Piovera, via Balbi. C'est à la collection Balbi Piovera qu'appartenait et qu'appartient encore *La Tentation de saint Antoine* de Bruegel. Francesco Picco en a publié une reproduction, et précisé les dimensions : 86 cm sur 62 (« Il dipinto del Breughel e la *Tentation de saint Antoine* del Flaubert », *Rivista di Letteratura Moderne*, n° 1, 1946, p. 418-421). Voir ci-dessous p. 354-355.

4. *Domenico Zampieri*, dit le Dominiquin (1581-1641), peintre d'histoire et graveur, élève des Carrache. Le sujet de son tableau est un célèbre épisode de la mythologie grecque, souvent illustré (notamment sur les métopes du Parthénon).

5. *Plenis buccis* : « à pleines joues ».

Page 347.

1. *Sujet analogue de l'Arioste traité par M. Ingres* : il s'agit de *Roger délivrant Angélique*, tableau exécuté par Ingres en 1819, pendant son séjour à Rome (il est au musée du Louvre). Le sujet renvoie à l'*Orlando furioso* de l'Arioste, X, 92 et suiv. D'après Daniel Ternois (*Tout l'œuvre peint d'Ingres*, Flammarion, 1984), « les suppositions concernant un prétendu projet initial de représenter le mythe de Persée et Andromède semblent dénuées de fondement ».

2. Ce jugement sur Molière ne semble pas figurer dans les *Œuvres complètes* de Boileau : voir l'Index de l'édition de la Bibliothèque de la Pléiade, 1966. S'agit-il d'un propos rapporté par un témoin ? ou se trouve-t-il dans une lettre de Boileau ?

3. Le répertoire de Francesco Valcanover, *Tout l'œuvre peint de Titien* (Flammarion, 1970), ne mentionne pas de tableau du Titien au palais Balbi. Cette « femme couchée » (une

Vénus?) n'est donc pas de lui. Et l'autoportrait lui-même, sur lequel ni Flaubert ni le Baedeker n'ont d'hésitation, a dû être réattribué depuis 1845 (le fait n'est pas rare).

4. Le palais que décrit ici Flaubert est appelé dans les guides de l'époque palais *Filippo Durazzo*, et actuellement palais *Durazzo Pallavicini*. Il est en face du palais Balbi. On loue le «splendide escalier à colonnes de son avant-cour» (guide Nathan).

5. Il s'agit bien d'un Titien, à ne pas confondre avec la *Madeleine* de Véronèse se trouvant au palais Marcellino Durazzo (devenu palais Royal en 1824).

6. L'édition Conard intervertit les noms d'*Héraclite* et de *Démocrite* dans ce passage. Flaubert s'est trompé en effet sur l'identité des deux personnages peints par Ribera : le rieur est, selon la tradition, Démocrite — Héraclite étant au contraire d'une sévère austérité.

Page 348.

1. *Cuivre* : le mot est difficile à déchiffrer. Nous adoptons la lecture de l'édition Conard.

2. Gabriel Faure («L'Italie de Flaubert», p. 57) décrit lui aussi ce palais sur le port sous le nom de palais *Doria Tursi*. Mais l'édifice où ont logé Charles Quint et Napoléon, c'est le palais Doria Pamphili, ou palazzo del Principe, la demeure d'Andrea Doria.

3. *Comme ceux de Mascarille* : dans *Les Précieuses ridicules*, Mascarille fait son entrée dans une chaise à porteurs, avec pour première réplique : «Holà! porteurs, holà! Là, là, là, là, là, là. Je pense que ces marauds-là ont dessein de me briser à force de heurter contre les murailles et les pavés» (sc. VII).

4. Il y avait à Gênes plusieurs *palais Pallavicini*. Le guide d'Artaria en signale un rue Carlo Felice, avec des tableaux de Ribera, de Guerchin, de Rubens — dont une *Ivresse de Silène* : serait-ce là que Flaubert a vu en réalité le tableau qu'il situe au palais Spinola? Voir les n. 1 et 2 de la p. 346.

5. *La grande salle du palais Serra* : le guide Richard donne une longue description de ce salon, décoré à la moderne par Tagliafichi, et dont la dorure seule aurait coûté un million. Le palais Serra, actuellement connu aussi sous le nom de palais Campanella, se trouve via Garibaldi (via Nuova).

Page 349.

1. *L'église Saint-Laurent* : c'est la cathédrale de Gênes,

contrairement à ce que le texte de Flaubert pourrait faire croire
(il évoque d'un côté l'église Saint-Laurent et de l'autre la place
de la Cathédrale, sans que rien n'indique le lien entre les deux).

2. Jusqu'en 1820, l'art architectural de l'Europe entre le ${ix}^e$
et le ${xii}^e$ siècle se voyait appliquer des noms correspondant à
des pays particuliers : « lombard », « saxon », « anglo-normand » ;
c'est Gerville, un « antiquaire » normand, qui lança le mot de
« roman » en 1818, ayant pris conscience de l'unité de ce type
d'architecture à travers ses diverses formes, de sa dette envers
l'art romain, et de sa spécificité par rapport à l'art « gothique »
qui l'a suivi ; Arcisse de Caumont reprit le mot dans son *Cours
d'antiquités monumentales* et en fit ainsi la fortune (Marcel
Durliat, *L'Art roman*, Éd. Mazenod, 1982, p. 29). Alain Rey
affirme quant à lui qu'avant Gerville l'épithète « byzantin » servait à désigner l'art roman dans son ensemble — comme « sar-
rasin » désignait le gothique (interview de *Lire*, octobre 1992).
— Il semble que Flaubert emploie « byzantin » (ici même, et
p. 357 pour le portail de la cathédrale de Monza) pour indiquer des particularités de style et non pour renvoyer à l'époque
romane, car les portails de San Lorenzo de Gênes sont du
${xiii}^e$ siècle, et l'église de Monza a été rebâtie aux ${xiii}^e$ et ${xiv}^e$.
Quant à « saxon », il l'utilise pour désigner des traits antérieurs
au gothique (p. 357, intérieur de la cathédrale de Monza :
« saxon déjà un peu gothique ») ; mais il oppose aussi la « vieille
entrée saxonne » de l'église San Fedele au portail « roman » de
la cathédrale de Côme (p. 363). Bref, il ne nous paraît pas
faire clairement la distinction entre la désignation de traits de
style et celle d'époques successives.

3. « Qu'on dise ce qu'on voudra, le catholicisme est une
bonne religion d'été. On est bien étendu sur les bancs de ces
vieilles cathédrales, on y goûte une piété fraîche, un saint *dolce
farniente*, on prie, on rêve et l'on pêche en pensée » (Henri
Heine, *Tableaux de voyages*, L'Instant, 1989, p. 153). Voir les
réflexions de Flaubert lui-même dans la lettre à Le Poittevin
du ${1}^{er}$ mai 1845 : « À propos de Don Juan, c'est ici qu'il faut
venir y rêver, on aime à se le figurer quand on se promène
dans ces églises italiennes, à l'ombre des marbres, sous la
lumière du jour rose qui passe à travers les rideaux rouges, en
regardant les cous bruns des femmes agenouillées [...]. Il doit
être doux de f... là, le soir, cachés derrière les confessionnaux,
à l'heure où l'on allume les lampes. » Voir aussi plus haut,
p. 332, le même type de réflexion, faisant intervenir pareillement Don Juan, mais à propos d'une église d'Arles.

4. *Fête-Dieu* : fête instituée par le pape Urbain IV, célébrée le jeudi qui suit la Trinité.

5. *Tendue* : revêtue de tentures.

6. *Caffardum* : masque. Pour le *Trésor de la langue française*, le mot est « vieux, argotique, rare » ; l'exemple fourni par le *Trésor* est tiré de *Notre-Dame de Paris*.

Page 350.

1. *Pont de Carignan* : viaduc surplombant de trente mètres une autre rue, et aboutissant à l'église Santa Maria Assunta di Carignano.

2. Le guide d'Artaria cite le village de *Sestri* (à l'ouest de Gênes, sur la côte) comme « digne d'être visité », mais n'y signale pas de *grottes*.

3. « Le conservatoire des *Fieschine*, couvent et maison de travail fondée en 1760 par Dominique Fiesque, célèbre par ses fleurs artificielles, qui se débitent dans toute l'Europe, présente un piquant contraste : de saintes et pauvres filles parent de leurs guirlandes le monde qu'elles ont quitté, et c'est à travers la double grille d'un parloir et par une Flore en guimpe et en béguin que ces brillantes fleurs, mais fort chères, vous sont offertes », écrit Valéry dans ses *Voyages historiques, littéraires et artistiques en Italie* (Baudry, 1838, t. III, p. 402). Comme on le voit un peu plus loin, Flaubert ne rencontre pas de religieuses mais des ouvrières et leur appétissante « maîtresse ».

Page 351.

1. Le (ou la) *Polcevera* est un fleuve à l'ouest de Gênes.

2. Flaubert écrit : « un bon M. Derivis ». L'absence de signe de ponctuation après « bon » laisserait croire que M. Derivis est un personnage de l'opéra de Bellini, alors qu'il s'agit d'un des chanteurs, Henri-Étienne Derivis, 1780-1856 (*Nouvelle Biographie générale*).

3. Voir n. 5 de la p. 362.

4. *Acquasola* : jardin public sur une esplanade à l'est de Gênes.

5. *Esmeralda* : l'héroïne de *Notre-Dame de Paris*, de Victor Hugo. Nous n'avons repéré dans le roman qu'un seul passage où il soit question de son profil : il est décrit comme « pur et sublime » au moment où on la conduit au supplice (Livre VIII, chap. 6). Mais Flaubert pourrait se référer à un tableau, à un de ceux de Steuben, par exemple.

Page 352.

    1. Nous lisons plutôt «fromageus[e]» que «fromagère» (ceci étant la lecture du Club de l'Honnête Homme). Le sens «qui est de la nature [moelleuse] du fromage» convient d'ailleurs mieux au contexte que celui de «fabricante de fromage»…

    2. Référence implicite à Balzac, *La Femme de trente ans*.

    3. L'hôtel *Croix de Malte* était admirablement situé sur le port. Il est le premier cité sur la courte liste du *Nouveau plan de la ville de Gênes*, Gênes, A. Beuf, 1839.

    4. «Le matin que nous devions partir de Gênes, je suis sorti à 6 heures de l'hôtel comme pour aller me promener. J'ai pris une barque et j'ai été jusqu'à l'entrée de la rade…» (à Le Poittevin, 13 mai 1845).

Page 353.

    1. Faut-il rappeler que *Marengo*, qui se trouve sur la route de Gênes à Alexandrie, fut en 1800 le théâtre d'une bataille où Bonaparte l'emporta sur les Autrichiens?

    2. L'*incipit* du passage sur Turin rappelle celui de la description de Bordeaux dans *Pyrénées-Corse* : «Ce qu'on appelle ordinairement un bel homme est une chose assez bête; jusqu'à présent, j'ai peur que Bordeaux ne soit une belle ville.» Et la *Correspondance* met en effet les deux villes dans le même sac : «Turin est ce que je connais de plus ennuyeux au monde, j'en excepte Bordeaux et Yvetot» (à Ernest Chevalier, 15 juin 1845 — notons que cette phrase donne également tout son poids à la réflexion célèbre : en art, «Yvetot […] vaut Constantinople»). Le guide Richard décrit ainsi Turin : «84 rues tirées au cordeau, qui se croisent à angles égaux et partagent la ville en 145 quartiers»; d'où chez Flaubert cette impression de rigidité, qu'il traduit dans la métaphore filée de la jeune fille «bien corsetée».

    3. *La Sardaigne* était passée en 1718 dans les possessions de la maison de Savoie, constituées alors en royaume de Sardaigne; le centre politique était Turin, immédiatement devenue résidence royale.

    4. *Charles-Albert* : roi de Sardaigne de 1831 à 1849. Il avait été régent lors de l'abdication de Victor-Emmanuel Ier; trop jeune et faible, il prêta serment à une constitution qui ne laissait au souverain que peu de pouvoir, et fut immédiatement désavoué par le nouveau roi Charles-Félix. Il lui succéda cependant.

    5. Flaubert, ou l'éditeur Conard, a écrit : «corsée». Lapsus évident que nous corrigeons.

6. *Hôtel de l'Europe*: « C'est le meilleur de la ville » (guide Richard). Il était situé place du Château.

7. La description ne correspond pas à la riche pinacothèque de la Galleria Sabauda. C'est manifestement celle du musée de l'Académie des Beaux-Arts, qui contenait en effet énormément de copies, à rôle didactique.

8. *Wouwerman* (1619-1668), peintre hollandais qui connut un très grand succès. Il peignait essentiellement des chevaux.

9. L'*Armeria reale*, qui se trouve dans l'aile sud-est du palais Royal.

Page 354.

1. Mêmes remarques dans *Pyrénées-Corse*, à propos du vaisseau bien astiqué et des remparts de Toulon : « Les canons du *Marengo* étaient tous en bon état et cirés comme des bottes ; est-ce qu'un canon n'est pas plus beau à voir avec quelques longues taches de sang qui coule et la gueule encore fumante ? »

2. *Le Prince Eugène* (Eugène de Savoie-Carignan, 1663-1736) se mit au service de l'Autriche. Il était commandant en chef des troupes impériales pendant la guerre de la Succession d'Espagne. L'armure dont il est ici question est celle qu'il portait à la bataille de Turin, en 1706, lorsqu'il dégagea la ville assiégée par les troupes françaises.

3. *Emmanuel-Philibert*, duc de Savoie (1528-1580). Turin, sa capitale, lui a élevé sur la place San Carlo une statue équestre en bronze réalisée par Marochetti (1828).

4. *Officiers* : nous adoptons sans enthousiasme la lecture du Club de l'Honnête Homme. On pourrait lire aussi : officiels (Flaubert a écrit : « offi »).

5. Le 13 mai 1845, Flaubert écrit de Milan à son ami Le Poittevin : « J'ai vu un tableau de Breughel représentant *La Tentation de saint Antoine*, qui m'a fait penser à arranger pour le théâtre *La Tentation de saint Antoine*. » Ce qui explique la description minutieuse qu'il en fait ici, aide-mémoire pour l'œuvre future (la toile, qui est de Pierre Bruegel le Jeune, n'a été reproduite qu'en 1946 ; voir n. 3 de la p. 346).

Page 355.

1. *Bibliothèque Ambrosienne* : bibliothèque instituée par le cardinal Frédéric Borromée dans un palais qu'il avait construit à Milan en 1609.

2. Charles-Édouard *Potier* (1806-1870) : « auteur-acteur très

connu sous la monarchie de Juillet et le second Empire» (édition du Club de l'Honnête Homme, t. 10, p. 373, n. 1).

Page 356.

1. On trouve à la bibliothèque Ambrosienne «les célèbres palimpsestes des plaidoyers de Cicéron pour Scaurus, Tullius et Flaccus, sur l'écriture desquels avaient été transcrits les poëmes de Sedulius, prêtre du VIᵉ siècle, ainsi que plusieurs phrases inédites des discours contre Clodius et Curion, que recouvrait naguère une traduction latine des actes du concile de Chalcédoine» (Valéry, *Voyages historiques, littéraires et artistiques en Italie*, t. I, p. 109).

2. *Cardinal Bembo*: humaniste et poète pétrarquisant (1470-1547), auteur des *Asolani*, dédiés à sa protectrice Lucrèce Borgia.

3. *Thorvaldsen*: célèbre sculpteur danois (1770-1844), très prisé à l'époque. Avec Canova, il représentait le néo-classicisme.

4. Il s'agit sans doute de *Rudolf Schadow* (1786-1822), plutôt que de son père Johann-Gottfried (1764-1850).

5. En réalité, les tableaux représentant les *Éléments* qui sont conservés à la bibliothèque Ambrosienne ne sont pas de Pierre Bruegel le Jeune, comme *La Tentation de saint Antoine*, mais de son frère Jan Bruegel, dit Bruegel de Velours (1568-1625).

6. «Hemmeling» et «Hemling» pour Memling sont attestés par le *Bénézit*. En écrivant «Aemeling», sans doute Flaubert a-t-il transcrit à sa façon une prononciation due elle-même à un mauvais déchiffrage de l'initiale (on a lu «H» pour «M»).

7. En réalité, le géomètre est à droite. Comme pour *La Tentation de saint Antoine*, la mémoire de Flaubert retourne le tableau.

Page 357.

1. *Talma* était mort en 1826. Flaubert n'a pu connaître ses attitudes en scène que par des dessins ou des gravures. Une preuve de plus de son intérêt passionné pour le théâtre. Voir aussi *Novembre*, n. 2 de la p. 207.

2. La façade de l'église de Monza a été réalisée par Matteo da Campione de 1390 à 1396; elle est de style lombard, avec revêtement de marbres blanc, vert et noir alternés, et bandes lombardes sous les corniches. Voir n. 2 de la p. 349.

3. D'après les guides, la chapelle à gauche du chœur est

ornée de fresques du XVᵉ siècle évoquant en 44 scènes la vie de Théodelinde, femme d'Autari, roi des Lombards de 584 à 590, puis de son successeur Aguilulphe.

4. Sur *le trésor* de l'église, voir Roberto Conti, *Il Duomo di Monza. I. Tesori*, Electa, Elemond Editori Associati, 1990. Conti mentionne en effet plusieurs ostensoirs.

5. Le roi *Berengario*, qui séjourna fréquemment à Monza de 903 à 921, et fit de nombreux dons à l'église.

6. Ces deux pains en argent ont été reçus par Napoléon, selon la tradition, à l'occasion de son couronnement (André Fugier, *Napoléon et l'Italie*, Paris, J.-B. Janin, 1947, p. 164), et offerts par lui au trésor de Monza.

7. D'après le Baedeker (*Italie*, 1873), c'est la croix «que les rois de Lombardie se plaçaient sur la poitrine lors de leur couronnement».

8. Ce *peigne* est peut-être de l'époque de Théodelinde, peut-être plus tardif.

9. *Brunehaut*, femme de Sigebert, roi d'Austrasie, était la sœur de Galswinthe, femme de Chilpéric, roi de Neustrie et demi-frère de Sigebert. Galswinthe fut étranglée vraisemblablement sur ordre de *Frédégonde*, maîtresse de Chilpéric, et qui se fit alors épouser par lui. Pour venger sa sœur, Brunehaut provoqua une guerre sanglante entre l'Austrasie et la Neustrie (seconde moitié du VIᵉ siècle). Flaubert a écrit à treize ans une pièce — perdue — intitulée *Frédégonde et Brunehaut*.

Page 358.

1. *La couronne de fer* : cette couronne des rois lombards, qui tire son nom d'un anneau de fer fabriqué, selon la tradition, à partir d'un clou de la Sainte Croix, est l'objet le plus célèbre mais le plus controversé du trésor de Monza. On ne peut le dater avec certitude : Vᵉ siècle ? époque de Théodelinde ? époque carolingienne ? Pour certains, elle paraît trop petite pour être autre chose qu'une couronne votive. Cependant, comme le dit Flaubert, qui rapporte certainement les propos du guide, c'est une couronne «que Charlemagne et Napoléon se sont mise sur la tête» (à Ernest Chevalier, 13 mai 1845). Napoléon, en tout cas, fit ce geste symbolique lors de son couronnement comme roi d'Italie, à Milan, le 26 mai 1805, en prononçant la parole rituelle : «Dieu me l'a donnée, gare à qui la touche!» (André Fugier, *Napoléon et l'Italie*, p. 164). La tradition veut qu'Aguilulphe (voir n. 3, p. 357) ait été le premier à coiffer cette couronne, et qu'elle ait été utilisée aussi pour Charles Quint.

2. C'est la seule mention de la cathédrale de Milan dans le carnet. Voir Préface, p. 38.

3. *Ludovic le More* : Ludovic Sforza, duc de Milan de 1494 à 1500. Sa *femme* était Béatrice d'Este, née en 1475, morte en 1497. Leurs célèbres gisants sont l'œuvre de Cristoforo **Solari**.

Page 359.

1. Bas-relief de Denis Bussola.

2. C'est la Brera, qui tire son nom du palais dans lequel elle est installée depuis 1809.

3. *Raphaël Mengs* : peintre allemand de l'école italienne, qui fut considéré de son temps comme un émule de Raphaël (1728-1779).

4. *Martin Knoller* : peintre allemand, qui vécut beaucoup à Milan dans la seconde partie de sa vie (1725-1804). Très prisé au xixe siècle, il était l'élève de Mengs.

5. C'est le portrait de Domenico Annibali, célèbre chanteur contralto du xviiie siècle (*Dizionario biografico degli Italiani*).

6. *Enrico (Martinger).* Le *Bénézit* et le *Thieme et Becker* répertorient de nombreux artistes du nom de Enrico, mais pour aucun d'entre eux ce nom n'est associé à celui de Martinger. Le catalogue de la Brera de 1841 ne signale ni Enrico, ni Martinger.

7. Le catalogue de 1841 mentionne sous le nº 134 *Une vieille femme occupée à pelotonner du fil*, toile attribuée sans certitude à Murillo. Mais aucune toile de Murillo n'est signalée à la Brera dans *Tout l'œuvre peint de Murillo* de Gaya Nuño (Flammarion, s.d.).

8. Il s'agit du célèbre *Mariage de la Vierge*.

Page 360.

1. *L'Albane* : Francesco Albani, peintre italien, aux sujets mythologiques (1578-1660), au style gracieux. La *Danse des Amours* est considérée dans le catalogue de 1841 comme un des joyaux de la Brera.

2. *Frans Van Miéris* le jeune (1689-1763). Le tableau de la Brera, *Esther à la présence du roi Assuérus* (ou *Esther suppliant Assuérus de sauver les Juifs*), est présenté comme une copie dans le catalogue de 1841.

3. L'actrice Mlle *George* (1789-1867).

Page 362.

1. Cet alinéa, jusqu'à « On voudrait vivre ici et y mourir », a

été reproduit dans *Les Marges* en juillet 1910, avec des extraits du *Voyage en Orient*.

2. Les deux villas sont signalées dans le Baedeker *Italie* de 1873 : la villa *Taglioni* comme l'« ancienne propriété de la célèbre danseuse » (Maria Taglioni, 1804-1884, créatrice de *La Sylphide* en 1832), et la villa *Pasta* en tant que « propriété de la fameuse cantatrice » (la Pasta, soprano, 1797-1865, rivale de la Malibran, créa *La Somnambule* et *Norma*).

3. C'est l'actuelle villa Carlotta. Achetée en 1843 par la princesse Albert de Prusse, elle fut ainsi rebaptisée après la mort, en 1855, de la fille de la propriétaire, Charlotte.

4. Il s'agit en réalité d'une *copie* de l'œuvre de Canova *L'Amour et Psyché enlacés*, exécutée en 1827 par Adamo Tadolini.

5. La villa *Serbelloni* à Bellagio date du XVIIIe siècle ; elle est entourée d'un jardin monumental et d'un grand parc. En 1838, Valéry la décrit comme « abandonnée » (*Voyages historiques, littéraires et artistiques en Italie*, t. I, p. 52).

Page 363.

1. La cathédrale de Côme est construite sur les fondations d'une ancienne église romane, mais elle est gothique ; la façade en a été élevée dans la seconde moitié du XVe siècle, et décorée par les frères Rodari. Voir n. 2 de la p. 349.

2. *Pline l'Ancien* et *Pline le Jeune* étaient originaires de Côme ; d'où les deux statues qui encadrent le portail de la cathédrale.

3. L'église en question s'appelle en réalité San Fedele. L'« entrée saxonne » dont parle Flaubert est sans doute le portail latéral « sobre, couronné d'un fronton triangulaire ouvert et encadré de sculptures romanes en méplat avec des représentations de personnages (probablement du XIe siècle) » (Guide culturel Nathan *Italie*). Sur l'adjectif « saxonne », voir n. 2 de la p. 349.

Page 364.

1. Saint *Charles Borromée*, abbé à douze ans, cardinal à vingt-deux, archevêque de Milan, se signala par son héroïsme pendant l'épidémie de peste. Il était né à Arona en 1538. Les commentaires sur la statue gigantesque d'Arona sont, au XIXe siècle comme de nos jours, peu enthousiastes.

2. Le Baedeker signale en 1873 que *Baveno* est une étape traditionnelle pour la visite des Iles Borromée.

3. Pas d'ironie perceptible ici : rien n'indique que la réponse affirmative soit opportuniste. Se pliant au moins partiellement aux rites religieux, les Flaubert se considèrent donc comme catholiques, même si, comme l'écrira **Gustave** à propos du baptême de sa nièce, les symboles ont perdu pour eux (pour lui en tout cas) toute signification (lettre à Du Camp du 7 avril 1846).

4. Flaubert a écrit « vol ». Nous lisons *volumes*, puisque si les livres sont enfermés, c'est « de peur pour la tête » et non par crainte des voleurs.

5. *Guicciardini* : homme d'État et historien italien, ami de Machiavel, auteur notamment de *Mémoires* et d'une *Histoire d'Italie*. Forme francisée de son nom : Guichardin.

Page 365.

1. Parmi les éditions du *Mémorial de Sainte-Hélène* antérieures à 1845 que nous avons pu examiner à la Bibliothèque nationale de France, nous n'en avons pas trouvé qui soit ornée d'un dessin de *statue équestre*. Nous n'avons pas réussi non plus à identifier cette « statue équestre votée » dont il est ici question.

2. « *optime padre, optime filio* » : « Excellent père, excellent fils » ? La formule de Flaubert oscille entre latin et italien ; on aimerait savoir quelle est, des deux langues, celle qu'il croyait avoir employée là... Signalons que dans la première *Éducation sentimentale* (chap. VII), citant le texte d'un « air italien », il écrit « Amor, veni » : latin, ou mauvais italien. Au premier chapitre de *Par les champs et par les grèves*, il traduit par *Luidgi* le prénom *Louis* (écrivant à la française, d'oreille, le mot étranger). Dans sa notice de *La Peste à Florence* (édition de la Pléiade, t. I), Guy Sagnes a noté de son côté une confusion, dans les prénoms, de l'italien et de l'espagnol.

3. C'est une des premières interventions, chez Flaubert, du thème que rendra célèbre un passage de *L'Éducation sentimentale* : « l'amertume des sympathies interrompues ». Même réflexion dans la lettre qui raconte à Le Poittevin cette visite : « On effleure bien des amitiés en voyage. Je ne parle pas des amours » (26 mai 1845).

4. Les voyageurs ont donc logé à l'auberge du Simplon et en sont repartis le matin pour achever la montée vers l'hospice et le col.

5. Voir n. 4 de la p. 349.

6. *L'hospice* du Simplon a été fondé par Napoléon Ier.

7. Voir la lettre à Le Poittevin du 26 mai 1845 : «Nous avons traversé le Simplon jeudi dernier. C'est jusqu'à présent ce que j'ai vu de plus beau comme nature. Tu sais que les belles choses ne souffrent pas de description.»

Page 366.

1. Voir *Pyrénées-Corse*, p. 290-293.

2. Flaubert ne parle pas de ce trajet de Laruns aux Eaux-Bonnes dans *Pyrénées-Corse*. Le passage par Les Eaux-Bonnes est mentionné dans le *Cahier intime*.

Page 367.

1. *Goitre* : cette maladie, due à une insuffisance thyroïdienne fréquente dans les vallées des pays de montagnes, était particulièrement répandue dans les régions alpines de la Suisse romande.

2. Cette attirance que les fous ressentent à l'égard de Flaubert est longuement exposée dans la lettre à Le Poittevin du 26 mai 1845.

3. Le terme *effluvion* est également employé dans la première *Éducation sentimentale*, et dans la *Correspondance* : voir la lettre du 26 mai 1845, où Bruneau le remplace par la forme correcte «effluves».

4. Cf. *Quidquid volueris*, où l'héroïne est décrite comme «quelque chose d'une forme vaporeuse et mystique, comme ces fées scandinaves au cou d'albâtre, aux pieds nus sur la neige des montagnes [...]» et *L'Éducation sentimentale* de 1845 : «Je rêvais l'être charmant, vaporeux, lumineux, la fée écossaise aux pieds de neige qui chante derrière les mélèzes au bord des cascades [...]».

5. *La vallée du Lys* : vallée à quelques kilomètres de Luchon.

6. Le château de Chillon est un ancien château fort des ducs de Savoie. De 1530 à 1536 y fut enfermé François de Bonivard, qui avait défendu l'indépendance de la ville contre le duc Charles III. Les souffrances de ce héros d'une guerre d'indépendance ont ému Byron, qui, visitant le château, a écrit sur-le-champ son célèbre poème, *Le Prisonnier de Chillon*. Comme on le voit dans la suite du texte, il fut fort à la mode, à l'époque romantique, de visiter l'endroit immortalisé par Byron, et de graver, comme lui, son nom sur la pierre (ce que Flaubert stigmatise dans sa lettre à Le Poittevin du 26 mai 1845).

Page 368.

1. Cf. Hugo (*Le Rhin*, lettre trente-neuvième, dans *Voyages*,

Laffont, «Bouquins», 1987, p. 361): «Ce nom *Byron*, gravé sur la colonne de granit, en grandes lettres un peu inclinées, jette un rayonnement étrange dans le cachot.» *Le Rhin* date de 1842.

2 La cantatrice *Pauline Garcia*, épouse de Louis Viardot, était la sœur de la Malibran.

3. *Mme de Warens* : la protectrice et la maîtresse de Jean-Jacques Rousseau. Il avait quinze ans quand il la rencontra, elle en avait vingt-huit. Il l'appelait Maman. «J'engageai Maman à vivre à la campagne. Une maison isolée au penchant d'un vallon fut notre asile [...]» (*Les Rêveries du promeneur solitaire*).

Page 369.

1. *Julie* : l'héroïne de *La Nouvelle Héloïse*.

2. Il s'agit d'un tableau de genre dans la première partie de *Faust* : «Devant la porte de la ville». On est le jour de Pâques. Les promeneurs se demandent les uns aux autres où ils vont, on évoque ses amoureux, les écoliers regardent les servantes, les adultes se mettent aux fenêtres...

Page 370.

1. Actuellement en tout cas, c'est à droite qu'il faut tourner en venant de Lausanne (remarque du comte d'Haussonville, que nous remercions vivement, ainsi que Simone Balayé, pour leur aide dans l'annotation du passage sur Coppet).

2. Dans son testament, Mme de Staël écrit : «Je donne une année de gages à mes gens, et mes robes et linges à Marie ma femme de chambre» (Pierre Kohler, *Mme de Staël et la Suisse*, Payot, 1916, p. 675). Est-ce la même personne?

3. Le personnage évoqué était en réalité un dentiste, appelé Despeau.

4. Après 1830, les livres de Mme de Staël ne se trouvaient plus dans cette bibliothèque, ajoutée d'ailleurs par son fils Auguste. Peut-être les rideaux étaient-ils fermés pour masquer le vide.

5. Dans *Par les champs et par les grèves*, Flaubert évoquera «la brutalité du portrait de Madame de Staël par Gérard» (chap. 1).

6. D'après Simone Balayé, on ne connaît actuellement aucun portrait de Mme de Staël par David. L'étude d'Yvonne Bezard, *Mme de Staël d'après ses portraits* (Attinger, 1938), n'en mentionne d'ailleurs pas.

Page 371.

1. Les portraits de Necker et de sa femme sont de Joseph

Duplessis; celui d'Auguste de Staël, fils de Mme de Staël, de Gérard; celui de Mme de Broglie, de Ary Scheffer; et celui de M. de Staël, de Wertmüller.

2. Peut-être le portrait de Schlegel par Gregorius.

3. Flaubert a vu la chambre qui fut réellement celle de Mme de Staël, au premier étage. Cette chambre a été transformée en chapelle catholique vers 1885, et l'ameublement transporté dans une autre pièce, celle que l'on montre actuellement.

4. *Girodet*, 1767-1824, annonce le romantisme. Il a peint de grandes scènes mythologiques, une célèbre *Atala au tombeau*, de nombreux portraits.

5. *Cancan*: «Sorte de danse indécente et prohibée dans les bals publics» (*Bescherelle*, édition de 1861), qui tire son nom du fait que les danseurs imitaient la marche du canard. Le cancan était à la mode vers 1830 dans les bals populaires, et le resta pendant un certain temps (on danse le cancan dans une scène de *L'Éducation sentimentale*, la soirée à l'Alhambra, qui se situe en 1843). En dériva plus tard le French Cancan. Flaubert veut-il dire que le fils du portier avait entrepris d'enseigner le cancan à six respectables Anglais à la fois? Ou le «cancan à six» est-il une variété de cancan (sur laquelle nous n'avons pas trouvé de renseignements)?

Page 372.

1. C'est d'une façon un peu différente que Flaubert, le 26 mai, décrit à Le Poittevin les pensées qui lui sont venues sur Jean-Jacques Rousseau: «J'ai pensé au théâtre, à l'orchestre, aux loges pleines de femmes poudrées, à tous les tressaillements de la gloire et à ce paragraphe des *Confessions*: «J.-J., te doutais-tu que 15 ans plus tard, haletant, éperdu...». Jean Bruneau (*Correspondance*, t. I, n. 3 de la p. 233) pense reconnaître ici le passage des *Confessions* qui raconte la représentation à Lausanne de l'opéra ridicule composé par Rousseau en 1730: la citation ne se retrouve pas telle quelle dans le texte, mais le récit du désastre comporte bien l'annonce du triomphe futur du *Devin de village* (non pas quinze, il est vrai, mais vingt-deux ans plus tard). C'est donc à ce triomphe que le *Voyage en Italie* doit faire allusion. Mais Rousseau ne parle nulle part, à ce propos, d'une course éperdue dans les corridors.

2. Cette *statue*, érigée sur l'île Jean-Jacques Rousseau, fut inaugurée en 1835. Rousseau est représenté vêtu d'une toge. Rappelons que, comme lui, Pradier était né à Genève.

3. Actuellement : Bibliothèque publique et universitaire de Genève.

4. Toutes les œuvres ici énumérées étaient conservées au *musée* Rath, et sont passées en 1910 au musée d'Art et d'Histoire de Genève. Nous devons la plupart des renseignements fournis dans les notes qui suivent à l'obligeance de Mme Renée Loche, conservateur honoraire du musée, que nous remercions vivement pour son aide extrêmement efficace.

5. Le portrait de *Marie-Thérèse d'Autriche* est un pastel sur parchemin de Jean-Étienne Liotard, peintre genevois (1702-1789).

6. *Mme d'Épinay* (1726-1783) reçut dans son château près de Montmorency l'élite intellectuelle de l'époque ; elle hébergea quelque temps Jean-Jacques Rousseau à l'Hermitage, dépendance du château, puis se brouilla avec lui. Son portrait est également un pastel sur parchemin de Liotard.

7. *Déjazet* : l'actrice Virginie Déjazet (1798-1875).

8. *Un paysage de Calame* : l'*Orage à la Handeck.* Alexandre Calame était né à Vevey en 1810 ; son tableau, qui date de 1839, fut acquis par souscription nationale la même année.

Page 373.

1. *Par Vander Helst* : *Portrait d'un inconnu vêtu d'un habit noir,* de Govaert Flinck (1615-1660), était attribué à Van der Helst à l'époque de Flaubert.

2. *Le Triomphe de David* d'Andrea Vaccaro, peintre napolitain du XVIIᵉ siècle, était attribué au Dominiquin. La jeune femme aux sandales est un personnage de ce tableau, au premier plan à droite ; l'allusion à Prud'hon renvoie sans doute à une ressemblance entre la manière de Vaccaro et celle du peintre français. — Flaubert a écrit : *David portant la tête de Saül.*

3. *Vénus consolant l'Amour* : titre actuel : *Vénus et l'Amour.*

4. *Une Haïdée* : il s'agit de la sculpture de l'artiste genevois John-Étienne Chaponnière (1801-1835) intitulée plus fréquemment *Jeune Grecque captive pleurant sur le tombeau de Byron.* Le titre sous lequel Flaubert a connu cette œuvre — *Haïdée* — renvoie à Byron d'une autre façon : c'est le nom d'une jeune Grecque qui, dans son *Don Juan,* recueille et soigne le héros naufragé, se donne à lui et meurt quand, l'intrigue découverte, son amant va être vendu comme esclave. Chaponnière était un élève de Pradier.

5. *Petitot,* célèbre peintre en émail, né à Genève en 1607, mort à Vevey en 1691. Il travailla pour Charles Iᵉʳ d'Angle-

terre, puis pour Louis XIV. Van Dyck lui demanda de faire en émail la copie de certains de ses portraits.

6. Flaubert devait en effet loger à l'hôtel *des Bergues*, quai des Bergues, puisqu'il écrit à Le Poittevin que l'île Jean-Jacques Rousseau se trouve en face de son hôtel (26 mai 1845).

7. Voir p. 338 : c'est le directeur de l'hôtel des Étrangers à Nice.

8. Nous n'avons trouvé nulle part de Revieux, ni de Sévieux (autre déchiffrement possible).

9. Le château de *Ferney* a été acheté pour Voltaire par Mme Denis (voir note 8 de la p. 374) en 1759.

Page 374.

1. « Voltaire a construit cet édifice pour Dieu. » L'inscription a été restaurée et se lit parfaitement de nos jours.

2. Valéry avait lui aussi, mais sensiblement plus tôt, longuement interrogé le gardien du château, « un vieux jardinier » ; il en fait un portrait assez différent, mais ce doit bien être le même personnage, bavard, et qui raconte, à propos de son ancien maître, « ses fureurs domestiques, les peurs qu'il aimait à faire aux petits garçons qu'il rencontrait sur son chemin, etc. » (*Voyages historiques, littéraires et artistiques en Italie*, t. I, p. 21). D'après Alexandre Malgouverné, la femme d'un vigneron qui loua à Mme Denis, en 1760, un logis situé à Ferney, portait le nom de Grandperret (voir *Voltaire chez lui. Genève et Ferney*, sous la direction d'Erica Deuber-Pauli et de Jean-Daniel Candaux, Skira, 1994, p. 231 ; nous devons de nombreux renseignements à cet ouvrage, et particulièrement à la contribution de Lucien Choudin, « La collection voltairienne du château de Ferney »). S'agit-il de la même famille ?

3. Le tableau, connu sous le nom *Le Triomphe de Voltaire*, est signé A. Duplessis et daté de 1775. Le peintre en a ainsi décrit le sujet : « Melpomène entourée des Muses présente Voltaire à Apollon, pour recevoir de lui la couronne d'immortalité. » Mais pour Valéry « cet affreux barbouillage [...] représente le temple de Mémoire, et Voltaire, conduit par la France, offrant sa Henriade à Apollon ».

4. *Lekain* (1729-1778) : acteur qui fut, à la Comédie-Française, le grand interprète des pièces de Voltaire. Son portrait est un pastel non signé, par Pierre-Martin Barat.

5. Ce *pastel* est dû à Quentin de La Tour.

6. Par Anna-Dorothea Liszewska-Therbusch. Voltaire avait demandé à Frédéric II, en 1775, de lui envoyer son portrait.

7. Mme du Châtelet, femme de lettres (1706-1749). À partir de 1833 elle eut avec Voltaire, qu'elle accueillit dans son château de Cirey, une longue liaison intellectuelle et, pour un temps, amoureuse.

8. Mme Denis, nièce de Voltaire (1712-1790). Elle devint la gouvernante et la maîtresse de son oncle après la mort de Mme du Châtelet.

9. Le portrait de Catherine II, en tapisserie sur satin, d'après une gravure ou une aquarelle elle-même inspirée d'un portrait, porte, en haut à gauche, l'inscription en lettres capitales : « La Salle invenit et fecit », et, au bas du tableau : « Présenté à Monsieur de Voltaire par l'auteur ». C'est en effet La Salle lui-même qui offrit à Voltaire un exemplaire de l'œuvre (fabriquée industriellement), en remerciement des vers que celui-ci lui avait écrits pour d'autres portraits de Catherine II (Lucien Choudin, « La collection voltairienne du château de Ferney », p. 196). Apparemment, le guide des Flaubert enjolivait les explications qu'il fournissait aux visiteurs...

Page 375.

1. Les inscriptions sont, plus exactement : « Son esprit est partout, et son cœur est ici » (sur le cénotaphe), et : « Mes *Mânes* sont consolés, puisque mon cœur est au milieu de vous » (au-dessus).

2. Pastel attribué à François-Hubert Drouais.

3. Flaubert a visité Ferney avant les aménagements de 1845-1850, époque où l'on transporta le lit dans ce qui avait été le cabinet des tableaux et du billard, rebaptisé « chambre de Voltaire », et le cénotaphe dans le salon, devenu « chambre du cœur de Voltaire » (Lucien Choudin, « La collection voltairienne du château de Ferney », p. 183).

4. Il manque le mot que devait accompagner le nombre cinq. Après bien des hésitations, nous avons choisi de lire « cinq ans », comme l'édition Conard. Mais cela veut dire que Grandperrey est entré au service de Voltaire à dix ans... Lire « cinq mois » lui donnerait un âge plus satisfaisant, et s'accorderait mieux avec le fait que le jeune garçon a parlé à son maître « plusieurs fois » seulement — mais pourquoi spécifier alors qu'il avait 15 ans « quand Voltaire est mort » ? Il les avait aussi, dans ce cas, dès son entrée en service.

5. Le cardinal de Granvelle, né à Besançon en 1517, mort à Madrid en 1586, termina sa vie comme archevêque de Besançon. Son palais, qui avait été commencé par son père,

est considéré par le *Larousse du xixᵉ siècle* comme un des édifices les plus remarquables du début de la Renaissance.

Page 376.

1. *Mme Delelée* : c'était la marraine de Victor Hugo (André Maurois, *L'enfance de Victor Hugo*, Éd. LEP, Monaco, « Les Écrivains contemporains » nᵒ 90, 1963, p. 8-9). Voir la lettre du 8 mai 1852, ci-dessous, n. 7.

2. Nous n'avons pas réussi à trouver de qui il est ici question.

3. *Mme Chéronnet* était la grand-mère de Maxime Du Camp. Elle habitait 26 place de la Madeleine (Jean Bruneau, dans *Correspondance*, t. I, n. 3 de la p. 218). C'est pourquoi elle se rendait à pied chez Durand (voir note suivante).

4. Le café *Durand*, au coin du boulevard de la Madeleine et de la rue Duphot, est cité dans les guides et dans le *Larousse du xixᵉ siècle* parmi les restaurants réputés.

5. Chez les Collier (voir p. 1). Herbert Lottman (*Gustave Flaubert*, Fayard, 1989, p. 99 et n. 24) suggère que la réflexion qui suit (« le défaut de la cuirasse de mon âme ») pourrait avoir trait à l'histoire que raconte la lettre à Louise Colet du 22 septembre 1846. Flaubert la situe « il y a à peu près 18 mois » : « Je fréquentais une maison où il y avait une jeune fille charmante [...] — Je la vois encore couchée sur son oreiller rose et me regardant, quand je lisais, avec ses grands yeux bleus. —- Un jour nous étions seuls, assis sur un canapé. Elle me prit la main, me passa ses doigts dans les miens. Je me laissais faire sans penser à rien du tout car je suis très innocent la plupart du temps, et elle me regarda avec un regard... qui me fait encore froid. — La mère entra là-dessus, elle comprit tout, et sourit en songeant à la consommation du gendre [...] J'en suis revenu chez moi bouleversé et me reprochant de vivre. Je ne sais pas si je m'étais exagéré les choses mais moi qui ne l'aimais pas, j'aurais donné ma vie avec plaisir pour racheter ce regard d'amour triste auquel le mien n'avait pas répondu. » Lottman incline à situer la scène lors de la visite aux Collier du début du voyage, mais, comme il le voit d'ailleurs, la réflexion de Flaubert sur le défaut de sa cuirasse se fait au retour, non à l'aller ; et c'est au retour que le jeune homme rendit à ses amies trois visites successives, ce qui pouvait faire rêver une jeune fille inactive. Le doute subsiste cependant : dix-huit mois, cela renvoie à la fin de mars 1845 (début du voyage).

6. Voir n. 1 de la p. 326. D'après Douglas Siler (*Flaubert et Louise Pradier*, p. 77), ce serait chez Charles Darcet que Flau-

bert aurait dîné à son retour d'Italie, non chez sa mère,
Mme Darcet; et c'est chez lui qu'il aurait revu Louise Pradier.
Médecin et chimiste, Darcet séjourna en Orient à plusieurs
reprises, puis à Rio. Mais de 1842 à 1846, il était à Paris (voir
James Pradier, *Correspondance* éditée par Douglas Siler,
Genève, Droz, 1984, t. I, p. 339 et t. II, p. 345). Quant à la
«visite à Auteuil», c'est vraisemblablement une visite chez
Mme Pradier. Charles Darcet n'habitait pas Auteuil, alors que
sa sœur, qui avait invité Flaubert à déjeuner à son retour de
voyage (lettre à Le Poittevin du 2 avril 1845), s'installa en
avril 1845 rue de la Croix à Auteuil, et y resta au moins jusqu'en
septembre (Douglas Siler, dans James Pradier, *Correspondance*,
t. III, p. 154). Le verbe «est venue» semblerait pourtant indiquer que la rencontre n'a pas eu lieu chez elle : faut-il croire
que le texte de Flaubert n'est pas chronologiquement ordonné,
et que la phrase sur «Mme P.» se rapporte, non à la visite à
Auteuil, mais au dîner chez Darcet, mentionné d'abord?

   7. «J'ai été une fois chez [Mme Hugo], en 1845, en revenant de Besançon, où la marraine d'Hugo m'avait fait voir la
chambre où il est né. Cette vieille dame m'avait chargé d'aller
porter de ses nouvelles à la famille H. Mme m'a reçu médiocrement. Le grand Hippolyte Lucas est arrivé, et je me suis
retiré, au bout de six minutes que j'étais assis» (lettre à Louise
Colet du 8 mai 1852).

   8. Apparemment, Pradier lui aura conseillé de prendre une
maîtresse plutôt que de fréquenter les filles. Cf. la lettre à Le
Poittevin du 17 juin 1845 : «J'ai réfléchi aux conseils de Pradier; ils sont bons. Mais comment les suivre? Et puis où m'ar-
rêterai-je? Je n'aurais qu'à prendre cela au sérieux et jouir
tout de bon; j'en serais humilié. [...] c'est ce que je ne ferai
pas. Un coït normal, régulier, nourri et solide me sortirait trop
hors de moi, me troublerait.»

Page 378.

   1. Pour la fascination qu'exerce Néron sur Flaubert, voir
Les Mémoires d'un fou, n. 2 de la p. 58.

   2. Voir p. 372, n. 2.

   3. C'est entre Brigue et Saint-Maurice que Flaubert a rencontré des goitreux, les 23 et 24 mai (voir p. 367, n. 1).

   4. Le projet de *Sampier* est consacré au même personnage
que *San Pietro Ornano*, une des *Narrations* de 1835-1836. Sampiero Corso, né en 1498 dans une famille de paysans, fut un
héros de la résistance corse à la domination génoise. Entré au

service des rois de France, il obtint que les troupes françaises
viennent chasser les Génois de plusieurs villes corses. Il continua seul la lutte après le traité de Cateau-Cambrésis qui aban-
donnait la Corse aux Génois. Il avait épousé une patricienne,
Vannina d'Ornano. Celle-ci ayant accepté de se rendre à Gênes
pour se faire restituer ses biens, il la tua en 1563. Il mourut lui-
même en 1567 dans une embuscade préparée par la famille de
sa femme, ou par les Génois. — L'histoire que raconte *San
Pietro Ornano* diffère de toutes les biographies de Sampiero
venues à notre connaissance. Le jeune auteur — ou celui qui
l'inspire — simplifie considérablement le fond historique; il fait
fusionner en un seul personnage le héros corse et le corsaire
turc Dragut, qui intervint effectivement aux côtés de Sampiero
dans la guerre contre Gênes; il fait de Vannina la fille du doge
de Gênes, ce qui lui permet de mener en parallèle l'histoire
d'amour et l'histoire de guerre, et d'accentuer le côté romanesque du récit: la passion pour la fille du doge, le refus du
père, l'enlèvement, l'amour qui naît chez la jeune femme. La
trahison de Vannina consistera à demander à son père la grâce
de son mari. La réponse à cette trahison sera la mise à mort de
la jeune femme, que l'auteur laisse deviner dans les dernières
lignes. — Reprenant le même héros dans son scénario de 1845,
Flaubert emprunte la forme «Sampier» à l'*Histoire de la République de Gênes* d'Émile Vincens, qu'il lit pendant son voyage et
résume avec application. Il écrit d'ailleurs à Le Poittevin que
c'est à la lecture de Vincens qu'il a eu l'idée de son sujet (il ne se
réfère ni à *San Pietro Ornano*, ni, par exemple, au «Mémoire sur
la Corse» de Lauvergne). Le scénario est centré sur la vie privée
du héros plutôt que sur son histoire publique, mais la scène
d'exposition y est prévue en ces termes: «état de la Corse, mais
dominée par les trois personnages importants»; c'est donc le
fond politique qui est d'abord évoqué. Et lorsque Flaubert,
revenu à Rouen, demande à Ernest Chevalier de lui envoyer des
renseignements sur Sampiero, il définit seulement celui-ci
comme quelqu'un qui vivait vers 1560-1570, et il ajoute: «Je
voudrais connaître l'état de la Corse de 1550 environ à 1650
[...]» (15 juin 1845). Il envisage donc d'élargir son sujet à la
peinture d'une époque, celle de la guerre de Corse. — À Le Poittevin, Flaubert annonçait un drame. Son scénario montre qu'il
faut comprendre le mot dans son sens premier: **texte** écrit pour
le théâtre, mais aussi au sens second: pièce qui **met** en œuvre
les ressorts du pathétique. Dès *San Pietro Ornano*, le jeune
auteur jouait sur la tendresse que l'implacable *condottiere*

éprouvait pour sa femme. Dans *Sampier* s'y ajoute son amour pour son fils Alphonse. La brutalité de Sampiero à la fin de sa carrière est expliquée psychologiquement par la «réaction sur lui-même» à la suite de l'assassinat de sa femme, et par la distance que prend Alphonse à son égard. Pour Vannina, Flaubert a hésité. Faire du prêtre émissaire des Génois l'amant de la jeune femme, «ce serait commun», écrit-il d'abord. Cependant, à la fin du scénario, il ajoute une note prévoyant une «scène de séduction» où Vannina «succombera». Choix curieux: l'héroïne n'y gagne pas, elle que les historiens montrent comme un modèle de dignité; Sampiero non plus, qui devient, au moins partiellement, l'auteur d'un crime passionnel au lieu du vengeur de la patrie trahie. — Commençant au moment où Sampiero va partir pour la France, et vraisemblablement pour l'Orient où il ira convaincre Dragut de lui venir en aide, la pièce devait s'achever sur une «ambassade de Dragut» introduisant la «couleur orientale» — ce qui lie ce projet à celui que Flaubert inscrit à sa suite dans le carnet d'Italie, sous le titre: *Conte oriental*.

Page 379.

1. Flaubert a caressé longtemps le projet d'écrire un conte oriental. Il en reste un dossier de scénarios de onze feuillets conservé à la Bibliothèque nationale sous la cote N.A.F. 14152, et trois fragments séparés, dont celui-ci est chronologiquement le premier; le second figure dans le carnet de voyage n° 3 (voyage en Bretagne), et le troisième dans le carnet de travail n° 3. D'après Jean Bruneau, à qui nous empruntons la matière de cette note (*Le «Conte oriental» de Flaubert*, Denoël, «Dossiers des Lettres nouvelles», 1973), Flaubert a mis sur papier, dans les premiers mois de 1845, avant de partir pour l'Italie, le premier scénario d'ensemble du conte. De Milan, il écrit le 13 mai à Le Poittevin, comme nous l'avons vu: «Je rumine toujours mon conte oriental, que j'écrirai l'hiver prochain.» C'est donc bien avant de partir qu'il a commencé le travail, et pendant son voyage qu'il écrit le fragment que nous avons ici. Son contenu sera intégré dans les scénarios ultérieurs: dès le deuxième scénario, on en retrouve presque textuellement le premier alinéa, en tant qu'un des «épisodes» à développer, et le début du second. En septembre 1846, Flaubert écrira à Maxime Du Camp qu'il a renoncé à ce projet (pour *La Tentation de saint Antoine*, vraisemblablement); mais il y revient pendant et après le voyage en Bretagne, et sans doute encore, pour ce qui est du dernier fragment, en 1848 ou 1849.

DU MÊME AUTEUR

dans la même collection

MADAME BOVARY. *Édition présentée et établie par Thierry Laget.*

L'ÉDUCATION SENTIMENTALE. *Préface d'Albert Thibaudet. Édition établie par Samuel S. de Sacy.*

TROIS CONTES. *Préface de Michel Tournier. Édition établie par Samuel S. de Sacy.*

SALAMMBÔ. *Préface d'Henri Thomas. Édition établie par Pierre Moreau.*

BOUVARD ET PÉCUCHET. *Édition présentée et établie par Claudine Gothot-Mersch.*

LA TENTATION DE SAINT ANTOINE. *Édition présentée et établie par Claudine Gothot-Mersch.*

CORRESPONDANCE. *Choix et présentation de Bernard Masson. Texte établi par Jean Bruneau.*

COLLECTION FOLIO

Dernières parutions